KB123582

춘정 변계량의
시대정신과 학문세계

춘정 변계량의 시대정신과 학문세계

대구한의대학교 향산교양교육연구소 편

보고사
BOGOSA

머리말

한반도에서 일어난 수많은 사건 가운데 1392년 조선의 건국은 가장 극적인 변곡점으로 기억할 만하다. 태조 이성계가 고려 왕조를 무너뜨리고 새로운 국가를 건설했다는 역사적 차원을 넘어선다. 한 왕조가 다른 왕조로 교체되는 일이야 흥망성쇠가 반복되어온 도도한 인간 역사의 흐름 위에서 볼 때, 빈번하게 접하게 되는 하나의 사건에 불과할 수 있다. 하지만 조선의 건국이 가지고 온 충격은 예사롭지 않았다. 단순한 왕권 교체의 차원을 넘어서서 천년 가까이 한반도 구성원의 삶과 사유를 지배해온 불교문명이 유교문명으로 대체되는 문명사적 전환의 순간이었기 때문이다.

춘정 변계량은 그와 같은 왕조교체와 문명전환이라는 거대한 변화를 온몸으로 받아안고 살아가야 했던 인물이다. 태어나서 24세까지는 고려인으로 살다가, 그 이후 생을 마감하는 62세까지 38년 동안은 조선인으로 살았다. 삶의 절반을 훨씬 넘게 조선인으로 살았으니, 변계량은 두 왕조와 두 문명을 모두 체험한 일종의 '경계인(境界人)'이었던 셈이다. 그런 파란만장한 시대를 살아간 변계량은 태종-세종대에 걸쳐 20년 가까이 문형(文衡)을 맡아 신생국가인 조선의 전장제도(典章制度)를 만들어갔다. 조선 초기의 성세(盛世)를 구가하게 만든 실질적 주역이었던 것이다. 사대교린의 외교문서를 전담하는 것은 물론 국가 행사에 소용되는 의례문장도 도맡았다. 게다가 국가를 경영할 인재를 선발·육성하기 위한 과거제도와 사가독서제도를 확립하고, 신진학자의 집단지성으로 동국문명을 일궈가는 집현전의 설립도 주도했다. 뿐만 아니다. 유교-불교를 넘나드는 굉박한 학문세계라든가 공적-사적으로 빼어난 시문으로 문장화국을 실천했던 것은 물론 과거와 현재, 중국과 조선을 아우르는 경세능력은 당대 최고의 통유(通儒)라고 일컬을만했다.

그럼에도 불구하고 변계량은 사후에 그 탁월한 업적을 크게 인정받지 못했다. 조선시대에 태어난 신세대의 눈에는 고려-조선의 어름에서 서성대는 구세대의 인물처럼 비춰진다거나 빠르게 학문권력을 장악해가던 주자학적 기준으로 볼 때, 사상적으로 뭔가 미진한 것처럼 보였기 때문이다. 하지만 역사적-문명사적 전환과 격동으로 점철된 '불의 시대'를 통과하면서 고려의 전통과 조선의 비전, 중화문명과 동국문명 사이의 갈등을 유연하면서도 현실적 맥락에서 통섭/조절해가던 그 놀라운 균형감각과 그것을 뚜렷한 주관으로 밀고 나가던 실천능력은 그 당시는 물론이고 오늘날에도 새롭게 음미하고 높이 평가할만하다.

돌이켜보면 조선 최고의 문명을 구가했던 세종대의 성세도 그와 같은 변계량의 문명의식에 기반하고 있었던 것이다. 실제로 변계량은 우리가 새롭게 주목하지 않을 수 없는 여말선초 중세지성(中世知性)의 일원이라는 사실은 누구도 부정하기 어렵다. 대구한의대학교 향산교양교육연구소에서 2017년과 2020년, 두 차례에 걸쳐 변계량의 시대정신과 학문세계를 재조명하는 학술대회를 개최했던 까닭이다. 그리하여 박병련, 정경주, 천인석, 정석태, 이종묵, 김풍기, 이은영, 김남이, 김승우, 정출헌 선생 등이 그런 의의에 십분 공감하여 기꺼이 학술대회를 함께했다. 다만 두 차례의 학술대회만으로는 변계량이 간직하고 있던 진면목을 모두 보여주기에는 턱없이 부족했다. 이에 천혜봉, 조규익, 유호진, 신태영 선생이 기왕에 제출했던 소중한 성과를 추가할 필요가 절실했다. 그리하여 『춘정집』의 문헌학적 검토, 변계량의 악장과 한시 세계, 그리고 제천의식을 주장한 논리를 두루 살펴볼 수 있는 완정한 연구서로 거듭날 수 있었다.

이 자리를 빌려, 두 차례의 학술대회에서 좋은 발표를 해주시고 기존의 성과를 정성껏 다듬어주신 여러 선생님들께 깊은 감사를 드린다. 그리고 변계량의 시대정신과 학문세계를 문명전환의 시각에서 재조명하는 연구서를 만들기까지 물심양면으로 도와주신 대구한의대학교 변정환 명예총장님과 대구한의대학교 향산교양교육연구소의 헌신도 잊을 수 없다. 끝으로 흔쾌하게 출판을 허락해준 보고사 김흥국 사장과 단정하게 다듬어준 황효은 편집자에게도 감사드린다. 부디, 많은 분의 애정과 노력으로 학계에 제출되는 이 연구서가 춘정 변계량의 시대정신과 학문세계는 물론 유교문명과 동국문명의 완성이라는 원대한 비전을 품고 자신의 시대를 역동적으로 만들어갔던 수많은 여말선초 중세지성들의 진면목을 재조명하는 계기가 되기를 진심으로 기대한다.

2022년 2월

필자를 대표하여 정출헌 쓰다.

차례

춘정 변계량의 의례문장(儀禮文章)과 유교문명의 이면 [정출헌]

-『춘정집』의 중간(重刊) 과정에서 산삭(刪削)된 의례문장을 중심으로

변계량의 인재 양성 정책 [이종묵]

제2부
변계량과 정치사상

춘정 변계량의 전례 예설에 대하여 [정경주]

춘정 변계량의 사상적 특성 [천인석]

춘정 변계량의 표전(表箋) 제작과 대외관계 [이은영]

춘정 변계량의 상소문으로 본 조선 초기의 제천(祭天) 의식 [신태영]

제3부

변계량과 문학세계

변계량 악장의 존재와 시대적 의미 [조규익]

춘정 변계량이 악장 문학에 담은 세종대 태평성세의 비전 [김승우]

권위를 생성하는 글쓰기와 변계량 문장의 문학사적 의의 [김풍기]

–조선의 전통과 중화주의의 길항

제1부

변계량과 시대정신

조선 전기 통유(通儒)의 모델
춘정 변계량

박병련

1. 서론 : 변계량 시대의 사상지형

세종대왕의 시대에는 토론이 활발했음에도 왜 '당쟁(黨爭)'이 일어나지 않았을까? 세종대왕의 시대에는 왜 조선 후기와 달리 과학기술이 발달했을까? 아직도 이런 질문에 대한 해답은 제대로 이루어진 것 같지 않다. 그저 단편적인 지식을 근거로 막연하게 알고 있는 듯 감추고 넘어간다. 조선 후기의 성리학자들은 세종 시대의 업적에 대한 본격적인 평가를 외면했다. 왜 그랬을까? 그들은 세종대왕에 대해서는 얼버무리면서 세종 시대의 업적을 군왕을 도와서 크게 이룬 인물들에 대해서는 주자학적 잣대로 높은 평가를 주저했다.

조선 후기의 역사적 인물에 대한 평가는 성리학 중심으로 이루어졌다. 그러한 평가는 오늘날에까지 영향을 미친다. 조선 역사에서 태종과 세종의 시대는 가장 정치가 성공한 시대임은 췌언(贅言)이 필요 없다. 그럼에도 세종대왕이 불교를 숭상한 것과 태종과 세종의 시대를 성공시킨 대신들이 대부분 불교에 관용적이었다는 등의 이유로 조선의 성리학자들은 세종과 그 시대의 인물들을 평가하는 데 인색했다. 춘정에 대한 평가가 상대적으로 인색하고 소홀한 것도 이러한 시대적 상황과 무관하지 않다.

춘정은 사대교린이라는 외교의 '틀'이 정착되어 가던 시대에 '외교문서'를 책임지면서 대명(對明) 관계를 안정시키는데 크게 기여했다. 그가 문형(文衡)을 담당한 20년 동안, 문자(文字)로 인한 외교 문제가 발생한 적이 없으며, 이후의 외교문서 작성의 전범(典範)을 마련했다. '대국(大國)을 섬기는 예를 진실로 신중히 지켜야 한다'고 하면서도, 혹독한 가뭄에 하늘에 비를 비는 문제가 일어나 '제후로서 하늘에 비를 비는 일은 참람(僭濫)된다'는 의견에 반대하면서 비를 비는 일은 당연하다고 주장한다. 그는 '비상시에는 제후라도 하늘에 비를 비는 것이 안 될 것이 없고' 또 '우리나라의 시조는 단군(檀君)으로 하늘에서 내려 오셨지 중국 천자가 지역을 나누어 봉(封)한 제후가 아니며' '우리나라가 하늘에 제사 지내는 예를 천 년 이상 지속해 왔음'을 강조하는 인물이었다. 주(周) 무왕(武王)의 스승인 기자(箕子)도 봉함을 받아서 온 것이 아니라 스스로 조선으로 온 것이었다「箕子廟碑銘」. 그에게서 '사대(事大)'는 시대의 현실이고 '자주(自主)'는 시대를 넘는 원칙이었다.

그는 명목적인 교의(敎義)나 형식적인 '말씀'에 자신을 묶어두는 선비가 아니었다. 그는 당면 문제의 해결에 도(道 ; 기본 원칙, 이론, 이념)와 법(法 ; 해결을 위한 방법과 도구, 기술, 자원 동원)을 구분해서 볼 줄 알고, 문제 해결에 다양한 학문을 응용하는데 주저하지 않는 진정한 통유(通儒)였다. 병진(兵陣)의 문제에도 정통하였는데, 이는 병법(兵法)을 천시했던 성리학 위주의 관료들이 임진왜란과 병자호란에 대책 없이 당했던 것과 대비된다.

성군(聖君) 세종마저도 학문에서는 일보를 양보했던 춘정의 이러한 사상은 한 시대를 규정했던 어떤 사상적 지형에서 가능했을까?

정도전의 구상을 조선 초기의 일반적 사상지형으로 이해하는 것은 급진적이다. 그의 구상이 조선 건국에 참여한 뛰어난 특정 엘리트 정치인의 개인적 차원의 포부와 희망이 포함된 것이라면, 세종의 명으로 편찬된 '용비어천가(龍飛御天歌)'는 국가와 사회의 유교화(儒教化)를 천명한 상황에서 세종 시대 최고 엘리트들의 '집단 지성'의 결정판으로 볼 수 있다. 그것은 조선왕조 개창의 당위성과 정당성, 그리고 유구한 근원을 드러내고자 하는 정치적 목적의 작업이기도 하면서 당시를 대표하는 엘리트들의 보편적인 생각을 엿볼 수 있는 '창(窓)'이기도 하다. 따라서 용비어천가는 당대 사상의 지형을 짐작할 수 있게 하고, 신념 체계를 알 수 있게 하며, 정치 상황의 이면을 분석할 수 있는 열쇠도 갖고 있다. 나아가 유교를 통치 이데올로기로 하였다는 조선조 초기의 유교 수용의 수준과 정도를 알 수 있으며, 그것이 우리 민족 사상의 기층(基層) 내지 고층(古層)과 어떠한 융화과정을 거치고 있는지도 엿볼 수 있게 한다.

용비어천가를 관통하는 사상적 기반은 성리학 일변도가 아니다. 오히려 '용비어천가'에는 성리학의 이기론(理氣論)이나 심성론(心性論)이 수용된 흔적이 거의 나타나지 않는다. 오히려 고대 유가정치사상을 정당한 것으로 수용한다. 여기에는 개국의 정당성을 옹호하기 위하여 중국 주(周) 왕국의 건설과정을 묘사하고, 『서경(書經)』과 『시경(詩經)』에서 묘사된 유교적 정치를 모델로 한다.

중국 정치사에서 나타나는 명군(名君)들의 행위를 정당한 것으로 인식하는데, 성리학자들이 비판하는 당 태종의 행적도 정당화의 맥락에서 긍정적으로 수용한다. 이처럼 '용비어천가[龍歌]'는 매우 정치적이고 현실적이며, 정통 또는 순정(純正) 성리학적 사유 방식과는 상당한

차이를 보인다.[1)]

순정 성리학과 어긋나는 사유 방식의 수용은 '용비어천가'의 도처에서 발견된다. 이것은 왕도(王道)사상만 강조한 것이 아니라 왕패겸용(王覇兼用)의 시각과 불교는 물론 전통적인 신이(神異)신앙도 수용되고 있다. 다른 학문이나 사상을 배척하는 '도통(道統)'이나 '정학(正學)'적 사유를 강조하는 조선 후기의 관점과는 다르다. 용비어천가에는 한당(漢唐) 유학적인 사유가 강하고, 성리학적인 사유는 약하다. 특히 주역(周易), 서경(書經), 시경(詩經), 맹자(孟子) 등의 경학(經學)과 중국과 한국의 역사적 지식이 원용되고 있음을 알 수 있다. 춘정의 학문과 행적도 이와 같은 문맥과 사상지형이 갖는 가치관을 바탕에 두고 이해하는 것이 적실할 것이다.

조선 후기의 주자(朱子) 일존(一尊)의 교조주의적 관점은 지금처럼 여러 학문이 공존하고, 다양한 종교가 공존하는 시대에서는 수정이 필요하고, 평가가 달라져야 한다. 아직도 우리 학계에서는 역사적 인물에 대한 주자학적 평가가 그대로 유지되고, 마치 그러한 평가가 영원불변인 것처럼 끊임없이 재생산 된다. 예를 들면 우리나라 경향(京鄕)의 주자학으로 유명한 양반 족보에서 임진왜란에 전사한 사람은 몇 예외를 제외하고는 찾기가 어려운 것은 그 '말'과 '글'이 실상을 왜곡하거나 은폐해 왔음을 보여주는 증거일지도 모른다.[2)]

---

1) 박병련, 『한국정치·행정의 역사와 유교-유교관료제의 형성과 유자관료-』, 태학사, 2017, 266~288쪽 등, 필자가 기왕에 했던 〈용비어천가〉 연구의 결론을 수용하여 요약함.

2) 실제로 조선 후기에는 유명한 학자의 '문인 만들기'가 조직적으로 추진되고, 족보의 변조도 무수히 이루어진 것이 곳곳에서 발견된다. 그럼에도 현재를 사는 사람들의 이해관계로 인해 계속 '거짓'이 학자들의 손에서 재생산 되고 있는 사례도 많다. '거짓'의 끊임없는 재생산이 '사실'로 정착된다는 것을 알고 있기 때문에 조직적 은폐와 묵인(默認)은 널리 활용되어왔다.

이런 관점에서 춘정의 시대와 춘정의 학문, 그리고 정치와 백성을 바라보는 춘정의 안목은 되돌아봐야 할 충분한 가치가 있다. 그것은 시대가 바뀌어도 사람은 근본적으로 바뀌지 않고, 당면한 문제 역시 형상은 달라도 본질은 변하지 않기 때문이다.

춘정이 살았던 시대는 한 인물의 사상과 행동을 결정하는 상위문맥(上位文脈, context)이 고려 시대와 다르게 완전히 바뀐 것이 아니었다. 조선 초기는 고려사회의 유풍(遺風)이 많이 남아 있던 시대였다. 예를 들면, 불교의 영향은 관료사회와 백성들 사이에 널리 퍼져 있었으며, 성리학을 국가 이데올로기로 내세웠음에도 태조와 세종, 세조는 불교를 독실히 신앙했다. 태종 역시 만년에는 불교를 존숭했을 정도다. 따라서 퇴계(退溪) 이황(李滉)과 율곡(栗谷) 이이(李珥), 나아가 우암(尤庵) 송시열(宋時烈)이나 갈암(葛庵) 이현일(李玄逸) 등의 시대에 형성된 상위문맥을 전제로 역사 초월적인 관점으로 춘정 변계량의 사상이나 행적을 평가하고 이해하려는 시도는 그 사람을 제대로 이해하는 것이 아니다.

2. 융합(融合)과 회통(會通)의 학문

1) 환경적 기반과 정치적 자산

춘정은 다음과 같이 말했다.

> "옛날의 철인(哲人)들이 도를 닦아 세상을 구제함이 비록 혹 같지 않았다 해도 그 요점이 근거하는 것은 모두 이 마음을 확충하여 일을 처리하는데 사용하는 것이다. 이는 유(儒)·불(佛)·도(道) 삼교(三敎)에서 찾아

보아도 대개 그렇지 않은 것이 없다."

춘정은 수기치인(修己治人)의 유교정치의 원칙적 과정을 수도(修道)와 제세(濟世)라는 보다 알기 쉬운 용어로 대치하고, 수도를 유교의 범주만으로 한정하지 않는다. 위의 언급에서도 알 수 있듯이 불교와 도가(道家)에서도 그 길을 가르치고 있다고 이해한다. 그는 정도전과 달리 유, 불, 도 삼교의 교훈을 대립적인 관계로 인식하지 않고, 회통(會通)하고 보완(補完)하는 것으로 본 것이다.

춘정의 이러한 사상적 경향이 어떻게 형성되었는가 하는 문제는 다양한 가설이 설정될 수 있는데, 태어난 고향인 밀양의 인문환경 및 자연환경과 상당한 연관이 있는 것으로 보인다.

춘정의 가문은 6대조 태학진사 변고적(卞高迪)이 밀양으로 처음 이거(移居)했는데, 부친 변옥란(卞玉蘭)대에 이르러 가문 번성의 초석을 놓았다. 그는 태조 때에 외직(外職)으로 청주와 충주의 목사를 지냈고, 내직(內職)으로 호조, 이조, 병조의 판서를 지낸 고관이었다. 천품이 강명(剛明)하면서도 인자하여 태조의 신임을 받았으며, 고향에서도 효성과 우애로 칭송을 받았다(卒記). 춘정은 밀양도호부 부서(府西)의 상서 초동면 구령(龜齡)촌에서 변옥란의 3남 1녀 중 3남으로 태어났다.[3)]

그가 태어난 밀양부의 초동(初同) 구령촌은 옛 신라의 영역이었지만 외가인 창녕지역은 가야의 영역으로 서로 가까이 이웃하고 있다. 신라의 문화와 가야의 문화가 오랫동안 교섭하고 동화(同化)되어 정착된 지역이었다.

---

3) 춘정이 밀양이 아니라, 서울에서 태어났다는 이설(異說)도 있으나, 구전(口傳)이나 유적, 대개의 자료는 밀양에서 태어났다고 한다.

구령촌의 진산(鎭山)은 덕대산(德大山)인데 높이는 600미터 중반이지만 걸치는 지역은 매우 넓은 특징 있는 산으로 넓은 못[國農沼]과 들을 품에 안고 있었다. 유교와 불교가 공존하고 있었고, 멀지 않은 곳에 낙동강이 들판을 가로질러 흐르는 곳이기도 하다. 신라 탈해왕(脫解王) 11년에 왕실의 귀척(貴戚)이었던 박씨 세력이 수종(隨從)세력을 이끌고 온[4] 이래 세족(世族)들이 깊은 기반을 가지고 고급문화를 유지해 오고 있었다. 춘정의 장인인 경상도절제사 박언충(朴彦忠) 가문이 그러한 예다. 박언충의 아우 박홍신(朴弘信)은 무장(武將)으로 태종의 총애를 받았는데, 좌군지병마사(左軍知兵馬使)의 직위로 형을 따라 대마도 정벌전에 참가하여 앞장서 돌격하다가 전사했다.[5] 박홍신의 사위가 강호(江湖) 김숙자(金叔滋, 1389~1456)로 춘정과는 사촌 동서였다. 따라서 점필재(佔畢齋) 김종직(金宗直)은 박홍신의 외손자가 된다.

춘정의 바로 이웃 마을에는 고려의 절신(節臣) 송은(松隱) 박익(朴翊)의 아들이자 포은(圃隱) 정몽주(鄭夢周)의 문생인 우당(憂堂) 박융(朴融) 형제가 새로이 터전을 잡아 와서 춘정을 선배로 모시고 교유했다.[6] 신라문화와 가야 문화의 융합, 산과 들, 강의 공존과 회통, 전통적 세족들의 결혼을 통한 결합이라는 구령촌의 일상(日常) 세계가 춘정 사유의 원형(原型)이 아니었을까?

변옥란의 첫째 부인은 창녕성씨 전객부령(典客副令) 성공필(成公弼)의 딸이고, 두 번째 부인은 창녕조씨 제위보(濟危寶) 부사(副使) 조석(曺碩)의 딸이었다. 성씨와 조씨 모두 밀양의 이웃인 창녕의 대성(大姓)으

4) 『삼국사기』, 「신라본기(新羅本紀)」, 탈해왕 11년.

5) 『점필재집』, 「이준록(彛尊錄)」.

6) 춘정을 기리는 비각은 우당(憂堂)과 인당(忍堂) 박소(朴昭)의 후손들과 창녕조씨 등, 이웃 사족들이 힘을 합쳐 건립했다.

로 일찍부터 상경 종사한 가문이었다. 대표적인 인물들로는 성석린(成石璘) 형제들과, 좌정승 조익청(曺益淸), 시중 조민수(曺敏修) 등이 있는데, 중앙정계에서도 정치적 지분이 상당했던 가문이었다.

춘당(春堂) 변중량(卞仲良)은 성씨부인 소생이고 춘정은 조씨부인의 소생이다. 성씨 가문과 조씨 가문은 원래 밀양 창녕지역에서는 성석린 형제를 위시하여 정당문학(政堂文學)을 지낸 조광한(曺匡漢) 등, 문한(文翰)으로 이름난 인물이 많아 '머리 좋은' 가문으로 소문이 나 있었는데, 춘정 형제들도 어렸을 적부터 두각을 드러내었다. 그 가운데서도 춘정의 천재성은 일찍부터 드러났다. 4세에 옛 시를 외웠고, 6세에 시를 지었으며, 14세(1382, 우왕 8)에 진사시에 합격하고, 15세에는 생원시에도 합격했다. 다시 17세의 나이로 대과(大科)에 합격하였다. 그 뛰어난 자질은 다음 세대의 문형을 잡았던 권제(權踶)가 '타고난 자질이 밝고 민첩하며[天資明敏]', '천성이 본래 총명하고 잘 깨달았다[性本聰悟]'라고 적시하고 있는데, 당시의 공론(公論)이었음을 알 수 있다.

특기할 것은 진사시의 동방(同榜)에 후일의 태종 이방원이 춘정보다 2세 위인 16세로 합격한 것이다. 이 동방의 인연은 함께 이색(李穡), 정몽주(鄭夢周), 권근(權近), 하륜(河崙) 등 대학자들의 지도를 받을 수 있었고, 태종이 춘정의 천재성을 일찍부터 알아볼 수 있는 계기가 되었다. 이 인연은 춘정이 자신의 학문과 경륜을 펼 수 있는 든든한 버팀목이 되고 있다.

춘정의 형 춘당 변중량(卞仲良) 역시 고려 말에 문과에 급제하였고, 태조 이성계의 큰 형인 이원계(李元桂)의 사위가 되었다. 춘당의 모친은 성공필의 딸이었는데, 춘당의 외조모는 충주지씨로 재상 지윤(池奫)의 질녀였고, 태종의 큰형인 이방우(李芳雨)의 부인과 정종(定宗:李芳果)의 빈(嬪)인 충주지씨와는 사촌 사이였다. 이러한 인연은 태조 이성계의 개국과 함께 왕실의 인척이 되었음에도 1차 왕자의 난 때 정도전 일파로 몰려 사형을 당한 것으로 볼 때, 당시 정국에 대한 소신이 뚜렷했던 것으로 보인다. 태종이 춘정을 이 사건에 연루시키지 않고 끝까지 보호한 것은 두 사람 사이의 신뢰가 깊었음을 간접적으로 알려 준다. 태종의 춘정에 대한 신뢰를 보여주는 사례는 매우 많다.

춘정의 시대는 아직 고려의 유습(遺習)이 많이 남아 남녀 사이가 비교적 자유로웠다. 춘정의 여동생은 불미스러운 일을 저지르고 춘정을 역모로 몰다가 사형을 당하기도 하고, 춘정이 아들을 얻지 못해 여러 번 장가를 든 일로 대간이 탄핵을 할 때도 태종은 받아들이지 않았다. 춘정이 겨우 얻은 아들(=英壽)이 모친의 신분[7]으로 불이익을 받지 않도록 바로 사정(司正)의 벼슬을 내리고, 춘정의 제사를 받들도록 한 것도 태종, 세종 양대(兩代)에 걸친 신뢰와 보살핌이 있었기에 가능했다. 춘정이 태종을 "신을 대함에 공이 없는데도 총애하시고, 죄가 있어도 용서하시는" 것으로 말하고 있는 것은 춘정 스스로가 느낀 바를 말한 것이다.

태종이 춘정을 세자 양녕대군의 빈객으로 삼아 보도하게 했고, 또 폐세자의 결단을 내리고, 충녕대군을 새로운 세자로 책봉하는 과정과 세종으로의 선위(禪位)라는 중대한 정치적 사건이라는 까다로운 정치

---

7) 춘정의 첫 번째 부인은 철원부사 권총(權總)의 딸로 조승(趙乘)에게 시집간 딸 하나를 두고 세상을 떠났으며, 두 번째 부인은 오씨(吳氏)인데, 친정에 가서 아이를 낳다가 난산(難産)으로 세상을 떠났다.「祭吳氏文」. 세 번째 부인이 동향(同鄕)의 박씨부인이고, 이 외에도 한 번의 장가를 더 간 것으로 보이기도 하지만, 공식적으로는 권씨부인과 박씨부인만 기록하고 있다.「행장(行狀)」. 아마도 유교적인 관습과 당시의 재산 분재 관습으로 보면, 권씨부인이 갖고 온 재산은 조승의 부인이 승계하고, 하나뿐인 아들인 변영수(卞英壽)가 춘정의 제사를 받들면서부터 박씨부인의 아들로 인정되며 밀양 청도 지역에 있는 박씨부인의 재산을 승계한 것이 아닌가 한다.

적 문제에도 춘정이 깊이 관여하였는데, 태종의 무거운 신뢰가 없으면 불가능한 일이었다.

그런데 춘정 역시 조선의 개국에 대해서는 스승인 목은과 포은, 그리고 형인 춘당의 노선을 따랐던 것으로 보인다. 이것은 그가 태조 원년에서 5년에 이르는 기간에는 병을 칭탁하고 벼슬에 나아가지 않았던 것에서도 짐작할 수 있다. 태조 5년 여름에 이르러 비로소 교서감승지제교(校書監丞知製敎)라는 문한직(文翰職)에 취임하였는데, 아마도 깊이 따르는 스승 양촌(陽村) 권근(權近)의 출사(出仕)와 왕자 이방원의 권유가 있었던 것으로 이해할 수 있을 것이다. 이로서 보면, 그는 고려의 역사를 부정하는 정도전 등의 입장과는 달랐음을 알 수 있고, 고려와 조선의 역사를 '단절'이 아니라 역사적인 '연속'과 '계승'의 관점에 서 있었음을 짐작할 수 있다.

2) 학문의 방법과 독서의 범위

춘정의 학문은 '정밀하면서도 넓었다[精博]'[8]. 독서의 범위는 성리학을 포함한 문(文), 사(史), 철(哲)의 영역은 물론, 불교, 도가, 병가 등 제가(諸家)의 학문을 널리 섭렵하고 요점을 잡았다. 널리 배우고 광범위한 독서를 하되 '요점'을 파악하는 것을 중시했다. '학문의 방법은 요점을 알려고 힘쓰는 것'이며, '요점을 파악하지 못하면 많이 배웠다 해도 소용이 없는 것'으로 보았다. 그는 경전해석에서도 여러 논의는 물론 맥락과 시대 상황에 대한 총체적 이해가 선행되어야 함을 강조한다.

춘정이 진법(陣法)에 관심을 가지고 이에 대한 논의를 전개하자, 공

---

8) 『춘정집』, 구서(舊序:權踶 撰).

자가 "조두(俎豆)에 대한 일은 일찍이 들은 바 있지만, 군대의 일은 배우지 못했다."「衛靈公」고 말한 것과 맹자가 "내가 진(陣)을 잘 치며 내가 전쟁을 잘한다고 하면 큰 죄인이다."「盡心章句 下」라고 한 말한 것을 들어 잘못이라고 비판하는 말들이 있었다. 이에 대한 춘정의 답론(答論)은 그의 학문하는 방법을 잘 보여주는 사례다.

춘정은 성현의 말과 글의 한 구절에만 매달려 확대해석하는 것은 바람직한 학문 태도가 아니라고 한다. 위 영공(衛靈公)은 무도한 임금으로 공자를 대하여 대뜸 진법을 물은 것은 그가 전쟁을 좋아하는 뜻을 드러낸 것이기 때문에 공자가 '배우지 않았다.'고 답하고는 바로 떠난 것일 뿐이라는 것이다.[9]

맹자의 시대는 천하가 바야흐로 전쟁하는 일이 급해서 성과 땅을 다투면서 사람을 죽여 들판에 가득하게 하여 생민의 도탄에 빠진 것이 극도에 이르렀기 때문에, 맹자의 말씀은 그 시대를 구제하는 것이었다고 말한다. 따라서 병진(兵陣)에 대한 논의를 하지 말아야 하는 건지는 공자와 맹자의 말 한마디만 뚝 떼어서 해석할 일은 아니고 다른 성현들은 이 문제에 대해 뭐라고 말하고 있는지도 살펴야 한다고 주장한다.

> "배우는 사람은 마땅히 선입견을 버리고 뜻을 다하여 그 취지를 살펴야지 한마디 말을 가지고 대뜸 정론(定論)이라고 해서는 안 될 것이다. 사마양저(司馬穰苴)의 병법에 말하기를, 천하가 비록 태평하다 해도 전쟁을 잊으면 반드시 위태롭고, 나라가 비록 강대해도 전쟁을 좋아하면 반드시 망한다고 했으며, 호안국(胡安國)은 말하기를 '병(兵)을 좋아해서는 안 되니, 병을 좋아하는 사람은 단속할 줄을 몰라 반드시 스스로 불에 타 죽는 재앙이 있게 된다. 또한 (병은)미워해서도 안 되니, 병을

9)『춘정집』,「진설문답(陣說問答)」.

미워하는 사람은 반드시 남에게 병권을 넘겨주는 화(禍)가 있게 된다.' 하였으니 그 말뜻이 한 편으로 치우치지 않았고, 또 억누르고 높이며, 가볍고 무거운 것의 분별이 있다. '그대의 군대를 잘 다스리시오.'라고 한 말은 주공(周公)이 성왕(成王)에게 고(告)한 것이었고, '육군(六軍)을 강성(强盛)하게 하시오.'라 한 말은 소공(召公)이 강왕(康王)에게 경계한 것이었다. 주공, 소공의 큰 가르침과 공자, 맹자의 올바른 말씀을 참고하고 아울러 사마씨(司馬氏)와 호씨(胡氏)의 설을 생각해보면 옛 어진 이들이 군사를 논한 취지를 알 수 있을 것이다."

이처럼 춘정은 병법서와 경전, 역사서를 넘나드는 방대한 독서량을 바탕으로 독득(獨得)의 경지에 이른 해석을 하고 있다.

그의 독서 범위를 구체적으로 살펴보면, 드러난 것만으로도 사서오경(四書五經)은 물론 『성리대전』(당시에는 처음 들어왔던 책), 진덕수(眞德秀)의 『대학연의(大學演義)』, 호안국(胡安國)의 『춘추전』, 주희(朱熹)의 『통감강목(通鑑綱目)』, 우리나라 사서(史書)인 『삼국사기』와 『고려사(高麗史)』, 도가(道家)의 양생서인 이붕비(李鵬飛)의 『삼원참찬연수(三元參贊延壽)』, 손진인(孫眞人)의 『양생(養生)』, 유가사상이 바탕에 있는 사마양저(司馬穰苴)의 『사마법(司馬法)』 등이 드러나고 있고, 그 외 각종의 도참(圖讖)과 비기(秘記)뿐 아니라 불교의 경전, 참선의 세계뿐 아니라 병진(兵陣)과 병법(兵法)에 관한 서적도 넓고 깊게 섭렵하고 있었음을 알 수 있다.

그럼에도 춘정의 성리학에 관한 문제의식은 문제의 요점을 꿰뚫고 있어 피상적인 지식에 머문 것이 아니었다.

① 개와 소의 성(性)은 사람의 성과 같은가? ② 이른바, 중(中)은 심(心)을 말한 것인가? 성(性)을 말한 것인가? ③ 증자(曾子)가 『대학(大學)』을 지으면서 성(性)을 말하지 않고, 자사(子思)가 『중용(中庸)』을 지으면

서 심(心)을 말하지 않은 것은 무슨 뜻인가? ④ 성악설(性惡說)은 순자(荀子)가 말하였고, 선악혼동설(善惡混同說)은 양주(楊朱)가 말했으며, 성삼품론(性三品論)은 한유(韓愈)가 말했는데, 세 사람 모두 맹자의 뒤에 태어났으므로 성선설(性善說)을 잘 알고 있었을 것이다. 그런데도 그들의 말이 같지 않은 것은 무엇 때문인가? 등이다. 그는 경전해석에서 맥락을 무시한 해석을 반대하고, 성현의 말씀이라도 그러한 말이 있게 된 배경과 맥락을 살펴서 그 진정한 의미를 이해할 것을 강조한다. 다만 그는 성리학으로 모든 분야를 수렴하는 것이나 주자학 독존(獨尊)에 매몰되는 수양이나 정치에 동의하지 않았다.

> "이붕비(李鵬飛)의 「삼원참찬연수(三元參贊延壽)」나 손진인의 「양생(養生)」 등의 글이 비록 자기 소견에 따라 논하여 치우치거나 순수하지 않은 점이 있으나, 사람에게 적지 않게 유익하니, 모두 상고해 보지 않을 수 없습니다."[10)]

이처럼 건강을 위해서는 도가류의 수련법도 도움이 된다고 군주에게 권하기도 하면서도 세종이 『자치통감강목(資治通鑑綱目)』에 열중할 때는 성리학에 관한 글을 보기를 권하기도 한다.[11)] 「연경사법화법석제문(演慶寺法華法席祭文)」, 「감로사중창원문(甘露寺重創願文)」, 「태상왕진언법석제문(太上王眞言法席祭文)」 등의 글뿐 아니라 도교에 관련된 「청사(靑詞)」와 「기우제문(祈雨祭文)」도 작성했다. 이런 글들은 성리학적 기준으로 문집을 재단했을 때는 모두 삭제되었던 글들이다. 성리학의 교조성이 문명이나 문화에 대해 얼마나 '폭력적'일 수 있는지를 잘 보

10) 『춘정집』, '永樂十九年封事'
11) 『세종실록』 3년 11월 7일.

여주는 사례이기도 하다.

춘정이 20여 년에 걸쳐 국가의 문형(文衡)을 담당하였는데, '귀신과 부처를 섬기고, 하늘에 제사 지낸' 것으로 후학들의 비난을 받았는데, 춘정이 '겉으로는 아닌 척하면서 실제로는 불교를 신앙했던' 당시의 많은 사대부들과 달리 소신에 따라 구애(拘礙)당하지 않고 처신했음을 알 수 있는 대목이기도 하다.

'배우는 자는 성현의 말씀에 대해 마땅히 마음을 비우고 뜻을 쏟아 그 의미를 살펴야지 한마디 말만 가지고 대뜸 정론(定論)이라고 해서는 안 될 것'이라는 비판적 독서법은 성현의 가르침을 언제나 '조선의 현실'에 조응(照應)시키면서 때에 적실한 해석을 도출하려고 노력한 춘정의 관심은 일관된다.

3. 춘정 정치사상의 기본 골격 : 불변의 도(道)와 시의(時宜)의 법(法)

앞에서 보았듯이 춘정은 국가경영은 물론 자신의 수양을 위해서도 어떤 학문은 특별히 배척해야 한다는 생각을 갖지 않았다. 그의 '수도제세(修道濟世)'의 '도(道)'는 추상적이고 관념적인 것이 아니라, 사물에 내재(內在)되어 있는 구체적인 것이었다. 즉 나라를 경영하는 '도', 군사를 움직이는 '도', 자신을 건강하게 유지하는 '도'와 같이 구체적으로 파악되어야 하는 것이었다.

그는 특정한 '이념적인 도'에 의지하여 모든 구체적 사물을 연역적으로 이해하는 조선 후기의 성리학자들과 달랐다. 조선 후기 성리학자들이 자신들의 독선적 '의리'를 현실 정치에 관철하려 하는 주자(朱子)

적인 '행도(行道)'의 역할을 자임했다면, 춘정은 현실적 문제 그 자체에서 '도'를 찾고자 하는 공자적인 '구도(求道)'에 방점을 찍고 있었던 것으로 보인다. 이미 스스로 '도'나 '의리(義理)'를 투철히 알고 있기 때문에 정치와 사회에서 '행도'하겠다는 태도는 '독선(獨善)'을 배태한다. 노론의 '도'와 소론의 '도', 남인의 '도'가 서로 다르다면, 이것은 잘못된 주자학이 아닌가? 조선의 당쟁은 자신들의 '도'와 '의리'를 앞세워 탐욕과 권력욕을 호도한 것은 아닐까? 이에 비교해 보면, 춘정은 '구도'하는 학자에 가깝다. 문제가 생기면 스승에게 묻고, 전적(典籍)에서 찾으며, 동료와 토론하는 세종 시대의 정치문화를 구현하는데 중심에 있었던 인물이다. 그는 끊임없이 조선의 현실에 맞는 제도와 법을 찾고자 노력했다.

젊어서 본 과거의 답안인 전시(殿試)의 대책(對策)에서 이미 이러한 생각의 골격이 드러난다.

> "다스리는 도리는 마음을 근본으로 하고, 다스리는 법은 때에 맞추어야 합니다. (다스리는) 도를 마음에 근본을 두지 않으면 정치하는 바탕을 만들 수 없고, 법을 때에 맞게 만들지 않으면 정치하는 도구를 갖지 못하게 됩니다. 마음을 집중하여 치도(治道)를 만들고, 때에 맞추어 치법(治法)을 세우는 데 있어서 요점은 집중(執中)에 있고, 집중의 요점은 정일(精一)을 버리고 무엇이 있겠습니까."

이것은 유교의 십육(十六) 자(字) 심법에 대한 춘정의 이해다. 후일 전시에서 대책 문제를 출제하였는데, 보다 간결하고 요점적인 춘정의 관점이 드러난다.

> "제도의 손익(損益)은 시대에 따라 다르다. 그런데 시끄럽게 이것저

> 것 관례를 끌어다 대는 바람에 제도를 제정할 수가 없으니, 어떻게 하면 선왕(先王)의 도리에 합치되면서도 세속의 시의(時宜)에 맞는 한 시대의 법을 만들어 영원히 유지하고 따를 수 있는 도구가 되게 할 수 있겠는가?"

선왕의 도(道)와 세속의 시의(時宜)는 대립적인 것이 아니다. 선왕의 도는 세속적 시의에 맞는 법으로 드러나는 것으로 도는 법을 수단으로 하여 현실에 그 구체성을 드러내는 것으로 보는 것이다. "옛날 제왕이 법을 만들 때, 반드시 시의(時宜)에 따름으로서 한 시대가 흥할 때마다 반드시 그 시대의 법이 있는 것"으로 이해하고, "법은 때에 따라 다르지만 다스리는 도리는 한 가지"라고 보았다. 이 말은 성인에 세운 법이라도 시대와 장소가 달라지면 달리 입법해야 한다는 데 방점이 찍힌다.

즉 입법은 단순히 옛날의 제도를 따르는 것이 아니라 "성인이 입법한 내용을 탐구하고, 인심과 풍속에 맞는지 살피고, 시중(時中)을 참작하여, 시공간의 구체적 현실에 적실하게 맞추어야 한다는 것이다. 다른 말로 하면 유교적 교의의 맹목적인 추종이 아니라 '조선의 현실'에 맞게 구체적인 입법을 해야 한다는 것이다. '집중(執中)'에 대한 춘정의 이해를 알 수 있는 부분이다.

그는 요순(堯舜)의 시대와 하(夏), 상(商), 주(周)의 삼대(三代)가 각자 다른 방법으로 나라를 다스렸지만, 모두 다스려지는 세상을 만든 것은 '시의(時宜)'에 맞는 자기 시대의 법을 만들었기 때문으로 이해했다. 아마도 춘정은 경전 가운데서도 『중용(中庸)』을 더욱 철저하게 공부한 것으로 보이는데, '존심(存心)과 순시(順時)를 '중(中)'으로 연결하는 독특한 이해를 하고, 이를 정치의 현장에 적용시키고 있다.[12]

이러한 생각은 군주권에 대한 관점에서도 삼봉(三峰) 정도전(鄭道

傳)과 대립한다. 공자가 "억지로 일을 만들지 않으면서 잘 다스린 사람은 순(舜) 임금이로다! 어찌 다스렸던고 하니 스스로 겸손하게 남면(南面)하고 있었을 따름이로다.「衛靈公」"라고 한 후, 군주의 무위이치(無爲而治)는 유가(儒家)의 이상적인 정치 리더십으로 자리매김 되어왔다. 정도전이 이에 근거하여 재상중심(宰相中心)의 정치론을 주창하고, 군주의 임무는 '재상 한 사람을 잘 선택하는 것에 있는[在擇一相]' 것으로 말했다. 춘정은 본인의 지론(持論)에 입각하여 이에 대해 반론하고 있다.

"임금의 직책은 재상 한 사람만 잘 선택하면 되고, 그러면 백관(百官)과 만사(萬事)가 모두 제자리를 찾는다고 하였습니다. 이것이 바로 임금이 훌륭한 인물을 얻으려 노력하다가 훌륭한 인물을 얻으면 편안히 앉아서 장구한 치세와 안정을 누리는 것입니다. 그러나 이는 **옛날에는 할 수 있었지만 오늘날에는 할 수 없는 것이니….**"

즉 요순의 시대에는 가능했을지 몰라도 개국 초의 조선에서는 불가하다고 말했다.

"권력과 이익의 칼자루는 하루라도 아랫사람에게 넘어가서는 안 됩니다. 임금은 외롭고 신하는 많습니다. 매우 많은 사람이 외로운 한 사람에게 복종하는 것은 이익이 있기 때문인데, 아래로 넘겨서야 되겠습니까?"[13]

이처럼 춘정은 재상 중심의 정치가 아니라 군주 중심의 현실주의

12) 『춘정집』, 「殿試對策」.

13) 『춘정집』, 「永樂十三年六月日封事」.

정치관으로 정도전의 논리를 반박한다. 그는 유가 정치의 이상으로 제시되는 군주의 '무위이치'를 조선의 현실에는 맞지 않는 것으로 보고, 대안으로 '근면(勤勉)'을 내세우면서 논거(論據)를 제시한다. "천도(天道)는 부지런하여 만물을 생겨나게 하며, 왕도(王道)는 부지런함으로 모든 공적(功績)을 이루는 것"이며, "우(禹)왕은 나랏일을 부지런히 하였고, 문왕(文王)은 아침부터 저녁까지 식사할 틈도 없이 일하여 만민을 융화시켰으며, 세상을 소강(小康)으로 끌어올린 한(漢)나라와 당(唐)나라의 임금들도 모두 부지런함으로 업적을 이룩했습니다."[14]라고 하면서 '공기남면(恭己南面)'한 요와 순이 아니라, 밤낮으로 치수사업에 헌신한 우(禹)임금을 성군(聖君)의 모델로 제시한다.

그는 인(仁)을 왕덕(王德)의 체(體)로 보고 명(明)을 용(用)으로 보면서, 부지런함(勤)을 체용을 포괄하는 것으로 보면서 근(勤)이야 말로 천도의 '쉼 없이 운행하는[健]' 것을 본받는 도리라고 설파한다.

이러한 그의 사상은 다양한 문제에 당면하여 일관되게 나타난다. 천인감응설(天人感應說)은 유교 정치사상의 저류(低流) 가운데 하나인데, 춘정은 '인사(人事)에 대한 반응'과 '기수(氣數)로 인해 우연히 일어나는 변화'를 구분하여, 자연현상으로 이해하는 관점을 도입하는 특징을 보인다. 그가 기왕의 주장에 구애받지 않음을 보여주는 한 사례다. 나아가 그는 천견(天譴)에 대하여 그냥 "반성하고 두려워하며 식사를 줄이는 자책(自責)"으로 끝내면 '일에는 도움이 안 되고 건강만 해치게 된다'고 하면서 '치도(治道)를 강론하여 나라의 근본을 바로 하고', '군법을 엄중히 하고', '인심을 숙연히 하여', '불의의 사태에 대비하는 적극적인 자세'를 요구하는 데, 한 가지만 아는 오활한 유학자와는 바탕

14) 『춘정집』, 「永樂十七年七月日封事」.

부터 다른 통유(通儒)의 모습을 잘 드러내고 있다.

4. 춘정의 구체적 업적

춘정의 업적은 큰 것에서 작은 것에 이르기까지 다양하다. 조선의 전례(典禮)를 정비하고, 사전(祀典)에 사용하는 축문(祝文)과 제문(祭文)의 기본 형식을 정했으며, 종묘(宗廟)의 제의(祭儀)와 산천제(山川祭) 등, 국가 의전(儀典)을 정하는데 관여한 것은 문형으로서의 업무에 속한다 해도 악가(樂歌)의 창제에도 핵심적인 역할을 수행하고 있다. 그 가운데서도 춘정이 지은 「하성명가(賀聖明歌)」는 명나라의 사신이 듣고는 그 가사(歌詞)를 베껴 가기도 했다. 가히 통유(通儒)의 진면목을 보이고 있다 해도 과언이 아니다. 춘정의 업적은 몇 가지 큰 범주로 묶어서 정리할 수 있다.

1) 대명(對明) 외교의 안정화

조선 초기 명과의 외교에서 춘정은 중요한 역할을 수행했다. 그 대표적인 예가 공물에서 금과 은을 빼고 포자(布子)로 대체하는 일이었다. 조선 초기의 대명 외교는 그렇게 원활하지 않았다. 태조 때, 표전(表箋) 문제로 정도전을 소환하려는 명에 대해 요동정벌을 계획하기도 하였고, 명나라에 간 사신이 체포되어 귀양 가서 죽는 사건도 발생했다. 세종 때에 대명 관계는 안정적이 되었으나, 이 시기에는 조공(朝貢)관계와 사신 접대에 상당한 어려움이 있었다. 조선이 바치는 공물(貢物) 가운데, 가장 부담이 되는 것은 금과 은(金銀)이었다. 공물에서 금은을 없애달라는 요청하기로 하고, 대신 어떤 물품으로 대체할 것인가에 대한 논의가 있었다. 황희(黃喜), 맹사성(孟思誠), 윤회(尹淮)는 마필(馬匹)과 포자(布子), 유후지(油厚紙)를, 허조(許稠)와 정초(鄭招)는 마필과 포자만을, 춘정은 포자만 보내자고 하였는데, 결국 춘정의 의견대로 표문을 올려, 명의 허락을 받고 영구히 공물 목록에서 삭제했다.「行狀」

세종대의 비교적 안정적인 대명 외교에서도 사신 접대와 조공의 문제는 어려움이 많았다. 특히 사신 접대와 표전문에 있어서 학문적 능력은 국격(國格)을 나타내는 것이기도 하고 순조로운 외교관계에 필수적이었다. 특히 명나라와의 안정된 외교관계의 구축 없는 조선의 발전은 바라기 어려웠다. 특히 '사정을 곡진하게 표현한 빼어난 문장'으로 금은(金銀)의 조공문제를 완전히 해결한 것은 조선의 부담을 크게 경감한 외교적 성과였고, 이후의 국력 신장에 큰 보탬이 되었다. 양촌(陽村)과 춘정(春亭)으로 이어지는 문형(文衡)이 조선 초기 사대 외교의 안정화에 기여한 것은 주목해서 보아야 할 부분이다.

2) 인재교육의 활성화와 공정한 선발의 제도화

세종 2년(1420) 세종은 춘정의 건의를 받아들여 집현전을 재정비하였다. 세종은 고려 때부터 제도는 있었으나 별다른 기능을 하지 못했던 집현전(集賢殿)을 대궐 안에다 두고, 문관 가운데 재주와 행실이 뛰어난 젊은 인재를 발탁하여 집현전 관원으로 임명했다. 이들은 경전과 역사를 연구하며 왕의 자문에 대비하였는데, 학문을 연구하여 경연(經筵)과 서연(書筵)에 참여하는 등의 임무가 부여되어 최고의 엘리트 양성기관이 되었다.

춘정은 집현전의 업무를 관장하는 대제학이 되어 '새로운 조선'을 이끌어 나갈 인재 양성의 중심 역할을 수행했다. 집현전의 관원이 되기 위해서는 '반드시 춘정의 추천이 있어야 했던'[15] 것에서도 그의 역할을 알 수 있다.

그는 인재를 선발하기 위해서는 먼저 학교 제도를 정비하는 것을 급선무로 보았다. "학교의 성쇠(盛衰)에 따라 세도(世道)의 척도가 올라가거나 내려가며 정치가 좋아지거나 나빠졌다."는 역사 인식에서 '원점(圓點)의 법'을 강화하여 태학(太學)의 생원들은 300점을 채워야 관시(館試)에 응시할 수 있도록 했다. 특히 그는 '어떤' 재능을 갖춘 인재인가를 중시했다. 문관은 경학(經學)과 아울러 예능을 겸비할 것을 요구했고, 무관의 경우에는 병략(兵略)에 통하고 충의(忠義)에 독실할 것을 요구했다. 그가 과거제도의 개편에서 권근과 함께 '제파(製派)'의 중심이었고, 정책 과정에서 '윤대(輪對)의 법'을 건의하기도 했다.

이처럼 춘정은 집현전의 설치와 활성화를 통하여 세종 초기의 문운(文運)을 일으키는데 크게 기여하였고, 여기에 더하여 유능한 인재를 선발하는 것을 임무로 생각하여 최선을 다하였다.

> "문형을 맡은 20여년, 사대(事大)하고 교린(交隣)하는 문서가 모두 공의 손에서 나왔는데, 조정에서는 언제나 표현된 말이 빈틈없고 절실한 것을 칭송했다. 다섯 번 회시(會試)를 주관하고, 세 번 사마시(司馬試)를 주관하였으며, 두 번 친시(親試)의 독권관(讀券官)이 되었는데, 그 선발함이 하나같이 지극히 공정하였다. 그리고 과장(科場) 주위를 엄하게 단속하고 응시자의 부정을 금하여 고려조의 어지러운 습속을 혁파하고 만대(萬代)에 이어갈 과장의 법을 바르게 하니, 선비들이 모두 복종했다."「行狀」

---

15) 정척(鄭陟) 撰「行狀」. 같은 시대를 살았던 정척이 지었기 때문에 매우 신빙성이 높다.

춘정이 과거를 공정하게 관장한 「실록(實錄)」의 기록으로 남아 있는 것은 태종 14년(1414)의 회시(會試)인데, 공정하게 선발한 시험으로 크게 인정받고 있었음을 알 수 있다.[16] 나아가 과거 합격자가 학문을 게을리하지 못하게 하기 위한 '춘추과(春秋科試)'와 '사가독서(賜暇讀書)'의 제도도 그의 건의에 따라 만들어졌다. 『효행록(孝行錄)』의 간행도 그의 건의에 따른 것이었다.

3) 국방정책의 일관성 유지와 훈련체계의 정비

세종 10년(1428), 국내외가 군사, 외교적으로 안정되자, 시위군사(侍衛軍士)에게 시위하는 업무 대신에 농사(農事)에 전념하게 하자, 춘정이 시위군사는 본래 불의(不意)의 사변에 대비하는 목적으로 설치한 것인데, 안정(安靜)함을 믿고, 적을 막는 준비를 소홀히 할 수는 없다고 반대했다.

> "시위군사를 설치한 것은 밖을 방어하고 안의 예측하지 못한 사변에 대비하고자 하는 것인데, 요사이 안과 밖이 무사하다고 하여 외방의 시위군사들을 혹은 농사철이라서, 혹은 흉년이라서, 혹은 추위와 더위 때문에 번을 서지 않게 하며 … 오로지 농사일에만 전념하게 합니다. 이것은 진실로 전하께서 백성을 구휼코자 하는 마음이십니다. 그러나 재화(災禍)와 환란(患亂)은 언제나 예측하지 못한 데서 일어나는 것입니다. 어찌 안정(安靜)함만을 믿고 수비와 방어를 소홀히 할 수 있겠습니까. 다만 마땅히 다른 방식으로 구휼해야 합니다."[17]

---

16) 『태종실록』 14년 2월 26일.

17) 『태종실록』 14년 4월 27일.

춘정은 일시적인 재변(災變) 때문에 경솔하게 정책의 일관성을 해쳐서는 안 된다는 입장을 견지하고 있었다. 정책이 정해지면 웬만한 상황의 변동이 있어도 지켜야만 원래 정책이 목표했던 효과를 거둘 수 있다고 보았다.

> "제왕이 천하 국가를 다스릴 때, 지켜야 할 규범을 세우고 시행하여 구 규모가 이미 정해졌으면, 비록 재변이 생겨도 또한 마땅히 한결같이 지켜서 유구한 효과를 기다려야지 가볍게 바꾸어서는 안 될 일입니다."[18]

이러한 춘정의 생각은 호패법(號牌法)의 실시 문제에서도 '백성이 꺼리는 일이라도 세우지 않으면 안 될 법이 있고, 백성이 좋아하더라도 실행해서는 안 될 일이 있다.'는 확고한 원칙으로 자리 잡고 있음을 알 수 있다.

춘정은 기근(饑饉) 때라도 군사훈련을 게을리해서는 안 된다고 했는데, 조선 전기의 군사훈련 체제를 정비하는 데 핵심 역할을 수행했다. 세종에게 왕위를 물려준 태종은 정도전의 진법을 대체하고, 공적인 군제 개편에 맞는 새로운 진법을 만들도록 했고, 춘정이 오진법(五陣法)을 만들어 올렸다.

> "상왕(上王)이 참찬 변계량에게 명하여 옛 제도를 살펴서 진법을 만들게 했다. 왕은 대궐 안에서 그린 진법 한 축(軸)을 내어 주었다. 변계량이 참고하고 연구해서 오진법을 만들어 올리니 훈련관으로 하여금 이 진법에 의거하여 교습(敎習)하게 하였다."[19]

---

18) 『춘정집』, 「永樂十七年七月日封事」.

19) 『세종실록』 3년 5월 18일.

춘정의 오진법은 정도전의 「진법(陣法)」에 비해 향상된 전술과 전법(戰法)을 보여 주고 있다고 평가된다. 병략(兵略)에 정통했던 춘정이 왜구들의 침략과 약탈이 심해지자 홀로 대마도 정벌을 건의하여 성공한 것도 그가 일반 문사(文士)의 범주를 벗어난 인물이었음을 알게 하는 증거다. 그의 장인인 절제사 박언충(朴彦忠)이 동생 박홍신(朴弘信)을 데리고 적극적으로 정벌에 참여한 것도 우연이라고 보기는 어렵다.

이 외에도 30년 간 먹을 양식을 비축하지 못하면 나라 구실을 못한다고 하면서 제언(堤堰)의 축조(築造)와 수리 시설을 확충하여 경작지를 넓힐 것을 건의했는데, 국가멸망의 중요 원인을 재정의 고갈에서 찾는 그의 인식과도 관계가 있다.[20]

이상 몇 가지 범주에서 춘정의 업적을 간략히 개관했는데, '넓고 정밀한[博精]' 학문과 여러 방면에서 대체(大體)와 요점(要點)을 파악하고 있는 '통유(通儒)'였음을 알 수 있다. 이것은 성리학이나 주자학만을 고집하는 유학자들이 미칠 수 있는 바가 아니었고, 이는 세종 시대의 성치(盛治)가 우연이 아니었음을 말해 주는 증거이기도 하다.

5. 결론 : 정치의 목적은 백성의 삶을 윤택하게 하는 것

춘정은 스스로를 '성품이 곧아서 세상에 아부하지 못한다.'[21]고 했는데, 자신에게 불리한 일이라도 감추려고 하지 않았다. 유학(儒學)에서는 '자기를 속임이 없는 것[毋自欺]'을 중하게 여기는데, 춘정의 일상

20) 『춘정집』, 「請築堤堰上書」.
21) 『태종실록』 12년 6월 26일.

이 그랬던 것으로 보인다. 특히 다른 사람을 의식해서 말을 바꾸지 않았다.

'하늘이 군주를 세운 것은 백성을 위한 것'이며, '추위와 더위를 가릴 것 없이 분주하게 일하여 일 년 내내 윗사람을 섬기는데 (백성을)사랑하지 않을 수 있겠는가?' 하면서 '백성의 살림을 일으켜 위로는 부모를 봉양하고 아래로는 자녀를 양육할 수 있도록'하는 것이 정치의 목적이라고 말한다. 그 수단으로 농사를 힘쓰고, 제방(堤防)과 수리 시설을 확충하여 농지를 늘리고, 유휴인력을 동원하여 생산량을 늘려야 한다는 대책을 제시했다.

춘정은 현실과 조응(照應)하지 못하는 교조적인 경전해석을 싫어했다. '국가를 유지하는 길은 양식을 풍족하게 하는 것보다 앞서는 것이 없다[有國之道 莫先於足食]' 하였는데, 굶는 백성에게 '믿음'을 요구하기는 어렵다는 인식을 드러낸다. 고려가 망한 원인도 '재정을 남용하여 창고가 바닥난 것' 때문이라고 진단했다.

그는 정치가와 학자는 달라야 한다는 생각을 가졌던 것으로도 보이는데 당대 최고의 석학이었지만, 유학에 경도되지 않았고, 독실한 불교 신자였지만, 종교의 이익을 국가의 이익에 우선하지 않았다. 백성의 삶을 풍족하게 하고 나라의 곳간을 채우는 일이라면 유교적 교의(教義)에 반대되는 것이든, 불교를 억압하는 정책이든 간에, 심지어는 유교에서 이단(異端)으로 보는 사상이든 가리지 않았다.

이러한 춘정의 사상과 활동은 당시의 '부유한 환경에서 성리학적 교육만을 전수(專修)받아' 과거로 출사한 젊은 관료들의 눈에는 납 하기 어려운 측면이 있었다. 그들의 춘정에 대한 평가가 『실록』에 남아 있는데, 오늘날의 눈으로는 '우스운 내용'이 대부분이다.

예를 들면, '유학에 통달한 석학으로 선도(仙道)를 수련하고, 하늘에 제사를 지내고, 수륙제(水陸齊)를 베푼 것'과 '귀신을 섬기고 부처를 받들며', '하늘에 절하는 일'등을 지적한다. 대체로 춘정의 종교와 제천(祭天)의식에 관계된 것이다.

> "변계량이 부처에 혹하고 신(神)에 아첨하며, 하늘에 배례하고 별에 배례하여 하지 못하는 일이 없고, 심지어 동국(東國)에서 하늘에 제사할 수 있다는 설(說)을 힘써 주장하니, 분수를 범하고 예를 잃음을 알고 있으면서 억지 글로서 옳은 이치를 빼앗으려 한 것뿐이다."

반면 사관(史官)들도 태종의 대마도 정벌이 춘정의 건의를 따른 것이라 하고, 외교문서 작성을 전담하여 외교관계를 안정시킨 것과 공정한 인재 선발 등에 대해서는 칭송하고 있다.

> "변계량이 거의 20년 동안 문형을 맡아 사대(事大)하고 교린(交隣)하는 사명(詞命)이 그의 손에서 많이 나왔고, 과거를 주관하여 선비를 뽑는데 한결같이 지극히 공정하게 하여 전조(前朝)의 함부로 부정(不正)하게 하던 습속(習俗)을 다 고쳤다. 일을 의논하고 의문을 해결하는데 이따금 다른 사람의 상상을 뛰어넘는 일이 있었다."[22)]

춘정은 전통 시대에는 드물게 보는 '열린 사고'의 소유자였다. 그는 유교적 이상과 조선의 현실 사이에서 '적실한[中]' 해결책 을 찾으려고 노력했으며, 무엇보다도 '부지런해야만[勤]' 성과를 낼 수 있다고 보는 특색 있는 학자 정치가였다. 특히 '보이지 않는 곳에서 근신하고 들리지 않는 곳에서 두려워하라[戒愼乎其所不睹 恐懼乎其所不聞]'는 『중용』의

---

22) 『세종실록』 12년 4월 24일. 「卒記」.

격언을 '이는 잠시라도 부지런하지 않으면 안 된다[蓋言須臾之不可不勤也]'고 해석한 것은 그의 '근면함'을 보는 사상적 기초가 탄탄함을 알 수 있게 한다.

그는 유·불·도는 물론 문학, 병법, 음악, 고금의 역사 등에 널리 통했고, 이런 열린 학문을 기초로 "큰일에 처하여 크게 의심스러운 것을 결단함에 있어 사람들이 전혀 생각하지 못하는 안을 제시하였는데, 동료들이 처음에는 실정에 어둡다고 의심했지만 끝내는 그 견해의 탁월함에 복종'하게 만들었던 창의적인 사고의 소유자이기도 했다.

춘정이 자기 시대의 정치를 '성치(盛治)'가 되도록 크게 기여한 점은 그가 가졌던 '통유(通儒)'의 자질에 기반했다고 해도 과언이 아니다. 당대에 인정된 관념에 따른 좋은 말과 글만 저술하는 선비는 비판할 곳이 별로 없지만, 정치라는 복잡계(複雜界) 안에서 경륜을 발휘하는 사람은 구체적인 이해관계로 인해 모든 사람의 칭송을 받기는 어렵다.

춘정은 그런 평가에 흔들리는 인물이 아니었다. 춘정이 보여주는 '통유(通儒)'의 모델은 어쩌면 민주사회라는 현대의 정치가에게서도 기대해야 하는 모습이 아닐까? 춘정을 재조명해 보는 중요한 이유도 오늘을 사는 우리가 본받아야 할 부분이 너무 많기 때문일 것이다.

이 글은 "제1회 춘정 변계량선생 재조명 학술대회"(2017.11.8.) 발표 자료를 일부 수정한 것이다.

조선왕조 초기의 수성책과 춘정 변계량의 역할

정경주

1. 서설

춘정(春亭) 변계량(卞季良, 1369~1430)은 삼봉(三峯) 정도전(鄭道傳, 1342~1398), 송당(松堂) 조준(趙浚, 1446~1405), 양촌(陽村) 권근(權近, 1352~1409), 호정(浩亭) 하륜(河崙, 1347~1416) 등 조선왕조 건국 초기 입국 설계자들의 뒤를 이어 문화 제도의 정립에 크게 기여한 인물이다.

공민왕(1351~1374재위) 말년 이후 고려왕조는 왕실의 부진과 권신의 토지 겸병 및 국교(國敎)인 불교의 폐단으로 국고가 탕진되고, 원(元)나라가 쇠락하고 명(明)나라가 발흥하는 동북아 정세의 급격한 변동에 적절하게 대응하지 못한 채, 극심한 외우와 내환에 시달리고 있었다. 더구나 북쪽으로 홍건적과 남쪽으로 왜구의 잦은 침범으로 인하여 대두된 군벌(軍閥)의 대립은 왕권을 무력화하고 당파 간의 알력을 심화시켜, 마침내 조선왕조의 출범을 보게 되었다.

당초 공민왕조에 목은(牧隱) 이색(李穡, 1328~1396)의 지도 아래 성리학의 교도를 받고 성장한 신진 관료들 중에는 포은(圃隱) 정몽주(鄭夢

周, 1337~1392)나 도은(陶隱) 이숭인(李崇仁, 1347~1392) 등과 같이 여전히 고려 왕실을 지탱하려고 부심한 문신들이 적지 않았지만, 국교로 받들었던 불교의 폐해와, 부패하고 무능한 고려 조정에 실망한 신진 관료들의 지지를 받은 이성계의 조선왕조의 출범을 막기에는 역부족이었다.

조선왕조의 출범을 지지한 관료들은 새 왕조의 출범에 앞서 대대적인 전제(田制) 개혁을 통하여 국가 재정의 기반을 확보한 데다가, 개국 직후에는 조준이 편찬한 『경제육전(經濟六典)』과 『주관육익(周官六翼)』, 정도전의 『조선경국전(朝鮮經國典)』 등의 저술을 기반으로 관료 제도를 개편하여 인재 등용과 행정 체계를 새로 정비하고, 불교 사찰에 대한 특혜를 크게 박탈하는 한편, 노비 제도를 재조정하고 사병(私兵)을 혁파하여 군벌의 등장을 미연에 방지하였다. 이들은 조선왕조 건립의 정당성을 옹호하고 조선 왕조의 정체성을 정립하기 위한 문화 사업에 크게 힘을 기울였는데, 여기에는 고려 말 이래 성리학의 교양을 토대로 과거를 통하여 진출한 청장년의 학자들이 대거 참여하였고, 그 중심에는 조선 초기 관각(館閣)을 담당한 권근, 하륜, 변계량 등이 있었다.

이 중에서도 태종과 그 뒤를 이은 세종의 절대적인 신임을 받아 근 20여 년 동안 관각의 수장(首長)으로서 문한(文翰)의 책임을 맡아 조선왕조 건국 초기 문화정책의 방향을 정립하고 그 제도를 확정하는 데 핵심 역할을 감당하였던 인물이 춘정 변계량이다. 여기에서는 조선왕조의 창업에 뒤이어 제도와 문물을 정비하여 수성의 기반을 마련한 태종조에서 세종조에 걸쳐 춘정이 관각 수장으로서 저술한 몇 종의 문자와 국가 전례 및 인재 양성과 관련하여 제기한 몇 가지 사안을 중심으로 당대 수성의 요점과 그 방향을 간략하게 개관하려 한다.

2. 수성(守成)의 시대

조선 정종 2년(1400) 정월 24일 대간(臺諫)에서 서경(署經)의 법을 시행할 것을 청하였는데 그때 문하부(門下府)에서 올린 상소에 다음과 같은 말이 있다.

> 태상왕(太上王) 전하께서 개국(開國)을 경영할 때 인심이 이합(離合)할 즈음을 당하여 관교(官敎)의 법을 사용하여 훈로(勳勞)의 인사를 대우하였는데, 이는 곧 일시의 편리함을 취한 것이지 만세토록 남겨줄 법이 아닙니다. 전하께서는 수성(守成)의 운을 당하여 초창기에 임시로 조처한 법 가운데 고쳐야 마땅한 것을 두고, 태상왕의 제도는 감히 가벼이 고치지 못한다고 하면 그 폐단은 장차 이루 말할 수 없을 것입니다.[1)]

그해 6월 성균악정 정이오(鄭以吾)가 궁중의 진무소(鎭武所) 갑사(甲士)를 폐지하도록 청하는 글을 올렸는데, 그 글에 또한 다음 내용이 들어 있다.

> 무릇 초창(初創)과 수성(守成)은 그 법이 같지 않습니다. 우리 태상왕께서 전조(前朝)의 쇠란(衰亂)의 말기를 당하여 도탄에 빠진 민생을 구하고 국가를 반석에 올려놓아 천명과 인심이 그냥 놓아두지 않음이 있었습니다. 그러나 초창한 지 오래지 않아서 특별히 의흥삼군부(義興三軍府)를 두고 궁중에 갑사(甲士)를 많이 양성하고 훈척(勳戚)에게까지 각기 각 도의 병사를 관장하게 하였습니다.[2)]

---

1) 恭惟太上殿下 當開國經營之時 人心離合之際 卽用官敎之法 以待勳勞之士, 斯乃取便一時 非所以垂憲萬世也. 殿下當守成之運 草創權宜之法 在所當改, 苟以爲太上之制 不敢輕改 則其爲弊 將有不可勝言者矣.

2) 夫草創與守成 其法不同. 惟我太上王 當前朝衰亂之季 拯民塗炭 措國盤石, 天命人心 有

이듬해 태종 1년 신사년(1401) 1월 7일 참찬문하부사 권근은 치도육조(治道六條)의 상소를 올렸는데, 그 다섯 번째에 절의(節義)를 포상해야 한다고 하면서, 정몽주(鄭夢周)와 길재(吉再)의 포상을 건의하며 다음과 같이 말하였다.

> 다섯째는 절의(節義)를 포상하는 것입니다. 예로부터 국가를 소유한 자는 반드시 절의의 인사를 포상하였는데, 만세의 강상(綱常)을 견고하게 하기 위한 것입니다. 왕자(王者)가 의리를 내걸고 창업할 때는, 나에게 붙는 자에게 상을 주고 붙지 않는 자에게 죄를 주는 것이 당연한 일입니다마는, 대업(大業)이 이미 확정되어 수성(守成)할 때는 반드시 절의를 다한 앞 시대의 신하를 포상하여, 죽은 자에게는 추증(追贈)하고, 남아 있는 자는 징용(徵用)하여 아울러 포상함으로써 후세의 신하의 절개를 격려하는 것이 고금에 통용되는 의리입니다.[3]

태종 11년 신묘년(1411) 7월 대간에서 하륜과 권근이 지은 태조(太祖)의 행장(行狀)과 비문(碑文)을 문제 삼아 탄핵하자, 하륜이 이를 변호한 글에서도 다음과 같이 말하였다.

> 신은 가만히 생각건대 국가를 소유한 자는 창업과 수성이 같지 않습니다. 창업의 군주는 반드시 전 시대의 쇠란의 말기에 나타나고, 반드시 호걸의 인사들이 모여들어 협력하여 모의하여 그 사이에서 용사(用事)하면서, 사류(士類)들을 암암리에 끌어들여 자기편에 붙는 자를 몰래 진

不容釋然 草創未久 特置義興三軍府 而宮中多養甲士 至使勳戚 分掌各道之兵.

3) 五日褒節義 自古有國家者, 必褒節義之士, 所以固萬世之綱常也 王者擧義創業之時, 人之附我者賞之, 不附者罪之 固其宜也. 及大業旣定 守成之時 則必賞盡節前代之臣 亡者追贈 存者徵用 竝加旌賞 以勵後世人臣之節 此古今之通義也.

> 출시키고 자기와 달리하는 자를 배척한 다음에 큰 계획이 이에 성립됩니다. 위(魏)나라나 진(晉)나라 이래로 조송(趙宋)에 이르기까지 모두 그렇게 하지 않음이 없었습니다. 그러다가 큰일이 이미 완성되면 전 시대에 배척하여 떠난 신하들을 모두 돌이켜 등용하니, 이는 이치나 형편으로 보아 그렇게 하지 않을 수 없는 것입니다.[4)]

이와 같이 조선 건국 이후 태조와 정종을 이어 왕위를 계승한 태종과 세종 시대의 조정 관료들은 자신들의 사명이 새 왕조(王朝)의 수성(守成)을 견고히 하는 데 있다고 생각하였다. 그러므로 당대 조정 대신들의 국정 논의의 기조는 이태조의 창업을 지켜갈 수성의 대책을 강구하는 데 중점을 두고 있었다.

당대 수성의 주요 핵심 내용은 태종 2년 임오년(1402)의 회시(會試)에 지공거(知貢擧)를 맡았던 권근이 제출한 회시의 책문(策問)에 대강 제시되어 있다. 권근은 이 책문의 서두에 수성의 내용을 다음과 같이 나열하였다.

> 묻노라. 예로부터 국가를 소유한 자는 반드시 제도를 세워서 한 시대의 정치를 일으켰다. 그러나 초창기에는 제도를 만들 겨를이 없어서 반드시 수성(守成)을 기다린 뒤에 확정하였다. 그러므로 문왕(文王) 무왕(武王)이 주(周)나라를 만들고, 성왕(成王)에 이르러서 예악(禮樂)이 크게 갖추어졌다. 한(漢)나라는 고제(高帝)로부터 문제(文帝)와 경제(景帝)를 거치면서 옛날 예문(禮文)을 상고하는 일에 빠진 것이 많았는데, 무제(武帝)에 이르러서야 태학(太學)을 일으키고, 정삭(正朔)을 바꾸고,

---

4) 臣竊惟有國家者 創業與守成不同 創業之主 必出於前代衰亂之季 必有豪傑之士歸心協謀用事於其間 陰引士類 附已者進之 異己者斥之 然後大計乃成. 若魏晉以來至于趙宋 莫不皆然. 及至大事旣成 前代之時斥去之臣 皆反爲所用 此理勢之不得不然者也.

복색(服色)을 고치며, 음률(音律)을 조정하였으니, 한(漢)나라의 제도가 이에 갖추어졌고, 호령과 문장이 환하여 서술할 만하였다.[5)]

이 책문에 의하면 국가 창업 뒤의 수성(守成)이란 제도를 세워 예악(禮樂)을 갖추는 일이며, 그 내용은 학교를 일으키고, 정삭을 바꾸고, 복색을 고치며, 음률을 조정하는 등 문화 제도를 정비하는 일이다. 다음으로 이어진 질문에서 권근이 열거한 것 또한 문묘(文廟)의 건립과 흥학(興學), 종묘연향(宗廟讌享)과 회조반서(會朝班序)의 의식의 절차와 악장(樂章) 제정, 상하복색(上下服色)의 확정, 음사무격(淫祀巫覡)의 풍습 타파 등 네 가지로 요약된다.

새로운 왕조의 건립을 주도한 인물들이 내세운 정일집중(精一執中)의 학문은 곧 성리학의 이념이고, 성리학의 이념으로 예악을 일으킨다는 것은 곧 고려조의 불교의 폐습을 타파하고 성리학의 이념에 입각한 사회 질서를 수립함을 의미하는 것이다. 이를 달성하기 위해서는 새 왕조의 정치 이념인 성리학과 그 실천 방안을 투철하게 이해하는 인재를 확보하여 실행하게 하는 제도를 정립하는 일이 무엇보다 우선되어야 할 과제이다. 그러므로 유가(儒家)의 예악(禮樂)으로 새로운 제도를 수립하고 실행하기 위하여 문묘(文廟)를 건립하고 유학을 장려하는 한편 기존의 폐습을 개혁하는 일을 두루 열거하였던 것이다.

춘정 변계량은 이러한 수성의 시대에 그 스승인 양촌(陽村)과 호정(湖亭)이 내세운 정치 이념을 충실히 계승하여 문치(文治)의 규범을 마련하고 그 책무를 다하였다. 그는 세종 즉위 직후인 영락 17년(1418) 7월에

---

5) 問. 自古有國家者 必立制度以興一代之治. 然在草創 未遑制作 必待守成而後定. 故文武造周 至成王而禮樂大備 漢自高帝以歷文景 稽古禮文之事猶多闕焉. 及至武帝 興太學 改正朔 易服色 協音律 漢家制度於是乎備 號令文章 煥焉可述.

재해로 인한 구언(求言)의 교지에 응하여 3조의 봉사(封事)를 올리면서 그 말미에 다음과 같이 말하였다.

> 신은 또 수성(守成)과 창업(創業)은 같지 않다고 들었으며, 옛사람의 말에 그 어렵고 쉬움에는 다름이 있다고 하였습니다. 하늘이 창업의 군주를 내면 반드시 수성의 군주를 냅니다. 우리 태조(太祖)께서는 창업에 전심하였고, 우리 전하께서는 수성에 전심하며, 우리 상왕(上王) 전하께서는 창업과 수성을 겸하였습니다. 창업의 시대에는 진취(進取)를 귀하게 여기고, 수성의 시대에는 안정(安靜)을 귀하게 여기는 것은 시세(時勢)가 그러해서입니다. 전하께서는 신이 말씀드린 세 가지 가운데서 이미 능하신 것은 보존하고 아직 모자란 것은 힘쓰시기 바랍니다. 또한 삼대(三代)와 한당송(漢唐宋)의 역년(歷年)이 장구했던 것과 육조(六朝)와 오대(五代)의 역년이 짧았던 것과, 앞서 왕씨(王氏)의 왕조가 천명(天命)을 잃은 이유와, 우리 조선이 천명을 얻은 이유를 생각하고 또 생각하여, 앞을 염려하고 되돌아보면서 그것을 법으로 삼고 경계하여, 수성의 아름다움을 융성하게 하여 억만년 무강한 복을 이어가신다면 그 보다 다행이 없겠습니다.[6]

이처럼 춘정은 태조는 창업의 군주이고 태종은 창업과 수성을 겸한 군주이며, 세종(世宗)의 시대는 수성(守成)의 시기라고 보았다. 이 무렵에 출제(出題)한 것으로 보이는 변계량의 책문(策問) 역시 수성의 방안이 핵심이다.

---

6) 臣又聞守成與創業不同 古人有言其難易之異者矣 夫天生創業之君 必生守成之主 我太祖專於創業 我殿下專於守成 我上王殿下 則兼乎創業與守成矣 創業之時 貴乎進取 守成之日 貴乎安靜 時勢然也 願殿下於臣所言三者 存其所已能 勉其所未至 且以三代漢唐宋所以歷年之長 六朝五代所以歷年之短與前朝王氏之所以失天命 我朝鮮之所以得天命 思之又思 前慮却顧 以法以戒 以隆守成之美 以綿億萬年無疆之休 不勝幸甚.

> 묻노라. 듣자하니 옛날 주(周)나라의 시에 "우뚝할사 운한(雲漢)은 하늘의 문장이 되었으니, 주왕(周王)이 수고(壽考)함에 어찌 인재를 양성하지 않으랴" 하였으니, 인재를 양성하는 것은 실로 정치의 근본이 된다. '우글우글 많은 선비, 문왕은 이로써 편안하였다'고 하였으니 대개 문왕이 인재를 육성한 효험을 말한 것이다. … 우리 주상전하께서는 총명예지(聰明叡智)의 자질과 인효문무(仁孝文武)의 덕성으로 지영수성(持盈守成)하여 … 인재를 양성하는 일은 한 가지가 아니다. 그 큰 것으로 말하자면 세자(世子)를 가르쳐 입학(入學)하게 함은 국본(國本)을 단정하게 하기 위함이니 아래 사람들이 본받아야 마땅하다. 성균(成均)을 중시하여 선비를 양성하는 것은 유술(儒術)을 숭상하기 위함이니 선비들이 마땅히 마음을 다해야 할 것이다. … 지금 시대에 있어서 우리 전하께서 간절하게 정치를 도모하니 봉행하는 자가 구태여 힘을 쓴다면 인재를 작성(作成)함으로써 왕업(王業)을 영녕(永寧)하게 하여 성주(成周) 시대에 견주어 융성하게 되는 것은 의심할 것이 없을 것이다. 혹 시대와 사정이 달라서 쉽게 할 수 없는 점이 있는 것인가?[7]

춘정이 이 책문에서 수성의 기본 명제로 제시한 질문은 작성인재(作成人才) 즉 인재를 양성하는 것으로, 그 세부 조목은 교세자(敎世子), 중양사(重養士), 숭유술(崇儒術)이었다. 춘정이 수성의 시대를 맞아 인재를 양성하는 것이 가장 중요하며, 인재 양성의 기본 방향이 유술(儒術)을 숭상하는 데 있다고 한 것은 성리학의 치국(治國) 이념이기 때문에 별도로 논한다 하더라도, 세자 교육과 관련한 입장에 대하여는 약간

---

7) 問 嘗聞周之詩 有日倬彼雲漢 爲章于天 周王壽考 遐不作人 則作成人才 實爲治之本也 濟濟多士 文王以寧 盖言文王作人之效也 … 作人之事 非一端也 姑以大者言之 敎世子以入學 所以端國本 而下之所當則效也 重成均以養士 所以崇儒術 而士之所宜盡心也 … 當今之世 以我殿下圖治之切 奉行者苟爲致力焉 則作成人才 以致王業之永寧 可以比隆成周之盛也無疑矣 將時異事殊 有未易爲之者歟.

의 부연 설명이 필요하다.

춘정은 앞서 태종 8년(1408) 좌보덕(左輔德)으로서 세자를 교도하는 직책을 맡은 이래, 세자빈객(世子賓客)으로서 10년 동안 세자를 교도하다가, 태종의 폐세자(廢世子)의 극단적 조처를 받들어 충녕대군(忠寧大君)을 세자로 책봉하는 교서(敎書)를 작성 바 있고, 세종 때에도 세자이사(世子貳師)를 겸하여 뒷날 문종(文宗)의 사부(師傅)가 되었다. 춘정이 작성한 「책세자교(冊世子敎)」는 태종이 문무백관의 건의를 받아들여 세자를 폐위하고 충녕대군을 새로운 세자로 책봉한다는 내용을 담고 있는데, 그 서두에 다음과 같은 내용이 들어 있다.

> 세자(世子)를 현자(賢者)로 세움은 고금의 대의(大義)이고, 죄가 있으면 폐위해야 마땅함은 국가의 일정한 규범이니, 일을 하나로 단정할 게 아니나 이치에 합당하게 하면 그만이다. …내 일찍이 적장자(嫡長子)인 제(禔)를 세자로 세웠는데, 관례를 치를 나이가 되어서도 글 배우기를 좋아하지 않고 성색(聲色)에 빠져 있기에, 나는 그가 젊기 때문이지 장성하면 허물을 고쳐 스스로 새롭게 될 것이라 여겼으나, 나이 스물이 지나도록 소인배들과 사통(私通)하여 불의를 자행한다. … 신하들은 또한 충녕대군(忠寧大君)이 영명(英明)하고 공검(恭儉)하며 효우(孝友)하고 온인(溫仁)하며 배우기를 좋아하여 지치지 않으니 저부(儲副)의 명망에 참으로 부합한다고들 한다.[8)]

이 교서의 핵심은 '건저이현(建儲以賢)' 넉 자에 있다. 이 말은 남송(南

8) 建儲以賢 乃古今之大義 有罪當廢 惟國家之恒規. 事非一槩 期於當理而已. 予嘗建嫡長禔爲世子 迨年旣冠 不好學文 沉于聲色. 予以其少也 庶幾長成 改過自新 年踰二十 顧乃私通羣小 恣行非義. …禔乃罔有悛心 反懷怨怒 奮然上書 辭甚悖慢 全無臣子之禮. …又謂忠寧大君 英明恭儉 孝友溫仁 好學不倦 允孚儲副之望. 『春亭先生文集』卷8「冊世子敎」

宋)의 건도(乾道) 7년(1171)에 황태자를 책봉할 적에 사용한 악장(樂章)에 나오는 말이지만, 『춘추공양전(春秋公羊傳)』에 명시된 '입적이장(立適以長)'이라는 적장자 계승의 원칙을 그대로 적용하지 않겠다는 의지의 표명이다. 이런 사례는 북송(北宋) 때 태종(太宗)의 적장자가 있음에도 셋째 아들인 진종(眞宗)을 태자로 세운 사례와 같이 그 전례가 있기 때문에, 그 나름의 근거를 가지고 있다. 이런 원칙은 그 뒤 예종(睿宗)이 붕어한 뒤에 성종(成宗)이 그 형인 월산대군(月山大君)을 제치고 왕위를 계승하는 명분으로도 적용되었다.

이 교서의 중요성은 한편으로 조선왕조의 왕위 계승에 있어서 폐세자(廢世子)의 조건을 명시하고 있다는 점이다. 이 교서에서는 세자는 영명하고 공검 온인하면서 학문을 좋아해야지, 성색에 빠져 학업을 게을리하거나, 효우의 도리를 망각하면 세자로서의 자격을 상실한다는 점을 명시하였다. 이런 조건은 영조(英祖) 대에 사도세자(思悼世子)가 폐위된 것이나, 군왕(君王)이었던 연산군이나 광해군의 폐위 명분으로도 적용되었다. 이렇게 보면 춘정이 작성한 이 한 장의 교지에는 조선왕조의 왕위 계승에 있어서 하나의 원칙을 제안한 것이다. 즉 일국의 군왕이 불도(佛道)를 수호하는 불제자(佛弟子)가 되는 대신에, 유가(儒家)이념에 입각한 내성외왕(內聖外王)의 자질을 갖춘 성군(聖君)이 되어 열성조(列聖朝)의 왕업(王業)을 계승하여 수성(守成)해야 한다는 국왕으로서의 조건이 제시되어 있는 것이다.

3. 관각(館閣) 수장(首長)으로서의 책무

『춘정선생속집(春亭先生續集)』에 진사(進士) 박지흥(朴智興)이 지은

「병암서원증수기(屛巖書院增修記)」가 실려 있는데, 거기에 변춘정의 공적을 논하여 다음과 같이 서술하였다.

> 춘정선생은 국초에 문형(文衡)의 책임을 맡아 20여 년간 우리 성조(聖朝)의 문명(文明)의 정치를 장식하였으니, 공자(孔子)와 기자(箕子) 두 묘정(廟庭)의 비와, 정종과 태종의 실록을 편찬한 것은 모두 선생의 손에서 나왔고, 관각(館閣)의 표전(表箋)의 문체는 중국 사람이 감탄하게 하였으니 이른바 나라를 빛낸 문장이었다.[9)]

앞서 태종 9년 양촌 권근이 졸(卒)하자 사신(史臣)은 이르기를, "교열(檢閱)에서부터 재상이 되기까지 항상 문한(文翰)을 맡아서 관각(館閣)의 직임을 두루 역임하고, 일찍이 한번도 외직에 임명되지 아니하였다. … 무릇 경세(經世)의 문장과 사대(事大)의 표전(表箋)도 또한 모두 찬술하였다."고 한 바 있었다. 이 말을 춘정에게도 그대로 적용하였으니, 그만큼 춘정은 명실공히 양촌 권근을 이은 조선 초기 관각의 거장이었다.

춘정은 태종조 이후 세종조까지 조정에 나가 한번도 외직에 나간 일이 없이 늘 왕의 측근에 있었다. 그가 태종과 세종의 자문역으로 건의하고 진언하였던 것은 대개 성리학의 격치성정(格致誠正)과 수제치평(修齊治平)의 이념에 입각하여 군왕(君王)의 덕성을 계도하는 한편, 관각(館閣)의 수장(首長)으로서 유가 이념에 입각한 문치(文治)의 이상을 개진하고, 외교 문서를 기초하여 사대교린(事大交隣)의 기본 방향을 정립하고, 전례(典禮)를 상정(詳定)하여 왕조의 문화 풍속의 방향을 획정

---

9) 若夫春亭先生 掌國初文衡之任 二十餘載之間 笙鏞我聖朝文明之治 孔聖箕聖兩廟之碑 定宗太宗實錄之撰 皆出先生之手 館閣表箋之體 至使華人歎賞 則卽所謂華國文章也.

하며, 인재 등용의 제도를 정비하는 일이었다.

「춘정연보」에 의하면 춘정은 14세에 진사시, 15세에 생원시에 합격하고, 17세인 고려 우왕 을축년(1385)에 지공거 포은 정몽주가 시관(試官)이었던 문과에 급제하여, 19세 때 징사랑(徵仕郎) 전교서주부(典校署主簿)로 보임되어 출사(出仕)하였다. 그 뒤로 전교시승(典校寺丞)을 거쳐 공양왕 원년(1389)에 비순위낭장(備巡衛郎將) 겸진덕박사(兼進德博士)가 되었는데, 조선 태조 원년(1392) 7월에 창신교위(彰信校尉) 천우위중랑장(千牛衛中郎將) 겸전의감승(兼典醫監丞)으로 보임되었으나 나가지 않았고, 태조 을해년(1395) 부친 검교공(檢校公)의 상을 당하여 3년상을 마칠 때까지 관직을 맡지 않았다.

춘정이 부친상의 상복을 벗고 다시 관직에 나간 것은 태조 정축년(1397) 여름의 일이지만, 이듬해 왕자의 난에 그 형 춘당(春堂)의 죽음으로 인하여 그대로 3년 동안 산직(散職)에 있었다.[10] 그러다가 봉직랑(奉直郎) 교서감승(校書監丞) 지제교(知製敎)로 복직하고, 곧장 조봉대부로 승진하여 시사헌부시사(試司憲府侍史)가 되었다가, 태종이 즉위하자 곧장 봉열대부 성균관악정(成均館樂正) 지제교(知製敎)가 되었고, 이어서 예문관(藝文館)으로 옮겨 응교(應敎)가 되어 문한(文翰)의 책임을 맡았다.

춘정의 활동이 크게 드러나기 시작하는 것은 태종 병술년(1406) 겨울 시예문관직제학(試藝文館直提學)이 되었다가, 이듬해 4월 친시(親試) 문과(文科)에 장원을 차지하여 예조우참의(禮曹右參議) 겸수문전직제학(兼修文殿直提學) 지제교(知製敎)로 초배(超拜)되면서부터이다. 이후 태종

10) 태종 7년 친시문과에서 장원한 뒤에 지은 춘정의 「謝恩箋」에 "會聖神之履運 沛雨露以覃恩 以及妄庸 亦蒙渙汗 黃緣七載 獲參侍從之流 溫飽一家 無復飢寒之慮 受知已悉 荷德已深"라 한 말이 있으니, 춘정이 태종의 배려로 다시 관직에 나간 것은 태종 1년(1401)의 일로 보인다.

무자년(1408)에는 좌참의(左參議) 겸시강원좌보덕(兼侍講院左輔德)으로 발탁되어 세자의 교도를 담당하고, 이듬해에는 우보덕(右輔德)이 되고 또 가선대부 예문관제학(藝文館提學)으로서 동지춘추관사(同知春秋館事)와 동지경연사(同知經筵事)를 겸하였고, 이후 44세(1412)에는 가정대부(嘉靖大夫) 세자우부빈객(世子右副賓客), 47세에는 예문관제학(藝文館提學)이 되었다. 48세(1416)에는 다시 수문전제학(修文殿提學) 좌부빈객(左副賓客)으로 옮겼다가, 그 이듬해 정유년(1417)에는 자헌대부로 승진하여 예문관대제학(藝文館大提學) 겸 성균관대사성(成均館大司成)이 되었는데, 이는 예문대제학으로서 대사성을 겸직한 명실상부한 조선 최초의 문형(文衡)이었다. 춘정은 1426년까지 대제학의 직책을 가지고 있었는데, 그가 예문관대제학과 대사성을 겸임한 1417년부터 1426년까지가 10년이었고, 1406년 예문관의 직제학으로서 문한(文翰)의 책임을 맡으면서부터 예문대제학의 직함을 내려놓기까지가 또한 21년이었으니, 세간에서 그를 20년 동안 문형을 담당하였다는 말은 정확하지 않으나, 또한 지나친 표현은 아니라 할 것이다.

세종 때 변계량의 뒤를 이어 대제학이 되었던 정척(鄭陟)이 지은 변계량의 행장에 "문형(文衡)을 관장한 지 20여 년에 사대교린(事大交隣)의 사명(辭命)이 모두 그 손에서 나왔고, 명(明)나라 조정에서는 매번 그 표전(表箋) 문자가 정절(精切)하다고 칭송하였다"라고 하였다. 사대교린의 외교문서는 본디 외교상의 격식에 맞추어 작성 전달하는 공식 문서이기 때문에 여기서 그 내용을 언급하는 것은 번거롭기에 생략한다. 『춘정집』 권7의 「건원릉비음기(健元陵碑陰記)」, 「낙천정기(樂天亭記)」 등 2편의 기문과, 권8의 「유지교서(宥旨敎書)」와 「책세자교(冊世子敎)」 등 11편의 교서(敎書), 권9에 실린 48편의 표전(表箋), 권10의 9편의 청사(請詞), 권11의 「신의왕후옥책문(神懿王后玉冊文)」 이하 4편의 책문(冊文),

「기우우사원단제문(祈雨雩祀圓壇祭文)」 이하 「제성덕신공태상왕문(祭聖德神功太上王文)」까지 26편의 글, 「환안종묘제문(還安宗廟祭文)」 등 27편의 제문(祭文), 권12의 「기자묘비명(箕子廟碑銘)」 이하 「후릉지(厚陵誌)」와 「성녕대군신도비명(誠寧大君神道碑銘)」까지 6편의 비지(碑誌), 「광화문종명(光化門鍾銘)」 등 3편의 명(銘), 속집 권1의 「하춘추관전지(下春秋館傳旨)」, 「전위세자교서(傳位世子敎書)」, 「상대비존호옥책문(上大妃尊號玉册文)」, 「헌릉지(獻陵誌)」, 「조선국왕사묘엄존자탑명(朝鮮國王師妙嚴尊者塔銘)」 등 『춘정집』 산문의 태반이 모두 관각 문자이다. 그 밖에 『춘정집』 권4의 「자전곡(紫殿曲)」과 「산천단제악장(山川壇祭樂章)」, 「선잠제악장(先蠶祭樂章)」과 속집에 실린 「화산곡(華山曲)」, 「헌수악장(獻壽樂章)」 등 6제(題)의 악장을 합하여 9제의 악장 또한 관각 문자로 작성된 것이다.

이들 관각의 문자는 대체로 조선건국 이후 조선 건국과 왕위 계승의 정당성을 입증하고 치국의 이념을 장식하고 선양하는 내용을 담고 있다. 이들 문자 가운데 「조선국학신묘비명」과 「기자묘비명병서」는 특히 조선 왕조의 역사문화의 정체를 기자조선으로 소급하여 정치(定置)한 것이다. 조선의 국호는 본디 왕조 건국 이듬해에 비로소 확정되었다. 조선이란 국호를 채택한 데는 당초 조선왕조의 건국에 참여한 인물들의 이념이 작용한 결과이지만, 그 의의와 이념은 변계량이 지은 두 편의 글에 비로소 해명되어 있다.

영락 7년(1409)에 변계량이 지은 「조선국학신묘비명」은, 앞서 태조 7년(1398)에 한양에 건립된 성균관이 2년 만에 화재로 소실되고, 태종 7년(1407)에 다시 건립한 뒤에 태종의 명을 받아 글을 짓고 대성전(大成殿)의 묘정(廟庭)에 비석을 세워 새긴 글이다. 여기에는 태조와 태종의 숭유(崇儒) 문치(文治)의 정책과 인재 육성의 기본 방향이 다음과 같이 제시되어 있다.

우리 공부자(孔夫子)께서는 주(周)나라 말기에 태어나 군성(群聖)의 대성(大成)을 모아 절충하고 백왕(百王)의 대전(大典)이 되어 가르침을 내렸으니, 공은 교화의 초기에 지극하고 혜택은 무궁하게 흘러, 생민(生民) 이래로 그보다 성대한 이는 없었으니, 재여(宰予)가 이른바 요순(堯舜)보다 현명하다고 한 것은 까닭이 있으니, 당(唐)나라 이래로 하늘 땅 끝까지 사당이 서로 이어져서 제사를 어김없이 받들고 있다. 하물며 우리 동방은 옛날 옛적부터 풍속이 예의(禮義)를 숭상하여 기자(箕子)의 팔조(八條)의 가르침을 지켜서, 인륜이 펼쳐지고 전장(典章)과 문물(文物)이 구비되어 중국과 견줄 만 하였기에 공부자(孔夫子)께서 일찍이 사시려는 뜻이 있었으니, 사당과 학교를 건립하고 문교(文敎)를 일으키는 것은 다른 나라에 비할 바 아니다. 우리 태조강헌대왕(太祖康獻大王)께서는 천명에 호응하고 인심에 응하여 홍업(洪業)을 초창(草創)하여 동방을 소유하심에, 도읍을 정한 초기에 곧장 '숭성사(崇聖祀)' '흥유술(興儒術)'을 우선으로 하였으니, 대개 그 존덕낙도(尊德樂道)의 정성은 천성에서 나온 것으로, 출치(出治)의 본원(本源)과 당무(當務)의 시급한 일에 탁월한 식견이 있어서, 계획을 물려주어 후손을 여유 있게 하며, 인심을 맑게 하고 나라의 기맥을 오래가게 하려는 의도가 오호라 지극하였다. 전하께서는 인효겸공(仁孝謙恭)하여 강건예지(剛健睿智)로 선업(先業)을 계승하여 빛내고, 임정(臨政)의 여가에 경사(經史)를 즐겨보아 매양 밤중이 되도록 손에서 책을 놓지 않고, 격치성정(格致誠正)의 학문을 지극히 하여 지영수성(持盈守成)의 도를 극진하게 하시니, 전고(前古)에 찾아보더라도 또한 대개 거의 없을 것이다.

세종 10년(1428)에 지은 「기자묘비명(箕子廟碑銘)」은 조선왕조 문화의 연원(淵源)을 기자(箕子)에게까지 소급하여, 조선의 역사 문화가 중국과 대등한 것임을 내세우고, 나아가 조선의 군왕이 기자의 「홍범(洪範)」을 준칙으로 삼아 이를 계승해 나갈 것임을 천명한 것이다.

선덕(宣德) 3년 무신년 여름 4월 갑자에 국왕전하께서 전지(傳旨)하시기를 "옛날 주(周)나라 무왕(武王)이 은(殷)나라를 이기고 은태사(殷太師)를 우리나라에 봉하여 그 불신(不臣)의 뜻을 이루게 하였다. 우리 동방의 문물(文物) 예악(禮樂)이 중국과 닮아서 지금까지 이천년이 되도록 오직 기자(箕子)의 가르침에 의지하였는데, 돌이켜보면 그 사우(祠宇)가 협소하여 첨식(瞻式)에 걸맞지 않아, 나의 부왕(父王)께서 일찍이 중건하라 명하셨고, 내가 그 뜻을 이어받아 독려하여 이제 완성되었으니, 마땅히 비석에 새겨서 영구히 알려야 할 터이니 사신은 글을 지어라"고 하셨다. … 생각건대 옛날 우(禹)가 홍수를 다스릴 적에 하늘이 「홍범(洪範)」을 내려주어 인륜이 펼쳐졌으나, 그 학설은 우하(虞夏) 시대의 글에 한 번도 보인 적이 없다가 천여 년이 지나 기자(箕子)에 이르러 비로소 나타난다. 그때 기자가 무왕(武王)을 위하여 진술하지 않았다면 낙서(洛書)의 천인(天人)의 학문을 후세 사람들이 무엇으로 알았겠는가? 기자가 사도(斯道)에 공이 있음이 어찌 우연이겠는가? 기자는 무왕의 스승이었는데, 무왕이 다른 지방에 봉하지 아니하고 우리 조선에 봉하였고, 조선 사람들은 조석으로 친자(親炙)하여, 군자(君子)는 그 대도(大道)의 요점을 알고, 소인(小人)은 지치(至治)의 혜택을 입었다. 그 교화는 길에 버려진 물건을 줍는 이가 없는 경지에 이르렀으니, 이는 하늘이 동방을 후하게 대하여 인현(仁賢)을 주시어 이 백성들에게 혜택을 준 것이지, 사람의 힘으로 될 수 있는 일이 아니다. 정전(井田)의 제도와 팔조(八條)의 법이 해나 별처럼 뚜렷하여 우리나라 사람들은 대대로 그 가르침에 복종하여 천년이 지나도록 그 시대에 사는 듯하니 멀리 생각함에 저절로 마지 못할 점이 있다.

그런 다음 명(銘)에서, "부지런한 우리 왕께서, 끊어진 학문을 빛나게 계승하시어, 그 이치에 합치되고 그 법을 몸소 실천하며, 이미 짓고 이에 계승하여, 사당 건물이 날아갈 듯하다[亹亹我王 光紹絕學 心契其理 躬行其法 旣作乃述 祠宇翼翼]"고 하여, 기자의 학문과 정치 교화를 태조와 태종의 정치 교화에 견줌으로써, 조선 제왕학(帝王學)의 연원(淵源)과 전범(典範)을 기자(箕子)에 두었다.

기자묘(箕子廟)의 건립은 조선(朝鮮)이란 국호의 유래를 확정할 무렵부터 조선왕조의 역사 문화적 정체(正體)를 구체화하기 위하여 제기되었던 사안이다. 조선 태조가 건국한 임신년 8월 11일 예조전서(禮曹典書) 조박(趙璞) 등은 상서(上書)하여 종묘(宗廟), 적전(籍田), 사직(社稷), 산천(山川), 성황(城隍), 문선왕(文宣王)의 석전제(釋奠祭)는 국가의 상전(常典)으로 전례에 따라 거행하게 하되, 원구(圜丘)와 춘추의 장경(藏經) 백고좌(百高座)의 법석(法席)과 도량(道場) 및 도전(道殿)과 신사(神祠)의 초제(醮祭) 등은 모두 혁파할 것을 건의하면서, 단군(檀君)과 기자(箕子)에 대한 제사는 지내도록 건의한 바 있었다. 기자묘비의 건립은 태종 8년에 평양부윤 윤목(尹穆)이 기자묘를 단장하고 송덕의 비를 건립할 것을 건의하여 재가를 받은 데서부터 시작되었고, 이후 태종 11년에는 기자묘에 제향을 올리도록 명하였다. 「국학신묘비(國學新廟碑)」와 「기자묘비(箕子廟碑)」에 거듭하여 기자를 존숭하는 내용을 담은 것은, 조선왕조의 역사 문화의 정체성을 기자에 둠으로써, 불교를 국교로 삼았던 고려왕조의 정치 이념을 기자의 홍범구주(洪範九疇)를 전범으로 하는 문치주의(文治主義)의 이상으로 교체함과 동시에, 조선왕조의 문명을 공자(孔子) 이래 주(周)나라의 문물(文物)을 전범으로 삼았던 중국의 중화주의(中華主義)와 대등한 반열에 올려놓겠다는 의지를 표명한 것이다.

관각 수장으로서 국가의 통치 이념을 정립하기 위하여 춘정이 작성한 관각문자 가운데 또 하나 특별한 의미를 가지는 것은 「광화문종명(光化門鍾銘)」이다. 이 종명(鍾銘)은 태종 12년 임진(1412) 겨울에 대궐의 입구인 광화문에 내건 종에 새긴 글이다.

이 글은 전적으로 태종(太宗)의 공덕을 치하하는데 바쳐졌다. 「광화문종명」은 서두에 '옛날 제도를 따라 공덕을 새긴다'고 하면서, 조선왕조의 개창과 왕위 계승 과정에서 발생한 두 번의 변란을 평정한 태종의 공적을 거론한 다음[11] 이어서 태종의 미덕을 다음과 같이 칭송하였다.

> 부모에게 효도하고 어른을 공경하는 덕이 성대하였으며, 나라를 열고 사직을 안정시킴에 공이 막대하였으니 종정(鍾鼎)에 공을 새겨 만세에 보임이 마땅하다. … 성학(聖學)은 극도로 훌륭하게 빛나고 치효(治效)는 극도로 융성하며, 신종보본(愼終報本)의 정성과 애민육물(愛民育物)의 인자함과 입경진기(立經陳紀)의 거대한 규모와 큰 방략은 실로 백왕(百王)의 위로 높이 뛰어났다.[12]

이 종명(鍾銘)에서 칭송한 효친경장(孝親敬長)의 미덕과 개국정사(開國定社)의 공적은, 사실 태종이 태조를 국왕으로 추대하고 정종에게 왕위 계승을 미룬 것을 가리키고, 신종보본(愼終報本)은 태조와 정종의 국상(國喪)을 유가의 법도에 따라 준행한 것을 가리키며, 입경진기(立經陳紀)와 애민육물(愛民育物)은 조선 왕조 초기에 관직과 군사 제도를 정비하고 사대교린의 외교 방침을 확정하는 한편 노비 및 조세 제도를 조정하는 등 국가 제도를 정비한 것을 가리킨다. 이러한 내용은 「태종신도비명」에서도 유사한 문맥으로 나타난다. 춘정이 찬한 「태종신도비명」에서 특별히 주목할 것은 그 서두의 내용이다.

---

11) 洪惟太祖康獻大王之在潛邸也 勳德旣隆 人心日附 讒搆乃騰 禍機不測 我殿下方廬齊陵之側 聞事急乃來 應機以制 遂與勳親 倡義推戴 以建大業 厥後姦臣再有搆亂者 我殿下隨卽平定 以安宗社.

12) 孝親敬長 德莫盛焉 開國定社 功莫大焉 誠宜勒銘鍾鼎 以示萬世 … 聖學極於緝熙 治效臻於隆盛 以至愼終報本之誠 愛民育物之仁 立經陳紀之宏規大略 實皆高出於百王之上矣.

> 하늘이 장차 덕 있는 이에게 큰 책임을 내림에는 반드시 성자(聖子)와 신손(神孫)을 탄생시켜 큰 국운을 열어주고 큰 복을 길이 이어가게 한다. 우리 조선의 태조강헌대왕이 일어남에 우리 태종을 아들로 하고 우리 전하를 손자로 하였으니, 오호 성대하여라. 어찌 인위로 미칠 수 있는 것이겠는가? 하늘이 만든 것이로다. 은(殷)나라에 현성(賢聖)의 군주가 잇달아 일어나고 주(周)나라 왕실에 태왕(太王)과 왕계(王季)와 문왕(文王) 무왕(武王)이 계승한 것과 어찌 다르겠는가![13]

이 문장은 『중용(中庸)』의 "근심이 없는 자는 오직 문왕(文王)일 것이다. 왕계(王季)를 아버지로 하고, 무왕(武王)을 아들로 하여, 아버지가 만들고 아들에 계승하였다.[無憂者 其惟文王乎 以王季爲父 以武王爲子 父作之 子述之]"고 한 부분을 가져와서 조선왕조 창업 초기의 왕위 계승의 정당성을 입증한 것이다. 은(殷)나라 시조 탕(湯)은 그 태자(太子)인 태정(太丁)이 일찍 죽어 차자(次子)인 외병(外丙)이 왕위를 계승하여 3년 만에 죽고, 외병의 아우 중임(仲壬)이 계승하여 4년 만에 죽자, 다시 태정의 아들 태갑(太甲)이 계승하였다. 주(周)나라 초기에 고공단보(古公亶甫)에게 태백(太伯)과 우중(虞仲) 두 아들이 있었는데, 나중에 태강(太姜)이 작은 아들 계력(季歷)을 낳고, 계력(季歷)이 태임(太妊)에게 장가들어 아들 창(昌)을 낳아 성덕(聖德)이 있음을 보고는, 고공(古公)이 계력(季歷)에게 후사를 물려주었고, 문왕에게 장자인 백읍고(伯邑考)가 있었으나, 차자(次子)인 무왕(武王)이 왕위를 계승한 일이 있었다. 조선왕조 역시 태조에게서 둘째 아들 정종을 거쳐 그 아우인 태종을 거쳐

13) 天之將降大任於有德也 必生聖子神孫 以開景運 以永洪祚. 我朝鮮太祖康獻大王之興也 以我太宗爲子 以我殿下爲孫 噫戲盛矣 豈人爲之所能及哉. 天也. 其與商家賢聖之君繼作 周家 太王王季文武之相承 何以異哉?

태종의 셋째 아들인 세종에게 이어진 것은 인위로 될 수 있는 일이 아니라 하늘이 그렇게 시킨 것이라는 말이다. 춘정은 이어서 태종의 업적을 다음과 서술하였다.

> 태종은 세상에 드문 자질로서 훌륭한 성학(聖學)을 성취하여, 효제(孝悌)는 신명(神明)에 통하고 성경(誠敬)은 종묘사직에 지극하였으며, 사대(事大)로는 천자(天子)가 그 지극한 정성을 칭송하였고, 교린(交隣)으로는 왜국이 그 도리에 감복하였다. 하늘을 공경하고 백성을 돌보며, 검소를 숭상하고 비용을 절제하며, 덕(德)과 예(禮)를 우선으로 하고 형벌을 시행함에 신중하였고, 충직한 인재를 진출시키고 간사한 자를 내쫓았으며, 이단을 물리치고 음사(淫祀)를 금하고, 고금을 참작하여 제도를 정하고 문교(文敎)를 밝히고 무비(武備)를 엄중하게 하여, 적폐를 모조리 개혁하여 온갖 치적이 모두 빛나, 사방의 국경이 평정되고 백성이 편안하고 물산이 풍부하였으니, 제왕(帝王)의 도가 오호라 성대하였다.[14]

여기에 묘사된 태종의 미덕과 공적은 다소 과장된 측면이 없지 않지만 일정 부분 사실에 근거한 것으로서, 요컨대 조선의 후대 군왕(君王)에게 통치의 모범으로서 군주의 미덕으로 묘사한 데는 손상될 것이 없다. 그중에서도 특별히 효제(孝悌)와 성경(誠敬)의 성학(聖學)과 이단(異端)과 음사(淫祀)를 배척하고 문교(文敎)를 밝혔다는 조목은 성리학의 숭유억불(崇儒抑佛)의 이념을 재천명한 것이다.

『춘정집』에는 6편의 봉사(封事)가 실려 있는데, 그중 3편은 태종에게

---

14) 太宗以不世之資 緝熙聖學 孝悌通於神明 誠敬格于宗社. 事大則天子稱其至誠; 交隣則倭邦服其有道 欽天卹民 崇儉節用 先德禮而愼刑罰, 進忠直而黜奸邪, 闢異端而禁淫祀, 酌古今以定制度, 昭文教而嚴武備, 積弊悉革而庶績咸熙, 四境按堵而民安物阜 帝王之道, 嗚呼盛哉!

올린 것이고, 3편은 세종 때 올린 것이다.[15] 영락(永樂) 7년(1409) 8월에 태종에게 올린 봉사는, 당시 태종이 세자에게 내선(內禪)하려는 뜻을 보이자 이를 만류한 글인데, 여기에서는 특별히 태종의 평생 이력 가운데 늘 부담이 되었던 임신개국(壬申開國)과 무인정사(戊寅靖社)와 경신제란(庚辰制亂)의 세 가지 큰 사건 중 특별히 무인년(1398)의 정사(靖社)와 경진년(1400)의 제란(除亂)이 부득이한 일에서 나온 것임을 변호한 글이다.

영락 13년(1415) 6월의 봉사는 태종의 구언교지(求言教旨)에 응하여 올린 것으로, 신조섭(愼調攝, 건강 관리를 삼가할 것), 기천명(基天命, 천명의 터전을 닦을 것), 광자방(廣咨訪, 널리 인재를 찾아 자문할 것), 근사대(謹事大, 조심하여 큰 나라를 섬길 것), 후민생(厚民生, 민생을 후하게 할 것), 어군신(御群臣, 신하들을 잘 거느릴 것) 등 여섯 조목을 건의하였다. 그중 신조섭(愼調攝)은 군주 종묘사직의 주인이고 억조 신민(臣民)의 추앙을 받는 몸이니 근신 자중하여 주정(主靜), 자강(自强), 조존(操存), 수렴(收斂)의 방법으로 신심(身心)의 건강을 잘 보전하라는 당부이고, 기천명(基天命)은 민심을 수습하여 천명(天命)을 보전하기 위해서 경덕(敬德)과 성찰(省察)로 제왕지학(帝王之學)으로서 성학(聖學)의 체용(體用)을 갖추어 달라는 당부를 담고 있다. 광자방(廣咨訪)은 조정의 신하들을 수시로 불러 접촉함으로써 근신들에게 둘러 싸여 공론이 막히는 폐단이 없도록 해야 한다는 논의로써, 특별히 윤대(輪對)의 법을 건의하였고, 근사대(謹事大)는 명나라와의 우호 관계를 긴밀하게 유지하여 앞서 있었던 요동

15) 春亭集 권7에 실려 있는 「永樂十三年封事」는 原集에 欄頭에 '太宗朝'라 明記하였으나, 본문에 '今本館奉旨撰太宗實錄'이란 말이 보이고, 태종실록은 세종 6년(1424) 즉 永樂 22년에 변계량이 총재가 되어 편찬하기 시작한 것인데다, 永樂 연호는 이 해에서 그치므로, 문집의 '永樂十三年'의 기록은 아마도 '永樂卄二年'의 오기로 보인다.

정벌의 논의와 같이 부질없이 백성들을 전쟁의 와중으로 몰아넣은 불행을 자초할 필요가 없다는 외교 방침을 견지하라는 요청이다. 후민생(厚民生)은 민폐를 제거한다는 명분으로 각종의 개혁조처를 시행하고 있는데, 제도를 잘못 정하면 온갖 병폐가 생겨나기 때문에 민생을 후하게 한다는 기본 방침을 지켜 신중하게 법령을 개폐해야 한다는 조언이고, 어군신(御群臣)은 나라를 다스리는 권세는 군왕이 장악하여야지 하루라도 간사한 권신(權臣)에게 위임하여서는 안된다는 조언이다.

이 몇 편의 글에서 볼 수 있듯이 관각의 수장으로 춘정이 담당한 가장 중요한 역할은 무엇보다도 관각 문자를 통하여 조선왕조 건국과 왕권 계승의 정당성을 옹호하고, 사대교린의 외교 입장을 대변하며, 새 왕조의 정치 지도이념으로서 성학(聖學)을 군왕에게 권면하는 데 있었다.

4. 전례(典禮)의 상정(詳定)

조선왕조는 개국과 동시에 새 국가의 중요한 시정 방침의 하나로 예속의 개량을 선언하였다. 서기 1392년 7월 17일 개성의 수창궁에서 이성계가 왕위에 즉위하고, 그 11일 뒤인 7월 28일에 17조목으로 이루어진 신왕(新王)의 즉위교서(卽位敎書)를 반포하였는데, 그 네 번째에 다음과 같은 내용을 담았다.

> 관혼상제(冠婚喪祭)는 나라의 큰 법이니, 예조에 맡겨 경전을 세밀히 연구하고 고금을 참작하여 일정한 법령으로 정하여, 이로써 인륜을 두텁게 하고 이로써 풍속을 바로잡을 것이다.

이와 관련하여 그 해 9월 24일 도평의사사(都評議使司)에서 22조목의 개혁 조처를 올렸는데, 그 가운데는 "공경(公卿)으로부터 하사(下士)에 이르기까지 모두 가묘(家廟)를 세워 그 조상을 제사하게 하고, 서인(庶人)은 그 정침(正寢)에서 제사지내며, 그 나머지 음사(淫祀)는 일절 모두 금한다"는 내용이 포함되어 있었다.

이와 같이 조선왕조는 개국 초기부터 유가(儒家) 사상에 입각하여 풍속을 개량할 것을 표방하여 고려 이래로 전래되어온 전례(典禮)를 정비하고, 사대부 사족에게 『가례(家禮)』의 실행을 권장하여 예속을 혁신하는데 지대한 노력을 기울였다. 춘정은 이러한 국가정책을 수행하기 위해 태종 때부터 설치된 의례상정소(儀禮詳定所)의 제조(提調)로서, 또 예조판서의 직책을 역임하면서 조선 초기 국가의 전례는 물론 당대 풍속 개량의 정책에 핵심으로 관여하였다. 특히 조선 초기의 국가 전례에 사용한 각종 제향(祭享)의 제문(祭文)과 축문(祝文) 등은 대부분 문형(文衡)의 직책을 겸하고 있었던 춘정이 수정하여 의궤(儀軌)에 기록되었고,[16] 문집에 실려 있는 각종 악장(樂章)도 이때 제정하여 올린 것이다.

태종과 세종의 실록에는 조선 초기의 전례 정비와 관련하여 춘정이 제기한 여러 가지 논의가 실려 있다. 이들 논의 가운데 원구단(圜丘壇) 제천제의(祭天祭儀), 종묘(宗廟)의 소목(昭穆) 위차(位次) 문제, 양처부묘(兩妻祔廟)의 문제, 사서인(士庶人)의 봉사(奉祀) 대수 논의 등에는 변춘정의 독특한 견해가 나타나 있으나, 이에 대하여는 필자가 별도의 논고로 논한 바 있으므로, 여기에서 재차 언급할 필요가 없을 듯하다.

다만 고려조에도 시행된 바 있는 원구단(圜丘壇) 제천(祭天) 의식이나 사서인의 봉사대수의 한정 문제는 이를 통하여 '의종본속(儀從本俗) 법

16) 세종실록 5년 10월 14일조.

수구장(法守舊章)'이라는 명분을 고수하여, 조선왕조 역사 문화와 풍속의 독립적 지위를 확보하려는 의도를 담고 있고, 종묘의 소목 위차에 대한 논의는, 정종과 태종의 왕위 계승의 절차를 부자승계(父子承繼)로 언급한 바 있었던 태종(太宗)의 의도를 성헌(成憲)으로 고수하려 한 것이며, 양처부묘(兩妻祔廟)의 논의 역시 신의왕후(神懿王后) 한씨(韓氏) 소생의 적통(嫡統)을 옹호하려는 의도를 담은 것인데, 세 가지 모두 춘정의 뜻대로 관철되지는 못하였다. 여기에서는 문소전(文昭殿) 제의(祭儀) 등 몇 가지 사안만 가지고 춘정의 논례 입장에 대하여 논하기로 한다.

태종 17년 정유(1417) 12월 14일에 예조에서 종묘 친향(親享)의 의식 절차를 정하여 올렸는데, 그 절차 가운데 국왕이 초헌을 올린 뒤에 소차(小次)에 들어가 쉬다가 음복할 때 위차(位次)에 나와 음복(飮福)하는 절차가 있었다. 태종은 제향이 끝나기 전에 소차에 들어가 쉬는 것이 불편하다고 하여 이 절차를 윤허하지 않았다. 지금 전하는 『국조오례의』에는 세조 10년에 정한 종묘 친향 절차가 실려 있는데, 춘정이 본디 정한 절차가 그대로 반영되어 있다. 이 점에서 보면 춘정은 송대(宋代)의 전례를 모범으로 삼아 이를 조선왕조의 전례에 반영하려는 의도를 가지고 있었다고 볼 수 있다.

태종 17년 정유(1417) 9월에 태조와 신의왕후의 기신(忌辰)의 제의절차를 정하여 제사를 지내기로 확정하였다. 당초 태조와 신의왕후(神懿王后) 기신(忌晨)에 불사(佛祠)에서 재(齋)만 행하고 별도의 제사는 행하지 않았다. 춘정은 상정소제조(詳定所提調)로서 있으면서 원묘(原廟)에 제사를 궐(闕)하는 것은 불가하다고 하여 문소전(文昭殿)에 제사를 지내도록 청하였다. 이때 예조참의 허조(許稠)는 불가하다 하고, 예조판서 설미수(偰眉壽)와 상정소제조 이조(李慥)나 지신사 김여지(金汝知) 등은 그다지 찬동하지 않았으나, 변계량의 상언(上言)으로 인하여 시행을 보게 되었다. 여기에는 태종 세종조 당대까지 존속되어온 기존의 풍속을 잠정적으로 존치하면서 점진적으로 변화시키려는 춘정의 풍속 개량의 입장이 반영되어 있다.

세종 6년 갑진(1424) 2월 11일에 세종은 전국 각처의 성황(城隍)과 산신(山神) 등의 잡사(雜祀)에 봉작(封爵) 봉호(封號) 등을 사용하고, 민간에서 임의로 산천에 제사지내는 것은 외람스런 점이 있다고 하여 이를 금지하려는 의도를 가지고 상정소(詳定所)에 그 방안을 강구하게 하였다. 상정소의 허조(許稠)와 신상(申商) 등 여러 사람들이 세종의 뜻에 동조하여 이들 제사를 모두 없애려고 하였는데, 대제학으로 있었던 변계량은 이를 반대하였다. 그는 "산신에게 작위를 봉하는 것은 당송 시대에도 있었고 본국에서도 작위를 봉하고 산 위에 묘를 세우며, 위 아래 사람들이 제사하는 것은 오래되었기 때문에 그대로 두는 것이 무방하다"고 하여 그대로 존치할 것을 주장하였다. 이에 따라 세종 11년 기유(1429) 11월 11일에 예조에서는 국가에서 행하는 치제(致祭)의 예에 의거하여 전국의 영험한 곳에서 제사드리는 장소와 의식 절차를 확정하여 시행하게 하였다. 이는 민간에 내려온 고유의 풍습이 그 나름대로의 의의를 가지고 있고 풍속에 큰 해가 되지 않는다면 굳이 혁파할 이유가 없다는 관점이 반영된 것으로, 단군과 기자의 문화를 계승한 '고유의 풍속'을 존속할 필요가 있다는 관점을 보여준다.

요컨대 춘정 변계량은 태종조와 세종조에 걸쳐 국가제도를 정비하는 과정에 의례상정소의 제조로서 조선왕조의 전례 정립에도 중대한 역할을 하였다. 그는 조선왕조 초기의 사전(祀典)에 사용된 제문(祭文)과 축문(祝文)의 기본 형식을 정하였고, 종묘 제의와 산천제의 등의 국가의 중대한 의전 절차를 정하는 데 깊이 관여하였다. 그가 주장한 원구단 제천의례의 지속, 종묘 소목(昭穆)의 위차 조정, 사서인의 봉사(奉

祀) 대수 제한, 양처부묘(兩妻祔廟)의 반대 등의 의견은 당대의 사정으로 관철되지 못하였으나, 조선조 예학의 발전에 있어서 의미 있는 여러 가지 관점을 보여주었다. 그는 전례의 일관성과 합당성을 근거로 하여 조종(祖宗)의 성헌(成憲)을 준수한다'는 입장을 견지함으로써, 고례(古禮)의 원칙에 충실하면서도 고유 예속의 전통성을 유지하려고 노력하였다. 한편으로 그는 당대에 널리 권장되기 시작하였던 주자(朱子)의 『가례』 조문에 대하여 매우 한정되어 있기는 하지만, 비판하는 태도를 보여주었다. 이러한 춘정의 논례(論禮) 태도는 조선 초기의 전례의 정착과정에 고례의 원칙론에 충실한 『예론(禮論)』의 한 전범을 보여준다 할 것이다.

5. 과문(科文)의 모범과 집현전 설치

정척(鄭陟)이 지은 춘정(春亭)의 행장에 다음 구절이 있다.

> 다섯 번 예위(禮闈)를 관장하고, 세 번 사마시(司馬試)를 관장하였으며, 두 번 친시(親試)의 독권관(讀券官)이 되어 선비를 취함에 한결같이 공정한 마음에서 나왔고, 과거시험장을 엄격하게 하여 책을 끼고 들어가는 것을 금하여 고려조의 잘못된 풍습을 고치고 만세 과장(科場)의 법을 바로잡으니, 사류(士類)들이 모두 복종하였다.[17]

이 대목은 춘정이 과거 시험을 관장하면서 과장(科場)의 풍습이 엄정

---

17) 五掌禮闈 三掌司馬 再爲親試讀卷官 取士一出於至公 嚴其棘圍 禁其挾持 革前朝冒濫之習 正萬世科場之法 士類咸服. 公嘗有詩曰 春闈曾見士如林 萬萬花容有淺深 李白桃紅都自取 天公造化本無心. 公之所守 於此詩可見矣.

하게 되었다는 데 초점이 놓여 있다. 그런데 조선 후기의 학자들 사이에는 조선왕조의 관리등용시험인 과거(科擧)에 널리 사용된 과체시(科體詩)의 형식을 변춘정이 창안한 것으로 논한 이들이 더러 있었다. 석북(石北) 신광수(申光洙)는 「근예준선서(近藝雋選序)」에서 행시(行詩) 즉 과체시(科體詩)의 형식을 변춘정이 창안한 것으로 말하였고[18], 박제가(朴齊家) 역시 조선 과시(科詩)가 춘정에게서 시작된 것이라 하였으며[19], 연경재(研經齋) 성해응(成海應) 또한 「제과체후(題科體詩後)」라는 글에서, 조선 후기의 18운(韻)을 사용하는 과체시(科體詩)가 변춘정에게서 유래한 것으로 말하였다.[20] 낙하생(洛下生) 이학규(李學逵)는 한 걸음 더 나아가서 조선조 과문(科文)의 체격(體格)이 모두 변춘정에게서 시작된 것처럼[21] 설명한 바 있다.

그런데 조선 건국 초기의 과장(科場)에서 과시(科詩)는 대개 십운시(十韻詩)로 시험하였고, 조선 후기에 통용된 이른바 파제(破題), 입제(入題), 포두(鋪頭), 포서(鋪敍), 초항(初項), 이항(二項), 회제(回題) 등의 18구 이상으로 격식을 갖춘 과체시(科體詩)의 형식은 조선 초기에 거의 사용하지 않았다. 현재 남아 전하는 『춘정집(春亭集)』에는 십운시(十韻詩) 형식의 시가 여러 편 있기는 하지만, 거기에는 조선 초기 과장에

18) 行詩者 我國之科體也 國初 卞春亭刱科場各體詩 亦有入題鋪頭回題等法 爲取士之程式 四百年爲擧業者 不外是塗 習自童丱 能於是者 號才士.

19) 國朝選士之法 有曰詩曰賦曰疑義表策 或論箴銘頌等 以爲進士及第 … 我國科詩 始於卞春亭輩 其體初若唐人長篇 若唐人則猶足以詠物托思 今則有鋪頭入題回題諸法 賦亦如之 皆指擬古事以爲題 無一句自家語.

20) 今之取人者 卽亦功令體而具有程式 合之則取 不合者不取 盖其爲體始於胡元 而至本朝卞春亭季良 又因其法 益精其尺度 愈見其狹而且卑 豈初學所可習乎.

21) 本朝時文體格 始於國初卞春亭 與中國之八股體 小同而大異 同者 以其有破題 異者 以其有入題鋪頭回題等法也 科詩至於李瑞雨 賦至於鄭恒齡 表箋至於林象德 能事盡矣 無復餘憾. 『洛下生集』 冊十 「因樹屋集」

사용된 이른바 배율십운시(排律十韻詩)의 격식을 갖추고 있지 않으며, 조선 후기에 이른바 대고풍(大古風)으로 일컬어진 과체시의 형식을 갖춘 시도 보이지 않는다. 또한 허두(虛頭), 중두(中頭), 축조(逐條), 설폐(設弊), 구폐(救弊), 편종(篇終) 등의 격식을 갖춘 대책(對策)의 형식 역시 고려조 이래로 통용되어온 것이기 때문에, 춘정에 와서 비로소 그 격식이 정해졌다고 하는 데는 무리가 있다.

다만 『춘정집』에는 47편의 표전문(表箋文)이 실려 있고, 거기에는 하(賀), 진(進), 청(請), 사(謝), 걸(乞), 사(辭) 등 후대의 이른바 표전육체(表箋六體) 가운데 사표(謝表) 하표(賀表), 청표(請表)의 세 가지 표전(表箋) 양식이 갖춰져 있고, 그 기본 형식이 초구(初句), 파제(破題), 입제(入題), 초항(初項), 차항(次項), 회상(回上), 회제(回題) 등의 단락에 따라 단구(短句)와 장구(長句)를 번갈아 대우(對偶)로 구성하는 문체(文體) 격식을 간략하게 갖추고 있다. 그러므로 춘정의 표전문(表箋文)의 양식이 후대 과문(科文) 표전(表箋)의 모범이 되었음은 부인하기 어렵다.

조선 초기 문과(文科) 과거 제도의 정착 과정에서 변춘정의 가장 중요한 역할은 개국 초기 정도전이 제안한 강경(講經)의 제도를 반대하고 종래부터 시행해온 제술(製述)의 방식을 강력하게 반영하였다는 점이다. 문과 시험에 경전(經傳)의 이해 정도를 시험하는 강경을 우선할 것이냐, 아니면 시문의 창작 재능을 시험하는 제술을 우선할 것이냐 하는 문제는 고려 말부터 문신들 사이에 논란이 있었는데, 조선 건국 초기에는 정도전의 건의를 받아들여 강경을 중시하였다. 태종 역시 그 제도를 받아들여 즉위 원년(1401)에 문과고강법(文科考講法)을 제정하여 강경을 중시하다가, 태종 7년(1407)부터 문과 초장(初場)에 제술을 위주로 시험하였다. 여기에는 춘정의 건의가 크게 작용하였다.

세종이 즉위한 뒤로 문과의 초장에 강경과 제술 중 어느 것을 우선으로 할 것이냐는 문제를 놓고 조정의 대신들 가운데 논의가 다시 일어나자, 변계량은 세종 10년 무신(1428) 4월에 장문의 글을 올려 강경의 폐단과 제술의 당위성을 여덟 조목으로 나누어 논하여 제술을 취할 것을 강력하게 건의하였다. 그 내용을 요약하면 대략 다음과 같다.

첫째, 사람들이 어려서는 기송(記誦)과 훈고(訓詁)를 익히고, 장성하여서는 제술(製述)을 배우고, 늙어서는 저서(著書)하는데, 생원시(生員試)에서도 오히려 제술(製述)로 그 고하(高下)를 평정(評定)하면서, 대과(大科)의 초장(初場)에서 훈고만을 고사(考査)하는 것은 옳지 않다.

둘째, 생원 회시(會試)는 3월에 치르는데, 수백 명 거자(擧子)들에게 강경으로 시험하면, 책마다 각 1장씩을 강(講)하여 달을 넘기게 되니 그 폐단이 많다.

셋째, 강경 고사에 한 달이나 걸리니, 공사의 막대한 비용뿐 아니라 국사를 담당하는 관원이 공무에 종사할 수 없고, 사서(四書) 중에서 한 장(章)만 강하고, 여러 경(經) 중에서도 한 장만 강하면, 그 법이 간단하나 선비를 시취(試取)하는 법이 정밀하지 못하다.

넷째, 과장의 제도는 지극히 엄하여 극위(棘圍) 금촉(禁燭)으로 차작(借作)을 방지하고, 봉미(封彌) 역서(易書)로 공정을 기하는데, 강경은 대면(對面)한 자리에서 사정을 두기 쉬운 병폐가 있다.

다섯째, 강경의 법은 정도전이 병자년(1396) 회시에서 처음으로 시행하였는데, 정도전 이전 천하 역대의 과거 논의에 강경의 설이 없었다. 문충공 권근(權近)은 10년 동안 강경의 법을 행하고서는 그 병폐를 논하였다. 어찌 정도전 한 사람이 한 때의 임시방편으로 행한 법을 가지고 고금에 행한 대전(大典)을 폐지해서야 되겠는가.

여섯째, 문과(文科) 초장에서 의의(疑義)를 시험한다면, 사람들이 저술의 말기(末技)만 추종하여 경서의 강송에 힘쓰지 않을 것이라 하는데, 제술에 뛰어나자면 반드시 독서에 먼저 정통해야 한다. 초장에 강경하면 학자들이 기송(記誦)과 훈고(訓詁)에만 힘을 기울여서 뜻이 좁고 기운이 졸렬하여져, 마침내는 성리(性理)의 심오한 뜻에 통하지 못하고, 글 짓는 재주도 또한 조잡하고 좀스러워져서, 사문(斯文)을 흥기시키는 방법이 아니다.

일곱째, 문과(文科) 삼장(三場)에 모두 취사(取舍)가 있으나, 중장과 종장에서 다만 역서(易書)만 가지고 우열을 평정하기 때문에, 합격과 낙방의 형적이 드러나지 아니하여 응시자에게 편의하지만, 초장의 강경에서는 면대하는 자리에서 낙방시켜 내쫓으니, 거자(擧子)들이 부끄러워하고 꺼려하여, 영기(英氣)가 있고 호걸지사(豪傑之士)라고 일컫는 이들이 문과(文科)를 거쳐 진출하려 하지 않고, 무과(武科)로 가는 자가 많다.

여덟째, 태조가 개국하면서 전조(前朝)의 폐단을 혁파하였으나 과거의 법은 그대로 두었고, 조준이 계유년(1393) 주관한 첫 번째 회시에서 초장에 제술을 사용하였으니 이는 곧 태조께서 이룬 법이다. 정도전이 강경의 법을 시행하였으나, 태종께서 권근의 논의를 들어서 다시 제술을 행하였으니, 초장의 제술은 태조의 성헌(成憲)이고 태종께서 남기신 법이니 마땅히 준수해야 한다.

변계량의 강력한 제안에 대하여 6품 이상의 문신들에게 의견을 수렴하게 한 결과, 좌의정 황희(黃喜), 우의정 맹사성(孟思誠) 등 16인은 강경과 제술을 번갈아 시행하자고 하였고, 찬성 권진(權軫), 호조판서 안순(安純) 등 51인은 제술만 사용하자 하였으며, 한성부윤 이명덕(李明德) 등 5인은 원전(元典)대로 사서오경재(四書五經齋)에서는 고강(考講)하되, 과거에서는 의의(疑義)의 제술을 사용하자고 하였고, 예문제학 윤회(尹淮), 집현전교리 권채(權採), 수찬 이선제(李先齊) 등 15인은 강경을 하자고 하였다. 이에 따라 세종은 문과 초장에서 강경을 폐지하였다. 2년 뒤 경술년(1430)에도 문과 초장에서 강경과 제술을 교대로 실시하자는 상정소의 건의가 있었으나, 세종은 이를 받아들이지 않았다. 이후 세종 26년 갑자년(1444)에 문과 강경의 정식을 정하고 다시 시행하였는데, 중간에 존폐를 거듭하다가 성종 때 가서는 문과 초장에 강경을 하는 것이 다시 정식으로 확정되었다.

조선 초기 조정에서 춘정이 감당했던 무엇보다 가장 중요한 역할은 군왕(君王)이 문신(文臣)들과 경사(經史)를 논하는 경연(經筵)의 운영과 문신들과 번갈아 대답하는 윤대(輪對)를 정례화하고, 이와 관련하여 연소 문신들을 특별히 선발하여 국가정책을 수립하는 데 적극 활용한 집현전의 설치와 운영을 주도하였다는 점이다. 당초 태종 17년(1417) 정월에 사간원에서 집현전의 건립을 건의하였는데, 앞서부터 있었던 수문전(修文殿), 집현전(集賢殿), 보문각(寶文閣) 등의 관청이 명칭만 있고 실상이 없었기 때문에, 관각(館閣)의 책무를 감당할 유능한 관원을 양성하기 위한 조처였다. 이 건의에 의하여 집현전이 실제로 확정된 것은 세종 2년(1420) 3월에 집현전의 인원수를 정하고 관원을 임명하면서부터였다.

당초 집현전 대제학(大提學)으로 임명된 사람은 하정(夏亭) 유관(柳觀)과 춘정(春亭) 변계량(卞季良)이었다. 그런데 『세종실록』에 "변계량이 일찍이 태종에게 아뢰어, 나이 젊고 배울 만한 한두 사람의 유생을 선택하여, 사관(仕官)하게 하지 말고 고요한 곳에서 독서하게 하여 정통하면 크게 쓸 것을 청하였는데, 태종이 옳게 여기면서도 실행하지 못하였다. 또 나에게 청하므로 내가 이를 허락했다"는 말이 있다. 따라서 집현전의 인재를 선발하는 일을 실제로 주관한 것은 변계량이었음을 알 수 있다.

세종 7년 을사(1425) 11월 29일에 세종이 사학(史學)을 읽을 인재를 구할 적에, 직집현전(直集賢殿) 정인지(鄭麟趾), 집현전응교(集賢殿應教) 설순(偰循), 인동현감(仁同縣監) 김빈(金鑌)을 천거한 일이나, 세종 8년

병오(1426) 12월 11일 집현전 부교리 권채와 저작랑 신석견(辛石堅), 정자 남수문(南秀文) 등을 불러 집현전의 관원으로 명하면서, "글 읽는 규범에 대해서는 변계량의 지도를 받으라"고 명한 것은 모두 이런 사정을 보여주는 사례들이다.

집현전에는 그 외에 탁신(卓愼), 이수(李隨), 신장(申檣), 김자(金赭), 어변갑(魚變甲), 김상직(金尙直), 설순(偰循), 유상지(俞尙智), 유효통(俞孝通), 안지(安止), 김돈(金墩), 최만리(崔萬理) 등이 집현전 학사로 발탁되었다. 이 관청의 관원은 국왕의 근시(近侍)로서 상시로 군왕을 모시는 경연(經筵)에 참석하여 국정의 제반 문제를 자문하고 국왕의 지시를 받아 새로운 정책을 건의하였다. 집현전에는 세종조에만 윤회(尹淮), 정인지(鄭麟趾), 권채(權採), 권도(權蹈), 이선제(李先齊), 한처녕(韓處寧), 김빈(金鑌), 이사철(李思哲), 최항(崔恒), 남수문(南秀文), 이계전(李季甸), 김문(金汶), 유의손(柳義孫), 하위지(河緯地), 정창손(鄭昌孫), 최항(崔恒), 박팽년(朴彭年), 신숙주(申叔舟), 이선로(李善老), 이개(李塏), 어효첨(魚孝瞻), 이영서(李永瑞), 김예몽(金禮蒙), 신석조(辛碩祖), 이예(李芮), 성삼문(成三問) 등이 잇달아 발탁되어 세종조의 문치(文治)를 이루는데 크게 기여하였다.

이들은 왕명을 받아 『훈민정음(訓民正音)』과 『동국정운(東國正韻)』을 편찬하고 『고려사서(高麗史)』와 실록을 편수하는 한편 『효행록(孝行錄)』, 『삼강행실(三綱行實)』, 『오례의(五禮儀)』, 『오례의주해(五禮儀註解)』, 『의방유취(醫方類聚)』 등의 여러 서적을 편찬하였다. 세조 때 단종이 폐위된 뒤 집현전 출신 인물들을 중심으로 역모사건이 드러나자 집현전도 폐지되고 말았다.

6. 결어

고려 말 성리학의 이념에 입각하여 불교의 폐해를 강력하게 배척했던 일군의 지식인들은 이성계를 추대하여 성리학의 수제치평(修齊治平)을 정치의 지도이념으로 삼는 조선왕조를 개창하였다. 춘정 변계량은 당초 조선왕조의 개국과 초기의 제도 정립 과정에 깊이 관여하였던 정도전, 조준, 권근, 하륜 등의 뒤를 이어 조선왕조의 국가이념을 정립하고 제도 개혁과 인재 양성을 통하여 역성혁명을 완성하는 수성의 시대를 살았다.

춘정은 이 시대 관각의 수장으로서 조선 왕조의 정체성을 확립하고 왕권의 정통성을 옹호하는데 기여하였으며, 한편으로 사대교린의 책무를 수행하고, 예조판서와 의례상정소제조로서 국가의 전례를 정립하고 민간의 풍속을 개량하는 일에 앞장서는 한편, 경연(經筵)과 서연(書筵)을 통하여 성리학의 이념으로 군왕을 계도하고, 과거 제도를 개편하고 집현전을 설치하여 새로운 왕조의 정치 문화와 학문을 선도하는 인재를 양성함으로써 조선왕조의 수성의 기반을 확립하는데 중요한 역할을 감당하였다.

춘정이 양촌 권근과 호정 하륜 등 그 선배들이 세운 규범을 이어받아 태종과 세종조 전반기에 걸쳐 수립한 문치(文治)의 틀 가운데, 과거 제도와 성균관 및 향교를 통한 인재 선발과 교육 및 경연과 서연을 정례화하여 군왕을 계도함으로써 성리학의 문치주의가 국가의 지도 이념으로 정착되었고, 『가례(家禮)』를 권장하고 불교 관습을 배제하여 조선왕조의 전례와 사대부의 의식과 생활 관습을 크게 바꾸었다.

그러나 세조 이후의 왕위 계승의 과정에서은 국가에서 수립한 전례를 왕실 스스로 무너뜨려 왕권을 허약하게 하였고, 사장(詞章)과 경술

(經術)의 형식에 치우친 학술과 교육은 나중에 조정 대신과 사대부 사족들의 권력 대립과 분열을 조장하는 쪽으로 흘러갔다. 여기에 이르러 왕권의 정통성을 옹호하여 왕실의 권위를 강화하여 치화(治化)를 이루고, 문학 재능이 탁월한 인재를 양성하여 왕조의 문화를 성대하게 장식하고, 단군 기자를 전범으로 앞세워 조선왕조의 제도와 예속의 특수성을 유지하려 하였던 변춘정의 의도가 크게 흐려지게 된 것은 지금까지도 여전히 아쉬운 일이다.

이 글은 "제2회 춘정 변계량선생 재조명 학술대회"(2020.12.28)
발표 자료를 일부 수정한 것이다.

춘정 변계량의 의례문장(儀禮文章)과 유교문명의 이면

–『춘정집』의 중간(重刊) 과정에서 산삭(刪削)된 의례문장을 중심으로

정출헌

1. 머리말

춘정 변계량(공민왕 18~세종 12)은 태종–세종대에 예문관대제학·집현전대제학과 예조판서와 같은 최고 위치의 문한으로 활동하며 조선 초기의 의례문장과 문물제도를 정비하는 데 주도적 역할을 담당했다. 그리하여 신생국가 조선이 유교문명 국가로서의 규모를 갖추게 되었으니, 자신의 시대를 "하늘이 조선을 돌보아 백성의 주인을 내셨으니, 혁혁한 대운(大運)으로 문명이 열렸네."[1]라고 자부할 수 있었다. 태종 6년 평양부윤에 제수된 연성군(延城君) 김로(金輅)를 전송하는 자리에서였다. 하지만 그런 자부와는 달리, 그때는 아직 유교문명 국가로서의 내실을 채워가야 할 과제가 산적했던 시대라고 말해야 옳을 터다.

1) 변계량, 『춘정집』 권4, 「題延城君金輅巡問西京詩卷」 "天眷朝鮮作民主, 赫哉泰運開文明."

하륜(河崙)·이조(李慥)와 함께 의례상정소(儀禮詳定所)의 제조(提調)를 맡아 유교문명에 부합하는 국가적 전례(典禮)를 정비하는 데 온힘을 기울였지만, 건국된 지 불과 20년 남짓 되었던 그때로서는 그것의 온전한 구현이 아득해보였다.[2] 하긴, 스물넷의 장성한 나이에 조선인으로 강제 귀속된 변계량 자신조차 고려인으로서의 삶의 방식으로부터 완전히 벗어나지 못하고 있었다. 그가 죽던 날, 사관이 달아둔 다음과 같은 졸기를 통해 그 단면을 보게 된다.

> 변계량은 거의 20년 동안 문형을 맡았으므로 사대교린의 사명(詞命)이 대부분 그의 손에서 나왔다. 과거시험을 관장하여 선비를 선발함에 있어 지극히 공정하여, 전조(前朝)의 부정한 습관을 모두 고쳤다. 국사를 의논하고 의문을 해결하는 데 있어 보통 사람의 상상을 뛰어넘곤 했다. 그러나 **문(文)을 주관하는 대신(大臣)으로서 삶을 탐하고 죽음을 두려워하며, 귀신을 섬기고 부처를 받들었다. 심지어 하늘에 제사하는 데까지 하지 않는 바가 없어 식자들이 그를 기롱했다.**[3]

---

2) 유교적 통치방식의 기본인 禮樂刑政에서 禮治가 차지하는 비중은 막중했다. 실제로 태종 때 시작된 국가의 禮制를 정비하는 작업은 성종 때 『國朝五禮儀』로 마무리되기까지 치열한 논쟁을 거쳐야만 했던, 조선전기 유교문명 건설의 최대 프로젝트라고 할 수 있다. 그 지난한 과정에서 제1기라 할 수 있는 태종대는 儀禮詳定所와 禮曹가 주관이 되어 명나라의 『洪武禮制』를 준거로 삼아 국가적 전례를 제후국에 맞게 조정하는 방식으로 진행되었다. 그러했던 만큼 태종대에 의례상정소제조, 예조참의·예조판서, 예문관대제학·성균관대사성의 직임을 맡고 있던 변계량의 역할이 지대했으리라는 점은 두말 할 나위없는 사실이다. 조선 전기 禮制가 정립되어 가던 과정에 대한 고찰은 한형주, 「15세기 祀典體制의 성립과 그 추이: 『국조오례의』 편찬과정을 중심으로」, 『역사교육』 89, 역사교육학회, 2004 참조.

3) 『세종실록』 세종 12년 4월 23일, "季良典文衡幾二十年, 事大交隣詞命, 多出其手. 掌試取士, 一以至公, 盡革前朝冒濫之習. 論事決疑, 往往出人意表. 然以主文大臣. 貪生畏死, 事神事佛, 至於拜天, 靡所不爲, 識者譏之."

조선의 건국에 비협조적이었던 것으로 보이는 변계량은 건국 초기 두드러진 활약을 보이지 않았다. 그러다가 태종의 즉위와 함께 본격적인 관료로서의 활동을 시작하게 된다. 특히, 태종 7년 4월에 치른 친시문과(親試文科)와 그해 8월에 하륜·권근이 주관한 중시(重試)에서 연달아 장원을 차지하여 예조참의와 예문관제학에 발탁되면서 학술문단의 주목을 한 몸에 받기 시작했다. 그리고 태종 17년에 예문관대제학·예조판서, 세종 2년에 집현전대제학을 맡아 태종 후반~세종 전반의 학술활동과 학문진작을 주도해갔던 것이다. 사관은 그런 변계량의 업적을 크게 세 가지로 집약하고 있다. 첫째, 사대교린에 필요한 표전(表箋)과 같은 공용문(公用文)의 작성을 전담했다는 점. 둘째, 과거제도를 혁신하여 고려시대의 폐습을 근절했다는 점. 셋째, 보통 사람이 생각하기 어려운 기발한 발상으로 국가적 난제를 종종 해결했다는 점. 이제까지 크게 주목 받지 못했던 변계량을 태조대의 '정도전'과 태종 전반의 '권근'에 이어 태종 후반~세종 전반의 학술계를 이끌어간 인물로서 새롭게 주목해야 하는 근거이다.

물론 조선 초기 유교문명으로의 전환 과정에서 변계량이 거두었던 성취에 대해서는 경청할 만한 기존 연구가 제출된 바 있다.[4] 하지만 졸기의 마지막 부분에서 언급하고 있는 대목, 곧 "삶을 탐하고 죽음을 두려워하여, 귀신을 섬기고 불교를 믿었다."는 비판의 맥락과 그 의미에 대해서는 자세하게 살펴보지 않았다.[5] 중세지성으로서의 자기정체

4) 정경주, 「春亭 卞季良의 전례 禮說에 대하여」, 『한국인물사연구』 8, 신지서원, 2010; 이종묵, 「卞季良의 인재 양성 정책」, 『진단학보』 105, 진단학회, 2008; 박병련, 「春亭 卞季良의 정치사상과 정치적 활동」, 『한국동양정치사상사연구』 8, 한국동양정치사상학회, 2009.

5) 변계량이 제천의식을 주장한 사실과 그 의의는 다음 논문에서 다루어진 바 있다. 신태영, 「春亭 卞季良의 上疏文으로 본 조선초기의 祭天 의식」, 『인문과학』 36, 성균관대

성이 거의 확립되었을 20대에 고려에서 조선으로 국적을 바꿔야했던 변계량이고 보면, 그는 고려와 조선이라는 두 국가체제에 걸쳐 있던 '경계인'이라 말할 수 있다. 그리고 그때는 불교문명에서 유교문명으로의 전환기였던 만큼, 두 거대 문명의 어름에서 부유(浮游)할 수밖에 없었던 것은 일견 당연해 보인다.

그런 점에서 본다면, 귀신과 부처를 섬겼다는 변계량의 행위는 충분히 납득할 수 있다. 고요한 산사에서 읊은 청정한 내면이라든가 고승과 무심하게 주고받던 깊은 정회는 그의 시세계에 편만해 있는 정조이기도 했다.[6] 그리고 독실한 불교신자였다는 사실도 여러 기록에서 실제로 확인 가능하다.[7] 하지만 그것만을 가지고 "삶을 탐하고 죽음을 두려워했다"는 식으로 실록이라는 정사(正史)에 기록하지는 않았을 것이다. 그보다는 귀신과 부처를 섬기는 그런 행위[事神事佛]를 예문관대제학이라든가 예조판서와 같은 자리에 있으면서도 서슴지 않았다는 데 방점을 찍었던 것으로 보인다. 유교문명의 정점인 예제(禮制)를 이끌어가며 다른 사람의 모범이 되어야 하는 직책을 맡고 있으면서도 온갖 무불(巫

인문학연구원, 2005; 정출헌, 「원명교체기, 화이질서의 강화와 동국문명의 형성」, 『민족문학사연구』 69, 민족문학사학회, 2019.

6) 변계량을 비롯한 조선 초기 관각문인의 불교적 내면을 다룬 논의로는 김윤섭, 「조선전기 관료문인들의 불교적 내면의식에 관한 연구: 권근·변계량·김수온·서거정·성현의 詩文을 중심으로」, 『禪文化硏究』 20, 한국불교선리연구원, 2016를 참조할 것.

7) 세종은 자신이 목도했던 일을 회상하며, 변계량이 독실한 불교신자였다고 증언한 바 있다. 그러면서 요즘 사람들은 몰래 부처를 받들고 귀신을 섬기고 있으면서도 남들 앞에서는 비판하는 이중적 태도를 보이고 있다고 나무랐다. 그런 위선적인 시대분위기로 인해 변계량은 불교신자임을 애써 드러내지 않으려 했다는 것이다.[『세종실록』 세종 28년 3월 26일 기사 참조.] 물론 변계량도 성리학을 공부하던 젊은 시절, 불교가 백성을 미혹하고 있다며 불경을 모두 불태워버려야 한다는 비판적 태도를 견지한 적도 있다. [변계량, 『춘정집』 권1 「夜坐有感 六首」 참조.] 그러했던 변계량이 불교신자로 회귀하게 된 생애사실에 대해서는 별도의 고찰이 필요하다.

佛) 행사를 주관했던 것에 대한 날선 비판이었던 것이다. 실제로 변계량의 이단적 활동은 관료생활을 하는 데 있어 심각한 방해 요소로 작용하기도 했다. 세종 8년 변계량이 판우군부사(判右軍府事)에 제수될 때, 대간들은 그가 선도(仙道)를 닦고 귀신에 제사지내고 수륙재를 지냈다는 이유로 들어 오랫동안 고신에 서경(署經)하지 않았다.[8]

현재 전하고 있는 『춘정집』을 보면, 그런 비판의 정황을 충분히 납득할 수 있다. 권10과 권11은 거의 대부분 청사(靑詞)와 제문(祭文)으로 채워져 있다. 청사는 소격전(昭格殿)에서 거행하는 초제(醮祭)에 사용하는 축문이거니와 제문도 일반인의 죽음을 애도하는 제문이 아니다. 모두 종묘, 환구단, 북교단 등에서 소재(消災)를 기원하기 위해 제작된 제문들이다. 유교문명과 정면에서 배치되는, 이른바 도교 의식에서 사용되는 의례문장이었던 것이다. 물론 세종대에 편찬을 시작하여 성종대에 완성된 『국조오례의』 「길례(吉禮)」에 올라 있는 국가의례에서 사용되었던 만큼, 당대에는 별문제가 없었을 수도 있었다.[9] 그렇다면 이것만 가지고 신랄한 비판이 어디에서 비롯되었는지 정확히 이해하기 어렵다. 그렇다면, 우리가 쉽게 접할 수 있는 『춘정집』만으로는 헤아리기 어려운 변계량의 또 다른 면모를 추적해볼 필요가 있다.

그 실상은 바로 세종 24년(1442)에 편찬된 『춘정집』 초간본에 담겨 있었다. 하지만 그건 순조 25년(1825)에 거창 지역의 후손과 유림이 병암서원(屛巖書院)에서 『춘정집』이 중간되면서 사라져버린 면모이기도 하다.[10] 어렵게 구한 초간본을 저본으로 삼아 다시 판각하는 과정에서

---

8) 『세종실록』 세종 8년 6월 21일 기사 참조.

9) 『國朝五禮儀』의 「吉禮」에는 「風雲雷雨壇祈雨儀」, 「祭海嶽瀆儀」, 「時旱北郊望祈嶽海瀆及諸山川儀」, 「雩祀壇祈雨儀」 등이 정리되어 있다.

10) 순조 25년 『춘정집』의 중간본 발간 이후, 17세손 卞斗星은 시문 약간을 수습하고 年譜

적지 않은 글이 산삭되었는데, 무불행사에서 사용하기 위해 제작된 의례문장이 그 주된 대상이 되었던 것이다. 그리하여 『춘정집』의 초간본과 중간본에 실린 작품은 상당히 달라지고 말았다. 초간본이 간행된 세종대와 중간본이 간행된 순조대의 시대적 분위기를 확연하게 체감할 수는 대목이다. 물론 그런 차이는 쉽게 예상되는 양상일 수 있다. 초간본이 간행되고 400년이 뒤에 간행된 문집에서 무불 관련 문장이 삭제되리라는 것은 충분히 예견되는 일이기 때문이다.

오히려 중간본에서 삭제된 의례문장, 곧 초간본에서는 버젓이 수록되어 있던 그 무불 관련 의례문장 자체가 지니고 있는 의미가 중요하다. 새롭게 건국된 유교문명 국가 조선에서 각종 국가적 전례를 주관하고 있는 변계량이라는 공인(公人)이 지은 공적 의례문장을 통해 조선 초기 유교문명화의 진전 정도를 가늠해 볼 수 있기 때문이다. 실제로 세종 24년(1442)에 초간본 『춘정집』을 편찬한 문인(門人)들은 스승 변계량이 지은 무불 관련 의례문장을 당당히 수록했다. 하지만 단종 2년(1454) 『세종실록』을 편찬한 사관은 그런 변계량을 신랄하게 비판하고 있다. 불과 10여 년의 시차를 두고 달라진 현상이다. 우리는 그것을 유교문명의 진전이 가파르게 진행되던 시대정신의 변화로 이해할 수도 있고, 변계량으로 대변되는 구세대와 사관으로 대변되는 신세대 사이에 벌어진 세대 간의 논쟁으로 이해할 수도 있다. 하지만 그 어느 것이든 유교와 무불의 공존 또는 길항이라는 문명사적 차원에서의 접근이 필요하다는 사실에는 이견이 있을 수 없다. 그 점을 해명하기 위해서 우리는 세종의 분부와 제자의 작업으로 『춘정집』이 편찬되던 시

를 편찬하여 속집 4권 2책을 石印本으로 간행했다. 한국고전번역원에서 발간한 『한국문집총간』 8집에는 중간본과 속집이 합본되어 있다.

대적 맥락, 일반적인 문인의 문집과 달리 『춘정집』이 목표하고 있던 공적인 문장 전범으로서의 역할, 그리고 초간본에 당당히 실려 있던 의례문장의 구체적 실상과 그 의미를 살펴보고자 한다.[11]

2. 초간본 『춘정집』 편찬과 공적문장으로서의 전범

1) 『춘정집』 편찬의 시대적 맥락과 그 특징

[1] 조선 초기는 천 년 가까이 이어져온 불교문명을 유교문명으로 전환해야 하는 국가적 과제를 안고 있던 시대였다. 그리고 그런 역사전환의 과정에서 크고 작은 진통과 갈등이 불거져 나오는 것은 충분히 예견되는 일이기도 했다. 어느 시기 어느 지역에서든, 문명전환의 여정은 미래로 가는 아름다운 꽃길이기보다는 유구한 전통을 낡은 과거라는 이름으로 무참하게 지워가는 '불의 연대기'일 수밖에 없는 까닭이다. 변계량은 바로 그런 시대를 살아가면서 유교문명 건설이라는 국가적 책무와 불교신자로서의 개인적 신앙을 함께 견지하고자 했던 인물이다.[12] 일종의 이율배반적 삶을 살았다고 할 수 있겠는데, 어쩌면 여말선초라는 역사전환의 시기는 사회구성원 모두에게 그런 삶의 모습을 강제했다고 할 수도 있다. 익숙하던 고려적인 관습을 1392년 7월 27일, 이성계의 즉위와 함께 일거에 바꾼다는 것은 가능한 일이 아니었다.

---

11) 본고에서 사용하는 文章라는 말은 "한 개인의 생각을 글로 표현하는 것"이라는 근대적 의미로서보다는 전근대 한자문화권에서 "한 나라의 문명을 형성하는 예악과 제도"라는 전통적 의미로서 보다 자주 사용하게 될 것이다.

12) 조선 초기 유교-불교의 이원적 사상체계가 공존하는 상황에서 변계량은 유불의 조화를 모색했고, 그것이 궁극적으로 사회 안정을 위한 노력의 일환이었다고 파악한 논의로는 오연정, 「春亭 卞季良의 불교인식」, 『역사와교육』 15, 역사와교육학회, 2012이 있다.

그런 점에서 "삶을 탐하고 죽음을 두려워하며, 귀신을 섬기고 부처를 받들었다."는 사관의 비판은 오히려 변계량의 지극히 인간다운 면모로 읽히기도 한다. 실제로 변계량은 유교문명을 국시로 내건 조선에서 예문관대제학과 예조판서는 물론 의례상정소 제조의 직임을 맡아 유교문명에 부합하는 국가의례를 제정하는 과정에서 매우 창발적인 입장을 견지했던 것으로 이름이 높았다. "국사를 의논하고 의문을 해결하는 데 있어 보통 사람의 상상을 뛰어넘곤 했다."는 사관의 평가도 시류에 쉽게 편승하지 않던, 그의 독창적이면서도 완고했던 태도를 에둘러 표현한 것에 다름 아니다. 서거정은 변계량의 인품을 '고집'[13]으로 규정했을 정도였다. 그리고 그 고집이란 대부분 유교적 예법을 지고지순한 잣대로 상정하고 있던 젊은 관료에 맞서, 자신이 유년기부터 친숙하게 접해온 전조(곧, 고려)의 전통을 새 왕조의 예법에 접목시키려고 했던 데서 빚어졌던 것으로 보인다.

실제로 건국 직후부터 역대 임금은 국가전례를 제정하기 위해 의례상정소를 설치하고 『홍무예제(洪武禮制)』 등의 예서를 참조하여 조선의 의례를 제정하기 위해 많은 노력을 기울였다. 그리고 세종은 그 작업의 완수를 일생일대의 과업으로 삼아 만년까지 온힘을 기울였다. 하지만 결국 자신의 치세에 마감하지 못하고 성종 5년에야 일단락될 정도로 그건 지난하기 그지없던 사업이었다. 거의 한 세기에 걸친 그 과정에서 많은 지성들은 치열한 논쟁을 벌였고, 그 가운데 세대 간의 이견은 간단하게 봉합될 수 없었다. 그 작업을 진두지휘했던 두 핵심 인물, 군주 세종과 의례상정소제조 변계량 사이에서도 이견은 종종 노정되곤 했다. 고려-조선의 경계인이던 변계량과는 달리 세종 이도(李祹, 1397~

13) 서거정, 『필원잡기』 권1, "卞文肅公季良性固執."

1450)는 온전한 조선인이었다. 때문에 비록 변계량이 부친 태종과 진사시 동년의 절친인 동시에 자신에게는 엄친 같은 사부(師傅)로서 많은 부분 가르침을 받고 그에 동화되긴 했지만, 그럼에도 불구하고 적지 않은 사안에서 부딪치곤 했던 것이다.

그러했던 변계량의 사후 10년쯤 되던 즈음, 세종은 변계량의 부재를 실감하고는 그의 유고를 집현전에 내려주며 교정을 보아 간행하라는 분부를 내린다. 한 시대의 문물제도를 관장하던 변계량의 시문을 영원히 보존해야 한다고 생각했던 것이다. 그때의 정황을 다음 서문에서 엿볼 수 있다.

> 우리 태종 전하께서 선생을 재보(宰輔)로 발탁하여 건의와 계획을 받아들여 도움이 크고도 많았다. 지금 주상 전하[세종]께서는 특별히 우대하여 경연 가까이에서 모시게 하였다. … **전하께서 정무를 보시고 난 여가에 스승을 추모하다가 그의 유고가 인멸될 것을 애석히 여겨 집현전에 주어 교정하게 한 뒤에 경상도에 분부하여 간행해 널리 전하도록 했다.**[14)]

성균관대사성을 맡고 있던 권제(權踶)가 쓴 『춘정집』 서문이다. 세종이라는 절대군주, 집현전이라는 학술기관, 그리고 대사성이라는 학문권위가 뜻을 함께 모아서 만들어낸 문집이 바로 『춘정집』이었던 것이다. 세종은 태종을 가장 지근의 거리에서 보좌했던 변계량을 부왕의 배신(陪臣)이자 자신의 사부(師傅)로서 극진하게 존중했다. 실제로 변계

14) 權踶, 「春亭集 舊序」 "我太宗殿下擢置宰輔, 言聽計從, 而裨益弘多. 今我主上殿下尤加眷待, 昵侍經幄. … 我殿下萬機之暇, 追念師臣, 惜其遺藁湮沒, 下集賢殿讎校, 命慶尙道鋟梓, 以廣其傳."

량은 세자 책봉 직후부터 양녕대군의 사부를 맡았거니와 세종이 즉위한 뒤로는 경연관으로 참여하여 세종 치세의 방향을 이끌어갔다. 세종대의 학술장(學術場)으로 기능했던 집현전 설치에 절대적인 역할을 담당했고, 그리하여 집현전의 초대 대제학을 맡아 학사 선발에서부터 후진 육성에 이르기까지 지대한 영향을 끼쳤다. 태종의 사후에야 본격적으로 자신의 치세를 열어갔던 세종 7년, 경복궁 중건을 기념하기 위해 변계량이 창작한 「화산별곡(華山別曲)」은 세종 치세 초반에 대한 축하를 넘어서서 자신이 보좌한 성취에 대한 자부로 읽어도 좋을 정도였다.

그런 상황을 곁에서 지켜본 세자[뒷날의 문종]은 변계량을 치제하는 글에서 부왕 세종이 국가의 시귀(蓍龜)로서 전적으로 의지했다고 직접 밝히기도 했다.[15] 세종이 직접 문집 편찬을 분부하고 집현전에서 작업을 주관할 정도로 변계량이 당대 학술계에서 차지하는 위상은 막대했던 것이다. 그런 만큼 변계량의 문집 편찬·간행 작업도 전국적 차원에서 분담하여 조직적으로 진행되었다. 적전제자였던 판승문원사(判承文院事) 정척(鄭陟)은 유고를 선별·편찬하였고, 또 다른 제자 경상도관찰사 권맹손(權孟孫)은 문집의 간행·제작을 책임졌다.[16] 그리고 집현전 직제학 유의손(柳義孫)과 저작랑 김서진(金瑞陳)은 교정을 담당하고, 경상도사 권지(權枝)를 비롯하여 밀양부사 안질(安質), 밀양교수관 공종주(孔宗周), 성균관 유학 박학문(朴學問)과 박정지(朴楨之)는 간행의 실무를 맡았다. 판각하는 데 동원된 각수(刻手) 이영춘(李英春) 등 45인도

---

15) 『세종실록』 세종 12년 6월 16일. "肆我至尊, 倚若蓍龜. 待遇益隆, 事必疇咨."

16) 정척(1390~1475)은 세종 때 『국조오례의』·『양계지도』를 맡아 편찬하였고, 권맹손(1390~1456)은 『通鑑訓義』의 편찬과 宮中樂章 사업에 참여했다. 모두 儀禮와 典故에 밝았던 것으로 보인다. 다만 이들의 문집이 전하지 않아 구체적인 활동을 파악하는 데 어려움이 많다. 정척의 경우, 세종 21년 여름의 가뭄을 맞이하여 스승 변계량이 주장하여 관철시킨 바 있었던 圓壇에서의 祭天儀式을 다시 주장했던 사실이 확인된다.

간기(刊記)에 특기되어 있다. 임금의 분부를 받아 서울에 있는 집현전 제자들은 편찬을 담당하고, 지방관으로 내려가 있는 제자들은 제작을 담당했다. 그리하여 고향 밀양에서 자신의 문집이 출간되게 되었으니 변계량 한 개인으로는 참으로 영광스런 일이 아닐 수 없었다.

그런 과정을 거쳐 완성된 『춘정집』은 전체 12권 4책의 규모였다. 변계량의 위상이나 문집 편찬의 배경에 비추어보면, 예상 밖으로 소략하다고 할 정도이다. 그리고 문집 전체의 1/3에 해당하는 권1부터 권4까지만 한시가 수록되어 있고, 나머지 권5부터 권12까지는 산문 부문이다. 한시가 절대적 비중을 차지하는 조선 전기 대부분의 문집과는 사뭇 다른 양상이다. 더욱 주목할 점은 서발(序跋) 기문(記文), 봉사(封事), 상서(上書), 대책(對策), 교서(敎書), 표전(表箋), 청사(靑詞), 책문(冊文), 제문(祭文), 축문(祝文), 비지(碑誌), 명문(銘文) 등 거의 모든 한문산문 양식이 망라되어 있다는 사실이다. 특히, 그들 대부분은 자신의 사적 필요에 의해 지은 작품이 아니라 국가적 요구에 부응하여 지은 작품이라는 점이다. 모두 공적 기능을 가진 공용문에 가깝고, 그런 만큼 그 내용도 형식적·의례적인 성격이 두드러질 수밖에 없다. 이런 공적 글쓰기는 지나친 장식성으로 인해 이해하기 어렵다거나 상투적인 내용으로 읽힐 법하다. 실제로 그러하다. 하지만 일상에서 쉽게 접할 수 없는 글인 동시에 누구에게나 작성이 허여되지 않는 글이라는 점으로 인해 그런 문장은 일종의 모범적 글쓰기, 나아가 범접하기 어려운 권위를 갖게 될 수 있었다.[17]

---

17) 김풍기, 「권위를 생성하는 글쓰기와 변계량의 문장의 문학사적 의의: 조선의 전통과 중화주의의 길항」, Journal of korean Culture vol.53(한국어문학국제학술포럼, 2021) 278면.

그런 까닭에 『춘정집』은 예사로운 문인의 문집과는 다른 각도에서 접근할 필요가 있다. 일반적으로 문집은 한 개인의 사적 정감과 생활을 담은 시문이 주종을 이루기 마련이지만, 『춘정집』은 20년 가깝게 문형으로 있던 변계량이 국가적 필요에 의해 작성한 의례문장의 집성이라 할 수 있는 것이다. 권제가 서문에서 유고가 인멸될 것을 우려한 세종이 직접 문집을 편찬하라고 분부했다는 증언은 그래서 중요하다. 변계량이라는 한 문인의 시문을 수습하겠다는 사적인 목적보다 그가 지은 공적 글쓰기를 국가적 표본으로 참고하려는 의도가 강했던 것으로 보이기 때문이다.[18]

2 『춘정집』이 간행될 무렵, 실록에는 세종이 변계량이 살아 있을 때 펼쳤던 주장을 자주 거론하며 현안을 결정하곤 하는 장면이 등장한다. 아마도 『국조오례의』를 편찬하는 작업에 전력을 다하고 있던 때였기 때문이라 짐작된다. 그 대략만 열거하면 다음과 같다. 젊은 대언(代言)들이 여악(女樂)을 폐지하자고 건의했을 때 세종은 변계량의 견해를 들어 수용하지 않았으며,[19] 과거시험에서 강경(講經)을 존치·부활시켜야 한다는 의례상정소의 건의도 변계량의 주장을 들어가며 거부했다.[20] 자신의 즉위 초기에는 임금이라는 한 몸을 위한 기도라며 폐지했

18) 세종은 변계량이 질병으로 대제학을 사퇴하던 즈음, 변계량에게 자신을 대신할 만한 후임을 묻는다거나 변계량에게 기존에 사용하던 제문과 축문을 전체적으로 수정하여 儀軌에 수록하도록 한다. 변계량이 국가의례에서 사용되는 문장을 전담했던 사정을 보여주는 사례이다.[『세종실록』 세종 5년 6월 23일; 10월 14일 기사 참조.] 심지어 城隍과 山神에게 제사지낼 때 太王·太后 같은 작호를 붙이는 것이 타당한가, 또는 忌晨齋의 佛疏에서 임금을 '弟子'라고 쓰고 있는데 '朝鮮國王'으로 써야 옳은 것이 아닌가, 등의 의견은 자주 엇갈렸고, 그때마다 변계량에게 의견을 묻어 결정했다.[『세종실록』 세종 6년 2월 11일; 3월 12일 기사 참조]

19) 『세종실록』 세종 12년 7월 28일.

던 연종환원(年終還願)이라는 불교의식을 다시 부활시키면서는 변계량이 당시 올렸던 상소가 그르지 않았다는 사실을 근거로 끌어들이고 있다.[21] 그 외에 정몽주·길재·이숭인·최영 등 추숭할 만한 고려의 인물을 선정할 때도 변계량의 견해는 경청할 만한 참조점이 되었으며, 역대 임금의 묘호(廟號)를 상정(詳定)하는 방법도 그의 견해를 따랐다.[22] 외교문제에 있어서도 그러했다. 모든 신하들은 사신으로 온 야인(野人)을 임금이 직접 접견하는 것은 부당하다고 말렸지만, 세종은 직접 만나보기로 결정한다. "오랑캐라도 친히 접견하시어 멀리서 온 노고를 위로하는 것이 옳다"고 했던 예전 변계량의 조언을 옳게 여겼기 때문이었다.[23]

변계량의 사후, 세종에게 변계량의 부재는 시간이 지나도 쉽게 해소되지 않았다. 특히, 예문관대제학으로서 그가 보여주었던 공적 글쓰기의 역할은 쉽게 대체되지 않는 역할이었다. 변계량이 노쇠하면 노쇠할수록 세종의 걱정은 더욱 커져만 갔다. 그리하여 마련한 대책 가운데 하나는 변계량과 의논하여 전범으로 삼을 만한 공적 문장의 선집을 제작하여 후학들로 하여금 수시로 학습시키는 방법이었다.

> 임금이 대언(代言) 등에게 이르기를 "유생이 사서오경과 삼장(三場)의 문선(文選)·원류(源流)·지론(至論) 따위의 유를 능히 다스렸다면, 제술

20) 『세종실록』 세종 12년 8월 13일, 10월 25일; 세종 19년 9월 3일, 9월 14일.

21) 세종이 연말에 부처에게 복을 비는 年終還願 의식을 폐지했던 것은 세종 3년 12월 13일이었다. 이때는 세종이 변계량에게 눈짓을 하여 반대하지 못하게 한 뒤, 전격적으로 그 행사를 폐지했었다. 그만큼 변계량은 전통적으로 행해오던 그 의식을 계속 이어가야 한다고 굳게 믿어 지키려 했던 것이다. 『세종실록』 세종 12년 10월 24일 참조.

22) 『세종실록』 세종 13년 5월 22일.

23) 『세종실록』 세종 13년 1월 6일.

(製述)로 과거에 응할 수도 있을 것이다. 그러데 이것은 서두르지 않고 오로지 제배(儕輩)의 제술한 것만 모아 초집(抄集)하였다. 그러므로 혹시 의사(疑似)한 제목을 만나게 되면 표절하여 써서 풍속을 이루게 되었다. 얼마 전 국학에 행차하여 전문(箋文)을 제술하게 하니, 모두 권맹손이 도시(都試)에 장원한 「진빈풍도전(進豳風圖箋)」을 표절하여 쓴 까닭으로 내가 이를 취하지 않았다. 비록 평상시 제술일지라도 초집(抄集)을 표절하는 것은 도리를 아는 유생들의 할 바가 아니거늘 하물며 내가 친히 선비를 시험하는 때이겠는가? 내가 엄격히 금하고자 하지만, 대간(臺諫)으로 하여금 금지시킬 일이 아니니 어떻게 해야 하겠는가? **판부사 변계량에게 의논하라. 내가 생각하기에도 사서오경 외에도 중국의 유명한 초집과 동국명유의 제술한 표전·책문 따위의 유를 인쇄하여 반포하고 비루하거나 졸렬한 글은 모두 금하여, 정도(正道)에 의하지 않고는 과거에 합격하는 길을 막게 할 것이다.** 만약 간사한 무리들이 이전의 행동을 고치지 않는다면, 도외시하여 그냥 내버려 두는 것도 옳을 것이다. 이를 아울러 의논하라." 하였다.[24)]

변계량이 죽기 1년 전의 일이다. 평소 질병이 많던 변계량은 그 무렵 자신의 집에서 그리 멀지 않은 흥덕사(興德寺)에서 요양하며 국사를 처리할 정도로 쇠약해진 상태였다. 사서오경과 같은 경서 공부도 급했지만, 대명외교는 물론이고 국내정치의 관건이 되는 공적 문장을 담당할 인재육성은 절박한 과제가 아닐 수 없었던 것이다. 변계량이 과거시험의 초장에서 강경이 아닌 제술로 시험해야 한다는 건의를 성학군주 세종이 받아들이지 않을 수 없었던 이유이기도 했다.

실제로 명나라에 보내는 표전을 쓰는 일이 생길 때마다 변계량의 부재는 더욱 크게 느껴졌다. 세종 자신이 내린 사제문(賜祭文)에서도

24)『세종실록』 세종 11년 5월 28일.

변계량이 화려한 문장으로 윤색하는 사명(詞命)을 잘 지어 명나라로부터 매양 칭찬을 받았던 사실을 가장 먼저 기록했을 정도였다.[25] 그랬던 만큼, 변계량의 사후에는 "요즘에는 표문을 쓰는데 능숙한 인물이 없다"라던 살아생전 그의 걱정과 한탄이 더욱 절실하게 되살아났다.[26] 외교문서에서 사용하는 어휘 하나하나의 적절성을 따지면서 변계량의 '고집'을 환기했던 적이 한두 번이 아니었다. 전문(箋文)을 쓸 때 임금인 자신에게 '하늘을 쳐다본다[瞻天]'라거나 '성인을 우러러본다[仰聖]'라고 써도 괜찮은지,[27] 그리고 표문(表文)을 쓸 때 내관이 구전으로 황제의 명을 전하는 경우 '선유하신 말씀[宣諭聖旨]'와 '선유에 의거하여서[據宣諭]' 가운데 어떻게 쓰는 것이 좋은지[28]에 대해 논란할 때, 변계량은 으레 소환되는 이름이었다.[29]

그의 부재가 그처럼 새록새록 아쉽게 되살아나던 즈음, 세종은 변계량의 독창적인 생각과 그가 국가적 행사의 필요에 의해 지은 탁월한 공적 문장을 묶어 교본처럼 만들어둘 필요가 있다는 생각을 했을 법하

---

25) 『세종실록』 세종 12년 6월 15일. "善爲詞命, 常加潤色之華, 祗事朝廷, 獲紆褒嘉之寵."

26) 『세종실록』 세종 13년 2월 5일.

27) 이때, 세종은 변계량이 전에 제출했던 견해를 다음과 같이 직접 인용하고 있다. "옛적에 변계량이 말하기를, '중국에서는 황제를 하늘이라 하고, 국가에서는 임금을 하늘이라 하고, 집안에서는 아버지를 하늘이라 하옵는데, 또 하늘과 성인이란 말은 옛적부터 지금까지 통하여 써 내려오는 말이오니, 무슨 상관이 있겠습니까?' 하였고, 柳廷顯과 朴訔도 변계량의 견해에 수긍했다. 그로 인해 나는 우선 그대로 따라서 사용하고 고치지 못하였으니, 경[許稠]은 이상의 여러 가지에 대해 모두 옛 제도를 조사하여 아뢰라." 『세종실록』 세종 12년 11월 29일 참조.

28) 『세종실록』 세종 15년 윤8월 24일.

29) 변계량이 살아생전 표문 작성을 집단으로 논의할 때, '惟玆白雉'라는 구절을 두고 모든 문신은 물론 세종까지도 그르다고 하는데, 변계량 혼자만이 자신의 의견을 끝까지 굽히지 않았다는 일화는 그의 자부심이 어느 정도였는지를 잘 보여준다. 서거정, 성백효 역주, 『四佳名著選: 동인시화, 필원잡기, 골계전』(이회, 2000) 「필원잡기」 권1, 283~284면.

다. 그리하여 그의 유고가 일실되지 않게 수습하는 한편, 국가의 전범으로 삼아야 하는 것인 만큼 철저한 교정을 거치도록 집현전의 고급 인력을 투입했다. 그렇게 하여 세종 24년 『춘정집』의 편찬 작업을 마치게 되었던 것인데, 추산컨대 시작은 그보다 몇 년 전이었던 것으로 짐작된다. 흥미로운 것은 정사를 보던 여가에 유고를 편찬하라는 명을 내리던 그 무렵, 세종은 "판부사 변계량이 적자가 없으니 첩자(妾子)인 영수(英壽)를 부사정(副司正)에 제수하여 그로 하여금 제사를 주관하게 하라."[30]는 명도 함께 내리고 있다. 오랫동안 자신이 크게 의존했던, 그러나 때론 세대 간의 이견도 적지 않았던 변계량에 대한 부재를 절감하여 문집을 편찬하게 하고, 그의 제사를 받들어줄 후사를 정해주었던 것은 국가의 시귀(蓍龜)에 대한 특별한 배려였던 것이다.

실제로 그런 일들이 있었던 세종 20년 무렵, 주목할 만한 작업이 집현전에서 펼쳐지고 있었다. 세종과 집현전 학자들은 중국의 역대 황제의 제고(制誥)와 조칙(詔勅)을 모아 편찬하고 있었던 것이다. 『사륜전집(絲綸全集)』이 그것이다. "제왕의 말은 실오라기 같다가도 일단 나오면 굵은 명주실처럼 된다."[31]라는 『예기』에서 편명을 정한 그 서책이 국가적으로 얼마나 긴요한 것이었는지는, 편찬을 마치자마자 예문관 대제학 정인지에게 그중 긴요한 글만 초선(抄選)하여 『사륜요집(絲綸要集)』을 다시 묶게 했던 데서 확인된다.[32] 집현전의 설립 목적이 고제(古制) 연구를 통해 유교문명 국가로서 갖추어야 할 의례·제도의 전범을 수립하는 것이었던 만큼, 역대 황제의 제고와 조칙을 군신이 숙지한다

30) 『세종실록』 세종 20년 8월 17일.

31) 『禮記·緇衣』, "王言如絲, 其出如綸."

32) 『세종실록』 세종 24년 9월 30일.

는 것은 매우 중요한 과제가 아닐 수 없었다. 아닌 게 아니라 『사륜요집』은 편찬되고 나서 곧바로 세자(곧, 문종)가 서연에서 신하들과 함께 강론하는 텍스트로 채택되고 있을 정도였다.[33]

그런 시대적 맥락에 볼 때, 『춘정집』의 편찬은 『사륜전집』·『사륜요집』과 같은 공적 글쓰기의 서목 편찬과 궤를 같이 하는 작업으로 볼 여지가 충분하다. 『춘정집』의 절대 다수를 점하고 있는 산문들, 이를테면 봉사, 책문, 교서, 표전, 청사, 책문, 제문, 축문, 계문, 비명, 능지, 묘지명, 신도비명 등은 모두 국가를 운영하는 차원에서 반드시 요구되는 조령문(詔令文)이거나 의례문(儀禮文)이다. 그리고 그것은 문형 변계량을 이어갈 후배 관각문인들이 그와 유사한 국가의례를 맞닥뜨릴 때마다 참고하지 않을 수 없는 글쓰기의 전범이기도 했다.[34] 『사륜전집』·『사륜요집』에 수록된 역대 황제의 유명한 제고와 조칙을 배우고 익혀야 하는 것처럼, 『춘정집』에 실려 있는 교서와 표전과 같은 공적 글쓰기도 또한 참고하고 배워야 하는 것이었다. 그런 점에서 『춘정집』은 건국 이후 세종 중반까지 거행된 유교국가 조선의 국가의례 현장을 직접 들여다볼 수 있는 국가의례 자료의 집성이기도 했다.

2) 문장전범으로서의 『춘정집』 구성과 그 실제

① 조선의 건국 직후에 명나라 홍무제가 벌인 이른바 '표전문 사건'은 외교문서의 제작이 대명외교의 최대 관건으로 떠오르게 만들었고, 역대 임금은 격식에 맞으면서도 수준 높은 문장을 제작하는 데 많은

33) 『세종실록』 세종 28년 10월 5일.

34) 변계량의 다양한 문장들이 제도적 글쓰기로서의 면모를 보여주고 있다는 점에 대해서는 김풍기, 앞의 논문, 278~283면에서도 지적한 바 있다.

노력을 기울였다는 사실은 잘 알려진 바다. 중화문명을 발 빠르게 도입하고 화이질서를 무엇보다 중시하던 세종은 특히 그러했다.[35] 집현전 학사들로 하여금 중국의 유명한 초집(抄集)과 우리나라 명현이 지은 표전·책문을 수집하여 인쇄·반포하도록 했는가 하면,[36] 사대문자를 전담하고 있던 변계량이 죽은 뒤에는 그를 대신할 만한 문사를 육성하기 위한 노력을 백방으로 기울였다.

> 경연에 나아가 검토관 권채에게 일렀다. "경연에 소장되어 있는 『송파방(宋播芳)』의 권질이 갖춰져 있느냐?" 대답하기를 "많이 탈락되어 있습니다." 하였다. 임금이 말했다. "다시 상고하여 아뢰라. 예조로 하여금 구매해 오도록 하겠다. 그대는 본시 표전문을 잘 짓는다는 명성을 얻고 있다. 그러니 더욱 경사(經史)를 많이 보고, 또 『송파방』을 보아 능숙하게 익히면 제술하는 데 어려움이 없을 것이다. 우리나라에서는 사대문자에 오로지 표전을 쓰고 있다. 그러하니 **기서(記序)와 같은 글은 사대하는 데 긴요하지 않은 문장의 지엽에 불과하다. 또한 우리나라는 본래 문한(文翰)의 나라로 일컬어지고 있다. 그러하니 표전을 짓는 데 있어 반드시 정치하고 절실해야 할 것이다. 그대는 명심하라.**"[37]

위의 인용문은 변계량을 계승하여 표전을 제작할 만한 인물로 추천된 권채[38]에게 세종이 『송파방』을 텍스트로 열심히 연습하라고 신신당

35) 세종대에 집단 제작 방식을 통해 표전의 전범을 수립하기 위해 전개한 노력은 이은영, 「조선 表箋의 典範을 찾아서: 『세종실록』과 『동문선』의 역할을 중심으로」, 『동양한문학연구』 51, 동양한문학회, 2018에서 살핀 바 있다. 그리고 표전은 물론 세종대에 기획된 관찬서 편찬 과정에서 임금과 집현전 학사 사이에서 벌어진 협력과 갈등의 양상에 대해서는 김남이, 「입법과 창제의 시대, 문장의 책무와 한계: 집현전 학사들이 官撰書에 부친 文字들을 중심으로」, 『진단학보』 135, 진단학회, 2020을 참조할 것.

36) 『세종실록』 세종 11년 5월 28일.

37) 『세종실록』 세종 13년 2월 8일.

부하는 장면이다. 표전 작성의 전담자로 권채를 집중 육성하고자 했던 것이다. 세종은 그래도 불안했던지 3품 이하부터 9품까지 문예에 능숙한 관원을 모두 집현전에 겸직하게 하여 표전 제작과 관련된 별도의 훈련을 받도록 했다.[39] 변계량의 죽음은 그만큼 대명외교에 있어 커다란 손실로 다가왔던 것이다. 그의 존재감을 보여주는 다음과 같은 일화도 전한다.

> 좌의정 황희, 우의정 맹사성, 판부사 변계량과 허조, 예조판서 신상, 총제 정초, 예문제학 윤회에게 명하여 흥덕사에 모이게 하였다. 그리고 지신사 정흠지에게 거기에 참여하여 명나라에 금·은 세공의 면제를 청하는 일을 함께 의논하게 하였다. … **이때 변계량이 병으로 흥덕사에 있었기 때문에 황희 등에게 명하여 그곳으로 가서 의논하게 한 것이었다.**[40]

조선에서는 많이 생산되지 않은 금은을 공물로 바쳐야하는 어려움을 토로하며, 그것의 면제 또는 대체를 요청했던 유명한 표문 「청면금은표(請免金銀表)」를 지어보내기 직전의 장면이다. 그 난제를 해결하기 위해 조정의 주요 대신들이 모두 흥덕사에 집결했다. 세종은 자신의 최측근인 지신사(도승지)도 참여하여 지켜보도록 했다. 서대문 밖 어디

38) 변계량이 權採를 추천했던 사실은 변계량의 사후에 있었던 다음의 전언에서 확인할 수 있다. "尹粹가 세종에게 아뢰기를 변계량이 매양 표문에 능숙한 선비가 없음을 탄식하면서 이르기를 '오직 權採 한 사람이 조금 잘한다.'고 하였습니다."[『세종실록』 세종 13년 2월 5일] 권채는 권근의 조카이자 자신과 절친했던 權遇의 아들로서 변계량이 주관한 태종 17년 생원시에서 장원급제하여 좌주-문생의 관계를 맺었다. 나아가 세종 7년 신석견·남수문과 함께 賜暇讀書人으로 선발되는데, 그때 세종은 그들에게 변계량을 찾아가 글 읽는 법을 배우라고 특별히 당부하고 있다.[『세종실록』 세종 8년 12월 11일]

39) 『세종실록』 세종 12년 5월 27일.

40) 『세종실록』 세종 11년 7월 18일.

쯤에 위치했던 그 사찰은 태조 이성계가 자신이 살던 집을 희사하여 세운 일종의 원찰(願刹)로서 태종 이후에는 교종도회소(敎宗都會所)로 쓰이고 있었다. 그러한 사찰에 별도의 조정이 설치된 형국이었다. 그런데 굳이 그곳에 가서 국사를 의논하게 했던 까닭은 변계량이 바로 그곳에 머물며 요양하고 있었기 때문이다. 그만큼 대명외교의 관건인 표전을 제작하는 데 있어 변계량이라는 존재는 막중한 비중을 차지했던 것이다.[41] 그때 명나라에 보냈던 표전문은 변계량이 짓게 되고, 그 결과 금은의 공물을 영구히 면제받게 되는 성과를 거두었다. 그리하여 그 표전은 화국문장(華國文章)의 대표적인 모범 사례[楷範]가 되어, 중국은 물론 우리나라 문사들 사이에서 길이 회자하게 되었다.[42]

이와 같은 사례를 통해 확인해보듯, 조선의 초대 문형을 20년 동안 맡아온 변계량은 그때 거행된 국가적 행사나 의례에서 사용되는 문장을 전담했고, 그것은 의례문의 전범으로 두고두고 활용하게 되었다. 실제로 『춘정집』은 중종 때까지 『응제시』·『동인시집』·『사가집』·『보한집』 등과 함께 홍문관에서 보관하여 참고했던 문헌의 하나였다는 사실이 확인되기도 한다.[43] 나아가 그 이후에도 조선 초기의 문물제도

41) 변계량의 위상을 보여주는 비슷한 사례가 또 있다. 변계량의 사후, 세종은 변계량이 總裁하고 있던 『태종실록』의 감수를 좌의정 황희와 우의정 맹사성에게 분부한다. 그러면서 史局도 흥덕사에서 의정부로 옮기라고 한다. 변계량은 본래 병이 많아 자기 집 근처에 있는 흥덕사로 史庫를 옮겨 『태종실록』의 수찬을 하고 있었던 것이다. 변계량이 있는 곳이 바로 실록의 사고가 될 정도였던 것이다. 『세종실록』 세종 12년 4월 26일 기사 참조.

42) 安止, 「春亭集 舊跋」 "況邇來事大表箋, 皆出其手, 尤爲精切, 中朝文人, 亦見而歎之, 可謂華國之文章, 宜爲後人之楷範." 뿐만 아니라 왕세자(문종)가 변계량을 致祭하는 제문에서도 "文摛國華, 德孚人心."라는 말로 그가 문장화국을 실천한 면모를 특기하고 있다.

43) 『중종실록』 중종 7년 9월 6일.

를 검증해보기 위해 참고하는 전거로 주목받기도 했다.[44] 그런 사실을 입증하는 명확한 사례가 바로 『동문선』이다. 우리나라의 역대 문장 가운데 전범으로 삼을 만한 작품을 문체별로 선별[45]해 놓은 그곳에는 변계량의 작품이 매우 많이 실려 있다. 그런데 선별된 비율이 흥미롭다. 변계량의 한시는 총 442수 가운데 13수가 선별되는 데 그친 반면, 산문은 그보다 훨씬 많은 92편이 선별되어 있다. 그 숫자도 숫자이지만, 선별된 문체도 무척 다양하다. 교서 3편, 책 4편, 표전 25편, 명 3편, 찬 2편, 기 3편, 서 3편, 설 1편, 발 2편, 잡저 4편, 제문 3편, 축문 1편, 소 19편, 청사 12편, 비명 7편 등 총 15개 문체를 망라하고 있다. 물론 이들은 거의 모두 공적인 요구에 의해 작성된 글이다.[46] 『동문선』이 탁월한 명문을 모은 선문집이라기보다는 문장의 전범을 보여주기 위해 기획·편찬된 문장교본으로서의 성격을 지니고 있다고 할 때,[47]

---

44) 선조 때의 다음 일화에서 『춘정집』이 典據로 활용되던 정황을 확인할 수 있다. "지난번에 어떤 사람이 '永樂 연간에 변계량이 상소하여 錢法을 혁파하도록 청했는데, 이에 관한 始末이 변계량의 문집에 갖추어 있다.'고 했습니다. 이에 신이 卷帙이 빠진 문집 2권을 구해 조사해 보니, 과연 변계량이 獻議하여 혁파한 적이 있었습니다. 그러나 封事에는 이 일을 간략하게만 언급했고, 시종의 곡절에 대해서는 자세히 말하지 않았습니다. 혹여 자세한 내용이 신이 보지 못한 다른 권에 들어있었는지는 모르겠습니다." 임진왜란 중에 경복궁이 불타면서 『춘정집』도 소실되어 완질을 찾아볼 수 없게 되었던 것이다. 『선조실록』 선조 36년 5월 23일 참조.

45) 성현, 『용재총화』 503면. "達城所撰東文選, 是乃類聚, 非選也."

46) 물론 절친했던 成石因의 서재에 지어준 「四佳亭記」처럼 사적으로 창작한 記文도 있다. 하지만 그런 작품은 거의 무시해도 좋을 정도도 사소하다. 참고로 『동문선』 가운데 산문의 문체는 詔勅, 制誥, 教書, 册, 批答, 表箋, 啓, 狀, 露布, 檄書, 箴, 銘, 頌, 贊, 奏議, 箚子, 文, 書, 記, 序, 說, 論, 傳, 跋, 致語, 辨, 對, 志, 原, 牒, 議, 雜著, 上梁文, 祭文, 祝文, 疏, 道場文, 齋詞, 靑詞, 哀詞, 誄, 行狀, 碑銘, 墓誌 등 총 44종에 달한다. 『춘정집』에 수록된 문체보다 3배 많지만, 공적으로 작성된 주요 문체는 『춘정집』에 거의 모두 망라되어 있다고 보아도 좋다.

47) 이은영, 앞의 논문, 102면.

조선 초기에 변계량이 차지하고 있던 문한으로서의 위상을 객관적 자료로서 보여주는 대목이다.[48)]

2 건국 초기 공적문장의 전범을 정립하는 일환으로 『춘정집』이 편찬된 뒤, 오랜 세월이 흐르면서 그 전승은 온전하게 이어지지 못했다. 조선 전기 문집이 대부분 그러하듯, 임진왜란을 거치면서 선조 말엽에 이미 그 전질을 구해보기 어려울 정도가 되었다. 문집의 유실을 안타깝게 여기던 경상도 병암서원[49)]에서는 여기저기 수소문한 끝에 흥해향교(寧海鄕校)에 보관되어 있던 『춘정집』 한 질을 찾아내게 된다. 그리하여 그것을 저본으로 삼아 다시 판각하여 순조 25년(1825) 『춘정집』 중간본을 발간할 수 있었던 것이다. 문집의 전체 규모는 초간본과 동일하게 12권으로 맞추었다. 하지만 실제 수록 작품에서는 적지 않은 변화가 있었다. 초간본에 실려 있던 63편을 중간본 편찬 과정에서 산삭해버렸던 것이다.[50)]

---

48) 변계량은 국가적 차원에서 文章의 전범을 정립하는 것 외에 科詩 부문에서도 마찬가지 역할을 담당했던 것으로 전해진다. 정조와 함께 역대 典章制度를 상세하게 고찰했던 정약용은 유배지에 내려와서도 과거제도의 병폐를 지적하고 있다. 변계량의 이름은 그때 다음과 같이 거듭 소환된다. "우리나라 과거제도는 雙冀에서 시작되어 春亭에게서 갖추어졌네."(『다산시문집』 권17 「爲李仁榮贈言」), "卞季良이 처음으로 科詩를 지으면서 「襄陽歌」의 聲律을 모방하였다."(『목심심서, 禮典』 제6조 「課藝」), "지금에 이르도록 식자들, 옛날 변계량을 탓한다네. 격조 낮은 시로, 엄청난 해독을 끼쳤다고.[于今識者論, 追咎卞季良, 詩格本卑陋, 流害浩茫洋]"(『다산시문집』 권3, 「夏日對酒」) 등이다. 변계량이 조선 초기에 확립한 과거시험의 경우, 조선 말기에 이르기까지 그 제도는 물론이고 科詩의 형식이 계속 이어지고 있었던 것이다.

49) 병암서원은 숙종 33년(1707) 변중량·변계량 형제를 추숭하기 세운 서원이다. 하지만 고종 6년(1869) 대원군의 서원철폐령으로 훼철된 이후 아직 복원되지 못하고 있다.

50) 작품이 통째로 삭제된 경우 외에 작품 일부가 결락된 것이 4편, 작품의 편차가 바뀐 것이 3편 더 있다. 하지만 저본의 상태가 훼손되어 어쩔 수 없이 결락되었거나 큰 의미 없는 편차의 이동으로 보인다. 한편 새로 수습된 작품도 2편 있는데, 그 가운데 「小簡儀

중간본에서 삭제된 작품의 면면을 살펴보면, 불교 관련 작품이 절대다수를 차지하고 도교 관련 작품도 약간 포함되어 있다. 조선이 국시로 내걸었던 유교문명의 시각에서 볼 때, 부적절하다고 판단되는 작품을 대거 삭제해버렸던 것이다.[51] 하지만 삭제의 기준은 그것만이 아니었다. 예컨대 한 인물의 죽음을 애도하는 제문도 상당수가 삭제되었다. 중세 문인의 문집에서 비지전장(碑誌傳狀)과 같이 한 인간의 죽음을 마무리하는 작품의 중요성을 생각할 때, 납득하기 어려운 현상이다. 천혜봉 교수는 삭제의 이유를 별로 유명하지 않은 인물을 대상으로 한 제문이었기 때문이라 추정하기도 했지만,[52] 사실은 그렇지 않다. 삭제된 제문을 모두 정리해보면 다음과 같다.

[표 1] 중간본 간행 때 삭제된 제문

구분	작품명	발신자	수신자	비 고
1	平壤府院君妻氏祭文	平寧君 趙大臨(조준의 아들)	모친(趙浚의 처 李氏)	雲菴寺
2	金承霔母氏開土祭文	병조판서 金承霔(佐命功臣)	모친(金惟精의 처 朴氏)	開土祭
3	李稑大祥祭父文	대사간 李稑	부친(平昌郡 李天驥)	大祥(清凉寺)
4	鄭摠制鎭祭松堂文	공조판서 鄭鎭(조준의 사위)	장인(개국공신 趙浚)	朗月寺

銘」은 鄭招의 작품이다. 『동문선』에 변계량의 작품으로 잘못 표기되어 수록된 것을 제대로 살피지 않아 답습하게 된 오류이다.

51) 『춘정집』 초간본과 중간본의 문헌고증은 천혜봉, 「춘정집 해제」, 『국역 춘정집』(민족문화추진회, 1998)에서 자세하게 다루었다. 초간본을 재구하기 위해 조사한 천혜봉 교수는 1권(낙질본)은 성암문고에서, 4~8권과 11~13권은 동국대 도서관에서, 5~7권은 한국정신문화연구원에서, 10~13권은 고려대학교 만송문고에서, 11~13권 1책은 山氣文庫와 雅丹文庫에서 찾아냈다. 하지만 초간본의 1권 후반부와 2~3권은 아직 수습되지 못한 상태이다. 참고로 『동문선』에는 변계량의 한시가 총 13수 실려 있는데, 그 가운데 「題僧舍」라는 작품도 있다. 하지만 현전 중간본 『춘정집』에는 이 작품이 없다. 중간하는 과정에서 삭제해버린 결과이다.

52) 천혜봉, 「춘정집 해제」, 『국역 춘정집』, 민족문화추진회, 1998.

5	朴少尹皐禫祭文	미상	부친(朴皐, 권근의 조부)	禫祭
6	權持平踐等祭祖文	持平 權踐(권근의 맏아들)	조부(權僖, 권근의 부친)	
7	李正郎安直祭先墳文	정랑 李安直	부친(경상감사 李釋之)	先塋
8	祭先考文	평안도관찰사 某	부친(미상)	
9	金漢誠謙祭先考文	한성부윤 金謙	부친(月城君 金需)	開菴寺
10	淸平君祭先考文	淸平君 李伯剛(貞順公主 남편)	부친(좌명공신 李居易)	
11	徐承旨選祭弟宗浚文	승지 徐選	아우(徐宗浚)	文修寺
12	金益精祭母氏文	이조참판 金益精	모친(金休의 처 金氏)	
13	失題	미상	公(미상)	長佛寺
14	朴知申事錫命焚黃祭文	知申事 朴錫命(좌명공신)	모친(朴可興의 처)	焚黃(追爵)

위의 표에서 보듯, 제문의 대상이 된 인물은 우리에게 익숙지 않은 경우도 많다. 하지만 조선 초기 인물에 대한 우리의 관심이 부족해서이지 당대에는 개국공신 조준과 그의 부인, 권근의 부친과 조부, 태종의 즉위에 결정적 기여를 한 정사공신(定社功臣)과 좌명공신(佐命功臣) 등 모두 쟁쟁하기 그지없는 인물들이다. 그런데 눈여겨보아야 할 대목이 있다. 위의 작품은 개국공신, 부마, 판서, 판서, 관찰사, 지신사, 승지, 정랑, 부윤, 소윤, 지평과 같은 유력한 관인들이 자신의 부모, 조부모, 장인, 아우 등에게 제사를 지낼 때 사용한 제문들인데, 이들 모두 변계량이 대신 지어준 대작(代作)이라는 사실이다. 그리고 이들 대작이 바로 중간할 때 1차 삭제 대상이 되었던 것이다. 거기에는 변계량 자신의 진솔한 애도의 감정이 담겨 있다고 보기 어렵고, 그런 점에서 삭제의 대상이 되는 것은 당연해 보인다.[53)]

53) 물론 중간본 『춘정집』에서 삭제되지 않은 제문도 있다. 「祭先妣贈貞淑夫人曺氏文」, 「祭先舅文」, 「祭亡耦吳氏文」처럼 변계량이 자신의 모친, 장인, 그리고 아내를 위해 지은 제문이 그것이다. 또한 자신을 문형의 후계자로 키워준 스승 하륜과 권근, 그리고

하지만 삭제된 제문과 관련된 물음은 이렇게 바뀌어야 적실하다. 『춘정집』을 중간할 때 병암서원 후학은 "왜 멋대로 변계량이 지은 제문을 삭제해버렸는가?"가 아니라 초간본의 편찬을 담당한 적전제자 정척은 "왜 남을 위해 지어준 대작을 버젓이 문집에 수록했는가?"라는 질문으로. 그리고 그 답변은 비록 대작일지언정 다양한 관계와 상황에서 지어지는 제문의 전범을 많은 사람들이 참고할 수 있기 위해서라는 데서 찾아야 할 듯하다. 실제로 제문의 대상은 부친에게, 모친에게, 조부에게, 장인에게, 그리고 아우에게 무척 다양했다. 뿐만 아니다. 어느 제문은 초혼제를 지낼 때, 어느 제문은 개토제(開土祭)를 지낼 때, 어느 제문은 대상(大祥)을 마쳤을 때, 어느 제문은 담제(禫祭)를 지낼 때, 그리고 어느 제문은 증직을 고하는 분황(焚黃)에서 사용할 때 지어졌다. 심지어 선영에서 사용된 제문도 있었지만, 더 많은 경우 사찰에서 사용된 제문이었다. 다양한 상황을 골고루 보여주고 있었다. 앞서 살펴본 것처럼 국가적 차원에서 요구되는 공용문의 해범(楷範)으로서는 물론 보통 관인으로서는 익숙하지 않은 의례에서 사용되는 사적 제문(祭文)에 이르기까지 『춘정집』은 문장교본으로서의 역할을 두루 담당하고 있었던 것이다.[54]

정몽주의 부인을 위해 쓴 제문도 삭제되지 않았다. 다만 특기할 만한 사항은 대작 제문 가운데 總制 柳濕을 대신하여 써준 권근의 제문인 「柳摠制習, 祭陽村文」만큼은 살아남았다. 아마도 그 까닭은 "양촌이 일찍이 柳濯 정승의 碑銘을 지었는데, 그 아들 濕이 미처 사례를 행하지 못했을 때 공이 돌아가셨다. 이에 이르러 제문을 (대신) 짓게 된 것이다."라는 代作의 사연이 제목 곁에 부기되어 있었기 때문으로 보인다.

54) 물론 이런 제문을 통해, 변계량의 두터운 인적 관계를 보여주는 역할을 위해 수록되었던 점도 인정되어야 한다.

3. 중간본『춘정집』편찬과 의례문장 산삭의 양상

1) 존속된 의례문장, 제천기우 제문과 그 내용적 특징

1『춘정집』을 중간하던 19세기 지방사족의 시각에서 볼 때, 불교라든가 도교와 관련 글이 문집에서 삭제되는 것은 전혀 낯선 일이 아니다. 그때 그들에게 유교적 의례는 절대불변의 진리처럼 지켜졌기 때문이다. 오히려 되물어보아야 할 대목은 중간본에서 대거 삭제된 그런 작품들을,『춘정집』을 처음 편찬한 변계량의 제자들은 전혀 개의치 않았다는 사실이다. 문집 편찬을 명한 세종도 마찬가지였다. 그렇다면 그것이 오히려 조선 초기의 국가의례를 주관하고 있던 문형 변계량의 진면목일 수 있다. 뿐만 아니라 유교문명을 내걸고 건국된 조선에서 국가적으로 용인하고 있었던 실제적 모습이기도 했다.

그런 사실을 방증하기 위한 작업으로서 세조대로부터 성종대에 이르기까지 20년 넘게 문형을 잡았던 서거정이 편찬한『동문선』을 살펴볼 필요가 있다. 조선 초기 문인 가운데 그곳에 가장 많은 작품이 뽑힌 인물은 권근이다. 무려 178편에 달한다. 그 다음은 변계량으로 105편이 뽑혔다. 하지만『양촌집』이 40권에 달하는 거질인 반면『춘정집』은 불과 12권이라는 점을 고려하면, 선정 비율에 있어서는 변계량이 월등하게 권근을 앞선다. 특히 수록된 문체의 다양성에 있어서는 권근을 압도한다. 이와 같은 작품의 선별 상황은『춘정집』이 조선 초기의 국가행사에 소용되는 공적 문장의 전범으로 활용하기 위해 편찬되었으리라는 우리의 추론을 뒷받침하는 유력한 증거이다.

하지만 전체 총량은 권근에 비해 적은 작품이 뽑혔지만, 불교 및 도교와 관련된 의례문의 경우에는 변계량의 작품이 양적으로 월등하게 많아 별도의 주목이 필요하다. 권근의 경우 선별된 178편 가운데

소문(疏文) 12편과 청사(靑詞) 4편에 불과하다. 이에 비해 변계량은 105편 가운데 소문 19편과 청사 12편에 달해, 수록된 작품의 1/3을 차지할 정도이다.[55] 우리는 머리말에서 문형으로 있으면서 귀신을 섬기고 부처를 받들었으며, 심지어는 하늘에까지 제사를 지내어 식자에게 비판을 받았다는 졸기를 읽어본 바 있다. 바로 이와 같은 비유교적인 의례문장을 통해 그것이 사실이었음을 확인하게 된다.

널리 알려져 있듯, 조선 초기는 유교문명에 부합하는 국가의 문물제도를 제정·실행하는 데 전력을 기울였던 시대이다. 그리고 그런 문명전환의 과정에서 불교·도교사상은 물론 전래의 무속신앙은 배척의 대상이 될 수밖에 없었다. 비록 그런 관습과 일거에 단절하지는 못할망정 공공연하게 드러내는 것은 비판의 대상이 될 수밖에 없었다. 관직에 몸담고 있는 경우에는 더욱 그러했다. 그런 상황을 보여주는 일화가 실록에 실려 있다.

> ① 집현전 직제학 李先齊에 명하여 흥천사리각(興天舍利閣) 경찬소문(慶讚疏文)을 지어 올리게 하였다. 이때 이선제가 호가(扈駕)하고 있는 중이라 서울에 남아 있는 동료 직전 남수문(南秀文)과 응교 신석조(辛碩祖)에게 편지를 했다. "괴이한 일이 있다. 상감께서 소신에게 흥천경찬소(興天慶讚疏)를 지으라고 하시네. **부탁건대 이런 글과 비슷한 옛날의 글을 초출(招出)하여 편지로 보내주게.**" ② 남수문이 웃으며 말했다. "**이제 나는 이 소문(疏文) 지을 책임을 면했으니 매우 기쁘구나.**" 마침 그때 서울에 남아 있는 승지 김요(金銚)와 강석덕(姜碩德)이 남수문에게 흥천

55) 불교나 도교 관련 산문이 아닌 표전의 경우에도 변계량의 작품이 월등하게 많이 수록되었다. 권근의 표전이 10편인데 반해 변계량의 표전은 25편에 달한다. 이상의 통계자료는 박창희, 「동문선 저자명별 작품 목록」, 『아세아연구』 12(4), 고려대학교 아세아문제연구소, 1969를 활용하였다.

> 경찬소문의 제작을 부탁하며 말하기를 "이미 전지(傳旨)가 내렸다."고 했었다. 그러자 남수문이 대답하기를 "**앞서 집현전에서 경찬회 혁파를 두 번이나 봉장(封章)으로 청했었다. 그런데 만약 찬소(讚疏)를 짓는다면 후세 사람들이 나를 어떤 인간으로 보겠는가**? 원컨대 다른 사람에게 지어 올리도록 하십시오." 했다. 김요 등이 안 된다고 했었는데, 이런 상황에서 남수문이 이선제의 편지를 보고 이렇게 말한 것이었다.[56]

위의 일화는 두 가지 점에서 흥미롭다. 하나는 「흥천사리각경찬소문(興天舍利閣慶讚疏文)」의 제작을 명받은 이선제가 그런 의례문을 어떻게 지어야 하는가를 몰라 허둥대면서 집현전 동료에게 불교소문(佛敎疏文)의 전범을 구해달라고 부탁하는 대목이다. 남수문은 『춘정집』에 실려 있는 변계량의 소문 가운데 한 편을 뽑아 보내주었을 것이다. 실제로 그로부터 닷새 뒤에 이선제는 소문을 지어 바치고, 행사는 무사하게 치러졌다.[57] 또 다른 흥미로운 사실은 남수문이 보여준 태도이다. 처음에는 남수문이 그 소문을 지을 뻔했다. 이선제에게 명하기 전, 세종은 승지를 시켜 남수문에게 짓도록 명했었다. 하지만 남수문은 짓지 않겠다며 강경하게 버텼다. 불교의례에 사용되는 소문을 짓게 될 경우, 뒷사람에게 받을 비판이 두렵기 때문이었다. 그렇게 버티고 버틴 결과, 불소(佛疏)의 작성이 이선제에게 넘어갔던 것이다.

이처럼 세종 24년 무렵, 그 누구도 불교행사에 사용되는 의례문 짓는 것을 내켜하지 않았다. 이선제는 그런 일 맡는 것 자체를 '괴이한 일'로 표현할 정도였다. 집현전 직제학에 오르기까지 그는 그런 글을 아예 가까이하지도 않았던 것이다. 그러고 보면, 그런 글을 지으면 뒷

---

56) 『세종실록』 세종 24년 3월 12일.

57) 『세종실록』 세종 24년 3월 17일.

사람에게 "인간 취급을 받지 못하게 되리라"라던 남수문의 걱정은 괜한 걱정이 아니었다. 변계량의 졸기에서 보듯, 실록에 실려 두고두고 비판받을 사안이었던 것이다. 실제로 변계량은 사후에만 비판받은 것이 아니라 태종 당대에도 이미 혹독한 비판을 받고 있었다.

> 이에 변계량에게 제천문(祭天文)을 짓게 하고, 자책하는 뜻을 매우 자세하게 유시하였다. **변계량이 지어서 바친 글이 뜻에 맞아 구마(廏馬) 1필을 하사하였다.** 변계량이 부처에 미혹되고 귀신에 아첨하며, 하늘과 별에 배례(拜禮)하며 하지 못하는 일이 없었다. 심지어 동국(東國)에서 하늘에 제사하자는 말을 힘써 주장하기도 했다. 분수를 넘어서고 예의에서 벗어남을 모르는 것이 아닌데도 **한갓 억지의 글로 올바른 이치를 빼앗으려 했을 뿐이다.**[58]

태종 16년 여름, 유례를 찾아보기 힘들 정도의 극심한 가뭄이 들었을 때였다. 변계량은 마지막 수단으로 하늘에 기우제를 지내야 한다고 태종에게 간곡하게 건의했고, 그 결과 어렵게 허락을 받아내어 제문을 지어 하늘에 기우제를 지낼 수 있었다. 그 장면을 지켜보았던 젊은 사관의 평가는 혹독했다. 태종은 변계량이 지은 제문의 내용이 흡족하다며 상을 내려주었지만, 사관의 눈에는 전혀 다르게 비쳤다. 부처와 귀신에게 미혹되어 아첨하는 것은 물론이고 제후국의 지위에서 제천의식까지 거행하는 처사를 도저히 묵과할 수 없었다. 더욱이 그런 중세적 예법을 모르지 않을 최고 지위에 있으면서 참례(僭禮)를 서슴지 않는

58) 『태종실록』 태종 16년 6월 1일. "於是, 命季良製祭天文, 諭以自責之意甚悉. 季良製進稱旨, 賜廏馬一匹. 季良惑佛諂神, 拜天禮星, 無所不爲, 至於力主東國祀天之說, 非不知犯分失禮, 徒欲以强詞, 奪正理耳."

변계량은 유교문명으로의 전환과 화이질서의 준수라는 시대적 과제를 따라가지 못하는 '낡은' 구세대로 보일 수밖에 없었다.

2 변계량은 유교문명과 배치되는 무불행사는 물론 제천의식을 자신이 주장하고 주관한 적이 많다. 문형의 직임에 어긋난 처사라는 날선 비판을 감수하며 그런 의례를 여러 차례 치러냈던 것이다. 예조판서로 있는 그 자신, 제후국이 하늘에 제사지낼 수 없다는 유교의 기본 예법을 모를 리 없었다. 하지만 변계량은 유교적 명분을 지키는 일도 중요하지만, 현재 맞닥뜨리고 있는 엄청난 재난을 극복하기 위해서는 그런 예법을 잠시 유보하는 변통도 필요하다고 여겼다. 그런 태도를 이해하기 위해서는 제천의식을 주장했던 태종 16년 당시로 돌아가 볼 필요가 있다. 그해 가뭄은 정말 엄청났다. 전통적으로 비를 기원하는 의례로서 예문(禮文)에 올라 있는 방법으로는 종묘·사직·산천·북교(北郊)·화룡(畫龍)·토룡(土龍, 지렁이)·석척(蜥蜴, 도마뱀)에 기도하는 것이 있었다. 태종은 그 모든 방법을 시험해보았고, 변계량은 그때마다 거기에 소용되는 제문을 지어 바쳤다.[59]

그럼에도 비는 내리지 않았다. 얼마나 다급했던지 조정의 많은 대신들도 부처에게 비를 빌어보기를 청하여, 흥천사에 승려 100명을 모아놓고 기우정근(祈雨精勤)의 의식을 거행할 정도였다.[60] 그런 비상한 상황에서 변계량은 마지막 수단으로 하늘에 제사지내보자고 건의했던 것이다. 독실한 중화-사대주의자였던 태종도 마지못해 허락했다. 물

59) 『춘정집』에 실려 있는 「北郊祈雨諸海神祭文」, 「北郊諸山神祈雨祭文」, 「朴淵畫龍祈雨祭文」, 「開城大井德津祈雨祭文」, 「宗廟祈雨祭祝文」, 「天地壇祈雨祭文」 등이 그때 지어진 제문들이다.

60) 『태종실록』 태종 16년 5월 28일, 6월 4일.

론 그때도 제문은 변계량이 지었다. 『춘정집』에 그 제문이 실려 있는데, 이렇게 시작한다.

> 아, 생각하건대, 하늘은 만물의 아버지입니다. 그런 까닭에 필부가 제 살 곳을 잃어도 반드시 하늘에 호소하는데, 하물며 한 나라의 임금으로 있는 자야 말해 무엇 하겠습니까? 그러나 옛날 성인이 제정한 예법에는 천자만이 하늘에 제사할 수 있고, 작은 나라의 임금은 감히 제사를 지내지 못하도록 하였습니다. **근년에 원단(圓壇)의 제사를 정지했던 것은 이런 까닭 때문이었습니다. 어찌 털끝만큼이라도 불경한 생각이 있어서 그러했겠습니까?**[61]

건국 이래 조선에서 하늘에 제사를 지내지 못했던 사정을 간곡하게 해명하는 것으로 글머리를 삼고 있다. 하늘을 아버지로 인격화한 뒤, 마치 크나큰 잘못을 저지른 자식이 머리를 조아리고 용서를 구하는 것처럼 뒤늦게 제사를 지내게 된 사연을 절절하게 늘어놓았다. 제후국으로서 어쩔 수 없어 그러했다는 사정을 이해해 달라는 간곡한 호소였다. 그러고 나서는 하늘이 노하여 비를 내려주지 않는 것으로 짐작되는 이유를 하나하나 적어나갔다. 위의 인용문에 명시되어 있듯, 아마도 그 대목은 태종이 변계량에게 사전에 유시(諭示)했던 내용을 적었으리라 짐작된다. 태종 자신의 자책과 해명으로 가득 찬 그 내용은 매우 민감한 당대의 정치현실을 구체적으로 밝히고 있어 놀랍기 그지없다. 그만큼 유례없는 기근의 해소는 절박했던 것이다.

> **민무구와 민무질**은 모두 기록할 만한 선행이 한 가지도 없는데, 다만

---

61) 『춘정집』 권11 「祈雨雩祀圓壇祭文」.

> 정비(靜妃, 太宗의 妃)의 친동생이라는 이유로 훈맹(勳盟)의 반열에 들고 재상의 지위에 서게 되었습니다. 마땅히 조심하는 마음으로 근신하며 부귀를 보전했어야 했는데, 도리어 나라의 정치를 전단(專斷)하여 자기 욕심대로 하지 못하는 것을 한스럽게 생각했습니다. 마침내 불충한 마음으로 반역을 꾀하고 골육을 이간질하여 종묘사직을 도모하려 하였으니, 이는 반드시 왕법(王法)으로 주벌(誅伐)해야 할 죄입니다. 그러나 차마 현륙(顯戮)할 수 없어 스스로 목숨을 끊게 하였습니다. 또한 **민무휼과 민무회**도 … 공손하고 삼가는 마음으로 스스로를 보전하도록 타일렀습니다. 그런데도 임금의 은혜를 잊고 형들의 죽음을 원망하며 다시 전철을 밟아 품고 있던 불충을 말에 드러내어 죽게 되었으니, 이를 어찌 알았겠습니까? **모두 그들이 자초한 것이지, 제가 일부러 악을 지을 마음이 있었던 것이 아닙니다. 저의 말이 거짓이 아님은 상제께서 마음으로 알고 계실 것입니다.**[62]

태종은 자신을 왕위에 오르게 만든 일등공신이자 처남지간이었던 민무구·민무질 형제를 자진(自盡)하게 한 뒤, 남은 처남 민무휼과 민무회마저도 같은 방식으로 제거했다. 자신의 뒤를 이을 아들 세종의 안정적인 통치를 위해 우려되는 외척세력을 사전에 제거했다고 평가되는 정치적 참극이다. 태종 10년에 이어 태종 16년에 일으킨 일이다.[63] 그리고 바로 그해 여름 극심한 가뭄이 찾아왔던 것이다. 태종은 그런 재난이 자신이 불과 몇 달 전에 자행했던 반인륜적 참극 때문이 아니었는가, 너무나 두렵고 불안했다. 그리하여 그 해명을 변계량의 탁월한 문장력을 빌려 하늘에 고하고자 했다. 태종에게는 걸리는 일이 그것만이 아니었다. 두 차례에 걸친 왕자의 난을 통해 자신의 즉위를 도운 공신

---

62) 『춘정집』 권11 「祈雨雩祀圓壇祭文」.

63) 『태종실록』 태종 10년 3월 17일; 태종 16년 1월 13일.

들 가운데도 적지 않은 공신을 죽이거나 쫓아낸 것도 마음에 걸렸다. 사소하지만 최근 토목공사를 벌여 백성을 수고롭게 만든 것도 마음에 걸렸다. 그리하여 그런 일들도 고해성사하듯이 하나하나 변명하고 난 뒤, 마지막으로 다음과 같이 용서를 빌었다.

> 이제 변변치 못한 제의(祭儀)를 베풀고 또 자책하는 말을 서술하여, 신명이 굽어 살피시기를 바라나이다. 엎드려 생각건대 **하늘에 계시는 상제께서는 나의 정성을 살피고 나의 말을 들어 특별히 불쌍히 여기소서. 죄와 허물을 용서하시고, 세찬 비를 내리시어 말라죽게 된 만물을 소생하게 해주소서.** 무지한 억조창생이 구렁에 나뒹굴지 않게 하고, 배부르게 먹는 즐거움을 얻게 해주소서. 하늘 위와 물속, 땅 위의 크고 작은 만물도 모두 그 삶을 이루게 해주소서. 지극한 소원을 감당할 수 없습니다.[64]

자신의 잘못으로 인해 무고한 백성이 고통받지 않게 해 달라는 것으로 제문은 마무리된다. 변계량이 지어 바친 그 제문을 읽어본 태종은 자신의 마음을 잘 담아냈다고 흡족해 하며 구마(廐馬) 한 필을 하사했다. 태종이 늘어놓은 변명의 정당성 여부는 차치하고 읽어볼 때, 그 제문은 하늘도 감동할 정도로 감동적으로 씌어진 것만큼은 사실이다. 그런 까닭이었을까? 변계량이 지은 제문을 가지고 좌의정 유정현(柳廷顯)이 우사단(雩祀壇)과 원단(圓壇)에서 하늘에 제사 지내던 바로 그날, 정말 놀랍게도 큰비가 내렸다.[65] 그리고 그때의 일은 기적처럼 회자되

---

64) 『춘정집』 권11 「祈雨雩祀圓壇祭文」.

65) 『태종실록』 태종 16년 6월 7일. 이처럼 기적처럼 비가 내리자 태종은 우의정 朴訔에게 명해 하늘에 보답하는 報祀를 圓壇에서 盛樂과 大牢를 써서 거행하게 된다.[『태종실록』 태종 16년 7월 5일.]

며, 태종의 기일에는 반드시 비가 온다는 '태종비[太宗雨]의 전설'[66]을 만들어내기도 했다. 뿐만 아니다. 그때 비를 내리게 만들 정도로 감동적인 제문은 물론 그때 지어진 「북교기우제해신제문(北郊祈雨諸海神祭文)」, 「북교제산신기우제문(北郊諸山神祈雨祭文)」, 「박연화룡기우제문(朴淵畫龍祈雨祭文)」, 「개성대정덕진기우제문(開城大井德津祈雨祭文)」, 「종묘기우제축문(宗廟祈雨祭祝文)」, 「천지단기우제문(天地壇祈雨祭文)」, 「기우우사원단제문(祈雨雩社圓壇祭文)」과 같은 제문들도 모두 『춘정집』에 실려 있다. 그리하여 국가에서 기우제를 지낼 때마다 전범으로서 길이 길이 참고가 되었다.

2) 산삭된 의례문장(1), 도불의례(道佛儀禮) 소문(疏文)과 그 내용적 특징

[1] 『춘정집』에는 앞서 살펴본 기우제문 외에 능묘와 전각에 올리는 제문, 왕과 왕후의 빈전에 드리는 제문, 그리고 가까운 사람의 죽음을 애도하는 제문 등 총 32편이 실려 있다. 이들 가운데는 연말에 사찰과 산천에 기도하는 의식인 연종환원(年終還願)에서 사용하는 제문 한 편이 포함되어 있기는 하지만, 대부분 『국조오례의』에 규정되어 있거나 유교적 의례에서 사용되던 공적 문장들이다. 그런데 중간본 『춘정집』을 초간본과 비교해 보면, 적지 않은 차이가 있다. 총 63편이 삭제되었던 것인데, 폐기되어 버린 이들을 문체별로 정리하면 다음과 같다.

---

66) 李裕元, 『林下筆記』 권16, 文獻指掌編, 「太宗雨」 "음력 5월 10일은 太宗의 忌辰이다. 태종이 만년에 노쇠하여 앞날이 얼마 남지 않았을 무렵에 날씨가 오래 가물어서 내외의 거의 모든 산천에 두루 기우제를 올릴 정도였다. 상이 이를 근심하여 이르기를, '날씨가 이와 같이 가무니 백성들이 장차 어떻게 산단 말인가. 내가 마땅히 하늘에 올라가서 이를 고하여 즉시 단비를 내리게 하겠다.' 하였는데, 과연 이튿날 상이 승하하였다. 그리고 이어서 경기 일원에 큰비가 와서 마침내 풍년이 들었다. 이후로 매년 이날에 비가 오지 않은 적이 없었으므로 사람들이 이를 일러 태종우라고 하였다."

[표 2] 중간본 『춘정집』에서 삭제된 전체 작품 현황

구분	漢詩	序	跋	銘	敎書	表	靑詞	疏	祭文	祝文	願文	緣化文	立寶文	합계
작품	5편	1편	1편	4편	3편	2편	3편	19편	20편	1편	2편	1편	1편	63편

위의 표에서 보듯, 삭제된 한시는 5편에 불과하다. 이들의 공통된 특징을 확인하기 어렵고, 그래서 특별한 이유가 있어서가 아니라 판각하는 과정에서 실수로 누락된 것처럼 보이기도 한다. 그 외에 삭제된 58편은 모두 산문이다. 그 가운데 다른 사람을 대신하여 지어준 대작제문(代作祭文)이 13편이고, 교서·표전·서발 등이 11편이다. 이들을 제외한 나머지 34편은 신불(神佛)에 기도할 때 사용되는 의례문장이다. 특히, 부처에게 죽은 이의 명복을 빌거나 산 자의 복록을 기원하는 불소(佛疏)가 절대 다수를 차지한다. 태종이 부친 이성계와 막내아들 성녕대군(誠寧大君)의 명복을 기원하는 불교행사에서 사용된 의례문인 것이다.

[표 3] 중간본 『춘정집』에서 삭제된 불사소문 현황

대 상	작 품	내 용	동문선
太宗이 太祖에게	貞陵行太上王救病藥師精勤疏	태조가 세 달 동안 병석, 스님 100명의 예불로 치유 기원[67]	수록
	太上殯殿法華三昧懺法席祭文	殯殿, 사후 21일 뒤에 염을 마치고 제사	
	太上王眞言法席祭文	殯殿, 술잔을 올리며 제사	
	開上祭祝文	山陵, 良日을 받아 무덤을 여는 날	
	疏文	忌日, 『般若經』 600권 인쇄, 승려 강론으로 피안을 기원	
	開慶寺觀音殿行法華法席疏	忌日, 산릉에 전각 짓고, 金字 『妙法蓮華經』 제작	수록

	演慶寺法華法席疏	부처 탄일, 演慶精舍 보수, 金字『法華經』, 兩親의 왕생	수록
	演慶寺法華法席祭文	연경사 중건, 『蓮華經』 두 부 인쇄, 승려에게 연화경 읽게	
	太上王忌晨齋般若法席祭文	태조 사후 3년, 『반야경』 인쇄, 흥덕사 승려에게 5일간 법회	
	彌勒會圖跋	태종 9년, 誠妃가 태조 명복을 위해 그림, 승려 釋超 제작	
	三淸靑詞	昭格殿이 아닌 별도의 집, 태조 7년 부친 마음을 상하게 함	수록
	北斗靑詞	권신이 어린 세자를 끼고 역모 제거, 부친의 마음을 잃었음	수록
太宗이 誠寧에게	卒誠寧大君法華法席疏	사후 100일, 무덤 옆 암자, 『法華經』과 『梵網經』을 강론	수록
	王大妃薦誠寧大君百齋疏	사후 100일, 왕대비(정종의 비)가 천도	수록
	誠寧大君法華法席疏	사후 1년 뒤, 새사찰에 승려 모아 『법화경』을 5일간 강론	수록
	毗盧畫像	모친 원경왕후가 의복과 보물을 내어 그려 정사에 걸어놓음	수록
	釋迦畫像	모친 원경왕후가 비로화상을 그리고 또 그리게 한 그림	수록
	金書法華經序	원경왕후가 짓던 전각을 태종 완성, 원경왕후의 명복을 기원	

위의 표에서 보듯 『춘정집』을 중간하는 과정에서 삭제된 작품은 불

---

67) 태종은 위독한 태조를 위해 덕수궁을 두 번째 찾았을 때, "父王의 병이 낫지 않고 있다. 부처를 섬기는 것이 비록 非禮이지만, 不忍之心을 어찌하지 못하겠다. 僧徒를 불러 精勤祈禱를 행하는 게 좋겠다."며 변계량에게 佛疏를 짓게 한다. 그리고 덕수궁 옆에서 승려 100명을 모아 藥師精勤의 의식을 거행한다. 태종은 藥師像 앞에서 팔뚝에 향을 사르는 불교의식인 燃臂를 직접 행했는데, 태조의 병에 조금 차도가 있었다는 기사가 실려 있다. 『태종실록』 태종 8년 1월 28일 기사 참조.

교행사의 의례문이 큰 비중을 차지한다. 태종 7년 태상왕(太上王) 이성계의 죽음, 그리고 태종 18년 태종의 막내아들 성녕대군의 죽음과 관련된 글들이다. 태종에게 있어 자기 부친과 자기 자식의 죽음은 매우 충격적으로 다가왔고, 그로 인한 슬픔은 일반적인 상상을 초월했다. 왕자의 난 이후 부자의 불화에 대한 죄책감, 그리고 노년에 막내아들을 갑자기 잃은 슬픔은 태종을 비정한 군주가 아닌 나약한 인간임을 실감하게 만들어줄 정도다. 평소 불교를 극력 배척하고 불사를 극도로 자제했던 태종은 그들의 죽음을 애도하는 데 있어 모든 의식을 동원했다. 하나는 유교적 규범에 따른 공식적 절차였고, 다른 하나는 불교와 도교적 의례라는 비공식적 절차였다. 유교문명의 기틀을 세우기 위해 '이단을 물리치고 음사(淫祀)를 금지'했던 군주로 널리 알려져 있지만,[68] 자기 부친과 자식의 죽음 앞에서는 무력하게 허물어져버렸던 것이다.

태조와 성녕대군의 명복을 기원하는 의식에는 반드시 의례문이 있어야 했고, 그 의례문은 변계량이 전담하여 지었다. 변계량은 유교적 의례이든 무불적 의례이든, 그 모든 의례를 감당할 수 있는 능력을 갖추고 있던 존재였다. 실제로 중간본 『춘정집』 권11에는 「태상빈소소렴제문(太上殯所小斂祭文)」, 「태상빈전대렴제문(太上殯殿大斂祭文)」이라든가 「교졸성녕대군모서(敎卒誠寧大君某書)」, 「유명조선국대광보국성녕대군변한소경고인도비명(有明朝鮮國大匡輔國誠寧大君卞韓昭頃公神道碑銘)」처럼 태조와 성녕대군을 위해 지은 유교적 의례문이 실려 있다.[69] 실록

---

68) 변계량, 「有明贈謚恭定朝鮮國太宗聖德神功文武光孝大王獻陵神道碑銘 并序」, 『춘정집』 권12, "闢異端而禁淫祀"

69) 태조 이성계의 神道碑銘은 권근이 썼다. 임금의 평생 행적을 담은 신도비명을 짓는다는 것은 문형의 권위를 상징적으로 드러내는 작업이었다. 그런 만큼 태조의 신도비명은 당시 문형이던 권근의 몫일 수밖에 없다. 마찬가지로 태종이 죽었을 때, 그의 신도비명은 변계량이 썼다. 다만 태종의 경우에는 神道碑銘 외에 불교 및 도교 의례에서 사용하

에서는 성녕대군의 장례는 한결같이 『주문공가례』에 의거하여 치러졌다고 밝혀놓았지만,[70] 실상은 전혀 달랐다. 위의 표에서 보듯, 겉으로 드러난 공식적·유교적 장례 절차 외에 불교적·도교적 의례가 훨씬 많이 행해졌던 것이다. 중간본 『춘정집』에서 삭제된, 아니 초간본 『춘정집』에 실려 있었던 의례문만 해도 태조 이성계 관련 12건과 성녕대군 관련 6건에 달할 정도이다. 그 외에 전하지 않는 경우까지 감안하면, 훨씬 많은 무불의례문이 지어졌으리라는 점은 의심의 여지가 없다. 그것이 변계량의 삭제된 의례문장이 보여주고 있는 조선 초기 유교문명화의 진전 정도, 또는 그 이면의 실상이라 할 수 있다.

② 전근대 사회에서 한 인간의 죽음을 마무리하는 의례는 불교식이든 유교식이든 매우 까다롭고 복잡한 절차를 가지고 있다. 그 예사롭지 않은 절차가 빚어내는 장엄함, 그리고 그런 분위기는 의례를 주관하는 자의 절대적 권위로 전화되기 마련이다. 때문에 국가적 차원에서 치러지는 행사장에서 군주의 이름으로 울려 퍼지는 의례문과 그것을 지은 작자는 의례를 주관하는 절대 권력의 분신과 같은 존재로 여겨지기도 했다. 그런 점에서 아들[태종]의 이름으로 부친 태조에게 올리는 제문을 작성한다거나 아버지[태종]의 이름으로 막내아들 성녕대군의 죽음을 애도하는 제문을 작성했던 변계량은 태종의 분신처럼 받아들여지

는 의례문은 한 편도 남아있지 않다. 불법을 싫어했던 군주답게 자신이 죽은 뒤에는 山陵 옆에 절을 세우거나 返魂을 위한 原廟도 세우지 말라 했는데, 그 유언이 제대로 지켜졌던 것으로 보인다. 『세종실록』 세종 2년 7월 17일 참조.

70) 『태종실록』 태종 18년 2월 4일. "喪制는 한결같이 文公家禮에 의거하였다. 이틀이 지나 未明에 그 靈柩가 敦化門으로부터 나와서 私第에서 殮殯하였다. 이종[성녕대군]은 충효와 우애가 천성에서 나왔다. 학문에는 부지런하고 활을 잘 쏘았지만 별다른 嗜好가 없었다."

기도 했다.

물론 그런 분신으로 인정받기 위해서는 독특하고 까다로운 의례문을 능숙하게 지을 줄 알아야 하는 것은 물론, 절대군주 태종의 깊은 내면을 누구보다 정확하게 헤아릴 수 있어야 했다. 의례의 주관자와 의례문의 작성자 사이에 정서적 일체감이 없다면, 그 의례문은 형식적·상투적인 글로 전락할 수밖에 없다. 하지만 변계량은 여러 차례 탁월한 상호 공감능력을 발휘했고, 그래서 태종으로부터 두터운 신뢰를 얻을 수 있었다. 그런 면모를 잘 보여주는 한 장면을 직접 읽어 보자.

> 네가 처음 병이 났을 때 어린아이에게 늘상 있는 일로 여겼었는데, 병이 이미 깊어졌으니 후회한들 무슨 소용이 있겠는가. 기도를 하지 않아서 그런 것인가, 치료를 잘못하여 그런 것인가? 깨끗한 너의 얼굴이 아직도 눈앞에 어른거리고 너의 낭랑한 목소리가 아직도 귓가에 쟁쟁하다. … 내가 너의 아비가 되어 염습할 때 옷과 이불을 보지도 못하고, 초빈(草殯)할 적에 관을 어루만져 보지도 못하고, 묻을 때에도 묘 구덩이[壙]를 지켜보지도 못하였다. 그러하니 **천승(千乘)의 임금으로서 도리어 일개 필부가 자식을 사랑하는 것보다 못하게 되었다. 이는 내가 정을 잊어서 그런 것이 아니라 형세상 그럴 수밖에 없기 때문이었다.** 너의 한이 어찌 끝이 있겠는가. 아, 가슴 아프도다.[71]

태종의 이름으로 지은 변계량의 교서를 읽다보면 마치 변계량 자신이 자신의 자식을 잃은 양, 구구절절 깊은 슬픔을 자아낸다. 특히, 마지막 대목은 아들 잃은 아비의 슬픔을 너무나도 탁월하게 그려내고 있다. 비록 만인지상-무소불위의 권한을 지닌 군주이건만, 오히려 그런 지

---

71) 변계량, 『춘정집』 권8, 「敎卒誠寧大君某書」.

위에 있었기 때문에 지켜야 하는 예법은 엄격하기 그지없었다. 그래서 태종은 여염집의 아비처럼 어린 자식의 마지막 가는 길조차 자기의 슬픔을 마음대로 표현하지 못했다. 변계량은 위의 글에서 태종의 그런 마음을 마치 자기가 직접 태종의 마음속에 들어갔다 나온 양 생생하게 표현했던 것이다. 그 글을 받아서 읽어보던 태종의 마음이 어떠했으리라는 것은 충분히 짐작할 수 있다. 실제로 위의 교서는 『태종실록』에 전문이 그대로 전재되어 있다. 그리고 그 장면을 지켜본 사관은 기사의 끝에 다음과 같이 생생하게 기록해 두었다. "임금이 변계량이 지은 교서를 읽다가 반쯤 이르렀을 때, 자신도 모르게 흐느껴 울며 끝까지 읽지를 못했다. 이에 물리치며 말하기를 '나의 정의(情意)를 다하였도다.' 라고 하였다."[72]라고.

부친 이성계의 죽음 뒤에 지은 일련의 의례문장 또한 그러했다. 우리는 앞서 우사단과 환구단에서 비를 기원하는 의식을 치를 때, 태종이 자신의 처남 넷을 죽일 수밖에 없었던 사정을 상제에게 진솔하게 털어놓으며 용서를 구하는 장면을 읽어본 적이 있다. 거기에서도 변계량은 태종의 깊은 내면을 잘 헤아리고, 그걸 감동적인 언어로 구사해내는 능력을 보여주고 있었다. 그리고 그런 능력은 『춘정집』을 중간하는 과정에서 존속시킨 제문보다 폐기해버린 제문에서 훨씬 실감나게 발휘된다. 태조 이성계가 죽고 난 뒤, 태종은 종묘라든가 산릉에서 공적인 유교 의례를 절차에 따라 치렀다. 소격전에서도 별도의 의례를 거행했다. 그뿐만이 아니었다. 이들과는 다른 별도의 공간을 조성하여, 거기에서 부친 이성계에게 자신의 내밀한 속내를 털어놓기도 했다. 그곳에서 사용되었던 다음의 청사는 그때의 정황을 잘 보여준다.

---

72) 『태종실록』 태종 18년 3월 3일.

> 위대한 태을(太乙)의 도움을 받아 저의 소원을 이룩해 보고자 소격전을 건립하니 기도의 의식이 엄숙해졌고, 참성단(塹城壇)이 있어서 춘추의 초제(醮祭)를 경건히 지낼 수 있게 되었습니다. 그러나 **이는 본디 나라의 일정한 제전이므로 저의 마음에 흡족하지 않았습니다. 이에 제가 거처하는 곳에 작은 집을 지어 우러러 예배드리는 곳으로 삼고, 가운데에 초상을 나열하여 모셨습니다.** 고요한 밤에 정적이 흐르면 엄연히 좌우에 강림하신 것 같았고, 향불이 향기를 풍기면 늠연히 신명을 대하는 것 같았습니다. 이것이 어찌 미래의 도움을 받기 위해서이겠습니까. 지난날의 음덕에 대해 사례한 것입니다.[73]

소격전이나 참성단에 제사하는 의례는 고려 때는 물론이고 조선이 건국된 이후에도 공식적으로 치러졌다. 하지만 위의 청사는 그런 공식적인 장소에서 기도할 때 사용된 의례문이 아니다. 태종이 밝히고 있듯, 그곳에서 치러지는 의례는 국가적 차원에서 치러지는 것이기에 자신의 내면을 속속들이 털어놓기에 꺼려지는 바가 있었다. 그리하여 모두 털어놓지 못한 미진한 마음이 남는 경우가 많았다. 이에 태종은 자신이 거처하는 궁궐의 내원(內院)에 별도의 제사 공간을 만들었다. 그 작은 집이란 태조 이성계가 죽은 뒤, 태조와 부인 신의왕후(神懿王后)를 모신 문소전(文昭殿)을 가리킨다. 태종은 대상과 담제를 마친 뒤에 신주를 종묘에 모시고는 태조 부부의 진용(眞容)은 여기에다가 봉안했던 것이다.[74] 그리고 변계량은 태조와 신의왕후 기신재(忌晨齋)를 사찰만이 아니라 이곳 원묘(原廟)에서도 지내야 한다고 주장했고, 많은 반대를 무릅쓰고 끝내 관철시켰다.[75] 그렇게 확보한 부모 추모 공간에서 태종

73) 변계량, 『국역 춘정집 1』 追補「三淸靑詞」.
74) 『태종실록』 태종 10년 7월 29일.
75) 『태종실록』 태조 17년 9월 17일.

은 누구에게도 발설하기 어려운 은밀한 속내를 털어놓곤 했다.

> [1] 삼가 생각건대 지난 홍무(洪武) 말엽 무인년(태조 7)의 변란을 당했을 때, 종사(宗社)가 위태로워질까 염려되고 사생이 경각에 달려 있었습니다. 그러나 묵묵히 가호해 주신 음덕에 힘입어 저는 피해를 입지 않았습니다만, **어버이의 마음을 상하게 하여 결국 종신(終身)의 통한을 안고 말았습니다**. 매양 눈물 흘렸지만 무슨 소용이 있겠습니까.[76)]

> [2] 삼가 생각건대, 지난날 우리 태조께서 오랫동안 병석에 누워 계시자 어떤 권신(權臣)이 어린 세자를 끼고 난리를 꾸미려고 하였을 때, 다만 저의 목숨이나 보존하고자 곧바로 그들을 제거하였습니다. 비록 이로 인해 종사는 안정되었으나, **이로 말미암아 어버이의 마음을 잃고 말았습니다**. 항상 가슴에 한이 서려 있었는데, 더구나 어버이께서 승하하신 뒤에야 말할 것이 있겠습니까.[77)]

태종이 아무도 없는 깊은 밤에 부모의 영정(影幀) 앞에 꿇어 엎드려 흐느끼며 털어놓았던 회한은 무엇이었던가? 그건 태조 7년 자신이 일으켰던 이른바 '제1차 왕자의 난' 때 어린 이복동생 방번·방석을 무참히 살해하고, 부왕의 총신 정도전과 그 일파를 제거한 일이었다. 태조가 죽고 난 뒤, 태종은 부친의 극락왕생을 위해 불사를 벌였고, 소격전과 참성단에서 초례도 치렀다. 하지만 스스로 밝히고 있듯, 그것은 국가적 차원에서 거행되는 의례이므로 자신의 내밀한 마음을 털어놓기에 적합하지 않았다. 그리하여 자신이 거처하는 내원에 작은 별묘(別廟)를 만들어 부모에게 용서를 빌었던 것이다. 태종은 태조 이성계가

---

76) 변계량, 『국역 춘정집 1』 追補 「三淸靑詞」.

77) 변계량, 『국역 춘정집 1』 追補 「北斗靑詞」.

살아 있을 때도 자신이 죽인 세자 방번을 위한 특별 조처를 여러 차례 단행하기도 했다. 홀로 된 세자빈에게 음식을 하사하기도 하고, 세자 방석의 묘를 잘 관리하도록 당부하기도 했다. 태조가 죽기 1년 전에는 방번과 방석에게 소도군(昭悼君)과 공순군(恭順君)이라는 시호를 내리고 제사를 지내주었다.[78] 그렇다고 해서 한번 잃은 부왕 태조 이성계의 마음을 되찾아올 수는 없었다. 그런 사실을 잘 알고 있는 태종은 공식적인 의례를 치르고 난 뒤, 그 뒤편에서 참회의 기도를 드렸던 것이다.

물론 그때의 의례문도 태종의 속내를 가장 잘 헤아리고 있는 변계량이 지었다. 다만 위의 청사가 언제 지은 것인지는 불분명하다. 아마도 가뭄이 극심하여 하늘에까지 제사를 지냈던, 태종 16년이었으리라 짐작된다. 그때 태종은 우사단과 환구단에서 치러지는 공식적인 의례에서 민무구·민무질 등 처남 4형제를 모두 자진하게 한 것에 대해 그럴 수밖에 없었던 사정을 구구하게 변명한 바 있다. 자신의 그런 정치적 행위는 비록 비정하게 보일지언정 만조백관이 들어도 좋을 내용이었다. 그 외에 정도전을 비롯한 몇몇 공신을 축출했던 처사도 마찬가지다. 비록 종사를 안정시키기 위한 정치적 결단이라 강변할 수는 있었지만, 그로 인해 "어버이의 마음을 잃고 말았다"는 사실만큼은 차마 신하들이 지켜보는 앞에서는 털어놓기 어려웠다. 그리하여 내원에서 은밀하게 흐느끼며 속죄하는 수밖에 없었다. 누구에게도 털어놓기 힘든 태종의 통한이었고, 그런 통한을 누구보다 잘 헤아리고 이해하고 있던 인물이 바로 변계량이었던 것이다.

---

78) 『태종실록』 태종 6년 8월 3일; 8월 27일. 그때도 변계량이 관련 교서를 지었지만, 중간본을 간행하는 과정에서 삭제되어 버렸다. 『국역 춘정집 1』 追補에 실려 있는 「敎故世子芳碩書」가 그것이다.

3) 산삭된 의례문장(2), 탄일축수(誕日祝壽) 불소(佛疏)와 그 정치사적 의미

① 태종이 내원에 위치한 은밀한 별사(別祠) 공간 문소전에서 부친 태조에게 속죄의 기도를 드리던 그때, 제문을 작성한 변계량도 그 장면을 곁에서 지켜보고 있었을지 모른다. 그럴 만큼 변계량과 태종의 관계는 매우 각별했다. 그런 사실은 조정에서 공공연하게 알려져 있던 바다. 태종의 탄신일에 열었던 연회에서의 한 장면이다.

> 상왕[태종]의 탄신일이므로, 주상[세종]이 면복(冕服) 차림으로 백관을 거느리고 수강궁에 나가 하례하였으나 받지 않았다. … 실컷 놀다가 밤늦게 파할 때 상왕이 주상과 함께 노상왕[정종]을 부축하고 대궐문을 나가다가 두 상왕이 서로 마주보고 춤을 추었다. 임금이 노상왕의 가마를 받들고 궁문까지 모셔 드리고 돌아왔다. 중문 내정(內庭)에 이르러 임금이 효령대군과 함께 상왕을 좌우에서 부축했다. **상왕이 춤추며 변계량과 허조(許稠)에게 마주보고 춤추게 하며, 오래 놀다가 안으로 들어갔다. 사람들이 말하기를 "두 신하가 군왕과 마주하여 춤추는 것은 세상에서 보기 드문 영광이다."라고 하였다.**[79)]

세종 1년 5월 16일이었다. 아들 세종에게 왕위를 물려주고 상왕으로 물러앉은 태종으로서는 첫 번째 맞이한 생일이었다. 형인 노상왕 정종과 서로 마주보고 덩실덩실 춤을 추는 일이야 그렇다 치고, 신하들과 그렇게 춤을 추며 노는 장면은 보기 드문 모습임에 분명했다. 그 신하는 바로 변계량과 허조였다. 그만큼 변계량은 태종과 스스럼없는 관계였다. 그런 친밀함은 무엇보다도 두 사람이 고려 우왕 8년(1382)에 치러

---

79) 『세종실록』 세종 1년 5월 16일.

진 진사시의 동년(同年)이었기 때문이다.[80] 그런데 주목할 만한 사실은 『춘정집』 중간본을 간행하는 과정에서 삭제된 의례문 가운데 진사시 동년들이 태종의 생일이 되면 절에 별도로 모여 탄일축수재(誕日祝壽齋)를 지내면서 사용한 소문(疏文)이 적지 않다는 점이다.

[표 4] 중간본 『춘정집』에서 삭제된 사적 축수소문 현황

대 상	작 품	내 용	동문선
卞季良이 太宗에게	開慶寺立寶文	태종 9년 4월, 진사동년이 포 250필 모아 탄일축원의 밑천	
	誕日祝壽疏	우왕 8년 同榜으로 전하를 모시고 맹약	수록
	誕日祝上疏	盟約과 恩惠, 탄신일에 불사를 열어 장수와 복록을 기원	
	誕日疏	雁塔에서의 맹약과 천지보다 큰 은혜	수록
	又	맹약과 발탁, 健元陵의 개경사에서 三寶에 귀의함	수록
	又	맹약과 은혜, 箕子의 洪範九疇와 같은 복록 기원	수록
	誕日祝上齋疏	맹약과 총애, 周公의 당부와 韓愈의 바람처럼 되기를 기원	수록
	誕日祝上齋疏	맹약과 은혜, 먼지 같은 존재라 華嶽에 보탬이 되지 못함	
	誕日祝壽齋疏	여래가 도와주고 보살이 가호하기를 기원	수록
卞季良이 城隍에게	城隍祭文	부친은 七旬을 넘기고, 자신은 仕板에 오름, 무탈과 천수	
	又	端午節, 선친의 은혜, 후사를 얻기 위해 權氏와 결혼	

변계량이 진사시 동년 모임을 결성하여 탄일축수재를 지내기 시작했던 것은 태종 9년부터였다. 그리고 남아 있는 위의 축수소문을 통해 보건대, 치세를 마치던 태종 18년까지 한 해도 거르지 않고 그 의식이 치러졌음을 확인할 수 있다. 지금도 같은 해에 시험을 통과한 동기생끼

80) 참고로 許稠는 이들보다 1년 뒤인 우왕 11년(1385) 진사시, 창왕 즉위년(1388) 생원시에 급제했다. 그리고 문과는 공양왕 2년(1390)이다. 변계량보다 조금씩 늦다. 실제로 태종대의 직위도 변계량보다 조금씩 뒤쳐진다.

리 남다른 친분 관계를 유지하는 경우가 많지만, 전근대 시대의 사족집단에서는 더욱 그러했다. 과거에 함께 급제한 동년은 정치적으로도 평생 같은 길을 가는 경우가 많았는데, 그 가운데 진사시 동년의 결속력은 특히 두드러졌던 것으로 알려져 있다. 『춘정집』에는 변계량이 동년과의 모임을 소재로 한 시가 두 편 전한다.

今夕神仙醉紫霞	오늘 저녁 신선이 자하주에 취하니
錦筵銀燭映青娥	비단 방석 은 촛불이 소녀를 비추었네.
夜深踏月婆娑舞	야심토록 달빛 따라 너울너울 춤을 추니
滿帽花枝影半斜[81]	모자에 꽃 그림자 반쯤이나 기울었네.

변계량의 동년들이 개성 송악산에 있는 왕륜사(王輪寺)에 모여 잔치를 벌이는 장면이다. 창작시기는 밝혀져 있지 않지만, 고려 때였던 것으로 보인다. 젊은 시절의 그때부터 변계량과 그 동년들은 자신들을 신선에 견주면서, 밤늦도록 덩실덩실 춤을 추며 놀았던 것이다. 그들의 동년 모임은 왕조가 바뀌고 수도를 한양으로 이전한 뒤에도 계속 이어졌다. 장소는 개성의 왕륜사로부터 다른 곳으로 옮겨졌다. 절친했던 벗 권우(權遇)의 부친인 영가군(永嘉君) 권희(權僖)의 집에서 동년 모임을 열었고, 그러면서 도성[개성]을 떠들썩하게 만들었던 지난 시절 자하동에서의 풍류를 그리워하기도 했다.[82]

그때 참석했던 멤버가 누구였는지 밝혀져 있지는 않지만, 왕위에 오르기 전까지 태종도 그 동년의 모임에 참여했을 게 분명하다. 그리고 흥이 무르익으면 함께 춤을 추며 어울렸을 터, 만년의 탄신잔치에서의

81) 변계량, 『춘정집』 권3 「同年會于王輪設宴, 余有故不赴, 以詩寄」.
82) 변계량, 『춘정집』 권3 「同年携壺會于永嘉君宅, 僕與焉」.

태종과 변계량이 마주보며 춤을 추고 놀았던 것은 젊은 시절의 흥겨운 놀이의 재현에 다름 아니었다. 그리고 『춘정집』에는 변계량이 젊은 시절의 벗들과 맺은 두 편의 계문(契文)이 실려 있다. 하나는 동경계(同庚契), 다른 하나는 금란계(金蘭契)의 계문이다.

生共一邦	같은 나라에서 나서
從遊晨夕	아침저녁으로 어울리고
矧是同庚	더구나 동갑의 나이로
義重骨肉	의가 골육과 같음에랴.
誓相好矣	서로 좋아하길 다짐하여
惟膠與漆	아교와 옻처럼 친밀하고
死生必救	사생에는 반드시 구제해 주고
患難必恤	환난에는 반드시 도와야 하리.
…	
山砥海塵	태산이 닳고 바다가 마를 때까지
終始無易	시종 변함이 없을지니
所渝此盟	이 맹약을 저버리면
神明其殛[83]	신명이 벌을 내리리라.

같은 나이끼리 동갑계를 결성하며 맹약한 「계맹문(契盟文)」이다. 그들은 과거에 함께 급제했다며, 나이가 서로 같다며, 또는 뜻이 서로 맞는다며 인적 네트워크를 공고히 하는 모임을 결성하곤 했다. 「금란계」도 그중 하나였다.[84] 그들은 그런 모임의 결속력을 도모하기 위해 계문을 지어 맹세의식을 거행했고, 거기에는 사생을 함께 하고 환난을

83) 변계량, 『춘정집』 권11 「契盟文」.

84) 변계량, 『춘정집』 권11 「金蘭契文」.

도와준다는 조항을 반드시 넣었다. 그리하여 개인적 차원에서는 물론이고 정치적으로도 동지의 관계를 유지하고자 했다.

실제로 이방원이 지존의 자리에 즉위했지만, 그들의 돈독한 관계는 계속 유지되었다. 현재 고려시대의 『사마방목』은 온전하게 남아 있지 않다. 그래도 우왕 8년의 진사시에 급제한 인물 7명만은 확인된다. 이승상(李升商), 민수산(閔壽山), 태종대왕(李芳遠), 이맹유(李孟畇), 변계량, 김명리(金明理), 오승(吳陞)이 그들이다. 그리고 태종이 이들을 동년으로서 각별하게 우대했던 사실은 실록에서 자주 확인된다. 이달충(李達衷)의 손자였던 이승상은 제2차 왕자의 난에 참여하여 공신에 책봉되었다. 그의 졸기에는 "상이 잠저에 있을 때 성균시에 함께 급제했는데, 이승상이 장원을 차지했다고 하여 매우 후하게 대우하였다."[85]라고 특기할 정도였다.[86] 민수산의 경우는 여러 차례 죄를 저질렀지만, 번번이 용서하는 특혜를 베풀었다. 태종은 그의 사면이 동년이기 때문이라는 사실을 굳이 숨기지 않았다. "나의 옛 친구"인데 별로 큰 죄가 없으니 고신을 돌려주고 별시위에 임명한다거나 두 명의 처를 두는 죄를 범해도 "동년동경(同年同庚)인 까닭에 용서한다."[87]라며 대놓고 이야기할 정도다.

세종도 부왕 태종의 동년인 경우는 특별한 배려를 해주었다. 중국으로 사신을 갔다가 죄를 범해 삭탈관직 된 이양(李揚)에게 직첩을 도로

85) 『태종실록』 태종 13년 2월 6일.

86) 朴尙衷의 아들 朴訔도 동년이었다. "박은이 同年이라 하여, 여러 차례 추천하여 判典祀로 제수되었다가 얼마 아니 되어 禮賓寺로 옮기고 知兵曹까지 겸임하게 되었다. 한 달 사이에 높은 벼슬에 올라 물의가 들끓었다."는 기사가 『세종실록』 세종 즉위년 10월 3일에 보인다.

87) 『태종실록』 태종 11년 9월 8일; 태종 17년 12월 5일.

내주면서, 태종과 맺은 동경서문(同庚誓文)에서 "사생(死生)을 같이 한다."고 했기 때문에 용서한다는 사실을 밝히기까지 했다.[88] 81세의 나이로 죽을 때까지 온갖 요직을 거쳐 판중추원사에까지 올랐던 오승의 경우 또한 태종과 진사시에 문과까지 동년이었던 특수 관계가 든든한 배경으로 작용했으리라 짐작해볼 수 있다.

2 하지만 변계량만큼 동년의 관계가 지대한 역할을 담당한 경우를 찾기는 어려울 것이다. 변계량이 실록에 본격적으로 등장하는 것은 태종 7년 4월 인정전에서 치러진 중시(重試)에서 장원을 차지하면서부터이다. 그리고 그해 8월에 3품 이하 관원을 대상으로 시(詩)와 표(表)를 시험하는 데서도 장원을 차지했다. 혜성과 같은 등장이다. 그리하여 예조참의에 초배(超拜)되고, 세자시강원 좌보덕에 제수되며 승승장구하게 된다. 물론 변계량은 14세와 15세라는 어린 나이에 진사시·생원시에 연이어 급제하고, 17세에 문과에 급제할 정도로 출중한 능력을 지녔었다. 하지만 문과 좌주였던 정몽주의 정치노선을 좇아 이성계의 역성혁명에 가담하지 않아 정치적으로 소외되어 있었으며, 제1차 왕자의 난에는 중형 변중량(卞仲良)이 정도전의 일파로 몰려 죽음을 당할 정도로 변계량의 정치적 입지는 매우 위태로웠다. 심지어 정종 1년에는 의안공(義安公) 이화(李和)를 추대하려 한다는 역모에 휘말려 생사조차 위태로운 지경에 빠졌었다.

하지만 심행(心行)이 부정한 형과 달리 아우 변계량은 마음가짐이 바르다는 태종의 '자의적인' 판단으로 목숨을 부지했을 뿐만 아니라 역모의 혐의로 국문을 받았음에도 불구하고 한직(閑職)에 배치되는 것

88) 『세종실록』 세종 13년 12월 5일.

으로 처벌을 면할 수 있었다.[89] 진사시 동년이라는 특수 관계가 아니었다면 가능하지 않았을 특혜였다. 그리하여 오랜 시간이 지났음에도 불구하고 다음과 같은 말이 전해졌을 정도였다.

> 국초에 태종이 하륜을 불러 묻기를 "경이 죽은 뒤에 대신할만한 자가 누구인가?" 하니, 하륜이 대답하기를 "재상의 반열에서는 가합한 사람이 없습니다. 다만 변계량의 유산시(遊山詩)를 보니 참으로 대수(大手)였습니다. **이 사람은 직위가 낮지만, 모름지기 탁용해야 합니다." 하였다. 그리하여 중시를 설치했는데, 이는 변계량을 위해 만든 것입니다.**[90]

중종 때 좌의정 남곤(南袞)이 전한 말이다. 진위 여부는 확인할 길이 없다. 하지만 변계량의 정치적 발탁을 위해 중시(重試)라는 제도를 신설했을 정도로 그에 대한 태종의 배려가 특별했던 것만은 사실이다. 더욱이 태종 7년에 실시된 중시의 독권관을 하륜과 권근이 맡았던 것이 확인되는 만큼, 남곤의 증언은 사실일 가능성이 매우 높다. 변계량이 명실상부하게 권근을 이어받는 문형으로 낙점되는 계기가 되었던 것이다.[91] 태종의 배려는 거기에서만 그치지 않았다. 태종 10년에는 조카딸 소비(小婢)가 간통을 하다가 발각이 되어 자결하는 사건에 연루되었고, 태종 12년에는 본처를 두고 다른 아내를 얻었다는 이유로 사헌부의 탄핵을 받기도 했다. 하지만 그때도 태종은 죄를 묻지 않고 사건

---

89) 『태종실록』 태종 18년 5월 10일, 『정종실록』 정종 1년 8월 19일.

90) 『중종실록』 중종 15년 2월 22일.

91) 그때 중시에 선발된 인원은 변계량 외에 趙末生, 朴瑞生, 金久冏, 朴濟, 柳思訥, 鄭招, 黃鉉, 尹孝宗, 李之剛 등 총 10명이었다. 이들 가운데 고려 때 문과에 급제한 인물로는 변계량 외에 이지강 등 4명이었다. 조선의 문과를 통해 조선의 관인으로 정식 출사하게 되는 통과의례의 성격으로 이해할 수 있다. 그리고 이들 대부분은 태종대~세종대에 혁혁한 활동을 하게 된다.

을 무마해주었다.

태종이 변계량을 비롯한 진사시 동년에 대해 베풀었던 배려는 이처럼 특별했다. 그런 배려를 이해할 만한 확실한 근거를 중간 과정에서 삭제된 글 가운데서 확인할 수 있다. 태종의 생일을 한 달 앞둔 태종 9년에 지어진 「개경사입보문(開慶寺立寶文)」이 그것이다. 그 전문은 이러하다.

> 영락 기축년(태종 9) 4월에 개경사에 포(布) 약간을 모아 두니, 대개 주상을 위해 축원하려는 것이다. 주상께서 잠저에 계실 때 임술년(우왕 8) 감시(監試)에 합격하셨는데, 신들도 함께 명단에 들었다. 즉위하시기에 이르러 그 은혜를 입은 것이 지극히 두터웠다. 그럼에도 생성(生成)의 크나큰 은혜에 털끝만한 보답도 하지 못했으니, 신들이 어찌 하루라도 마음속에 잊었겠는가? **함께 합격한 사람 가운데 서울에 사는 이들이 서로 포를 내어 모두 250필을 모았다.** 개경사에 두고 승려 1명을 정해 주관하게 했다. 때로 나누어 주었다가 거두어들여 본필(本匹)은 보존하고 이식(利殖)을 사용함으로써 해마다 탄신일에 주상을 위해 축원할 밑천을 삼도록 하였으니, 신들의 구구한 정성이 무궁하게 깃들기를 기약하고자 함이다.[92]

태종의 진사시 동년들 가운데 서울에 사는 사람이 개경사에 모였다. 개경사는 태조를 모신 건원릉(健元陵)의 재궁(齋宮)으로 사용되던 절이다. 그들은 포를 갹출하여 모두 250필의 기금을 마련했다. 그것을 밑천으로 삼아 탄신재를 매년 치르게 되었던 것인데, 위의 인용문은 그때 그 약속을 다짐하며 지은 서약서이다. 실제로 태종의 생일인 5월 16일

---

92) 변계량, 『국역 춘정집 2』 追補 「開慶寺 立寶文」.

이 되면, 그들은 매년 개경사에 모여 태종의 장수를 기원하는 재를 올렸다. 그 모임에 참석했던 "서울에 사는 동년"이란, 태종의 발탁에 힘입어 서울에서 벼슬살이를 하고 있는 부류라는 뜻일 터다. 그렇게 보면, 이들의 모임은 군주의 축수재를 빌미로 모인 일종의 정치결사이기도 했다. 초간본에 실려 있다가 중간 과정에서 삭제된 이런 「탄일축상재소(誕日祝上齋疏)」는 8편에 달한다. 매년 베풀어진 그들의 축원 내용은 다음과 같은 내용을 되풀이하며 담고 있었다.

> 삼가 생각건대, 신 등이 일찍이 임술년에 모두 성균관의 시험을 보러 갔을 때, 우매한 자질이 주상 전하를 뒤따라 합격할 줄 어찌 예상이나 하였겠습니까. **그 당시 주상 전하를 모시고 맹약한 일을 더듬어 생각해 볼 때, 마치 꿈속에 구천에서 노닌 것 같았습니다. 더군다나 주상 전하께서 즉위하신 이래로 특별한 총애를 거듭 받았는데 말할 것이 있겠습니까.** 보답하려고 하였으나 창해처럼 끝이 없어 오직 간절히 비는 바는 남산처럼 장수하시는 것뿐입니다. … 삼가 바라건대, 여래께서는 자비를 베풀고 보살께서는 가호해 주소서. 그리하여 하는 일마다 길하여 영원히 복록을 받아, 만년토록 하늘을 공경하여 경건히 주공(周公)의 가르침을 따르고, 억만년까지 부모가 되어 한결같이 한유(韓愈)의 시처럼 되게 하소서.[93]

반드시 들어가는 내용은 두 가지이다. 하나는 지난 시절 진사시 동년으로서 이방원을 모시고 맹약했던 사실을 환기하는 것, 다른 하나는 주상으로 즉위하여 베풀어준 은혜에 보답하겠다는 것. 태종대에 존재했던 한 이너써클의 충성 서약의 현장을 생생하게 보여준다 하겠다.

---

93) 변계량, 『국역 춘정집 2』 追補 「誕日祝上齋疏」.

물론 왕조사회에서 군주의 탄일을 맞이하게 되면 성대한 의례가 치러지는 것은 당연하다. 실록에서 확인되는 최초의 탄일 행사는 태조 5년 치른 탄일재이다. 이날의 행사는 승려 108명을 불러 모아 궁중에서 밥을 먹이고 『금강경』을 읽게 하는 불교식으로 거행되었다. 그리고 죄가 가벼운 죄수를 풀어주고, 조선의 건국에 반대했던 우현보(禹玄寶)와 같은 중죄인에게 적몰했던 가산을 돌려주는 은혜도 베풀었다. 각도에서는 방물장(方物狀)을 적어 진헌(進獻)하고, 태조는 신하들에게 성대한 잔치를 베풀어주었음은 물론이다.

하지만 태종이 즉위하자마자 사헌부에서는 축수재, 곧 탄일재를 없애자는 상소를 올렸다. 태종은 처음에는 윤허하지 않았다. 많은 비용이 든다며 폐지하자는 논의가 고려 때부터 있어왔지만, 지금도 나라에서 기신재, 추천재, 기일(忌日)에 승려에게 밥 먹이는 행사가 거행되고 있다는 것을 이유로 받아들이지 않았던 것이다.[94] 이런 불교의례를 먼저 금한 뒤에 없애겠다는 논리를 내세웠다. 하지만 의정부까지 사헌부의 의견을 거들고 나섬에 따라 탄일재는 공식적으로 폐지하게 된다.[95] 얼마 뒤에는 의정부의 요청을 받아들여 군신이 헌수하는 의식조차 거행하지 않겠다고 선언할 정도였다.[96]

---

94) 이들 불교의례 가운데 사찰에서 死者를 추모하는 忌晨齋는 중종 때 가서야 폐지된다. 그 뒤로 명종 때 잠시 부활하기도 하지만, 사림정권이 들어선 宣祖 이후 더 이상 설행되지 않았다. 대신 왕실에서는 文昭殿과 같은 原廟, 그리고 임진왜란으로 문소전이 소실된 이후에는 山陵에서 유교적 기신재로 바뀌어 지내게 된다. 이에 대한 자세한 논의는 이현진, 「조선 왕실의 忌晨祭 설행과 변천」, 『조선시대사학보』 46, 조선시대사학회, 2008 참조.

95) 『태종실록』 태종 1년 5월 10일.

96) 『태종실록』 태종 11년 5월 12일. 하지만 그런 선언은 제대로 지켜지지 않았던 것으로 보인다. 매년 탄일마다 의정부 대신과 공신이 벌이는 헌수와 잔치를 확인할 수 있다. 심지어 예조에서는 臣同宴儀註를 詳定하여 공식화하자고 청할 정도였다.

그렇지만 실제로는 지켜지지 않았다. 중간본에서 삭제된 변계량의 불소(佛疏)에서 확인할 수 있듯, 태종의 생일이 되면 개경사에서는 은밀하면서도 공공연하게 축수재가 치러지고 있었던 것이다. 그리고 그 자리에서는 진사시 동년으로서의 의리를 지키고 죽음으로 은혜에 보답하겠다는 다짐이 매년 되풀이되고 있었다. 그렇게 볼 때, 태종 7년 변계량이 중시에서 장원급제를 한 것, 그리하여 예조참의·예조판서와 예문관대제학에 올라 하륜·권근을 이어 태종대 후반의 학문권력을 장악할 수 있었던 데는 이런 진사시 동년집단의 결속력이 지대한 기여를 했음에 틀림없다.

어찌 보면 태종이 진사시 동년을 이처럼 특별히 우대했던 것은 무척 의미심장한 정치사회사적 의미를 지닌다고도 할 수 있다. 잘 알려진 것처럼, 태종은 자신의 즉위에 결정적 도움을 준 두 차례의 공신(功臣) 그룹과 함께 치세의 전반기를 이끌어갔다. 이화, 방의, 방간, 조준, 김사형, 조박, 하륜, 이거이, 조영무, 이숙번, 민무구, 민무질 등 정사공신(定社功臣)과 좌명공신(佐命功臣)이 그들이다. 하지만 제1차 왕자의 난 이후에 정치적 보상에 불만을 가진 박포와 이방간이 반란을 일으켰다가 제거되었는가 하면, 민무구·민무질 형제도 죽임을 당하면서 공신 세대는 소멸의 단계를 밟게 된다. 그러면서 고려 때 사마시 및 문과 동년들이 태종의 정치적 파트너로 새롭게 부상하게 되었던 것이다. 이런 지배세력의 교체는 태종 후반부의 치세가 강력한 중앙집권제를 기반으로 하면서도 문치(文治)를 위한 정치체제로 발 빠르게 변화하는 계기가 되었다. 유명무실하던 고려 때의 집현전이라는 학술기구가 변계량의 건의로 세종대에 확대 개편되면서 강력한 왕권을 뒷받침하는 학술자문기관으로 자리 잡았던 것은 물론 지속적인 강경(講經) 폐지와 제술(製述) 부활을 주장하여 결국 세종대에 진사시를 부활시켰던 것은 그

단적인 사례이다. 그런 점에서 『춘정집』 중간본에서 삭제된 축수재 의례문은 태종대의 정치사적 지형과 그 이면을 생동하게 보여주는 일종의 프리즘과 같은 역할을 담당하고 있다.

4. 맺음말

우리는 지금까지 조선 초기 초대문형을 맡았던 변계량의 문집이 세종의 분부로 편찬하게 된 시대적 맥락, 그리고 그렇게 만들어진 『춘정집』이 당시 국가에서 치러지던 전례(典禮)의 실상을 보여주고 있다는 사실에 대해 살펴보았다. 특히, 집현전 학자들이 편찬한 초간본에는 실려 있다가 19세기 지방의 유림이 중간하는 과정에서 삭제해버린 의례문장을 통해 조선 초기 공적 의례의 이면을 엿볼 수 있었던 것은 소중한 성과라 할 수 있다.

잘 알려진 것처럼 조선은 유교문명으로의 전환을 최대 과제로 상정하고, 그를 위한 방안을 적극적으로 추진했다. 태조 이성계가 즉위한 지 한 달도 되지 않았을 때, 예조전서 조박(趙璞)이 올린 다음의 건의에서 그런 정황을 확인할 수 있다.

> 역대의 사전(祀典)을 보건대, 종묘·적전(籍田)·사직·산천·성황·문선왕 석전(釋奠)의 제사는 고금에 널리 통행되었으며 국가의 상전(常典)입니다. 지금 월령의 규식대로 갖추어 기록하였으니, 유사에 내려 때에 따라 거행하소서. **환구는 천자가 하늘에 제사지내는 의례이니, 폐지하기를 청합니다. … 춘추장경(春秋藏經), 백고좌법회(百高座法席), 칠소친행도량(七所親幸道場), 그리고 여러 도전(道殿)·신사(神祠)·초제(醮祭) 등은 고려의 군왕이 일신상의 소원을 빌기 위해 때에 따라 설치한**

> **것입니다.** 그리하여 후세의 자손들이 혁파하지 못하였지만, 지금 천명(天命)을 받아 새로 시작함에 어찌 전폐(前弊)를 답습하며 떳떳한 법도로 삼겠습니까? **모두 폐지하기를 청합니다.**[97)]

유교문명에 부합하는 의례만 국가의 상전(常典)으로 삼고, 원구단에서 행하는 제천의식은 물론 불교·도교·무속적 의례를 일괄 폐지하자는 요청이다. 하지만 그것은 쉽게 받아들여지지 않았고, 설사 국가적 차원에서 받아들인다고 해도 실제 현장에서는 그렇게 진행되지 못했다. 오랜 세월 이어져온 전통이기에 일거에 폐지하기 어려웠던 것이다. 태종은 불교의 12종을 양종으로 통합하고 사찰의 토지도 전부 혁파했다. 하지만 불교의 유풍은 쉽게 잦아들지 않았다. 사대부조차 친족을 위해 불공을 드리고, 상을 당하면 으레 빈소에 법석(法席)을 차렸다. 기제(忌祭)를 지낼 때 승려를 불러 음식 대접하는 의식도 빠뜨리지 않았다.

이런 풍속이 크게 바뀐 것은 성종대에 이르러서였다. 이때부터 승려가 되는 법을 엄격하게 통제하여 도첩을 발급하지 않았고, 그로 인해 승려의 숫자는 확연하게 줄어들고 도성 안팎의 절들도 점차 비어가기 시작했다. 사족들이 불공(佛供)을 드리거나 승려에게 음식 대접하는 풍습도 사라져갔다. 성종이 유교문명을 숭상하였기 때문에 세상의 풍속도 함께 변했다고, 성현은 『용재총화』에서 생생하게 증언하고 있다.[98)]

그런 시대적 맥락에서 볼 때 변계량의 『춘정집』은 조선 초기에 국

---

97) 『태조실록』 태조 1년 8월 11일.

98) 성현, 김남이·전지원 외 옮김, 『용재총화』 권8, 휴머니스트, 2015, 395~396면.

가적 차원에서 치러지던 유교문명의 전례는 물론이고 삭제된 의례문장을 통해 그 이면을 들여다볼 수 있는 '시대의 거울'과도 같았다. 하지만 그와 같은 한 시대의 이면을 보여주는 것과 함께 카리스마 넘치던 절대군주 태종의 내면을 들여다볼 수 있는 '개인의 거울'이기도 했다. 태종은 무불(巫佛)에 미혹되지 않기 위해 부단히 노력했고, 실제로 그런 국가적 정책과 개인적 다짐을 여러 차례 천명했던 유학군주였다. 자신의 장례도 유교문명의 예법에 의거해 치르도록 했고, 그대로 실천되었다.

하지만 그러했던 태종도 죽음 앞에서는 무력한 한 인간에 불과하다는 사실을 의례문을 통해 여러 차례 보여주었다. 특히 왕자의 난을 일으켜 부친에게 마음을 잃은 것에 대한 자식으로서의 한을 평생 품고 살았고, 막내아들의 갑작스런 죽음 앞에서는 철저하게 무너져 내리던 아버지로서의 슬픔을 여지없이 보여주었다. 그때 그에게는 과거의 잔재로 치부되던 불교의례는 크나큰 위안으로 다가왔음에 분명하다.

물론 그런 의례가 그런 개인적 차원에서만 활용되지는 않았다. 공신세력을 대체할 만한 정치적 파트너로 진사시 동년을 끌어들이기 위해서 그들과의 유대감을 극대화할 수 있는 탄일축수재(誕日祝壽齋)와 같은 의례도 적극 활용했다. 어쩌면 그런 모습이 불교에서 유교로의 문명전환이라는 역사적 과제에도 불구하고, 실제 삶의 현장에서는 쉽게 바뀌기 어려웠던 사정을 구체적으로 보여주는 반증의 사례라고 할 수 있다. 조선 건국 이후 유교문명으로의 전환은 기존의 전통과 팽팽한 길항관계를 유지하며 점진적으로 진행될 수밖에 없었고,[99] 성현이

99) 조선 초기의 비유교문명적 의례 가운데 忌晨祭와 함께 핵심적 위치에 있었던 昭格署의 존폐 논쟁은 군주와 관료의 정치사회적 위상과 역할을 새롭게 규정하고자 한 데서 비롯

증언하고 있는 바처럼 적어도 한 세기 넘게 겪어야했던 진통이었던 것이다.

이 글은 『한국연구』 9집(한국연구원, 2021)에
수록한 논문을 일부 수정한 것이다.

된 것이었고, 그것은 조선이라는 국가의 정체성을 규명하는 작업이라는 맥락에서 재조명해야 한다는 문제제기는 그런 점에서 중요하다. 이에 대해서는 허준, 「朝鮮時代 儒教化와 國家正體性」, 『역사문화연구』 72, 역사문화연구소, 2019; 허준, 「조선 중종대 소격서 관련 논의의 상징적 의미」, 『석당논총』 78, 동아대 석당학술원, 2020.

변계량의 인재 양성 정책

이종묵

1. 머리말

1418년 8월 11일 근정전에서 즉위 교서를 반포하면서 세종이 즉위하였다. 1392년 7월 17일 조선이 개국한 이래 불과 26년밖에 되지 않는 시점이었다. 세종이 즉위하였을 때 가장 큰 문제점의 하나는 인재의 부족이었다. 국가의 고급 관료들은 모두 고려 왕조에 출사한 인물들이었다. 여말선초 혼란기에 인재의 양성이 이루어지지 못하였으니, 조선 개국 이후 한 세대가 지나자 인재가 부족하게 된 것은 당연한 일이었다. 이러한 인재의 부족이라는 국가적 위기를 극복하기 위하여 세종은 변계량(1369~1430)을 재상으로 기용하였다.

변계량은 자가 거경(巨卿), 호가 춘정(春亭)이며 본관은 밀양이다. 공민왕 18년(1369) 밀양의 구령리(龜齡里)에서 태어난 변계량은 유관(柳寬)에게 수학하여, 우왕 때 진사시와 생원시, 문과에 차례로 합격하고 벼슬길에 올랐다. 조선 개국 후 태조가 벼슬을 내렸으나 나아가지 않다가 태조 6년(1397) 교서감승(校書監丞) 지제교(知製敎)로 조선 왕조에 출사하였다. 이듬해 1차 왕자의 난이 일어나 형 변중량(卞仲良)이 정도전의 일파로 몰려 참살되는 위기를 맞았지만 그 자신은 이에 연루되지 않았다.

변계량은 태종대에 본격적으로 관각(館閣)의 중임을 맡게 되어 예문관(藝文館)과 수문전(修文殿) 등에서 근무하면서 지제교를 맡았다. 특히 태종 9년(1409) 예문관 제학으로 동지경연사(同知經筵事)를 겸하여 관각의 핵심 관료가 되었다. 이후 태종 17년(1417) 예문관 대제학 겸 성균관 대사성이 되어 문형(文衡)을 잡았는데 조선시대 본격적인 문형의 시발이 바로 그에게서 시작하는 것이기도 하다. 예조판서까지 겸하였으니 명실상부한 최고의 문교 책임자가 된 것이다.

변계량은 1418년 양녕대군(讓寧大君)을 세자에서 폐위하고 충녕대군(忠寧大君)을 세자로 삼을 것을 계청하였다. 세종이 왕위에 오를 수 있게 한 데 큰 공을 세웠다 하겠다. 세종은 즉위한 그날 첫 번째 인사에서 변계량을 예조판서 겸 지경연사(知經筵事)에 임명하였다. 예조판서로서 변계량은 세종 2년(1420) 집현전(集賢殿) 설치를 건의하였고 집현전이 설치된 이후 대제학을 겸하여 태종대부터 거의 20년 동안 문형을 놓지 않았다. 1430년 4월 24일 그가 세상을 뜨던 날 『세종실록』에서는 다음과 같이 생애를 총평하고 있다.

> 변계량이 문형을 거의 20년 동안이나 맡아서 대국을 섬기고 이웃 나라를 교제하는 사명(詞命)이 그 손에서 많이 나왔고, 시험을 주장하여 선비를 뽑는 데 한결같이 지극히 공정하게 하여 전조(前朝)에서 함부로 부정하게 하던 습관을 다 고쳤으며, 일을 의논하고 의문을 해결하는 데에 이따금 다른 사람이 생각지도 못한 일도 있었다.[1)]

---

1) 『세종실록』 12년 4월 24일. 이하 날짜를 명기한 그 출처가 실록이며 『국역조선왕조실록』을 이용하였다. 번역문이 어색한 곳은 원문을 참고하여 필자가 수정하였다.

생애를 총평하는 졸기(卒記)에서 변계량이 문형으로서 첫째 중국과의 사대외교, 일본과의 교린외교에서 필요로 하는 문서의 작성에 주도적인 일을 하였고, 둘째 인재 선발을 공정하게 하여 뛰어난 인재를 많이 양성하였으며, 셋째 임금을 보좌하여 창의적인 정책 제안을 많이 하였다고 하였다.[2)]

변계량은 임금을 보좌하는 재상으로서 탁월한 능력을 갖춘 인물이었다. 이에 따라 그의 경세사상과 함께 중요 정책에 대한 연구가 이루어진 바 있으나, 문형으로서 변계량의 인재 선발과 재교육 등 정책에 대한 연구는 소략한 편이다.[3)] 이에 본고에서는 특히 세종의 문교 정책을 보좌하는 재상으로서 변계량이 어떻게 국가적 인재의 양성이라는 프로젝트를 수행하였고, 그 과정에서 어떠한 지도력을 발휘하였는가를 차례로 살펴보도록 하겠다.

---

2) 변계량이 재상으로서 한 일 중 본고에서 다루지 않은 중요한 것을 들면 다음과 같다. 첫째, 단군이 하늘에서 내려왔으므로 천자로부터 봉지를 받지 않았다는 점, 明 高祖가 하늘에 제사를 지내는 것을 알면서도 조선의 풍속을 따르도록 허락하였다는 점에 근거하여 변계량이 圓丘에 하늘 제사를 지내게 하였다. 이에 대해서는 이한수, 「정치와 역사 : 조선 초기 변계량의 시대인식과 권도론」(『역사와 사회』 3, 2001)과 신태영, 「춘정 변계량의 상소문으로 본 조선 초기의 제천 의식」(『인문과학』 36, 성균관대 인문과학연구소, 2005)에서 자세히 다룬 바 있다. 둘째, 태종 때 시행하였다가 백성이 원하지 않는다는 이유로 혁파한 號牌法을 다시 실시하도록 하였다. "한 읍의 주인이 되면 당연히 한 읍의 호구를 알아야 하고, 한 나라의 주인이 되면 당연히 한 나라의 호구를 알아야 하며, 천하의 주인이 되면 마땅히 천하의 호구를 알아야 합니다. 대체로 백성들의 원하고 싫어하는 것을 구차하게 따라서는 안 됩니다. 지금 백성들이 호패를 싫어하는 것은 호적에서 빠져 부역을 피하고자 해서 그런 것입니다. 호패법을 마땅히 거행해야 합니다."라 하였다(『국조보감』).

3) 변계량의 정책에 대해서는 김홍경, 「변계량의 경세사상 연구」(『유교사상연구』 4·5, 1992)가 대표적인 성과라 들 수 있다. 이 논문에서 변계량의 경세관에 대한 종합적인 고찰이 이루어진 바 있다.

2. 인재의 선발과 재교육 정책

1) 인재의 선발 정책

세종은 즉위한 지 두 달도 되지 않은 1418년 10월 7일 처음으로 열린 경연(經筵)에서 “과거를 설치하여 선비를 뽑는 것은 참다운 인재를 얻으려 함인데, 어떻게 하면 선비로 하여금 부화한 버릇을 버리게 할 수 있을까?” 하문하였다. 이에 대하여 변계량은 이지강(李之剛)과 함께 다음과 같이 답하였다.

> 초장(初場)에서는 의의(疑義)로 경학의 심천을 보고, 종장(終場)에서는 대책(對策)으로 그 사람의 포부를 보는 것이 당초에 법을 만든 뜻입니다. 근자에 학생이 실학에 힘쓰지 않으므로, 초장에서 강경(講經)을 하도록 법을 개정하였더니, 이로 말미암아 영민하고 예기 있는 쓸 만한 인재가 모두 무과로 달려갔습니다.[4)]

국가에서 필요로 하는 인재를 선발하는 것은 매우 중요한 일이다. 이 때문에 세종은 첫 번째 경연에서 이 문제를 들고 나온 것이다. 조선이 개국된 후 정도전은 태조의 짧은 즉위교서를 작성할 때도 과거 제도의 개혁을 가장 비중 있게 다룬 바 있다. 정도전은 성균관에서 주관하는 초장에서 사서오경(四書五經)의 강경을 시험하도록 하고, 예조에서 주관하는 중장에서 표장(表章)과 고부(古賦)를 시험하며, 종장은 책문을 시험하는 3단계 문과 시험의 틀을 제정하였다. 이는 첫째 고려의 좌주문생 제도에 의하여 인적 재원이 학맥에 의하여 사당화된 문제점을 바로 잡기 위한 것이요, 둘째 불교를 숭상하는 고려 왕조와 차별성을

---

4) 『세종실록』 원년 10월 7일.

부각하면서 유학을 국가이념으로 하는 조선의 정체성을 분명히 한다는 명분과 함께 고려가 문학적인 능력 중심으로 관리를 등용한 한계를 극복하면서 국가경영에 필요한 실용적 유학을 과거 시험의 중심에 두려한 것이라 할 수 있다.[5)]

조선을 개국한 급진적인 개혁세력들은 사서오경의 학습을 특히 강조하였다. 조선이 개국되기 이전 조준(趙浚)이 올린 시무책에서 학생들로 하여금 사서오경을 읽고 사장(詞章)은 읽지 못하게 할 것을 건의한 바 있다.[6)] 정도전 역시 국가의 근본을 논하는 자리에서, 한갓 사장만 일삼는다면 배운 것이 도리어 마음을 상하게 하는 도구가 되어 심한 경우 면전에서 아첨하는 무리들만 신임하며 놀고 즐기는 일만 좋아하게 될 것이라 하였다.[7)] 정도전이 국자감시(國子監試)를 폐지하게 하였는데 이 역시 문학을 누르기 위한 방책이었다. 국자감시는 이후의 진사시(進士試)에 해당하는 것인데, 이를 없앰으로써 문교정책의 방향을 고려 이래의 문학 중심에서 유학 중심으로 바꾸려 한 것이다.

변계량은, 문과의 초장에서 강경을 시험 보이자, 이를 어렵다고 여겨 인재들이 모두 무과로 가버렸다고 비판하였다. 그리고 의의를 부활하자고 그 대안을 제시하였다. 의의는 원나라에서 비롯하여 고려시대 시행된 것으로, 의(疑)는 사서를 대상으로 하고 의(義)는 오경을 대상으로 하여, 특정한 대목의 뜻풀이에 대한 글을 지어 제출하는 것이다. 이 때문에 의의는 제술(製述)이라고도 하였다.

---

5) 柳壽垣은 "大抵麗氏宰相, 吟詩飮酒間, 或做禪家文字, 君臣上下, 以此爲事, 此外別無所爲, 如此而能成國家貌樣乎."(論東俗」『迂書』 권1)라 하여 고려의 재상들이 음풍농월과 같은 문학을 즐기거나 불교의 저술을 일삼는 외에 능한 것이 없다고 비판한 바 있다.

6) 趙浚, 「陳時務第二疏」(『松堂集』 권4).

7) 鄭道傳, 「定國本」(『朝鮮經國典』, 『三峯集』 권7).

세종은 변계량의 견해에 찬성하였다. "강경은 가장 어려운 일이니, 지금 비록 변삼재(卞三宰, 변계량을 가리킴)로 하여금 강론케 한다 하여도 어찌 다 정통할 수 있겠는가?"라 하면서 경전을 외우는 일은 변계량조차 힘든 일이라 하였다. 그럼에도 세종은 즉위 교서에서 "일체의 제도는 모두 태조와 우리 부왕께서 이루어 놓으신 법도를 따라 할 것이며, 아무런 변경이 없을 것이다."라 한 대로, 태종이 상왕으로 있는 상태에서 선뜻 제도를 바꾸려 하지 않았다.

이후 변계량은 문과 초장에서 강경을 제술로 바꾸는 정책을 꾸준히 개진하였다. 처음 논의가 있던 날로부터 두 달 여 지난 후 변계량은 다시 강경의 문제점을 비판하였다.

> 신이 과거를 두 번이나 관장하였는데, 강경(講經)의 법은 실상 옳지 못합니다. 지금의 선비들은 구두(口讀)의 구속을 받아 한갓 읽어 외우는 것으로만 업을 삼는 까닭으로 그 기운이 막혀 사부(詞賦)에 능하지 못합니다. 더구나 시관(試官)이 과거 보는 선비를 면대하게 되니, 어찌 사심이 없겠습니까? 고려 때에 봉미(封彌)의 법을 만든 것은 이 때문일 것입니다. 권근(權近)이 항상 이 폐단을 걱정하여 글을 올려 폐지하기를 청하였고 상왕께서 이 주청을 좇았으며, 정유년(1417)에 한두 문신의 대책을 써서 다시 이 법을 설치하였습니다. 신은 생각하건대, 활 쏘는 것은 장난으로도 사람들이 즐거이 하는 것인지라, 지금 서울 안의 자제들이 문과는 좇아갈 수 없다고 여겨 모두 무과에 쏠리게 되니, 이를 염려하지 않을 수 없습니다.[8]

변계량은 강경으로 인하여 문학이 떨쳐지지 못하는 점, 그리고 강경

---

8) 『세종실록』 원년 12월 13일.

할 때 시관이 수험생의 얼굴을 직접 보게 되므로 사사로운 정이 개입될 여지가 있다는 점 등을 들었다. 사실 이러한 변계량의 견해는 독창적인 것이 아니다. 처음 정도전이 입안한 과거제는 태조의 즉위교서를 반영한 『경제육전(經濟六典)』에 수록되어 국가의 법이 되었는데, 권근은 이 제도를 신랄하게 반대하고 나섰다. 변계량은 권근의 이 논리를 수용한 것이다. 권근은 경전의 자구를 읽고 해석하며 이를 암송하는 데만 주력하다보니 경전 전체의 의미를 파악하지 못하게 되어, 경학에 걸출한 인재가 나온 적도 없고 국가적으로 필요한 문학적 재능을 갖춘 인재조차 고갈하기에 이르렀다고 하였다.[9)]

당시 중국과의 사대외교에서 시학(詩學)이 매우 중요하였다. 중국에서 온 사신은 시를 잘하는 사람 중에 선발된 만큼 그를 맞는 조선의 원접사(遠接使) 역시 시에 매우 능하여야 했고, 시를 잘 주고받을 수 있다면 나머지 작은 일이 중국 사신의 뜻에 차지 않더라도 책망하지 않을 정도였다.[10)] 이러한 현실 때문에 권근은 중국에서 온 사신과 시를 주고받다가 웃음거리가 될까 두렵다고까지 하였다.[11)] 태종은 권근의 의견을 수용하였고 이에 따라 『속대전(續大典)』에는 문과 초장에 의의를 시험하는 것으로 되어 있다.

그러나 제술의 문제점 역시 작지 않았다. 태종 11년(1414) 5월 8일 황희(黃喜)가 강경을 폐지한 것이 잘못이라 하였고 다른 신하들도 그 의견에 찬성하였다. 강경을 폐지하다보니 유생들이 모두 초집(抄集)한

9) 權近, 「論文科書」(『陽村集』 권31)와 같은 내용이 『朝鮮王朝實錄』(태종 7년 3월 24일)에도 실려 있다.

10) 『중종실록』(31년 12월 8일)의 기사에 이러한 내용이 보인다. 중종 때의 기사지만 그 앞선 시기도 마찬가지였을 것이다.

11) 權近, 앞과 같은 곳.

다이제스트본만 익히고 경서 원문에는 마음을 전혀 쓰지 않는다고 하였다. 이에 태종 17년(1417) 1월 19일에는 유생들이 경학과 문학에 함께 힘쓸 수 있도록 식년(式年, 地支에 子·午·卯·酉가 들어 있는 해)마다 강경과 제술을 교대로 시험을 보게 하자는 절충론이 채택된 바 있다.

변계량이 강경을 폐지하고 제술을 채택할 것을 거듭 주장하였지만, 상왕인 태종이 위에 있는 데다 황희 등이 변계량과 의견을 달리하는 상황에서, 세종은 선뜻 강경을 폐지하려 않았다. 세종은 즉위한 지 10년 된 1428년 독자적인 정치를 해나갈 무렵이 되어서야 문과 초장에서 제술을 채택하였다. 그러나 태종대부터 이미 지적된 대로 유생들이 다이제스트본을 만들어 공부하는 폐단이 발생하였다. 이에 세종은 2월 22일 그 보강책을 물었는데 김자(金赭)는 성균관에서는 강경을 주로 하고 과거에서는 제술로 시험을 보이자는 절충론을 제시하였다.

그러나 변계량은 이러한 절충론조차 부정하고 강경을 아예 폐지하자고 나섰다. 이러한 뜻으로 4월 23일 장문의 글을 올렸다.[12] 이 글에서 변계량은 강경으로 시험을 치르는 데 거의 1개월이 소요되므로 경제적·시간적 손실이 많으며, 직접 대면해야 하므로 사사로운 정이 개입된다는 점 등을 폐해로 들면서, 어려서 암송과 훈고를 익히고 장성하여 제술을 배우며 늙어서 책을 저술하는 것이 일반적인 학문의 단계이므로 문과 초장에서는 제술의 단계가 옳다고 하였다. 또 "예전에는 권근이 나에게 미치지 못했지만 이제는 내가 권근에 미치지 못한다."라는 정도전의 말을 들어 권근의 유학이 정도전보다 뛰어나므로 권근의 주장을 따라야 한다고 말하는가 하면, 암송과 훈고에만 힘을 쏟는 강경을

---

12) 변계량, 「請科制罷講經用製述疏(戊申四月)」(『春亭集』 권1). 『세종실록』(10년 4월 23일)에도 같은 글이 실려 있다.

하게 되면 뜻과 기가 막히고 좁아져서, 성리의 온축을 알지 못하고 문재 역시 시원찮게 된다 하여 권근의 주장을 반복하였다. 이색(李穡), 정몽주(鄭夢周), 이숭인(李崇仁) 등이 강경을 통해 선발된 것이 아님에도 유학과 문학에 모두 뛰어났다는 사실을 근거로 대기도 했다.

변계량의 강력한 문제 제기에 세종은 조정의 신하들에게 의견을 물었다. 권진(權軫), 안순(安純) 등 비교적 중진의 관료들은 변계량의 편을 들어 제술만을 사용할 것을 주장했지만, 예문관 제학 윤회(尹淮), 집현전 교리 권채(權採), 수찬 이선제(李先齊) 등 관각의 핵심 관료들은 강경만 시행할 것을 주장했으며, 황희, 맹사성(孟思誠), 신상(申商) 등 원로들은 제술과 강경을 번갈아 시행하는 절충론을 내놓았다. 그런데 제술 또한 경학을 바탕으로 하는 것임에도 강경을 주장하는 사람들은 제술을 경학과 무관한 '조충전각(彫蟲篆刻)'의 기술로 보았다. 특히 이선제는, 제술을 채택하면 조충전각의 기술만 익혀 과거의 명성을 요구하게 될 뿐 아무도 성리학에 전심하려 들지 않을 것이라 비판하였다.

세종은 다수의 의견을 받아들여 제술을 채택하는 것으로 결론을 내렸다. 결국 변계량의 제안이 국가정책으로 채택된 것이다. 그렇지만 강경을 강조한 문인들은 문학의 확대를 우려하여 이후에도 지속적으로 과거에서 제술을 시험하는 것을 비판하였다. 이에 세종은 강경을 주장하는 사람들이 거듭 지적한 다이제스트본의 폐단을 막기 위해 변계량으로 하여금 모범으로 삼을 만한 제술 참고서를 만들게 함으로써 이 문제를 해결하고자 하였다. 세종은 11년 5월 28일 다음과 같은 글을 내렸다.

> 유생이 사서와 오경, 『삼장문선(三場文選)』, 『원류지론(源流至論)』 등의 책을 능히 익힌다면 제술에 능하여 과거에 응할 수도 있을 것이다.

이것은 서두르지 않고 여러 사람들이 제술한 것만 모아서 초집을 만들고, 혹 유사한 시제(試題)를 만나게 되면 표절하여 써내는 것이 어느 새 풍속이 되고 말았다. 근일 성균관에 행차하여 전문(箋文)을 짓게 하였는데, 권맹손(權孟孫)이 문신(文臣)의 도시(都試)에서 장원(壯元)을 차지한 「진빈풍도(進豳風圖)」를 모두들 표절한 까닭에 내가 이런 것들을 취하지 않았다. 비록 평상시의 제술일지라도 초집을 표절해 쓴 것은 진실로 도리를 아는 유생들의 할 바가 아니거늘 하물며 내가 친히 와서 선비를 시험하는 때 그러할 수 있겠는가. 내가 엄격히 금하고자 한다. 그러나 대간을 시켜 금제할 사안은 아니니 어떻게 하면 되겠는가? 판부사 변계량과 의논하라. 내가 생각하기에도 사서와 오경 외에도 중국의 유명한 초집과 동국 명유들이 제술한 표전(表箋)과 책문(策問) 등을 인쇄하여 반포하고 비루한 글은 모두 금하는 것이 좋겠다. 정도에 의하지 않고는 과거에 합격하는 길을 막게 할 것이다. 만약 간사한 무리들이 이전의 행실을 고치지 않는다면 도외시하여 그냥 내버려 두는 것도 옳을 것이니, 이 점도 아울러 의논하라.[13)]

세종은 다이제스트본만 베껴 쓰는 현실을 개탄하고, 아예 모범이 될 만한 중국과 우리나라의 글을 가려 뽑은 책을 만들어 이를 중심으로 공부를 하게 하는 대안을 제시한 것이다. 그리고 이 일을 변계량에게 맡겼다. 세종은 14년(1432) 3월 11일에도 비슷한 하교를 내렸다.

과거를 치러 선비를 뽑는 것은 장차 등용하고자 한 까닭이다. 지금 과거에 응시하는 서생들이 다만 경서(經書)와 사서(史書)를 궁구하지 않을 뿐 아니라, 『원류지론(源流至論)』, 『책학제강(策學提綱)』, 『단지독대(丹墀獨對)』, 『송원파방(宋元播芳)』 등 과거 시험장에서 표본으로 삼는

13) 『세종실록』 11년 5월 28일.

> 고문(古文)까지도 전연 의거하지 않고, 오로지 여러 사람이 지은 글을 돌려 베끼고 한결같이 도습하여 요행으로 합격하기를 바라고 있으니, 신진 선비들의 뜻이 비루하여서 취하기에 부족하다. 지금부터는 고문을 익히지는 않고 여러 사람이 지은 것을 초록하여 표절하거나 꺼내보는 자들은 서울과 지방의 교관(教官)과 시관(試官)으로 하여금 찾아내고 조사하게 하라. 성균관에서 소지하였다가 발각된 자는 한 번의 식년(式年)에 제한하고, 시험장 안에서 찾아내고 조사하던 중 발각된 자는 두 번의 식년에 제한하여 과거에 응시하지 못하게 함으로써 학술을 바로잡도록 하라.[14]

변계량이 과거를 통하여 인재를 선발할 때 제술을 중심에 두고자 한 제안은 이렇게 하여 일단락되었다. 이에 따라 『삼장문선(三場文選)』, 『원류지론(源流至論)』, 『책학제강(策學提綱)』, 『단지독대(丹墀獨對)』, 『송원파방(宋元播芳)』 등이 제술의 교과서로 간행되어, 후대에까지 지속적인 영향을 미치게 되었다.[15]

그러나 변계량의 이러한 정책은 세종 12년(1430) 4월 그의 죽음으로 인하여 흔들리게 된다. 그해 8월 13일 당시 편찬하고 있던 『육전(六典)』에 “문과에는 강경과 제술을 번갈아 쓴다.”는 조문을 그대로 싣자는 주장이 바로 나왔다. 이에 대해 세종은 “법을 시행하려고 할 때 반드시 금석과 같이 굳어야 하고 분분히 변경하지 말아야 할 것이다.”라 하면

14) 『세종실록』 14년 3월 11일.

15) 『삼장문선』은 元의 문인 劉仁初가 科賦 가운데 우수한 작품을 선발하여 비평을 붙인 책을 1454년(단종 2) 조선에서 간행한 것이 규장각에 전한다. 宋 林駉의 『원류지론』은 庚子字로 간행한 판본 일부가 성암고서박물관에 소장되어 있고, 宋 魏齊賢의 『송원파방』 등은 조선에서 간행한 판본이 公文書館에 소장되어 있다. 『책학제강』은 고려대에 필사본이 전하는데 살펴보지 못하였다. 元 吳黼의 『단지독대』는 국내에서는 확인되지 않지만 일본 公文書館에 洪武 연간의 간본이 소장되어 있다.

서 제술로 인재를 선발하는 제도를 바꾸려 하지 않았다. 그러나 허조(許稠)의 상언(上言)에서 이른 대로, 강경의 폐지로 인하여 성균관 대사성에 적임자가 없어 황현(黃鉉)을 행대사성(行大司成)으로 삼았고 종학박사(宗學博士)의 직임을 감당할 자도 몇 명에 불과한 실정이었다. 황현은 같은 해 8월 22일 강경을 폐하고 제술을 채택한 일의 폐단을 조목조목 비판하였다. 강경의 폐치로 말미암아 학생들이 사부만을 공부하느라 경서를 팽개치게 되었으며, 강경 이외의 의의, 책문 등은 경서 공부와 무관하게 초집한 책에만 의존하고 있다고 비판하였다. 또 문장에 능한 자는 조정에서 칭송을 받지만 경학을 하는 자는 결국 평생을 말단의 교수(教授)로 늙어 버리기 때문에 그 자제들이 문학에만 마음을 두고 경학에 뜻을 주지 않을 뿐더러 부지런히 독서하는 자가 있으면 친우들에게 도리어 멸시를 받는다고 하였다.

이후 강경 폐지에 반대하는 문인들의 의견이 끊이지 않았고, 결국 세종 25년 문과에서 강경이 채택되었으며 이듬해 황희의 주장에 따라 진사시도 혁파되었다.[16] 이리하여 성균관시, 한성시, 향시, 문과에서 모두 초장에는 경학을 시험하고, 중장에는 문사(文詞)를 시험하며, 종장에는 시무(時務)를 시험하는 제도가 시행되었다.[17]

2) 문신의 재교육 정책

과거를 통하여 선발한 고급 인력을 실무에 맞게 재교육하는 방안 역시 조선시대 가장 중요한 일 중 하나였기에, 비교적 이른 시기부터

---

16) 『세종실록』 26년 1월 17일.

17) 조선 전기 강경과 제술을 둘러싼 논의는 필자의 「조선 전기 문예정책과 관각문인의 문학사상」(『한국유학사상대계4-문학사상편』(한국국학진흥원, 2006)에서 자세히 다룬 바 있다.

이를 위한 제도가 완비되었다. 그 제도의 정비 과정에서 변계량의 역할이 컸다.

조선 전기 문신 재교육 프로그램으로는 네 가지가 있었다. 홍문관월과(弘文館月課), 춘추과시(春秋課試), 사가독서(賜暇讀書), 전경(專經) 등이 그것이다.[18] 이 중 월과와 전경은 성종 때 제정된 것이므로[19] 여기서 논할 필요가 없지만 나머지 두 제도는 모두 변계량과 관련이 있다.

첫째, 춘추과시는 춘추중월저술지법(春秋仲月著述之法) 혹은 중월부시(仲月賦詩)라 한다. 태종 7년 8월 25일 처음 이 제도를 시행하였는데, 권근의 건의에 의한 것이다. 변계량은 태종 17년(1417) 예문관 제학으로 있으면서 박은(朴訔)과 함께 이를 다음과 같이 개정하였다.

> 봄가을에 제술하는 것은 진실로 좋은 제도입니다. 그러나 제술하는 기한이 3일을 넘어서므로 너무 느린 듯합니다. 이제 백관(百官)이 조회하여 임금에게 정무를 아뢰는 아일(衙日) 중 2월과 8월에 하루를 정하고, 예문관과 교서관, 의정부와 중추원의 고위직을 세 차례 의정부에 모이게 하고 율시(律詩)의 시제를 내어 그날 오시(午時)로 한정하여 짓게 할 것이며, 고시(古詩)도 같은 방식으로 짓게 하고, 표(表)와 전(箋)은 미시(未時)까지 한정하여 짓게 한 다음, 그 시권(試卷)을 거두어 들여 그 고하를 매기소서. 3품에서 4품까지는 예문관의 조방(朝房)에서, 5품 이하는 성균관의 조방에서 같은 방식으로 시험을 치르게 하는 것이 어떠하겠습니까?[20]

18) 『중종실록』 3년(1508) 2월 6일의 기사에 영의정 柳洵이 올린 건의문에 문신 재교육 프로그램에 대한 설명이 보인다.

19) 월과와 전경은 『續大典』에 그 제도가 설명되어 있다. 월과는 대제학이 홍문관의 당하관이나 문명이 있는 자를 선발하여 매년 네 차례 제목을 지어 글을 짓게 하고 그 성적에 따라 상벌을 가하였다. 전경은 네 차례 經書를 펴놓고 그 뜻을 시험하는데 문신은 37세 이하, 무신은 40세 이하를 대상으로 하였다.

태종은 이 건의를 받아들였다. 원래 권근의 건의에 의하여 채택된 춘추과시법은 자신의 집에 가서 시문을 지어오면 되기 때문에 부정의 소지가 있었다. 변계량은 이 문제를 적시하고 그 기한이 너무 길다고 비판한 다음, 시험 시간을 구체적으로 제한함으로써, 이 제도의 공정성을 확보할 수 있게 한 것이다. 이에 따라 시험의 내용은 율시와 고시, 표와 전으로 정해졌다.[21]

둘째, 변계량은 조선시대 문신 재교육으로 가장 중요한 정책인 사가독서제를 제안하였다.[22] 세종은 2년 3월 16일 이름뿐이던 집현전을 정비하였다. 집현전을 대궐 안에 두고 문관 가운데서 재주와 행실이 있고 나이 젊은 사람을 택하여 정식 관원으로 임명하여 오로지 경전과 역사의 강론을 일삼고 임금의 자문에 대비하였다. 이러한 제도 자체가 변계량의 아이디어를 따른 것이며, 집현전에 선발된 신진학자들도 대부분 변계량이 추천한 인물이었다.

변계량은 이들 젊은 학자들의 재교육을 위하여 사가독서제를 제안하였다. 변계량은 태종에게 나이 젊고 배울 만한 한두 유생을 선택하여, 공무를 보지 않게 하고 고요한 곳에서 독서하게 하면 크게 쓸 수 있을 것이라 청하였다. 태종 때 유명무실하기는 하였지만 이미 설치되어 있었던 집현전 관원 중에 슬기롭고 민첩한 1, 2인을 골라서 『중용』과 『대학』의 집석(輯釋)과 혹문(或問)을 연구하게 하되, 그중의 한 사람으로는 권채(權採)가 좋다고 제안하였다. 이에 대해 태종은 이들 두 종

20) 『태종실록』 17년 2월 12일.

21) 『태종실록』(9년 9월 4일)의 기사에 따르면, 춘추과시의 결과를 가지고 관직의 승진이나 좌천에 연계하지는 않았다.

22) 조선시대 사가독서제에 대해서는 졸고, 「賜暇讀書制와 讀書堂에서의 문학활동」(『한국한시연구』 8, 2000)에서 자세히 다룬 바 있다.

의 책만 오래 읽으면 필시 다른 글은 공부하지 못할까 염려하여 이 견해에 따르지 않았다. 세종이 즉위하자 변계량이 다시 이 제도를 시행할 것을 청하였는데 이에 대해 세종 역시 태종과 같은 우려를 하였지만, 변계량이 학문에 정통하기 때문에 문제가 생기지 않을 것이라 하여 이 제도를 시행하게 되었다.[23] 사가독서제가 처음 실시된 것은 세종 8년이다.

> 집현전 부교리 권채(權綵)와 저작랑 신석견(辛石堅), 정자 남수문(南秀文) 등을 불러 명하였다. "내가 너희들을 집현전의 관리로 임명한 것은 나이가 젊고 장래가 있으므로 다만 글을 읽혀서 실제 효과가 있게 하고자 함이었다. 그러나 각각 직무로 인하여 아침저녁으로 독서에 전심할 겨를이 없으니, 지금부터는 집현전에 출근하지 말고 집에서 전심으로 글을 읽어 성과를 나타내어 내 뜻에 맞게 하라. 또 글 읽는 규범에 대해서는 변계량의 지도를 받도록 하라."[24]

장래성이 있는 젊은 관원을 선발하고 이들에게 휴가를 주어 공부를 하게 하는 사가독서제를 실시하면서 변계량이 그들의 지도를 맡았다. 또 사가독서제가 처음 실시되었을 때 그 규범 역시 변계량이 마련한 것이었다. 변계량이 마련한 사가독서제의 규범이 남아 있지 않지만, 세종 12년 5월 27일 집현전에서 문신의 권학조건(勸學條件)을 보고한 것이 변계량의 뜻을 따른 것으로 추정된다.

> 문신으로서 3품 이하에서 9품까지는 대간(臺諫)을 제외하고 문예가

---

23) 『세종실록』 12년 5월 18일. 『세종실록』 10년 3월 28일의 기사에도 유사한 내용이 보인다.

24) 『세종실록』 8년 12월 11일.

> 있는 수십 사람을 골라 품계에 따라 집현전에서 겸직하게 하여, 무릇 중국에 보내는 표전과 우리나라의 문서를 지제교(知製敎)의 관례에 따라 제술하게 하며, 집현전 녹관(祿官)은 사간원의 내제(內製)의 관례에 따라 반드시 지제교를 겸임하게 하고, 겸관 열 사람은 외제(外製)를 겸임하게 하소서. 본사(本司)에 일이 없는 날에는 날마다 집현전에 나아가서 강학하게 하소서. 또 사서와 오경과 여러 역사서, 한유와 유종원의 문장을 편의대로 스스로 찾아서 읽게 하고, 네 번의 2월, 5월, 8월, 11월마다 표(表)·전(箋)·시(詩)·문(文) 중 글제 하나를 내어, 녹관과 겸관으로 하여금 일시를 제한하지 말고 제술하게 한 다음, 당상관이 집현전에 모여서 그 등급의 고하는 매기지 말고 평점만을 가하게 하소서. 2품 이상 문신은 집현전 당상으로 편의에 따라 직함을 더 가지게 하고, 그 녹관과 겸관은 경연(經筵)을 번갈아 맡게 하여 우대하고 장려하는 뜻을 보이소서.[25]

이에 대하여 좌의정 황희, 우의정 맹사성, 이조판서 권진(權軫), 참판 정흠지(鄭欽之) 등이 "집현전 녹관은 사간원 내제(內製)의 전례에 의거하여 지제교의 벼슬을 갖게 하고, 외제(外製) 열 사람은 예전대로 선택하여 직함을 가지게 하며, 모든 중국에 보내는 표·전과 월과(月課)는 일체 집현전 녹관의 전례에 의거하여 제술케 하고, 나머지 조건은 시행하지 마소서."라 하였다. 이보다 앞서 4월에 변계량이 이미 세상을 떠났지만 변계량이 당초 계획한 사가독서의 규범이 이렇게 변형되어 시행된 것으로 보아야 할 것이다.

집현전 관원의 보고에 따르면 사가독서에 선발된 사람은 사서오경과 역사서, 한유와 유종원의 문장을 주로 읽었던 것으로 보인다. 변계량이 태종 때 처음 사가독서제를 청할 때 『중용』과 『대학』의 주석문을

---

25) 『세종실록』 12년 5월 27일.

공부하도록 하였지만, 실행 과정에서 문학 쪽으로 방향을 상당히 바꾸었다. 세종이 두 책만 읽었을 때의 문제점을 변계량이 보완할 수 있을 것이라 한 것은 변계량이 경학뿐만 아니라 문학에 대한 폭넓은 지식을 갖추도록 유도할 것이라 여긴 듯하다. 권채가 사가독서를 하면서 사서와 오경을 읽었다고 하자 세종은 두보(杜甫)의 시와 한유, 유종원의 글도 함께 읽을 것을 명한 것으로 보아, 세종이 사가독서제를 실시한 기본적인 의도는 문학의 흥기에 있었던 것이다.[26)]

변계량이 인재의 양성을 위해 가장 힘쓴 것은 피폐해진 문학을 진흥하기 위한 것이었다. 변계량이 문과의 초장에서 제술을 강하게 고집한 것도 사실은 글을 잘 짓는 문인을 배출하기 위한 것이었다. 강경의 문제점을 들 때 경학의 발전이 이루어지지 못할 뿐만 아니라 문학 또한 피폐해진다고 생각하였기 때문이다. 정도전은 과거제에서 진사시에 해당하는 감시(監試)를 혁파한 바 있는데, 권근을 이어 변계량은 세종 1년 2월 7일 허조와 함께 진사시를 다시 시행할 것을 주장하였다. 이 역시 문학을 진흥하기 위한 제도적 장치였다.

변계량이 문학을 중심으로 인재를 양성하고자 하였기에, 강경을 주장하는 사람들은 제술 또한 경학을 바탕으로 하는 것임에도 경학과 무관한 '조충전각'의 기술로 보았다. 특히 강경만을 시험과목으로 하자고 주장한 이선제는, 제술을 채택하면 조충전각의 기술만 익혀 아무도 성리학에 전심하려 들지 않을 것이라 비판하였음은 앞에서 보았거니

---

26) 『필원잡기』에는 "세종이 집현전을 설치하고 문학하는 선비를 모아서 수십 년 동안을 양성하여 인재가 많이 나왔으나, 오히려 아침에는 관청에 나가고 저녁에는 숙직하여 공부에 전념하지 못할까 염려하여, 나이가 젊고 재주와 德行이 있는 몇 사람을 뽑아서 휴가를 주어 산에 들어가 글을 읽게 하고, 관청에서 그 비용을 공급하여 經史와 百家, 天文과 地理, 醫藥과 卜筮 등을 마음껏 연구하여 학문이 깊고 넓어 통하지 못하는 것이 없게 함으로써 장차 크게 쓰일 기초가 되게 하였다."라 하였다.

와, 이선제와 의견을 같이한 황현은 여기서 한 걸음 더 나아갔다. 그의 주장은 이러하였다. 당의 이상은(李商隱)과 송의 유균(劉筠) 등이 문장만을 숭상하여 서곤체(西崑體)라는 하나의 문체를 이루자 당시 과거에 응시하던 중국 선비들이 이를 높이 신봉하고 답습하였다. 이에 송의 윤수(尹洙), 매성유(梅聖俞) 등이 그 문체를 바꾸려고 시도하였으나 실패하였다. 그 후 구양수(歐陽脩)가 지공거(知貢擧)로 있으면서 그 병폐를 싫어하여 배격함으로써 송대에 인재가 융성하게 되었다. 그리하여 시부와 사장은 유자의 말기에 불과하여 정치와 교화에 아무런 도움을 주지 못한다고 역설하면서 주자가 「대학장구서(大學章句序)」에서 이른 "세속 선비들의 사장을 공부하는 것은 그 공력이 『소학(小學)』보다 갑절이나 되지만 실제로 쓸 데가 없다"라는 말을 예로 들었다.[27)]

이러한 반대에도 불구하고 변계량이 문학을 중심으로 한 인재의 양성을 강조한 것은 사대외교라는 현실 때문이었다. 권근이 제술을 주장할 때 중국에서 사신이 와 수창할 때 웃음거리가 된다고 주장한 데서, 이미 사대외교를 위한 문학에 뛰어난 인재가 절실하게 필요하였던 현실을 알 수 있다. 정승으로 있던 황희, 맹사성도 이러한 현실을 고려하여 고려의 고재도회과시법(九齋都會科詩法)을 본받아 오부학당(五部學堂)의 생도에게 시부를 시험하자고 건의한 바 있다.[28)] 이 제도는 바로 시행되지 못하였지만 6월마다 사부 학당의 생도들에게 시를 지어 올리게 한 관례가 만들어졌다.[29)]

이선제 등과 함께 강경을 주장하였고 사사건건 변계량과 대립하였

27) 『세종실록』 12년 8월 22일.
28) 『세종실록』 11년 1월 3일.
29) 『세종실록』 11년 5월 28일.

던 윤회(尹淮) 역시 변계량이 자신을 이어 후임 문형으로 삼고자 하였던 신장(申檣)과 함께 사대문자(事大文字)의 중요성을 인정하지 않을 수 없었다. "표전(表箋)의 문자는 사대(事大)에 있어 절실한 일인데, 우리나라 초학의 선비들이 의의(疑義)와 논책(論策) 등에만 오로지 힘써 대우(對偶)와 성률(聲律)의 글은 알지 못하고, 노성한 자에 이르러서도 글의 골격은 이루어도 글자를 놓는 법을 알지 못합니다. 전조에서 선비를 뽑던 제도는 취할 바가 되지 못하지만, 팔각(八角)과 고부(古賦)로 시험하였기 때문에 사람마다 어릴 때부터 대우에 힘쓰는 기풍이 일고 문장으로 나라를 빛낸 선비들이 배출되었습니다."라 하면서 초장의 의의를 팔각으로 대신하고 중장의 논을 고부로 대신하자고 주장한 바 있다.[30)] 또 윤회를 이어 집현전 대제학에 오른 이맹균(李孟畇) 역시 경학이 일정한 수준에 올랐지만 시를 말기(末技)로 보아 시학을 전폐한 관계로 대소 문사들이 시법(詩法)을 알지 못하여 일신의 재주가 온전하지 못할 뿐 아니라 국가적인 공무에 결함이 생긴다고 하였다.

이에 이맹균은 시학의 진흥이 최급선무라 여겨서, 문과의 중장에서 논(論) 대신 부(賦)와 배율십운시(排律十韻詩)를 가지고 시험보이자고 하였으며, 경학을 기본으로 하는 성균관 생원에게도 여가에 『초사(楚辭)』와 『문선(文選)』, 이백(李白), 두보(杜甫), 한유(韓愈), 유종원(柳宗元), 구양수(歐陽修), 왕안석(王安石), 소식(蘇軾), 황정견(黃庭堅) 등 역대 제가의 시를 익히게 하고 봄가을에 시를 짓게 할 것 등을 주장하였다. 또 조정의 문신들도 이백, 두보, 한유, 유종원의 시를 익히게 하여 예문관으로 하여금 읽은 권수를 조사케 하고 세자의 교육을 담당한 서연관(書筵官)까지도 시를 배워서 지어야 한다고 했으며, 특히 시학은 청소년

30) 『세종실록』 13년 4월 12일.

시절에 공부해야 하므로 진사과를 회복하여 부와 배율십운시로 시험을 보게 해야 한다고 주장하였다.[31] 사대외교라는 실용성이 세종의 시대정신을 관류한 것이라 하겠다.

3. 정책 수행 과정의 리더십

1) 개인적 능력과 세종의 신임

변계량이 제안하여 실시한 인재의 선발과 문신 재교육 정책은 문학을 중시하는 것이었으므로, 경학을 국가 경영의 중심에 두어야 한다고 생각한 관료들의 강력한 반대에 부닥쳤다. 이때마다 변계량이 자신의 주장을 관철할 수 있었던 가장 큰 기반은 자신의 개인적 능력이었다.

변계량은 조선시대 문형의 제도가 본격적으로 시행되면서 첫 번째 문형의 자리를 차지한 인물이다.[32] 문형은 중요한 외교문서를 작성하는 것이 기본적인 임무다. "우리나라의 문형은 모든 사대와 교린의 표장(表章)과 문사(文詞)가 일체 그의 손에서 나오기 때문에 부득이 문장에 능한 사람을 가려야 한다."는 것이 조선시대 일반적인 인식이었다.[33]

---

31) 『세종실록』 17년 6월 26일.

32) 『芝峰類說』(卷四 官職部 學士)에 洪暹의 詩 "季淮踶趾舟恒正, 魚達成勘漑袞容. 老讓國昌申鄭忍, 吉忠淳愼貴無窮."이라는 시를 인용하고 있는데 조선 초기 역대의 문형을 나열한 것으로, 곧 卞季良, 尹淮, 權踶, 鄭麟趾, 申叔舟, 崔恒, 徐居正, 魚世謙, 洪貴達, 成俔, 金勘, 申用漑, 南袞, 李荇, 金安老, 蘇世讓, 金安國, 成世昌, 申光漢, 鄭士龍, 洪暹, 鄭惟吉, 朴忠元, 朴淳, 盧守愼, 金貴榮 등 26인의 이름을 한 자씩 연결하여 지은 이채로운 작품이다.

33) 『중종실록』(26년 12월 19일)에서 덕이 부족한 金安老를 문형에 임명하는 문제를 두고 정승과 판서들이 이렇게 말하였다. 조선시대 문형 제도에 대해서는 졸고, 「조선전기 館閣文學의 性格과 文藝味」(『국문학연구』 8, 2002)를 참고하기 바란다.

문형으로서의 임무를 수행하는데 가장 필수적인 자질은 뛰어난 문학적 능력이다. 변계량은 스스로 "4세에 고시(古詩) 대구(對句) 백 수를 외웠고, 6세가 되어 구절에 맞추어 시 짓는 것을 배웠으며, 17세에 과거에 합격하였"[34]다고 스스로 자부하였다. 변계량이 29세 때인 1397년 조선 개국 후 처음으로 벼슬길에 나아갔을 때 첫 벼슬이 지제교였다는 점에서도 그의 문학적 능력이 널리 인정되었다는 것을 알 수 있다. 이후 응교, 직제학 등 예문관의 핵심적인 직책을 맡았고, 1407년 친시문과(親試文科)에 제일인(第一人)으로 합격한 후 예조참의에 올라서도 지제교의 직책은 계속 겸하였다. 그가 국가의 중요한 외교문서를 지속적으로 직접 작성하였음을 알 수 있다. 하륜(河崙)과 권근(權近), 성석인(成石因) 등 관각의 최고위직 인사들이 예문관에서 모여 3품 이하의 관원에게 사흘의 기한을 주어 집에서 시와 표를 지어 바치게 하는 중월부시법(仲月賦詩法)을 시행하였는데, 이때 변계량이 제일을 차지하였으니, 여기서도 그의 뛰어난 문학적 능력을 확인할 수 있다. 변계량은 뛰어난 문학적 능력을 바탕으로 하여 문형의 임무를 잘 수행할 수 있었다. 과거에서 인재를 선발할 때 문학적 능력을 중시하는 정책을 지속적으로 추진한 것도 이러한 배경에 기인한 것이라 하겠다.

변계량은 문학뿐만 아니라 학문에도 뛰어난 인물이었다. 뛰어난 아이디어도 정책으로 수용되는 과정에서 많은 논란이 있을 수 있다. 변계량이 인재의 선발과 문신의 재교육과 관련하여 제안한 제도 역시 상당한 논란을 거쳐 수용되었다. 정책에 대한 아이디어는 유사한 전례가 있을 때 정당성을 쉽게 확보한다. 변계량이 인재 양성을 위해 제안한

34) 변계량, 「永樂十九年月日封事」(『춘정집』 권7). 한국고전번역원의 번역을 따르되 일부 수정하였다. 이하 『춘정집』 인용도 같다.

제도는 변계량이 독창적으로 만든 것이 아니라, 과거 유사한 사례를 현실에 맞게 재도입한 것이다. 과거의 사례를 두루 꿰뚫는 학문이 있었기에 가능한 일이었다. 그가 제안한 집현전이나 사가독서의 아이디어 역시 전례가 있었다. 중종 때 대제학으로 있던 김안로(金安老)는 『용천담적기(龍泉談寂記)』에서 다음과 같이 말한 바 있다.

> 명나라 고황제(高皇帝)가 나이 어린 사람 가운데서 학문에 가장 우수한 선비를 뽑아서 궁중에 있게 하고 그들로 하여금 궁중의 서적을 마음대로 찾아보도록 하여 장래에 쓰려 하였다. 광록시(光祿寺)에서 술과 성찬을 공급하고, 태자와 친왕(親王)들이 번갈아가며 그들을 접대하였다. 황제가 때로 친히 와서 토론을 벌이고는 백금과 말·의복 등의 물건을 내렸으니, 이들에 대한 융성한 은총이 일찍이 옛날에는 없던 것이었다. 우리 왕조 세종이 비로소 이 제도를 모방하여 서생들에게 특별히 휴가를 주어 독서하도록 하였으나, 거기에 선발된 사람은 전후 삼사 명에 불과하였다.[35)]

김안로는 세종 때 만들어진 제도가 우연한 것이 아니라 명의 제도를 응용한 것임을 밝히고 있다. 집현전이 과거의 뛰어난 제도를 연구하여 현실에 적용하기 위한 기관이었는데, 이러한 아이디어 자체도 변계량이 제시한 것이거니와, 사가독서제도 명의 제도를 원용하여 만든 제도다. 게다가 변계량은 권근의 문하생으로 조선 초기 학계의 적통을 이은 인물이고 그가 내세운 정책의 기반 역시 권근의 의견을 계승한 것이 많았다는 점도 그의 리더십에 큰 도움이 되었을 것으로 추정된다.

변계량은 이처럼 뛰어난 개인적 능력을 갖춘 재상이었다. 여기에

---

35) 『중종실록』 28년 3월 4일에도 유사한 내용이 수록되어 있다.

더하여 변계량은 자신의 뛰어난 능력이 임금의 자문에 의하여 발휘될 수 있도록 하였다. 태종은 13년 6월 신하들에게 선정을 베풀기 위한 방편을 듣고자 하였는데, 이에 변계량은 "자문을 널리 받을 것[廣咨訪]"과 "신하들을 잘 통솔할 것[御群臣]" 등을 강조하였다.

> 대체로 영명한 임금은 뛰어난 자질, 해박한 학문, 초월한 지략이 억조 중생보다 몇 만 배 뛰어난데다가, 또 존귀한 제왕이 되어 천하를 손바닥처럼 움직이므로 안중에는 이미 신하들이 없습니다. 그럼에도 자문을 받는 목적은 들어 보지 못한 바를 들어 보기 위해서이고 모르는 바를 알기 위해서이니, 이는 나라를 경영하고 백성을 다스리는 요점입니다. (중략) 신은 듣건대, 임금의 직책은 정승 하나만 잘 선택하면 되는데, 그러면 백관(百官)과 만사(萬事)가 제각기 타당성을 얻는다고 하였습니다. 이 때문에 바로 임금이 훌륭한 사람을 얻으려고 고생하다가 훌륭한 사람을 얻고 나면 편안히 앉아서 장구한 치세(治世)와 안정을 누리는 것입니다.
>
> 그러나 이는 옛날에는 할 수 있었지만 오늘날에는 할 수 없습니다. (중략) 신은 삼가 생각건대, 권력은 천하 사람들이 두려워하는 바이고 이익은 천하 사람들이 추구하는 바이므로, 권력과 이익의 칼자루는 하루라도 아랫사람에게 넘어가서는 안 된다고 여깁니다. 임금은 외롭고 신하는 매우 많습니다. 매우 많은 사람들이 외로운 사람에게 복종하는 것은 권력과 이익이 있기 때문인데, 권력이 아래로 넘어가서야 되겠습니까? (중략) 더러 임금에게 충성하지 않는 경우도 있는데, 이는 그 이유가 있습니다. 대체로 권력과 이익의 칼자루가 권신에게 넘어갔거나 주위의 신하에게 넘어갔을 경우, 저 천하 사람들이 이익만 추구하고 권력만 두려워하는 것은 정상적인 일이므로 임금의 권력을 훔쳐 쥔 사람이 이익으로 꾀고 권력으로 위엄을 부리면 형세상 그들에게로 돌아가지 않을 수 없습니다.[36]

변계량의 재상관이 집약된 글이다. 여기서 변계량은 권력뿐만 아니라 이익까지 임금이 장악하고 이를 바탕으로 신하를 통제해야 하는데, 이때 재상은 임금의 자문 역할을 충실하게 수행하여야 한다고 생각하였다. 변계량은 다른 신하들과 중요 정책을 두고 논쟁을 벌이면서 지나칠 정도로 고집을 부렸지만, 임금의 결정을 존중하였다. 그리고 임금의 자문에 대해 충실하게 자신의 의견을 개진하여, 임금이 이를 취택할 수 있도록 하였다.

변계량은 재상의 역할을 이렇게 규정한 데다, 문교에 대해 탁월한 능력을 갖추고 있어 세종의 절대적 신임을 받았다. 세종은 사가독서제를 처음 실시하면서 그 제도는 자신의 뜻에 맞게 하되 그 규범은 변계량의 지도를 받도록 명한 바 있다.[37] 특히 문과 초장에서 제술과 강경 중 무엇을 택할 것인가를 두고 세종 연간에 지속적인 논의가 있었는데 대부분 변계량과 의논하도록 하였다.

> 예조참판 유영(柳穎)이 계하였다. "신이 듣건대, 성균관에서는 근년 이래로 제술만 전용하고 강경은 시험하지 않으므로, 생도들이 오로지 초집하는 일만 일삼고 경학에는 힘쓰지 않는다고 하니, 심히 옳지 못한 일입니다. 원컨대 구재(九齋)의 예에 따라 고강(考講)하여 차례대로 승진시킨다면 학생들이 자연히 학업에 부지런할 것이며 성균관에 있을 사람도 많아질 것입니다." 하였다. 임금이 말하였다. "다만 성균관뿐만 아니라 외방의 향학(鄕學)도 또한 그러하니, 변계량과 함께 자세히 의논하여 아뢰라."[38]

---

36) 변계량, 「永樂十三年六月日封事」(『춘정집』 권6).

37) 『세종실록』 8년 12월 11일.

38) 『세종실록』 10년 2월 12일.

임금이 대언(代言) 등에게 말하였다. "건의하는 자가 동당(東堂)의 강경법(講經法)을 다시 세우려고 하나, 이미 숙의하여 행한 것이니 다시 세울 수 없는 것이다. 다만 학자들이 경서를 읽지 않고 한갓 초집한 것만을 익히는 것은 매우 불가한 일이다. 과거장에 책을 끼고 들어가거나 짝을 지어 말하는 자는 모두 금지하고, 만약에 이를 범한 자는 퇴장시킬 것이다. 이와 같이 한다면 경서를 통하는 자는 그 제술도 반드시 본지(本旨)와 합할 것이요, 능하지 못한 자는 이와 반대일 것이니, 이것을 예조에 내려서 변계량과 더불어 의논하여 아뢰게 하라."[39]

허조가 아뢰었다. "과시(科試)의 법이 하루 이틀 된 것이 아닌데, 동당시(東堂試)의 금령은 다소 엄하고 감시(監試)는 다소 너그러운 법입니다. 어제는 협서(挾書)를 수색함이 너무 엄하여 유생들이 모두 고생하였습니다. 생원은 시험으로 취하여 바로 임용하는 사람이 아니요, 장차 성균관에 기거하면서 독서하게 하려는 자이오니, 이같이 엄하게 할 것이 아닙니다." 임금이 "내 뜻도 역시 그러하다." 하였다. 우대언 허성(許誠)에게 명하여 "판부사 허조의 말이 그러하니 판부사 변계량에게 말하라." 하였다. 변계량 역시 아뢰었다. "성상의 하교하심이 지당합니다. 마땅히 예조로 하여금 전대로 협서를 수색하게 하되, 너무 엄하게 하지 말도록 하소서." 하였다.[40]

강경을 주장하는 자를 물리치기 위해서든 제술만을 취할 때 발생하는 문제점을 보완하기 위해서든, 세종은 늘 변계량을 절대적으로 신임하여 그에게 일을 맡겼다. 임금의 편전 동쪽에 있는 데서 치르는 동당시(東堂試, 文科)에서 시험장에 책을 끼고 들어가는 사람들을 너무 엄격하게 수색하는 폐단을 지적한 허조의 제안에 대해서도 세종은 변계량

39) 『세종실록』 10년 12월 6일.
40) 『세종실록』 11년 1월 18일.

에게 최종적인 뜻을 물었을 정도다.

물론 변계량은 문학을 진흥시키는 것이 당대의 급무라 여긴 세종의 뜻을 받들었기에 이러한 절대적 신임이 있게 된 것이다. 변계량은 과거 시험장에서 책을 가지고 들어가지 못하게 하여야 한다고 생각하였지만 세종의 뜻이 다소 느슨함을 알고 자신의 뜻을 쉽게 굽혔다. 세종은 가장 뛰어난 재상에게 절대적 신임을 보여 이를 통하여 재상이 리더십을 발휘할 수 있게 한 것이요, 변계량으로서는 세종의 뜻을 존숭하되 자신의 뛰어난 능력을 바탕으로 리더십을 발휘한 것이라 하겠다.

2) 공정성과 추진력

변계량은 도덕적 결함이 있었다. 실록의 졸기(卒記)에는 "처음에 철원부사 권총(權總)의 딸에게 장가들었다가 버렸고, 오씨(吳氏)에게 장가들었는데 오씨가 죽자 다시 이촌(李村)의 딸에게 장가들었지만 몇 달 만에 버렸으며, 또 도총제 박언충(朴彦忠)의 딸에게 장가들었다. 아내가 있으면서 다른 아내에게 장가들었다는 일로서 유사들의 탄핵을 받았다."라 되어 있다. 변계량은 이촌의 딸과 혼인하여 계실(繼室)로 삼았는데, 부부의 예로 대접하지 않고 간섭이 너무 심하여 방 가운데에 가두어 두고 창구멍을 내어 음식을 통하게 하고 오줌을 누는 것도 자유롭게 하지 못하게 하였다. 이촌이 노하여 변계량을 욕하고 그 딸을 빼앗아 가고, 드디어 헌부에 소송하였다고 한다. 변계량이 이를 인정하고 사직하자 "비록 성인이라도 작은 허물이 있는 것을 면치 못하거든, 하물며 그 아래 가는 사람이겠는가? 만일 지금 변계량을 파직하면 문한(文翰)의 임무를 누가 감당하겠는가?"라 하여, 태종은 그의 능력을 들어 사직을 허락하지 않았다.[41]

변계량이 이런 개인적인 결함을 가지고 있었지만, 그럼에도 공무를 수행하는 데 있어서는 매우 공정하고 엄격하였다. 조선 초기 대부분의 재상에게서 발견되는 뇌물 등 공무와 관련된 부정은 저지르지 않았다. 변계량은 특히 인재를 선발할 때 매우 공정하였다. 변계량은 인재의 공정한 선발이 정치에서 가장 중요한 관건이라 여겼다. 태종 7년(1407) 4월 18일 문신들을 대상으로 한 친시(親試)에서 변계량은 시무책(時務策)을 올리면서 가장 중요한 것으로 인재의 선발을 정밀히 하는 것을 들었다. 인재의 선발을 정밀히 하려면 요행히 불법으로 진출하는 길을 차단하여야 한다고 주장한 바 있다.[42] 변계량은 본격적으로 벼슬길에 나아가 문한의 직임을 맡게 된 계기가 된 시험에서 장원으로 급제하였다. 이때 바로 인재의 선발을 정밀하게 할 것을 주청하였으니, 인재의 공정한 선발이 변계량의 정치 행적에 있어 가장 중요한 것이라 할 수 있다.

변계량은 예조에서 시행하는 문과를 다섯 번 관장하고, 사마시를 세 번 관장하였으며, 친시에서 두 번 독권관(讀券官)을 맡았는데 그때마다 매우 공정하였다. 1414년 남재(南在) 등과 함께 회시(會試)를 관장하여 조서강(趙瑞康) 등 33인을 뽑았는데, 이때 태종이 "권도(權蹈), 성개(成槪), 이하(李賀), 이수(李隨)는 모두 조사(朝士)인데 아무도 시험에 합격한 자가 없으니, 가히 시험을 관장한 공정성을 알겠다."라 하였다. 특히 권도는 곧 권제(權踶)로 변계량의 스승인 권근의 아들이었으니 변계량의 공정한 태도를 단적으로 확인할 수 있다.[43] 제자 정척(鄭陟)이

41) 『태종실록』 12년 6월 26일.

42) 변계량, 「存心出治之道立法定制之宜」(『춘정집』 권8).

43) 『태종실록』 14년 2월 26일. 성개 역시 스승인 成石因의 조카이자 成石瑢의 아들이며 성삼문의 조부인데, 조선 초기 대표적인 명문가로 꼽힌다. 이수는 훗날 대제학에 오른 인물이다.

지은 행장에서 "선비를 취함이 한결같이 지극히 공정하였다. 그리고 과장(科場) 주위를 엄하게 단속하고 응시하는 사람들의 부정을 금하여 고려조의 어지러운 습속을 혁파하고 만대에 이어갈 과장의 법을 바르게 하니, 선비들이 모두 복종했다."고 적고 있다.[44]

변계량은 과거의 공정성을 확보하기 위하여 엄격한 제도를 제안하였다. 태종 14년 7월 17일 성균관 유생을 대상으로 한 친시에서 시무에 대한 책문을 요구하였는데 유시(酉時) 초일각(初一刻)까지 시권을 제출하게 하였다. 이것이 조선시대 백일장의 시초다. 이때 변계량이 시권을 걷는 일을 하였으니 백일장이 공정한 시험을 치르기 위한 가장 기본적인 제도임을 알았던 듯하다. 그래서 변계량은 태종 17년 윤 5월 9일 백일장의 시행을 주장하였다. 백일장은 낮에만 시험을 보는 것으로 등불이나 촛불을 켜고 밤늦게까지 시험을 치르는 과정에서 부정이 발생할 소지가 많았기 때문이다. 태종은, 이인복(李仁復)이 경서를 늘어놓고 오랫동안 지었지만 글이 매우 좋았다고 사례를 들어 다른 입장을 택하였지만 변계량은 그 이전에 있었던 경복궁 친시에서 부정이 있었다 하여 끝까지 백일장을 고집한 바 있다. 임금의 뜻을 존중하는 태도를 지닌 변계량이었지만 공정한 시험의 관리를 위해서는 자신의 뜻을 굽히지 않았던 것이다. 그리하여 세종 5년 3월 13일 시행한 문과 초장에서는 백일장을 시행하였다.

---

44) 『춘정집』 권8에 실려 있다. 정척은 변계량의 시 "과거 시험장에 숲처럼 빼곡한 선비를 보았는데, 모두들 꽃 같이 고운 자태에 우열이 있었지. 오얏꽃 희고 복사꽃 붉은 것 모두 스스로 취한 것, 하늘 위 조물주의 뜻은 본디 무심하다네(春闈曾見士如林, 萬萬花容有淺深. 李白桃紅都自取, 天工造化本無心)"를 들고 변계량의 엄정한 태도를 이 시에서 알 수 있다고 하였다.

과거 제도가 설치된 지 오래이니, 향리에서 인재를 선발해 올리는 법이 폐지되면서부터 과거가 시작되었습니다. 대저 백의의 서생으로서 하루아침에 지척의 사이에서 임금의 얼굴을 우러러 대하여 자신의 포부를 펼치는 것은 실로 세상에 드문 영광이라 할 만합니다. 그 영광이 지극하므로 그 선택이 정밀해야 하고, 그 선택이 정밀해야 하므로 그 법을 세움이 엄합니다.

과장의 둘레를 가시나무로 막고 등촉(燈燭)을 금하는 것[棘圍禁燭]은 밖으로부터의 부정을 방지하는 것이고, 시권의 신원이 적힌 부분을 봉하고 바친 시권을 서리가 주필(朱筆)로 베껴 쓴 것으로 점수를 매기는 것[封彌易書]은 안에서 공정을 밝히는 것입니다. 그렇게 한 뒤에야 선비를 취하는 법이 제대로 되어 사람들이 의심하는 말을 하지 않게 되는 까닭으로, 『고려사』에 "당시 의논이 어지러워 비로소 중국에서 행하는 '봉미와 역서'의 법을 썼다."는 말이 있으니, 봉미와 역서는 실로 과거의 좋은 법입니다.

그런데 지금 그 얼굴을 마주 대하여 합격시키거나 떨어뜨리고자 하니 되겠습니까. 이른바 어떤 사람은 알기 쉬운 글로 시험하고 어떤 사람은 통하기 어려운 뜻으로 시험하여 사사로운 뜻에 끌려 분명하지 않게 시험하여 취한다고 하는 것이 대개 거짓이 아닐 것입니다. 만약 "얼굴을 마주 대하여 합격시키거나 떨어뜨리는 것에 또한 무슨 사사로움이 낄 것이 있겠는가."라고 한다면, 중장(中場)과 종장(終場)에는 또 어찌 봉미와 역서의 법을 쓰는 것입니까. 봉미와 역서는 고금 천하가 다 같이 하는 것이니, 얼굴을 마주 대하여도 사사로움이 낄 것이 없다고 하는 것은 지혜로운 사람을 기다리지 않고도 그것이 망령된 말임을 알 수 있습니다.(중략)

문과의 초장, 중장, 종장에는 모두 취사가 있습니다. 중장과 종장에는 다만 시권을 가져다가 서리가 주필로 베껴 써서 그것으로 그 우열을 매기기 때문에 합격시키거나 떨어뜨리는 자취가 드러나지 않아 학자들이 편하게 여기는데, 만약 초장에 강경을 하게 된다면 면전에서 내침을 당

하게 되므로 부끄럽고 두려움이 참으로 권근이 말한 바와 같은 점이 있을 것입니다.[45]

변계량이 문과 초장에서 강경을 실시하는 것이 부당함을 지적한 글이다. 변계량은 잡인의 출입을 엄금하기 위하여 가시나무로 울타리를 치고, 시험 시간을 엄격하게 지키기 위하여 촛불을 가지고 시험장에 들어가지 못하게 하였으며, 채점 과정에서의 부정을 막기 위하여 이름을 가리고 필적을 알아보지 못하도록 서리들이 답지를 옮겨 쓰도록 하는 등 고려 이래의 엄정한 과거 규정이 옳다고 생각하였다. 채점관과 얼굴을 마주하고 경전을 외우는 강경이 공정하지 못할 수밖에 없기에 변계량은 제술을 시험보이고자 한 것이다. 시관(試官)이 강경(講經)을 시험할 때에 사정을 봐주는 일이 자주 있어 시험 보는 자가 자기의 친족일 경우에는 강(講)이 적절하지 못하더라도 반드시 덮어 비호하여 주는 일이 있었음을 변계량은 주위 사람들에게 말하곤 하였다.[46] 또 앞서 언급한 대로, 집에 가져가서 글을 지어오게 한 권근의 춘추부시법을 개정하면서, 글을 지을 시간을 제한하여 다른 사람이 대신 짓지 못하도록 한 것도 공정한 시험이 될 수 있게 한 조처다.

변계량은 과거시험의 공정성을 확보하기 위하여 백일장을 시행해야 한다고 하면서 태종 앞에서도 뜻을 굽히지 않았다. 재상은 임금의 뜻을 존중하여 자문에 응하는 것이라 변계량이 주장하였지만, 신하의 자문을 받아들이는 것이 좋은 임금의 조건임을 함께 말한 바 있다. 이 때문에 자신이 옳다고 생각하는 문제에 대해서는 끝까지 의견을 굽히지

---

45) 『세종실록』 10년 4월 23일.

46) 위와 같은 곳.

않았다. 『필원잡기(筆苑雜記)』에 다음과 같은 일화가 실려 있다.

> 문숙공 변계량은 고집스런 성품이었다. 선덕(宣德) 연간에 흰 꿩을 하례하는 표(表)에 '유자백치(惟玆白雉)'라는 어구가 있었는데, 문숙공이 "자(玆)는 중항(中行)[47]으로 해야 한다." 하였다. 여러 공들은, "임금과 관련한 것이 아닌데, 왜 중항이라 이르는가." 하였다. 문숙공은 자기 의견을 고집하였다. 제공들은 임금에게 문의하는 것이 마땅하다고 하였는데, 세종께서는 여러 공들의 의견을 옳다고 하였다. 이에 공이 다시 아뢰었다. "농사짓는 일은 남자종에게 물을 것이요, 길쌈하는 일은 여종에게 물을 것입니다. 전하께서 나라를 다스릴 때에 매와 개를 데리고 사냥하는 일이라면 문효종(文孝宗)의 무리[48]에게 묻는 것이 마땅하오나, 사명(詞命)에 이르러서는 노신에게 위임하는 것이 마땅하오니, 다른 사람의 의견을 가볍게 따라서는 아니 됩니다." 하였다. 세종이 부득이 그의 의견을 좇았다.

흰 꿩은 상서로움을 상징하는 동물인데 이것이 임금의 덕과 연결되기에 변계량은 "이 흰 꿩(玆白雉)"부터 새로운 행에 써야 한다고 주장을 하였다. 변계량의 고집을 꺾기 어려웠던 사람들은 학문이 깊은 세종의 권위를 빌고자 하였다. 그러나 변계량은 세종의 해석조차 거부하였다. 글을 짓는 일에 대해서는 자신에게 자문을 구하는 것이 옳고 그 자문에 따르는 것이 임금의 바른 태도로 한 것이다.[49] 변계량의 시호는 문숙(文

---

47) 임금과 관련한 글자는 새로운 행에 쓰는 법을 이른다.

48) 세종 때 재상을 文繼宗·文孝宗 형제가 모두 사냥을 잘하기로 이름이 났다는 기사가 李濟臣의 『淸江先生鯸鯖瑣語』에 보인다.

49) 변계량은 문과 초장에서 제술만을 채택할 것을 주장하면서 "앞서 명나라 조정의 사신으로서 술을 만드는 방법을 구하는 사람이 있었습니다. 술이란 실로 국가에서 빚는 것이지만 국가에서는 반드시 內資寺와 內贍寺의 노숙한 酒婆에게 물어야만 그 방법에 대한

肅)인데 실록의 졸기에 따르면, 배우기에 부지런하고 묻기를 좋아함이 '문(文)'이요, 마음을 굳게 잡고 일을 결단함이 '숙(肅)'이라 한다. 변계량의 리더십은 뛰어난 학문과 과단성에 있었음을 시호에서 확인할 수 있다.

4. 맺음말

변계량은 인재의 육성과 관련한 정책의 수행에 큰 공을 세웠다. 변계량은 과거에서 문학을 중심으로 하여 인재를 선발하고, 또 사가독서제를 만들어 선발된 관료의 재교육이 충실하게 이루어질 수 있게 하였으며, 고급 관료가 되어서도 국가가 필요로 하는 문학적 자질에 대한 끊임없는 학습을 유도하기 위한 수시 평가 제도를 더욱 강화하였다. 물론 이 과정에서 변계량이 문학을 강조한 것은 당시 문물제도의 정비와 사대교린에 필요한 문예 외교에 문학이 필수적이었기 때문이었다. 이때 유학적 소양을 더 중시해야 한다는 일부의 주장을 꺾을 수 있었던 것은 실용성이라는 세종의 시대정신과 잘 부합하였기 때문에 가능한 일이었다.

변계량은 자신의 뛰어난 학문적·문학적 능력을 바탕으로 인재의 육성을 위한 정책을 입안하였고 세종은 능력을 갖춘 변계량을 전폭적으

설을 지을 수 있습니다. 文忠公 權近은 과장에 있어서 참으로 노숙한 주파에 비길 수 있는 인물입니다. 술을 만드는 방법을 짓고자 한다면 반드시 노숙한 주파의 말을 따라야 하는 것처럼, 과거를 논하면서 권근의 의논을 따르지 않아서야 되겠습니까."라 하였다(『세종실록』 10년 4월 23일). 여기서도 임금이 해당 분야 전문가로서의 능력을 갖춘 재상의 자문을 받아들여야 하다고 주장하고 있다.

로 신임하여 정책을 실행에 옮길 수 있게 하였다. 이에 더하여 변계량은 공정함과 엄격함을 바탕으로 하여 정책의 실행이 원만할 수 있게 하였다. 이것이 하나의 정책이 성공에 이를 수 있게 한 리더십이라 할 수 있다.

변계량이 통치권자인 세종을 잘 보필하여 개국의 와중에서 고갈되었던 인재를 풍부하게 양성할 수 있었다. 집현전의 핵심적인 신진관료가 대부분 그의 추천에 의하여 선발되고 재교육되었기에 세종은 집권 후반기에 더욱 많은 업적을 낼 수 있었고, 세조, 성종으로 이어지는 문치를 이룩할 수 있었던 것이다.

이 글은 『진단학보』 105호(진단학회, 2008)에
수록한 논문을 일부 수정한 것이다.

제2부

변계량과 정치사상

춘정 변계량의 전례 예설에 대하여

정경주

1. 서설

춘정 변계량은 조선왕조 최초의 문형(文衡)으로 조선 초기의 과거제도를 정비하고, 시문 창작에 뛰어나 외교사명(外交詞命)을 전담한 관각(館閣)의 거장(巨匠)이었으며, 처사(處事)에 공정하고 결단력이 있어 태종조와 세종조의 정치 안정에 기여한 경륜가(經綸家)로 알려져 있다. 춘정은 또한 경학(經學)과 예학(禮學)에 깊은 조예를 가지고 있어서 조선 초기의 전례(典禮)를 정비하는데 중요한 역할을 하였다.

조선왕조는 개국 초기부터 유가(儒家) 사상에 입각하여 풍속을 개량할 것을 표방하여 고려 이래로 전래되어온 전례를 정비하고 사대부 사족에게 『가례(家禮)』의 실행을 권장하여 예속을 혁신하는데 지대한 노력을 기울였다. 춘정은 이러한 국가정책을 수행하기 위해 태종 때부터 설치된 의례상정소(儀禮詳定所)의 제조(提調)로서, 또 예조판서의 직책을 역임하면서 국가의 전례를 획정하는 데 핵심으로 관여하였다. 그는 전례논의에 있어서 태종과 세종 등 국왕의 신임을 받아 각종 자문에 응하였는데, 그의 문집에 남아 있는 각종의 악장(樂章)과 제축문(祭祝

文)들은 대개 이들 전례와 관련된 것이다.

본고에서는 『조선왕조실록』에 나타나는 춘정의 전례 논의와, 『춘정집(春亭集)』에 수록되어 있는 악장과 제축문 등을 검토하여, 춘정의 전례 논의의 논점을 요약하고, 그의 예설이 가지는 예학사상의 의의를 논함으로써, 조선 초기 전례를 정비하는데 기여한 예학자로서의 춘정의 역할을 밝히고자 한다.

2. 춘정의 전례 논의

춘정은 조선 개국 이후 태종조와 세종조 초년에 걸쳐 국가제도를 정비하는 과정에서 조선왕조의 전례 정비에 깊이 관여하였다. 문집에 남아 있는 글 중 「북두초례청사(北斗醮禮青詞)」와 「기우소격전청사(祈雨昭格殿青詞)」 등 8편의 청사(青詞)와, 「신의왕우책문(神懿王后册文)」 등 5편의 책문(册文), 「기우우사제문(祈雨雩祀祭文)」과 「천지단기우제문(天地壇祈雨祭文)」 등 28편의 제문(祭文)과 축문(祝文), 「산천단제악장(山川壇祭樂章)」과 「선잠단제악장(先蠶壇祭樂章)」 등 12편의 악장(樂章) 등은 모두 이러한 조선 초기의 전례 정비 과정에서 변춘정(卞春亭)이 정한 예문(禮文)이다. 문집에 실려 있는 것으로만 보면 이는 춘정의 사문(師門)인 양촌(陽村) 권근(權近)보다 많은 양이다.

『태종실록』과 『세종실록』에는 또한 조선 초기의 전례 정비와 관련하여 변춘정이 제기한 논의가 다양하게 실려 있다. 거기에는 원단(圜壇) 제천의례(祭天儀禮)의 복설(復設) 건의, 사대부의 장기(葬期) 문제, 종묘(宗廟) 친향(親享)의 의절(儀節), 열병(閱兵)의 진법(陣法) 개정, 사조추숭의전(四祖追崇儀典), 연종환원(年終還元)의 의식 혁파, 영녕전(永寧

殿) 제향 문제, 국상(國喪) 중 주본(奏本)의 칭호 문제, 국장(國葬)의 의장(儀仗) 문제, 국장의 발인 후 노제(路祭) 참여 대상, 악해독(岳海瀆)과 명산대천(名山大川) 제의(祭儀)의 제문과 축문 제정, 광효전(廣孝殿) 제향 축문, 성황(城隍)과 산신(山神) 칭호의 비례(非禮) 문제, 기신제(忌辰祭)의 소식(疏式)과 칭호 문제, 헌릉(獻陵)의 조석 분향 문제, 원경왕후(元敬王后) 존호옥책(尊號玉册) 제의(祭儀), 태종(太宗)의 종묘 소목(昭穆) 위차(位次) 문제, 역월탈상(易月脫喪)의 제도, 단군(檀君)과 삼국(三國) 시조(始祖)의 합사(合祀) 문제, 조현(朝見)의 행례(行禮) 절차, 세자(世子)의 양관(梁冠) 문제, 공신(功臣)의 선왕릉침(先王陵寢) 제향 가부, 사대부의 양처(兩妻) 부묘(祔廟) 문제, 대소 관원의 시제(時祭) 행사 시 사모(紗帽) 착용 여부, 사대부가의 체천(遞遷) 후 신주(神主) 보관 장소의 문제, 종묘의 전작(奠酌) 후 배례(拜禮) 절차, 국내 명산대천의 치제(致祭), 조묘삭망제(祧廟朔望祭)의 거행 건의 등이 들어 있다. 이들 논의 중에서 원구단 제천제의, 종묘의 소목 위차 문제, 양처부묘의 문제, 사서인의 봉제사(奉祭祀) 대수 논의 등에는 변춘정의 독특한 견해가 나타나 있으므로, 이 몇 가지 문제에 한정하여 살펴보기로 한다.

1) 원구단(圓丘壇)의 제천의례(祭天儀禮) 문제

고대국가에서는 토지와 인민을 장악하는 국가권력의 원천을 하늘에 귀속시켜 국가권력을 대표하는 제왕이 그 권력의 원천인 천지신명을 제사함으로서 권력의 정체와 정당성을 상징하는 제천의식을 중시하였다. 우리나라에서 제천의례의 기원은 언제부터인지 알 수 없으나, 삼한 시대에 이미 영고(迎鼓), 동맹(東盟), 무천(舞天) 등의 의식이 있었으므로 그 연원이 매우 오래되었음은 분명하다. 고려시대에도 성종 2년 정월에 원구단(圜丘壇)에서 기곡(祈穀)의 의식을 행한 이래로 고려가 망할 때까지 원구단의 제천의례를 정식화하여 시행하였다.

그런데 조선왕조가 개국한 직후 원구단의 제천의례는 당초부터 그 존폐여부에 대한 논란이 일어나, 국왕의 친제(親祭)가 없이 섭행(攝行)의 체제로 간혹 운용되었으며, 세조조에 7번의 친제가 시행되기는 하였지만, 성종조 이후 확정된 국가의 공식 사전(祀典)인 『국조오례의(國朝五禮儀)』에 등재되지 않음으로써 마침내 폐기되고 말았다.

춘정 변계량은 원구단 제천의례의 존폐논의가 일어날 당시에 의례상정소의 제조로 참여하여 원구단 의례의 존속을 가장 강력하게 주장하였다. 비록 후대에 가서 원구단 제천의례가 사전(祀典)에서 폐기되기는 하였지만, 그의 논의로 인하여 그가 생존하는 동안 원구단의 제의는 변형된 형태로나마 존속되었다.

원구의 제천의례에 대한 혁파 논의가 제기된 것은 조선왕조의 개국초기부터였다. 조선 개국 다음 달인 태조 원년(1392) 8월에 예조에서는 원구(圓丘)의 제천(祭天)은 천자국의 의례라고 하고 혁파할 것을 건의하였다.[1] 그러나 태조 3년 8월에 예조에서 다시 건의하여 "우리나라에서는 삼국시대 이래 원구단에서 기곡(祈穀)과 기우(祈雨)의 제사를 행해 온 지 오래되었으므로 경솔하게 폐할 수 없다"고 하여 이를 원단(圓壇)으로 고쳐 사전(祀典)에 올릴 것을 청함으로써 제천 의례는 다시 정식화되었다. 그리하여 태조 4년 11월에는 사직과 원구단 및 문묘(文廟) 제향의 악장(樂章)을 고쳐 지어 사용하도록 하였고, 태종 원년부터 11년까지는 거의 매년 정월 원단(圓壇)에서의 기곡(祈穀) 제의를 거행하고, 가뭄이 들면 별도로 기우제를 행하였다. 태종 5년 7월에는 새로 원구단을

1) 『태조실록』 권1, 원년 8월 경신조. "圓丘 祭天之禮 請罷之"

만들어 기우제를 행하였으며, 태종 11년 3월에는 원단제의(圓壇祭儀)를 새로 정하여 시행하였으며, 동 10월에는 남쪽 교외에 원단을 다시 축조하기도 하였다.

그러다가 태종 12년 6일에는 하륜(河崙), 허조(許稠) 등이 원단의 제의에 동방청제(東方靑帝)만 모실 것을 요청하였다가, 동년 8월에 원단을 다시 축조하는 형식을 논의하는 과정에서 마침내 원단의 축조를 작파(作罷)하는 사태에 이르렀고[2], 10월에는 사간원에서 원단의 제의를 혁파해야 마땅하다는 주장이 나와[3], 마침내 원단의 제의는 공식으로 혁파되었다.

원단의 제의가 공식으로 혁파된 이후에도, 춘정은 교사(郊祀)의 예를 설행할 것을 강력하게 주장하였다. 그는 태종 16년(1416) 6월에 올린 봉사(封事)에서 원단의 제향을 복설할 것을 주장하여 실행하였고,[4] 이듬해 태종 17년(1417) 4월에 50세로서 예조판서로 임명 되자, 윤5월에 가뭄으로 인하여 종묘 사직 및 원단에 기우제를 올리도록 청하여 윤허를 받고, 동 12월에는 제천의례를 복설할 것을 건의하였다. 그러나 이러한 그의 제안은 태종의 신중한 태도로 인하여 상시로 시행되지는 않았다. 태종은 심한 가뭄으로 인하여 기우제를 올리기는 하였지만 이는 일시의 방편일 뿐 제후국에서 천단의 제사를 지내는 것은 참례(僭禮)이므로 거행하지 상설할 수 없다는 태도를 견지하면서 변계량의 건의를 물리쳤다.[5] 변계량은 이후 세종 원년(1419) 5월에도 심한 가뭄으로 인하여 원단(圓壇)에서 제천(祭天)의 예를 복설할 것을 청하여 윤허를

2) 『태종실록』 권24, 12년 8월 28일 경진조.

3) 『태종실록』 권24, 12년 10월 8일 경신조.

4) 卞季良, 『春亭集』 卷7, “永樂十四年丙申六月初一日封事”

5) 『태종실록』 17년 8월 17일 및 태종실록 17년 12월 4일.

받았다.[6] 그러나 태종이 제후국의 참례라고 논단한 이후로 원구단의 제천 의례는 간혹 심한 가뭄으로 인한 기우(祈雨)의 의식으로 간혹 시행되기는 하였으나, 그것도 세조조 이후로는 전혀 시행되지 않았다.

당대의 석학이라 일컬어졌던 춘정이 원구의 제천의례가 천자국의 예임을 몰랐을 리가 없다. 여기서 우리의 관심을 끄는 것은 조선에서 원구단의 제천의식을 행하여도 좋다는 춘정의 논리이다.

춘정의 논리는 네 가지로 요약된다. 첫째는 “우리 동방은 단군(檀君)을 시조로 하여 2천 년 지속해 온 나라로서, 천자에게 분봉(分封)을 받은 나라가 아니기 때문에 하늘에 제사할 지위가 있다”는 것이고, 둘째는 제천(祭天)의 예는 고려조에도 행하여 온 우리나라의 구속(舊俗)이니 행하여도 무방하며, 셋째는 노(魯)나라의 교사(郊祀)처럼 천자국의 인정 하에 제천의 의례를 행할 수 있는데, 조선이 이미 명(明)나라와 군신(君臣)의 분수를 정했다 하더라도, 명나라에서 이미 “의례는 본국의 풍속을 따르고, 법은 옛 조문을 준수하라[儀從本俗 法守舊章]”고 인정하였으니 이 또한 허락받은 것이며, 넷째는 큰 가뭄이 든 비상한 변고에 처하여서는 예문(禮文)에 없어도 무속(巫俗)이라도 모두 동원하는데 하늘에 직접 호소하여 비를 내리도록 기원하는 것은 생민(生民)을 위한 변통의 도리라는 것이었다.[7]

고려조에 정식화 되어 있었던 원구단의 제천의례를 조선 초기에 들어와서 폐지한 명분은, 그것이 참례(僭禮)이며, ‘신은 비례에 흠향하지 않는다[非禮不歆]’는 데 있었다. 제천의 의례는 제후국에서 행할 수 없다는 명분은 명나라에 대한 사대(事大) 의리에서 파생한 것이었고[8],

---

6) 『세종실록』 9년 6월 14일.
7) 『태종실록』 17년 8월 17일.

태종과 세종은 모두 이로 인하여 제천의례의 정례화를 폐지하는 데 동의하였다. 태종조와 세종조에 걸쳐 제천의례의 복설을 줄기차게 주장한 춘정의 논의는 비록 받아들여지지 않았으나, 우리나라 고유의 전례를 가능한 한 보전하려고 한 노력은 높이 평가되어야 할 것이다. 조선왕조가 명나라와 비록 형식상으로는 사대의 의리를 가지지만, 단군 이래로 본디부터 분봉(分封)을 받은 적이 없는 별개의 국가이기 때문에 천지신명과 직접 교통할 수 있다는 변춘정의 논의는, 곧 원구단의 제의를 통하여 조선왕조 국가권력의 독립적 정체성을 확보하려는 의도를 내포하고 있다고 보이기 때문이다.

2) 원묘(原廟)와 종묘(宗廟)의 소목 위차 문제

조선 초기 종묘(宗廟) 제의(祭儀)에 있어서 가장 중요한 문제는 종묘와 원묘(原廟)의 위상 조정과, 종묘에서의 소목(昭穆) 배치 문제였다. 유가 예학의 원칙상 종묘는 국가 권력의 정통성을 상징하는 정묘(正廟)이지만, 국왕의 사친(私親)을 위하여 세운 원묘 또한 한(漢)나라 이래 역대 왕조에서 제왕가(帝王家)의 관습으로 시행되어 왔다. 조선시대 원묘의 제향은 임진왜란 이후 조선 후기에 이르러 혁파되기는 하지만, 고려조 이래 왕실에서 관습으로 시행되어 왔기에 쉽사리 폐기할 수 없었다.

국가가 성립되면 왕권 계승의 경로를 표방하고 왕권의 정통성을 입증하는 것이 종묘의 제의이다. 이 때문에 조선왕조에서는 개국 직후에 종묘의 건립을 공식화하여 왕권의 출자(出自)와 그 정통성을 대내외에 표방하였다. 그런데 태조 4년에 건립된 조선의 종묘는 그 전 시대인 고려조의 종묘와 다른 점이 있었다. 고려조에는 성종 때 이미 별세한

---

8) 『태종실록』 권24, 12년 8월 28일 경진조.

태조를 모시는 태조묘(太祖廟)를 위시한 7묘의 제도를 정립하고, 조천(祧遷)된 선왕(先王)의 신주는 조묘(祧廟)인 별묘(別廟)에 봉안하였다. 조선조에서는 건국 직후에 건국조(建國祖)인 태조가 생존해 있으므로, 목조(穆祖), 익조(翼祖), 도조(度祖), 환조(桓祖) 등 태조의 사조(四祖)를 왕(王)으로 추증(追贈)하여 종묘에 봉안하고, 이와 별도로 태조의 친부(親父)인 환왕(桓王)을 모시는 계성전(啓聖殿)을 별도로 건립하였다가, 세종 3년 영녕전(永寧殿)을 건립하고 나서 이를 혁파하였다. 또 태조 7년 태조의 원비(元妃)인 신의왕후(神懿王后) 한씨(韓氏)를 위하여 인소전(仁昭殿)을 건립하여 진영(眞影)과 신주를 봉안하였는데, 태종 8년 태조가 승하하자 인소전을 문소전(文昭殿)으로 고쳐, 여기에 태조의 우주(虞主)를 봉안하고, 3년상을 마친 뒤에 태조와 태조비의 신주를 종묘의 제5실에 봉안하면서 그 진영을 문소전에 봉안하여 제향을 모심으로써, 문소전은 종묘와 대등하게 국왕의 사친(私親) 5대의 신위를 봉안하는 원묘(原廟)의 제도로 선조조까지 존속되었다.

원묘의 제도는 삼례(三禮) 경전에 나타나지 않으나, 한(漢)나라 혜제(惠帝) 때 숙손통(叔孫通)의 건의로 시조(始祖) 이하의 선조를 위하여 건립한 것으로, 당송(唐宋) 이후 명(明)나라 때까지도 황제의 대궐 안에 설치해 온 관습이 있었고, 고려조에도 경령전(景靈殿)을 건립하여 원묘의 제도를 준행하였다. 조선 초기에 문제된 것은 원묘의 제향이 불교식으로 진영(眞影)을 봉안하고 소찬(素餐)을 올리는 곳이었다는 점이었다.[9] 태조로부터 태종 때에 이르기까지 전왕(前王)의 기신(忌晨)을 당하면 모두 사찰이나 능침에서의 재공(齋供)으로 재제(齋祭)를 당하였을 따름, 종묘나 원묘에서의 기제(忌祭)의 의식을 행하지 않았다. 춘정은 태

9) 지두환, 1996, 『조선전기의례연구』, 서울대출판부, 86~88면.

종 17년 정유(1417) 4월에 50세로서 예조판서로 임명 되자, 그해 9월에 태조 및 신의왕후(神懿王后)의 기신(忌晨)에 원묘(原廟)인 문소전에서 제향을 올리도록 건의하여 이를 확정하였다. 이때 예조참의 허조(許稠)와 지신사(知申事) 김여지(金汝知) 등이 모두 반대하였으나, 춘정은 "불교 의식의 재(齋) 의식은 행하면서 원묘의 제사를 빠트리는 것은 불가하다[設齋佛事 闕祭原廟 不可]"[10]하여 이 논의를 관철하였다.

종묘 이외에 별도로 원묘를 설치하는 것도 예에 합당한 것이라고 볼 수 없지만, 시속에서 기신제의 관습이 오래되었고, 북송(北宋)의 정이천(程伊川) 이후 주자(朱子)의 『가례(家禮)』에서도 기제(忌祭)를 사시정제(四時正祭)와는 격이 다르지만 정례 행사의 하나로 채택하였기에, 기신제(忌晨祭)의 설행을 구태여 배제할 이유는 없었을 것이다. 다만 조선 개국 당시에는 고려조의 불교의례 관습이 왕실은 물론 사대부 사족들의 생활 속에 깊이 침윤(浸潤)되어 있어서, 『가례』의 기제 의식과는 달리 사찰이나 승려들을 동원한 재공(齋供) 의식으로 재제(齋祭)라는 이름으로 시행되고 있었다. 유가의 제례의식을 정착하기 위해서는 불교 의례 관습을 바꿀 필요가 있었고, 종묘에서 기신제가 공식화되지 않은 이상, 원묘의 제의를 사찰에서의 재제 이상으로 중대하게 거행함으로써 풍속을 바꾸는 계기를 마련할 필요가 있었던 것이다.

또한 한편으로 원묘의 존재는 상대적으로 종묘의 위상과 역할을 약화시키는 문제를 안고 있었으므로, 춘정은 원묘의 의식이 국가의례로서 종묘의 의식과 동일하게 비견될 수 없다는 입장을 확고히 함으로써 왕실의례의 점차적 정비를 기도하였던 것이다.

또한 춘정은 종묘의 소목(昭穆) 위차(位次) 문제에 대하여 처음으로

---

10) 『태종실록』 권34, 17년 9월 17일 기사조.

이론을 제기한 사람이다. 조선왕조는 건국 초기에 종묘를 건설하고 여기에 태조의 사조(四祖)를 봉안하였고, 태조가 죽은 뒤 태종 10년에 태조를 종묘에 부묘(祔廟)하면서 5묘(廟) 5실(室)의 제도를 완비하였다. 그 뒤 세종 3년 정종(定宗)이 죽자 목조(穆祖)를 조천(祧遷)하여 영녕전(永寧殿)으로 옮기고 5실의 제도를 유지하다가, 세종 4년 태종이 죽은 뒤 동 6년 태종(太宗)을 종묘에 부묘하면서, 예조에서는 '형제는 소목을 같이 한다'는 동세이실(同世異室)의 원칙을 내세워, 익조(翼祖)를 조천하지 않고, 정종과 태종을 나란히 종묘에 봉안하는 방안을 올렸다.

춘정은 이것이 고례(古禮)의 본디 원칙에 부합되는 것이 아니라고 하여 적극 배척하였다. 그는 태종이 스스로 정종의 왕세제(王世弟)가 아닌 왕세자(王世子)로서 적통(嫡統)을 계승하였기 때문에, 이미 이루어진 전례에 대하여 시비를 논할 수 없는 만큼, 정종에 대하여 태종이 아들이 되고 세종이 손자가 되니, 익조를 영녕전으로 조천해야 한다고 주장하였다.[11] 태종이 이미 정종에 대하여 계후자(繼後子)로서 자처하였으니, 세종은 정종에 대하여 손자라고 칭하는 것은 의심할 여지가 없다는 춘정의 주장은[12] 받아들여지지 않았다.

종묘에서 정종과 태종의 위차를 부자간으로 보아 소목(昭穆)을 정해야 한다는 변춘정의 논의는, 본디 선왕(先王)인 태종(太宗)이 본디 확정한 논의를 뒤집어서는 법도가 국가의 전범이 정착되기 어렵다는 우려에서 나온 것이기는 하지만, 고례(古禮)의 천자 7묘와 제후 5묘의 종묘 건립 원칙에 충실하는 한편, 제왕(帝王)의 왕통(王統) 승계를 사가(私家)

---

11) 卞季良, 『春亭集』 卷7, "永樂十九年月日封事"

12) 卞季良, 『春亭集』 권7, 永樂十九年月日封事: 稽之上古則成周之制如彼 證諸近代則大宋之制如此 質諸聖經則孔子之特筆也 參之賢傳則程朱之格言也 翼祖之當遷永寧 殿下之當稱孫於恭定 所謂考三王而不謬 建天地而不悖 質鬼神而無疑 百世以俟聖人而不惑者也.

의 종통(宗統) 승계와는 구별하려는 관점에서 나온 것으로 이해할 수 있다. 형제를 동세이실(同世異室)의 같은 소목에 나란히 두는 후왕(後王)의 편법을 용인하게 되면, '제후는 5묘를 둔다'는 『예기(禮記)』「왕제(王制)」의 종묘제도의 원칙은 무너지고 만다. 변춘정이 주장한 종묘 소목의 원칙은 조선중기 이후로 가면서 사실상 무너졌다는 점을 상기하면, 변춘정은 초기에 정한 종묘의 원칙을 고수하려고 했던 고례의 원칙주의자로 할 수 있을 것이다.

3) 양처(兩妻) 부묘(祔廟) 문제

조선 초기 조정에서는 『주자가례』에 근거하여 사대부 사족들에게 가묘(家廟)를 건립하고 상제례(喪祭禮)를 실행하도록 권장하였다. 가묘를 건립하고 상례와 제례를 권장하는 데는 또한 종법(宗法)의 제도를 엄격하게 정립해야 하는 문제가 있었다. 『가례』의 보급이 아직 일천한 조선 초기에는 사대부라 하더라도 『가례』의 규정대로 가묘를 건립하는 집이 드물었거니와, 대종(大宗) 소종(小宗)의 종법에 대한 이해가 널리 보급되지 않아서 적적상승(嫡嫡相承)으로 가통(家統)이 계승되지 않는 사례가 빈발하였다. 가묘를 건립하고 종통을 계승함에 있어서 가장 문제가 되는 것은 적첩(嫡妾)과 전후 계취(繼娶) 상호간의 지위에 대한 갈등이었다.

세종 10년 9월 14일 세종은 조정 대신에게 두 사람 이상의 적부(嫡婦)가 있을 경우 사당에 두 사람을 함께 모실 수 있는지의 여부를 논하게 하였다. 이때 이직(李稷), 허조(許稠), 신상(申商) 등은 『예기(禮記)』「상복소기(喪服小記)」의 '부(婦)는 조고(祖姑)에게 부(祔)하되, 조고가 세 분이면, 친한 자에게 부한다.'는 구절과, 『가례(家禮)』의 주에 '모상(母喪)

에 조비(祖妣)가 두 분 이상이면 친한 자에게 부한다.'는 구절을 근거로 하여 "전취(前娶)와 후계취(後繼娶)가 모두 정적(正嫡)일 때에는 한쪽을 높이고 한쪽을 낮출 수가 없으니, 고례(古禮)에 의하여 두 사람 이상을 다 부(祔)한다"는 의견을 제시하였다.

이에 대하여 변계량은 홀로 "정적(正嫡)이 둘이 될 수 없다"는 논리를 내세우며, 사당에 두 실(室)을 함께 부(祔)해서는 안된다고 주장하였다.

> "삼대(三代) 때는 한 황제(皇帝)에 한 황후(皇后)뿐이었는데, 한(漢)나라 이후에 이르러 전취(前娶)와 후계(後繼)가 모두 적(嫡)이 되어, 처음에는 한미하다가 나중에 현달하면 모두 적(嫡)이 된다는 의논은 방자하고 사특한 말인데도 이를 금하지 못했다. 송(宋)나라 원풍(元豊) 연간에는 '옛 사람은 조고(祖姑)가 세 분이면 친한 자에게 부한다.'는 글을 인용하여, 이를 계승해서 간사한 의논을 만들어 쓴 자가 있어, 심지어는 2후(后)나 3후(后)라도 모두 부(祔)한다는 말이 있게 되었다. 생각건대 삼대의 제도는 가장 바르다고 하겠는데, 후세의 선비들이 그 당시 군주의 어머니를 추존(推尊)할 마음으로, 고금의 경전을 이끌어다가 그 말을 수식한 것이 이루 말할 수가 없다. 살피건대, 성상(聖上)께서는 신충(宸衷)에서 나온 특별히 밝은 교지(敎旨)를 내리시어 1실(室)에 부묘(祔廟)하는 일과 2실(室), 3실(室)의 제향할 곳을 신 등에게 명하여 의논하라 하셨으니, 이는 아마 족히 천고의 유신(儒臣)들이 아첨하고 비루한 것을 깨뜨리는 일이 되었다. 그러니 2실 또는 3실을 제향하는 곳은 그 소생자(所生子)가 신위(神位)를 만들어 치제(致祭)하게 하는 것이 어떻겠는가."[13]

이 문제에 대하여 세종은 "천자와 제후는 양적(兩嫡)을 두는 일이 없어서, 이적(二嫡)을 부묘(祔廟)하는 일이 없지만, 사대부의 예는 천자

13) 『세종실록』 권41, 10년 9월 14일조.

제후의 예와 달라서 개취(改娶)할 수 있으니, 첩족(妾族)도 부묘하면서 양처(良妻)를 함께 부묘하지 않을 수 없다."고 하여 변계량의 견해를 받아들이지 않았다.

그러나 여기에 고례(古禮)의 원칙을 고수하려는 춘정의 논례(論禮) 입장이 잘 나타난다. 춘정은 "대부(大夫)와 사(士)는 예(禮)에 두 처(妻)를 둘 수 없는데, 만일에 죽었거나 덕을 잃어 부득이하게 개취(改娶)하는 것은 종사(宗社)를 중히 여기기 때문이다. 살아서 두 아내를 한 방에 둘 수 없었는데, 죽어서 어찌 두 아내를 조종(祖宗)의 사당에 함께 부(祔)할 수 있겠는가?"라고 하면서 다음과 같은 우려를 밝혔다.

> 만일 대부(大夫)와 사(士)로서 두 아내를 함께 부(祔)한다는 예가(禮家)이 있다고 한다면, 신은 후세에 가서 말하기를, '신하로서도 오히려 두 아내를 함께 부(祔)하는 예가 있거늘 하물며 군주이겠는가.' 하고, 이것을 이끌어 증거를 삼아, 장차 인종(仁宗)이 자기 어머니를 높인 것처럼 할 것이니, 세워진 법이 한번 변하여 그 끝에 폐단을 막지 못할까 두렵다."[14]

이 주장은 외통(外統)을 제1적(嫡)으로 고정하여 부묘(祔廟)하고, 나머지는 각자의 자식이 그 제사를 주관하게 함으로써 종통(宗統)의 정체를 분명하게 하고자 함에 있다. 이 논의는 제2적 제3적의 소생이 가계를 계승하는 시속의 실정과 부합하지 않는 면이 있어서 결국 시행되지 않았다. 그러나 가계 계승에 있어서 외통(外統)의 정통(正統)을 하나로 확정해야 한다는 원칙을 강조했다는 점에서 원칙주의자로서 춘정 예론의 한 면모를 다시 확인할 수 있다.

---

14) 『세종실록』 권41, 10년 9월 24일조.

4) 사서인(士庶人)의 봉사(奉祀) 대수 문제

고려 문종(文宗) 2년 대소 관리의 사중월(四仲月) 시제(時祭)에 2일 급가(給暇)한다는 규정을 정한 이래로, 고려시대에도 관원들에게 제례(祭禮)의 준행을 권장한 일이 있다. 그러나 고려시대의 상제례(喪祭禮)는 불가(佛家)의 법도를 따르는 집이 많아서, 명가(名家)에서도 지전(紙錢)만 놓고 행사하거나, 또는 제사를 아예 지내지 않는 경우도 있었다. 공양왕 2년에 포은 정몽주의 건의에 의하여 사대부서인제례(士大夫庶人祭禮)의 의식 절차를 규정하여, 사당을 건립하고 신주를 만들어 제사하는 법도를 정하였는데,[15] 대부(大夫) 이상은 3세(世)를 제사하고, 6품관 이상은 2세를, 7품 이하 서인에 이르기까지 모두 고비(考妣)만 제사하도록 하였다.

조선조에 들어와서는 6품 이상은 3대를 제사지내고, 7품 이하는 2대를 제사지내며, 서인은 다만 고비(考妣)만 제사하는 법을 세웠다. 그런데 당시 사대부 사족들에게 권장하였던 『주자가례』에는 4대를 봉사하는 것을 정식으로 하고 있어서, 사서인의 제사 대수를 확정하는데 문제가 되었다.

조선 세종 10년 9월 의례상정소에서 이 문제가 제기되자, 원전(元典)에 따라 신분에 따른 봉사 대수의 제한을 두자는 견해와, 명나라 조정의 제도에 따라 4대 봉사를 원칙으로 하자는 두 가지 견해가 맞섰다.[16] 맹사성(孟思誠), 허조(許稠), 정초(鄭招) 등은 '고조(高祖)까지 복(服)이 있으니 제사하지 않을 수 없다'는 정자(程子)의 견해와, '고조(高祖) 이하 네 개의 감실(龕室)을 둔다'는 『가례』의 조목 및 고조까지 4대를 제사하

15) 『增補文獻備考』 卷86 「私祭禮」.

16) 『세종실록』 권41, 10년 9월 14일 계해조.

는 명나라 품관(品官)의 「사선도(祀先圖)」에 의거하여 4대를 봉사하도록 하자고 주장하였다. 그들은 또한 “만일 아비가 6품 이상이라면 3대를 제사지내다가, 그 자신이 죽은 뒤에 그 아들이 무직(無職)이면, 부모에게만 제사를 지내고 증조(曾祖)와 조(祖)의 신주를 철거해야 마땅하나, 뒷날에 가서 6품에 제수되면 다시 신주를 세우는 데는, 일의 형편이 조처하기 곤란하니, 명나라의 제도를 따르자”고 하였다.

이에 대하여 변계량은 “의례(儀禮)의 제법(制法)은 천자로부터 서인에 이르기까지 반드시 차등이 있는데, 이는 천리(天理)의 본연에서 나온 것이고, 주자(朱子) 또한 ‘지위가 낮으면 은택(恩澤)도 얕은 법이라’고 하였다”고 하면서 이들의 의견을 조목조목 반박하였다.

춘정은 먼저 당대 명나라의 제도에 품관(品官)은 4대를 제사지내고, 서인은 3대를 제사지내게 한 제도에 대하여, 거기에도 품관과 서인의 구별을 엄연히 두어서 사서인이 모두 4대를 봉사한다는 규정과 같지 않다고 지적하면서, “본조(本朝)의 시향(時享)의 예는 가장 사리에 바르고 인정에도 적합하므로 변경해서는 안된다”고 주장하였다. 또한 폐출(廢黜)이나 복작(復爵) 등으로 관직이 변경되면 신주를 철거하였다가 다시 모셔내는 번거로움이 있다는 문제에 대하여도, “법은 평상시를 기준하여 세운 것이고, 중도에 변할 것을 생각하고 정하는 것이 아니라”고 하면서 임시변통을 문제로 삼아 전례를 논할 것이 아니라고 반박하였다.

다만 주자(朱子)와 정자(程子)의 학설에 대하여는 좀 더 신중을 기하여, 그 학설에서 제기된 제사의 본뜻을 논한다면, 또한 “지위가 낮고 은택이 얕으면 이치가 이와 같아야 마땅하다”는 주자의 논리를 기준으로 삼아야 하고, 그렇다면 “사당은 차등이 있는데 제사는 차등이 없다”는 논리는 성립될 수 없다고 하면서, 결국 “태조와 태종까지 40년 동안 성헌(成憲)한 데는 실로 근거가 있다."고 하였다. 그는 또한 4대봉사가 『가례』에 명시되어 있다 하더라도 서인들의 형편상 불가능한 제도라는 점에서 이를 반대하였다.

> 또 사리로써 논한다면 저들 서인(庶人)에게 비록 4대를 제사지내게 한들 그것이 가능하겠습니까. 그리고 그들이 하지 않는다고 해서 형벌을 내리는 것이 옳겠습니까. 만일에 '서인들이 행하지 못하더라도 그냥 이 법을 세워서 후세에 보인다.'고 한다면, 또한 믿음으로 사람을 대하는 도리가 아닐 것입니다. 하물며 『가례』를 좇고자 한다면 또한 명나라의 제도와 같지 않으니, 한결같이 조종(祖宗)의 성헌(成憲)에 의하여 변경하지 마십시오."

이 문제는 이듬해 세종 11년 허성(許誠)이 사대부의 4대 봉사를 건의하여 다시 논란이 되었으나, 역시 조종의 성법을 변경할 수 없다는 세종의 강한 의지로 각하되었다.[17] 성종 때 확정된 『경국대전(經國大典)』에는 문무관 6품 이상은 3대를 제사하고, 7품 이하는 2대를 제사하며 서인은 고비만 제사한다는 원칙을 명시하여,[18] 변춘정의 주장대로 국초에 정한 제도를 그대로 반영하였다.

당시에 사대부 사족 간에 널리 권장되고 있었던 『가례』가 4대 봉사를 명시하고 있었던 점에 비추어 이 주장은 다소 의외이다. 이 주장에서도 춘정의 예론이 가지는 몇 가지 경향을 지적할 수 있다. 하나는 조선 초기 당시 국가에서 사대부에게 주자 『가례』의 실천을 널리 권장하고 있었던 시기에 『가례』의 조문을 그대로 준수하는 것을 능사로 삼지 않

17) 『세종실록』 권43, 세종 3년 3월 13일 기미조.

18) 『經國大典』 권3, 禮典 「奉祀」. "文武官六品以上祭三代 七品以下祭二代 庶人則只祭考妣"

았다는 점이다. 『가례』가 널리 보급된 조선중기 이후 『가례』의 조문을 교조적으로 준행하면서 사대부 사족 사이에 4대봉사가 일반화되어 갔던 점에 비추어 보면, 변춘정의 논의는 매우 어긋난 것으로 보인다.

그러나 조선 중기 이후 『가례』에 대한 연구가 심화되면서 『가례』에 주자의 만년 학설과 배치되는 점이 더러 있는 데 근거하여, 이를 미정지서(未定之書)로 보고 이를 보완하거나 대신하는 예서 편찬에 힘을 기울였던 것으로 보면, 변춘정의 봉사(奉祀) 대수(代數) 논의는 『가례』조목에 대한 비판의 선구가 되는 셈이다. 또한 조선 후기에 성호(星湖) 이익(李瀷)을 비롯한 몇몇 예학자들이 『가례』의 4대 봉사(奉祀)가 참례(僭禮)라고 하여 국초의 봉사(奉祀) 규정을 준행할 것을 주장하기도 하였으니, 이 점에서도 춘정의 견해는 신분에 따라 예를 간소화 함으로써 서민의 실정에 합당한 예제를 강구한다는 입장을 보여준다. 또한 고례에 부합한다면 당연히 '조종(祖宗)의 성헌(成憲)을 준수함이 마땅하다'는 견해 역시 춘정의 논례 논점의 중요한 부분이다. 『가례』의 4대봉사가 가지는 문제점을 분명하게 지적하고, 재래의 고례와 전통에 입각하여 신분에 맞춘 근검한 제사의 시행을 권장하였다는 몇 가지는, 유사한 의견을 개진하였던 조선 후기 성호 일파 예설의 선구가 된다 하겠다.

5) 춘정의 논례(論禮) 입장

조선왕조의 새로운 개국을 당하여 새 왕조에 동참한 관료 학자들은 "한 시대가 일어나면 반드시 한 시대의 제작이 있어야 한다"[19]는 기치

---

19) 鄭道傳, 『三峰集』 권8, 「朝鮮徑國典跋」. "一代之興 必有一代之制作 苟非明良相得 有同於水 則何以臻此焉 今我殿下 推赤心 委任宰相 而三司公 以天人之學 經濟之才 贊襄丕基 馳騁雄文 克成大典 非唯補於殿下乙覽 且爲子孫萬世之龜鑑也"

아래 자손만대의 귀감이 될 새 국가의 문화제도를 건설한다는 사명감을 가지고 있었다. 조선 초기의 의례를 조정하는 책무를 맡았던 춘정(春亭) 역시 자손만대에 지켜갈 수 있는 한 시대의 전범을 만든다는 생각을 가지고 있었다.

> 제도를 덜거나 보태는 데는 각 시대마다 같지 아니하여, 증거를 어지러이 인용하여 확정할 수 없는데, 어떻게 하면 선왕(先王)의 도에 합치되고, 시속의 편의에 적합하게 하여, 한 시대의 전범으로 만들어 영원토록 지켜갈 도구가 되게 할 수 있겠는가?[20]

책문(策問)으로 제시된 이 문장에서 드러나듯, 춘정은 선왕(先王)의 도리에 맞고 시속의 편의에 적합하면서 영원히 지속될 수 있는 한 시대의 전범을 만드는 것이 당대 지식인으로 소명이라 여겼다. 여기에서 제시된 전범을 수립하는 판단의 근거는 세 가지이다. 하나는 선왕(先王)의 도(道)이고, 하나는 시속(時俗)의 편의이며, 또 하나는 지속적 실현 가능성이다.

변춘정이 말하는 선왕의 도는 곧 경전(經傳)에 명시된 고례(古禮)를 가리킨다. 춘정은 고례를 근거로 의복과 관혼상제의 제도를 개선하려고 하였다. 개국 초기에 치러진 전시대책(殿試對策)에서 우리나라의 의복과 관혼상제의 제도를 모조리 중국의 제도에 따르도록 혁신할 수 없는가 하는 물었는데, 춘정은 이에 대하여 다음과 같이 답하였다.

> 관례와 혼례의 법은 습속에 익숙해진지 오래인지라 행할 수가 없고,

---

20) 卞季良,『春亭先生文集』卷8, 殿試策. “制度損益 歷代不同 援引紛紜 莫之有定 何以使合乎先王之道 適於時俗之宜 勒成一代之典 以爲永世持循之具歟”

> 상례와 제례는 불가의 유혹에 홀려서 고치지 못하고 있으니, 식자들이 마음 아파한 지 여러 해가 되었습니다. 모조리 중국의 제도대로 따르는 것이야 무슨 불가한 일이 있겠는가마는, 그러나 이 몇 가지를 행하는 데는 또한 반드시 옛날의 법도에도 어긋나지 않고 지금 풍속에도 해괴하지 않아야 합니다. 저는 옛날의 법도에 어긋나지 않으면 지금으로서도 해괴하지 않을 수 있다고 생각합니다.[21]

이 책문은 내용에 '국가창업미구(國家創業未久)'라는 말이 나오는 것으로 보아 아마 태종 때 시행된 문과 중시(重試)에 제시된 문제였을 것이다. 책문에서 우리나라의 의복과 관혼상제의 제도를 모두 중국의 제도로 바꾸어 개혁하는 가부를 물었는데, 춘정은 '고법에 어긋나지 않고 지금의 시속에 해괴하게 보이지 않도록 해야 한다'고 하면서 당대의 시속에 해괴하게 보이지 않는 방법이 곧 고례에 부합하는 것이라고 주장하였다.

춘정의 전례 논의에 한결같은 주장의 하나는 '조종(祖宗)의 성헌(成憲)을 준수한다'는 관점이다. 이런 관점은 사서인의 봉사 대수를 조정하는 논의에서도 이미 나타났지만, 세종 11년 3월 종묘제례에서 헌작(獻爵) 뒤의 배례(拜禮)와 독축(讀祝)의 위치에 대한 논의가 있었을 때도 보인다.

> "종묘에는 고례(古禮)를 쓰고, 원묘(原廟)에는 속례(俗禮)를 쓴다고 함은 옛사람으로부터 이런 말이 있었고, 우리 태종께서도 일찍이 말씀하기를, '종묘에는 신도(神道)로써 섬기고, 원묘는 생시(生時)를 상징한

21) 卞季良, 『春亭先生文集』 권8, 殿試對策 并題. "冠婚之法 狃於習俗之久而莫之行 喪祭之禮 奪於浮屠之誘而未之改 識者痛心 盖有年矣. 盡從華制 何不可之有哉. 雖然 行此數者 又必使其不戾于古 不駭於今. 臣謂不戾于古 則可以不駭於今矣"

다.'고 하였으니, 원묘의 지게문 안에서 땅에 부복하는 것은 일체로 조종께서 이루어 놓으신 법대로 좇는 것이 어떠하겠습니까. 그리고 지게문 밖에서 축문을 읽는 일은 당·송의 종묘는 비록 옛날 제도는 아니나, 그 체면이 매우 크고 그 다듬은 내용에도 반드시 곡절이 많을 것이며, 이른바 지게문 밖에서 축문을 읽는다는 것 역시 반드시 그 바깥 섬돌[外陛]에서가 아닐 것이 분명합니다. 이제 한갓 지게문 밖이란 문구에 얽매여 경솔히 조종의 법을 고치는 데 있어서는 신은 진실로 마음이 아팠더니, 이제 하문(下問)을 받자오니 그 기쁜 마음 억제할 길이 없으며, 조종이 이루어 주신 옛 법을 준수하시기를 원하옵니다.

여기서 '조종(祖宗)의 성헌(成憲)'이란 태조와 태종 이래로 조선 개국 초기에 논의를 거쳐 정식화한 예제(禮制)를 가리킨다. 이미 논의하여 정식화된 내용을 되도록 바꾸지 않고 고수함으로써 예제의 전통성을 확립하려는 의도를 가지고 있었던 것이다. 춘정은 왕후궁위령(王后宮闈令)을 조관(朝官)으로 해온 관습을 깨고 환시(宦寺)로 하자는 박은(朴訔), 허조(許稠) 등의 논의에 반대하면서 또한 "조종의 성헌을 지켜야 한다"고 주장한 적이 있다.[22] 이 역시 한번 국초에 제정한 규정을 가능한 한 변경하지 않는다는 원칙을 고수한 것이다.

'조종의 성헌'을 중시한다는 입장은 원구단의 제의를 복설할 것을 주장한 사례에서 볼 수 있듯이 시간상으로 고려조와 그 이전의 예속을 가능한 한 지속하려는 경향으로 확대될 수 있다. 사실상 조선 초기의 전례는 고려조의 전례를 답습한 것이 많았다. 예컨대 태종 4년 분묘(墳墓)의 한계를 정함에 있어서 "1품의 묘지는 사방 90보(步)에 사면이 각각 45보이고, 2품은 80보, 3품은 70보, 4품은 60보, 5품은 50보, 6품은

22) 卞季良, 『春亭集』 卷7, 「永樂十九年月日封事」.

40보이며, 7품에서 9품까지는 30보이고, 서인(庶人)은 5보인데, 이상의 보수(步數)는 모두 주척(周尺)을 사용한다. 사표(四標) 안에서 경작하고 나무하고 불을 놓는 것은 일절 모두 금지한다."고 하였다. 이는 고려 문종 37년에 정한 제도를 사용한 것이었다.[23)]

조선 초기의 예제 논의의 한 방향은 『가례』를 준거로 하여 불교식의 의례 풍속을 개정하면서 한편으로 존비(尊卑) 귀천(貴賤)의 분별을 엄격하게 제한하는 쪽으로 논의되고 있었다. 그런 관점에서 앞의 사례는 신분의 귀천을 엄격하게 구분한다는 관점을 반영한 것이다. 그런데 춘정은 예제의 귀천의 분별을 조금 다른 각도에서 논한 흔적이 나타난다. 춘정이 주장하는 시속의 편의는 사치를 금하고 검약을 숭상함으로써 국가 재정과 민생을 여유 있게 하는 것이었다. 국가 재정과 민간의 생활을 궁핍하게 하는 요인의 하나가 각종의 사사(寺社)와 음사(淫祀)에 사용되는 명분 없는 비용들이었다.

> 삼가 생각건대 우리 태조께서 맨 먼저 경계를 확정하시어 공사 간의 재정을 넉넉하게 하였는데, 돌이켜보면 나라가 개국한 지 오래되지 않아서 군국(軍國)의 물자가 아직도 풍부하고 실하지 못하였습니다. 생각하면 우리 성상께서 이루어진 것을 지키는 일을 조심하여 성학(聖學)에 침잠하여 우리 도학의 근원과 흐름과 이단 학술의 차이를 살펴보시고, 의장(儀仗) 법도(法度)를 예에 따라 항상 예제를 준수하고, 안팎으로 크게 개혁하여 일체의 음사(淫祀)와 선교(禪敎)를 줄이고 각종 사사(寺社)에서의 명분 없는 비용을 모두 정지하거나 파한다고 합니다. 오직 하늘을 공경하고 백성을 사랑하며, 검약을 숭상하고 사치를 끊는 데 힘써서 국가의 비용을 절제하고 저축을 넓게 가게 하였습니다.[24)]

23) 『태종실록』 권7, 4년 3월 24일 경오조.

이와 같이 춘정은 예의 합당성에 비추어 당대의 전례를 과감하게 비판하였고, 예의 전통성에 입각하여 제천의례와 산악해독(山嶽海瀆)의 제의를 지속할 것을 요구하였다. 이러한 주장들은 조선문화의 정체성을 형성하고 그 정당성을 입증하는데 유효하게 작용할 수 있는 것이었다.

3. 결론

춘정 변계량은 조선 초기 삼봉 정도전과 양촌 권근을 뒤이은 관각의 거장으로 조선의 문화제도를 정립하는데 큰 역할을 한 인물이다. 그는 태종조와 세종조에 걸쳐 국가제도를 정비하는 과정에 의례상정소의 제조로서 조선왕조의 전례 정립에도 중대한 역할을 하였다. 그는 조선왕조 초기의 사전(祀典)에 사용된 제문(祭文)과 축문(祝文)의 기본 형식을 정하였고, 종묘 제의와 산천제의 등의 국가의 중대한 의전 절차를 정하는 데 깊이 관여하였다. 그가 주장한 원구단 제천의례의 지속, 종묘(宗廟)의 소목(昭穆)의 위차 조정, 사서인의 봉사(奉祀) 대수 제한, 양처(兩妻) 부묘(祔廟)의 반대 등의 의견은 당대의 사정으로 관철되지 못하였으나, 조선조 예학의 발전에 있어서 의미 있는 여러 가지 관점을 보여주었다. 그는 전례의 일관성과 합당성을 근거로 하여 '조종(祖宗)의 성헌(成憲)을 준수한다'는 입장을 견지함으로써, 고례(古禮)의 원칙

24) 卞季良, 『春亭先生文集』 권6, 「請築堤堰上書」. "洪惟我太祖首正境界 以贍公私 顧以草創未久 軍國之須 尙未富實 惟我聖上 持守盈成 潛心聖學 洞見吾道源流之正 異端學術之差 儀仗法度 動遵禮制 大革內外 一切淫祀 沙汰禪教 各種寺社 凡無名之費 悉皆停罷 惟以敬天愛民 崇儉約絕華侈爲務 以節國用 以廣儲蓄"

에 충실하면서도 고유 예속의 전통성을 유지하려고 노력하였다. 한편으로 그는 당대에 널리 권장되기 시작하였던 주자(朱子)의 『가례』 조문에 대하여 매우 한정되어 있기는 하지만, 비판하는 태도를 보여주었다. 이러한 춘정의 논례(論禮) 태도는 조선 초기의 전례의 정착과정에 적용된 고례의 원칙론에 충실한 예론(禮論)의 한 전범을 보여준다 할 것이다.

이 글은 "밀양문화원 춘정변계량선생학술회"(2006.6.28)
발표 자료를 일부 수정한 것이다.

춘정 변계량의 사상적 특성

천인석

1. 들어가며

철학은 시대의 산물이다. 그 시대의 조류에 순응하거나 거슬리면서 한 사람의 철학이 정립된다. 춘정(春亭) 변계량(卞季良, 1369~1430)은 여말선초라는 한국사상사에서 가장 치열한 격변기에 살았으며, 그가 살았던 시대의 학문과 사상을 대표할 수 있는 인물 중 한 분이라는 데에 이의를 제기할 사람은 없을 것이다. 아울러 이 시기의 격변은 동아시아 문명의 일대전환과도 맞물려있으며, 문예부흥이라는 인류문명과도 연계할 수 있는 사상적 전환기라고 할 수 있을 것이다.

주지하는 바와 같이 여말선초의 사상계는 불교에서 유교로 전환한 시대이다. 보다 정확하게 표현하자면 관학인 유교와 국교인 불교가 역할을 분담하면서 서로 공존하였으며, 사상적으로 불교가 우위를 점하던 시대에서 철학적 유학인 성리학이 불교와 도교 및 음사(陰祀)로 불리던 여러 토속적인 종교사상을 배척하고 독존하는 시대로 변화한 사상적으로 독특한 시기라고 하겠다. 한편으로는 한국철학계의 별다른 관심을 받지 못하던 시기이기도 하다. 그 이전 의천(義天)이나 지눌(知訥)

같은 승려들이 활약하던 고려불교철학의 전성기에 대한 관심이나, 정암 조광조의 도학정신이나 퇴계 이황, 율곡 이이의 조선성리학의 성숙하고, 독창적인 이론체계가 수립된 시대의 논쟁에 대한 관심에 대한 그늘에 가려 주목받지 못했던 시대로 여겨졌다. 그러므로 그 시대 학자들의 철학사상에 대한 관심이 적었으며 연구 성과도 많지 않은 현실이다. 따라서 변계량을 비롯한 당시 학자들의 업적과 사상사적 의의에 대하여 저평가된 것에 대한 지적은 학계의 공통된 견해라고 볼 수 있것이다.

본고에서는 변계량의 사상적 특성을 당시 일반적인 성리학자들과의 차이점을 고찰하여 밝히고자 한다. 이러한 작업은 변계량 철학사상에 대한 올바른 이해를 도울 뿐만 아니라, 조선 초기 관료 유학자들의 사상과 그 의의에 대한 편협한 이해를 바로잡는데 일정부분 공헌할 수 있을 것이다. 기존연구 결과로 세종시대 성리학의 특성으로 현실사회의 문제에 근본원리를 조화 속에 밝히려는 관심과 심성론의 소박한 근원성의 확신과 실천적 지향성을 엿볼 수 있다[1]는 점을 특성으로 지적하고 있다. 춘정의 철학사상의 특징은 한대적 인식과 주자학적 인식, 그리고 심학적 인식이 하나의 사상체계 안에서 혼재되어 있는 것으로 보인다[2]는 연구결과가 있다.

춘정은 조선 초기 시대에 대하여 태조시대는 창업의 시대이고, 태종대는 창업과 수성을 병행했던 시대이며, 세종대는 수성에 전념해야 되는 시대로 이해했다.[3] 이러한 시대 구분은 그의 사상의 변화발전과 그

1) 금장태, 『朝鮮前期의 儒學思想』, 서울대출판부, 2003 초판2쇄, 120면.

2) 김홍경, 「卞季良의 哲學思想 硏究」, 『민족문화』 14, 132면.

3) 『春亭集』 卷7 封事·上書, 「永樂十七年七月日封事」, “我太祖專於創業 我殿下專於守成 我上王殿下 則兼乎創業與守成矣 創業之時 貴乎進取 守成之日 貴乎安靜 時勢然也”

궤를 같이 하고 있다고 할 수 있다. 어려서부터 천재적 자질을 보였으며, 진사·생원·양과는 물론이고 대과인 문과까지 소년 등과하여 일찍부터 관료에 들어가는 입신의 길을 걸으며 꿈을 키웠으나 격변을 겪은 태조 때까지의 청년기는 개혁적인 성리학자였다고 볼 수 있다. 현실을 인정하고 새로운 시대를 개척하는 주역으로 활동했던 태종대의 장년기는 철저한 실용주의 노선을 걸어갔을 것으로 보인다. 천년왕국의 미래를 설계하며 세종을 성군으로 만들고 싶었던 것이 노년기의 꿈이었을 것이다. 그때에는 온건한 조화론자로서 민족과 국가의 미래에 대비하는 이념과 제도를 확고히 하는데 힘을 쏟았다고 생각한다. 이러한 관점으로 연구를 진행할 것이다. 그리고 그의 사상적 특성은 당대의 수많은 시대적 과제에 대한 논쟁 속에서 그가 선택한 노선을 분석함으로서 저절로 드러날 것이다.

2. 여말선초 성리학의 적전(嫡傳)

1) 사승(師承)관계와 수학(修學)

한 인물의 사상을 알아보는 가장 쉬운 방법은 그가 누구에게서 무엇을 배웠느냐? 살펴보는 일일 것이다. 변계량은 고려 귀족의 후예로 성품이 총명하고 배우기를 좋아했다. 이러한 천재성을 바탕으로 당대 최고의 거장들로부터 두루 학문을 물려받았다. 그가 탐구한 학문은 바로 성현(聖賢)의 학문이며, 그 주된 내용은 성리(性理)의 내용이었다. 그러므로 그가 배운 경서는 '사서(四書)'가 그 중심을 되었으며, 그중에서 주자가 학자들의 '입덕지문(入德之門)'이라고 불렀던 『대학』과 주자가 최후까지 주석을 수정했던 『중용』이다. 『대학』은 그 내용이 '경(敬)'을 바탕으로 수신제가치국평천하의 공을 이룩하도록 가르치고 있으며, 『중용』에서는 사람이 천도(天道)인 '성(誠)'을 목표로 중화(中和)를 이룩하여, 천지만물과 더불어 하나가되는 지극한 경지에 도달하고자 한다. 춘정의 제자 정척(鄭陟)이 쓴 행장과 후학인 안지의 『춘정집』 발문 내용과 스승 권근의 아들이자 그와 절친했던 권제(權踶)의 춘정집 서문을 보면 그의 사승관계의 대체를 쉽게 알 수 있다. 아울러 그의 학문적 경향성과 업적의 개략도 가늠할 수 있다. 이를 근거로 그가 여말 선초를 대표하는 학자들의 적전임을 분명하게 되었으며, 나아가 성리학자로부터 수학한 춘정의 사상은 성리학을 바탕으로 형성되었음도 당연하다고 하겠다. 그의 사상은 문형(文衡)으로서 이룩한 여러 문화 활동을 통하여 현실적으로 구현되고 실체화되었음도 확인할 수 있다.

> 공은 어린 시절부터 남달리 총명하고 배우기를 좋아하여 게을리하지 않았다. 성리를 연구하는 것을 일로 삼아 날마다 포은 정몽주, 목은 이색, 도은 이숭인, 양촌 권근 제현의 문하에 노닐었으니, 사우 연원의 바름을 얻어 견문이 더욱 넓고 조예가 더욱 깊었다.[4]

> 춘정 변계량 선생은 본래 성품이 총명하고 행실이 범상치 않았다. 아주 어릴 적부터 지은 시 가운데 놀라운 구절이 있었으므로 사람들이 모두 경이롭게 여기었고, 장성하자 성현의 학문을 탐구하고 『중용』과 『대학』의 뜻을 연구하였으며 널리 여러 서적을 열람하여 상당한 소득이 있었다. 그래서 시문으로 발로된 것들이 쇳소리 같은 음률이 나고 깨끗한 옥처럼 화려하였는데, 이는 바로 근원이 깊은 물이 멀리 흐르고 뿌리가 튼튼한 나무는 가지와 잎이 무성한 것이나 마찬가지이다. 어찌 장구를

4) 『春亭集』 부록, 「行狀(鄭陟)」, "公自幼聰明絕人 好學不倦 以硏窮性理爲務 日遊圃隱 牧隱 陶隱 陽村諸賢之門 得師友淵源之正 所聞益廣 所造益深"

> 꾸미고 수를 놓기만 하였겠는가. 더구나 근래 중국에 보내는 표문(表文)이나 전문(箋文)은 모두 그의 손에서 나왔는데 더욱더 정교하여 중국의 문인들도 보고 감탄하였으니, 나라를 빛낸 문장이라고 할 만하고 후인들의 모범이 될 만하다.[5)]

> 선생은 타고난 자질이 명민(明敏)하고 학문이 정박하여 약관 이전에 포은, 도은과 나의 선친인 양촌 문충공을 스승으로 섬겼는데 제공들에게 매우 칭찬을 받았으므로 명성이 날로 퍼져 갔다. 이로 말미암아 여유롭게 임금의 곁에서 항상 글 짓는 일을 맡았으므로 일시의 외교 문서가 대부분 그의 손에서 나왔는데 그 문장이 단아하고 고상하였다. 특히 시를 잘 지어 깨끗하면서도 지나치지 않고 담박하면서도 천근하지 않았으니, 제공들의 경지에 올라갔고 고인의 작품과 비교해도 손색이 없다고 할 만하다.[6)]

춘정은 스승들 모두 주자학에 정통한 성리학자이며, 춘정은 그들로부터 이어 받은 성리사상 기초한 사상체계를 수립하였다고 볼 수 있다. 그는 어려서부터 총명하고 약관이전에 진사시와 생원시는 물론이고, 문과에 급제할 정도로 학문이 뛰어났다. 그리고 학문의 범위가 경학(經學), 이학(理學), 문학, 의학, 진법(陳法)에 이르기까지 매우 넓었으며, 동시에 정밀함까지 갖추었다. 특히 시문에 뛰어났으며, 문형으로서 중국에 보내는 외교문서인 표문(表文)과 전문(箋文) 대부분을 그의 손으로

---

5) 『春亭集』「舊跋(安止)」, "春亭卞先生性本聰悟 擧止不凡 髫稺之年 已有警句 人皆驚異之 及長 樂探聖賢之窟 研窮庸 學之旨 博覽群書 頗有所得 故其發而爲詩文者 金聲其律 玉潔其華 正猶源深而流長 根固而條達 豈徒絺章繪句 含英摛藻而已哉 況邇來事大表箋 皆出其手 尤爲精切 中朝文人 亦見而歎之 可謂華國之文章 宜爲後人之楷範"

6) 『春亭集』「舊序(權踶)」, "春亭卞先生天資明敏 學問精博 年未弱冠 師事圃隱 陶隱及我先人陽村文忠公 大爲諸公稱賞 華聞日播 由是優遊侍從 恒任文翰 一時辭命 多出其手 而文辭典雅高妙 尤長於詩 淸而不苦 淡而不淺 可謂升諸公之室堂 而無讓於古人之作者矣"

작성하여 국가에 공헌하였다.

2) 한당유학(漢唐儒學)과 도교와 불교에 대한 비판

성리학은 이 세상의 근원인 하늘의 근거를 밝히고, 인간의 본질인 본성의 근거를 밝히는데 그 특성이 있다. 천(天)과 인(人)의 '소이연(所以然)을 규명하여, 인륜(人倫)을 그 극한(極限)에 이를 때까지 실천하고자 하는 학문이다. 당위(當爲)로 생각했던 '인의예지(仁義禮智)'의 근거를 밝히는 철학적 유학이다. 그러므로 이단적 학문과 사상에 대하여 배척하는 경향이 강하다. 당연히 이 세상의 본체와 인간의 본성을 다르게 보는 불교와 도교와는 함께 할 수 없는 것이다. 나아가 천명과 인성에 대한 철학적 규명이 없이 경전에 대한 훈고학(訓詁學)적 이해에 중점을 두고, 시문을 즐기며 정치제도와 형식적 의례에 관심을 두며, 이단인 노불(老佛)과 공존했던 한당의 유학도 철저하게 비판한다. 불교와 도교, 그리고 훈고학에 대한 자세를 보면 그의 사상을 쉽게 파악할 수 있다. 여말선초 성리학의 적전인 변계량은 성리학자답게 도통(道統)의 정맥을 이어 받아 불교와 도교는 물론이고 한당유학조차 이단으로 비판하였다.

다음의 시는 이와 같은 사실을 보여준다. 여기에서 춘정은 한당의 학자들을 폄하하는 정서를 엿볼 수 있다. 나아가 치국평천하의 도리는 성학(聖學)에 있음을 강조하고 사장학(詞章學)을 다시 한번 비판한다.

百川日流下	수많은 시냇물이 날마다 흘러드니
蕩然無津涯	끝도 없이 망망하여 건널 곳이 없구나
世道日以降	세도가 날마다 내리막길 접어드니
矣難扶持	이제는 글러져 부지하기 어렵구나

嚚嚚異端起	시끄럽게 이단이 벌떼처럼 일어나니
貿貿衆心疑	무지한 대중들이 의심을 품는다네
嗟彼漢唐子	어허 한나라 당나라 학자들이
竟爲高士嗤	결국에는 고사의 웃음거리 되었구나
治平在聖學	치국이고 평천하고 성학에 담겼는데
焉用詞章爲[7]	문장을 잘 해서 어디에 쓸 것인고

"우리 임금님을 공리(功利), 형명(刑名)의 잡술에 빠지거나, 구두나 사장 같은 작은 기예에 종사하여 신심성명(身心性命)의 학문을 몰랐던 한당의 임금들과 비교해 말할 수 없습니다."[8]

이 글에서 공리 형명의 잡술은 법가(法家) 황노술 따위의 제자학과 여러 방술(方術)을 가리키며, 구두는 훈고학을 가리킨다. 춘정은 법가와 황노술 등의 제자학과 여러 잡가와 잡술에 빠지거나 유학중에서도 훈고학과 사장학을 비판했을 뿐만 아니라 한당시대의 왕들도 폄하하였다. 이는 그가 성리학자임을 보여주는 명백한 증거이며, 나가가 조선 문화의 우월성에 대한 그의 자긍심을 나타내고 있음을 보여준다.

춘정의 이단사상에 대한 관점, 특히 불교를 대하는 생각과 자세에 대한 다양한 시각이 존재한다. 이것은 춘정사상에 대한 연구나 그의 업적에 대한 평가에서 중요한 의미를 갖는 부분이다. 춘정의 불교에 대한 사상적 입장은 분명하다. 다만 현실의 사회의 구체적 상황에서 다양한 모습을 보여줄 뿐이다. 춘정사상에서 여러 사회혼란의 원인을 다양한 이단사상의 출현으로 보고 그중에서도 노장철학과 불교를 힘

---

7) 『春亭集』 卷1 詩, 「夜坐有感(六首)」, 五首.

8) 『春亭集』 卷1 詩, 「盆池貯寒泉詩(并序)」, "視彼漢唐人主。或狃於功利刑名之雜。或事於句讀詞章之末。而不知身心性命之學者。不可同日語矣。"

주어 비판한다. 왜냐하면 이치에 맞는 듯 하지만 실은 도리에 맞지 않는 사이비라고 생각했기 때문이다. 그가 맹자가 양주(楊朱)와 묵적(墨翟)을 비판하듯이 노불을 비판한 것을 보면 그는 분명한 성리학자라는 것을 확인 할 수 있다.

朱紫與苗莠	붉은색과 자주색 곡식 싹과 강아지풀
惡似而實非	모든 사이비는 누구나 미워하지
佛老出于世	부처와 노자가 세상에 출현해서
駸駸亂民彝	백성들의 떳떳한 도리를 더욱 혼란시켰지
談玄稍近理	고상한 이야기가 조금은 이치에 맞는 듯하지만
衆心昧所歸	대중들이 귀의할 지표가 어두워졌다네
誰能火其書	그들의 서적을 누가 불태우나
大道無他歧	대도는 별다른 갈림길이 없다네
反經而已矣[9]	다시금 경전의 가르침으로 복귀하면 되니
斯言其庶幾[10]	맹자의 이 말씀 그야말로 거의 맞는구나

3. 주자 성리학의 수용과 활용

1) 중론(中論)

주자 성리학의 핵심은 우주자연관으로서의 천즉리(天卽理)와 인성론으로서의 성즉리(性卽理)이다. 이러한 이론을 뒷받침한 경전은 『주역』과 『중용』이다. 이 두 경전에 핵심내용은 천인합일(天人合一) 사상이다. 주자의 철학사상 중에서 춘정이 가장 충실하게 수용한 것은 중(中)에

9) 『孟子』「盡心 下」, "君子反經而已矣 經正則庶民興 庶民興 斯無邪慝矣"
10) 『春亭集』 卷1 詩「夜坐有感(六首)」, 六首.

대한 사상이다. 그리고 앞에서 밝혔듯이 『중용』은 춘정이 가장 중요시 했던 경서이다. 『중용』 서문에 나타난 바와 같이 『서경』 대우모(大禹謨) 편에 나오는 '윤집궐중(允執闕中)'의 '집중(執中)'을 '유정유일(惟精惟一)'의 정과 일을 역대 성왕인 요순우(堯舜禹)의 전수 '심법(心法)'으로 생각하였다. 그리고 '건중(建中)' '건극(建極)'을 은탕(殷湯)과 주무왕(周武王)의 전수 심법으로 생각했다. 중(中)을 고대 성왕인 이제삼왕(二帝三王)의 상전심법으로 간주한 것이다. '중'은 과불급이 없는 사리의 지극히 당연한 것이며, '극'은 지극한 것이므로 사람이 이것을 본받아서 더 이상 할 수 없는 경지의 것이므로 '중'과 '극'은 명칭은 다르지만 그 의미와 경지는 두 개로 볼 수 없는 같은 것으로 생각했다. 그러므로 인도의 극치요 만세의 표준이 된다고 보았다. 나아가 집중의 집을 개인의 주체적 노력으로 건중의 건을 사회적 징험으로 조화롭게 연계하였다.

그러므로 춘정사상의 핵심은 중사상이라고 할 수 있을 것이다. 춘정의 '중'은 불편불의(不偏不倚)와 무과불급(無過不及)의 뜻 외에 지극(至極)의 의미를 포함하고 있는 중요한 개념이다. 아울러 '정(精)'을 '택선(擇善)'으로 보고 '일(一)'은 '고집(固執)'으로 보아 『서경』과 『중용』의 '중'을 연결시켰다. 그리고 순(舜)에서 비롯된 '집중(執中)'의 요체로써 만세의 성인들이 서로 전해주었던 '심학(心學)'으로 파악하였다.[11] 그리고 정일(精一)의 공을 이루고자 하면 반드시 '경(敬)'으로 시작하여야 한다. 경은 일신의 주재요 만사의 근본이며, '성학(聖學)'의 시작과 끝을 이루는 것이라고 하였다.[12] 여기에 춘정 사상을 알 수 있는 핵심용어들

11) 『春亭集』 卷8, 殿試對策 并題, 「存心出治之道立法定制之宜」, "精一二字 始發於舜 又爲執中之要 而實萬世聖聖相傳之心學也"

12) 상동, "敬者 一身之主宰 萬事之根本 聖學之所以成始而成終者也 欲致精一之功者 又必自敬始"

인 성학과 심학과 심법(心法)이 중(中)과 정일 그리고 경(敬)의 개념으로 설명되고 있다.

> 순수한 일념으로 중도를 지키는 것은 요 임금, 순 임금, 우 임금이 서로 전수한 심법이고, 중도와 표준을 세운 것은 상나라 탕왕과 주나라 무왕이 서로 전수한 심법입니다. 정이라는 것은 선을 택한 것이고 일이라는 것은 견지하는 것입니다. 정으로 위태롭기 쉬운 인심과 희미해지기 쉬운 도심을 살피고 일로 바른 본심을 지키는 것이니, 중도를 견지하는 공부는 이것뿐입니다. 자신을 근본으로 한 것이기 때문에 집이라고 말한 것이고 서민에게서 체험한 것이기 때문에 건이라고 말한 것입니다. 중은 과하거나 불급하지 않는 것을 말한 것이고 극은 지극하다는 뜻이니, 표준이라는 명칭입니다. 그 명칭의 뜻은 물론 같지 않으나 과하거나 불급하지 않은 것으로 말미암아 이루어지기 때문에 인도의 극치이자 천하 만세의 표준이 된 것입니다. 사리의 지극히 당연한 것을 중이라고 하는데 사람이 이를 법받아 더 이상 할 수 없는 것을 극이라고 합니다. 만약 중과 극이 다르다고 하여 이 두 가지를 절충하는 것에 대해서는 신이 알 수 없습니다.[13)]

2) 심성론(心性論)

춘정은 심학(心學)이라는 용어를 사용할 정도로 심성론에 대한 관심이 많다. 그리고 '심과 성은 천하의 큰 근본이다[心也性也 天下之大本也]' 라고 할만큼 심성을 근본문제로 생각하였다. 그리고 '치도를 행하는

---

13) 상동, "精一執中 堯舜禹相授之心法也 建中建極 商湯周武相傳之心法也 精者 擇善也 一者 固執也 精以察夫危微之間 一以守其本心之正 執中之功 如是而已 本諸身而謂之執 徵諸庶民而謂之建 中則無過不及之謂 極則至極之義 標準之名也 此其名義 固有不同 然由其無過不及 所以爲人道之至 而天下萬世之標準也 自事理當然之至而謂之中 自人所取則無以復加而謂之極耳 若以中與極爲有異 而欲折衷乎二者 則非臣之所知也"

것은 심에 근본한다[爲治之道 本於心]'하여 경세(經世)의 근본문제의 소재도 심에 있다고 보았다.

먼저 심(心)과 성(性)의 관계를 저수지와 샘의 관계로 설명한다. 즉 심은 저수지요 성은 샘이다. 심(心) 속에 구비된 리(理)가 바로 성(性)이라고 한다. 심의 형태와 기능이 허령(虛靈)한 것으로 파악하여 천하만물의 이치를 심속에서 통섭하는 것으로 파악한다. 이를 통하여 심통성정론(心統性情論)을 수용하고 허령지각(虛靈知覺)설도 활용하고 있음을 알 수 있으며, 바로 주자의 심성론을 따르고 있음을 알 수 있다. 심의 체(體)는 성이요, 용(用)의 효과는 사욕으로 치닫지 않고, 심이 감이수통(感而遂通)한다면 참천지친화육(參天地贊化育)하는 치중화(致中和)의 경지까지 도달할 수 있는 것임을 주장한다.

> 대체로 연못은 비유하자면 심이고 샘물은 비유하자면 심 속에 갖추어져 있는 이치인데, 이것이 이른바 성입니다. 이미 '저장한다'고 말하였으니, 샘물이 차근차근 웅덩이를 채우고 나아간다면 결국 바다에 이르게 된다는 의미가 이미 말의 표면에 넘쳐 흘렀습니다. 대체로 허령한 심 속에 천하 만물의 이치가 총괄되어 있는데 이는 마치 맑은 연못 속에 위로 하늘과 태양, 아래로 솔, 대, 꽃, 풀 들의 모양이 비치는 것이나 같습니다. 연못이 이미 가득히 차고 나면 쉬지 않고 흘러 사해에 도달하여 만물을 적셔 주는데, 이는 마치 심이 느끼어 통하면 만사를 관리하고 만국을 통치하여 그 효과가 천지와 같이 만물을 화육하는 데 이르고야 마니, 심의 체용이 본래 이러합니다. 사욕에 빠지지 않고 심덕을 보존하는 것은 샘물을 저장하는 것과 같다는 말입니다.[14)]

14) 『春亭集』 卷1 詩, 「盆池貯寒泉詩」, "盖池比則心也 泉比則心所具之理 性之謂也 旣曰貯之 則其盈科而進 終必至於海者 固已溢於言表矣 夫心之虛靈而天下萬物之理 統於其中者 卽池之澄明 而上之天日 下之松竹花卉 輝映其間者也 池旣盈矣 流動不息 放乎四海

"성(性)은 도(道)의 형체이고 심은 성의 성곽이다."라는 소강절의 심성론을 설명하였다. 그리고 "성이 발로되어 정이 되고 심이 발로되어 의(意)가 된다." 하였는데, 심과 성을 과연 둘로 분리할 수 있는가? 또 말하기를, "심이 고요할 때 성이다." 하였고, 또 장횡거의 "심이 성정을 통괄한다."는 심통성정론도 소개하고 성과 심이 과연 합하여 하나가 될 수 있는가?를 묻는다.[15]

「책문제(策問題)」에서 심성론에 대하여 공자의 성상근설, 맹자의 성선설 순자의 성악설 양웅(揚雄)의 성선악혼설, 한유(韓愈)의 성삼품설을 아우르는 성론 전체에 대하여 문제로 제기하였다. 이를 통하여 심성론에 대한 여러 선유들의 학설에 대하여 모두 꿰뚫어 보아야 할 것을 제기하고 있음을 알 수 있다.

이것은 주자가 수용한 심성론으로 춘정이 선유들의 심성론을 잘 이해하고 있음을 알 수 있다.

4. 한국전통사상의 계승

1) 주재자(主宰者)로서 천(天)의식

그는 주자성리학의 기본적 성격인 우주론과 자연관에 있어서의 '천즉리(天卽理)'에 입각한 이기론과, 인간관 수양론의 근거인 '성즉리(性卽理)'의 심성론을 수용하였다. 그러나 성리학 본체론에 있어서 그 정점

灌漑萬物者 卽心之感而遂通 宰制萬事 統理萬國 其效至於參天地贊化育而後已焉者也 心之體用 固如此矣 不以私欲汨之 以全其德者 貯之之謂也"

15) 『春亭集』 卷8 策問題, 「心與性」, "先儒謂性者 道之形體 心者 性之郛郭 又謂性發爲情 心發爲意 心與性 果可歧而二之歟 謂心靜時是性 又謂心統性情 性與心 果可合而爲一歟"

인 '태극(太極)'에 관한 춘정의 언급은 문집에 나타나지 않는다. 이러한 까닭은 무엇일까? 주지하는 바와 같이 조선성리학에 있어서 '태극론'에 대한 본격적인 토론은 회재(晦齋) 이언적이 외숙인 망재(忘齋) 손숙돈(孫叔暾)과 망기당(忘機堂) 조한보(曺漢輔) 사이의 '무극태극(無極太極)' 논쟁을 비판하면서 비롯되었다. 그리고 태극론의 정립 결과 유교의 '태극'이 불교의 '공(空)'과 노장(老莊)의 '무(無)'와 다른 진정한 존재세계의 본체로 고정되었다. 그 후부터 더 이상 불교나 도교가 유교와 공존할 수 있는 교학이 아니라 배척해야 하는 이단사상으로 취급 되었다. 춘정의 시대는 아직 이러한 분위기가 아니라 고려 말 사회의 분위기가 이어진 시대였다. 춘정의 주자학 이해와 수용의 정도가 아직 철저하지 못해서 일까? 아니면 다른 이유가 있을까? 이는 더욱 엄밀하게 검토해야 할 사항이다. 분명한 것은 춘정의 천관을 검토해보면 '천의 주재자적 성격'을 유지하고 있다는 사실이다.

춘정도 천(天)이라는 것은 이치일 뿐이다.[天者 理而已矣][16]는 주자의 천관을 수용하고 인정한다. 즉 이법으로서의 천을 인정하고 있다. 천이 이치일 뿐이라는 말은 『맹자』「양혜왕하」의 낙천(樂天) 외천(畏天)에 나오는 천에 대한 주자의 주석이다. 이와 같은 천의 해석은 종교적 관념이 완전히 배재되고 우주만물의 근거 즉 본체로서의 의미만을 지니게 되는 것이다.

다음의 하늘의 의미를 살펴보면 본체로서의 리(理)의 의미를 지닌 천(天)은 찾기 힘들다.

> 하늘이 보우하여 큰 복이 이르고[17]

---

16) 『春亭集』 卷5 記, 「樂天亭記」, "天者 理而已矣"

하늘의 재앙 두려워하고 사람의 곤궁 불쌍히 여겨[18)]

아, 하늘의 마음은 인애하시어 민이 하고자 함을 반드시 따르나이다 …

인심의 불화를 초래하여 어그러진 기운이 허물을 불렀나이다[19)]

지금의 이 한재는 지난해부터 금년에 이르렀나이다 … 나의 덕이 미치지 못했으므로 상제가 혁연히 임하게 되었나이다. 이에 준엄하게 꾸짖어 고하심은 인애가 매우 깊었기 때문이었나이다…

아, 하늘과 사람은 본디 한 기운으로 통하므로
지성이 있으면 반드시 이르나이다
일념이 상제의 마음에 통함은
참으로 털끝만큼 어긋남도 없나이다[20)]

전하께서 재앙을 당하자 두려워하여 반성하고 근신하시니, 하늘을 공경하는 정성과 백성을 염려하는 의의가 지극하셨습니다.[21)]

이와 같이 춘정이 말하는 천은 형이상학적 원리를 말하는 경우에만 천즉리(天卽理) 즉 리(理)로서의 천의 의미를 지닐 뿐이고, 나머지 대부분은 동중서의 '천심인애인군(天心仁愛人君)'[22)]과 같은 주재자로서 천덕을 행하는 순천자에게 복을 주고 역천하는 자에게 재앙을 내리는 천이

---

17) 『春亭續集』 卷1 樂章, 「宴享歌」(甲辰十二月(1424)), "天所佑福來崇"

18) 『春亭續集』 卷1 樂章, 「華山曲」(乙巳四月(1425.4)), "懼天災悶人窮"

19) 『春亭集』 卷11 祭文·祝文, 「祈雨雩社圓壇祭文」(3), "於天心之仁愛兮 民所欲之必從 … 致人心之不和兮 召乖氣之愆忒"

20) 『春亭集』 卷11 祭文·祝文, 「祈雨雩社圓壇祭文」(4), "維玆之旱兮 自往歲以迄今 … 由予德之不類兮 上帝赫其有臨 玆譴告之聿嚴兮 蓋仁愛之孔深 …嗚呼天之與人本一氣兮 有至誠則必格 嗟一念之徹于帝心兮 諒無間於毫髮"

21) 『春亭集』 卷7 封事·上書, 「永樂十四年丙申六月初一日封事」, "殿下遇灾而懼 修省戒謹敬天之誠至矣 勤民之義盡矣"

22) 『春亭集』 卷7 封事·上書, 「永樂十九年月日封事」.

다. 춘정이 관심을 가지고 공경하는 천은 제천의례의 대상으로의 천이며, 단군의 소종래(所從來)로서의 천이다. 즉 부여의 영고(迎鼓)나 고구려의 동맹(東盟), 그리고 예(濊)의 무천(舞天) 등의 제천행사에 등장하는 천은 모두 단군에서 유래된 한국의 천이다.

고구려 「광개토왕릉비문」에 보이는 천(天)은 '아시황천지자(我是皇天之子)'로 주몽의 혈연적 부친으로 되어 있다. 그리고 '불락세위(不樂世位)' 즉 붕어(崩御)하셨을 때 황룡이 와서 그것을 타고 승천하였다고 표현하였다. 고향으로 돌아간 것이다. 하늘의 아들로서 본래의 고향인 아버지의 고향, 즉 하늘로 돌아간 것이다. 그러면서 세자인 유류왕(儒留王)에게 고명(顧命)하여 '이도흥치(以道興治)'의 이념을 전했다. 즉 무력이 아닌 도로써 난세가 아닌 치세를 일으키라는 당부인 것이다. 이 도의 구체적 내용은 광개토왕의 주요 정벌대상이었던 '왜적(倭賊)'과 '백잔(百殘)'이라는 호칭에서 분명하게 보여준다. 왜적의 적은 '인(仁)을 해친자'요, 백잔의 잔(殘)은 '의(義)를 해친자'다. 천자인 주몽을 계승한 광개토대왕이 인의(仁義) 덕을 해치고 침략하고 배반한 왜와 백제라는 '잔적지국(殘賊之國)'을 정벌한 것일 뿐 평화를 깨고, 영토 확장을 도모한 침략전쟁을 일으킨 것이 아니다.[23] 이렇게 본다면 '이도흥치'의 도는 '인의'와 다름 아니다. 그의 연호가 '영락(永樂)'임을 감안할 때 이러한 사실은 명백하게 드러난다.

그리고 주몽의 아버지인 천은 단군신화 속에 단군의 아버지인 환웅천왕(桓雄天王)의 의미를 계승된 것으로 볼 수 있다. 변계량이 "우리 동방의 시조는 단군인데, 하늘에서 내려오셨지 중국 천자께서 지역을 나누어 봉한 것이 아닙니다."[24]라고 단군의 근원을 하늘로 명시하여 거명

23) 졸저, 『한국사상의 이해』, 대구한의대학교 출판부, 2014, 116면.

한 것도 아버지인 환웅천왕에서 유래했다고 볼 수 있을 것이다. 이와 같이 당대 최고의 성리학자인 춘정이 주재자적 천관념을 지니고 활약한 것은 단군 주몽이래의 전통적 천관념을 계승하였기 때문인 것으로 볼 수 있을 것이다.

'낙천정(樂天亭)'의 낙천의 명칭은 『주역』 「계사전」에 나오는 '낙천지명고불우(樂天知命故不憂)'에서 기원한 것이다. 낙천은 성인의 진성지사(盡性之事)라고 주자가 설명하는 내용이다. 춘정은 이 낙천을 맹자의 낙천으로 설명하고 있다.

> 큰 나라이면서 작은 나라를 사랑하는 자는 하늘의 이치를 즐거워하는 자이고, 작은 나라이면서 큰 나라를 섬기는 자는 하늘의 이치를 두려워하는 자이니, 하늘의 이치를 즐거워하는 자는 천하를 보전하고, 하늘의 이치를 두려워하는 자는 자기 나라를 보전합니다.[25]

조선이 비록 중국에 사대해야 하는 나라요 외천(畏天)하고 나라를 보전해야 하는 작은 나라지만, 문화에 대한 자부심과 포부는 천하를 보전하는 낙천하는 자로서 그 속에는 천자국이라는 속마음이 포함된 것이다.

춘정이 「낙천정기」에서 '우리 조선의 아름다운 풍속이 우(虞)의 요임금의 문화, 주(周)나라 무왕과 무왕의 시대의 문화와 비교할 만하다'[26] 고 읊은 것은 단군과 주몽, 광개토왕이 완전무결한 천의 자손이라는

---

24) 『春亭集』 卷7 封事·上書, 「永樂十四年丙申六月初一日封事」, "吾東方 檀君始祖也 盖自天而降焉"

25) 『맹자』 「양혜왕하」, "以大事小者 樂天者也 以小事大者 畏天者也 樂天者 保天下 畏天者 保其國"

26) 『春亭集』 卷5 記, 「樂天亭記」, "我朝鮮風化之美 比擬虞周"

관념에서 비롯된 성인(聖人)문화를 계승하였다는 자부심의 표현일 것이다.

> 천명이 끊임없이 유행하고 유행하여, 수없는 만물이 생장하나, 사람만 신령함을 타고나서 인의예지 사덕을 온전히 갖추었다…미덕을 좋아하는 건 타고난 떳떳한 도리이라, 중화나 동이가 차이가 없다네…이 마음을 확충해서 극도에 다다르면 요순시대 군민으로 만들 수 있다네.[27]

춘정의 조선에 대한 자부심은 '유천명사(維天命辭)'에서도 유감없이 나타난다. 중국과 조선이 문화적으로는 차이가 없으며, 조선의 임금을 요순과 같이 할 수 있다는 강한 자존감을 풍기고 있다.

2) 제천의례의 시행

춘정은 제천 의례를 시행을 가장 강력하게 주장한 학자이다. 그의 사상적 특성을 나타내는 중요한 사항이다. 예조판서 변계량은 태종실록 17년(1417) 윤5월 5일 경신 조에는 '우사에 비를 빌자(雩祀祈雨)', 이해 8월 17일 경자 조에는 '원단제(圓壇祭)', 12월 4일 을유 조에는 '예로써 기천영명의 실상을 삼는다[禮爲祈天永命之實]'라고 하며 폐지된 제천 의례를 되살리고 다시 시행하자는 건의를 올린다.

제천의례를 시행해야 한다고 강하게 주장하는 이유는 「영락십사년병신륙월초일일봉사(태종실록 16년 6월 1일 신유)」 봉사에 잘 제시되어 있다. 이를 조목별로 살펴보면 다음과 같다.

---

27) 『春亭集』 卷1 辭, 「維天命辭」, "維天命之不已兮 生萬物其紛然 惟人得其靈秀兮 乃四德之純全…秉彝之好懿德兮 無間於夷夏…或天地之相參兮"

첫째, 우리 동방의 시조는 단군이며, 하늘에서 탄강하셨다.

> 우리 동방의 시조는 단군(檀君)인데, 하늘에서 내려오셨지 천자께서 지역을 나누어 봉한 것이 아닙니다. 단군은 요(堯)임금 무진년에 하늘에서 탄강하셨는데, 지금 3천여 년이 되었습니다. 하늘에 제사를 지내는 예가 어느 시대에 비롯되었는지는 모르겠으나, 그 또한 천여 년 이상이나 개정하지 않았고, 우리 태조강헌대왕께서도 그대로 인습하여 더욱더 부지런히 하였습니다. 그러므로 신이 우리 동방에는 하늘에 제사를 지내는 이유가 있어 폐지할 수 없다고 한 것입니다.[28)]

춘정은 단군은 하늘에서 내려온 사람 즉 성인이며, 스스로 국가를 세운 천자 임금이다. 중국의 천자가 땅을 나누어 봉해준 제후가 아니다. 단군이 하늘에서 내려온 해는 중국의 첫임금[29)]인 요와 동시대이다. 그러므로 조선의 역사는 중국과 같은 유구한 역사를 지니고 있다. 그러므로 당연하게 하늘에 제사를 지낼 수 있다는 것이다.

둘째 제천의례는 시행 된지 천년이 넘은 민족의 전통문화이다. 그러므로 전통을 계승하는 것이 후손된 도리이다.

> 혹자가 말하기를, "단군은 해외에 나라를 세워서 질박하고 문명이 부족하여 중국과 왕래하지 않아 중국과 군신의 예를 나눈 적이 없었다. 주나라 무왕 때에 이르러 신하로 굴복하지 않은 은나라 태사 기자를 조

---

28) 『春亭集』 卷7 封事·上書, 「永樂十四年丙申六月初一日封事(태종실록 16년 6월 1일 신유)」, "吾東方 檀君始祖也 盖自天而降焉 非天子分封之也 檀君之降 在帝堯之戊辰歲 迄今三千餘禩矣 祀天之禮 不知始於何代 然亦千有餘年 未之或改也 我太祖康獻大王 亦因之而益致勤焉 臣以爲吾東方有祀天之理而不可廢也"

29) 『書經』은 경서이며 중국고대 성왕 이제삼왕에 대한 기록이다. 堯가 바로 첫째 임금이다. 그 후 사마천 『사기』에는 삼황오제의 전설이 「오제본기」에 수록되었다.

선에 봉하였으니, 그 뜻을 볼 수 있다. 그러므로 하늘에 제사를 지내는 예를 행할 수 있었지만, 그 뒤로는 중국과 왕래하여 군신의 분수가 뚜렷하므로 하늘에 제사를 지낼 수 없다."고 하기에,

신이 대답하기를, "천자는 천지에 제사를 지내고 제후는 산천에 제사를 지내는 것은 예절의 대체상 그런 것이다. 그러나 제후로서 하늘에 제사를 지내는 일도 있었다. 노나라에서 하늘에 제사를 지낸 것은 주공에게 큰 공이 있기 때문에 성왕이 허용한 것이며, 기나라와 송나라에서 하늘에 제사를 지낸 것은 그의 선대 조상의 기운이 하늘과 통하였기 때문이었다. 기나라는 작은 나라 중에서도 아주 작은 나라였으나 선대의 조상 때문에 하늘에 제사를 지냈고, 노나라는 제후였으나 천자가 허용하여 하늘에 제사를 지냈으니, 이는 예절의 곡절상 그런 것이다."라고 하였습니다.[30]

춘정은 제천 폐지론자의 근거인 '천자는 천지에 제사를 지내고 제후는 사직에 제사를 지낸다'는 『예기』 「왕제」편의 내용을 근거로의 예의 차등론을 주장하지만 그에 대하여 반박의 글을 제시하며 그의 주장을 더욱 강력하게 한다. 제천 폐지론자들은 명과 사대교린의 외교를 앞세워 원구에서 원단(圓壇)으로 명칭을 바꾸어서 하는 제천의례도 혁파해야 한다고 주장하였지만 춘정은 주장을 굽히지 않는다.

명나라 고황제께서 반란의 무리를 평정하고 천하를 통일하여 법도를

30) 『春亭集』 卷7 封事·上書, 「永樂十四年丙申六月初一日封事(태종실록 16년 6월 1일 신유)」, "或曰 檀君國於海外 朴畧少文 不與中國通焉 未嘗爲君臣之禮矣 至周武王不臣殷太師 而封之朝鮮 意可見矣 此祀天之禮 得以行之也 厥後通於中國 君臣之分 燦然有倫 不可得而踰也 臣曰 天子祭天地 諸侯祭山川 此則禮之大體然也 然以諸侯而祭天者 亦有之矣 魯之郊天 成王以周公有大勳勞而賜之也 杞宋之郊天 以其先世祖宗之氣 嘗與天通也 杞之爲杞 微乎微者 以先世而祭天矣 魯雖侯國 以天子許之而祭天矣 此則禮之曲折然也"

> 창제하고 옛것을 새롭게 바꾸다가, 현릉 즉 공민왕이 귀의한 정성을 가상히 여겨 특별히 詔書를 하달하여 우리 조정의 일을 두루 말씀하셨습니다. 그런데 그 내용이 손바닥을 들여다보듯이 세밀히 갖추어졌으니, 참으로 만 리 밖을 훤히 내다보는 바가 마치 일월이 위에서 비추는 것 같았으므로 우리 조정에서 하늘에 제사를 지낸 일에 대해서도 필시 틀림없이 알고 계셨을 것입니다. 그 뒤 고황제께서 "의절은 본래의 풍속을 따르고 법은 옛날의 법을 지킨다."고 허용하셨으니, 대개 해외의 나라가 처음에는 하늘의 명을 받았을 터이므로 하늘에 제사를 지낸 지 오래되어 그 예를 변경할 수 없다고 여기셨을 것입니다. 국가의 법은 제사보다 더 큰 것이 없고, 제사의 예는 하늘에 제사를 지내는 것보다 더 큰 것이 없으니, 옛날의 법을 그대로 지키는 것이 바로 급선무인 것입니다. 이로 말씀드리건대, 우리 조정이 하늘에 제사를 지내는 예를 선대에서 찾아보면 천여 년을 거쳤으므로 그 기가 하늘과 통한 지 오래되었고, 고황제께서도 벌써 허용하셨으며 우리 태조께서도 그대로 인습하여 더욱더 부지런히 하셨습니다. 신이 우리 동방에는 하늘에 제사를 지내는 이유가 있어 폐지할 수 없다고 말한 것은 이 때문이었습니다.[31]

셋째, 명나라에서도 허락하였다. 의절은 본래의 풍속을 따르고, 법은 옛날의 법조문을 지킨다[儀從本俗 法守舊章].

춘정은 중국 명나라에서 예부에 보내온 고황제의 조서를 근거로 하여 '고황제가 이미 허락하였다'고 하였다.

---

31) 『春亭集』 卷7 封事·上書, 「永樂十四年丙申六月初一日封事(태종실록 16년 6월 1일 신유)」, "高皇帝削平僭亂 混一夷夏 創制立法 革古鼎新 乃嘉玄陵歸附之誠 特降詔書 歷言我朝之事 如示諸掌 纖悉備具 眞所謂明見萬里之外 若日月之照臨者也 我朝祭天之事 亦必知之無疑也 厥後乃許儀從本俗 法守舊章 其意盖謂海外之邦 始也受命於天 其祀天之禮 甚久而不可變也 國家之法 莫大於祭祀 祭祀之禮 莫大於郊天 法守舊章 此其先務也 由是言之 我朝祭天之禮 求之先世 則更歷千餘年 而氣與天通也久矣 高皇帝又已許之矣 我太祖又嘗因之而益致勤矣 臣所謂吾東方有祭天之理而不可廢者 盖以此也"

> 고려는 산이 경계를 이루고 바다가 가로막아 하늘이 東夷를 만들었으므로, 우리 중국이 통치할 바는 아니다. 너희 예부에서는 회답하는 문서에 성교는 자유로이 할 것이며, 과연 하늘의 뜻이 따르고 사람의 마음에 합하여 동이의 백성을 편안하게 하고, 변방의 흔단을 발생시키지 않는다면, 사절이 왕래할 것이니 실로 그 나라의 복일 것이다.[32]

춘정은 우리의 시조 단군은 하늘에서 내려온 성인이므로 하늘에 제사를 지내는 것은 후손의 당연한 도리이며, 천년이 넘는 유구한 전통을 가진 제천의례를 폐지할 수 없으며, 조선건국의 태조도 성심껏 제천을 시행하였으므로 더욱 폐지할 수 없다고 하였다.

3) 단군, 기자의 계승

춘정이 추구한 진정한 학문은 주자학이 아닌 성학(聖學)이다. 춘정집의 글 속에서 성학이라는 호칭은 8회나 등장하지만 도학이나 성리학 혹은 이학 주자학이라는 단어는 나타나지 않는다. 그의 스승의 문집인 『목은집』이나 『양촌집』이나 다른 성리학자들의 문집에는 도학의 명칭이 모두 등장한다. 물론 성학도 넓은 의미의 주자학의 또 다른 이름이기도 하다. 그러나 한 차례도 등장하지 않는 것은 우연이 아닐 것이다. 춘정이 지향한 성학은 주자의 성학을 많은 부분에서 수용하고 있지만 그대로 답습하여 따른 것은 아니라고 생각된다. '도학의 완성자', 즉 인극(人極)으로서의 성인과 춘정이 바라본 성인은 서로 다른 면이 있다.

성리학 성학의 연원은 북송 주렴계(周濂溪)의 『통서(通書)』에서 비롯

---

32) 『태조실록』 2권, 「태조 1년 11월 27일 甲辰」, "高麗限山隔海 天造東夷 非我中國所治 爾禮部回文書 聲教自由 果能順天意合人心 以妥東夷之民 不生邊釁 則使命往來 實彼國之福也"

된다. '배워서 성인이 될 수 있습니까? 그렇다.'[33] 이 한 구절의 용어가 성학의 출발점이다. 공자의 유학에서는 학문과 수양을 통하여 이룩할 수 있는 이상적 인간상은 군자(君子)이다. 즉 성인(聖人)과 현인(賢人) 중에 현인이었다. 반고(班固)의 『한서(漢書)』에 등장하는 '고금인물표'에 인물을 9등급으로 나누었으며, 최상위에 성인(聖人), 그 다음에 인인(仁人), 그리고 다음에 지인(智人)이 등장한다. 삼황(三皇)과 오제(五帝)와 삼왕(三王)·주공(周公)·공자·노자가 성인이고, 나머지 모든 사람은 성인이 아니다.

주렴계의 『통서』에서 '배워서 성인이 될 수 있다'는 언표는 「태극도설」과 함께 성리학의 문을 열었던 획기적인 내용이다. 그 이전 성인은 태어나는 것이지 노력하고 배워서 될 수 있는 존재가 아니다. 그러나 주렴계는 누구나 배워서 무욕하면 정허동직(靜虛動直)하고, 이를 통하여 명통(明通) 공부(公溥)하면 성인에 가까워진다는 주장한 것이다.

그러나 춘정의 성인은 조선의 왕에만 해당되고 있다.

> 이 마음을 확충해서 극도에 다다르면
> 요순 시대 군민으로 만들 수 있다네[34]

춘정의 성학은 천명을 받는 터전을 마련하는 것이다. 중국을 상징하는 한나라와 당나라의 왕들을 기롱하는 다음의 표현은 특이한 표현이다. 무엇을 의도하는 표현일까? 우리 임금은 한당의 임금보다 뛰어났다는 자부심의 표현이다. 우리 왕보다 못한 한당의 왕들 모두 천자로

---

33) 周敦頤, 『通書』 「聖學」 제20, "聖可學乎 日可"

34) 『春亭集』 卷1 辭, 「維天命辭」, "充此心以臻極兮 可堯舜其君民"

행세 하는데, 이들보다 훌륭한 우리 왕께서는 당연히 천자의 예우를 해야 한다. 결국 성왕을 모시는 '천자 나라의 관료'라는 표현하지 못하는 진심을 빗댄 것으로 보인다.

> 이것이 바로 성학의 덕을 공경하는 공부이자 천명의 터를 닦는 요점인데, 한나라 임금들이나 당나라 임금들이 하지 못하였던 것입니다.
>
> 그러나 사람이라면 모두 마음이 있고, 마음이 있으면 체용이 있게 마련입니다. 일각이라도 마음을 간직하는 것이 또한 근본을 수립하는 것이고, 일념이라도 살피는 것이 또한 용에 통달하는 것입니다. 한나라 임금들이나 당나라 임금들은 옛날 성인처럼 체용을 완전히 갖추지는 못하였습니다.[35]

앞서 밝힌 바와 같이 춘정은 동방의 시조이신 단군은 하늘에서 내려왔다고 하였다[吾東方 檀君始祖也 盖自天而降焉]. 단군은 하늘에서 내려왔다는 의미는 무엇일까? 성인으로 태어났다는 뜻이다. 자연합리(自然合理)하는 존재라는 뜻이요. 하늘의 마음인 인애의 마음으로 애민하는 존재라는 의미이다. 하늘의 혈손(血孫)으로 진정한 성왕이라는 의미이다. 춘정이 단군을 천과 연계하여 설명하는 것은 제천의례의 시행이 백성을 인애하는 정신과 통하기 때문이다. 단군은 태어나면서 저절로 된 성인이다. 조선은 중국의 천자가 분봉해준 나라가 아니다라는 뜻은 무엇인가[非天子分封之也]. 우리의 하늘로부터 내려온 성인 단군이 우리 땅에 세운 '조선은 천자의 나라'라는 속마음이 감추어진 것이다.

---

35) 『春亭集』 卷6 封事·上書, 「永樂十三年六月日封事」(基天命), "此迺聖學敬德之功 基命之要 而非漢 唐諸主之所能也 雖然 人莫不有此心矣 有此心則必有此體用矣 一頃之存 亦所以立本也 一念之察 亦所以達用也 漢 唐諸主 雖未能如古昔聖人體用之全"

> 기자는 무왕의 스승이다. 무왕이 그를 다른 곳에 봉하지 않고 우리 조선에 봉했으므로, 조선 사람들이 아침저녁으로 친히 그 가르침을 받아, 군자는 대도의 요체를 얻어듣고 백성은 지치의 은택을 입을 수 있어서, 그 교화가 길에 떨어진 물건을 줍지 않는 데까지 이르렀다. 이것이 어찌 하늘이 우리 동방을 후하게 하여 어질고 착한 사람을 내려주어 이 백성들에게 은혜를 베푼 것으로서, 사람의 힘이 미칠 수 없는 것이 아니겠는가. 정전의 제도와 팔조의 법금이 해와 별처럼 밝아 우리나라 사람들이 대대로 그 가르침에 따랐으니, 1천 년 뒤에도 그 당시에 사는 것과 같아서 공경스러운 마음으로 우러러보지 않을 수 없는 점이 있다.[36)]

단군과 함께 조선 문화 창달에 공헌한 기자에 교화의 공적에 대한 춘정의 공경하는 마음을 드러낸 것이다.

한국 성인의 특성은 이규보의 「동명왕편」 서문에 잘 나타나 있으며, 그는 고려가 본래 성인의 본거지 도읍임을 주장하고 있어 고려인의 높은 자부심이 들어있다.

> 『구삼국사(舊三國史)』를 얻어 「동명왕본기(東明王本紀)」를 보니 그 신이(神異)한 사적이 세상에서 얘기하는 것보다 더했다. 그러나 처음에는 믿지 못하고 귀(鬼)나 환(幻)으로만 생각하였는데, 세 번 반복하여 읽어서 점점 그 근원에 들어가니, 환(幻)이 아니고 성(聖)이며, 귀(鬼)가 아니고 신(神)이었다…우리나라가 본래 성인(聖人)의 도읍이라는 것을 천하에 알리고자 하는 것이다.[37)]

---

36) 『春亭集』 卷12 碑誌, 「箕子廟碑銘」, "箕子者 武王之師也 武王不以封於他方 而于我朝鮮 朝鮮之人 朝夕親炙 君子得聞大道之要 小人得蒙至治之 澤 其化至於道不拾遺 此豈非天厚東方 畀之仁賢 以惠斯民 而非人之所能及也耶 井田之制 八條之法 炳如日星 吾邦之人 世服其教 後之千祀 如生其時 愀然對越 自有不能已者矣"

37) 『東國李相國全集』 卷第三 古律詩, 「東明王篇(并序)」, "得舊三國史 見東明王本紀 其神

윗글에서 보이는 바와 같이 우리나라의 성인은 주렴계의 『통서』에 나타난 성리학적 성인이 아니다. 그리고 공자의 '불어괴력난신(不語怪力亂神)'의 입장과도 다른 한국적 성인관을 표현한 것이다. 그것은 「광개토왕릉비문」에서 나타난 주몽의 모습이며, 태어나면서부터 '성덕(聖德)'을 지닌 존재로 표현되는 하늘이 보낸 성인이다. 춘정은 바로 이러한 한국의 전통적 성인관을 계승하여 단군과 기자를 존숭하였다.

4) 인정(仁政)과 애민(愛民)정신

주재자로서의 천의 마음은 바로 인애이다. 그러므로 천심을 누리고 천재지변의 재앙을 없애려면 덕을 닦는 공에 스스로 더욱 힘써야 한다. 춘정은 그가 성군으로 불렀던 왕들에게 인(仁)의 덕을 닦는 일을 항상 유념할 것을 지속적 건의했다. 그는 주자의 「인설(仁說)」과 경전 주석에 나타난 인에 대하여 주자가 수용한 선현들의 해석을 철저히 수용한다. 즉 인은 '천지생물지심(天地生物之心)'이며, '심지덕 애지리(心之德愛之理)'이며, 동시에 '천지만물일체(天地萬物一體)'이다. 그리고 인과 애의 관계에 대하여 '인은 애지리(愛之理)'로 '애는 인지용(仁之用)'으로 보는 주자의 견해와 '인주어애(仁主於愛)'의 춘정의 견해는 같은 것이다. 그러므로 '인지실(仁之實)'인 사친(事親)에서 시작하여 인민(仁民)과 애물(愛物)로 사람은 물론이고 우주자연으로 확산되는 것이다.

춘정이 인정과 애민의 인애에 관심이 많은 것은 당연하다. 최고의 공경대상인 하늘의 마음이 바로 인애이기 때문이다. 인애의 근거 또한 춘정의 하늘, 전통적인 단군 기자의 인애와 무관하지 않을 것이다. 공

異之迹 踰世之所說者 然亦初不能信之 意以爲鬼幻 及三復耽味 漸涉其源 非幻也 乃聖也 非鬼也 乃神也 … 欲使夫天下知我國本聖人之都耳"

자는 '지자요수(知者樂水) 인자요산(仁者樂山)'을 통하여 인(仁)사상이 동이족의 산악문화와 깊은 연관이 있으며, '인자수(仁者壽)'의 특성을 설파했다.[38] 나아가 이(夷)족의 땅에 살고 싶다는 '욕거구이(欲居九夷)'의 의지를 표명하였다. 한대 경학자 허신(許愼)은 『설문해자』에서 다른 이민족들은 짐승에서 종족의 명칭이 비롯되었지만 동이족은 사람에서 비롯되었음을 밝히고 그들의 습속의 특징이 인(仁)이며, 인자는 오래살기 때문에 인(仁)하는 군자국(君子國)과 수(壽)하여 죽지 않는 신비한 불사국(不死國)이 있다고 하였다. 인은 공자의 사상이기에 앞서 동이족의 생활문화에 자리한 것임을 알 수 있을 것이다. 특히 단군의 천과 기자의 인은 동일한 것으로 보아도 무방할 것이다. 이것은 춘정이 주장하는 천심인애(天心仁愛)와 같은 것으로 보여 흥미를 갖게 된다. 인은 천지가 만물을 낳는 마음으로 모든 사람이 태어나면서 얻어지는 것이지만 특히 동이족의 특성으로 보았다.[39]

> 덕을 닦는 공부만은 스스로 더욱 힘써서 천심을 얻어 재변을 소멸시켜야 한다 … 인(仁)이라는 것은 천지가 만물을 생성하는 마음으로서 사람마다 가지고 태어나는 것이니, 이른바 마음의 덕이자 사랑하는 이치입니다. 인은 사랑이 주체이고 사랑은 어버이를 사랑하는 것보다 더 큰 것이 없기 때문에 "인의 실체는 어버이를 섬기는 것이다."라고 말한 것입니다. 또 말하기를, "인라는 것은 사람답다는 뜻이니, 친한 이를 친히 함이 크다."고 하였습니다. 인이라는 것은 천지 만물을 일체로 삼기 때문에 친한 이를 친히 한 뒤에 백성을 사랑하고 백성을 사랑한 뒤에 만물을 사랑하여, 천지 안에 큰 것이나 작은 것, 새나 물고기, 동물이나 식물

38) 『論語』 「雍也」, "知者樂水 仁者樂山 知者動 仁者靜 知者樂 仁者壽"
39) 『說文解字』 「四篇上」, "羌 西戎 羊種也 唯東夷從大 大人也 夷俗仁 仁者壽 有君子 不死之國 孔子道不行 欲之九夷 乘桴於海 有以也"

로 하여금 어느 것이나 나의 덕화 가운데로 들어오게 하고야 마는 것입니다. 그러므로 인의 덕이 지극하다고 하겠습니다.[40)]

춘정은 위와 같이 천심을 누리려면 지속적인 노력이 요구됨을 밝히면서, 인의 유래와 내용을 설명한다.

하늘이 임금을 세운 것은 민(民)을 위한 것이라고 여깁니다. 그렇기 때문에 "어린아이를 보살피듯이 하라." 하였고 "민을 바라볼 때 나의 몸이 상한 것처럼 돌보았다."고 하였는데, 이는 임금이 민을 사랑하는 마음을 말한 것이다.[41)]

'하늘은 민을 통해서 보고 하늘은 민을 통해서 듣기 때문에 민의 소원을 하늘이 반드시 따라 준다'고 한 말은 이를 두고 이른 것입니다.[42)]

옛날 제왕이 천도를 받들어 민(民)에게 농사짓는 법을 가르쳐 오곡을 심어서 몸을 기르고 또 그 고유한 의리를 바탕으로 삼아 개도하여 마음을 닦도록 하였다.[43)]

---

40) 『春亭集』 卷7 封事·上書, 「永樂十七年七月日封事」, "惟修德之功 則宜益自勉 以享天心 以消災變 … 仁者 天地生物之心 而人得以生者 所謂心之德而愛之理也 仁主於愛 而愛莫大於愛親 故曰仁之實 事親是也 又曰 仁者 人也 親親爲大 仁者 以天地萬物爲一體 故親親而仁民 仁民而愛物 使天地之內洪纖巨細飛潛動植 無一物不在吾德化之中 然後已焉 仁之爲德 其至矣乎"

41) 『春亭集』 卷6 封事·上書, 「永樂十三年六月日封事」(厚民生), "天之立君 盖爲民也 故有曰如保赤子 視民如傷言其愛民之心也"

42) 『春亭集』 卷9 表箋, 「請上太上王尊號箋」, "天視自我民視 天聽自我民聽 故民之所欲 天必從之 此之謂也"

43) 『春亭集』 卷8 敎書, 「諭對馬州 宣旨」, "古昔帝王 奉若天道 敎民稼穡 樹藝五穀 以養其形 因其固有之義理而開導之 以淑其心"

> 천지의 마음은 오로지 만물을 생육하는 것이고, 제왕의 도는 백성을 편안히 기르는 데에 있다. 하늘과 사람이 다르지만 그 지극한 이치에 가서는 하나이다.[44)]

위의 내용은 천과 왕의 관계와 천과 민의 관계 그리고 천과 인애의 관계에 대하여 춘정이 설명한 여러 예이다. 한결같이 왕의 의무는 애민에 있으며, 이때의 하늘은 모두 '주재자로서의 천'이다. 그러므로 경천애민의 사상의 발현으로서의 인정과 애민정신도 전통 사상의 계승과 밀접한 관계가 있는 것으로 볼 수 있다.

5. 나오며

춘정은 여말선초 성리학의 적전(嫡傳)으로 당대를 대표하는 성리학자이다. 그는 성리학자답게 『사서』를 경학의 기초로 삼았으며, 당시 학자들과 같이 시문을 익히고 과거를 통하여 관료의 길을 걸었다. 그의 생애 대부분은 관료로서의 삶이었으며, 관직의 대부분은 문형(文衡)과 같은 문한(文翰) 직이었다. 관료로 살았던 그의 사상은 철학적 사유에서 성숙하였다기보다는 국가사업의 수행 속에서 정리된 것이다. 그리고 60여 년의 생애에 개혁과 창업과 수성의 변화를 몸소 겪었다. 그러므로 그의 사상은 현실적, 실천적, 실용성을 강조하는 조화론적 경향을 가지고 있다.

그리고 춘정사상의 바탕에는 천자의 나라 고려귀족으로서의 자부심

---

44) 『春亭集』 卷8 教書, 「宥旨教書」, "天地之心 專於生育萬物 帝王之道 在乎安養斯民 天人雖殊 其致則一"

이 있었으며, 그 근원은 단군과 기자의 사상으로까지 소급할 수 있는 것으로 보인다.

춘정철학의 기본체계는 주자학이며, 가장 중시한 경서는 『중용』이다. 그는 주자학을 배우면서 그 속의 체용론을 활용하여 자신의 성리학을 체계화하였으며, 현실을 문제점을 해결하고 미래를 대비한 구체적 사안에서는 '권도(權道)'를 활용하였다.

'성인심법(聖人心法)으로서의 중(中)'이 강조되고, 중을 잡는 정(精)과 일(一)은 성인상전의 심학(心學)이라고 한다. 그리고 '성학시종(聖學始終)으로서의 경(敬)'을 중시한다.

춘정은 주자의 '이법천(理法天)'과 다른 '주재자(主宰者)로서의 천(天)'의 관념을 결코 버리지 않았으며 '태극(太極)'이라는 용어를 사용하지 않았다.

그리고 다른 성리학자와 달리 이학(理學)이나 도학(道學)의 명칭을 쓰지 않고, '성학(聖學)'을 사용하였다.

주재자로서의 '천(天)과 성학의 '성인(聖人)'은 성리학 외에 단군 기자부터 유래된 고대전통사상과 밀접한 관계가 있다.

성리학자들 중에서 제천의례 시행을 가장 강조한 인물이 춘정이라는 사실은 매우 중요한 의미를 지닌다. 춘정이 공경한 하늘은 단군이 내려온 바로 그 하늘인 것이다. 전통문화에 대한 자부심이며, 그 속에는 '조선천자'의 의미가 숨겨져 있다.

천심의 실체는 인애이다. 하늘의 마음을 받아서 왕은 백성을 사랑하여 인정을 베풀고 민생을 중시해야 한다고 주장했다.

'낙천(樂天)'의 자부심을 간직하면서도, '외천(畏天)'을 근거로 사대외교의 중요성을 강조한 현실적 실용주의를 따른다.

결론적으로 춘정은 선진적인 주자학을 수용하여 학문적 체계를 수립하고, 전통적인 단군기자의 이념을 바탕으로 모든 사상을 원융조화하고, 경천애민의 정신으로 민생의 실용을 우선시하여, 조선을 '요순군민(堯舜君民)'의 나라로 이끌고 '조선풍화(朝鮮風化)의 미(美)'를 세계만방에 드날리고자 하였던 조선성리학자라고 하겠다.

이 글은『國學論叢』16집(대구한의과대학교 국학연구원, 2017)에 수록한 논문을 일부 수정한 것이다.

춘정 변계량의
표전(表箋) 제작과 대외관계

이은영

1. 선초 표전 사건과 문형(文衡) 변계량 : 들어가며

명분상 제후국으로 간주되어 왔던 우리나라는 정례적으로, 또는 특별한 때를 기하여 중국에 사신을 파견하여 왔고 그 때마다 표문(表文), 전문(箋文), 주문(奏文), 자문(咨文) 등의 이름으로 된 외교 문서를 가지고 갔다. 이중에서 표문과 전문은 각각 중국의 황제와 황태후, 황태자에게 경하(慶賀)나 사은(謝恩), 진정(陳情), 청권(請勸) 등의 내용을 담아 우리나라 국왕의 이름으로 올리던 글을 말한다.[1] 표전은 국익 또는 생존의 차원에서 불가피하게 선택할 수밖에 없었던 사대(事大) 외교의 부산물로, 자주 외교와 균형 외교를 지향하는 현대적 관점에서는 부끄러운 기록으로 비추어지기도 한다. 무엇보다도 내용상 대국에 대한 충성을 주제로 하고 있다는 점과, 표현상 상대방에 대한 필요 이상의 칭송

1) 황제에게 올리는 기존의 표문(表文) 이외에 황태후 황태자에게 올리는 전문(箋文)을 따로 두어 쓰게 한 것은 명나라에 와서 생긴 제도이다. 따라서 전문의 경우 통상 우리나라 국왕에게 올린 상서류(上書類) 문장, 전문과 구분이 필요하다.

과 자국에 대한 지나친 겸사가 자칫 아유로 비추어지기도 한다는 점, 문체상 일정한 규범에 의해 틀에 박힌 듯이 지어짐으로서 작가적 개성이 발휘될 여지가 적다는 점 등은 그간 역사적인 관점에서나 문학적인 견지에서 유의미한 접근을 막은 조건이었다. 그러나 표전의 존재는 역사적 실상이었으며, 나랏글 쓰는 것을 소임으로 삼았던 관각문인(館閣文人)들에게는 중요한 문학적 역할이었다.

조선 초기에 있어서 표전의 문제가 중요한 이유는 멀리는 삼국시대부터 가까이는 고려 말까지 중국과의 외교 관계가 수립된 이후부터 상례적으로 지어졌던 표전이 외교 갈등의 중심에 서는 것이 바로 이 시기이기 때문이다. 명은 조선이라는 국호를 정해준 데 대한 사은표 속에 업신여기는 언사가 섞여 있다는 것으로 트집을 잡기 시작하여[2] 1년 뒤 하정표문(賀正表文)에 "경박희모(輕薄戱侮)"의 문구가 있다고 하여 하정사로 파견된 유구(柳珣)와 정신의(鄭臣義)를 억류하고 찬자로 정도전(鄭道傳)을 지목하며 압송을 요구하는 1차 표전 사건[3], 같은 해 국왕의 고명과 인신을 청하러 온 주청(奏請) 표문에 은나라의 주(紂)의 일을 문장에 인용했다고 하여 사신으로 간 정총(鄭摠)을 억류하고 찬문 교정에 관여한 인사를 압송하도록 요구한 2차 표전 사건[4], 천추사(千秋使) 유호(柳灝)가 가져간 표문에 부당한 문자가 사용되었다고 유호가 억류되고 찬문자인 공부, 윤규, 윤수 등이 압송되게 된 3차 표전 사건[5]을 연이어 일으키며 조선을 압박한다.

명나라가 트집을 잡았다고 하는 표전의 내용을 『조선왕조실록』이나

2) 『태조실록』, 태조 2년 3월 갑인.
3) 『태조실록』, 태조 5년 2월 정유.
4) 『태조실록』, 태조 5년 3월 병술.
5) 『태조실록』, 태조 6년 12월 병신.

『명사(明史)』에서 찾기란 쉽지 않다. 태조 2년의 사건에 한해 태조실록 2년 3월 갑인조에 실려 있으나 어느 부분이 '업신여기는 언사'에 해당하는지도 정확하지 않다. 요동 정벌에 대한 경계심에서 비롯된 생트집이었다는 설, 출신에 대해 열등의식을 가지고 있던 주원장(朱元璋)이 광범위하게 일으킨 문자옥(文字獄)[6]의 연장선상에서 이해하여야 한다는 설, 군사력에 의한 권위를 확보하지 못한 명이 예제(禮制)의 문제를 통해 원이 점하고 있던 우위를 확보하여 했다는 설 등이 제기되어 있는 상태이고, 어쨌든 표전 사건은 동아시아의 패권을 공고히 하려는 명의 의도가 표면화한 정치적 사건이라는 것이 일반적인 견해이다.[7]

그러나 조선 측의 대응은 의외의 방향에서 마련되고 있었다. 정치적 해법이 아니라 국익과 관련된 '문장'의 중요성을 인식하고 문장 강화 측면에서 해결을 모색하려 한 것이다. 우선, 국가 문서를 담당하는 승문원의 위상을 강화[8]하고 역량 있는 문사를 육성하기 위한 다양한 정책을 고안해 내었다. 대우와 성률 교육을 강화하여 과거 시험에 반영하였고, 의주(儀注)를 제정하거나 중국의 유명 초집(抄集)과 동국 명유들이 제술한 표전, 책문 등을 인쇄 배포하여 글공부의 자료로 삼았다. 표전을 담당하는 승문원의 관원을 다른 임무에서 제외하여 맡은 바 직책에 전력하도록 하는가 하면, 매달 두 번 표전 50자 이상을 쓰게

6) 문자옥이란 명 태조 주원장이 군주 독재 체제를 확립하는 과정에서 이용한 공포 정치의 한 수단이다. 자신의 통치에 불만을 품은 문인들을 진압하겠다는 뜻에서 일으켰다고 알려져 있다. 특히 한 때 승(僧)이 되었던 적이 있었고 홍건적 시절이 있었기 때문에 이를 연상할 수 있는 문자를 사용하는 경우 대대적으로 숙청을 하였다.

7) 선초 표전 사건과 관련한 연구로는 박원호, 「명초 문자옥과 조선표전문제」, 『사학연구』 25, 한국사학회, 1975 ; 박원호, 「명초 조선의 요동정벌 계획과 표전문제」, 『백산학보』 19, 백산학회, 1975 ; 심재권, 「조선의 대명청 문서로 인한 갈등 사례 분석」, 『고문서연구』 34, 한국고문서학회, 2009 등이 있다.

8) 박홍갑, 「조선 초기 승문원의 성립과 그 기능」, 『사학연구』 62, 한국사학회, 2001.

하여 포폄에 반영하기도 하였다.

둘째, 승문원과 예문관이 함께 간여하도록 하는 체계적인 문장 관리 시스템을 구축하였다. 특히 표전의 경우 수미(首尾) 부분은 승문원의 제술관이 짓고 본문은 예문관의 지제교나 대제학이 제술하도록 하는 이원적 제술 방식을 도입하고, 제작 책임을 문형이 지도록 하여 국가를 대표하는 문서로서의 상징성을 강화하였다.

셋째, 실제 제작 과정에서는 상대를 심리적으로 자극하여 외교 마찰로 비화될 수 있는 회피자양(回避字樣)의 문제에 신중을 기하였다. 문서 중에 회피해야 할 자양을 일러줄 것을 공식적으로 요청하기도 하였고, 명나라에 다녀온 사신이 피휘자 정보를 얻어 오기도 하였다. 우리나라에 온 명 사신에게 넌지시 물어 보기도 하였고, 황제에게 전달하기 직전 실무 관리에게 미리 보여주어 문제가 없는지를 확인하는가 하면, 명 측의 사전 검토 과정에서 문제가 될 경우 사신이 직접 적거나 고친 문안을 다시 보내는 등 편법을 구사하기도 하였다.

마지막으로 명나라가 반포한 표전식(表箋式)을 수용, 능동적으로 해법을 모색하였다. 표전식은 일정한 양식에 의거하여 표전을 지으라는 요구로, 들어갈 내용은 물론 행과 글자 크기, 종이 등 형식적 조건까지 규격화시킨 것을 말한다. 표전식의 수용은 획일적이고 상투적인 작품을 양산하는 결과를 낳았지만 적어도 시비의 요소를 확연히 줄일 수 있었다는 점에서 외교적 타협의 산물이었다.[9]

이러한 시기에 큰 역할을 한 관각문인이 변계량이다. 변계량은 태종-세종대까지 20여 년간 문형을 잡고 있으면서[10] 문물제도의 정비에

---

9) 당시 조선의 대응 방안에 대해서는 졸고, 「조선시대 표전 연구(1)-보국과 화국의 역할을 중심으로」(『한국한문학연구』 48, 한국한문학회, 2011)에서 자세히 논의하였다.

탁월한 업적을 남겼다. 특히 국가사업에 있어서 문장의 중요성을 간파하여 강경 위주의 과거 관행에서 제술을 강화하는 방향으로 제도를 개선하였고[11], 그 스스로 표전, 책문, 각종 의례문 등 나라의 중요 문서를 도맡아 지어 관각문의 전범을 마련하는데 크게 기여하였다. 이에 본고는 표전을 둘러싸고 명과 심각한 갈등을 겪은 뒤 안정기로 접어드는 이 시기, 그 과정에서 중요한 역할을 한 변계량의 표전 작품을 조명하고 그 역사적 문학적 의의를 도출하는 것을 목적으로 한다.

2. 명분과 실리의 경계에서 : 변계량 표전의 서술 특징

『춘정집』에는 32편의 표전이 수록되어 있다.[12] 이 가운데 18편은 사은표(謝恩表)로, 황제의 하사품 또는 부의를 받고 올린 것이 대부분이고, 체류된 백성을 돌려보내주었을 때, 책봉을 해 주었을 때 사례의 의미로 올린 것도 있다. 10편은 하표(賀表)로, 절일(節日)에 상례적을 올린 것 외에 명이 변방의 반란을 평정하거나 태평성세의 증거라고 하는 상서로운 조짐이 나타났을 때, 황태자의 등극을 즈음하여 올렸다. 나머지 5편은 청표(請表)이다. 선왕의 시호를 청하기 위해 올린 「청시표(請諡表)」 두 편과 금은 조공을 면제해 달라고 올린 「청면금은표(請免金銀表)」 「청면금은전(請免金銀箋)」 등 두 편이 남아 있다.

10) 우리나라 최초의 문형이 변계량이다. 심상규는 「춘정선생문집중간서」에서 “문충공 권양촌이 비록 선생보다 먼저 예문관과 성균관의 장을 겸임하였으나 문형의 이름이 붙게 된 것은 사실 선생이 맨 처음이었다.[陽村權文忠 雖先先生兼拜藝文成均 而文衡題名則先生實首之]”라고 적고 있다.

11) 『세종실록』 세종 10년 2월 12일.

12) 『춘정집』 제9권과 추보에 수록되어 있다.

사은표와 하표는 대체로 용도가 정해져 있고 통상적 성격이 강하기 때문에 일정한 틀에 따라 지어지는 것이 일반적이다. 『사륙금침(四六金鍼)』을 지은 진기년(陳其年)은 하표(賀表)의 체제로 파제(破題)－송성(頌聲)－술의(述意)의 순서를 제시한 바 있는데[13] 이 공식은 하표뿐 아니라 표전의 일반적인 서술 방식이다. 사은 및 하례의 이유와 함께 황제를 향한 칭송과 송축, 제후국으로서의 다짐들이 반드시 들어가게 되어 있다. 명나라가 표전식을 반포하고 조선이 이를 수용하면서 변용의 여지는 더욱 더 줄었는데 그런 면에서 변계량의 작품 또한 독창성 면에서 크게 두드러지는 점은 없다. 그보다 주목해야 할 것은 이미 규범화 양식화되어 있는 글임에도 불구하고 중대한 외교 갈등의 중심에 설 수밖에 없었던 민감한 문체, 표전을 어떻게 요령껏 운용하였는지의 문제라고 할 수 있다.

1) 명분의 수용과 변려문의 전략적 사용

표전식의 제작을 직접 주도한 명태조 주원장은 변려문의 유행으로 촉발된 화려한 문사와 이에 따른 내용의 부실, 문풍의 쇠미함을 들어 사륙문 대신 산문을 쓰라고 주문하였다. '쓸데없이 글이 번잡하고 장황하게 되어 글의 핵심을 파악하지 못하고 시간을 낭비하는 폐단', '글이 번용(繁冗)하여 경력이 있는 노련한 관리가 아니면 능통할 수 없을 뿐 아니라 간사한 무리들이 글을 가지고 농락할 수 있는 가능성', '화려한 문사가 내용을 가리거나 포장, 또는 왜곡하게 될 위험성'[14]을 경계한

---

13) 진기년의 설은 심경호, 『한문 산문의 미학』, 고려대학교 출판부, 1998, 387면에서 재인용. 표전은 일정한 양식을 구비해야 하는 글이기 때문에 역대 문체론과 문장론에서는 양식성과 전형성을 작품 평가의 중요한 잣대로 삼았다.

14) 주원장이 도합 5차에 걸쳐 표전식을 반포하면서 내건 이유이다. 『백도백과(百度百科)』

것이다. 그러나 조선은 표전식의 내용과 체제를 모두 수용하면서도 형식에 한해서만은 사륙문, 즉 변려문을 고집하였다. 특히 변계량은 의례적 성격이 강한 사은표와 하표 모두를 변려문으로 지었다.

> 사신이 이르러 덕음을 밝게 펴니, 황제의 은총 거듭 내리어 두루 친속들에게 미치었습니다. 가슴속에 새겨 마지않으며 뼈가 가루가 되어도 갚기 어렵습니다. 삼가 생각건대, 용렬한 신이 다행히 성세를 만났습니다. 제후의 도리를 부지런히 하였으나 털끝만큼도 도움이 되지 못하였사온데 누차 성상의 자애를 입어 영광의 빛이 광주리에 넘칩니다.[15]

> 삼가 생각건대, 신이 용렬한 자질로 다행히 태평성대를 만났습니다. 몸이 기봉(조선)에 얽매여 있어 달려가 경축하는 반열에는 참여하지 못하오나 마음은 화봉인의 축수처럼 깊어 하례의 시를 바치고자 합니다.[16]

앞의 예문은 황제의 선물을 받고 보낸 사은표의 서두 부분이고 뒤의 예문은 명나라에 서상(瑞象), 백조(白鳥), 감로(甘露), 예천(醴泉) 등 상서가 나타나자 이를 축하하기 위해 보낸 하표의 마무리 부분이다. 흔히 표전에서 주체인 조선의 임금은 늘 '자질과 역량이 보잘 것 없고' '덕도 갖추지 못하였으며' '부지런히 노력을 한다고는 하지만 공효를 거두지 못하는 변변치 못한 사람'으로 묘사된다. "제잠(鯷岑)" "접역(鰈域)" "폐방(弊邦)" "한번(漢蕃)" "폐봉(弊封)" "동표(東表)" "소방(小邦)" "봉강(封疆)"

'표전지화(表箋之禍)' 항목에서 발췌 번역하였다.

15) 『춘정집』 제9권, 「謝恩表」, "使命聿至 昭布德音 皇恩沓臻 遍加親屬 佩銘無已 糜粉難酬 窃念猥以譾材 幸逢熙運 祗勤侯度 裨益乏於絲毫 屢被聖慈 榮輝溢於筐篚"

16) 『춘정집』 제9권, 「賀瑞象白烏甘露醴泉天花圓光浙江潮緩淝河水退表」 "伏念猥將庸質 幸際昌辰 迹滯箕封 雖阻駿奔之列 情深華祝 願賡虎拜之詩"

"황예(荒裔)" "하예(遐裔)" "황복(荒服)" 등 표전에서 자주 활용되는 자칭의 표현들은 최대한 자신을 낮추는 겸사와 비칭이 대부분이다.

변계량이 사은표와 하표에 변려문을 고집했던 이유는 역설적이게도 주원장이 변려문을 금지했던 이유와 일치한다. 대우와 전고, 미사여구를 특징으로 하는 변려문이야말로 장식적 심미적 기능이 우세한 미문 양식이었기 때문이다. 과식(過飾)과 찬사, 비칭과 겸사가 맞물려 서술되는 이러한 표현 전략은 일차적으로 상대를 기쁘게 하는 심미적 효과를 가져온다. 미사여구의 활용 빈도가 높을수록, 겸사과 찬사의 상대적 진폭이 크면 클수록 심미적 효과는 증폭될 수밖에 없다. 표전의 목적이 양국의 명분관계를 엄격히 하고 그 관계 속에서 제후국이 마땅히 지켜야 할, 사대의 도리를 밝히는 데 있을진댄, 변체가 포함하고 있는 장식적 기능은 '사대(事大)'라고 하는 주제를 선명히 드러내는데 큰 기여를 하고 있는 셈이다.

그러나 변계량은 같은 형식의 비슷한 내용의 문장을 구사하면서도 똑같은 표현은 쓰지 않았다. 이를테면 '뼈가 가루가 되어도 갚기 어려울 것'이라는 내용은 "揆分踰望 銘骨何忘" "揆分踰涯 粉骨圖報" "對揚惟謹 糜粉難酬" "優渥非常 糜粉難報" "佩銘曷已 糜粉難酬" "撫窃知感 銘骨何忘" "感極涕洟 報期糜粉" "撫躬知感 銘骨難忘" "佩銘無已 糜粉難忘" "揆涯分而實踰 誠糜粉而難報" "拊躬知感 銘骨難忘" 등으로 다채롭게 구사하였고, '보잘 것 없는 사람(나라)이 태평성대를 만나 황제의 큰 은혜를 입었다'는 상투적 내용 또한 "猥將庸陋 叨荷生成" "窃念顧惟小邦 幸逢熙運" "遂令駑鈍 獲被鴻私" "故令簪履之賤微 仰銜乾坤之生育" "孱資荐蒙殊錫" "遐裔獲被洪私" "遂令瑣末之資 獲受保釐之寄" "遂令陋質 獲荷寵光" "遂令弊封 獲蒙洪造" "伏念臣猥將庸質 幸際昌辰" 등으로 다양한 변용을 꾀했다. 이는 표전에서 내용 자체보다는 적절한 표현 전략과

능란한 구사력이 중요하다는 것을 시사하는 것이면서 문장가 변계량의 뛰어난 역량을 보여주는 측면이기도 하다.

2) 과식과 극찬, 그 이면의 수사적 코드

> 삼가 생각건대, 총명(聰明)은 순 임금과 같고 문사(文思)는 요 임금과 비슷합니다. 이제(二帝)가 옛날 봉한 곳에 납시자 큰 고을이 새로워졌고, 삼왕(三王)이 이룩한 지치에 오르시자 하늘과 짝이 되셨습니다.[17)]

> 삼가 생각건대, 강건중정(剛健中正)하시고 제성광연(齊聖廣淵)하십니다. 문치를 크게 펼치어 이제삼왕(二帝三王)을 이어 표준을 세우셨고, 무공을 이룩하여 구주(九州)와 사해(四海)를 일가(一家)로 만드셨습니다.[18)]

> 삼가 생각건대, 신이 분수 넘게 제후의 위치에 있으면서 다행히 태평성대를 만났습니다. 본손(本孫)과 지손(支孫)의 번창을 기원한 주아(周雅)를 노래하고, 기주(箕疇)에서 말한 장수와 부로 늘 축원하겠나이다.[19)]

칭송의 문맥에서 사용되는 명나라 황제에 대한 묘사이다. 변계량의 표전에서 황제는 요순(堯舜)으로, 황제가 다스리는 당대는 이제(二帝)와 삼왕(三王)의 시대로 표현된다. 도와 합치되는 태생적 완결성에, 요순우탕과 같은 인격적 완벽성을 구비하고, 만이나 이적 등 복종하지 않는

---

17) 『춘정집』 제9권, 「賀駕幸北京表」, "欽惟聰明齊舜 文思協堯 就二帝之舊封 式新大邑 登三王之至治 克配皇天"

18) 『춘정집』 제9권, 「節日賀表」, "欽惟剛健中正 齊聖廣淵 文德誕敷 繼二帝三王而立極 武功耆定 奄九州四海以爲家"

19) 『춘정집』 제9권, 「賀皇太子正位箋」, "伏念叨居侯服 幸際昌辰 載賡周雅之本支 恒祝箕疇之壽富"

나쁜 무리에 대해서 성스러운 무력을 떨쳐, 온갖 상서가 이르고 환호성이 천지에 넘치는 전형적인 성인의 모습이다. 그러나 이 지점에서 포착해야 하는 단서가 있다. 미사여구와 과다한 칭송 속에 내포된 또 다른 수사적 코드이다.

황제는 성인의 모습으로 그려지고 극찬되지만 전혀 사실적으로 묘사되지 않는다. 경전의 문구를 그대로 옮겨 적거나 전고를 활용하여 추상적으로 표현할 따름이다. "강건중정(剛健中正)"은 『주역』「건괘」에서 성인의 덕을 지닌 천자에 대해 언급할 때 쓴 구절[20]이다. "제성광연(齊聖廣淵)"은 주(周) 성왕(成王)이 성탕(成湯)을 찬미한 말로, 『서경』「미자지명(微子之命)」에 나온다. 표전의 마지막 대목 또한 마찬가지이다. 축원의 문맥에서 사용된 "주아(周雅)"는 『시경』「대아(大雅)」의 문왕편(文王篇)을 가리킨 말로, 주(周) 문왕(文王)의 자손이 번창함을 칭송한 시이다. "기주(箕疇)"는 기자(箕子)가 지었다고 하는 홍범구주(洪範九疇) 가운데 열거된 오복(五福), 즉 장수, 부(富), 건강하고 안녕함[康寧], 덕을 좋아하는 성품[攸好德], 천수를 누리고 죽음[考終命]을 일컫는다. 그 밖에 이 대목에서 볼 수 있는 "남산수(南山壽)" "강릉수(岡陵壽)" "호배지성(虎拜之誠)"[21] 등도 모두 『시경』과 『서경』에 등장하는 말이다. "화봉지축(華封之祝)" "중윤지사(重潤之辭)" "숭악지호(嵩嶽之呼)"[22] 등도 예부

---

20) 『주역』「건괘」 "大哉乾乎 剛健中正 純粹精也"

21) "남산수(南山壽)"와 "강릉수(岡陵壽)"는 임금에게 장수를 축원하는 말로서, 『시경』「천보(天保)」에 나온다. "호배(虎拜)"는 만년토록 강녕한 복을 받을 천자라는 뜻으로 『시경』「강한(江漢)」에 "소호(召虎)가 엎드려 절하고 천자의 만년을 빌었다.[虎拜稽首 天子萬年]"라는 말에서 나온 말이다.

22) "화봉지축(華封之祝)"은 화봉인(華封人)이 요 임금에게 수(壽)와 부(富)와 다남(多男)을 기원했던 이야기에서 나온 것이며, "중윤(重潤)"은 한(漢)나라 광무제(光武帝)의 태자를 위하여 바친 악장 가운데 하나로 장수를 축원하는 의미를 담고 있다. "숭악지호(嵩嶽之呼)"는 한나라 무제(武帝)가 숭산(嵩山)에 올라가 제사를 지낼 때 곳곳에서 만세 소리

터 관습적으로 써오던 표현들이다.

변계량은 황제와 황제가 다스리는 세계, 시대에 대해 최고의 찬사와 숭배의 메시지를 보내지만 늘 구체적이지 않고 추상적이다. 경구와 전고, 관습적 표현의 활용은 글에 권위와 신뢰성을 부여하고 같은 문화권의 사람들 간에 심리적 공감을 유도할 뿐 아니라 표현의 안정성을 담보할 수 있는 이점이 있다. 그러나 특정 대상과 사안에서 사실성 개별성을 제거하고, 구체적인 맥락을 벗어나게 함으로써 대상을 이념화 보편화 한다. 즉 전고를 통해 묘사된 황제는 살아 숨 쉬는 한 사람이 아니라 전범화된 유가 이념 속 '성군(聖君)'이다. 그가 다스리는 시공간은 실제 존재하는 현실이 아니라 마땅히 그래야 하는 '당위적 현실'이자 '이상세계'이다. 따라서 요순으로 추앙하는 것은 곧 요순이 되라는 주문이라고 할 수 있다. 성무(聖武)를 예찬 하는 것 역시 생명을 죽이거나 약소국을 짓밟는 무력이어서는 안 된다는 호소를 담고 있다. 태평성대에 대한 구가는 하늘로부터 받은 천명을 사해에 베풀어 하늘의 뜻을 구현하라고 하는 강한 규계이다. '사대(事大)'라고 하는 표면적인 주제 이면에는 천자국의 책무, 즉 태평성세를 지속시켜야 하고 사해의 백성들을 사랑하고 보살펴야 하는 '자소(字小)'의 의미가 내포되어 있다. 자신을 최대한 낮추고 상대를 한껏 추앙하는 표현 방식에서 굴종이나 아유 이상의 의미를 읽어내야 하는 것은 그 때문이다.

3) 실리와 소통의 명문(名文)「청면금은표」

변계량이 남긴 32편의 표전 가운데 유일하게 산문체로 지어진 작품

가 들렸다는 고사에서 나온 말로 백성들이 임금을 찬양하여 만세를 부르며 즐거워함을 말한다.

이 있다. 「청면금은표(請免金銀表)」, 「청면금은전(請免金銀箋)」이다. 이 두 작품은 금은을 공물로 바치라고 하는 명의 요구에 조선의 입장을 호소하고 갈등을 수습해야 할 목적으로 지어진 청표(請表)와 청전(請箋)이다.

> 삼가 생각건대, 하늘은 사람을, 아버지는 자식을 매우 사랑합니다. 그렇게 때문에 사람이나 자식이 정말 다급한 사정과 괴로운 고통이 있을 경우 반드시 황급히 하늘이나 아버지를 부르면서 구원해 달라고 요청하니 이는 천하의 상리입니다. 삼가 생각건대, 황제 폐하께서는 하늘과 아버지처럼 사해의 안팎에 임하시어 만물로 하여금 모두 삶을 이루게 하시고 필부필부로 하여금 자신의 구실을 다 하도록 하였습니다. 신에게 어쩔 수 없는 사정이 있는데도 혼자 걱정하고 답답해하면서 채 위에 말씀드리지 않는다면, 이는 폐하를 하늘과 부모로 여기지 않는 것이라, 신이 한 번 말씀드리는 바이니, 폐하께서는 굽어 살펴 주시기 바랍니다.
>
> 삼가 생각건대, 소방이 토질이 척박하여 금은이 생산되지 않는 것은 천하가 다 같이 알고 있는 바입니다. 그렇기 때문에 태조 고황제 홍무 5년 10월에 중서성에서 하교를 받았는데, 그 하교에 "예로부터 멀리 변방에 떨어져 있는 나라들이 바치는 것은 예물로 정성을 표시하는 데에 불과한 것이다. 그러니 앞으로 그들이 조공하러 올 때는 그 지방에서 나는 베 3, 5대(對)를 넘지 않게 하여 편리하게 성의를 표하게 하고, 그 외에는 모두 가지고 오지 말도록 하라"고 하셨습니다. 그리고 7년 정월 초하룻날에는 베만 받아들이고 그 밖에 금은의 그릇은 모두 되돌려 보냈습니다. 이는 대체로 고황제께서 만 리를 훤히 내다보아 우리나라에 금은이 생산되지 않는 것을 잘 아셨기 때문입니다. 실로 우임금께서 그 지방에서 나는 물건으로 조공을 바치게 하신 의의와 똑같은 것이니 이것이 이른바 '옛날의 성인이나 후세의 성인이 그 궤도는 같다'는 것이 아니겠습니까. 다만 당시에는 원나라 상인들이 장사 목적으로 가지고 온 금은이 얼마간 남아 있었기 때문에, 소방에서 옛날처럼 바치면서 지금까

지 올 수 있었습니다. 그런데 수십 년 간에 쓸 대로 다 써 버려 국고가 이미 바닥이 났고, 심지어는 집집마다 거두어들이는 바람에 온 나라 가정에 소장된 금은이 하나도 없으니 사세가 몹시 궁해졌습니다. 이 때문에 신이 침묵을 지키지 못하고 고충을 피력하여 천자께 말씀드리는 것입니다.

신이 또 스스로 생각해 보니, 신의 할아버지 강헌왕께서 특별히 고황제의 은총을 받아 이미 왕작을 허락받았고 또 나라의 이름까지 하사받았습니다. 신의 아버지 공정왕과 신도 잇달아 고명을 받았습니다. 이렇게 3대가 지금까지 40년 동안 융성한 총애와 빈번한 포상이 내리지 않은 해가 없고 이루 다 기록할 수도 없으니, 사서를 상고해 봐도 소방이 오늘날처럼 성은을 입은 적이 없었습니다. 신이 성은에 만분의 일이라도 보답하고 싶은 마음을 잠시도 잊지 않았는데, 어떻게 감히 있는 금은을 없다고 핑계 대면서 늘 바치는 조공을 폐하고자 폐하를 기만할 수 있겠나이까. 신의 이 말은 실로 충심에서 나온 것입니다. 황천의 상제와 산천의 귀신이 위에서 내려다보고 곁에서 주시하고 있는데 신이 감히 속일 수 있겠습니까, 신이 감히 속일 수 있겠습니까.

삼가 바라건대, 황제 폐하께서는 신의 번거로운 말을 용서하시고 신의 절박한 심정을 가련히 여겨주시옵소서. 멀리는 우 임금의 좋은 제도를 상고하고 가까이는 고황제의 유훈을 계승하시어, 천지가 사람을 사랑하는 인을 본받고 부모가 자식을 보호하는 마음을 미루어 특별히 윤허를 내려 금은의 조공을 면제하는 대신 토산물을 바치게 해 주소서. 그러면 어찌 신과 일국의 신민, 부로만 성화의 가운데서 환호하고 기뻐 춤추겠습니까. 신의 할아버지와 아버지의 영령도 구천에서 감읍할 것이고, 신의 자손 대대로 천만세까지 깊은 자애와 후한 은택을 영원히 입을 것입니다. 삼가 바라건대, 황제폐하께서는 조금이라도 살펴주소서[23]

---

23) 『춘정집』 제9권, 「請免金銀表」, "竊惟天之於人 父之於子 仁愛之至也 故人之於天 子之於父 苟有窘迫之情 疾痛之苦 則必疾呼而求救者 天下之常理也 欽惟皇帝陛下天覆父臨於四海之內之外 使萬物咸遂其生 匹夫匹婦 皆獲自盡 而臣有無可奈何之事 徒自憂戚鬱

금은을 공물로 바치라는 중국의 요구는 그 연원이 깊다. 고려 말에 이숭인(李崇仁)이 명에 보내는 표전을 잘 지어 해마다 바치는 금은과, 마포(麻布)가 면제되도록 하였다는 기록도 있거니와[24] 그럼에도 불구하고 금은을 요구하는 명의 독촉은 이후에도 여전하였던 것으로 보인다. 세종 2년 1월 25일에도 금은 공물을 면제해 줄 것을 청하는 표문을 올린 바 있다. 그러나 당시 이 표문은 명의 확답을 받지 못하였고 세종은 세종 9년 3월 14일 문과 전시(殿試)의 시제(試製)로 "금은 공물의 면제를 청하는 표문"을 출제하도록 하는 등 이 문제에 대한 고민을 지속적으로 보여 왔다. 변계량의 이 표문은 이러한 가운데 나온 작품이다.

정례적 사은표(謝恩表)나 하표(賀表)가 미사여구와 대우, 전고를 활용한 정제된 변려문 형식으로 지어져, 상대를 기쁘게 하고 안정적 외교관계를 유지하도록 하는 역할을 하였다면, 갈등 상황에서 조선의 입장

悒 而不以上達 則是不以天與父母望陛下也 臣試陳之 伏惟陛下垂察焉 竊念小邦 土地編薄 不産金銀 天下之所共知也 故太祖高皇帝洪武五年十月 中書省欽奉聖旨 節該 古來藩邦遠國 其所貢獻 不過納贄表誠而已 今後將來的方物 只土産布子 不過三五對 表意便了 其餘的都休將來 至七年正朝 只受布匹 其餘金銀器皿 並皆發回 玆盖高皇帝明見萬里 灼知小邦之不産金銀也 實與神禹任土作貢之義 脗合無間 豈非所謂前聖後聖其揆一也者乎 第緣其時元朝客商興販到 些少金銀猶有存者 小邦進獻仍舊 遂至于今 數十年間 用度罄盡 公藏已竭 以至家抽戶斂 擧國陪臣之家 無有蓄金銀器者 事窘勢迫 此臣所以不敢含默 敷陳心腹 仰觸天威者也 臣又自念 臣祖先臣康獻王諱 特荷高皇帝之眷佑 旣許王爵 且賜國名 臣父先臣恭定王諱及臣諱 連受誥命 凡三世將四十年于玆矣 寵異之隆 賞賚之頻 殆無虛歲 不可殫記 稽諸書史 小邦之昵被聖恩 未有如今日者也 臣之所以欲圖報聖恩於萬一者 未嘗頃刻而忘于懷 又安敢以有爲無 欲廢常貢 以欺天聽也哉 臣之此言 實出至情 皇天上帝 山川鬼神 臨之在上 質之在旁 臣敢誣哉 臣敢誣哉 伏望皇帝陛下恕臣辭煩 憐臣情迫 遠稽神禹之令典 近述高皇帝之大訓 體天地愛人之仁 推父母保子之心 特降俞音 許免金銀之貢 代以土地所産 則豈惟臣與一國臣民父老懽欣鼓舞於聖化之中也哉 臣祖若父之靈 亦且感激於冥冥之中 而臣之子子孫孫 永被深仁厚澤於千萬世之無期矣 欽惟皇帝陛下小垂憐焉"

24) 이 내용은 권근이 지은 「논구숭인서(論救崇仁書)」에 나타나 있다.

을 호소하거나 소통과 공감을 유도하여 원하던 외교 목표를 얻어내야 했던 특수한 청표(請表)의 경우, 보다 치밀하고 섬세한 표현 전략을 필요로 했다. 제법 긴 문장으로 이루어져 있는 이 글에서는 의례적 인사나 과장된 칭송을 볼 수 없다. 대신 비교적 자세하고 구체적인 정황 설명과 감성적 호소가 두드러진다.

변계량의 서술 전략은 부자 관계의 설정에 있다. 사람을 사랑하는 하늘과 자식을 사랑하는 아버지에게 다급한 사정과 고통을 말하듯 지금 어려운 형편을 말하는 것은 곧 부모에게 아뢰는 자식의 마음이라는 설정이다. 그리고는 어려운 사정을 하나하나 들어 말한다. 우리나라는 토양이 척박하여 금은이 생산되지 않는다는 것, 고황제 역시도 성의를 표하는 베만 받아드리고 금은 그릇은 모두 돌려보낸 적이 있고, 이는 우임금이 그 지방에서 나는 물건으로 조공을 바치게 한 의의와 똑같다는 것, 지금까지 그나마 바칠 수 있었던 것은 원나라 상인이 장사 목적으로 가지고 온 금은이 남아있었기에 가능했다는 것, 조선은 선조 대부터 명의 고명을 받고 성은을 입었는데 감히 핑계대면서 속일 수 있겠느냐는 것 등이다.

어려운 사정이 있을 경우 하늘이나 아버지를 불러 구원을 요청하는 것이 천하의 상리(常理)라는 말 속에는 이미 사람의 어려움을 들어주어야 하는 하늘과 자식의 어려움에 공감해야 하는 아버지의 '상정(常情)'이 전제되어 있다. 홍무연간 고황제가 내린 하교의 내용을 직접 인용 형태로 제시하여 증빙 자료로 삼고, 그 지방에서 나는 물건으로 조공을 바치게 한 우임금의 사례를 끌어들여 "옛날 성인이나 후세의 성인이나 그 궤도는 같다."는 논리로 유도하고 있는 것은 성인[우임금]도 그랬고 그대의 조상[고황제]도 그랬다는 문맥 속에 지금도 마땅히 그래야 한다는 당위적 의미를 부각시킨 것이라 할 수 있다.

이 작품은 실제로 "정치하고 간절하다[精切]"는 평가와 함께 금은으로 바치던 공물을 영구히 없애도록 하는 큰 성과를 거두었다. 충분하고도 논리적인 설명을 통해 설득력을 확보하고, 감성적인 접근을 통해 진정성과 간절함을 전달하려 한 표현 전략이 실질적인 외교 성과로 이어진 것이라 할 수 있다.

3. '화국(華國)'과 '해범(楷範)'의 문장 : 변계량 표전의 의의

변계량은 「영락십삼년유월일봉사(永樂十三年六月日封事)」에서 "신사대(愼事大)"라는 제목으로 사대(事大)에 대한 자신의 생각을 피력한 바 있다.

> 신이 삼가 생각건대, 임금과 신하간의 분수는 마치 높은 하늘과 낮은 땅처럼 문란할 수 없는 것이니 대국을 섬기는 예를 정말 신중히 지키지 않을 수 없고, 대소의 형세는 마치 뒤섞일 수 없는 흑백과 같은 것이니 대국을 섬기는 예 또한 신중하지 않아서는 안 됩니다 … 인의(仁義)를 가진 사람은 일의 시비를 분변한 뒤에 실행하고, 지모(智謀)를 지닌 인사는 일의 이해를 살펴본 뒤에 도모하는 법입니다. 요동을 공격하는 것은 아랫사람이 윗사람을 거역하는 것인데 옳은 일이겠습니까. 소국으로 대국을 도모하는 것인데 이로울 수 있겠습니까.[25)]

---

25) 『춘정집』 제6권 「永樂十三年六月日封事」 "臣竊謂君臣之分 如天尊地卑之不可紊也 則事大之禮 固不可以不謹矣 大小之勢 如白黑之不可以相混也 則事大之禮 亦不容於不謹矣 … 且仁義之人 辨事之是非而行之 智謀之士 審事之利害而圖之 攻遼之擧 以下逆上 得爲是乎 以小圖大 得爲利乎"

1388년(우왕 14)에 시도되고 1398년(태조 7)에 다시 논의된 요동 정벌을 언급하며 주장한 내용이다. 그는 요공 공격을 '군신의 분수'와 '대소의 형세'를 어기는 것으로 보았다. 이념적 명분뿐 아니라 현실적 조건을 동시에 고려한 논리였던 셈이다. 그런데 그 다음 문장에서 조선의 요동 정벌에 대해서 명나라가 보였을 태도를 상상으로 풀어내고 있어 흥미롭다. 즉 변계량은 아마도 명나라에서 조선의 요동 정벌 소식을 듣고 즉각 정벌하자는 측과 정벌하지 말자는 측으로 갈라졌을 것이라고 추측한다. 조그만 나라가 사신을 죽이고 군사를 일으켰으니 병력의 기세가 대단한 이 기회에 취하자는 주장이 있었을 것이고, 제왕이 변방을 대할 때의 예(禮)를 거론하며 내버려두자는 주장이 또 하나 있었을 것이라는 추측이다. 후자의 논리 속에 그는 "그들(조선)이 작지만 예의를 아는 나라"이고 "전투에 능하여 수양제와 당태종이 친히 정벌에 나섰으나 안시성에서 곤욕을 치르고 살수에서 패배를 당하여 천하 만세의 비웃음거리가 되었던 사실"도 언급할 것이라고 하였다.[26] 이는 명분과 형세라는 두 가지 조건을 동시에 고려해야 하는 외교 관계의 특성상 부득이 사대를 택할 수밖에 없지만 변계량의 의식 속에 조선은 예의를 알고 역사적으로 강성했던 나라라는 자부심 또한 강하게 있었음을 시사한다.

---

26) 『춘정집』, 앞의 글 "臣又思之 夫有事於我國 帝必無是心也 若勸之征者 則必有之矣 然勸之勿征者 亦必有之矣 勸之征者則必日 蕞爾小國 介在山河 其俗輕矯 嘗殺朝廷之命吏矣 嘗欲擧兵而攻遼矣 今不取 必爲中國憂 幸今四海乂安 天兵所指 望風奔潰 遣一良將 帶甲百萬以討之 且以水陸挾攻 則囊中之物 進退無所據矣 勸之勿征者則必日 帝王之待夷狄 來則撫之 去則勿追 羈縻不絕而已 雖或有罪 置之度外可也 其國雖小 其地甚阻 其俗知禮義 且長於戰鬪 隋煬帝唐太宗 皆親擧玉趾 率百萬之衆而攻之 困於安市 敗於薩水 爲天下萬世之笑矣 雖擧兵而攻遼 尋卽回軍 雖殺命吏 非其國主之心也 朝聘往來 無敢或愆 因撫而有 順且無事 爲此言者 其知安中國待夷狄之道乎 帝惟無心於我國 故勿征之說 得以行焉 混一以來 垂四十年 彼此晏然"

명분과 형세에 대한 이러한 이중적 인식은 표전 제작에도 고스란히 반영되었다고 생각된다. 그는 중화주의적 세계질서와 명분·의리·예 등의 유교적 이념, 전통적 한문문체인 표전의 양식적 조건뿐 아니라 명나라에서 자체적으로 반포한 표전식(表箋式)까지 전폭적으로 수용하였다. 이념과 규범의 수용은 조선이라는 신생 국가가 명이라는 대국과의 관계에서 외교 갈등을 막고 국익을 확보할 수 있는 1차적인 조건이었다. 그러나 갈등 상황에서 조선의 입장을 호소하고 소통과 공감을 유도하여 원하던 외교 목표를 얻어내야 했던 특수한 경우, 서술전략을 바꾸어 보다 설득력을 강화하고 진정성과 간절함을 전달할 필요가 있었다. 상황과 목적에 따라 변려문과 산문을 적절히 운용해 가며 이루어 낸 그의 표전 작품들은 그렇게 전략적으로 '기획'된 것이었다.

변계량의 표전 문장은 외교적 성과를 거두었을 뿐 아니라 중국 문사들로부터 명문장이라는 찬사를 받았다. 이는 변계량이 활약하던 태종-세종 연간이 명나라와의 관계가 안정기로 접어들고 국내 정세 또한 창업기에서 수성기로 옮겨가는 추세와 관련하여 따로 고찰이 필요한 부분이다. 정치 외교적 긴장 관계가 어느 정도 해소되면서 표전 등의 외교 문서가 양국 간 소통을 매개하는 차원을 넘어서 한문화권의 동문(同文)[27] 의식을 공유하고 문화적 역량을 드날리는 화국문장(華國文章)으로 기능하는 시기로 접어들기 때문이다. 명 황제가 조선의 표문을 보고 두 번 세 번 감탄하면서, "문사(文詞)가 순리하고 글 지은 솜씨도

27) 『중용』에 "지금 천하를 보건대, 수레는 바퀴를 같이하고 글은 문자를 같이하고 행동은 윤리를 같이 한다.[今天下 車同軌 書同文 行同倫]"라는 말이 있다. 흔히 중화 문화권에 속한 나라들이 제도와 문물을 함께 하고 있는 것을 가리키는 말로 쓰인다. 조선 후기 외교 자료집 『동문휘고(同文彙考)』도 바로 『중용』의 '동문(同文)' 개념에서 제목을 따왔다.

매우 훌륭하니, 조선에 문인(文人)이 있도다. 근일 교지국(交趾國)에서 올린 표문이 매우 좋았는데, 이번에 온 표문(表文)과 전문(箋文)은 더욱 좋다"고 하였다는 일화[28]는 표전이야말로 같은 이념과 문화를 공유하는 나라들이 같은 글자[한자]로 짓는 동문(同文) 의식의 산물로서, 인근 번방들과의 비교선상에서 문화적 역량을 가늠하는 척도로 기능하고 있었음을 보여준다.

안지(安止)는 『춘정집』 발(跋)에서 중국 문사들로부터 탄복을 자아낸 변계량의 사대표전(事大表箋)을 두고 "후인들의 해범이 될 만한 화국문장[華國之文章 宜爲後人之楷範]"[29]이라고 일컬은 바 있다. 실제로 변계량의 표전 작품은 거의 전부가 『실록』에 수록되어 '해범(楷範)'으로서의 역할을 다하였다. 국가 문서가 『실록』에 수록되는 것은 흔히 있는 일이지만 반드시 필수적인 것은 아니었다는 점에서, 문물제도를 정비하고 국가문서의 전범을 확보할 필요성이 있었던 선초의 특수한 조건과 변계량의 문장이 지닌 비중이 맞물려 이루어질 수 있었던 것으로 보인다.

변계량의 표전에서 보이는 서술방식과 전고, 표현 전략 등은 이후 표전으로 계승되고 있다. 대명 관계가 안정화의 단계로 접어들면서 표전은 다분히 의례적이고 형식적인 글로 변모해 가지만 이후 표전 제작에 있어서도 변계량이 끼친 영향력은 매우 컸다고 생각된다.[30] 표전

---

28) 『세조실록』, 세조 5년 11월 기묘, "等詣禮部 郎中孫茂語之曰 … 皇帝取汝國所進表文詳覽 再三歎曰 詞意順 作文甚好 朝鮮有文人矣 近日交趾國上表甚好 今來表箋尤好 說與宰相知道"

29) 『춘정집』, 安止, 「舊跋」, "况邇來事大表箋 皆出其手 尤爲精切 中朝文人 亦見而歎之 可謂華國之文章 宜爲後人之楷範"

30) 『광해군일기』 광해 6년 6월 19일 기사에는 사헌부에서 금은 공물과 관련한 건의를 하면서 변계량의 표문을 예로 들어 논리적 근거를 피력하는 내용이 나온다. 이는 변계량의 표전이 이후 문인들에게도 널리 읽혀지고 있었음을 의미한다. 필자가 수집한 자료에 의하면 이후 표전 또한 변계량의 표전을 위시하여 선초에 마련된 양식을 다소 변용하는

사건이 연이어 터지고 명나라와의 외교 관계가 위태로웠던 시기, 명분과 실리 두 가지 가치 사이에서 균형을 모색하고 표전이라는 양식적 틀 안에서 문학적 기교와 수사적 전략을 효과적으로 구사하면서 보국(保國)과 화국(華國)의 문장을 동시에 이루어내고, 외교문서의 전범을 만들어 후대에 전한 변계량의 업적은 그런 면에서 크게 평가되어야 할 것이다.

4. 나오며

서거정(徐居正)의 『필원잡기(筆苑雜記)』에는 명나라에 보낼 외교문서 표문을 두고 변계량이 대신들과 논쟁을 벌이는 이야기가 나온다.[31] 명에 흰 꿩이 나타난 것을 하례하는 표문에 "유자백치(惟玆白雉)"라는 어구가 있었는데 변계량이 "백치(白雉)" 앞 "자(玆)"를 굳이 중항(中行)으로 써야 한다고 주장한 것이다. 중항은 글자를 가운데 줄에 쓰는 것으로 보통 임금이나 임금을 상징하는 단어 앞에서 존중과 추앙의 의미로 사용한다. 대신들의 주장은 꿩 자체가 성상은 아니니 띄어 쓸 필요가 없다는 것이었을 테고 변계량은 이 글이 하례를 목적으로 상대방을 기분을 고양시키기 위한 글일진댄 그 의미와 느낌을 선명히 부각시키는 것이 중요하다고 보았던 듯싶다. 세종은 처음에는 대신들의 주장에 동조하다가 변계량이 "농사짓는 일은 남종에게 묻고 길쌈하는 것은 여종에게 묻듯이 … 사명(詞命)에 관해서는 자신에게 위임하는 것이 마땅

형태로 지어지게 된다.

31) 서거정, 『필원잡기』 제11권.

합니다."라는 변계량의 말을 듣고 바로 그의 의견을 들어주었다고 한다. 서거정은 이 이야기를 변계량의 '고집스러운 성품'을 잘 드러낸 예화로 소개하고 있다. 그러나 그 고집의 행간에서 읽어야 하는 것은 외교문서, 특히 사대문서에 대한 분명하고도 소신 있는 인식이다. 꿩이 외교의 계제가 되고 있는 한, 꿩은 단순한 동물이 아니라 태평성대의 상징이자 곧 명 황제로 인식되어야 했고 이를 분명히 드러내는 것이 외교적 효과를 극대화시킬 수 있다는 현실적 판단이 강하게 작용했다고 볼 수 있다.

더불어 변계량에 대한 세종의 무한 신뢰 또한 주목해볼 만하다. 세종은 사명에 관한 한 변계량이 독보적 존재라는 점을 바로 인정하였고 그에게 전권을 주는 것을 마다하지 않았다. 이보다 앞서 태종도 변계량이 탄핵을 당했을 때 "만일 지금 변계량을 파직하면 문한의 임무를 누가 감당하겠는가."라고 하면서 적극 비호했다는 일화[32]가 있거니와, 당시 임금들의 이러한 신뢰는 변계량이 관각 문장가로 최고의 역량을 발휘할 수 있도록 하는 든든한 버팀목이 되었다.

이렇게 한 시대의 사명을 홀로 짊어졌던 변계량의 표전은 위태로웠던 명나라와의 관계가 안정화의 단계로 접어드는데 절대적인 기여를 하였을 뿐 아니라 외교적 실리까지 취할 수 있었다는 점에서 그 의미가 가볍다 할 수 없다. 진(晉)나라와 초(楚)나라의 사이에 끼어 있었던 약소한 정(鄭)나라가 외교문서의 '윤색(潤色)'을 잘한 자산(子產)의 공에 힘입어 나라를 안전하게 보전할 수 있었듯[33] 대국 명나라를 상대로 '정교하

32) 『태종실록』 태종 12년 6월 26일.
33) 정자산과 외교문서에 관한 일화는 『춘추좌씨전(春秋左氏傳)』 「양공(襄公) 31년」, 『논어』 「헌문(憲問)」, 『사기(史記)』 「정세가(鄭世家)」 등에서 확인할 수 있다.

게 기획된' 변계량의 표전 또한 나라를 구하고 나라를 빛낸 문장임이 분명하기 때문이다.

이 글은 "제1회 춘정 변계량선생 재조명 학술대회"(2017.11.8.) 발표 자료를 일부 수정한 것이다.

춘정 변계량의 상소문으로 본 조선 초기의 제천(祭天) 의식

신태영

1. 서언

순자(荀子)는 천지(天地)·선조(先祖)·군사(君師)를 예(禮)의 세 가지 근본이라고 했다.[1] 곧 천지는 생명의 근본이고, 선조는 동족의 근본이며 군사는 정치의 근본으로, 이중 어느 하나도 폐할 수 없다는 것이다. 인간은 당연히 생명의 근원인 하늘과 땅을 섬기고 인간을 낳아준 선조와 올바른 길로 이끌어준 군사를 높여야 하니, 이 세 가지에서 예는 시작한다고 할 수 있다. 이러한 순자의 예의 근본에 대한 설은, 이후 사마천(司馬遷)의 『사기(史記)』 「예서(禮書)」에도 그대로 이어졌다.[2]

유가에 있어서 예란 사회질서를 유지하는 기본 사상으로 그 중요성

---

1) 荀子 著, (淸)王先謙 撰, 『荀子集解』 下, (중국)中華書局, 1997, 349면. "禮有三本. 天地者, 生之本也, 先祖者, 類之本也, 君師者, 治之本也. 無天地惡生? 無先祖惡出? 無君師惡治? 三者偏亡焉, 無安人. 故禮, 上事天, 下事地, 尊先祖而隆君師, 是禮之三本也."

2) 司馬遷, 『史記』 권23, 「禮書」, (중국)中華書局, 1996, 1167면. "天地者, 生之本也, 先祖者, 類之本也, 君師者, 治之本也. 無天地惡生? 無先祖惡出? 無君師惡治? 三者偏亡, 則無安人. 故禮, 上事天, 下事地, 尊先祖而隆君師, 是禮之三本也."

은 췌언을 요하지 않는다. 특히 삼례(三禮) 중에서 하늘에 대한 예의 형식, 곧 제천(祭天)은 가장 중요한 최고의 예이다. 오례(五禮: 吉禮·凶禮·軍禮·賓禮·嘉禮)에서도 맨 처음 나오는 것이 국가의 귀신을 섬기는 길례(吉禮)인데, 이 길례는 모두 12목(目)으로 이루어져 있고 그중 하늘에 제사 지내는 인사(禋祀)가 그 첫머리를 차지하고 있다. 또한 『증보문헌비고(增補文獻備考)·예고(禮考)』에서도 첫 편에 '환구(圜丘)'의 예를 실었고 그 다음 사직(社稷)과 종묘(宗廟)에 대한 예가 실려 있으니, 여기서도 국가의 가장 중요한 신앙으로 제천이 자리매김되어 있음을 알 수 있다.

굳이 유가 사상을 언급하지 않아도, 우리 민족이 일찍부터 제천을 중요시했다는 것은 주지의 사실이다. 시대마다 변이는 있지만, 이러한 제천의식은 삼국을 거쳐 고려에 이르기까지 면면이 이어졌으니, 고려의 팔관회가 바로 이것이다.[3]

그러나 이성계가 조선의 태조로 서기 1392년에 등극하면서부터 제천 의식은 새로운 국면을 맞이하게 되었다. 자발적으로 명에 사대하여 제후국으로 자처하고 국가의 주 학문으로 유학을 채택한 이후부터, 민족의 예악(禮樂)인 제천은 중국예악에 묶여 자주적으로 행해질 수 없었다. 원(元)에 반대하고 명(明)에 사대할 것을 천명했으며 또 불교를 배척하고 유학을 국학으로 천명한 조선의 사대부들은, 고려와의 차별성 내지 단절을 가시적으로 보여주어야 했다. 이에 유학의 대의명분을 철두철미하게 지키려 했던 조선의 유학자들은 민족예악을 중국예악의 체계로 끌고 들어갔으며, 이 과정에서 수천 년간 면면이 이어져온 제천의식(祭天儀式)은 조선의 유학자들에 의해 스스로 폐기되었다.

---

3) 이민홍, 『韓國 民族樂舞와 禮樂思想』, 집문당, 1997. 91면. '팔관회'의 성격에 대해서는 6장 「高麗朝 八關會와 禮樂思想」 참조.

그러나 수천 년간 행해진 민족의 예악인 제천이 하루아침에 폐기될 수는 없었다. 몇몇 위정자들은 이를 어떻게 해서든지 계승하고자 노력했다. 이에 본고에서는 민족예악이 중국예악에 본격적으로 편입되는 조선 초기에 있어서, 제천 계승론과 폐기론의 논리와 그 추이를 검토하고자 한다.[4] 본 논의는 태종 16년(병신년, 1416)에 올린 춘정(春亭) 변계량(卞季良, 1369~1430)[5]의 상소문을 중심으로 할 것이다. 이 병신년 상소문 이외에도 제천을 주장한 여러 논의들이 있지만, 이처럼 체계적으로 조목조목 제천의 필요성과 정당성을 논한 글은 보이지 않기 때문이다. 본고는 이에 앞서 태조·태종 연간의 제천의식에 대해 먼저 살펴보겠다.

2. 원구제의 폐지와 원단의 철폐

1) 조선의 개국과 조박의 상소

1392년 7월 17일에 등극한 태조 이성계는 사대교린(事大交鄰)의 외교정책과 억불숭유(抑佛崇儒)의 문교정책을 중심으로 새 왕조의 기틀을 다졌다. 이에 따라 태조가 등극한 그 다음 달인 8월 5일(갑인)에는 도당(都堂)에서 팔관회(八關會)와 연등회(燃燈會)의 폐지를 건의하였다.[6] 그

4) 이에 대한 선행 연구는, 이민홍, 위의 책, 1997, 90~94면과 김해영, 『朝鮮初期 祭祀典禮 硏究』, 집문당, 2003, 104~112면 참조. 이민홍은 민족예악이 중국예악에 의해 변화된 것을 지적하고, 이후 제천은 대한제국에 와서야 부활할 수 있었다고 했다. 김해영은 조선 초기 제천의 존폐에 대한 배경을 중심으로 연구했다.

5) 변계량의 생애와 학문에 대해서는, 이종건, 「卞季良論」, 『朝鮮時代漢詩作家論』, 이회출판사, 1996, 32~34면 참조.

6) 『太祖實錄』 권1, 1년 8월 甲寅(1). "都堂請罷八關·燃燈."

리고 11일(경신)에는, 새 왕조의 기틀과 관련하여 예조(禮曹) 전서(典書) 조박(趙璞)은 다음과 같은 글을 올렸다.

> 신 등이 역대 산전(祀典)을 살펴보니, 종묘·전적(籍田)·사직(社稷)·산천(山川)·성황(城隍)·문선왕(文宣王)의 석전제(釋奠祭) 등은 고금을 통해 행해오던 것으로 국가의 상전(常典)이 있습니다. 지금 월령(月令) 규식(規式)을 갖추어 뒤에 기록하였으니, 청컨대 유사에게 내리시어 때에 맞추어 거행하십시오. 원구(圓丘)는 천자가 제천하는 예이니, 청컨대 혁파하십시오. 그리고 여러 신묘(神廟)와 여러 주군의 성황(城隍)은 나라에서 제사 지내는 곳이니, 청컨대 다만 '모주모군성황지신(某州某郡城隍之神)'이라고만 칭하여 위판을 설치하고, 각소의 수령이 매 봄가을마다 제사를 지내게 하되, 전물(奠物)·제기(祭器)·작헌(酌獻)의 예는 한결같이 조정의 예제에 의거하게 하십시오. 봄가을 장경(藏經)과 백고좌(百高座)의 법석(法席), 일곱 곳의 친히 행차하는 도량(道場)과 여러 도전(道殿)·신사(神祠)·초제(醮祭) 등의 일은 전조의 군왕이 각각 사적인 소원을 빌기 위해 그때그때 설치한 것이오나, 후세의 자손들이 이를 인습하여 혁파하지 못한 것입니다. 바야흐로 지금 천명을 받아 다시 시작하오니 어찌 전조의 폐단을 답습하여 상법(常法)으로 삼을 수 있겠습니까? 청컨대 모두 혁파하여 없애십시오. 조선의 단군은 동방에서 처음 천명을 받은 군주이오며, 기자는 처음으로 교화를 일으킨 임금입니다. 평양부에게 때에 맞추어 제사 지내게 하십시오. 전조의 혜왕·현왕·충경왕·충렬왕은 모두 백성에게 공이 있으니, 또한 마전군의 태조묘에 부쳐 제사 지내십시오.[7]

---

7) 『태조실록』 권1, 1년 8월 庚申(2). "禮曹典書趙璞等上書曰, '臣等伏覩歷代祀典, 宗廟·籍田·社稷·山川·城隍·文宣王釋奠祭, 古今通行, 有國常典. 今將月令規式具錄于後, 請下攸司以時擧行. 圓丘天子祭天之禮, 請罷之. 諸神廟及諸州郡城隍, 國祭所, 請許只稱某州某郡城隍之神, 設置位板, 各其守令, 每於春秋行祭, 奠物·祭器·酌獻之禮, 一依朝廷禮制. 春秋藏經, 百高座法席, 七所親幸道場, 諸道殿·神祠·醮祭等事, 前朝君王,

개국한 지 얼마 지나지 않아 사전(祀典) 개혁을 논의했다는 것은 국가 운영에 있어서 사전이 매우 중요한 위치에 있었다는 뜻이다. 조박이 건의한 것은 모두 여섯 가지이다. 종묘·전적·사직·산천·성황, 그리고 문선왕의 석전제는 상전(常典)이니 그대로 거행하자고 했다. 신묘와 성황은 나라에서 제사 지내는 곳이므로 유지시키되, 그 제도를 통일하여 정비하도록 했다. 그리고 단군은 처음 천명을 받은 임금이고 기자는 처음 교화를 일으킨 임금이니 제사하자고 했으며, 심지어는 고려의 여러 왕도 태조묘에 같이 제사하자고 아뢰었다. 그런데 문제는 바로 원구의 제천과 백고좌의 법석, 일곱 곳의 친히 행차하는 도량, 그리고 도전·신사·초제의 폐지 문제이다. 억불숭유 정책에 따라 백고좌의 법석 등등의 폐지와 도교 관련 의식의 폐지는 어느 정도 예상할 수 있는 일이다. 그러나 백고좌나 초제뿐만 아니라 민족의 전통 제의로 천여 년 동안 계속되어온 팔관회와 연등회도 일거에 폐지되었다는 점에서 실로 경천동지할 일이요, 백성과 식자들이 받은 충격도 대단했을 것이다.

본고에서 문제삼고자 하는 것은 원구에서의 제천 폐지이다. 수천 년간 존속되어온 의식이지만, 폐지의 이유는 의외로 간단하다. '천자제천지례(天子祭天之禮)'에 어긋나기 때문이다. 천자국인 명에 스스로 조공하기로 한 조선은 당연히 제후국이므로 더 이상 제천을 할 수 없으니 폐지하자는 것이다. 매우 간결한 건의로 민족예악인 제천 행사가 일거에 없어지게 되었다. 태조는 이에 도당에 교지를 내려 백고좌의

各以私願, 因時而設, 後世子孫, 因循不革, 方今受命更始, 豈可蹈襲前弊以爲常法. 請皆革去. 朝鮮檀君, 東方始受命之主, 箕子始興敎化之君. 令平壤府, 以時致祭. 前朝惠王·顯王·忠敬王·忠烈王, 俱有功於民, 亦於麻田郡太祖廟附祭.' 上下敎都堂曰, '春秋藏經, 百高座法席, 七所道場, 考其始設之原, 以聞.'"

법식과 칠소의 도량에 대해서는 설치한 이유를 상고해 보고하라고 명하였으나, 원구의 혁파에 대해서는 아무 언급이 없었다. 이로써 원구의 제천례는 존폐의 위기에 놓였다.

원구의 폐지에 대해서는 많은 논란이 있었던 것으로 보인다. 결국 태조 3년(1394) 8월에 예조에서는 다음과 같이 아뢰어 윤허를 받았다.

> 우리 동방은 삼국 이래로부터 원구에서 하늘에 제사하여 기곡(祈穀)과 기우(祈雨)를 행한 지 오래되었으니 함부로 폐지할 수 없습니다. 청컨대, 사전(祀典)에 기재하여 그 옛 제도를 회복하고, '원단(圓壇)'으로 고쳐서 부르소서.[8)]

원구의 유구함을 들어 폐지할 수 없으니, '구(丘)'자를 '단(壇)'자로 고쳐 그 이름을 바꾼 후 사전에 실어 그 제도를 회복하자는, 일종의 절충책을 내놓은 것이다. '구(丘)'는 '언덕·산·산악'이고 '단(壇)'은 '제단'이다. 지금도 단군에게 제사할 때는 마니산의 제단에서 행한다. 신라도 영일현(迎日縣)의 일지(日池)와 월지(月池)에서 해와 달에게 제사했는데,[9)] 그 일지와 월지는 매우 험준한 산꼭대기에 있다. 이로 보아 제천은 원래 평지가 아닌 높은 산에서 지낸 듯하다. 그러므로 '구'를 '단'으로 바꾸었다는 것은 그 제사의 예가 격하되었음을 의미한다. 제후로 자청한 마당에 천자의 예를 행할 수는 없고, 그렇다고 수천 년간 내려온 제천을 함부로 폐할 수도 없으니, 고육지책으로 이름을 바꾸고 사전에 기록해 놓아 후손들이 그러한 일이 있었음을 알도록 하자는 뜻이다.

---

8) 『태조실록』 권6, 3년 8월 戊子(2). "禮曹啓曰, '吾東方, 自三國以來, 祀天于圓丘, 祈穀祈雨, 行之已久, 不可輕廢. 請載祀典, 以復其舊改號圓壇.' 上從之."

9) 『增補文獻備考』 권61, 『禮考』 권8, 11장, 「祭壇1·(附)祭天地日月星辰」.

이로써 제천의 제도는 간신히 연명할 수 있었다.

이듬해 태조 4년에는 원단에서 쓸 악장을 개작하도록 했다. 그러나 실제로 제천의식을 거행했는지는 확실하지 않다. 『증보문헌비고·예고』에 의하면 태조 연간에 기우(祈雨)를 한 것은 7년(1387)에 한 번 기재되어 있으며, 『태조실록』에도 7년 4월 21일(정유)과 27일(계묘)에만 기록되어 있기 때문이다.[10] 더구나 후대 임금들도 제천을 했다는 기록은 그리 많지 않은 편이다. 그렇다면 '기우'의 제천은 연례행사가 아닌 특별한 행사로 거행되었으며, 태조조에서도 사전에 기재만 하고 실제로는 지내지 않았던 것으로 보인다. 또한 『증보문헌비고·예고』에도 '천지·성신(星辰)의 제사는 조선 초에 신라와 고려의 고사를 따라 잠시 답습했을 뿐 곧 폐지하여 거행하지 않았으며, 다만 풍운뇌우(風雲雷雨)만을 사전에 기재하여 폐하지 않고 있다'라고[11] 한 점으로 보아도, 제천 행사는 이제 더 이상 연례행사가 아님은 물론, 그 규모와 위상도 매우 저하되었음을 알 수 있다.

더군다나 이 풍운뇌우도 제주목사였던 이형상(李衡祥)이 장문(狀問)하지 않고 철파(撤罷)했으므로 이를 다시 세워달라는 제주 목사 정동후(鄭東後)의 계(啓)가 숙종 28년(1702)에 있었다.[12] 목사가 국가 사전의 제단을 맘대로 철파했다는 것은, 사전에 기재만 되었지 제대로 관리되지 않았음을 뜻한다. 따라서 원단도 기재만 되었고 제천은 행해지지 않았을 수 있다. 그렇다면 태조조에 기록상 공식적으로 거행된 제천은

10) 『태조실록』 권13, 7년 4월 丁酉(1). "禱雨于宗廟·社稷·圓壇, 及諸龍湫." ; 7년 4월 癸卯(1). "禱雨于圓壇及山川."

11) 『증보문헌비고』 61권, 『예고』 권8, 16장, 「祭壇1·祭日月星辰」. "臣謹按, 天地星辰之祭, 本朝初, 雖暫襲羅麗之故而旋廢不擧. 惟 風雲雷雨, 列於祀典, 至今不廢."

12) 『증보문헌비고』 61권, 『예고』 권8, 10장, 「風雲雷雨」.

오직 7년의 '기우'밖에 없는 셈이다.

2) 제천에 대한 태종의 갈등

태종은 즉위 초부터 국가의 사전을 정비해 나갔는데, 이 시기에 원단도 함께 정비하였다. 해마다 1월에 기곡제(祈穀祭)를 지냈으며, 즉위 5년에는 원단을 축조하도록 명하였고,[13] 원단에 감찰을 두어 재숙(齋宿)시키도록 했다.[14] 그러나 일련의 조치처럼 원단의 제사가 순조롭지는 못했다.

호천상제(昊天上帝)의 제문은 있으나 오제(五帝)의 제문이 빠져서 태종이 진노한 적도 있었으며,[15] 원단의 제사에 쓰이는 희생은 송아지를 사용해야 하는데도 늙은 소를 사용하여 예제에 의거하지 않고 제사 지내기도 했다.[16] 제사는 지내되 신료들의 정성이 부족했다 하겠다.

---

13) 『太宗實錄』 권1, 1년 1월 庚辰(1). "祈穀于圓壇."; 1년 4월 戊子(1). "是月旱. 上軫念, 遣使禱雨于雩祀·圓壇·社稷, 又聚女巫以禱."; 4년 1월 辛亥(2). "行祈穀圓壇祭于漢京, 歲事之常也."; 즉위 5년 이후로 기우제는 권9 5년 5월 壬寅, 戊午, 권10 5년 7월 庚子, 권12 6년 7월 甲寅, 13권 7년 6월 庚戌, 14권 7월 己未, 19권 10년 6월 庚申, 23권 12년 4월 甲戌 조 등에 그 기사가 보인다. 기곡제는 권11 6년 1월 辛丑 기사에 보인다.

14) 『태종실록』 권10, 5년 7월 庚子(1). "命再禱雨于圓壇. 議政府啓曰, '籍田·圓丘, 乃前朝之舊. 請行之於新京之壇.' 上曰, '境內之地, 莫非此天之下, 豈可安處於斯而遙祭於新京乎? 舍舊丘, 築新壇行之.' 因命左政丞河崙行事."; 권12, 6년 윤7월 戊寅(4). "命修治圓壇·籍田·社稷·山川壇·城隍堂 壇場·欄園, 仍給守護人丁有差."; 권19, 10년 2월 甲辰(5). "復淸齋監監察. 司憲府上言, '祭神之備不可不潔. (중략) 自今宗廟·圓丘·社稷·昭格殿·文昭殿·啓聖殿及典祀寺等各所, 令監察一人齋宿, 無時分遣考其精否, 攝行奉使之臣致齋之所."

15) 『태종실록』 권19, 10년 6월 庚申(1). "遣知議政府事黃喜, 禱雨于圓壇. 喜至圓壇點視香祝, 只有昊天上帝祭文, 而闕五帝祭文. 喜馳遣人以啓. 上怒責諸代言曰, '何不敬至於若是歟? 以如此君臣才德, 又不敬謹職事, 其蒙天應乎? (하략)'"

16) 『태종실록』 권21, 11년 1월 癸酉(3). "西川君韓尙敬上言, 請圓壇之祭一依禮制, 從之. 圓壇無神廚齋宮, 且祭天之牲, 當用犢, 今用老牛, 皆不合禮, 故尙敬請焉."

결국 태종은 11년(1411) 3월에 송나라 제도와 고려의 법을 참조하여 원단 제사의 절차에 대한 제의(祭儀)를 마련하였다.[17] 그러나 태종의 이 같은 노력에도 불구하고 천자가 아니므로 제천을 행할 수 없다는 제천 불가론이 만만치 않았다. 신하들의 반대에 부딪친 태종은 제천에 대한 입장을 정리하지 못하고 시일이 갈수록 갈팡질팡하는 모습을 보였다.

태종은 원단의 제의를 새로 마련했으나, 제천 반대자들의 주장에 따라 원단을 허물어 버렸다가, 그해 10월에 다시 남교(南郊)에 제단을 쌓았다. 이나마 다시 축조할 수 있던 명분은, 조선은 비록 천자국이 아니지만 동쪽에 위치해 있으니 동방청제(東方靑帝)에게 제사할 수 있다는 주장에서였다.[18] 이는 곧 하늘이 중앙과 동서남북으로 구분되어 각각 천제가 있다는 말인데, 이러한 논리는 후에 제기된 '진한(秦漢) 시절 방사(方士)의 불합리한 말에서 나온 것'이라는 비판을 거론하지 않더라도, 일견 구차하다는 인상을 지울 수 없다.

원단을 다시 축조하라는 명은 이듬해 12년 8월 7일에 다시 보인다. 즉 1년 전에 쌓은 원단을 그 사이에 다시 허물었거나, 아니면 아예 쌓지도 못했다는 뜻이다. 그런데 같은 달 25일에 예조에서 새로 지을 원단의 제도를 올리자, 태종은 다음과 같이 말한다.

> 제후이면서 천지에 제사하는 것은 예가 아니다. 이것은 단지 전조에서 참람되이 행하던 것을 답습하면서 미처 고치지 못했을 뿐이다. 마땅

---

17)『태종실록』 권21, 11년 3월 丁丑(1).

18)『태종실록』 권22, 11년 10월 乙卯(2). "更築圓壇于南郊. 先是政府上言, 非天子不得祭天, 故罷. 至是, 或以爲秦在西, 只祭白帝, 我國在東, 亦宜祭靑帝. 故更築之也." 청제에게 제사할 수 있다는 주장은 영의정 河崙과 예조참의 許稠도 한 적이 있다.(11년 12월 壬辰(4) 참조.)

> 히 역대 예문을 상고하여 아뢰라. 매번 제문에 압인(押印)할 때마다 마음속에서 의심이 생기니, 어찌 감응이 있겠는가? 또 가물어서 우사(雩師)에 비를 빌었지만은 아직까지 비가 내린 적도 없다.[19]

"제후로서 천지에 제사하는 것은 예가 아니다."라는 한 마디로 태종은 이미 마음을 굳혔다. 참례(僭禮)인데 참례를 행하고도 비를 얻지 못한다면 명분과 실리를 다 잃은 것이니, 그럴 바에야 명분을 택하겠다는 의도이다. 또 임금을 비롯해 조정의 신료들도, 제사를 지낸다 하여 진짜로 비가 올 것이라 믿었던 사람은 아마 별로 없었을 것이다. "매번 제문에 압인할 때마다 마음속에서 의심이 생"긴다는 것이 태종의 솔직한 심정이라 하겠다.

결국 태종은 28일(경진)에 원단 쌓는 일을 파하라고 명하였다. 예조와 성석린(成石璘)·하륜(河崙)·이직(李稷) 등이 '청제(靑帝)는 제사할 수 있다'라고 다시 간하였으나, 태종은 "어찌 육천(六天)이 있느냐? (중략) 호천상제를 제사할 수 없는데, 어찌 청제만 제사할 수 있느냐?"라고 반문한 뒤, "하늘은 반드시 예가 아닌 것은 받지 않을 것"이라고 단호하게 입장을 표했다. 이윽고 태종의 의중에 따라 예조에서는, "원단의 제사를 혁파하여 만세의 법을 바로잡으소서!"라고 다시 상소하여 윤허를 받아야 했다.[20] 그리하여 유구히 계승되어온 제천은 결국 영구히

---

19) 『태종실록』 권24, 12년 8월 丁丑(2). "禮曹進圓壇制度, 上曰, '諸侯而祭天地, 非禮也. 此是特沿襲前朝之僭, 未之改耳. 宜詳考歷代禮文, 以啓予. 每押祭文時, 中心有疑, 豈有感應? 又或旱乾, 雩祀禱雨, 未嘗得雨.'"

20) 『태종실록』 권24, 12년 8월 庚辰(1). "命罷圓壇之築. 禮曹與成石璘·河崙·星山君李稷, 議圓壇之祭, 以聞曰, '秦人祀白帝, 秦西方, 白帝其主氣也, 故祭之. 吾東方, 可只祀主氣靑帝也.' 上曰, '安有六天乎? 禮可以祭則祭. 昊天上帝不可, 則靑帝何獨祭乎? 若旱乾之災, 在寡躬闕失, 豈有關於祀天? 予自卽位以來, 祈晴雨而不得. 是雖予之誠心, 不足以格天, 天必不享非禮也.' 於是, 禮曹上書曰, '臣等謹按禮記, 孔子曰魯之郊禘非禮也, 周公

폐지될 운명에 처하고 말았다.

태종 16년(1416) 6월 1일에 변계량은 제천의 타당성을 조목조목 논한 상소문을 올렸고, 태종은 변계량의 건의를 받아들여 전격적으로 제천을 시행하였다. 그러자 제사 당일에 큰비가 내렸고, 태종은 이에 대한 보답으로 보사(報祀)도 지냈다.[21] 그러나 불행히도 태종이 제천의 정당성을 확신한 것은 아니었다. 그 이듬해인 17년 5월 5일 원단에서 기우제를 지내라고 명하였으나, 12일에 이를 정지시켰다. 이에 대해 태종은 춘정에게 이르기를, "『삼국지』를 두루 보니 제후로서 참람한 예를 행한 것을 그르게 여기지 않은 것이 없다. (중략) 모르고 잘못한 일은 어쩔 수 없지만, 잘못된 것을 안다면 비록 털끝만한 일이라도 하지 않겠다."[22]고 단언했다.

춘정은 그 해 12월에 다시 천제를 청하였으나, 태종은 태도는 완강했다.

> 정해년(1407) 가뭄 때, 창녕 부원군 성석린에게 명하여 북교에서 제사 지내게 했고, 나는 해온정 앞에서 밤새도록 꿇어앉아 기도했다. 그런데 창녕의 성대한 덕망과 온 나라 신민의 비를 걱정하는 마음으로도 하늘을 감동시키지 못했는데, 어떻게 기도로 감동시킬 수 있겠는가? 또 중국의 제후와 같지 않다면, 사신으로 환관이 올 때 왜 교외에서 맞아들이며

其衰矣. 『春秋胡氏傳』曰, 庶人之不得祭五祀, 大夫之不得祭社稷, 諸侯之不得祭天地, 非故爲等衰, 盖不易之定理也. 伏望革圓壇之祀, 以正萬世之典.' 乃命罷之."

21) 『태종실록』 권31, 16년 6월 辛酉(2) ; 권31, 16년 6월 乙丑(2), 丁卯(1). ; 권32, 7월 甲辰(1). 이에 대해서는 '3. 3)' 참조.

22) 『태종실록』 권34, 17년 8월 庚子(1). "上曰, '予偏見『三國史』, 諸侯而行僭禮者, 莫不以爲非矣. 且魯之郊禘, 聖人非之. 自古以來, 下行僭禮而見是於經史, 無有矣. 予雖當旱祈雨, 而予意, 非謂祈雨則天必下雨也. 當旱祈雨, 已有成法, 不敢恝耳. 不知而妄作之事, 則已矣, 知其非是, 則雖一毫而勿欲爲也.'"

> 공경을 표하는가? 정조(正朝)·절일(節日)·천추(千秋)에 내가 왜 친히 표전을 보내고 공물을 드리는 예를 다하는가?[23)]

기도로 하늘을 감동시킬 수 없다는 것은 하늘에 빈 연후에야 하늘이 감동하여 비를 내릴 것이라는 주장에 대한 반박이고, 중국의 제후와 다르다는 것은 중국 내부의 제후국과는 달리 해외에 멀리 있기 때문에 고황제가 '천조지설(天造地設), 자위성교(自爲聲敎)'라는 조서를 내려 허락한 것이라는 춘정의 주장에 대한 반박이다.[24)] 비록 중국과 다른 별천지의 세계라도 중국에 사대할 수밖에 없다는 실상을 들어, 결국은 천자국이 아닌 제후국이라는 현실을 직시하게 한 것이다. 태종의 집권 초기에 보였던 제천에 대한 열의는 더 이상 보이지 않는다. 이는 아무리 빌어도 좀처럼 비를 내려주지 않는 하늘에 대한 상심과, 그리고 국정을 운영하면 할수록 조선은 중국의 제후국에 불과하다는 생각 때문일 것이다.

그러나 이렇게 완강하던 태종도 그 다음해, 즉 18년에 좌의정 박은

---

23) 『태종실록』 권34, 17년 12월 乙酉(3). "禮曹判書卞季良, 請行祭天之禮. 季良啓曰, '臣常願行祭天之禮, 已於往年再達而未蒙俞允. 請令行此禮.' 上曰, '予常聞天子祭天地·諸侯祭境內山川, 予但知此禮, 故禋于境內山川, 祭天之禮, 未敢望也. 況魯之郊禘非禮, 先儒已論之乎?' 季良曰, '<u>本國邈在海外, 不與中國諸侯同. 故高皇帝詔曰, 天造地設, 自爲聲敎. 又前朝王氏, 已行此禮, 但以上事大之誠禮, 無違貳, 故不欲行. 雖殿下修德格天之誠已至然, 必有祈天之事然後, 乃格也.</u>' 上曰, '修德格天, 予何敢謂有絲毫於心哉? 但神不享非禮. 故予嘗謂行其禮所當然, 而後天神地祇, 眷祐也. 然不幸有旱, 則靡神不擧, 而羣臣請雩上帝. <u>故於丁亥之旱, 命昌寧府院君成石璘, 祭于北郊, 予於解慍亭前, 終夜跪禱, 以昌寧德望之盛·一國臣民閔雨之情, 不能格天, 何敢祈禱而感乎? 若又以不與中國諸侯同, 則於使臣宦官之來, 何郊迎而致敬乎? 於正朝·節日·千秋, 予何親送表箋而納貢盡禮乎?</u>' 季良曰, '臣但願以此禮爲<u>祈天永命</u>之實. 故敢請也.' 上曰, '書云祈天永命, 豈謂是歟? 然有大旱, 則不得已而有雩之時, 宜與大臣, 稽諸史傳, 叅酌以聞.'"

24) 이에 대해서는 '3. 2)' 참조.

(朴訔)을 보내어 원단에 제사했고 승도들과 점치는 맹인들을 모아 비를 빌게 했으며 호랑이 머리를 박연(朴淵)에 넣기도 했다.[25] 실로 이랬다 저랬다 하는 태종의 제천에 대한 태도에서, 그만큼 비가 절실했던 지도자로서의 고뇌를 읽을 수 있다. 태종은 가뭄이 심하면 금주령을 내린 적도 있으며, 항상 근신하며 반성했다고 한다. 태종 15년에는 큰 가뭄이 들자 날마다 한 가지 반찬만 먹고 뙤약볕에 앉아 있다가 오래도록 병을 앓은 적도 있었다. 또 5월 10일은 태종의 제삿날인데 이날에 얽힌 이야기가 있다. 태종이 위독했을 때 큰 가뭄이 들었다. 그러자 태종은 "가뭄이 이토록 심하니 백성들이 어떻게 살아갈꼬? 내 마땅히 하늘에 고하여 즉시 단비가 내리도록 하겠다." 하고는, 그 이튿날 승하했는데 과연 도성에 큰비가 내렸고 또 풍년까지 들었다. 이 일이 있은 뒤로 태종이 승하한 날에는 해마다 비가 내렸고, 사람들은 이 비를 '태종비'라고 불렀다는 기사가 『증보문헌비고』에 있다.[26] 비에 맺힌 태종의 한이 어떠했는지 짐작할 수 있는 대목이다.

3. 제천의 정당성을 논한 춘정의 상소문

태종이 즉위하여 원단을 다시 쌓지 말라고 명한 12년까지 기우제를 지낸 것이 모두 일곱 해이다(1·4·5·6·7·10·11년). 그 후로는 원단 자체

25) 『태종실록』 권36, 18년 7월 己酉(1). "朔, 遣左議政朴訔祀圓壇, 圓壇祭天之所也, 旱則, 就祈焉. 聚僧徒於興福·演福寺, 盲人於明通寺, 設祈雨精勤. 又沈虎頭於朴淵."

26) 『증보문헌비고·예고』 권10, 5장. "十五年. 上以大旱, 日御一膳, 或露坐日中, 以致違豫, 久乃平復. [補]五月初十日, 太宗忌辰也. 當太宗有幾之日, 天久不雨, 內外山川, 禱祀將遍, 上憂之日, '亢旱如此, 民何以活. 我當上告于天, 卽降甘雨也.' 翌日上賓而都內大雨, 遂致豊稔. 自是, 是日無歲不雨, 人謂之太宗雨."

가 없었으니 하늘에 기우제를 지낼 수 없었다. 그러나 수천 년간 내려온 민족의 제사가 그리 간단하게 폐지될 수는 없었다. 드디어 태종 16년 6월 1일(신유)에 경승부윤(敬承府尹) 변계량은 하늘에 제사할 것을 상소하였다.

춘정은 당면한 가장 시급한 문제는 천재(天災)를 물리치는 것인데, 이를 위해서는 '비'가 내려야 하므로 고담(古談)과 이론(異論)을 논할 필요 없이 눈앞에 닥친 '비를 비는' 이 한 가지 일만을 아뢰겠다고 했다. 한재(旱災)의 원인은 알 수 없지만, 이를 해결하려면 '비'가 와야 하고, 비를 내리게 하려면 빌어야 하는데, 비는 곳은 바로 '하늘'이므로 하늘에 제사를 지내야 한다고 역설했다.[27] 일견 당연한 논리이다. 물론 모든 사람들이 '비'가 해결책임도 알고 비는 '하늘'에 빌어야 한다는 것도 알고 있다. 그러나 현실을 옥죄고 있는 것은 바로 천자가 아니면 천지에 제사할 수 없다는, 하늘에 비는 것은 참례라는 중국의 예악사상이다. 이에 대해 춘정은 권도(權道)와 상도(常道)의 논리로써 대응했다.

> 신은 대답하길, '천자가 천지에 제사하는 것은 상도이다. 그렇지만 하늘에 비를 비는 것은 비상(非常)의 변(變)에 대처하는 것이다'라고 했습니다. … 어떤 사람이 송사를 한다면 형조로 가지 않으면 반드시 헌사로 갑니다. 형조와 헌사에 그 일을 올리는 것이 나라의 제도이기 때문입니다. 그러나 사정이 급하면 곧장 와서 북을 쳐[擊鼓] 임금님께 아뢰는 방

---

27) 『태종실록』 권31, 16년 6월 辛酉(2). "然今天災方殷, 人心大恐, 無他高談異論, 且就目前禱雨一事言之. 今禱雨而不於天, 臣未見其可也. 夫雨暘寒燠風, 皆天之所爲也. 其時與恒, 則人感於下而天應於上者也. 然又有氣數之適然者矣. 今之旱災氣數之適然歟, 人事之所召歟, 氣數人事相參而然歟, 臣皆不得而知也. 然其感通之機, 則實在乎天而不可以他求爲也. 先儒傳魯論者, 謂舞雩祭天禱雨之處云爾, 則古人之禱雨, 必祭天也, 明矣. 今禱雨而不於天可乎?"

법도 있습니다. 이것이 제천하는 것과 무엇이 다릅니까?[28)]

춘정은 일단 제천 불가론자들이 주장하는 천자가 아니면 천지에 제사 지낼 수 없다는 설은 상도로 옳다고 인정했다. 그러나 지금은 위급한 때이니 '비상의 변' 곧, 권도(權道)로써 대응해야 한다는 점을, 북을 쳐[擊鼓] 임금에게 직접 아뢰는 일을 예로 들어 설명했다. 극심한 가뭄으로 백성들이 다 죽게 되었는데 한가하게 예법이나 따지고 있을 수는 없다는 것이다. 눈앞의 다급함을 보고도 모든 수단을 다 강구하지 않고 단지 예법만 따지고 있다면, 이는 탁상공론에 불과하며 예법은 허상이 되고 만다. 정치는 현실이므로 때에 따라서는 상도가 아닌 권도도 쓸 수 있는 법이다. 더군다나 국가적 재앙을 당한 상황에서 위정자는 무엇인가를 해서 백성들에게 국난 극복의 의지를 보여주고 심어주어야 하는 법이다. 여기서 춘정의 실체를 추구하고 실천을 강조하는 태도를 읽을 수 있다.

이어서 춘정은 하늘에 비를 빌어도 온다는 보장이 없는데, 하물며 빌지도 않고 비가 내리기를 바라는 것은 이치에 맞지 않는다고 했다.[29)] 즉 울지 않는 애는 젖을 주지 않는 법이며, 노력 없이는 성과도 있을 수 없다는 뜻이다. 춘정은 제천을 폐기할 수 없는 이유를 조목별로 아뢰었다.

---

28) 『태종실록』 권31, 16년 6월 辛酉(2). "臣曰, 天子祭天地者, 常也, 禱雨於天, 處非常之變也. 古人有言曰, '善言天者, 徵於人.' 臣請以人事明之. 有人於此, 欲訟其事, 不之刑曹, 則必之憲司, 刑憲上其事, 國制也. 事急情至, 則直來擊鼓, 以聞天聽者有之矣, 何以異於是."

29) 『태종실록』 권31, 16년 6월 辛酉(2). "雖禱雨於天, 亦未可必. 況今未嘗禱焉, 而望雨澤之降, 難矣哉. 且國制, 據禮文廢郊祀, 數年于玆矣. 然吾東方, 有祭天之理而不可廢. 臣請得而條其說, 願殿下淸鑑焉."

1) 제천의 유구성 – 단군은 하늘에서 내려왔으니 조선은 제후국이 아니다

삼국은 물론 칭제한 고려조에 이르기까지 제천의 가부에 대한 논의 자체가 필요 없었다. 그러나 국력이 약해져 몽고에 항복한 이후, 조(祖)와 종(宗)은 왕(王)으로 격하되었다. 또한 중국에서 신유학이 유입되면서부터 중화주의까지 유입되어, 외교적 명분이던 '사대'는 점차 '사대주의'로 변질되고 있었다. 결국은 우리 민족의 자긍심인 '제천'마저도 폐기되는 형국이었다. 이러한 상황에서 춘정은 잊혀져가는 민족성을 다시 일깨우기 위해 '제천의 유구함'을 다시 역설하지 않을 수 없었다.

> 우리나라는 단군이 시조입니다. 무릇 하늘에서 내려왔으며 천자가 분봉한 나라가 아닙니다. 단군이 내려온 것은 당요(唐堯)의 무진년이니, 지금까지 삼천여 년이나 됩니다. 하늘에 제사하는 예가 어느 시대에 시작되었는지는 알 수 없지만, 그러나 또한 천여 년이 되도록 고친 적이 없습니다. 우리 태조 강헌대왕께서도 이러한 이유로 제천을 더욱 부지런히 행하셨습니다. 신은 하늘에 제사 지내는 예는 폐지할 수 없다고 생각합니다.[30)]

'단군은 하늘에서 내려왔으니, 그 나라는 중국의 천자가 봉해준 제후국이 아니다'라는 말은 조선은 원래 천자국이었다는 뜻이다. 우리 조선은 중국과 똑같이 유구한 역사를 가진 천자국이므로 당연히 하늘에 제사 지낼 수 있으니, 천 년 이상 지속되어 온 제천을 함부로 폐지할 수 없다고 역설하였다. 이것은 춘정의 민족적 긍지의 강한 발로라 하겠

---

30) 『태종실록』 권31, 16년 6월 辛酉(2). "吾東方, 檀君始祖也. 蓋自天而降焉, 非天子分封之也. 檀君之降, 在唐堯之戊辰歲, 迄今三千餘禩矣. 祀天之禮, 不知始於何代, 然亦千有餘年, 未之或改也. 惟我太祖康獻大王, 亦因之而益致謹焉. 臣以爲祀天之禮, 不可廢也."

다. 이어서 춘정은 혹자의 말을 설정하고 다시 이를 반박함으로써 논리를 보강했다. 혹자의 주장은 이렇다.

> 단군 시절은 나라가 바다 밖에 있고 (풍속이) 소박하여 문식(文飾)이 적었고 중국과 통하지 않았으니, 군신의 예가 없었던 것이다. 주나라 무왕이 기자를 신하로 삼지 않고 조선에 봉하였으니 그 뜻을 알 수 있다. 이것이 하늘에 제사 지내는 예를 행할 수 있는 까닭이다. 그 후로 중국과 통하게 되었고 군신의 분수도 찬란하게 질서를 이루었으니, 군신의 법도를 어길 수는 없다.[31]

혹자는 단군조선 시절에 '군신의 예'가 없었던 이유는, 임금의 나라인 중국과 제후의 나라인 조선이 서로 소통하지 않았기 때문이라고 했다. 따라서 중국과 소통하고 있는 이상, 당연히 중국에 사대해야 하므로 제천을 행할 수 없다고 주장했다. 여기서 제천 폐지론자들은 중국과의 교류를 무척 중시했으며, 중국은 무조건 임금의 나라고 조선은 무조건 신하의 나라라는 의식을 가지고 있음도 엿볼 수 있다.

이러한 사고는 원단의 제사를 혁파해야 하며 대소신료들이 함부로 산천에 제사하지 못하게 해서 존비(尊卑)의 분수를 명확하게 해야 한다는 사간원의 상소에도[32] 잘 나타나 있는데, 여기에는 제천 반대론자들

---

31) 『태종실록』 권31, 16년 6월 辛酉(2). "或曰, '檀君, 國於海外, 朴略少文, 不與中國通焉, 未嘗爲君臣之禮矣. 至周武王, 不臣殷大師而封于朝鮮, 意可見矣. 此其祀天之禮, 得以行之也. 厥後通於中國, 君臣之分, 粲然有倫, 不可得而踰也.'"

32) 『태종실록』 권24, 12년 10월 庚申(4). 司諫院上疏疏曰 (중략) 天子然後祭天地, 諸侯然後祭山川, 尊卑上下, 各有分限截然, 不可犯也. 是故, 在昔三苗, 昏虐天地神人之典, 雜揉瀆亂, 舜乃命重黎, 絶地天通, 罔有降格, 是則聖人所以修明祀典, 以嚴上下之分也. 季氏旅於泰山, 孔子曰'曾謂泰山不如林放乎' 是謂神不享非禮. 故祭非其鬼無益之甚也. 我殿下灼知此義, 停罷圓壇, 只祭山川之神. 夫山川之神, 非卿大夫士庶人之所當祭也. 彼

의 주장이 잘 요약되어 있다. 첫째, 존비와 상하의 분수는 범할 수 없다며, 천자와 제후의 예의 차등을 확고히 하였다. 둘째, 신은 예가 아닌 것은 음향하지 않는다며, 계씨가 태산에 제사하는 것을 보고 공자가 "태산이 임방(林放)만 못하겠느냐?"라고 말한 고사를 근거로 들었다. 결국 이들의 주장은 재해가 제아무리 심해 간곡히 제사한다 하더라도 신은 제사를 흠향하지 않을 것이니, 제천은 무의미하다는 것이다. 여기서 조선 전역을 중국예악으로 확실하게 통제하여 풍속을 바르게 확립하겠다[痛禁以正風俗]는 사대주의자들의 확고한 의지를 확인할 수 있다.

2) 성교(聲敎)의 자유 - 조선은 중국이 다스릴 땅이 아니다

명에게 자발적으로 사대한 상황에서 조선이 명의 속국이 아니라는 것을 어떻게 증명할 수 있을까? 이미 '사대' 정책을 천명했으니 이를 부정할 수는 없고, 기껏해야 대내적으로 그렇지 않다는 '민족적 자긍심'을 일깨워줄 수밖에 없는데, 그러자면 여러 근거가 필요한 시대가 되었다. 조선이 명의 제후국이지만 속국이 아니라는 것은 책봉(册封)·조공(朝貢) 관계로 설명할 수 있다. 즉, 조공을 통해 책봉을 받는 것은 어디까지나 형식적인 관계이고, 따라서 자치(自治)의 권한이 있다는 것이다. 자치, 곧 주권의 문제를 춘정은 다음과 같이 단언한다.

> 고황제는 … 진실로 만 리 밖을 환하게 살펴보는 것이 마치 일월이 내려 비추는 것과 같다고 하겠습니다. 그러하니 우리 조정이 제천하는

雖諂祀神, 豈享之. 今國人不識鬼神之不可欺, 山川之不可祀, 泯泯棼棼, 靡然成習, 自國之鎭山, 以至郡縣名山大川, 罔不瀆祀, 其越禮踰分, 甚矣. 且男女相挈, 往來絡繹, 媚神費穀, 弊亦不小. 願自今中外大小人臣, 不得擅祀山川, 以明尊卑之分. 如有違者, 痛繩以法, 至於人鬼淫祀, 亦皆痛禁以正風俗.

> 일도 이미 반드시 알고 있음은 의심할 것이 없습니다. 그 후로 의례(儀禮)는 우리 본래의 풍속을 따르고, 법은 우리의 옛 법도를 지키는 것을 허락했습니다. 허락해 준 그 뜻은 대개 해외에 있는 나라로 애초에 하늘에서 명을 받았기 때문이라고 하겠습니다.
>
> 제천의 예는 매우 오래되어서 변경할 수 없습니다. 국가의 법 중에서 어느 것도 제사보다 큰 것은 없으며, 제사의 예 중에서 어느 것도 하늘에 제사 지내는 것보다 중요한 것이 없습니다. 법은 옛 법도를 지키는 것이니, 이것을 마땅히 먼저 힘써야 합니다. 이로써 보건대, 우리나라 제천의 전례를 앞 시대에서 찾는다면, 천여 년이 지났으므로 기(氣)가 하늘과 통한 것이 이미 오래되었습니다.
>
> 고황제도 이미 허락하였고, 우리 태조도 이 일로 인해 더욱 정성을 다하였습니다. 신이 우리 동방은 제천의 이치가 있어서 폐할 수 없다고 여기는 것은 이러한 이유에서입니다.[33]

'고황제가 이미 허락했다'는 것은, 태조 원년에 계품사(計稟使)로 중국 남경(南京)에 갔던 조림(趙琳)이 가지고 온 중국 예부의 자문(咨文)에 실려 있는 칙서를 말한다. 이 칙서는 명 태조가 예부에 내린 것인데, 예부에서 조선으로 보내는 자문에 다시 실었다. 칙서의 내용은 이러하다.

> 고려는 산을 경계로 삼고 바다를 사이에 두고 있으니, 하늘이 (중국과

33) 『태종실록』 권31, 16년 6월 辛酉(2). "臣嘗思之. 高皇帝 削平僭亂, 混一夷夏, 創制立法, 革古鼎新. 乃嘉玄陵歸附之誠, 特降明詔, 歷言我朝之事, 如示諸掌, 纖悉備具, 眞所謂明見萬里之外, 若日月之照臨也. 我朝, 祭天之事, 亦必知之無疑矣. 厥後乃許儀從本俗, 法守舊章. 其意, 蓋謂海外之邦, 始也受命於天. 其祭天之禮, 甚久而不可變也. 國家之法, 莫大於祭祀, 祭祀之禮, 莫大於郊天, 法守舊章, 此其先務也. 由是言之, 我朝祭天之禮, 求之先世, 則歷千餘年, 而氣與天通也久矣. 高皇帝, 又已許之矣. 我太祖, 又嘗因之而益致謹矣. 臣所謂吾東方, 有祭天之理而不可廢者, 以此也."

> 는 별도로) 동이를 만든 것이어서, 우리 중국이 다스릴 땅이 아니다. 너희 예부는 문서를 보낼 때에, "성교(聲教: 제왕의 정치 교화)는 자유(自由)롭게 할 것이며, 하늘의 뜻에 순종하고 인심에 합치하여 동이의 백성을 편안히 할 것이며, 변방에 흔단(釁端)을 만들지 않는다면 사명(使命)이 왕래 할 것이니, 실로 그 나라의 복이 될 것이다."라고 하라.[34]

당시에 명 태조는 하늘이 산과 바다로 막아 따로 동이의 땅을 만든 것이니 중국에서 통치할 땅이 아니라고 분명히 선언하였다. 그리고 아울러 정치 교화를 자유롭게 하라고 자치의 권한을 주었다. 춘정이 '고황제가 이미 허락했다'라고 말한 것은 바로 이 구절을 두고 한 말이다.

춘정은 이를 근거로 조선은 중국이 통치할 땅도 아니며 또 정치 교화를 자유롭게 할 수 있으므로 제천도 행할 수 있다고 주장했다. 모든 제사 중에서 제천만한 것이 없고, 법을 지키는 것은 전래의 법을 지키는 것이 중요하므로 유구한 전통을 지닌 제천을 함부로 폐지할 수 없으며, 이러한 사실은 조선의 태조도 익히 알고 있어서 성심껏 제천을 행했다는 것이다.

춘정이 상소하면서 제시한 여러 경전의 전고와 논리는 모두 다 춘정의 창작이라고 할 수는 없다. 당시 제천을 찬성하는 사람들의 주장을 자기 나름대로 다듬고 논리화시켰다고 해야 할 것이다. 이와 마찬가지로 '혹자'도 당시 제천 불가론자들의 논리를 종합한 것이라 할 때, 당시 논자들은 고황제의 제천 허락에 대해서는 이렇다 할 반론을 대지 못했으리라는 점도 알 수 있다. 그리고 이러한 '성교자유(聲教自由)'라는 중

34) 『태조실록』 권2, 1년 11월 甲辰(1). "高麗限山隔海, 天造東夷, 非我中國所治. 爾禮部回文書, '聲教自由, 果能順天意合人心, 以妥東夷之民, 不生邊釁, 則使命往來, 實彼國之福也. 文書到日, 國更何號, 星馳來報.'"

거는 춘정 이외에는 거론하는 이가 없었다는 점에서, 이 논리는 춘정이 독자적으로 만들어낸 획기적인 주장이라 하겠다. 후에 춘정이 주장하는 '조선은 중국 내의 제후와는 다르다'는 주장도 이 조서에 근거한 것으로 보인다.

3) 권도(權道)의 타당성 - 제후국의 제천은 이미 전례가 있다

춘정은 '제후도 하늘에 제사할 수 있다'는 것을 노(魯)와 기(杞)·송(宋)을 예로 들어 증명하려고 했다. 곧 노는 천자의 허락을 얻어 제천을 행했고, 기와 송은 그들의 선조가 천자인 우(禹) 임금과 설(契) 임금이므로 제천을 행할 수 있었으니, 예에는 이러한 곡절이 있는 법이라고 주장했다.[35] 혹자는 이에 대해 '노나라의 교사는 이미 공자와 정자가 그르다고 비판했다'라고 반론을 전개한다. 다시 춘정은 '노나라의 교사는 소공(召公)에게 물어서 행한 것이니, 소공이 어찌 의리가 아닌데도 이러한 일을 했겠느냐'라고 반문한다. 즉, 일종의 소공이라는 막강한 권위에 호소하고 있는 것이다. 공자와 정자의 논리에 비판을 가하지 않고 소공의 권위에 호소했으니, 이제 혹자가 해야 할 일은 권위를 부정하거나, 아니면 상대의 논리를 인정할 수밖에 없다.

이에 혹자는 권위를 부정하기로 했다. 즉, 소공의 행위가 잘못되었다고 비판한 소씨(蘇氏)의 주장을 채씨(蔡氏)가 취하여 전(傳)에 기록했으니, 소공이 잘못한 것이 분명하다고 직접 비판을 가했다. 이에 대해 춘정은 다시 다음과 같이 반격했다.[36]

---

35) 『태종실록』 권31, 16년 6월 辛酉(2). "臣曰, '天子祭天地, 諸侯祭山川, 此則禮之大體然也. 然以諸侯而祭天者, 亦有之矣. 魯之郊天, 成王以周公有大勳勞而賜之也. 杞宋之郊天, 以其先世祖宗之氣嘗與天通也. 杞之爲杞, 微乎微者, 以先世而祭天矣. 魯雖侯國, 以天子許之而祭天矣. 此則禮之曲折然也."

> 그렇지 않다. … 그러나 변(變)과 권(權)에 통달하여서 때에 알맞게 마땅하도록 조치하는 것은, 세상을 다스리는 상도(常道)는 아니다. 그러므로 채씨가 소씨의 설을 취하여 우선 그 바른 것을 남겼을 뿐이다. 이로써 논한다면, (소공이) 성왕을 도와 노나라에 교체(郊禘)를 내린 것은 대체로 당세에 알맞도록 저울질한 것[權當世之宜]이다.[37]

춘정은 권도와 상도의 논리로 설명한다. '당세에 알맞도록 저울질한다'는 것은 바로 권도를 뜻한다. 채씨가 소씨의 의견을 기록하여 소공이 실례(失禮)했음을 나타낸 것은, 실제로 그르게 여겨서가 아니라, 상도가 아닌 권도라는 것을 보여주기 위해 부득이 기록했을 뿐이다. 다시 말해 채씨는 소공을 비판할 의도가 없었고, 따라서 소공은 정당하다는 논리다.

이어서 춘정은 공자와 주자의 권위까지 끌어온다. 공자도 「주남」과 「소남」을 『시경』의 맨 앞에 놓은 것은 소공의 행위를 그르게 보지 않았다는 증거이고, 주자도 소공을 높이어 도통(道統)의 전함을 얻었다고 『중용』의 서문에 기록하였으니, 만약 소공이 실례했다면 공자와 주자가 이러한 일을 했을 리 만무하다고 했다. 곧 소공이 실례하지 않은 것은 명확하다며[38] 재차 정당성을 부여한 것이다. 또 춘정은 노나라가

---

36) 『태종실록』 권31, 16년 6월 辛酉(2). "或日, '所引此類似矣. 然魯郊非禮, 孔子言之, 成王之賜, 程子非之. 今乃援而爲例, 無乃不可乎?' 臣日, '非不知聖賢之論. 但成王之時, 周公歿後, 大經大法, 皆出召公. 賜魯郊禘, 非細事也, 必咨召公而行之, 無疑矣. 夫豈不義而召公爲之? 是或一道也.' 或日, '召公之相康王也, 王釋冕反喪服, 蘇氏譏其失禮, 謂周公在必不爲. 此蔡氏取之, 見於傳矣. 以此論之, 召公之相成王, 吾又未知其皆合於道也.'"

37) 『태종실록』 권31, 16년 6월 辛酉(2). "臣日, '<u>不然.</u> 康王之釋服, 必有權一時之宜而不得已焉者. 如伊尹奉嗣王, 祗見厥祖, 亦在初喪, 然亦不以喪服入于廟者的矣. 召公以四世元老, 斟酌事理而行之, 有非淺見寡聞者, 所可得而輕議也. 斯義也, 朱子嘗言之. <u>然通變達權, 以適于時措之宜者, 非經世之常道也. 故蔡氏取蘇說, 姑存其正者爾. 以此論之, 其相成王賜魯郊禘, 蓋亦權當世之宜也.</u>'"

제천을 행한 것은 성왕이 소공에게 물어서 행한 것이고, 소공은 권도를 따른 것이므로 잘못이 없으며, 이러한 점은 공자·주자·채씨도 인정했다며 여러 경전을 인용하여 반증했다.[39]

제후국에서도 제천을 행할 수 있다는 점을 경전의 권위를 들어 증명하려고 한 이 논쟁은, 비록 혹자를 설정하여 가공의 격론을 벌인 것이지만, 기실 제천 계승론자들과 폐지론자들이 실제로 벌인 논쟁이라고 해야 할 것이다. 경전이 법과 같은 지위를 가지고 있던 그 당시에 있어서, 경전의 해석을 둘러싼 논쟁은 조선의 학적 수준을 반영하는 일로, 그 자체로도 의의가 크다고 하겠다.

이어서 춘정은 예서에 실려 있지 않더라도 세속에 전하는 모든 기우와 관련된 일을 비가 올 때까지 전국적으로 거행해야 한다고 강력하게 주장하였다. 그리고 글을 마치면서 비가 오지 않는다고 '한갓 수성공구(修省恐懼)하며 반찬이나 줄이고 자책만 한다면, 이는 무익할 뿐만 아니라 태종 본인의 기에도 손상이 있을 것'이라고 충고했다. 그 대신에 첫째 경연을 열어 도를 논하는 신하를 접하고, 둘째 고금을 살피고 치도(治道)를 강명(講明)하여 나라의 근본을 세울 것이며, 셋째 국방을 강화하여 불우의 사태에 예방하라고 간하였다.[40] 매년 극심한 가뭄을 맞

---

38) 『태종실록』 권31, 16년 6월 辛酉(2). "若徒歸咎召公, 以相成王而賜魯郊禘, 相康王而釋喪服, 不察其時措從宜之實焉, 則是召公昧天下君臣之大分, 而紊禮樂之序矣, 忽人道終始之大變, 而亂吉凶之節矣. 又烏在其爲召公也哉? 孔子尙肯取之, 以周南·召南冠於三百篇之首乎? 朱子尙肯尊之, 謂得道統之傳而見於中庸之序乎? 其不可也, 亦明矣."

39) 춘정의 비판에 대한 반론은 세종 31년에야 보인다. 이에 대해서는 4장에서 상론하기로 한다.

40) 『태종실록』 권31, 16년 6월 辛酉(2). "則非雖禮文所載, 凡世俗所傳祈雨之事, 皆擧而行之. 五道兩界, 莫不皆然, 期於下雨而後已焉, 可也. … 恭惟殿下, 平其心易其氣, 日坐正殿開經筵, 而接論道之臣, 商確古今, 講明治道, 以植邦本, 奮武威而申吹角之令, 以嚴軍法, 以肅人心, 以備不虞可也. 若徒修省恐懼, 減膳自責, 則於事無益, 於氣有損, 臣竊爲

으면서 고작 반찬이나 줄이고 근신이나 하는 태종에게 있어서 뼈아픈 일침이었을 것이다.

이에 태종은 춘정에게 제문을 짓게 하고, 그 달 7일(정묘)에 좌의정 유정현(柳廷顯)을 헌관으로 삼아 하늘에 제사를 지냈다. 음의 기운을 창달시키기 위해 남문을 닫고 북문을 열어놓았으며, 재랑(齋郎)이 『시경』의 「운한(雲漢)」편[41]을 노래하도록 했다. 그리고 지방의 백성들도 이사(里社)에서 빌게 하였고, 중외의 가인(家人)들도 호신(戶神)에게 제사 지내고 비를 빌게 하여 전국적으로 기우제를 행하였다. 그 덕분인지 제천을 행한 바로 이날 큰비가 내렸다. 아마 신은 예가 아닌 제사를 흠향하지 않을 것이라고 주장한 제천반대론자들이 머쓱해졌을 것이다. 큰비가 내린 보답으로 7월 15일(갑진)에는 우의정 박은(朴訔)에게 비가 온 것에 감사하는 보사(報祀)를 원단에서 행하도록 했다.[42]

춘정은 조선이 제천을 행할 수 있는 이유를, 크게 제천의 유구성, 성교(聲敎)의 자유, 권도의 타당성 등을 들었다. 제후국에서도 제천이 가능하다는 것을 논리적으로 조목조목 증명해 낸 것이다. 이렇듯 비록 제후국이지만, 자주적으로 내치를 할 수 있으며 제천까지 할 수 있다는 사고에서 춘정의 자주성을 엿볼 수 있다. 춘정의 자주성은 사대주의가 점차 보편화되어 가는 상황에서 그 의미가 더욱 크다고 하겠다.

위에 제시한 의견들은 전술한 대로 춘정 한 사람만의 것은 아니다. 줄기차게 제천의 필요성을 주장해온 많은 사람들의 논리와 논거를 종

殿下, 實拳拳焉."

41) 『詩經·大雅』의 「雲漢」편은, 주나라 宣王이 가뭄이 심하게 들자 하늘의 은하수[雲漢]를 바라보며 비를 내려달라고 하소연하는 내용으로 이루어져 있다.

42) 『태종실록』 권31, 16년 6월 乙丑(2), 丁卯(1). ; 권32, 7월 甲辰(1).

합하고 심화시킨 것은 물론, 반대론자들의 논리와 논거도 모두 종합하여 분석한 것이다. 따라서 춘정의 상소에 나타난 제천의 찬반론은 당대 사람들의 제천에 대한 의식을 종합적으로 보여준 것이다. 제천을 지내자고 청한 사람들은 많았지만, 춘정처럼 이를 논리화하여 체계적으로 제시한 사람은 그 전에도 그 후에도 없었다. 이러한 점에서 병신년 상소문은 더욱 높이 평가되어야 할 것이다.

4. 춘정 서거 후 조선조의 제천 의식

1) 춘정의 서거와 제천의 종식

세종조에서도 제천에 대한 춘정의 노력은 계속되었다. 세종은 즉위 다음해(1419)에 제천은 참람한 예이므로 행할 수 없다고 하였으나, 춘정의 건의를 받아들여 그 다음날 경복궁 경회루 못가에서 기우제를 지냈고, 우의정 이원(李原)에게 명해 원구에서 비를 빌게 하였다.[43] 춘정의 주장은 첫째 전조 2천년 동안 제천을 행했으니 이제 와서 폐할 수 없고, 둘째 본조는 땅이 수천 리이므로 옛날 중국의 백리밖에 안 되는 제후에 비교할 수 없으며, 셋째 비록 우리가 제후여서 제천을 할 수 없다고는 하지만, 지금은 비상시이니 권도로써 할 수 있다는 주장이다. '제후는 제천할 수 없다'는 말은 땅이 백리밖에 안 되는 고대의 중국 내의 제후를 대상으로 한 말이고, 조선은 자고로 땅이 수천 리이니 중국 내의 제후와 함께 비교할 대상이 아니라는 것이다. 곧 때와 장소와 상황이 맞지 않는다는 뜻이다. 이러한 주장은 병신년의 상소와 대체로

43) 『세종실록』 권4, 1년 6월 庚辰(4), 辛巳(4).

일치한다.

세종은 춘정의 건의를 받아들임을 물론, 제천에 대해서도 많은 관심을 가졌다. 예조의 건의로 원단 전용 예기(禮器)를 따로 만들었고,[44] 또 원유관(遠遊冠)과 강사포(絳紗布)를 입고 친히 원단기우제의 향과 축문을 전하기도 했으니, 이 때 시신들이 모두 조복을 입고 시위했다.[45] 임금이 친히 향과 축문을 전했다는 기록은 이전에는 없었다.

그러나 어찌된 일인지 춘정이 서거한 세종 12년(1430) 이후로는 마치 기다렸다는 듯이 원단에서의 제천 기록은 보이지 않는다. 단지 종묘와 사직 등에서 기우한 기록만 있을 뿐이다. 세종 21년(1439) 판승문원사 정척(鄭陟)은 주상이 직접 원단에 나가 친제할 것을 상소했으나, 세종은 불허하였다.[46] 세종 25년(1443)에는 제천에 대해 뭇 대신들과 다음과 같이 의논하였다.

> 예에 비록 천자는 천지에 제사 지내고 제후는 산천에 제사 지낸다고 했지만, 이것은 중국 봉내의 제후를 가지고 말한 것이다. 우리나라는 해외에 치우쳐 있다. 지난날 계량이 '비를 빌려고 한다면 반드시 하늘에 제사 지내야 한다'며 강청하여 비를 얻고는, 곧 "이것은 제천의 소치이다."라고 했다. 만일 하늘에 제사하는 것이 옳다면, 내가 결심하고 지낼 것이다.[47]

---

44) 『세종실록』 권20, 5년 5월 乙未(2).

45) 『세종실록』 권29, 7년 7월 辛未(1).; 권32, 8년 5월 丙申(1).; 권36, 9년 6월 14일 辛未(1).

46) 『세종실록』 권86, 21년 7월 辛亥(3).

47) 『세종실록』 권101, 25년 7월 癸亥(3). "高麗行圓壇祭, 我 太祖悉革僭禮之事, 罷圓壇之祭, 其一也. 然北方人以白馬及鵰祭天, 豺獺亦得祭獸魚, 則禮雖天子祭天地, 諸侯祭山川, 此以中國封內諸侯言之. 我國僻在海外. 往者卞季良云, 欲祈雨必須祭天, 强請得雨, 乃曰此祭天所致也. 今祭天若以爲可, 則予決意行之."

세종은 "천자제천지(天子祭天地), 제후제산천(諸侯祭山川)"은 중국 내 제후에게만 통용되는 법이라고 말했다. 곧 춘정의 논리를 받아들여 즉위 초에는 참람한 예라고 반대하던 제천에 대해 긍정적인 견해를 가지게 되었으니, 세종의 제천관에 있어서 커다란 진전이라 할 수 있다. 그러나 세종은 여전히 제천에 대해 확신을 가지지 못했다.

> 그러나 평시에는 지내지 않다가 재해를 만나서 지내는 것은 아마도 옳지 않은 일이 아닌가? 제사를 지낸다면 반드시 의물(儀物)을 성대하게 하여 직접 지내야 하며 신하를 보내 대신할 수 없다. 만약 친히 지내지 않는다면, 상천이 어찌 기꺼이 흠향하려 하겠는가? 부득이 제사를 지내야 한다면, 내 마땅히 친히 지낼 것이다. 의주(儀註)는 상세히 정해야 한다. 제기는 도자기와 바가지를 써서 정결을 귀하게 여겨야 하는데, 지금 다 준비할 수 있겠는가? 만약 정결하지 않다면, 역시 하늘을 속이는 것이다.[48)]

이에 대해 황희(黃喜)·이숙치(李叔畤)·김종서(金宗瑞)·허후(許詡) 등은 평상시는 제천을 지낼 수 없으나 재변을 만나서는 지낼 수 있다고 했다. 춘정의 상도·권도의 논리와 같다. 그리고 친제하지 말 것을 간하였는데, 그 이유는 상세하지 않다.

이에 비해 신개(申槩)·하연(河演)·권제(權踶)는 한결같이 반대의 입장을 견지했다. 신개는 하늘에 제사한다고 비가 오는 것은 아니라고 했다. 미신일 뿐이라고 말한 셈인데, 이 주장은 이전에는 볼 수 없던

48) 『세종실록』 권101, 25년 7월 癸亥(3). "然平昔不祭天, 而遇灾祭之, 無乃不可乎. 祭之則必須親行以備儀物之盛, 不可遣臣祭之也. 若不親祭, 則上天豈肯享之乎. 不得已則予當親祭之, 其詳定儀註. 祭器則用陶匏, 而以潔淨爲貴, 今可及備乎? 若不潔淨, 則亦是欺天也."

새로운 주장이다. 하연은 평소 지내지 않다가 재해를 만나 지내는 것은 잘못이라고 동조했다. 권제는 신은 예가 아니면 흠향하지 않는다며 권도론의 부당성을 지적했다. 그 이유인 즉, 하늘은 이치[理]일 뿐이어서 털끝만큼이라도 이치에 어긋나면 하늘이 도울 리 없기 때문에, 단연코 재변을 만나도 제사를 지내서는 안 된다는 것이다. 세종의 결국 신개·하연·권제 등의 의견에 따라 제천을 하지 않기로 결정했다.[49] 이 시기에 이르러 천자만이 제천할 수 있다는 중국예악이 태종 때에 비해 더욱 강화되었음을 알 수 있다. 그 후 세종은 천제를 지내자는 예조와 영의정 황희의 간언은 모두 불허하였다.

이후 원단의 제천은 세조 임금을 기다려야 했다. 그러나 이 또한 세조 3년(1457)과 5년(1459)에 제천이 시행되었을 뿐[50] 그 이후의 기록은 보이지 않는다. 다만 성종 13년(1482)에 제천을 하자는 임숙(任淑)의 상

---

49) 『세종실록』 권101, 25년 7월 癸亥(3). "黃喜·李叔畤·金宗瑞·許詡議曰, '常時祭天, 斷不可爲也. 遇灾變而祭之 則可矣. 然可遣人祭之, 不宜親祭.' 申槩議曰, '天子正月而郊天, 如遇旱灾, 則祭之矣. 然中國, 或有大旱, 豈以祭天而得雨乎.' 河演議曰, '以人事比之, 人平時略不參謁, 至於遇患, 進見祈請, 則人豈肯聽之乎. 雖遇旱祭之, 亦不可也.' 權踶議曰, '神不享非禮, 非禮之事, 天豈享之. 天者理而已矣. 若有一毫不循乎理, 則上天其右之乎. 雖遇灾變, 斷不可祭也.' 上曰, '… 祭天之議, 則申槩·河演·權踶議是矣. 人事順於下, 則雖不祭之, 天豈降灾. 人事不順於下, 則雖祭之, 天豈降福乎. 然以迫切之情, 幸祭而得雨, 故云耳. 遣人祭之以欺天, 不若不祭之爲愈也. 予聞北方人祭天, 又聞遼金祭天, 至於平人亦祭之, 卿等參酌熟議以啓.' 僉議啓曰, '北方之人與平人所爲, 是乃無知之輩, 而且自家之事, 何足比論乎. 且遼金自以爲天子, 與此不同矣.' 黃喜·金宗瑞·李叔畤·許詡啓曰, '遣人致祭爲便, 不可親行.' 申槩·河演·權踶議曰, '祭天之事, 已乖大禮矣, 天豈來格而雨乎.'" '하늘은 이치[理]일 뿐'이라는 것은 춘정도 인정했다. 춘정이 하늘을 완전한 인격적 신으로 생각했던 것은 아니었다(『세종실록』 권5, 1년 9월 丙午(10). "臣季良竊惟, 天者理而已矣.").

50) 『세조실록』 권6, 3년 2월 庚申(2) ; 권15, 5년 1월 庚寅(1). 이에 대해 김해영은, 세조가 집권 초기의 불안한 왕권을 확고히 하려는 정치적 의도에서 시행되었다고 보았다(앞의 책, 2003, 111면).

소에 따라 그 다음날 이 문제를 논의하였지만, 참람하다는 이유와 태종조 춘정의 의론은 비례(非禮)에 빠진 것을 알지 못했을 뿐이라는 이유로 일거에 부정되고 말았다.[51] 『증보문헌비고·예고』에 의하면 이후 인조 17년(1639)과 숙종 10년(1684)에 제천에 대한 논의는 있었으나 거행되지 않았다.[52] 기록상으로는 세조 5년이 마지막 제천이었던 셈이다.

2) 춘정의 제천의식에 대한 사관의 비판

세종 31년(1449), 황희의 제천 건의를 세종이 불허한 일에 대한 사평(史評)이 관심을 끈다. 사평은 병신년에 춘정이 상소문을 올렸을 때처럼 강하게 비판했다.[53] 사관의 논의는 두 가지로 정리할 수 있으니, 바로 예의 참란됨과 신명의 흠향에 문제가 있다는 것이다. 이는 전술한 사간원의 상소와도 같은 논지이다. 사관은 역대 왕조의 천제에 대해서도 일거에 평가 절하했다. 삼국 시대는 중국과 소통이 적어서 참람된 줄을 몰랐다는 것이고, 고려는 건원칭제(建元稱帝)하여 원체 참람된 것이 많았으니 논할 것이 없으며, 본조에 들어와서도 태종이 원단을 폐하였고 춘정의 간청에도 불구하고 제천을 하지 않았다는 것이다. 물론 태종은 16년과 18년에 천제를 행했고 원단이 다시 복구되었다는 점에서 사실과 다른 점도 있지만, 더 중요한 것은 사관이 춘정의 노(魯)·

---

51) 『성종실록』 143권, 13년 7월 乙酉(3). "命領敦寧以上議政府·禮曹, 議任淑上書. 鄭昌孫·韓明澮·沈澮·尹士昕·尹弼商·洪應·盧思愼·李克培·尹壕·成任·李坡·金碏·權侹議, '『禮』'祀天大雩, 帝用盛樂.' 乃天子事也. 諸侯祀, 百辟·卿士有益於民者, 則祈雨非無所也, 名分至重, 不可僭用天子之禮. 假令冒濫而行, 上帝其享之乎? 太宗朝卞季良之議, 不知陷於非禮, 不足取法.' 從之.

52) 『증보문헌비고·예고』 권61, 『예고』 권8, 「祭壇1·(附)祭天地日月星辰」, 仁祖·肅宗조.

53) 『태종실록』 권31, 16년 6월 辛酉(2). "季良, 惑佛諂神, 拜天禮星, 無所不爲, 至於力主東國祀天之說, 非不知犯分失禮, 徒欲以强詞, 奪正理耳."

기(杞)·송(宋)의 예를 들어 제후국도 제천을 행할 수 있다고 주장한 것을 비판하고 있다는 점이다.

> 무릇 주가 기와 송을 봉할 때에, 그들이 두 왕의 후손이라 여기어서 예물을 갖추게 하고 왕가의 손님 대우를 하여 우와 설의 제사를 받들게 했다. 그런데 우와 설은 천자이므로 제후의 예로 제사할 수 없어 천자의 예를 사용하도록 허락한 것이다. 그러나 다만 천자의 예로써 우와 설의 사당에 제사하도록 한 것이지, 반드시 교천(郊天)을 허락한 것은 아니다. … 노에 이르러서도 성왕이 주공의 훈로(勳勞)를 생각하고 신하로 삼지 않고 두 왕의 후예로써 노를 대접하였다. 그러므로 천자의 예를 주공의 묘에서만 사용하도록 허락한 것이다.[54]

사관은 기·송은 제후국이지만 천자인 우·설의 사당에 제사를 지내야 했으므로 부득이 천자의 예를 행하게 한 것이지 결코 하늘에 교제를 허락한 것은 아니며, 노의 경우도 역시 주공의 사당에 천자의 예를 사용하게 했을 뿐 제천을 허락한 것은 아니라고 반박했다. 이어서 "계량이 살피지 못하고 망령되게 경전을 인용하여 앞에서 선창하자 뒤에서 화답한 자들이 심히 여럿이었다."라고 혹평하였다. 그리고 황희까지 아울러 비판하면서, "만일 세종 임금의 학문의 밝으심이 아니었던들 대례(大禮)를 잃을 뻔하였다. 그러므로 계량의 잘못을 아울러 분별하여 논한 것이다."[55]라고 사평을 쓴 취지를 밝혔다.

---

54) 『세종실록』 권125, 31년 7월 壬午(1). "盖周之封杞宋也, 以其爲二王之後, 俾修禮物, 作賓王家, 以奉禹契之祀. 禹契天子也, 不可以諸侯之禮祀之, 故許用天子之禮. 然特用天子之禮, 祀禹契之廟, 未必許其郊天也. … 至於魯, 則成王念周公之勳勞, 不敢臣之, 以二王之後待魯, 故許用天子之禮於周公之廟."

55) 『세종대왕실록』 권125, 31년 7월 4일壬午(1). "此皆古人所論也, 而季良不之察, 妄引經傳, 以唱之於前爾, 後從而和者甚衆. 或以謂天有五帝, 而我國居東, 當祭青帝, 殊不知此

사관이 비록 춘정의 논리를 조목조목 반박한 것은 아니다. 다만 고려조까지의 제천이 예에 어긋난다는 주장만 했지, 왜 어긋나는지 그 근거는 대지 않았다. 어쩌면 이것은 이들에게는 너무나 자명한 일이어서 설명이 필요 없었는지도 모른다. 그러나 춘정이 주장한 명의 고황제가 이미 허락했다는 근거에 대해서는 그 반박을 찾을 수 없었다. 다만 경전에 근거하여 춘정이 제후국도 제천할 수 있다는 주장에 대해서만 경전의 문맥을 풀어서 반박하고 있을 뿐이다. 만약 사평의 주장대로 기·송의 제천 이유가 선조가 천자였기 때문이라면, 단군과 기자도 천자의 예로 제사해야 할 것이다. 더군다나 변계량의 상소에 따라 제천을 행한 이후 비가 내린 것에 대해서는, 즉 제천이 실질적인 효과를 발휘했다는 점에 대해서는 어떠한 언급도 없다. 제천이 정말로 무익하다는 주장을 펼치려면 이 부분에 대한 해명이 있어야 할 것이다. 이들의 경직된 사고에서는 참례와 흠향하지 않는다는 이유 이외에는 어떠한 논리도 찾을 수 없다.

5. 결론

이상의 논의에 따라 찬반론을 정리하면 이러하다. 먼저 제천에 대한 찬성론의 주요 논지는 다음과 같다.

說出於秦漢方士不經之談也. 今喜賢相也, 乃曰 '常行則僭矣, 情迫則無不可.' 是尤不可也. 匹夫雖當死生, 猶宜以義自處, 安有人主平時則知其非禮而不爲, 迫切則諂諸神明以徼福乎! 季氏旅於泰山, 夫子曰 '曾謂泰山不如林放乎!' 泰山有知, 必不享季氏之祭, 矧上帝而可諂乎! 且所引子路之言, 甚爲無據. 子路之意, 盖引古語, 以明有禱之理, 非謂欲禱皇天后土也. 儻非世宗聖學之明, 幾失大禮矣, 故併辨季良之失而論之."

첫째, 조선은 원래 천자국이었다. 춘정은 비록 조선이 천자국이라고 분명하게 말하지는 않았지만, 병신년 상소에서 "우리나라는 단군이 시조입니다. 무릇 하늘에서 내려왔으며 (중국의) 천자가 분봉한 나라가 아닙니다."라고 하였다. 다시 말해 조선은 천자국이었으며, 제천은 당연히 지낼 수 있다는 뜻이다. 그러므로 역대 왕조도 제천을 수천 년간 행해왔던 것이다. 다만 당시 사정상 춘정은 이를 분명하게 표현할 수 없었을 뿐이다. 이러한 생각은 다음의 제천의 유구성과도 이어진다.

둘째, 제천은 유구한 전통을 지녔으므로 경솔하게 폐기할 수 없다. 조선의 역사는 3천여 년으로 중국과 대등하며, 제천은 전조 1천년 또는 2천년 이상 존속되어온 유구한 전통을 지녔기 때문이다. 이러한 논리를 체계화시킨 이는 바로 춘정이었다.

셋째, 조선은 동방에 있으니 청제(靑帝)에게 제천할 수 있다. 이는 하윤과 허조 등이 주장했는데, 태종에 의해 반박된 이후 다시는 제기되지 않았다. 초기의 제천 주장자들의 논리는 주로 둘째와 셋째에 치중되어 있다.

넷째, 권도론에 따라 제후도 제천할 수 있다. 제후는 천지에 제천할 수 없다는 점을 인정한다 해도, 현실이 매우 다급한 '비상의 변'인 만큼, 정상적인 방법인 아닌 격고(擊鼓)로 대응하자는 것이다. 이는 일종의 권도론으로, 경전의 여러 구절을 들어 설전을 펼치는 계기가 되었다. 폐지론자들은 예가 아닌 것은 신이 흠향하지 않으니 아무 효과가 없다는 논리로 대응했다.

다섯째, 제후도 제천할 수 있다. 권도론과도 관련이 있다. 기나라와 송나라는 각기 시조인 우와 설에게 제사할 때 천자의 예를 따랐다는 점과, 노나라가 주공에게 제사할 때 소공의 자문에 의해 성왕이 천자의 예를 내려주었다는 점에 근거했다. 이에 대해 사관은, 이것은 해당자에게 천자의 예로 제사하게 한 것이지, 하늘에 교제를 지내는 것까지 허락한 것은 아니라고 반박했다. 조선의 원단에서 하늘에 기우제를 지낼 수 없다는 것이다. 논자들이 각기 경전에서 증거를 찾아 서로 논박했다는 점에서도 흥미롭다.

여섯째, 명 태조가 자치를 허락했다. 태조 원년 명 태조의 칙서에, '조선은 중국이 통치할 땅이 아니니, 조선은 성교(聖敎)를 자유롭게 하라'는 내용에 근거했다. 정치 교화를 자유롭게 하라는 내용에 과연 제천까지 포함시킬 수 있는지는 논란거리가 될 수 있겠으나, 당시 이에 대한 구체적인 반론은 보이지 않는다. 춘정만이 제기했고 다른 이의 언급은 없다.

일곱째, 조선은 중국 내의 제후국과는 다르다. 천자여야 천지에 제사할 수 있다는 예법은 중국의 제후에게만 해당된다는 주장이다. 역시 춘정의 주장이다. 당시 명 태조의 조서 중, "고려는 산을 경계삼고 바다를 사이에 두고 있어서, 하늘이 동이의 땅을 (별도로) 정한 것이다. 그러니 우리 중국이 다스릴 바가 아니다."라고 한 뒤, 조선의 '성교는 자유'라고 한 점에 근거한다. 따라서 조선은 중국 내부의 제후국과는 경우가 다르다는 주장이다. 그리고 고대의 백리밖에 안 되는 땅의 제후와 지금의 사방 수천 리의 땅을 가진 조선과는 비교 자체가 될 수 없다는 주장도 이에 속한다. 그러나 이 역시 구체적인 반론은 보이지 않는다. 다만 태종이 중국의 사신이 오면 항례해야 한다는 현실적 입장에서 이 논리를 부정한데 반해, 세종의 경우는 중국의 제후와 다르다는 것을 인정하고 있다.

이러한 찬성론에 비해 반대론내지 폐지론은 단순한 편이다.

첫째, 군신의 분수는 넘을 수 없다. 어떠한 경우에도 중국과 조선의 군신관계는 변할 수 없으므로 신하의 분수를 넘는 참례란 있을 수 없다는 주장이다. 이러한 입장을 견지하고 있다면 어떠한 주장도 타협의 대상이 될 수 없을 것이다.

둘째, 예가 아니면 흠향하지 않는다. 『논어』 임방(林放)의 고사를 들어, 설사 제사를 지낸다 해도 비례이므로 흠향하지 않을 것이니, 비도 내리지 않을 것이라는 주장이다. 비상의 변에 권도로 대처하자는 논의를 무력화시키기 위한 주장이다. 그러나 제천 후 실제로 비가 온 사례에 대해서는, 즉 제천의 실질적 효과에 대해서는 아무런 언급이 없다.

이 외에도 제사한다고 비가 오는 것은 아니라는 주장도 있다. 바로 신개의 주장인데, 이는 기우제는 미신이라는 말과 같다. 물론 태종이 제문에 직인을 찍을 때마다 의심스럽다고 했으며, 심지어 제천을 강력히 주장한 춘정도 하늘에 비를 빌어도 반드시 온다는 보장은 없다고 했다. 허조나 하윤 등 제천을 주장한 사람들도 비슷한 생각이었을 것이다. 다만, 오랜 가뭄으로 사태가 심각하므로 지푸라기라도 잡는 심정에서 그랬을 수도 있고, 또 전국적으로 제천을 행하여 민심을 하나로 모으고, 다시 이를 통해 난국을 극복하려는 의도도 있었을 것이다.

반대론은 상기 두 가지 주장이 주를 이루지만, 결국 중국의 예악에 따라 중국과 조선은 그 분수가 나누어져 있으며 예외는 결코 인정될 수 없다는 것이 그 핵심이다. 이들은 삼국이나 고려가 황제국의 예를 행했다는 사실을 인정하고 싶지 않았을 것이다. 만일 인정한다면 조선의 정통성에도 문제가 있고, 또 친명 노선을 견지하기 위해 사대하는 것도 백성들에게 설득력이 없을 것이기 때문이다. 조선의 건국을 합리화하기 위해서는 제후국에 만족해야 했고 절대 천자국이 될 수 없었다. 따라서 삼국과 고려의 칭제건원은 참람한 짓으로 몰고 갈 수밖에 없었다. 더군다나 '명분'의 사대가 '사대주의'로 변질되면서 이러한 사고는 가속화되었다. 그렇다면 이러한 분위기 속에서 춘정의 제천 찬성론은 처음부터 관철되기 어려운 주장이었다고 할 수 있다.

국초 이래 팔관회와 연등회의 폐지로 제천 행사가 가능한 것은 기곡제와 기우제뿐이었다. 제지(祭地)나 제일월성신(祭日月星辰)은 조선조에서는 없었다. 기곡제와 기우제는 물론 연례행사였으나, 이를 원단에서 행하려 할 때는 문제가 있었다. 결국 조선조에 있어서의 제천은, 가뭄을 틈탄 '기우제'라는 기형적인 모습으로 그 명맥을 유지할 수밖에 없었으며, 그나마도 오래가지 못했다. 한편 춘정 서거 후에는 제천 행사가 세조조 초를 제외하고는 사실상 폐지된다는 점에서, 민족의 예악이 급속도로 중국예악에 흡수되는 과정도 목도할 수 있다. 이것은 조선 위정자의 의식마저도 중국의 제후국으로 편입되었다는 뜻이다.[56]

춘정의 병신년 상소는 유일무이한 것이었다. 춘정이 없었던들, 아마 제천은 태종 12년 이후로는 더 행해지지 못했을 수도 있다. 제천에 관한 찬반론을 체계적이고도 종합적으로 제시하여 그 당시 사인들의 제천에 대한 의식을 한눈에 볼 수 있다는 점에서도 이 상소는 매우 중요하다.

이제 춘정이 제천을 그렇게까지 강조한 이유에 대해 생각해볼 차례이다. 이에 관한 명확한 언급은 아직까지 찾을 수 없었다. 비록 춘정을 두고 귀신과 부처를 섬기고 하늘에 절까지 한다는 비판이 있는 것도 사실이지만, 이러한 일은 지금도 많은 사람들이 여러 종교시설에서 수시로 하는 행위이다. 그러므로 단순히 미신에 빠졌기 때문이라고 치부할 수는 없다. 필자는 이보다 더 깊은 이유가 있을 것이라고 생각한다.

태종이 춘정에게 왜 그렇게 제천을 하려고 하느냐고 묻자, 춘정은

56) 이민홍, 앞의 책, 1997, 73면. "중세의 제의는 오늘날 제사 지낸다는 의미에 머무는 것이 아니라 통치차원의 행사이기도 했다. 우리가 제천의식을 행하고 있을 때는 중국으로부터 독립해 있었다는 증거다."

제천의 예를 기천영명의 실체[祈天永命之實]로 삼으려 한다고 아뢴 적이 있다.[57] '기천영명'이란 『서경』 「소고(召誥)」에 나온다. 「소고」는 소공(召公)이 지은 글로, 임금이 경(敬)과 덕(德)에 힘써서 백성을 화합하게 하고, 또 백성의 화합을 통해 '하늘에 나라의 무궁한 명[祈天永命]을 빈다'는 내용이다. 춘정은 아마도 제천을 통해 백성을 단합시키고 안정시키며 또 이로 인해 신생국인 조선의 영원한 발전을 꾀하고자 한 것으로 보인다. 곧, 제천을 기천영명을 위한 현실적이고 실천적인 방법으로 삼고자 한 것이다.

춘정 변계량의 시호는 문숙(文肅)이다. 여기서의 문(文)은 배우기를 부지런히 하고 묻기를 좋아한다[學勤好問]는 뜻이고, 숙(肅)은 마음을 굳게 잡고 큰일을 결단하여 처리한다[執心決斷]는 뜻이다. '문숙'이라는 시호에서 춘정의 학식과 인품, 그리고 국가의 대사를 처리하는 담대함을 느낄 수 있다.

춘정은 평생 관직에 몸담으면서 신생국인 조선의 기반을 다지기 위해 노력하였다. 그는 20여 년간 문형(文衡)을 도맡아 외교문서를 주관했고 성균관 유생과 집현전 학사의 교육 및 인재 선발에도 매진했다. 특히 시험을 주관하여 인재를 선발할 때는 매우 공정하게 일을 처리하여 전조 이래의 폐습이 일소되었다는 평까지 받았다. 뿐만 아니라, 태종이 춘정의 주장에 따라 대마도 정벌을 의논했다고 그의 졸기(卒記)에 기록되어 있다.[58] 춘정은 상왕인 태종의 명으로 오진법(五陣法)을 연구

57) 주 23) 참조.

58) 『세종실록』 권48, 12년 4월 癸巳(1). "判右軍府事卞季良卒. … 又明年, 倭奴侵我南鄙, 多殺掠, 太宗取季良之言, 議征討. … 謚文肅, 學勤好問文, 執心決斷肅. 季良典文衡幾二十年, 事大交隣詞命, 多出其手. 掌試取士, 一以至公, 盡革前朝冒濫之習. 論事決疑, 往往出人意表.

해 올렸는데, 이 오진법에 따라 훈련을 시키자 조선의 삼군(三軍)이 오진(五陣)으로 일사분란하게 대형을 변화시킬 수 있었다고 한다.[59] 이처럼 춘정은 실로 외교와 교육뿐 아니라 국방에 있어서도, 신생 국가의 기반을 다지는 데 지대한 공헌을 했다.

춘정은 사대주의에 찌든 여타의 위정자들과 달리 제천을 통해 조선의 주체성과 자주성을 일깨우고자 노력했다. 그의 정책은 실질적이고 실천적인 면이 강했다. 예법에 얽매여 가만히 있는 것이 아니라 권도를 사용하여 현실의 난국을 타개하고자 했다. 춘정이 강력히 주장한 원구의 제천 역시, 조선의 예를 바로 세워 태평성대의 기반을 다지려는 우국충심의 발로였다. 춘정의 유구한 역사와 전통에 대한 자부심, 그에 따른 주체성과 자주성, 그리고 명분주의에 현혹당하지 않고 실체를 적극적으로 추구하는 자세는 오늘날에도 귀감이 되어야 할 것이다.

이 글은 『인문과학』 36집(성균관대학교 인문과학연구소, 2005.8)에
수록한 논문을 일부 수정한 것이다.

59) 『세종실록』 권12, 3년 5월 己卯(1). "上奉上王, 幸樂天亭, 大閱五衛陣. 前此, 上王命參贊卞季良, 考據古制, 以成陣法. 上於內中, 又出畫本陣法一軸, 季良參究, 爲五陣法以進, 令訓鍊觀依法敎肄. 至是, 三軍變爲五陣, 無失次者. 旣閱, 仍觀手拍之戲, 置酒奏樂, 慰三軍將帥."

제3부

변계량과 문학세계

변계량 악장의 존재와 시대적 의미

조규익

1. 들어가는 말

변계량[卞季良, 1369~1430]의 『춘정집(春亭集)』[1]에는 3제 15편[2]의 악장을 포함, 430수의 시 작품들이 실려 있다. 이 악장들과 『조선왕조실록』으로부터 찾아낸 9편의 새로운 악장 등 21편[3]이 논의의 대상이다. 이러한 악장들에 들어있는 변계량의 관점을 찾아내고 그것이 고전시가의 장르적 지속과 변이에 구체적으로 어떤 역할을 했는지, 그것들에 반영된 주제의식이 무엇인지 등을 살피려는 것이다. 물론 여기서 대상으로 삼는 21편이 변계량 악장의 전부는 아닐 가능성이 높다. 그의 작품이 더 발굴된다면, 본고에서 이야기되는 내용의 상당부분은 달라져

---

1) 『標點影印 韓國文集叢刊 8: 春亭集 외』, 사단법인 민족문화추진회, 1990.

2) 위의 책, 68~69면[「紫殿曲」(獻壽·警戒·君臣之義), 「山川壇祭樂章」(風雲雷雨之神·國內山川之神·城隍之神·迎神·送神), 「先蠶祭樂章」(王后入壝無射宮·迎神九成黃鍾宮·王后盥洗無射宮·王后升壇夾鍾宮·王后入小次無射宮·初獻盥洗無射宮·初獻升壇夾鍾宮] 참조.

3) 『春亭集』과 『조선왕조실록』 두 문헌에 모두 실려 있는 「자전지곡」 3편의 경우 한 번만 계산된 숫자임.

야 한다. 또한 그가 남긴 전체 시문학 작품들에 비해 수적으로 미미한 악장에서 도출된 논리가 전체 시문학에 대하여 합당한 의미를 갖는다고 확언할 수 없는 점도 분명히 고려되어야 한다.

악장이 앞 시대의 가요를 보존시키고 민간에 퍼뜨려 다음 단계 가요의 형성에 측면적 구실을 했다는 견해[4]도 있다. 그러나 조선 초기 관찬 문헌들에 등장하는 우리 노래문학의 경우 대부분 궁중의례의 현장에서 공연되던 악무(樂舞)의 악장이었다는 점을 감안한다면, 악장은 한국 고전시가의 핵심적인 범주에서 벗어날 수 없다.[5] 특히 노래문학으로서의 고려조 시가와 조선조 시가의 접점은 조선 초기 악장에서 발견될 가능성이 크고, 변계량은 고려조와 조선조에서 문한(文翰)의 요직들[6]을 두루 거쳤다는 점에서 고전시가의 지속과 변이에 미친 그의 영향이 적지 않았으리라 추정되는 것이 사실이다. 그가 남긴 악장들을 통해 그 점들을 살펴보기로 한다.

2. 작자로서의 현실적 위치

악장이나 관각문학은 정교상(政敎上) 불가피한 현실적 목적의식 아래 이루어진 것으로, 치자계급의 문학 가운데 큰 부분을 차지한다. 변계량이 39세에 예문관 직제학이 되었고, 그 후 20여 년간 문병(文柄)을

4) 김동욱, 『國文學槪說』, 보성문화사, 1974, 66~68면 참조.

5) 이 문제의 논의는 본고의 논지에서 벗어나므로 다른 기회로 미루고자 한다.

6) 그는 고려 우왕 11년[1385] 문과에 급제하여 전교(典校)·주부(主簿)·진덕박사(進德博士) 등을, 조선 건국 초기 성균관 학정(學正)·예문관 응교(應敎)·직제학(直提學) 등을, 태종 7년[1407]에는 문과 중시에 급제하여 예조 우참의(右參議)·예문관 제학(提學)·대제학·예조판서 등을 역임하였다.

변계량비각[문화재자료 27호] : 조선 전기 문신이었던 변계량과 그의 아버지 판서공 변옥란, 친형인 춘당 변중량의 행적을 기록해 놓은 비를 보호하고 있는 비각이다.

잡고 외교문서와 조정의 사명(辭命)을 도맡아 활약했다는 점에서 악장 제작자로서의 현실적 위상은 미루어 짐작할 수 있다.[7] 정몽주·이숭인·권근을 사사(師事)하였고,[8] 특히 권근 이후 문형의 지위에 오른 변계량은 그들로부터 악장 제작의 규범까지 답습하게 되었다. 또한 직접적인 사승 관계는 확인할 수 없지만 악장 제작에서 정도전의 영향 또한 많이 받았던 것으로 추정된다. 선초 악장문학사에서 정도전과 권근의 시대가 끝나고 변계량이 등장하는데, 그 자신 다양한 형태상의 실험을

7) ① 『해동잡록 3』, 『국역 대동야승Ⅴ』, 민족문화문고간행회, 1985, 288면 참조.
② 權踶, 「春亭先生文集 舊序」, 『李朝名賢集 2』, 성균관대 대동문화연구원, 1986, 4면의 "所任文翰一時辭命 多出其手" 참조.

8) ① 『필원잡기 2』, 『국역 대동야승Ⅰ』, 339면.
② 권제, 「춘정선생문집 구서」의 "年未弱冠 師事圃隱陶隱及我先人陽村文忠公 大爲諸公稱賞" 참조.

하긴 했지만 작품 경향은 정도전이나 권근이 확립한 테두리를 크게 벗어나지 않았다.[9] 그가 악장 제작에 능란했으며 당대의 악장 제작을 주도했던 사실은 세종의 언급으로도 확인할 수 있다.[10] 다만 음악적인 측면을 먼저 고려한 뒤에 악장을 짓지는 않았을 것이라는 점이 인용문[주10) 참조]의 맹사성 관계 언급에 어렴풋이나마 암시되어 있다. 어쨌든 그가 조선조에 재직했던 20여 년간 지은 악장의 총수는 기명(記名)으로 지어올린 20여 수를 훨씬 넘을 것으로 짐작된다. 조선조 악장의 전통을 수립한 인물은 정도전·권근이지만 다작으로 꽃을 피운 인물을 변계량으로 꼽는 것도 그 때문이다. 권제의 「춘정선생문집 구서」[11]에 다음과 같은 사실이 언급된다.

> 선생은 일찍이 신조를 지어 양궁의 자효를 가영하고 일대의 치공을 형용하였으며 그것을 율려에 올려 무궁토록 전하게 했으니 또한 어찌 소인묵객으로서 음풍영월이나 하는 자가 미칠 수 있으리오? 선생의 문장과 사업은 탁월하다고 할 수 있다.[12]

인용문 가운데 주목할 만한 내용은 '신조/양궁의 자효를 가영함/일대의 치공을 형용함' 등이다. 조윤제는 신조를, 『고려사』[13]에 나오는 신조(新調) 및 『동국통감』[14]에 나오는 시조(詩調)와 함께 '시조(時調)'의

---

9) 조규익, 『조선초기아송문학연구』, 태학사, 1986, 57면.

10) 세종 즉위년 11월 3일 7번째 기사. 국사편찬위원회 『조선왕조실록』[sillok.history.go.kr].

11) 이하 「구서」로 약칭한다.

12) 『이조명현집 2』, 4면의 "先生嘗作新調 歌詠兩宮之慈孝 形容一代之治功 被諸律呂 垂之無窮 又豈騷人墨客 吟風詠月者之可及也 先生文章事業 亦可謂卓卓矣" 참조.

13) 동아대고전연구실, 『역주 고려사』, 태학사, 1987, 157면의 "元祥製新調太平曲 令妓習一日內宴歌之 王妬變色日 此非能文者不能 誰所爲耶" 참조.

초기 명명(命名)으로 보았다. 즉 고려 초기에는 아직 시조라는 형식이 생기지는 않았어도 그 원형으로 볼 수 있는 것이 다른 노래로부터 파생되었고, 그것이 점점 발달하여 충렬왕조에는 거의 그 형식을 갖추었으며 고려 말엽에는 근사하게 지금의 시조형식을 이룰 수 있었다는 것이다. 또한 그는 조선조 후기의 『청구영언』에 변계량의 작으로 명시되어 있는 두 수의 시조가 실려 있다는 점을, 「구서」 중의 '신조'가 시조를 지칭한다는 사실의 방증으로 제시했다.[15]

그러나 필자의 생각은 다르다. 우선 변계량의 몰년이 세종 12년(1430)으로, 훈민정음 창제 이전이다. 기록 시점에 논란의 여지가 있다는 것이다. 물론 창작된 후 전승되다가 뒤에 기록으로 올려졌을 가능성도 있지만, 그보다는 후인의 의작(擬作)일 가능성이 더 크다. 달리 보면 조윤제의 주장대로, 변계량의 작으로 되어 있는 '치천하(治天下) 오십년에 부지(不知)왜라 천하사(天下事)를…'[16]의 내용은 「구서」 중의 '일대의 치공을 형용했다'는 뜻과 부합하는 일면이 있긴 하다. 그러나 이 노래가 『십팔사략』에 나오는 내용을 가곡창사[17]의 형식으로 압축한 것에

14) 『東國通鑑』, 경인문화사, 1994, 225면의 "元祥製詩調曰太平曲" 참조.

15) 조윤제, 「時調名稱の文獻的 硏究」, 최철·설성경 엮음, 『시가의 연구』, 정음사, 1985, 264~266면 참조.

16) 황순구 편, 『청구영언』[한국시조학회, 1987]의 '육당본 청구영언' 가번 48.

17) 학계에서 통용되는 '時調'가 이미 관습화되어 있는 명칭임은 사실이다. 그러나 그것이 시가사·음악사 등 어느 면으로도 정확한 용어는 아니다. 초창기 眞勺과 大葉의 시기를 포함하여 가곡은 조선조 후기 시조창이 등장한 이후에도 노래장르의 중심을 차지해왔기 때문이다. 19세기 중·후반으로 추정되는 시조창 등장 이후 가곡창과 시조창이 노랫말을 공유해온 건 사실이지만, 『청구영언』·『해동가요』·『가곡원류』 등 대부분의 가집들은 시조창 아닌 가곡창을 위한 敎本 혹은 앤솔로지들이었다. '시조음악'이 존재하지 않던 시기에 노랫말로서의 시조[혹은 시조창사]가 존립할 수 없었음은 당연하다. 그러나 이 문제는 이 글의 주된 논점이 아니기 때문에 다른 자리에서 詳論하기로 하고, 다만 '시조[혹은 시조창사]' 대신 '가곡[혹은 가곡창사]'으로 부른다는 점만을 밝히고자

불과하기 때문에,[18] 적어도 권제가 이런 노래를 가지고 「구서」에서와 같은 호평을 했을 리가 없다. 그리고 나머지 한 작품[ᄂᆡ히죠타ᄒᆞ고남슬흔 일ᄒᆞ지말고…][19]은 유교적 실천 윤리를 제시한 관념적 교술시로서 주자학 묵수기(墨守期)의 유학자들에 의해 의작된 것으로 보인다. 두 작품 어디에도 권제가 「구서」에서 적시(摘示)한 노래의 내용이 확실히 표현되어 있지 않다. '형용일대지치공'은 『시경』의 송에 대한 설명[頌者 美盛德之形容 以其成功告於神明者也][20]을 줄인 말이다. 다시 말하면 변계량이 창업과 수성, 즉 왕업에 대한 찬양의 노래를 지은 사실을 지적한 언급에 불과하다.

그리고 '가영양궁지자효'도 왕실의 덕성을 찬양함으로써 이면에 진계(進戒) 혹은 권면규계지의(勸勉規戒之意)를 설정한 악장의 표현 기법을 지칭한 언급일 따름이다. 여기에 덧붙여 '피저율려(被諸律呂) 수지무궁(垂之無窮)'은 악장을 아악서 혹은 전악서로 하여금 만들게 하고 궁중의 전례음악으로 삼아 오랫동안 전해질 수 있게 했다는 지적이기 때문에,[21] 음악의 성격이나 시대 등을 감안할 때 이 언급과 시조나 가곡창사 등과는 전혀 무관하다. 따라서 권제의 「구서」에서 지적된 내용은 변계량의 악장 제작 사실을 가리킨 것이며, 같은 맥락에서 조윤제[앞 주15) 참조]가 이것과 연관시킨 '김원상(金元祥)의 신조태평곡(新調太平曲)'도 시조라기보다는 임금의 치공에 의해 이룩된 태평성대를 찬양한

한다.

18) 전규태, 『論註 時調』, 정음사, 1984, 277면.

19) 황순구 편, 앞의 책, '육당본 청구영언' 가번 49.

20) 「毛詩大序」, 『漢文大系 十二[毛詩·尙書]』, 富山房, 1973, 3면.

21) '被之管絃·被諸律呂' 등은 악장 제작과 관련하여 『조선왕조실록』에 자주 등장하는 용어들이다.

악장으로 보는 것이 타당하다. 변계량이 남긴 악장들의 내용적 갈래만 보더라도 권제가 「구서」에서 언급한 바와 부합한다는 점은 쉽게 인정된다. 예컨대 「초연헌수지가(初筵獻壽之歌)」 중의 '성자칭수주(聖子稱壽酒)/억재만년위부모(億載萬年爲父母)'는 '가영양궁지자효'를 직접 가리킨 내용이며, 그 외 대부분의 악장들이 군신의 관계를 부자로 표현하여 자효(慈孝)를 형상하거나 역대 임금의 치공을 찬양하는 것이 상례였기 때문이다.

이상에서 간단히 살펴본 바와 같이, 변계량은 당대의 공인된 악장 제작자였으며 초기에 정도전이나 권근이 수립해놓은 악장의 체재를 상당 기간 확대 발전시킨 인물이었다.

3. 작품의 존재양상

변계량의 악장 21편이 이 부분에서 논의할 대상이다. 문헌에 드러나 있는 악장들은 다음과 같다.

관련사항 / 제목	창작[혹은 헌상]시기 및 출전	형태	용도	내용	비고
① 초연헌수지가	세종즉위년[1418] 11월 『세종실록』 권2	사 [부정형]	봉숭일의 헌수 [연향악]	선왕에게 축수배를 올리는 현왕을 찬양	응제
② 천권동수지곡	〃	고려속가형	파연시 사용 [연향악]	동방을 돌보아 주신 하늘에 대한 찬양과 임금에 대한 헌수	〃

③ 하황은곡	세종 원년[1419] 정월 『세종실록』 권3	4언고시	사신연에 사용 [연향악]	역대 조종과 중국 황제에 대한 찬양	〃
④ 하성명가	세종 원년[1419] 12월 『세종실록』 권6	〃	송도에 사용 [연향악]	중국 황제의 덕망과 은혜에 대한 찬양 및 송도	〃
⑤ 자전지곡 중 헌수지사	세종 2년[1420] 3월 『세종실록』 권7	사 [부정형]	헌수에 사용 [연향악]	임금이 만년 장수할 것을 송축	
⑥ 자전지곡 중 경계지사	〃	〃	경계 [연향악]	올바른 정치를 위해 임금이 명심해야 할 일	
⑦ 자전지곡 중 군신지의	〃	〃	충성의 맹세 [연향악]	군신간의 이념적 동질성 확인	
⑧ 복록가	세종 6년[1424] 12월 『세종실록』 권26	고려속가형	연향에 사용 [연향악]	천명에 응하여 개국하고 치공 이룩한 점을 찬양	
⑨ 화산별곡	세종 7년[1425] 4월 『세종실록』 권28	〃	연향에 사용 [연향악]	신도(新都)의 경개·왕업의 융성함을 찬양	경기 체가
⑩ 풍운뇌우지신	창작 시기 미상 『춘정집』 권4	4언고시	산천단제에 사용 [제향악]	풍운뇌우신에게 우순풍조를 기원	
⑪ 국내산천지신	〃	〃	〃	산천신에게 나라의 안녕과 상서를 기원	
⑫ 성황지신	〃	〃	〃	성황신에게 종묘사적의 영구함을 기원	

⑬ 영신	〃	〃	〃	제수를 차려놓고 신의 강림을 축원	
⑭ 송신	〃	〃	〃	의식이 끝나고 신에게 큰 복 내려줄 것을 기원	
⑮ 왕후입유(王后入壝)	〃	〃	선잠제에 사용 [제향악]	하늘에게 백성들의 의(衣)생활이 풍족할 것을 기원	무역궁
⑯ 영신구성(迎神九成)	〃	〃	〃	백성들의 포난(飽煖)을 기원	황종궁
⑰ 왕후관세(王后盥洗)	〃	〃	〃	제사 준비후 신의 강림을 기원	무역궁
⑱ 왕후승단(王后升壇)	〃	〃	〃	신에게 제수의 흠향을 기원	협종궁
⑲ 왕후입소차(王后入小次)	〃	〃	〃	신의 도움으로 복록이 내조(來助)할 것을 기원	무역궁
⑳ 초헌관세(初獻盥洗)	〃	〃	〃	제사의식의 엄숙함을 아룀	무역궁
㉑ 초헌승단(初獻升壇)	〃	〃	〃	제수를 흠향하고 강복(降福)할 것을 기원	협종궁

①~⑨는 『세종실록』에 가사 전문이 실려 있고, ⑩~㉑은 『춘정집』에 실려 있다. ⑤·⑥·⑦은 두 문헌에 모두 실려 있으나, 기록 방법이 다르

다. 예컨대 「헌수지사」의 경우, 후자에는 첫 구~넷째 구까지는 행 구분 없이 연달아 적혀 있으나 다섯째 구부터는 번호가 부여되어 5행으로 나누어져 있다. 이런 점은 ⑥·⑦도 마찬가지다. 세 작품은 7언 절구로 된 앞 절과 번호가 붙어 행 구분된 뒷 절 등 두 부분으로 이루어진 점이 똑같다. 그리고 구분된 각 행의 글자 수는 1행(14자), 2행(8자), 3행(7자), 4행(12자), 5행(11자) 등으로 세 작품이 모두 일치한다. ⑮~㉑의 작품 제목들에 황종궁·무역궁·협종궁 등 율조 명이 부대되어 있음을 미루어, 세 작품의 글자 수가 모두 일치하는 원인은 바로 그 악곡에서 찾을 수 있다. 가사에 추후로 곡을 붙인 것이 아니고 이미 되어 있는 곡에 전사(塡詞)를 하다 보니 내용에 관계없이 가사의 글자 수가 똑같아졌을 것이기 때문이다.

변계량의 악장들은 형태적인 면에서 대략 세 갈래로 나뉜다. 첫째는 4언 고시형의 정통악장이다. 이 경우는 송(宋)으로부터 고려에 전해져 「신찬태묘악장(新撰太廟樂章)」과 「휘의공주혼전대향악장(徽懿公主魂殿大享樂章)」 등을 통하여 정착되었으며,[22] 그 후 조선조에도 제례악장의 기본적 형태로 이어진 유형이다. 여기에 속하는 것들은 ③·④·⑩~㉑이며, 수적으로 가장 많다. 둘째는 사문학의 유형으로서 『고려사악지』와 『악학궤범』에 실린 당악 중의 산사들과 비슷한 형태의 것들이다. 여기에 속하는 것들은 ①, ⑤~⑦ 등이다. 셋째는 고려속가나 경기체가의 형태를 차용한 작품들이다. 여기에 속하는 것들은, ②·⑧·⑨ 등이다. 말하자면 첫째·둘째 유형에 속하는 것들은 변계량 악장 중 외래적인 부분이고, 셋째 유형은 재래적인 부분인 셈이다. 외래적인 것을 어

22) 고려사 권 70, 지 제24, 악1, 『역주 고려사 6』, 동아대학교 고전연구실, 1987, 484~523면 참조.

떻게 수용했는가 하는 점도 중요하지만, 국문학의 통시적 전개에 있어 더욱 유의미한 경우는 재래적인 선행 장르를 악장의 범주로 수용하여 변모시킨 데서 찾을 수 있다.

4. 형태적 특질

앞에서 제시한 작품들을 형태적으로 유사한 것들끼리 묶는다면 다음과 같이 분류된다.

그룹a: 「초연헌수지가」·「헌수지사」·「경계지사」·「군신지의」
그룹b: 「천권동수지곡」·「복록가」·「화산별곡」
그룹c: 「하황은곡」·「하성명가」·「풍운뇌우지신」·「국내산천지신」·「성황지신」·「영신」·「송신」·「왕후입유」·「영신구성」·「왕후관세」·「왕후승단」·「왕후입소차」·「초헌관세」·「초헌승단」

먼저 그룹a를 살펴보기로 한다. 앞 장의 도표에서 ⑤~⑦을 「춘정집」에 실린 대로 행 구분을 한 뒤 각 행의 자수를 제시하면 다음과 같다.

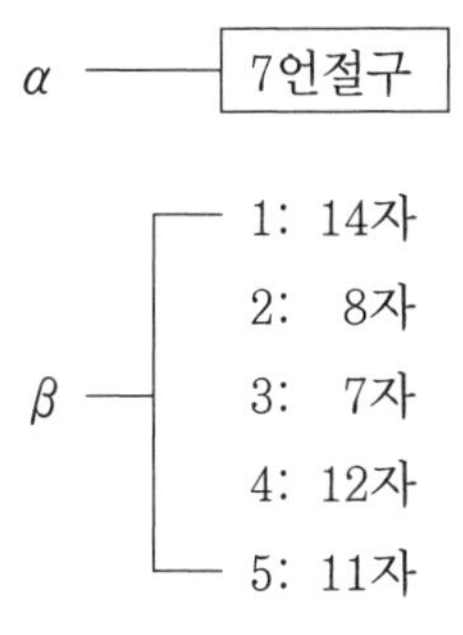

「자전지곡」에 속한 세 작품들[헌수지사·경계지사·군신지의]은 한 글자의 오차도 없이 이 틀에 부합된다. 이러한 구조의 틀에 「초연헌수지가」를 대입해 보니 β-5가 10자로서 한 글자 모자란 것 말고는 전체가 완벽하게 부합되고, 자수나 형태는 물론 내용의 흐름 역시 같은 양상을 보여준다. 「초연헌수지가」와 「자전지곡」의 창작이 1년 반 정도의 시차를 보여준다는 사실을 감안하면, 이런 형태야말로 당시 변계량이 인식하고 있던 악장의 기본 틀 가운데 하나가 아니었을까 생각한다. 이러한 변계량 악장의 형태는 어디서 유래되었을까. 네 작품 모두 α처럼 첫 부분은 정연한 7언 절구다. 그러나 그 다음 구부터는 구에 따른 글자 수가 일정치 않다. 그 유형의 작품들이 부분적으로는 악곡을 전제로 전사된 것들임을 추정할 수 있게 하는 점이다. 그러나 구체적으로 그 악곡이 무엇인지 알만한 단서는 어디에도 없다. 실제로 있는 노래를 표명하기 위하여 불일정의 시행들로 만들어진 시가 사(詞)라면,[23] 변계량 자신은 당시 일부 계층에서 유행되고 있던 노래에 상당한 관심을 가지고 있었음이 분명하다. 특히 군신간의 연향에서 임금에 대한 헌수 절차에 쓰이던 것들이 이 노래들의 주류를 이룬다. 그가 공민왕대에 태어나 이미 고려의 음악적 소양을 갖춘 채 조선에 출사했다는 점을 감안하면 그의 작품에 반영되었을 고려 음악의 영향은 간과할 수 없다.

대부분 송나라 교방의 사문학으로 밝혀졌고,[24] 그 가운데 상당수는 『악학궤범』에도 수록된 『고려사악지』 당악 대곡들 중 헌선도·수연장 등의 악사(樂詞)들을 그 소원(溯源)으로 보아야 할 것이다. 그의 악장이 실려 있는 『조선왕조실록』이나 『춘정집』 등에 자세히 밝혀져 있지

23) 유약우, 이장우 역, 『中國詩學』, 동화출판공사, 1984, 47면.

24) 차주환, 『고려사악지』, 을유문화사, 1974, 86~87면 참조.

는 않지만, 이상과 같은 여러 방증들을 놓고 생각할 때 앞에 제시한 그룹α 부분은 구호(口號)일 수 있다. 그리고 β부분은 악곡에 맞추어 부르던 악사다. 예컨대, 수연장에서 죽간자의 입대구호(入隊口號)는 7언 절구이며 중강령(中腔令)으로 불리던 「동운영채색사(彤雲暎彩色詞)」와의 내용적 관계 역시 'α-β'의 관계와 유사하다. 시 1장으로 이루어진 구호가 치어(致語)와 함께 송축하는 내용을 담고 있다면,[25] 그룹a 작품들 각각의 앞부분은 구호에 해당한다. 따라서 이 그룹의 작품들은 고려시대에 도입되어 조선조까지 지속된 송나라 사문학의 절대적인 영향 아래 지어진 것이라고 보아야 할 것이다.

『춘당집 책판(春堂集册板)』 및 『춘정집 책판(春亭集册板)』[시도유형문화재 169호] : 『춘당집』 책판은 조선 전기의 문인이자 변계량의 형인 변중량[1345~1398]의 시문집 목판이다. 문집은 2권 1책으로 순조 23년[1823]에 간행되었다. 그리고 『춘정집』 책판은 조선 전기의 학자인 변계량의 시문을 모은 문집 책판이다.

---

25) 차주환, 『唐樂硏究』, 범학사, 1979, 47면 참조.

거의 모두 제향악장으로 사용된 그룹c의 작품들도 그룹a와 마찬가지로 변계량의 악장들 가운데 외래적인 부분이다. 그것들 중 진·퇴구호가 붙은 「하성명가」와 「하황은곡」이 연향악장으로 사용되었지만, 그 밖의 대부분은 제향악장으로서 『고려사악지』에 실려 있는 「신찬태묘악장」[예종대의 「구실등가악장(九室登歌樂章)」·「친향태묘악장(親享太廟樂章)」]이나 「휘의공주혼전대향악장」[공민왕 16년 정월]과 다름이 없다. 이런 제향악장들 모두 중국과 똑같은 구조 및 내용의 전례악장들임은 물론이다. 따라서 장르적 변환을 중심으로 하는 국문학의 통시적 전개에 직접적으로 관련을 맺는 경우는 그룹b의 작품들로 한정된다. 그 가운데 「천권동수지곡」과 「복록가」는 전형 경기체가나 고려속가로부터 크게 변모된 형태의 작품들로서, 필자는 이미 그것들을 '유사 경기체가'로 규정한 바 있다.[26]

흥미로운 일은 「복록가」보다 한 해 늦게 창작된 「화산별곡」이 오히려 「한림별곡」과 같은 전형 경기체가 형이라는 점이다. 단 하나의 예로 이런 현상을 일반화시킬 수는 없지만, 변계량의 실험적 창작태도로 미루어 상황에 따라서는 이처럼 정격과 변격을 혼용했을 가능성은 충분하다. 더 나아가 장르적 변이의 과정에서 선행 장르의 모사(模寫)에 의한 단순 재생산이라는 경향, 상황이나 미의식에 따라 적절히 장르적 변환을 모색하는 또 다른 경향 등이 일정 기간 병행해 온 것으로 보인다. 따라서 「화산별곡」보다는 「천권동수지곡」과 「복록가」를 국문학의 전개에 관한 중요 단서로 삼을 수 있을 것이다.

그렇다면 왜 변계량은 선행 장르들 중 유독 경기체가만 수용했을까. 「상대별곡(霜臺別曲)」이나 「불우헌곡(不憂軒曲)」 등에서 보듯이[27] 경기

26) 조규익, 앞의 책, 261면 참조.

체가 형은 가창에 적합한 장르였다. 경기체가가 가창되기 좋았던 조건들은, 첫째 연장체(聯章體)였다는 점, 둘째 '위(偉)~경하여(景何如)'나 엽(葉)의 부분을 포함한 후소절이 전대절과 뚜렷이 구분되어 있다는 점, 셋째 율격이 3음보 혹은 4음보 격으로 진행된다는 점 등이다. 첫째 조건은 여타 고려속가들도 마찬가지인데 같은 곡으로 연달아 부를 수 있는 이점이 있다. 둘째는 선후창으로 부르기에 좋은 조건이다. 전대절 부분은 선창자가 후소절 부분은 다수의 후창자들이 함께 불렀을 것이다. 셋째 조건은 경기체가에 '시-가악-무도'의 입체적 성격을 부여하여 유락의 효용 가치를 발휘하게 했을 것이다. 따라서 「한림별곡」 같은 경기체가는 여악·어전풍류·관원의 허참면신지례(許參免新之禮) 등에 주로 쓰였으며 임금 자신이 오락용으로 신하들에게 추장하기도 했다.[28] 경기체가는 고려시대의 유산으로서 퇴계(退溪) 이황[李滉, 1501~1570]에 의해 크게 비판되기도 했지만,[29] 조선 초기 음악문화의 형성에 지대한 역할을 한 것만은 틀림없다. 「천권동수지곡」과 「복록가」는 6년의 시차를 두고 창작된 것이면서도 똑같은 구조를 보여주고 있는데, 경기체가의 변형이 자리잡아가던 구체적 증거로 생각된다. 「천권동수지곡」은 5개의 연으로, 「복록가」는 10개의 연으로 각각 이루어져 있다. 각각의 첫 연들을 들면 다음과 같다.

---

27) ① 『增補文獻備考 中』, 동국문화사 영인, 1957, 289면 「霜臺別曲」의 註[憲府燒尾宴 令工人唱之 權近撰] 참조.
② 성종실록 권 122, 11년 10월 26일 5번째 기사.

28) 조규익, 『高麗俗樂歌詞·景幾體歌·鮮初樂章』, 한샘, 1994, 71~72면 참조.

29) 『陶山全書 三』, 한국정신문화연구원, 1980, 294면 「陶山十二曲跋」의 "如翰林別曲之類出於文人之口 而矜豪放蕩 兼以褻慢戱狎 尤非君子所宜尙" 참조.

		(1)	(2)			(1)	(2)
②	㈎	於皇天	眷東陲	⑧	㈎	我應天	國于東
	㈏	生上聖	濟時危		㈏	聖繼神	治益隆
	㈐	偉	萬壽無疆		㈐		荷天福祿

원래의 문헌에는 행이나 연의 구분 없이 줄글로 씌어 있는 것을 필자가 의미와 율격을 감안하여 재구성한 것이다. 각 연은 세 개의 행으로 이루어져 있고 각 행은 두 마디로 되어 있다. 이때 각 연의 (다) 부분을 한 개의 행으로 독립시키는 문제에 대하여도 이론의 여지가 없을 것이다. 그러나 (가)와 (나)를 두 행으로 구분한다거나 각 행을 두 부분으로 나누는 등의 문제에 대해서는 이론이 있을 수 있다. 음악적인 고려가 선행되어야 하겠으나 현재는 음악적인 사항이 잘 알려져 있지 않은 관계로 미흡하나마 노랫말만을 따질 수밖에 없다. 이런 유형의 시가들에 구현된 율격적 특질을 살피기 위해서는 2단계의 분석이 필요하다. 제시한 두 연은 1차 분석의 결과인데, (다)행에 '위(偉)'라는 감탄어가 나오든 나오지 않든 6마디[②: (가)-(1)·(2), (나)-(1)·(2), (다)-(1)·(2) / ⑧: (가)-(1)·(2), (나)-(1)·(2), (다)-(1)[30]·(2)]로 나뉜다. 물론 각 마디들의 구분 원칙은 1차적으로는 의미[문장 내 성분들의 관계도 포함]이고, 2차적으로는 각 마디들 간의 양적[율독의 경우 시간] 균형이다. 이 부분에서 중점적으로 살피고 있는 변형 경기체가 악장들의 경우 이러한 1차 원칙과 2차 원칙이 정확히 부합하기 때문에, 창작 당시 작자들의 장르의식이 뚜렷했었음을 알 수 있다.

각 마디들은 의미적인 일관성을 가지면서도 분명 상대적 독립성을

30) '荷天福祿' 앞에 '偉'를 생략한 것으로 보아야 하므로, 율독의 경우 그 부분에 일정 길이의 休止를 두어야 한다고 생각한다. 따라서 ㈐-(1)도 한 마디로 독립할 자격을 갖는다.

유지하고 있다. 다시 말하면 ②[(가)-(1): 아, 황천께서는, (가)-(2): 동방을 돌보시어, (나)-(1): 상성을 낳으시고, (나)-(2): 때의 위태로움을 구하셨도다, (다)-(1): 아-, (다)-(2): 만수무강하소서]와 ⑧[(가)-(1): 우리가 천명에 응하여, (가)-(2): 동쪽에 나라를 세우고, (나)-(1): 성자신손이 뒤를 이어, (나)-(2): 치공이 더욱 융성하니, (다)-(2): 하늘의 복록을 받았도다]의 각 마디들 상호간에 일종의 응집력[31]이 작용한다. 마디들 간의 응집력을 비교한다면, '(가)-(1)과 (가)-(2)의 응집력이 (가)-(2)와 (나)-(1)의 응집력보다 크고, (나)-(1)과 (나)-(2)의 응집력이 (나)-(2)와 (다)-(1)의 응집력보다 크다. 이것을 약간 달리 표현한다면, 마디들 사이[예컨대, (가)-(1)과 (가)-(2)의 사이/(나)-(1)과 (나)-(2)의 사이]에 존재하는 휴지보다 더 큰 휴지가 두 개의 마디로 이루어지는 각 행 사이[예컨대, (가)-(2)와 (나)-(1)의 사이/(나)-(2)와 (다)-(1) 사이]에 놓인다는 것이다. 이것이 바로 각 연들을 3행으로 나눈 근거다. 즉 변형 경기체가 악장들에 대한 1단계 분석으로 각 연들이 3행으로 구성되었다는 점을 확인한 셈이다.

그렇다면 각 마디들은 더 이상 분할될 수 없는가. 여기서 가능한 것이 2단계 분석이다. 각 마디 안에는 성분을 달리하는 두 부분이 공존하고 있다. 따라서 이것들은, '오황천(於皇天)→오(於)/황천(皇天), 권동수(眷東陲)→권(眷)/동수(東陲), 생상성(生上聖)→생(生)/상성(上聖), 제시위(濟時危)→제(濟)/시위(時危), 아응천(我應天)→아(我)/응천(應天), 국우동(國于東)→국(國)/우동(于東), 성계신(聖繼神)→성(聖)/계신(繼神), 치익

31) 구절의 배분이나 응집력을 설명하기 위하여 J. Lotz는 colon이란 개념을 제시했는데, 김대행[『한국시가구조연구』, 삼영사, 1976, 37~40면]은 이것을 우리 시의 율격분석에 적절히 도입하여 이 방면 연구의 모범적 선례를 내놓은 바 있다.

륭(治益隆)→치(治)/익륭(益隆)' 등으로 분할된다. 모두 '1/2'로 분할되는데, 이 경우도 응집력이 작용된 결과다. 문제는 각각의 제3행들에 있다. '위(偉)'라는 독립어나, 같은 차원에서 '하천복록(荷天福祿)'의 앞에 있다고 생각되는 휴지의 길이를 계량할 수 있는 기준이나 방법이 없기 때문이다. 이런 것들은 전형 경기체가의 후소절이 축약된 것으로서 실제 가창[주로 선후창이나 교환창 등 합창] 시, 다중의 후창에 긴요했던 부분이다. 따라서 이 부분들도 1·2행과 비슷하거나 약간 길다고 보는 것이 타당하다. 1행에서 제기되고 2행에서 지속·상승된 시상이 감탄으로 전환한 다음 마무리되는 부분이므로 앞의 두 행들보다 비중이 더 주어지는 것은 당연하다. 이와 같이 2단계의 분석이 이루어지면, 각 연의 구조 규모는 '각 행 4마디의 3행시'로 드러난다. 그리고 제2단계 분석에서는, 제1단계 분석으로 나타난 마디들 내부에 작은 규모의 휴지가 정연하게 존재한다는 사실이 드러났다. 다시 말하면 하나의 행 안에 소휴지와 중휴지가, 행과 행 사이에 대휴지가 개재하여 율격적 분할의 역할을 담당한다는 사실이다. 지금까지 밝혀진 점들을, 다른 연을 예로 들어 표시해 보면 다음과 같다.

부(扶)·태조(太祖)…대(代)·고려(高麗)…
존(尊)·적장(嫡長)…정(正)·천이(天彝)…
위(偉)·만수무강(萬壽無疆)…[「천권동수지곡」 중 제2장] ·는 휴지의 표시

이 작품을 어떠한 창사로 불렀는지, 노랫말은 표기된 한자음으로 읽었을 것인지 아니면 우리말로 번역하여 읽었을 것인지 등은 아직 미해결의 문제다. 따라서 단정할 수는 없지만, 어느 경우이든 이 형태

는 분명 가곡창사의 전신이라 할만하다. 특히 적절한 우리말의 번역이 이루어진다면, 그것이 전형적인 가곡창사에 근사해질 것은 자명하다. 더구나 고려속가의 경우 당대에 왕성하게 불리다가 훈민정음 창제 이후에야 국문으로 기록되었다는 점·이 악장들이 경기체가를 변형시킨 것들이라는 점·또한 이 악장들의 문장 구조가 본격 한문이 아니고 상당 부분 우리말식으로 되어 있다는 점 등을 생각할 때, 이 노래들이 비록 『조선왕조실록』에는 한자 표기로 되어 있지만 구연의 현장에서는 우리말로 가창되었으리라는 점을 쉽게 추정할 수 있다. 그런데 이런 형태의 악장들이 변계량의 단계에 와서야 비로소 우발적으로 튀어나온 것은 아니다. 이런 이유로, 필자는 상당 기간에 걸친 장르적 변이의 진행 양상과 그 합리성을 인정해야 한다고 본다.

장르 교체의 경우 순식간에 이루어지는 것은 아니고 특정 장르의 전형과 변형이 상당 기간 병행한다. 선초 악장의 단계는 고려속가의 전형과 그 변형이 공존하면서 장르적 전이가 이루어지던 시기였다. 그 결정적 순간의 인물들이 정도전과 변계량이다. 변계량의 이 악장들과 똑같은 형태의 작품이 정도전의 「정동방곡(靖東方曲)」이다.[32] 이 노래가 『조선왕조실록』에는 후렴 없이 줄글로 실려 있으나, 『삼봉집』[33]과

---

32) 장사훈[『國樂論攷』, 서울대출판부, 1966, 64면]에 의하면, 「대악후보」 권2의 「정동방곡」은 가사 없이 악보만 전해지고 있으나 『시용향악보』에 전해지는 「서경별곡」과 비교하면 이 「정동방곡」은 「서경별곡」 전체 8 행강(行綱) 중 제1행강에서 5행강까지의 선율과 동일하다고 한다. 이와 같이 「정동방곡」이 고려속가인 「서경별곡」의 전사(塡詞)로 이루어졌고, '위(偉)~', '위(爲)~' 등 후렴의 구조가 유사하다는 점들 때문에 경기체가 아닌 여타 고려속가의 변이형이라고 볼 수도 있을 것이다. 그러나 단순한 음보전개나 연향에서의 집단창[교환창·선후창]에 알맞도록 짜여진 연장체 구조 등을 감안할 때, 악곡을 제외한 창사만은 경기체가의 변이형으로 보는 것이 좋을 듯하다.

33) 『국역 삼봉집 Ⅰ』, 민족문화문고간행회, 1985, 177~178면. 이 책에는 '위동왕덕성다리리(爲東王德盛多里利)'로 나와 있는데, 이 경우 '위(爲)'는 여타 문헌의 '위(偉)'와 같이

『악학궤범』[34]에는 '위동왕덕성(偉東王德盛)'이라는 후렴이 붙어 있다. 따라서 창작 당시부터 노래로 불리던 것이었는지 정도전 사후 문집을 발간할 때 첨가된 것인지 확언할 수는 없다. 그러나 후렴을 제외한 나머지는 변계량의 악장들과 똑같다. 그리고 변계량 악장들 이후에 출현한 것들로서, 이것과 같은 작품들은 「축성수(祝聖壽)」[예조(禮曹), 1429년]·「온문의경왕추존악장종헌가(溫文懿敬王追尊樂章終獻歌)」[예조?, 1471] 등이다.

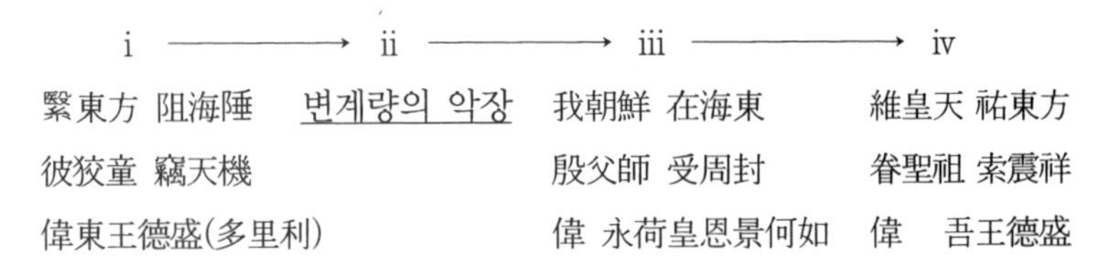

i 은 태조 2년[1393] 정도전이 지어 올린 「정동방곡」이고, iii은 세종 11년[1429] 예조에서 지어 올린 「축성수」이며, iv는 성종 2년(1471) 예조에서 지어 올린 것으로 추정되는 「온문의경왕추존악장종헌가」이다. 정도전의 작품으로부터 25년 후인 1418년에 변계량의 작품[천권동수지곡]이, 변계량의 작품[복록가]으로부터 5년 후인 1424년에 「축성수」가, 「축성수」로부터 42년 후에 「온문의경왕추존악장종헌가」가 창작되었다. 다시 말하면 정도전의 작품으로부터 78년이 지나서야 「온문의경왕추존악장종헌가」가 출현했는데, 그렇게 본다면 경기체가의 변이형은 적어도 대략 선초 1세기 동안은 지어지고 있었던 셈이다. iii은 후렴구

감탄의 의미를 지닌 독립어로 보아야 한다.

34) 『악학궤범』 권 2·時用俗部祭樂·文昭殿終獻, 『原本影印 韓國古典叢書(復元版) Ⅱ: 樂學軌範』, 대제각 영인, 1973, 116면.

말미에 '~경하여(景何如)'를 덧붙임으로써 이 악장들의 소원이 경기체가임을 확실히 밝힌 경우다. 필자는 선학들이 경기체가 소멸기의 작품으로 생각해온 권호문[權好文, 1532~1587]의 「독락팔곡(獨樂八曲)」을 장시조의 문헌적 효시 작품으로 본 적이 있다.[35] 그 이유들 중의 하나로 제시했던 것이 독립어 형태의 투어(套語) '두어라·춀하리·우읍다·어사와(於斯臥)' 등의 사용이었다. 대체로 15~16세기는 경기체가가 장르적으로 소멸되어가던 시대였다. 전형 경기체가 형식이 성리학적 사유에 기반을 둔 식자층들의 미의식을 만족시키지 못했음은 가곡이나 가사의 형태를 「한림별곡」과 비교해 보면 확실히 알 수 있다. 그러나 예악 문화는 쉽게 바뀔 수 없다. 선초에 고려 문화의 다양성과 융통성을 부분적으로나마 답습하지 않을 수 없었던 것도 그 때문이다. 정도전·권근·변계량 등은 당시 새로운 예악 표본의 수립에 부심한 인물들이었다. 기존의 장르였던 경기체가를 대폭 변형시켜 악장으로 쓸 수밖에 없었던 것도 다급한 수요 때문이었다. 「한림별곡」의 2원 구조[전대절/후소절]와 형태적 대강(大綱)은 수용하되, 대폭 간소화하고 변모시킴으로써 가창이라는 실제적 국면에서 훨씬 큰 효용성을 발휘할 수 있게 되었다.

이러한 변모가 경기체가의 장르적 유지에 머물지 않고 새로운 장르의 창출을 유도한 결과, 음보의 짝수 전개·의미전개의 3단[혹은 4단]구조 등 조선조 가곡창사의 형태적 특성을 발현하게 된 것이다.

35) 조규익, 「독락팔곡의 문학사적 의미」, 『논문집』 12, 경남대학교, 1985 참조.

5. 주제의식

악장 제작자라면 누구나 마찬가지이었겠지만, 변계량도 악장을 통하여 자신의 정치적 경륜을 표현하고자 했다. 전제 왕권시대의 신하들이 지니고 있던 철학이나 경륜은 왕을 통하지 않고는 실현시킬 수 없었으므로 자신의 생각을 표출, 왕에게 전달하기 위해 다양한 방법을 강구하게 되었다. 상소(上疏)나 계(啓)·진언(進言) 등이 직접적 방법이라면 비유를 사용한 시가·악장 등은 간접적 방법들이었다. 따라서 악장을 '아첨의 문학'으로 단순화시킬 수는 없다. 대부분의 악장 제작자들은 좋은 정치를 바탕으로 통치체제가 영속되기를 바랐다. 물론 그 경우의 '좋은 정치'란 이상일 뿐 현실은 아니다. 피상적으로만 본다면 그것은 아첨으로 읽힐 수도 있을 것이다. 그러나 그것을 악장에 드러냄으로써 제왕에 대한 주문의 의미를 띠게 된다. 그것이 바로 악장에 상정된 현실적 목적의식이었다. 변계량의 작품들도 그 점을 분명히 보여준다.

① 於皇天 眷東陲　아, 황천이 동쪽나라 돌보시어
生上聖 濟時危　상성을 낳으시고 때의 위태로움 구하셨도다
偉 萬壽無疆　아아, 만수무강하소서[후렴구, 이하 생략]

扶太祖 代高麗　태조를 도와 고려를 대신케 하셨고
尊嫡長 正天彝　적장을 높여 천륜을 바로잡으셨도다

受帝命 作君師　황제의 명령 받아 임금이 되셨고
多士輔 庶績凞　수많은 선비들 보필하여 많은 공적 빛나시도다

海寇服 甘露滋　해적이 굴복하고 단이슬이 불어나니
時之泰 古所稀　때의 태평함 옛날에도 드물었던 바이로다

有聖子 付丕基　성자를 내시고 왕업을 맡기셨으니
享多壽 彌萬期　만년까지 장수하시리

「천권동수지곡」

② 泰否循環自不停　태평함과 어지러움은 돌고돌아 멈추지 않나니
帝王端合視無形　제왕은 바르게 합하여 보이지 않는 것을 살펴야 합니다
欲圖長治非他道　오래도록 다스리고자 하실진대 다른 방도 없사옵고
佩服湯盤九字銘　탕임금의 반명 아홉 글자 마음에 깊이 느끼셔야 하오리다
唐帝欽天敬授時　당제는 하늘을 공경하여 때의 차서를 만드셨고
有虞精一辨危微　우순은 정일하여 위미를 가리셨으며
禹拜昌言克勤克儉　하우는 옳은 말에 절하여 부지런하고 검소할 수 있었으며
小心翼翼是周文　조심조심 공경하신 이는 주문왕이셨나이다
武王誥康叔　무왕이 강숙에게 이르기를
如保赤子其康乂　'어린애 보살피듯 백성을 편안하게 하라' 하셨으니
恭惟聖上四三王而六五帝　성상께서는 3왕에 보태어 4왕이 되시고 5제에 보태어 6제가 되오소서

「「자전지곡」 '경계지사'」

③ 相求相應際　서로 찾고 서로 응할 제
明時龍虎風雲自有期　밝은 시절 용호가 풍운 만나 스스로 기약함이 있도다
臣節松筠寒不改　신하의 절개 솔과 대라 추워도 변치 않고
聖恩天地大無涯　성은은 천지와 같이 가이없도다
大矣乾元四德全　크시도다, 건원 4덕의 온전하심이여!

黃裳坤道順承天	황상의 곤도는 하늘을 따르고 받드나이다
使臣以禮事君以忠	신하를 예로써 부리시면 임금을 충성으로 섬기옵나니
明良相遇值時雍	밝은 임금 어진 신하 서로 만나 태평시절 이루셨도다
父母與神明	부모와 신명처럼
愛之敬之毋或替	사랑하고 공경하길 혹시라도 바꾸지 말아야 하니
元首股肱惟一體	임금과 신하는 오직 한 몸일 뿐이로소이다

「군신지의」

①은 「정동방곡」이나 「성덕가」 등과 같이 조종의 공덕을 찬송한 악장이다.[36] 작가(作歌)·헌상(獻上)의 동기에 따른 표층적 주제는 '만수무강의 축원'에 있다. 그러나 그것은 표층적인 것일 뿐이고, 초점은 각 장마다 제시된 공업(功業)에 있다. '제시위(濟時危)·정천이(正天彝)·서적희(庶績凞)·시지태(時之泰)'는 '향다수미만기(享多壽彌萬期)'와 '만수무강(萬壽無疆)'을 이끌어내기 위한 전제조건들이다. 이러한 공업들은 현왕이 이미 이룩했을 뿐 아니라 왕이라면 누구든 이룩해야 할 보편적 과업들임을 강조하는 데 그 이면적 주제의식이 있다. 객관적으로 판단할 때 전자보다는 오히려 후자 쪽에 더 큰 비중이 두어지고 있음은 분명하다. 구체적인 공업의 목록을 제시하고, 현왕이 그것을 이룩했다고 찬양하는 것은 고도의 심리적 수법이다. 왕에게 정치를 잘 하여 훌륭한 업적을 이루라고 직설적으로 요구하는 것보다 그것은 훨씬 강한 압력이 될 수도 있다. 이런 점에서 ②는 변계량을 포함한 당대 사대부 계층의 현실 인식과 목적의식을 보다 직접적으로 노출시킨 예다. '태비

36) 세종실록 권 32, 8년 5월 6일 3번째 기사.

순환자부정(泰否循環自不停)'은 현재의 태평이 언제나 태평으로 지속될 수 없다는, 상황의 가변성을 설명한다. 탕반구자명(湯盤九字銘)과 요·순·문·무·삼황오제의 높은 덕으로 정치를 하지 않으면 현재 확립된 통치 질서의 지속은 보장할 수 없다는 경고성 메시지다. 같은 시대의 정도전은 상황의 가변성에 대한 지배계층의 위기의식을 다음과 같이 철학적으로 뒷받침했다.

> 천하의 도는 일찍이 하루도 없었던 적이 없다. 그러나 이른 바 기에는 청·탁·성·쇠의 구분이 있는 까닭에 세도의 치·란이 있는 것이다.[37]

> 재앙과 상서가 바르지 못한 것은 모두 기가 그렇게 시키기 때문이다. 이것이 그 기수(氣數)의 변화다. 비록 능히 기가 이의 변함없음을 능가할 수 있다 해도, 이것은 다만 하늘이 아직 때를 정하지 않았을 뿐이다. 기에는 소장(消長)이 있으나 이는 변하지 않는다. 그것이 오래 되어 하늘이 정해주면 이는 반드시 그 변함없음을 얻게 된다. 그러면 기 또한 이것을 따라 바로잡히니 복선화음의 이치가 어찌 혹시라도 민멸되겠는가?[38]

정도전이나 변계량을 비롯한 선초의 집권층은 천하의 치·란과 인륜의 성·쇠를 도[이(理)와 기(氣)]의 작용으로 보았다. 이가 주(主)를 이루고 기가 역(役)을 이루면 이가 순수하고 기가 바로 잡혀 만사는 다스려지고 천하는 안정된다. 반대로 기가 주를 이루고 이가 기의 지배를 받으면 만사는 어지러워지고 천하는 위태로와진다. 성명(性命)에서 발원한 도심(道心) 즉 이가 형기(形氣)에서 발한 인심(人心) 즉 기를 거느리고

---

37) 「임 진무에게 주는 시의 서」, 『국역 삼봉집 Ⅰ』, 민족문화문고간행회, 1985, 227면.
38) 「天答」, 위의 책, 377면.

지배해야 위태로움이 안정되고 천하는 편안해진다. 그러기 위해서는 경(敬)을 주장으로 다스려야 하며 욕심이 싹트는 것을 막고 천리(天理)를 정상으로 확충시켜야 된다고 한다. 마찬가지로 기의 발(發)인 사람의 죄악 때문에 천(天)이 잠시 상도(常道)를 잃어 복선화음의 법칙도 어그러지는 수가 있지만 궁극적으로는 이가 떳떳함을 얻게 되고 기도 따라서 바르게 된다. 그래서 인간이 일시적으로 하늘을 속이고 이길 수는 있지만, 영구적으로는 하늘이 인간을 이긴다는 천리를 그들은 확고하게 믿고 있었다.[39] 조선 건국의 주체세력이자 대부분 악장의 창작자들이었던 선초 사대부들은 고려의 멸망과 조선의 건국을 '복선화음의 천리'가 작용한 결과로 보고 있었다. 그러나 새로운 나라일지라도 천리를 보존하지 못할 경우 언제든 상황은 바뀔 수 있다는 점까지 염두에 두고 있었다. 천리 즉 그들이 건국의 과정에서 확보했다고 믿고 있던 도덕적 정당성을 지속시키기 위해서는 지배세력의 정점인 왕이 상황 변화의 가능성을 잊지 말고 항상 올바른 마음가짐으로 정치에 임해야 한다고 보았다. 그럴 수 있을 때 비로소 이와 기는 정위되고 세상만사는 순조롭게 돌아갈 수 있다는 것이다. 이런 의미에서 '태비순환자부정(泰否循環自不停)'의 천리를, 사변적 언설(言說) 아닌 음악 속의 악장을 통하여 임금에게 일깨워 주려 한 것은 '헌상(獻上)-수납(受納)'의 쌍방에게 부담스럽지 않다는 점에서 탁월한 방법이었다.

당대 집권층으로서는 관념 속에서나마 결코 와해될 수 없는 중세질서의 확립을 목표로 삼고 있었다. 이런 점에서 ②[군신의리지사]는 중세 질서의 확립을 위한 치도의 대강을 극명하게 제시한, 좋은 예다. '상구(相求)'와 '상응(相應)'은 밝은 시절[명시(明時)]을 이루는 필수조건

39) 조규익, 『조선초기아송문학연구』, 176면.

이다. 그것은 '용–운'·'호–풍'이 서로 대응하듯 '군–신' 간의 상보 관계를 나타낸다. 건원의 4덕은 임금이 하늘로부터 품수(稟受)한 일원적(一元的) 이가 유행하여 이루어진다. 이것과 상대적인 위치에 있는 황상의 곤도는 건원의 4덕이 온전하도록 응하고 보조하는 공능(功能)을 갖는다. 임금이 갖추어야 할 건원 4덕은 도덕적 당위로서의 이이며 천도이고, 그것이 지상적 차원에서 구현된 것이 신하적 도리로서의 인도(人道)이다. 이 작품의 첫머리에 제시된 '상구–상응'의 원리는 '용–운'·'호–풍'·'건원4덕–황상곤도'·'사신이례–사군이충'의 이원적(二元的) 단계들을 거쳐 '원수고굉유일체'로 일원화됨으로써 이·기가 이원적 존재이면서 일물(一物)에 동재(同在)하듯 천리[즉 도리]가 인간의 내면에서 성(性)으로 구현되어 천인심성(天人心性)의 합일을 이룩하는[40] 작용을 한다.

이상에서 살펴 본 것처럼 변계량은 악장을 통하여 임금에게 치도의 대강(大綱)을 진언했는데, 그 근원적인 정신은 심성의 파악을 중심 과제로 삼고 있던 성리학으로부터 원용한 것이었다. 천도로부터 이탈하지 않고 이와 기의 정위(正位)에 의한 천질(天秩)을 유지할 수 있을 때 비로소 임금은 좋은 정치를 할 수 있다는 말이다. 즉 고려를 뒤엎고 새로운 왕조를 세운 만큼, 천도를 거역하는 데서 초래되는 질서의 혼란 등 고려조의 전철을 밟을 수는 없었던 것이다. 치자계급의 도덕성을 최상으로 유지하는 것만이 이런 위험성을 예방할 수 있다고 보았다. 이것이 변계량을 비롯한 당대 사대부들 공통의 현실인식이었으며 그들이 악장을 통하여 드러내고자 한 주제의식이기도 했다.

---

40) 心性에 관한 변계량의 견해는 『춘정집』 권8·策問題 二[『標點影印 韓國文集叢刊 8』, 110면] 참조.

6. 나가는 말

선초 악장의 제작과 관련한 새 장르 안출(案出)의 개조(開祖)는 정도전이다. 그러나 정치적 갈등의 와중에 희생당하여 자칫 묻힐 뻔했던 정도전의 아이디어는 변계량에 의해 계승되어 비로소 꽃을 피울 수 있었다. 그 과정에서 경기체가와 같은 선행 장르의 변이형이 등장하고, 그것은 새로운 장르의 바탕이 되었다. 20여년 이상 문병을 잡고 국가의 공식문서 작성이나 예악정책의 입안과 실행 등을 주도하던 변계량이었다. 정도전이 수립한 악장 제작의 규범을 별 어려움 없이 정착·확대시킬 수 있었던 것도 변계량의 그러한 현실적 위상 덕분이었다. 사사로운 개인의 표현물에 불과했던 신형 악장이 예조라는 국가 기관에 수용되어 집단적 의미를 띠게 되었고, 그것은 좀 더 광범위한 유포의 발판을 마련하는 계기가 되었다.

정도전은 자신의 악장에 고금의 문장이 갖추어져 있다고 말했다. 그 말은 중국으로부터 도입한 정통 전례악장의 형식과 당대 시가의 형식을 악장이라는 하나의 장르 안에 포용했다는 점을 의미한다. 변계량도 이 범주로부터 과히 벗어나지 않는다. 변계량은 정도전에 비하여 오랜 기간 현실적인 힘을 가지고 조선조 개국과 함께 등장한 악장 제작의 전통을 확립시킬 수 있었다. 그 결과 앞 시대의 고전시가장르들은 소멸되지 아니한 채 새로운 장르로 전이될 수 있었다. 형태적인 면에서 변계량의 악장들은 고정형과 변이형으로 나뉜다. 물론 국문학의 장르적 전이에 의미 있는 경우는 후자다. 개인적 미의식에 의한 것이든 시대적 요구에 의한 것이든 장르의 변이는 자연스러운 현상이었다. 새로운 장르가 어느 순간 완성형으로 돌출할 수 없는 이상 새로운 장르의 원형이나 기점을 확인하기 위해서라도 선행 장르의 변이형은 세밀히 추적될 필요가 있다. 따라서 선행 장르에 잠재되어 있을 법한 가곡창사의 형태를, 고려속가보다는 그 변이형이 섞여 있는 악장으로부터 찾아내는 것이 훨씬 합리적이다. 이런 관점에서 선행 장르를 변이시켜 만든 정도전의 악장에 가곡창사의 형태적인 싹이 보인다고 단언하는 것은 성급한 일일 것이다. 그러나 똑같은 경향이 변계량에게서 확대·재현되었음을 확인한 이상 적어도 악장이 뒷시대 문학 장르의 잠재적 가능태임을 부인할 수는 없다. 변계량 악장의 국문학적 위상도 바로 이런 점에서 찾을 수 있는 것이다.

이 글은 『국어국문학』 101호[국어국문학회, 1989]에
수록한 논문을 일부 수정한 것이다.

춘정 변계량이 악장 문학에 담은 세종대 태평성세의 비전

김승우

1. 서론

본고에서는 조선 세종대의 대표적 관각문인(館閣文人)인 춘정(春亭) 변계량(卞季良)이 지은 경기체가계 악장(樂章) 「화산별곡(華山別曲)」의 제작 배경을 당대의 정치적 사안과 연관 지어 분석하고 이 작품의 구조적 특징을 검토하고자 한다.

그간 「화산별곡」에 대해서는 「한림별곡(翰林別曲)」에 이은 정격형 경기체가라는 형식적 측면에서의 언급이 주를 이루어 왔을 뿐, 작품의 시상과 구성에 대해서는 과히 많은 논의가 전개되지 못하였다. '화산(華山)'이라는 제명에 이끌려, 초기 연구들에서 이 작품이 왕조 창업을 송영하고 있다거나 신도(新都) 한성(漢城)의 풍광을 감격스럽게 그리고 있다고 규정하였던 것도[1] 「화산별곡」의 문면이나 제작 배경에 대한

1) 조윤제, 『조선시가사강』, 동광당서점, 1937, 168면; 김사엽, 『이조시대의 가요 연구』, 재판, 학원사, 1962, 74·119면.

면밀한 고려가 이루어지지 못했던 결과였다.

김창규의 논문으로부터 「화산별곡」에 대한 본격적인 검토가 비로소 시작되었다. 이 논문에서는 「화산별곡」의 개별 어구와 표현에 상세한 주석을 달아 의미를 풀이하면서 작품의 주지가 한성이나 왕조보다는 세종(世宗) 개인에 대한 찬양으로 귀착되고 있다는 결론을 이끌어 내었다.[2] 현전 경기체가를 종합적으로 정리하여 논의한 후속 연구에서도 역시 「화산별곡」의 주제를 '군왕(君王)에 대한 송축(頌祝)'이라는 범주에 넣어 다루기도 하였다.[3]

이 같은 견해에 입각하여 김진세는 여덟 개 장으로 이루어진 「화산별곡」의 구조에 대한 논의를 펼쳤다. 그는 경기체가 각 장의 내용이 투식구(套式句) "위 □□景 긔 엇더ᄒᆞ니잇고"의 '□□'에 응축되어 있다고 전제하면서 이들 어휘를 중심으로 분석할 때 「화산별곡」의 시상이 시간적으로는 '과거-현재-미래'로, 공간적으로는 '근거리-원거리-근거리'로, 제재상으로는 '대사(大事)-소사(小事)'의 순으로 나타난다고 분석하였다.[4]

한편, 조규익은 『춘정집(春亭集)』과 실록에 수록된 변계량의 악장을 수합하여 그 특징을 분석하였다. 특히 작품의 형태적 특질을 논의하는 과정에서, 변계량이 정격의 경기체가인 「화산별곡」 이외에 「천권동수지곡(天眷東陲之曲)」·「응천곡(應天曲)」과 같은 이른바 '유사 경기체가'를 짓기도 하였다는 사실을 구체적으로 밝혀내기도 하였다. 이로써 경기체가 갈래의 활용과 변이를 추적할 수 있는 발판을 마련하였다.[5]

---

2) 김창규, 「華山別曲評釋考」, 『국어교육논지』 9, 대구교육대학, 1982, 37~57면.
3) 김창규, 『한국한림시연구』, 역락, 2001, 175~178면.
4) 김진세, 「「화산별곡」고」, 백영 정병욱선생 10주기추모논문집 간행위원회 편, 『한국고전시가작품론』, 집문당, 1992, 395~400면.

이상의 선행 연구들을 통해 변계량의 대표적인 악장 작품이자 초기 경기체가의 특징을 잘 보여주기도 하는 「화산별곡」의 면면이 드러나게 되었다. 다만, 변계량이 이 작품을 짓게 된 시대적 배경에 대한 논의가 다소 미진했다는 점은 문제시된다. 변계량이 굳이 세종 7년(1425)이라는 특수한 시점에 「화산별곡」과 같은 경기체가 작품을 제진한 계기와 의도에 대해 한층 면밀한 검토가 뒤따라야 할 것이다. 더불어 「화산별곡」의 흐름과 짜임에 관해서도 재고의 여지가 있다. 이 문제는 김진세의 선행 논의에서 한 차례 고찰된 바 있으나, 작품을 이루는 각 장의 내용을 전체적으로 고려하면서 장과 장 사이의 관계를 새롭게 가늠해 보아야 할 필요가 있으리라 생각한다. 이러한 두 가지 사항에 대하여 각각 2절과 3절에서 논의를 전개해 나가고자 한다.

2. 「화산별곡」의 제작 배경과 지향

1) 경기체가 양식의 준용

변계량은 태조대의 정도전(鄭道傳)과 권근(權近, 1352~1409)·태종대의 하륜(河崙, 1347~1416)에 이어 세종대에 궁중 악장의 제작을 담당했던 주요 인사로 평가된다. 그러한 그의 입지는 태종대부터 이미 다져지

---

5) 조규익, 「문장보국의 이상과 치자계급의 이념적 동질성 추구: 변계량의 악장」, 『조선조 악장의 문예미학』, 민속원, 2005, 454~477면. 그밖에 현전 경기체가 작품을 종합적으로 해제하고 논의한 임기중 외, 『경기체가연구』, 태학사, 1997, 110~120면; 박경주, 『경기체가연구』, 태학사, 1997, 70·180~181면 등에서도 「화산별곡」이 다루어진 바 있다. 한편, 김명준은 「화산별곡」이 제진된 이래 후대에까지 꾸준히 연행되어 온 궤적을 살핌으로써 「화산별곡」의 전승사적 맥락을 되짚기도 하였다. [김명준, 『악장가사 연구』, 다운샘, 2004, 173~175면.]

기 시작했던 것으로서 등극 직후 세종이 이 점을 다음과 같이 직접 언급하고 있기도 하다.

> 임금이 변계량에게 말하기를,
> "경(卿)이 악사(樂詞)를 잘 지었으므로 부왕(父王)께서 칭찬하셨다."
> 라고 하였다. (…) 내구(內廏)의 말 한 필을 내려 주었다.[6]

실제로 변계량은 태종대에 이미 예문관(藝文館) 대제학(大提學)에 올라 국가의 문장을 관장하는 문형(文衡)의 직을 수행하면서, 각종 표전문(表箋文)을 전담하여 짓고 지공거(知貢擧)로서 인재를 선발하는가 하면, 세자의 시강(侍講)에 임하기도 하는 등 다양한 활동을 펼쳤다.[7]

부왕(父王)의 총신이었던 변계량을 세종 역시 중용하였거니와, 특히 변계량의 악장 대다수는 세종의 등극 이후에 제진된 것들이다. 세종 즉위년(1418)에 지은 「초연헌수지가(初筵獻壽之歌)」와 「천권동수지곡」을 필두로 하여 이듬해와 그 이듬해에 「하황은(賀皇恩)」·「하성명(賀聖明)」·「자전지곡(紫殿之曲)」 등을 지으면서 그는 궁중 악장 제작을 주도하는 모습을 보인다. 『춘정집』 별집에 '악장' 편을 따로 두어 작품을 집성해 놓을 정도로 악장의 제작은 변계량의 문학 세계에서 내세울 만한 분야 가운데 하나였던 것이다.[8]

여기에서 주목해야 할 사항은 그가 어떠한 이유로 경기체가 양식을 악장 제작에 준용하여 「화산별곡」과 같은 작품을 지어내었느냐 하는

---

6) 『세종실록』 권2, 즉위년 11월 丙辰(3). "上謂卞季良曰: "卿善製樂詞, 父王稱嘉." (…) 賜內廏馬一匹."

7) 『춘정속집』 권2, 「연보」.

8) 그러나 태종대에 변계량이 어떤 작품을 지었는지는 명확하지 않다. 연대가 밝혀진 작품은 모두 세종 즉위 이후의 것이다. [조규익, 앞의 책, 2005, 459~460면 참조.]

점이다. 국문 어휘나 문장을 섞어 악장을 지은 사례 자체가 드물었던 당시에 변계량은 정격의 경기체가 양식을 갖춘 「화산별곡」은 물론 경기체가의 작법을 활용하여 이른바 유사 경기체가인 「천권동수지곡」·「응천곡」을 짓기도 하는 등 경기체가 양식을 악장의 쓰임에 접목하는 방법을 폭넓게 모색하였던 것이다. 현전 경기체가 작품의 분포를 가늠하면 세종대에만 1/3 이상의 작품이 지어진 것으로 확인되거니와,[9] 그러한 현상을 만드는 데에도 변계량이 한 축을 담당했던 것이라 평가할 수 있을 정도이다. 변계량이 이렇듯 경기체가 양식에 주목했던 계기가 무엇인지 고려해야 할 필요가 있다. 경기체가에 천착할 만한 개인적·시대적 맥락을 되짚어 보아야 하리라는 것이다.

우선적으로 거론할 수 있는 사항은 그가 예문관 직제학을 거쳐 대제학에까지 올랐다는 사실이다. 당초부터 변계량은 정치적 결단이나 지략보다는 문장으로 인정받아 왔고 그 또한 예문관의 주요 관직을 역임하면서 문장보국의 이상을 실현하는 데 주력하여 왔다. 여기에서 경기체가의 양식적 원류인 「한림별곡」이 예문관의 전신 격인 고려 한림원(翰林院) 소속 유자(儒者)들의 소작이라는 점에 유념할 필요가 있다. 예문관의 관원으로서 변계량이 지녔을 자부심은 한림제유(翰林諸儒)들이 「한림별곡」에서 표출했던 것과 연계지어 살필 수 있기 때문이다. 실제로 「한림별곡」이 예문관 관원들 사이에서 애호되어 왔던 사실은 다음과 같은 기록을 통해 확인할 수 있다.

예문관(藝文館) 봉교(奉敎) 안진생 등이 아뢰기를,

---

9) 김승우, 「세종대의 경기체가 시형에 대한 연구」, 『조선시대 시가의 현상과 변모』, 보고사, 2017, 17~22면 참조.

> "유생들이 처음 과거(科擧)에 오르면 사관(四館)에 나누어 속하게 하고 허참(許參)·면신(免新)의 예절이 있으며 「한림별곡」을 본관(本館)의 모임에 노래하는 것은 예로부터 내려오는 풍속입니다. 그런 까닭으로 새로 된 검열(檢閱) 조위(曺偉)가 연회를 베풀어 신 등을 맞이하였습니다. (…)"

라고 하니, 전교하기를,

> "옛날부터 내려오는 풍속을 누가 이를 그치게 하겠는가? 다만 한재(旱災)로 인하여 술을 금하게 하였는데도 그대들이 편안한 마음으로 모여서 술을 마시고 금하는 고기까지 먹었으니 옳지 못한 일이다. (…)"

라고 하였다.[10]

위 기록에서 안진생(安晉生, 1418~?) 등은 급제자들이 허참·면신례를 거치는 것은 사관, 즉 예문관·성균관(成均館)·승문원(承文院)·교서관(校書館)의 공통된 절차이며, 특히 예문관에서는 이때 「한림별곡」을 부르는 것을 오랜 풍속으로 삼아왔다고 이야기한다. 예문관에서 「한림별곡」을 전유(專有)한 것은 역시 예문관이 한림원의 후신이라는 인식 때문이며, 그 자부심을 계승한다는 대내외적 표지로 「한림별곡」을 내세웠던 것이라 파악된다. 이 같은 관례는 유래가 깊어서 성종조차도 연회의 수위나 방식을 문제 삼았을 뿐 예문관의 오랜 풍속에 대해서는 용인하였을 정도이다.

따라서 예문관의 정통 관료인 변계량 역시 「한림별곡」을 부르며 벌이는 이 같은 연회에 직접 참여한 경험이 있었을 여지가 충분하고, 「한

---

10) 『성종실록』 권58, 6년 8월 庚辰(3). "藝文館奉敎安晋生等啓曰: "儒生初登科第, 分屬四館, 有許參免新之禮, 「翰林別曲」歌於本館之會, 古風也. 故新檢閱曺偉設宴邀臣等. (…)" 傳曰: "古風, 誰令止之? 但因旱禁酒, 而爾輩恬然會飮, 至食禁肉, 不可. (…)"" 그밖에 「한림별곡」이 예문관의 연회에서 자주 불리었다는 기록은 『용재총화(慵齋叢話)』에서도 발견된다. [김명준, 앞의 책, 2004, 150면.]

림별곡」의 내용과 흥취에 대해서도 익숙하게 알고 있었을 가능성이 높다. 그가 「한림별곡」의 양식을 준용하여 「화산별곡」을 지었던 것 또한 「한림별곡」에 당초부터 내재되어 있는 흥취와 자부심을 이미 적실하게 이해하고 있었기 때문일 것이다. 그러한 특질을 바탕으로 삼아 세종의 치세를 맞이한 기쁨과 감격을 표출해 보고자 시도한 것이다.

한편, 변계량의 자질을 인정하고 그를 중용했던 태종의 성향 역시 중요하다. 공식적인 연행을 전제로 하는 궁중 악장을 경기체가 양식으로 짓는 것은 이례적인 일인 만큼, 이를 변계량 개인의 독자적 판단이나 기호에 따른 처사로만 치부하기는 아무래도 어렵기 때문이다. 이와 관련하여 태종이 「한림별곡」을 직접 언급했던 다음의 기사는 시사하는 바가 크다.

> 주육(酒肉)을 예문관(藝文館)에 내려 주었으니, 관관(館官)이 잣을 바쳤기 때문이다. 임금이 주육을 내려 주고 이어서 명하기를,
> "너희들은 「한림별곡」을 창하면서 즐기라."
> 라고 하였다.[11]

태종(太宗)은 고려말의 문과 급제자로 태조(太祖) 역시 이 점을 자랑스럽게 여겼다고 전한다.[12] 환로를 직접 체험했던 그가 관원들을 위한 잔치에 「한림별곡」을 내려 주며 즐기도록 독려한 것은 이 작품이 좌중의 흥을 돋우기에 적합한 곡목이라고 판단하였을 뿐만 아니라 「한림별곡」을 창하며 즐기는 예문관의 관례에 대해서도 익히 알고 있었기 때

11) 『태종실록』 권26, 13년 7월 乙未(3). "賜酒肉于藝文館. 館官獻松子, 上賜酒肉, 仍命曰: "汝等唱「翰林別曲」以歡."

12) 『태종실록』, 「총서」; 『용비어천가』 권9, 32b~33a면.

문으로 파악된다. 더욱 중시해야 할 사항은 태종이 「한림별곡」의 연행을 공식화하였다는 점이다. 선행 논의에서도 언급되었듯이, 위 기사로부터 「한림별곡」이 당시 예문관에서 흔히 불리었으되 이를 드러내 놓고 즐기기는 어려웠던 분위기가 존재했음을 짐작할 수 있다. 그러나 태종이 「한림별곡」을 적시하여 즐기도록 허함으로써 이 작품이 비로소 공식적인 회례악곡으로 인식되기 시작하였던 것이다.[13)]

이로써 변계량이 경기체가 양식을 악장 제작에 도입할 수 있는 중요한 기반이 확보된 셈이다. 그가 「한림별곡」을 익숙히 들어왔고 그 흥취와 효용에 대해 긍정적으로 평가하고 있었다 해도 그것은 어디까지나 개인적이고 비공식적인 차원에 국한될 따름이다. 국가의 예악에 관계되는 악장을 「한림별곡」의 형태로 짓기 위해서는 어떤 식으로든 이를 정당화할 수 있는 공식적인 명분 내지 구실이 필요하기 때문이다. 위와 같은 태종의 언급은 그러한 명분으로 삼기에 손색이 없을 정도로 명확하고도 직접적이다. 태종이 직접 관원들에게 「한림별곡」을 부르도록 공공연히 독려한 만큼 이 작품이 과연 궁중악으로 불리어도 좋을지 여부를 더 이상은 고민할 필요가 없어진 것이다.

나아가 변계량은 「한림별곡」의 시상이 관료들, 특히 예문관원들의 흥취에 지나치게 밀착되어 있다는 문제점을 새롭게 인식하였을 가능성도 크다. 태종에 의해 「한림별곡」이 회례악곡으로 인정되기는 하였으나, 그 내용은 어디까지나 관원들 사이의 연회에서나 불릴 만한 것이어서 시연(侍宴)의 곡목으로는 부적합하기 때문이다. 따라서 기왕 공인된 「한림별곡」의 악곡은 그대로 옮겨 오되 가사를 바꾸어 군신이 함께 들을 수 있는 곡목으로 개작하는 방식을 택하였으리라 짐작된다.[14)] 실

13) 김명준, 앞의 책, 2004, 150면.

제로 한동안 「화산별곡」이 시연의 파연곡(罷宴曲)으로 쓰였던 것을 보면 이러한 의도가 관철되었음을 알 수 있다.[15)]

끝으로 변계량이 흠모해 왔던 권근이 경기체가 양식으로 「상대별곡(霜臺別曲)」을 지어 신왕조의 기상과 자신의 포부를 표명하였던 전례를 남겼던 사실 역시 주목된다. 변계량은 권근의 문하를 자처할 만큼 그의 인품과 학문을 존숭하였으며,[16)] 왕조의 기틀을 다지는 과정에서 그가 이룩한 업적에 대해서도 높이 평가하였다. 이러한 인식은 변계량이 찬한 권근의 제문에 잘 드러난다.

> 아, 저희들은 소시에 제자의 예를 드려 외람되게 스승의 훌륭한 가르침을 받았습니다. 아는 것이 있지도 않은데 오히려 공경(公卿)의 반열에 들고 사림에 몸담게 되었음은 선생이 내리신 은혜입니다. 선생의 도는 산 높고 물 깊은 듯. 그러므로 깊이 연구해 들어가 죽을 날까지 하려 했더니 이제는 그만입니다. 아, 어디로 돌아갈지. 하늘이 아득하고 땅이 빽빽하여, 사방을 돌아보니 아득하고, 목 놓아 한 번 울부짖으니 눈물이 샘솟듯 합니다.[17)]

더구나 권근은 정도전과 더불어 태조대에 악장을 찬진하는 데에도 핵심적인 역할을 수행했던 인물이었기에, 변계량이 더욱 더 사표로 삼

---

14) 「화산별곡」은 「한림별곡」의 악곡에 그대로 올려 부를 수 있는 작품이다. [손태룡, 「변계량의 樂歌 창제 고찰」, 『한국음악사학보』 40, 한국음악사학회, 2008, 356~360면.]

15) 『세종실록』 권28, 7년 4월 辛丑(5); 권32, 8년 5월 己亥(3).

16) 『춘정집』, 「부록」, 행장. "公自幼聰明絕人, 好學不倦, 以研窮性理爲務. 日遊圃隱, 牧隱, 陶隱, 陽村諸賢之門, 得師友淵源之正, 所聞益廣, 所造益深."

17) 『춘정집』 권11, 「祭陽村先生文忠公文」. "嗟嗟生等, 小少摳衣, 叨承善誘, 顧未有知, 尙襲靑紫, 獲厠詞林, 先生之賜, 山高水深, 庶幾鑽仰, 沒齒爲期, 今也已矣, 嗚呼曷歸, 天迷地密, 四顧茫然, 失聲一號, 有淚如泉."

을 만한 선례이기도 했다. 조선조 악장의 전통은 정도전과 권근에 의해 수립되었으나 다작으로 그 전통을 실현했던 인물은 변계량이라고 할 만큼, 변계량이 권근으로부터 받은 영향은 지대하다. 변계량은 권근에 이어 문형의 지위에 올랐으며 그로부터 악장 제작의 규범까지 답습하게 되었던 것이다.[18] 따라서 권근의 여러 제술 속에 경기체가의 양식을 준용한 「상대별곡」이 포함되어 있다는 점은 변계량에게도 충분히 시사를 줄 수 있는 사항이다.

조선조에 들어 창작된 경기체가 가운데 시기상 가장 앞서는 「상대별곡」은 사헌부(司憲府) 관원들의 기개와 자부심을 호기로운 어조에 담아 표출한 후 '명량상우(明良相遇)'의 시대를 맞이한 감격을 드러내고 있는데, 권근이 대사헌(大司憲)의 직임을 수행했던 정종 2년(1400) 3월부터 태종 2년(1402) 9월 사이에 지은 것으로 추정해 볼 수 있다.[19] 물론 권근이 「상대별곡」을 제진했다는 당대의 기록이 발견되지 않는 데다 『양촌집(陽村集)』에도 이 작품이 누락된 것으로 미루어,[20] 처음부터 공식적인 연향에 사용할 목적으로 「상대별곡」을 짓지는 않았으나 사헌부 관원들 사이에 작품이 애호되기 시작하면서 널리 인기를 얻었던 것으로 보인다. 「한림별곡」과 마찬가지로 「상대별곡」도 관원들 사이의 연회에서 불리기에 보다 적합한 작품이기 때문에 시연에서 사용되었다는 기록은 없다. 악장으로서의 성격이 상대적으로 미약한 것이다. 그럼에도 불구하고, 비록 비공식적 차원에서나마 권근과 같은 일대의 문인이 경기체가를 지어낸 전례를 만듦으로써 그를 계승한 변계량 역시 경기

---

18) 조규익, 앞의 책, 2005, 455~456면.

19) 김명준, 앞의 책, 2004, 179면.

20) 「상대별곡」을 권근의 작으로 판단할 수 있는 근거는 『증보문헌비고(增補文獻備考)』에서 발견할 수 있다. [같은 곳.]

체가 양식을 악장의 제작에 활용해 볼 수 있는 또 하나의 동인을 얻게 되었으리라 추정된다.

결국 변계량이 경기체가의 양식에 천착했던 것은, 그가 고려 한림원의 후신인 예문관의 관원으로서 「한림별곡」을 익숙히 들으며 그 흥취에 공감할 수 있는 위치에 있었다는 점, 변계량을 중용했던 태종이 예문관원들로 하여금 「한림별곡」을 연회에서 부르며 즐기도록 독려함으로써 그 연행을 공식화하였다는 점, 그리고 변계량이 사사했던 권근이 「상대별곡」을 지어 신왕조의 기상과 자신의 포부를 경기체가로 읊었던 전례를 남겼다는 점이 복합적으로 영향을 끼친 결과라 파악할 수 있다.

2) 「화산별곡」의 제진 의도와 시기

「화산별곡」이 경기체가 양식으로 지어졌다는 사실과 더불어 또 한 가지 고려해야 할 사항은 변계량이 이 작품을 제진한 의도와 시기이다. 「화산별곡」은 세종 7년(1425) 4월에 당시 예문관 대제학이었던 변계량이 지어 올린 것으로 세종은 이를 악부(樂府)에 올려 연향악으로 쓰도록 지시한다.[21] 세종이 이 작품의 의도와 가치를 인정했다는 사실을 보여주는 단서이다.

> 예조에 전지하기를,
> "금후로는 연향파연곡(宴享罷宴曲)에 「정동방(靖東方)」·「천권곡(天眷曲)」·「성덕가(盛德歌)」를 사용하고, 「응천곡(應天曲)」과 「화산별곡」은 사용하지 말라."

21) 『세종실록』 권28, 7년 4월 辛丑(5).

> 라고 하였다. 【「성덕가」 이상은 조종(祖宗)의 공덕(功德)을 송미(頌美)한 것이요, 「응천곡」 이하는 주상(主上)의 덕을 가영(歌詠)한 것이다.】[22]

좀 더 눈여겨보아야 할 사항은 「화산별곡」이 제진된 지 약 1년이 지난 시점에 이르러 세종 자신이 위와 같이 이 작품을 더 이상 사용하지 말도록 직접 지시하고 있다는 점이다. 그 이유에 대해 사관(史官)은 「응천곡」과 「화산별곡」이 당대 임금인 세종의 업적과 행실을 칭송하고 있기 때문이라고 부기하였다. 세종은 물론 사관들 역시도 이들 작품의 주제가 임금에 대한 송축이라는 점을 뚜렷이 인식하고 있었던 것이다. 세종은 그러한 취지를 작품이 제진될 당시에는 받아들였다가 이내 도리에 맞지 않는다는 생각으로 해당 곡목의 사용을 금하였던 것으로 보인다.[23]

사용이 금지된 「응천곡」과 「화산별곡」은 공교롭게도 모두 변계량이 지은 것인데, 두 작품 사이에도 다소의 차이가 존재한다. 둘 모두 세종의 덕을 칭송하는 데 주력하고는 있으나, 세종 6년(1424) 12월에 제진한 「응천곡」의 경우에는 분량이 상대적으로 소략한 탓에 비교적 포괄적인 견지에서 세종의 명망을 드러내는 정도인 반면, 세종 7년(1425) 4월에

---

22) 『세종실록』 권32, 8년 5월 己亥(3). "傳旨禮曹: "今後宴享罷宴曲, 用「靖東方」·「天眷曲」·「盛德歌」, 勿用「應天曲」·「華山別曲」." 【「盛德歌」以上, 頌美祖宗功德, 「應天曲」以下, 歌詠主上之德.】"

23) 세종 14년(1432)에 이르러서는 현왕을 악장에서 가영하지 말라는 전지가 보다 구체화된다: "上謂左右曰: "今會禮文武二舞樂章, 朴堧以爲: "宜歌詠當今之事." 予思之, 大抵歌辭, 象成功而頌盛德. 予觀周武王以武定天下, 至成王時, 周公作大武, 歷代皆然, 未可以當世之事, 而詠歌之也. 況予但繼世而已, 安有功德可以歌頌乎? 太祖當前朝衰季, 百戰百勝, 功德洽人, 拔亂反正, 創業垂統, 太宗制禮作樂, 化行俗美, 中外乂安, 宜爲太祖作武舞, 爲太宗作文舞, 以爲萬世通行之制也. 然或以武先於文爲未便, 歷代亦有武先於文者乎? 若必以當時之事作歌, 則繼世之君, 皆有樂章矣. 豈其功德, 皆可歌詠乎? 其與朴堧, 鄭穰等同議以聞."" [『세종실록』 권56, 14년 5월 甲子(1).]

지은 「화산별곡」에서는 세종의 실제 업적을 매우 구체적으로 열거하면서 찬탄하는 특징을 보인다.[24] 대의는 같되, 표현에 있어서는 후자가 더욱 강화된 양상을 띠는 것이다.

그렇다면 세종의 덕망을 칭송하는 내용을 담은 이들 작품을 변계량이 어떠한 이유에서 세종 7년(1425) 무렵이라는 특정한 시점에 잇달아 제진했는지 그 배경을 살펴볼 필요가 있다. 실제로 세종의 등극 이래 이들 작품이 나오기 전까지 변계량이 지어 올린 악장의 면면을 보면, 임금의 장수를 기원하거나, 왕조에 깃든 천우(天祐)를 기꺼워하거나, 명 황제의 덕망과 은혜를 찬양하거나, 군왕의 책무를 일깨우거나, 군신간의 이념적 동질성을 설파하는 등의 내용이었던 것으로 파악된다.[25] 어떤 작품도 세종 개인에 대한 칭송을 담고 있지는 않은 것이다. 물론, 군왕에 대한 칭송이란 악장 본연의 아유적(阿諛的) 성격으로부터 연원하는 것이라고 간단히 규정할 수도 있겠으나, 그 이면에 녹아 있는 변계량의 의도나 시대 인식에 대해서도 되짚어 보아야 할 것이다.

그 단서는 변계량이 세종과 세종의 치세를 실제로 어떻게 느끼고 있었는지 면밀히 검토하는 과정에서 발견될 수 있다. 그의 환력 가운데 빼 놓을 수 없는 것은 세자시강원(世子侍講院)의 보덕(輔德)·부빈객(副賓客) 등의 관직을 꾸준히 겸하면서 세자 양녕대군(讓寧大君, 이제(李禔), 1394~1462)의 교육을 담당하였던 전력이다. 변계량은 문형이면서 동시에 세자의 사부이기도 했던 것이다. 그러나 서연(書筵)을 등한시하고 비행을 일삼았던 양녕을 대하느라 변계량은 많은 어려움을 겪었으며, 해당 사례들이 그의 「연보」에도 자세히 기록되어 전한다. 동궁에 나아

24) 「응천곡」의 형식적 특징에 대해서는 김승우, 앞의 논문, 2017, 26~33면 참조.

25) 조규익, 앞의 책, 2004, 459면.

가 눈물을 흘리며 비행을 멈추도록 양녕을 설득하는가 하면 병을 핑계로 서연을 물리려는 양녕을 다섯 차례에 걸쳐 만류하여 그날 시강을 진행하기도 하였다.[26] 이렇듯 왕자(王者)의 자질에 부합하지 않는 양녕의 행태를 직접 체험했던 변계량은 급기야 양녕대군을 폐하고 충녕대군(忠寧大君)을 세자로 삼을 것을 태종에게 계청하기에 이른다.[27] 자신이 이제껏 양녕을 제대로 계도하지 못하였음을 자인한 셈이지만, 그러한 비난을 감수하고서라도 변계량은 왕조 창업의 위업을 굳건히 지켜나갈 성군이 필요하다고 믿었던 것이다.

때문에 세종에 대한 변계량의 기대는 더욱 더 강렬하게 표출될 수밖에 없는 상황이었다. 폐세자와 급박한 선위(禪位)라는 이례적 방식을 통해 왕위가 이어진 만큼 이제 갓 약관을 지난 젊은 군주가 당면한 현실은 결코 녹록치 않았으나, 변계량은 세종이 이 난관을 현명하게 극복해 나가리라 기대하였을 것이다. 그에 부응하듯 세종은 이내 특유의 자질과 호학열을 뚜렷이 드러내기 시작하였다.

가령 세종은 경연(經筵)에 적극적으로 참여하면서 경연의 주제를 스스로 정할 정도로 열의를 보인다. 부왕과 마찬가지로 변계량을 중용하고 집현전(集賢殿)을 신설하여 그에게 그 책임을 맡기는 등 문교를 진작하기 위한 시책 또한 강화하였다. 집현전의 초대 대제학에 임명된 것은 변계량의 「행장(行狀)」과 「연보」에 특기될 만큼 영광스러운 행적이기도 했다.[28] 그밖에 태상왕 태종의 계책을 받들어 쓰시마섬[대마도(對馬島)]을 정벌함으로써 왜구의 침탈을 근절했던 점, 군사를 조련하고 병

26) 『춘정속집』 권2, 「연보」.
27) 『태종실록』 권35, 18년 6월 辛巳(3); 『춘정속집』 권2, 「연보」.
28) 『춘정집』, 「부록」, 행장; 『춘정속집』 권2, 「연보」.

서를 간행하여 변방의 방비에 힘쓴 점, 위민책을 시행하면서 백성들의 생활을 돌보았던 점, 인재를 등용하고 공평무사하게 형을 집행한 점 등도 모두 변계량이 지척에서 목격했던 세종 즉위 초년의 두드러진 업적이다. 실제로 이와 같은 내역이 「화산별곡」에 빠짐없이 언급되었던 것이다.

「화산별곡」에 표명된 세종에 대한 칭송을 결코 아유적 의도의 발로로만 치부할 수는 없는 이유가 여기에 있다. 태종대부터 국가의 문장을 관할하고 학문을 관장하는 데 앞장섰던 변계량에게, 세종의 등극 후에 시행된 여러 정책들은 그의 이상과 기대에 완연히 부합하는 것으로 인식되기에 충분했다. 부왕대와는 달리 비교적 평화로운 방법으로 왕위가 계승되기까지 했기 때문에 왕조 창업 이래 태종대까지 축적되었던 여러 기반들이 세종의 치세기로 온전히 승습될 수 있었던 것이다. 더구나 개인적 차원에서 보아도, 변계량은 종래의 위상을 세종대에도

浮瑞氣鬱葱葱明化日暢仁風荷天福祿
中外寧臻時雍歌白首舞黃童荷天福祿
煥功烈光祖宗我歷年永無窮荷天福祿
華山曲 乙巳四月
華山南漢水北朝鮮勝地白玉京黃金闕平夷通達
鳳峙龍翔天作形勢經緯陰陽偉都邑景其何如
太祖 太宗創業貽謀偉持守景其何如
內受禪上稟命光明正大禁革竊通商賈懷服倭邦
善繼善述天地交泰四境寧一偉太平景其何如
至誠忠孝睦鄰以道偉兩得景其何如

春亭先生續集卷之一 四

存敬畏戒逸欲躬行仁義開經筵覽經史學貫天人
置集賢殿四時講學春秋製述偉右文景其何如
天縱之聖學問之美偉古今景其何如
訓兵書教陳兵以習坐作順時令擇閒曠不廢蒐狩
萬騎雷發殺不盡物衆不極盤偉講武景其何如
長慮卻顧安不忘危偉預備景其何如
體天災閔人窮克謹祀事進忠直退姦邪欽恤刑罰
考古論今夙夜圖治日愼一日偉無逸景其何如
天生 聖主以惠東人 嗚呼 偉千歲 乙世 伊小西 慶會
樓廣延樓崔嵬敞豁軼烟氛納灝氣遊目天表江山

「화산곡」, 『춘정속집』 권1

그대로 인정받음은 물론, 차후 직책이 더해지면서 더욱 큰 역량을 발휘할 수 있는 위치에 서게 되었다. 개인적으로나 국가적으로나 세종의 등극은 지극히 영광스러운 사건이 아닐 수 없었다. 「응천곡」과 「화산별곡」에 표출된 세종에 대한 흠모가 의례적이거나 과장되었다고 보기는 어려운 것이다.

하지만 그러한 흠모의 정을 악장으로 제작하기까지는 얼마간의 시간이 필요한 상황이었다. 무엇보다도 태종은 세종에게 선위한 후 병권(兵權)을 관할하면서 여전히 영향력을 끼치고 있었기 때문에 세종이나 세종의 치세를 드러내 놓고 칭송할 수는 없었던 것이다. 세종 즉위년(1418)에 변계량이 세종이 아닌 태종의 덕을 부각한 「천권동수지곡」을 지어 올렸던 것도 이러한 사정과 무관하지 않다.[29] 그 같은 분위기는 태종의 사후에도 한동안 지속된다. 태종은 세종 4년(1422) 5월에 승하하는데, 당시 세종은 수라를 들지 않을 만큼 부왕의 서거를 애석하게 여겼으며 역월제(易月制)를 시행하는 것에 대해서도 뚜렷하게 반대 의사를 표하였다.[30] 신료들의 만류에도 불구하고 세종의 의지는 관철되었으며, 변계량 역시 자신이 찬한 「태종대왕신도비명(太宗大王神道碑銘)」에 세종의 효심을 다음과 같이 기록하기도 하였다.

> 임인년(세종 4년, 1422) 4월에 비로소 몸이 편찮아서 5월 병인(丙寅)에 이궁(離宮)에서 홍(薨)하였다. 우리 전하께서 애통함을 이기지 못하여 3일 동안 철선(輟膳)하니, 여러 신하들이 체읍(涕泣)하면서 진선(進膳)하기를 청하였으나, 마침내 허락하지 않았다. 삼년상(三年喪)으로 정

29) 『세종실록』 권2, 즉위년 11월 己酉(7).

30) 태조가 승하했을 때 태종 역시도 3년 동안 참최(斬衰)를 입은 바 있다: 『용비어천가』 권9, 44b~45b면.

하고 역월(易月)의 제도를 쓰지 않았다. 태종은 춘추가 56세이고, 왕위(王位)에 있은 지 19년이었다.[31]

이를 고려하면서 변계량이 「응천곡」과 「화산별곡」을 제진한 시점을 되짚어 보면, 각각 세종 6년(1424) 12월과 세종 7년(1425) 4월로 태종의 삼년상이 마무리되어 가던 때임을 확인할 수 있다. 태종에 대한 애도가 잦아들고 세종이 고수했던 삼년상을 끝마치게 될 무렵에 이르러 변계량은 명백히 세종을 중심에 두고서 세종에 대한 칭송과 찬양을 담은 작품을 지어 내었던 것이다. 새로운 시대를 새로운 작품으로 각인하고자 했던 의도가 간취된다.

그 수위도 점차 높아져서, 세종의 덕망을 간소하게 다룬 「응천곡」을 경기체가의 전대절(前大節)만을 활용하여 먼저 제진한 후, 태종이 승하한 지 삼년 째에 임박하자 「한림별곡」의 흥취를 그대로 옮겨 온 정격의 「화산별곡」을 지어 올리는 순서로 나아간다. 이 무렵에는 세종 역시도 제진된 작품의 내용이 상례(喪禮)에 크게 저촉되지는 않는 데다 현왕(現王)의 덕을 가영하는 전례가 태조대와 태종대에도 있었던 점을 감안하여 「응천곡」과 「화산별곡」 모두를 가납하였던 것으로 보인다. 물론 이로부터 약 1년 후에 당대의 임금을 악장으로 가영하는 데 대해 세종이 거부감을 드러내면서 세종의 덕망을 다룬 악장을 추가로 지을 수는 없게 된다.

이처럼 변계량의 생애와 활동을 돌이켜 보면, 그가 세종을 칭송하기 위한 악장을 흔연히 지어내었던 전말이 드러난다. 아울러 그 시기가

---

31) 『태종실록』 권36, 18년 11월 甲寅(6). “壬寅四月始不豫, 五月丙寅, 薨于離宮. 我殿下不勝哀痛, 三日輟膳, 群臣涕泣請進膳, 竟不許. 定爲三年之喪, 不用易月之制. 太宗春秋五十六歲, 在王位十有九年.”

유독 세종 7년(1425) 무렵으로 국한되어야만 했던 맥락 역시 도출해 낼 수 있다.

3. 「화산별곡」의 시상과 구성

앞 장에서 살핀 바와 같이, 「화산별곡」에는 대개의 악장 작품에 통상적으로 나타나는 공식적 수사나 내용만이 아니라 작자 변계량이 실제 정치 현실에서 보고 느낀 감격들이 폭넓게 포함되어 있다고 평가된다. 아울러 그러한 주지가 경기체가 양식으로 표출된 점도 흥미롭다. 객관적 사물이나 현상을 나열하다가 영탄적 투식구로 이를 모아들이는 경기체가의 어법을 통해 변계량은 세종에 대한 추앙과 칭송을 보다 인상 깊게 드러낼 수 있으리라 기대했던 것이다.

그런데 연장체(聯章體)를 기본으로 하는 경기체가의 경우, 핵심이 되는 소재나 광경이 연쇄적으로 배치되면서 작품이 구성되기 때문에 무엇보다도 작품 전체의 짜임새에 주목하지 않을 수 없다. 특히 변계량과 같은 당대의 문사가 그저 인상 깊은 내용들을 두서없이 나열하는 방식으로 작품을 짓지는 않았으리라는 점을 감안하면 「화산별곡」의 여덟 개 장에 적용된 모종의 구성 방식을 되짚어 보아야 할 필요가 있다.

논의의 중점은, 세종의 위상이나 자질이 어떠한 순서로 배열되었느냐에 있는데, 이를 확인하기 위해서 우선 제1·2장의 내용부터 살피고자 한다.

[1장]

華山南 漢水北 朝鮮勝地	화산 남쪽 한강의 북쪽은 조선의 아름다운 땅

白玉京 黃金闕 平夷通達	백옥 같은 서울, 황금처럼 빛나는 대궐 평평하게 통달해 있고
鳳峙龍翔 天作形勢 經經陰陽	봉은 솟고 용이 나는 것 같으니 하늘이 만든 형세요 음양의 조화로세.
偉 都邑景 其何如	아, 도읍의 광경, 그것이 어떠합니까!
太祖太宗 創業貽謀【再唱】	태조 태종께서 창업하시고 물려주신 계책【두 번 창한다.】
偉 持守景 其何如	아, 유지하고 지키는 광경 그것이 어떠합니까!

[2장]

內受禪 上稟命 光明正大	안으로 물려받고 위로 명을 받으니 광명정대하도다.
禁草竊 通商賈 懷服倭邦	도적을 금하고 장사를 통하며 왜국을 회유 굴복시키네.
善繼善述 天地交泰 四境寧一	선왕의 뜻 잘도 이으시어 천하의 만물이 편안하고 사방의 국경도 조용하니
偉 太平景 其何如	아, 태평한 광경, 그것이 어떠합니까!
至誠忠孝 睦隣以道【再唱】	지성스레 충성하고 효도하며 도로써 이웃나라와 화목하니【두 번 창한다.】
偉 兩得景 其何如	아, 두 가지 다 얻은 광경 그것이 어떠합니까![32]

우선 유념해야 할 점은 개별 장의 주제를 장 전체의 내용과 연계지어 검토해야 한다는 것이다. 경기체가 각 장의 핵심이 전대절과 후소

32) 작품의 현대어역은 임기중 외, 앞의 책, 1997, 111~113면의 것을 활용하되 부분적으로 어휘나 표현을 바꾸었다.

절(後小節)의 마지막에 오는 투식구 "위 □□景 긔 엇더ᄒᆞ니잇고"의 '□□'에 대개 응축되어 있는 것이 사실이기는 하나, '□□'으로 모든 내용이 포괄되지는 않는 데다가 전대절과 후소절 사이의 의미상 층차도 고려해야하기 때문이다.

가령, 제1장의 전대절은 표면적으로는 도읍의 형상을 묘사하고 있는 듯 보인다. 실제로 이 작품의 제명이 제1장 제일 앞에 오는 '화산'이라는 어휘로부터 유래된 것이기는 하지만, 1장 전체의 주지는 후소절의 내용, 즉 국가를 창업한 태조와 태종이 그 지모를 세종에게 물려주어 대업을 잘 유지해 나갈 수 있게 되었다는 것으로 수렴된다. 요컨대 1장에서는 아직 세종의 업적이 본격적으로 등장하지 않으며, 그보다는 조종이 달성해 놓은 왕조 개창의 업적을 제시하는 데 주력하고 있다. 한성의 승경 역시 창업의 위업과 영광을 강조하기 위한 소재로서의 의미를 지니는 것이다.

제2장에서 비로소 완연히 세종에게로 그 시선을 옮겨 온다. '내수선(內受禪) 상품명(上稟命)'이라는 말에도 드러나듯이 제1장의 말미를 그대로 제2장으로 잇대고 있다. 대내적으로는 태종의 선위를 받아 세종이 등극하였고 대외적으로도 명 황제로부터 고명(誥命)과 인장(印章)을 받아 옴으로써 '광명정대(光明正大)'한 즉위가 이루어졌다는 내용이다. 즉위 후에 세종이 펼쳤던 주요 시책들이 곧바로 열거되기 시작하는데, 이 부분부터 세종이 뚜렷하게 부각된다. 도적을 금하고 물산을 유통하여 후생을 진작한 업적이 언급되다가 이내 왜를 회유하여 굴복시킨 치적이 조명된다. 쓰시마섬 정벌은 상왕 태종의 뜻에 따라 이루어진 것이지만,[33] 이후 왜와의 관계를 조율하고 남쪽 변방을 안정시키는 역

33) 때문에 「정대업(定大業)」 악장에서는 쓰시마섬 정벌을 태종의 업적으로 규정하고 있

할은 세종이 담당하였다는 점에서 이 또한 선왕의 뜻을 '선계선술(善繼善述)'한 세종의 공로로 적시되었던 것이다. 이상의 내역을 후소절에서 다시금 강조하였는데, 상국에 도리를 다하고 선왕의 기대에 부응하였다는 점에서 충효의 성심을, 왜와의 관계를 법도에 따라 유지하였다는 점에서 목린(睦隣)의 미덕을 세종이 모두 갖추었다고 칭송하였다.

이처럼 「화산별곡」 제1·2장에서는 태조와 태종의 업적이 세종에게로 이어져 유지되고 있는 흐름을 드러내는 데 주력하고 있다. 때문에 제1·2장은 '고(古)'와 '금(今)', 또는 '선왕(先王)'과 '사왕(嗣王)'의 관계를 띠면서 대응되는 것으로 분석된다.

[3장]

存敬畏 戒逸欲 躬行仁義	경외심을 간직하고 안일함과 욕심을 경계하시며 몸소 인의를 행하시네.
開經筵 覽經史 學貫天人	경연 열고 경사(經史)를 열람하여 배움으로 하늘과 사람을 꿰뚫으시고
置集賢殿 四時講學 春秋製述	집현전 설치하여 사시로 강학하시며 봄가을로 제술하시니
偉 右文景 其何如	아, 문(文)을 높이는 광경, 그것이 어떠합니까!
天縱之聖 學問之美【再唱】	하늘이 낸 성군, 학문하시는 아름다움【두 번 창한다.】
偉 古今景 其何如	아, 옛날부터 지금까지의 광경 그것이 어떠합니까!

다: "「震耀」, 第六變, 凡二篇. 對馬島倭負恩擾邊, 太宗命將征之. "蠢爾島夷, 恃險負嵎, 辜我仁恩, 虐我邊垂, 爰赫斯怒, 命將征之, 滄海漫漫, 颿檣戢戢, 匪逝匪遊, 凶頑是讐, 旌旗蔽日, 榑桑震疊." 「肅制」, "飭我師, 師堂堂, 鼓萬艘, 武維揚, 擣其穴, 覆其巢, 火烈烈, 燎鴻毛, 鯨鯢戮, 波不驚, 奠我民, 邦以寧."" [『세종실록』 권116, 29년 6월 乙丑(1).]

[4장]

訓兵書 敎陳兵 以習坐作	병서를 가르치고 군사를 진열하여 앉고 일어남을 익히게 하시며
順時令 擇閑曠 不廢蒐狩	철에 따라 빈 터를 가려 사냥하게 하시니
萬騎雷驚 殺不盡物 樂不極盤	만기(萬騎)가 우뢰같이 치달리지만 다 잡지 않고 즐김도 절제하네.
偉 講武景 其何如	아, 강무(講武)하는 광경, 그것이 어떠합니까!
長慮却顧 安不忘危【再唱】	길게 생각하고도 다시 돌아보시고 안전해도 위태함 잊지 않으시니【두 번 창한다.】
偉 預備景 其何如	아, 예비하는 광경 그것이 어떠합니까!

두 장씩 대를 이루면서 작품이 구성되어 가는 방식은 이하의 장들에서도 발견된다. 1·2장이 시간상의 지표로 각각 옛 일과 오늘날의 일을 다루었다면, 3·4장은 세종의 공적을 주제상의 지표로 대별해 놓았다.

제3장의 중심 내용은 문치의 시행이다. 경연을 상설하여 경사를 강독하는 데 게으름이 없는 세종의 모습을 제시하고, 집현전을 신설하여 학술 연구를 관장하면서 학사들이 제술에 힘쓰도록 독려하는 학자 군주로서의 위상을 칭송하고 있다. 경연의 상례화와 집현전의 설치 및 운용은 세종이 추진한 문치의 핵심이라 할 만한 사항인 만큼 변계량 역시 이들 내역을 전면에 내세웠던 것이다. 후소절에서는 그 같은 우문 정책이 유지된 배경을 거론하였는데, 그것은 다름 아닌 세종의 타고난 학구열이다. 세종의 개인적인 자질이 정치적·문화적 시책으로 발현됨으로써 학문과 문장이 융성하게 된 내력을 서술해 놓았다.

우문(右文)의 공덕과 대를 이루는 내용이라면 응당 강무(講武)의 방

「화산별곡」, 『악장가사』

책을 들 수 있다. 제4장에서는 병서를 탐문하고 진법을 익혀 군사를 운용하는 역량을 강화하는가 하면 사냥을 주관하면서 군사들의 능력을 시험하기도 하는 세종의 모습을 조명하였다. 사냥은 군사를 조련하고 점검하기 위한 중요한 방법이었거니와 세종이 이를 금치 않고 시시로 권장하였던 것도 강무의 효용을 인식하고 있었기 때문으로 보았다. 더욱 중시해야 할 사항은 세종의 절제이다. 사냥을 주관하되 극단을 피하여 짐승을 모두 잡지는 않는 후덕함이 강조된 것이다. 이 같은 처신은 군사를 교련함으로써 백성들에게 군왕의 위엄을 드러내려 한다거나 사냥을 단지 유흥 거리로 생각하는 것이 아니라는 점을 보여주는 증표가 되기도 한다. 세종의 시책은 당장의 평화에 안주하지 않고 미래에 있을 위기에 대비하기 위한 뜻을 지닌다는 취지를 제4장의 마지막에 개재한 이유도 여기에 있다.

이렇듯 「화산별곡」에서 세종의 미덕과 자질이 본격적으로 표출되기 시작하는 제3·4장에서는 세종의 '문치(文治)'와 '무비(武備)'가 균형 있게 다루어지고 있다. 제3·4장의 대응은 다른 장들에 비해 특히 뚜렷해서 「화산별곡」의 구성 방식을 가늠하는 데에도 시사하는 바가 크다.

[5장]

懼天災 悶人窮 克謹祀事	천재(天災)를 두려워하고 백성의 곤궁함을 근심하시어 제삿일에 매우 삼가시고
進忠直 退姦邪 欽恤刑罰	충직한 자 나아가게 하고 간사한 자 물리치며 형벌을 신중히 하시며
考古論今 夙夜圖治 日愼一日	옛일을 살펴서 지금 일을 논하고 밤낮으로 다스림을 꾀하며 나날이 조심하시니
偉 無逸景 其何如	아, 방일(放逸)함이 없으신 광경, 그것이 어떠합니까!
天生聖主 以惠東人【再唱】	하늘이 성군을 내시어 동방의 백성들에게 은혜를 주시니【두 번 창 한다.】
偉 千歲乙世伊小西	아, 천세를 누리소서!

[6장]

慶會樓 廣延樓 崔巍敞豁	경회루 광연루 높기도 높아 앞이 광활하여
軼烟氛 納灝氣 遊目天表	안개를 헤치고 대기를 들이마시며 하늘가로 눈을 놀리어
江山風月 景概萬千 宣暢鬱堙	산천 풍월 천만 경개에 막힌 가슴 풀어내네.
偉 登覽景 其何如	아, 높은 곳에 올라 바라보는 광경, 그것이 어떠합니까!

蓬萊方丈 瀛洲三山【再唱】	봉래(蓬萊) 방장(方丈) 영주(瀛州) 삼산을【두 번 창 한다.】
偉 何代可覓	아, 어느 시대에 찾을 수 있으리!

이어지는 제5장 역시 세종의 품성과 업적을 계속해서 서술하고 있는 듯 보이지만, 그 구체적인 내역이나 방향은 3·4장과는 다소 다르다. 5장의 전대절에서는, 하늘의 변괴에 몸을 삼가고 백성들의 생활을 걱정하며 국가의 제례에 힘쓰는 세종의 모습을 드러내는 한편, 신료의 등용과 형벌의 집행을 엄격히 하여 국가의 기강을 바로잡은 덕망도 열거하고 있다. 그러나 5장에서는 이러한 업적 자체를 표출하는 데 목적을 두기보다는 그와 같은 일을 하기 위해 세종이 투여하는 노력을 논하는 데 주력한다. 정사에 소용될 만한 전고(典故)를 상고하느라 여가도 없이 밤낮으로 신중하게 정무에 몰두하는 세종의 근면함이 핵심을 이루는 것이다. 전대절 마지막에서 그러한 세종의 모습을 '무일(無逸)', 즉 안일함이 없다고 집약한 것도 이 때문이다. 후소절에서는 세종과 같은 성군을 맞이한 감탄과 기쁨이 분출되어 동방의 은혜로운 일이라는 칭송이 표출되고 이내 임금의 수복을 비는 기원이 덧붙는다. 그 같은 감격이 극에 달하면서 이 부분에 들어 투식구가 "천세(千歲)를 누리소서.[千歲乙世伊小西.]"라는 말로 바뀌어 나오게 된 것이다.

이처럼 집무에 임하는 세종의 진지함과 헌신적 태도가 5장에 제시되고 있는 반면, 제6장에서는 정무에서 잠시 벗어나 궁중에서 여유를 누리는 넉넉한 광경이 묘사된다. 경복궁(景福宮)의 빼어난 경관에 대한 자긍심이 그 근저에 깔려 있다. 경회루나 광연루와 같은 궁중의 누각에 올라 탁 트인 경치를 조망하다가, 때마침 안개가 걷히고 하늘이 맑아져 화기가 돌자 먼 하늘을 바라보는 한정(閑情)을 표출한다. 궁중에서 만

끽하는 풍류가 인상 깊게 묘사되고 있다. 그러한 풍류는 성대를 맞이하였다는 인식과 표리를 이루는 것으로서 현재의 상황에 대한 만족감을 기반으로 한다. 눈앞에 펼쳐진 세계가 신선계에 비유되는 후소절의 감흥은 이로부터 연원하는 것이기도 하다. 후소절에서는 궁중의 누각에서 바라보는 정경을 신선들이 노니는 삼산(三山)의 형상에 빗대고 있는데, 이 부분은 「화산별곡」 전체를 통틀어 감흥이 가장 고양된 부분이라 할 수 있다.

앞서와 마찬가지로 제5·6장에서도 역시 두 개의 장이 묶여 대를 이루고 있는 구성이 발견된다. 제5·6장의 경우에는 각각 집무에 몰두하는 모습과 궁중에서 느낄 수 있는 한가로운 풍류가 대응되고 있다. 이는 선정을 펼치기 위해 겨를이 없는 가운데에도 궁중을 완상하는 여유로움이 조화된 모습이라 할 만하다.

[7장]

止於慈 止於孝 天性同歡	자애롭고 효도하며 천성으로 함께 즐기고
止於仁 止於敬 明良相得	어질고 공경하며 밝은 임금 어진 신하 서로 뜻이 합치되니
先天下憂 後天下樂 樂而不淫	천하보다 먼저 근심하고 천하보다 뒤에 즐기며 즐기되 지나치지 않으시니
偉 侍宴景 其何如	아, 모시고 잔치하는 광경, 그것이 어떠합니까!
天生聖主 父母東人【再唱】	하늘이 성군을 내시어 동방의 백성들 부모 되게 하시니【두 번 창한다.】
偉 萬歲乙世伊小西	아, 만세를 누리소서!

[8장]

勸農桑 厚民生 培養邦本	농사일과 잠업을 권하여 민생을 두터이 하고 나라의 근본을 기르시며
崇禮讓 尙忠信 固結民心	예양(禮讓)을 높이고 충신(忠信)을 숭상하여 민심을 굳게 결집하시네.
德澤之光 風化之洽 頌聲洋溢	덕택(德澤)이 빛나고 교화가 흡족하니 칭송소리 넘쳐난다.
偉 長治景 其何如	아, 길이 다스리는 광경, 그것이 어떠합니까!
華山漢水 朝鮮王業【再唱】	화산 한수 조선왕업【두 번 창한다.】
偉 竝久景 其何如	아, 더불어 오래 전해질 광경, 그것이 어떠합니까!

「화산별곡」의 종결부인 제7·8장에서는 국가를 구성하는 세 축인 군신민(君臣民)이 조화를 이루어 나가는 모습을 제시하고 있다. 중추는 역시 세종인 만큼, 세종과 신료, 그리고 세종과 백성이 화합된 광경을 각각 서술하였다.

먼저, 제7장에서는 군신 관계를 다룬다. 군신간의 돈독함이 드러나는 계기는 임금과 신료가 한데 어울려 벌이는 연회인데, 세종의 후덕한 천질이 여기에서도 예외 없이 언급된다. 즉, 세종이 지닌 '천성동환(天性同歡)'·'선천하우(先天下憂)'·'후천하락(後天下樂)'·'낙이불음(樂而不淫)'의 미덕이 강조되는 것이다. 이렇듯 훌륭한 임금이 재위하는 시절에 어진 신하들이 모여들어 정사를 보좌하는 이상적인 구도가 실현되었기에 감회가 더욱 깊을 수밖에 없다. 군신이 어울려 함께 즐길 수 있다는 것 자체가 태평세가 도래하였다는 인식을 전제로 하고 있기도 하다. 이때 '명량상득(明良相得)'이나 '시연(侍宴)'이라는 어휘에서도 드러나

듯, 세종에 대한 칭송은 완연히 신료들의 입장에서 표출되고 있으며 그러한 측면에서 작자 변계량의 목소리가 한층 직접적으로 간취되는 장이 바로 제7장이라 할 수 있다. 세종을 향해 "만세(萬歲)를 누리소서. [萬歲乙世伊小西.]"라고 송수하는 부분에서 그러한 특징이 잘 드러나거니와, 이는 제5장의 "천세를 누리소서."보다 더욱 감격에 찬 표현이다.

제7장의 주된 내용이 임금과 신하의 관계였다면 마지막 제8장에서는 임금과 백성의 관계가 제시된다. 7장에 '명량'·'시연'과 같이 신료들을 연상케 하는 어휘가 쓰였던 것처럼 8장에서도 역시 '민생(民生)'·'민심(民心)' 등 백성과 관계된 어휘가 사용되었다. 농상(農桑)을 권장하여 백성들의 삶을 윤택하게 함으로써 민생을 돌보고, 예양(禮讓)과 충신(忠信)으로써 모범을 보여 민심을 공고히 하는 세종의 덕망이 우선 칭송된다. 세종을 향한 백성들의 찬양이 나라 안에 넘쳐흐른다는 표현은 그러한 임금의 후덕함에 대한 화답이라 할 만하다. 국가의 근본인 백성을 우선시하는 세종의 그 같은 치세가 앞으로도 길이 지속되리라는 판단에서 변계량은 이를 '장치(長治)'의 광경이라 집약하였다. 이 어휘에는 세종과 같은 성군의 시대가 영구히 이어지기를 바라는 변계량의 기대가 함께 포함되어 있기도 하다. 때문에 세종에 대한 칭송은 8장의 후소절에 들어 왕조의 지속을 밝게 전망하는 부면으로 확대되기에 이른다. 세종의 장구한 정치가 왕조의 무궁한 역년(歷年)으로 연계되면서 작품이 종결되는 것이다.

이렇듯 작품의 마지막 부분인 제7·8장에서는 군신민이 조화된 모습을 그리고 있는데, 7장에서는 현명한 임금과 어진 신하들이 만나 기쁨에 젖어 있는 광경을, 8장에서는 세종의 위민책으로 백성들이 덕화를 입는 광경을 각각 제시하여 '신료(臣僚)'와 '백성(百姓)'으로 짜인 대응을 이루었다.

위에서 살핀 바와 같이 「화산별곡」에서는 세종의 덕망과 자질이 칭송되고 있다. 이러한 성격은 여덟 개 장 모두에 공통적으로 드러나기는 하지만, 그 내용을 배치하는 방식에 있어서는 내밀한 질서를 추구한 흔적이 엿보인다. 특히 두드러지는 방식은 두 장씩 엮어 의미상 대응이 드러나도록 배치하였다는 점이다. 그 핵심을 '선왕(先王)'과 '사왕(嗣王)'·'문치(文治)'와 '무비(武備)'·'집무(執務)'와 '풍류(風流)'·'신료(臣僚)'와 '백성(百姓)'의 구도로 정리할 수 있을 것이다.

4. 결론

이상에서 변계량이 세종 7년(1425)에 경기체가계 악장 「화산별곡」을 지어 세종의 공덕을 칭송했던 배경을 검토하고, 이 작품이 지닌 구성상의 특징을 분석하였다. 논의된 사항을 항목별로 간추리면 아래와 같다.

- 변계량이 「화산별곡」을 짓는 데 경기체가 양식을 준용하였던 것은, 그가 예문관의 관원으로서 「한림별곡」을 익숙히 들으며 그 흥취에 공감할 수 있었던 점, 앞서 태종이 예문관원들로 하여금 「한림별곡」을 연회에서 부르며 즐기도록 독려함으로써 그 연행을 공식화하였다는 점, 권근이 「상대별곡」을 지어 신왕조의 기상과 자신의 포부를 경기체가로 읊었던 전례를 남겼다는 점 등이 복합적으로 영향을 끼친 결과이다.

- 세종은 즉위 직후부터 변계량의 이상과 기대에 완연히 부합하는 정책을 펼쳤으며, 태종대 이상으로 변계량을 중요하기도 하였다. 국가적으로나 개인적으로나 세종의 등극은 영광스러운 사건이 아닐 수 없었던 것이다. 「화산별곡」에 표출된 세종에 대한 흠모가 의례적이거나 과장되었다고 보기 어려운 이유가 여기에 있다. 한편, 「화산별곡」이 지어진

세종 7년(1425) 4월은 태종의 삼년상이 마무리되어 가던 시기이다. 이 무렵에 들어서야 세종에 대한 칭송과 찬양이 뚜렷이 담긴 「화산별곡」을 제진할 수 있었던 것이다. 새로운 시대를 새로운 악장으로 각인하고자 했던 의도가 간취된다.

– 변계량과 같은 당대의 문사가 그저 인상 깊은 내용들을 두서없이 나열하는 식으로 작품을 짓지는 않았으리라는 점을 감안하면 「화산별곡」의 여덟 개 장에 적용된 모종의 구성 방식을 되짚어 보아야 할 필요가 있다. 그 핵심은, 두 장씩 엮어 의미상 대응이 드러나도록 내용을 배치하는 방식으로 집약된다.

– 제1·2장에서는 태조와 태종에 의해 이룩된 개국의 위업과 이를 세종이 물려받아 훌륭히 계승하고 있는 덕망을 드러내는 데 주력하였다. '고'와 '금'·'창업'과 '수성'·'선왕(先王)'과 '사왕(嗣王)'의 대응이 나타난다. 한편, 세종의 자질이 본격적으로 형상화되기 시작하는 제3·4장에서는 우문정책을 추진하면서도 강무에도 소홀함이 없는 세종의 공덕을 칭송하였다. '문치(文治)'와 '무비(武備)'가 균형 있게 다루어진 형상이다.

– 제5·6장에는 정무에 몰두하는 세종의 성실한 태도와 궁중에서 느낄 수 있는 한가로운 정취가 잇달아 제시된다. 선정을 펼치기 위해 겨를이 없는 가운데에도 궁중을 완상하는 여유로움이 깃든 모습이라 할 만하다. '집무(執務)'와 '풍류(風流)'의 대응을 도출할 수 있다. 제7·8장은 군신민이 조화된 광경을 그리고 있는데, 7장에서는 현명한 임금과 어진 신하가 만나 기쁨에 젖어 있는 광경을, 8장에서는 세종의 위민책으로 백성들이 덕화를 입는 광경을 각각 제시하여 '신료(臣僚)'와 '백성(百姓)'으로 짜인 대응을 이루었다.

「화산별곡」은 조선 초기 악장 갈래와 관련된 여러 현상들을 응축하고 있다는 점에서 중요하다. 이 작품은 궁중 악장에 경기체가 양식이 준용된 계기가 무엇인지를 가늠케 하는 사례일 뿐만 아니라 조선 초기의 정치적 맥락과 변계량 자신의 시대 인식이 적실하게 반영되어 있는 작품이기도 하기 때문이다. 요컨대 「화산별곡」은 형식적 측면으로나 내용상의 특징으로나 조선 초기 악장의 전개 양상을 해명하는 데 매우 유용한 단서를 제공한다.

변계량은 조선 초기의 문형이면서 악장 제작자로서도 두각을 나타냈으나 그가 수행했던 역할에 비해 관련 연구는 충분히 이루어지지 못한 것이 사실이다. 교술적·공식적 성격을 띨 수밖에 없는 악장의 특성상, 작품 속에서 작자만의 독특한 미감이나 인식을 도출해 내기는 어렵다는 회의적 전제가 어느 정도는 개입된 결과로 보인다. 대개 정도전·권근 등이 마련해 놓은 악장의 기반을 세종대까지 이어갔다는 의의 정도가 그의 작품을 평가하는 표준적인 시각으로 받아들여질 정도이다.

그러나 건국 과정에서 주도적 역할을 수행했던 정도전이나 권근과는 달리 변계량은 세종대라는 또 다른 시기의 역사적 맥락을 지니고 있는 인물이며, 그에 따라 「화산별곡」에도 창업 당시의 위업보다는 세종의 치세에 대한 감격이 전경화 되어 나타난다. 특히 그러한 감격이 단지 형식화된 수사로 표출되는 데 그치는 것이 아니라 경기체가 양식 속에 짜임새 있게 전개되고 있다는 점은 간과할 수 없는 특징이다. 이는 악장의 교술성과 형식성, 그리고 아유적 성격을 갈래 전체에 평면적으로 적용할 수는 없다는 점을 시사하는 단서가 되기도 한다. 「화산별곡」, 나아가 변계량의 악장을 다시금 눈여겨보아야 하는 핵심적인 이유가 여기에 있다.

이 글은 *Journal of Korean Culture*, vol.32(한국어문학국제학술포럼, 2016)에 수록한 논문을 일부 수정한 것이다.

권위를 생성하는 글쓰기와 변계량 문장의 문학사적 의의

– 조선의 전통과 중화주의의 길항

김풍기

1. 변계량 문장 연구의 새로운 시각과 그 필요성

여말선초(麗末鮮初)는 수많은 지성들이 다채로운 빛을 내며 새로운 시대정신을 만들어내던 시기였다. 정치, 사회뿐만 아니라 문화적으로도 이전과는 다른 지평을 열기 위해 다양한 제안들이 속출했으며, 그것은 정치적 입장에 따라 출사와 은거, 재출사가 반복되면서 다른 시기와는 차이가 있는 문화적 색채를 만들었다. 일견 산만해 보이기까지 하는 이 시대의 문화 양상은 선학들에 의해 많은 연구가 되었지만, 대체로 조선 건국과 관련해서 중요하게 보이는 인물과 사건, 정치 제도 등에 초점이 맞추어진 측면도 있다. 인물로 보면 정도전(鄭道傳, ?~1398)과 권근(權近, 1352~1409)에 대한 연구가 상당히 진척되어 있고, 제도로 보면 조선이 어떻게 새로운 법과 질서를 만들어나가는가에 집중되어 있다. 또한 문학론에 있어서도 시운론(時運論)을 중심으로 한 반영론적 시각이 정치적인 측면과 관련되어 논의가 많이 되었다.

조선 초기의 문단에서 권근에 대한 중요성은 많은 연구자들이 동의하는 바이다. 명나라에 가서 황제 앞에서 조선의 문학적 역량을 유감없이 펼쳐내어 명성을 떨친 일 때문에 '이문화국(以文華國)'의 선편을 쥐었을 뿐 아니라 조선 문인들의 모범처럼 여겨진 것은 그에 대한 평가에 큰 힘이 되었다. 조선의 전장제도(典章制度)의 기틀을 잡고 악장을 비롯한 국가 음악의 토대를 만든 정도전 역시 그의 비극적이고 정치적인 죽음에도 불구하고 꾸준히 후대 문인들에게 관심을 받았다.

이에 비하면 춘정(春亭) 변계량(卞季良, 1369~1430)은 그가 지닌 중요도에 비해 상대적으로 주목을 받지 못한 측면이 있다. 특히 문학 분야에 있어서 변계량에 대한 연구는 앞서 언급한 다른 두 사람에 비하면 부족하다. 정도전이 세워놓은 문학적 토대를 권근이 이어받아서 '사상을 정립하고 문학하는 기풍을 바로 잡는 데 커다란 기여를 했다'고 평가를 하는 것에 비해 변계량은 '독창적이거나 비판적인 생각을 가지지 않고 권력 외곽에 머물면서 찬양하고 수식하는 문학을 하는 문인'이라고 평가하는 것[1)]이 그동안의 일반적인 생각이었다. 그것은 변계량이 남긴 글들이 대체로 국가에서 공식적으로 필요로 하는 것들이 많았기 때문일 것이다. 특히 그의 문장은 대부분 공식적인 글쓰기 안에서 이루어진 것이므로, 학계의 일반적인 평가가 그리 문제가 있어 보이지는 않는다.

일반적인 평가를 인정한다고 하더라도 '찬양하고 수식하는' 문학이란 무엇인가 하는 문제는 여전히 남는다. 문학사에서 형식을 중시하고 관습적인 표현을 주로 사용하면 그것에 대해 호의적으로 평가하지 않는 것은 문학이 가져야 할 '표현과 사유의 새로움'에 대한 고민이 없기

1) 조동일, 『한국문학통사2(제4판)』, 지식산업사, 2005, 249~252면 참조.

때문일 것이다. 그래서 '독창적이거나 비판적인 생각을 가지지 않았다'고 지적한 것으로 보인다. 그렇지만 '찬양하고 수식하는' 문학이 가지는 시대적 역할은 무시할 수 없다. 범박하게 말하면, 찬양하고 수식하는 문학을 누군가는 반드시 해야 하고, 더욱이 그러한 문학을 할 수 있는 능력을 충실하게 갖춘 사람을 우리 시대와 사회가 요구하는 측면이 있다는 것이다. 그러한 유형의 문학 작품은 대부분의 경우 장식적인 수준에서 이루어지는 것은 분명하지만, 특별한 경우에는 전혀 다른 의미를 부여할 수 있다. 우리가 변계량의 문학 작품, 특히 그의 문장에서 주목해야 할 점이 바로 이 지점이다.

2. 공식적 글쓰기의 규범과 권위의 생성

문명의 형성에서 언어의 중요성은 누차 강조되어 왔다. 특히 언어가 가지는 사회적 위계성은 거대담론에서부터 미시담론에 이르기까지 깊이 침윤되어 있기 때문에, 그것의 영향력을 체감하는 것은 쉽지 않다. 더욱이 문자의 소유가 지금보다 훨씬 어려웠던 근대 이전의 상황에서 언어 생활은 사회 구조를 새롭게 만들어가는 중요한 요소였다. 일상적인 언어 생활에서도 위계적 질서가 정교하게 작동하지만, 그것이 국가적 차원에서 권력(power)/권위(authority)의 위계를 만드는 중요한 인소(因素)라는 점을 짐작할 수 있다.[2] 그렇지만 그것이 어떤 방식으로 구성

2) 이 문제에 대해서 다음 논문을 참조할 것. 김풍기, 「언어의 위계화와 새로운 언어 권력의 탄생」, 『용봉인문논총』 46, 전남대학교 인문학연구소, 2015, 65~91면. 이 글에서 권력은 한 행위자(혹은 한 그룹)의 저항에도 불구하고 자신의 위치를 관철시킬 수 있는 위치에 있게 될 확률을 지칭하는 베버 식의 정의를 따르며, 권위는 비폭력을 전제로

되고 영향력을 발휘하는지 살피는 것은 쉽지 않다. 특히 이 글에서 논의하고자 하는 것처럼 문자 행위 혹은 글쓰기가 어떻게 권위를 생성하는지에 대한 것은 조심스럽게 접근할 필요가 있다.

문학사의 초기에 문자는 공적 기능에 방점이 두어졌거니와, 그런 점에서 보면 문학사의 전개는 문자의 공적 사용에서 사적 사용으로 확대되어 온 역사라 해도 과언이 아니다. 사적 사용의 확대에도 불구하고 문자는 늘 일정 부분 공적 차원에서 활용되면서 새로운 시대를 구성하는 요소로 존중되었다. 특히 국가 건국 초기에 글을 통한 권위의 생성 및 전파는 건국이념을 토대로 새로운 시대를 증언하는 것이기 때문에 그것을 담당하는 관리의 역할이 중시되었다.

근대 이후 사학계에서는 조선의 건국을 해석하기 위한 여러 연구들이 제출해왔다. 양천제(良賤制)를 중심으로 신분 변화 문제로 설명하는 방식, 농업 생산력의 발전과 그 바탕 위에 전개되는 사회 관계의 변동을 가지고 설명하는 방식, 귀족 관료에서 사대부 관료로의 지배층 교체와 그에 조응하는 정치체제의 합리적 재편성으로 설명하는 방식 등 많은 연구들이 조선의 건국을 설명하고자 했다.[3] 문학 분야에서는 이러한 성과를 일부 혹은 대폭 활용하면서 여말선초의 왕조 교체 과정에서 문학과 문학론이 어떻게 변화하였는지를 논의했다. 그렇지만 공적(公的) 글쓰기에 대한 관심은 비교적 적은 편이었다. 이는 고려에서 조선으로 왕조가 교체된 것을 상징적으로 드러내는 문화적 사건이지만 도식적으로 보이는 글의 형식 때문에 문학적 의의나 성과를 논의하기

자신의 영향력을 사회적으로 널리 인정받을 수 있는 힘을 지칭하는 것으로 사용하였다.

3) 도현철, 「조선왕조 성립에 대한 평가」, 『한국 전근대사의 주요 쟁점』, 역사비평사, 2002, 266~270면 참조.

가 어려웠기 때문일 것이다. 논의의 어려움이 그 중요성을 담보하지 못하는 것은 아니므로, 여말선초의 문학을 공부하는 사람에게는 여전히 해명해야 할 과제로 남아있다고 생각한다.

조선이 건국되면서 수많은 문서들이 왕의 이름으로 혹은 중앙 부서의 이름으로 발행되었고, 이 문서들은 조선 건국의 당위성을 드러내는 현실태로서의 역할을 했다. 신민(臣民)들은 공식적인 문서를 통해서 왕의 권위를 마주하였다. 역으로 생각하면 그것은 글이야말로 왕의 권위를 보증하는 하나의 증명서였으므로 공식적인 글쓰기는 사적으로 활용된 글쓰기와는 다른 형식과 내용을 가질 수밖에 없었다.

그렇다면 문자는 어떻게 왕의 권위를 가지게 된 것일까. 이 문제를 간략히 정리해야 변계량의 글쓰기의 의미를 논의할 수 있을 것이다.

인류가 처음으로 상징체계를 활용하여 자신의 생각을 전달한 것은 결승문자(結繩文字)와 같이 간단한 수준의 도구였을 것이다. 인지가 발달하면서 인간의 사유를 전달하기 위한 상징체계는 한층 정교해졌다. 이러한 상징체계를 익히는 것은 많은 시간을 필요로 했기 때문에 일부 계층에서 한정된 인원만이 이 체계를 활용할 수 있었다. 그것이 권력으로 작동하게 된 것은 어찌 보면 당연한 일이었을 것이다.

문자의 상징체계는 그 이면에 천지자연=우주의 이법을 함축하고 있다는 전제를 가지고 있었다. 특히 역(易)의 괘상(卦象)을 상징적 문자로 취급하는 태도는 문자 속에 우주의 원리 같은 것들이 함축되어 있다는 생각을 드러내는 것이다. 그것은 문자의 기원을 형이상학적인 것에서 찾는 생각인데, 이를 통해서 우리는 문자가 우주와 소통하는 도구로서의 기능을 가진다는 점을 읽어낼 수 있다. 말하자면 우주의 원리는 다양한 모습으로 드러나는데 문자는 그 원리가 가장 집약적으로 스며있는 상징 체계라고 할 수 있다.

국왕의 이름으로 문자를 활용한다는 것은 무엇인가. 우주의 원리를 함축하고 있는 문자의 주인 혹은 사용 주체를 보여준다는 것이다. 널리 알려진 것처럼 국왕은 우주의 법칙을 담지하는 존재인 바, 우주와 국왕을 매개하는 두 가지 요소가 있다. 하나는 천명을 받아서 왕통을 이었다는 점 때문에 ① 조상 숭배를 중시하는 것이고 ② 천명의 원리를 담은 고대 경전의 권위를 존중하는 것이며, 다른 하나는 자신의 국가관을 담은 위대한 언어를 소유하고 있다는 점이다. 이러한 점들이 제도적으로 확립되면서 국왕의 권위를 실현하는 구체적인 도구가 된다. 공적 언어 역시 여기서 비롯하는 것이며, 거기에 걸맞은 언어의 특별한 사용이 바로 국왕의 권위를 생성하는 계기가 된다.

두 가지 요소를 중요하게 언급했지만, 이에 대한 보충 설명이 필요해 보인다. 우선 첫 번째 요소 중에서 조상 숭배에 대한 문제이다.

> 조상 숭배에서 종묘의 존재는 국왕의 정통성을 보증하는 중요한 공간이며 제도이다. 여기서 신주를 어떻게 배열하는가 하는 문제는 성리학의 도입과 전개에서 중요한 논제였던 바, 고려 시대만 하더라도 혈통에 입각한 세차(世次) 중심의 묘제(廟制)를 사용하고 있었다. 조선이 건국되고 나서 종묘를 건립할 때 고려의 전통을 따라서 혈통 중심의 세차를 근간으로 설계되고 건립된다. 그런데 이에 대한 새로운 논의가 일어난 것은 바로 세종 때이다.[4] 정종이 승하하고 그의 시호와 능호는 정하였지만 묘호(廟號)는 정하지 않기로 하였다. 이는 정종의 왕통을 인정하지 않겠다는 의도이기도 했지만, 이 때문에 그를 어디에 부묘(祔廟)할 것인가 하는 문제가 논의되기 시작한 것이다. 이 문제에 대해 변계량은 주자

---

4) 이 문제에 대해서는 다음을 참고할 것. 지두환, 『조선 전기 의례 연구』, 서울대학교출판부, 1994, 109~116면 참조.

학의 입장을 충실히 따르면서 위차(位次) 중심의 종묘 묘제를 확립하는 안을 주장하였다.[5)]

지두환의 언급처럼 조상 숭배는 종묘의 설립과 운용으로 집약된다. 이는 국왕이 가지는 형통적 정통성을 통해서 권위를 확보하는 방식 중의 하나이다. 조선이 건국되자 종묘를 건립하고, 이곳에 누구를 모실 것인가 하는 논의가 이루어진다. 여기서는 묘제의 운용 및 부묘 문제가 논의의 주제가 아니므로 더 이상의 언급을 하지는 않겠지만, 변계량은 위차 중심의 종묘 묘제를 지지했다는 점을 기억해 두기로 한다. 이는 변계량이 이색-권근의 뒤를 잇는 성리학자로서의 입장을 잘 보여주는 사례기도 했지만, 조선의 핵심 제도가 성리학을 근간으로 하여 고려와는 다른 새로운 사회를 만들어가고 있다는 점을 상징적으로 보여주는 것이었다.[6)]

종묘 운용 문제와는 약간 결을 달리하는 문제로 국왕의 장례에 대한 변계량의 대응도 함께 언급해 둘 필요가 있다. 국왕의 장례 및 제례에서도 주자가례를 준용하는 것은 비슷했지만 그 이해의 심도가 낮았기 때문에 일정 부분 불교의식과 습합된 형식을 보이는데, 정종이 승하했을 때 빈전(殯殿)에서 불교 의식을 시행하였지만 산릉에서의 이식에 불교의식을 겸용할 것인가 하는 문제가 논의되었던 적이 있다.[7)] 이때 허

5) 같은 책, 114면.

6) 종묘와 관련한 제도는 대체로 주자가례를 준용하는 것으로 시작되었지만, 아직은 조선이 이에 대한 깊은 이해를 하지 못하는 상황이라서 고제(古制)를 연구하는 것이 시급한 실정이었다. 세종의 집현전 설치는 이러한 맥락에서 시행된 것이라 하겠다. 비록 충분한 이해가 없이 시작된 종묘 제도 실시였지만, 이 때 만들어진 제도는 이후 조선의 종묘를 구성하는 근간이 되었다.

7) 지두환, 앞의 책, 220면 참조.

조(許稠)와는 달리 변계량은 불교의식을 겸용하는 것에 찬성했는데, 이러한 태도는 고려 시대부터 꾸준히 시행되어 온 전통적인 방식을 성리학적 예제(禮制)와 일부 습용하려는 그의 학문적 입장과 맥락을 함께하는 것이다. 이러한 입장은 다음 장에서 논의할 변계량의 글쓰기에서 드러나는 고려의 전통적인 것을 일부 수용하려는 태도와도 관련이 있는 것으로 보인다.

이와 함께 경전에 대한 존중 역시 국왕의 권위를 구성하는 중요한 요소이다. 여기서 경전이라 함은 당연히 유교 경전을 지칭한다. 유경(儒經)은 성현들의 말씀을 담은 책이고, 그 안에는 우주와 사회의 법칙이 함축되어 있다. 국왕은 유경의 내용을 존중하고 그들이 말하는 가르침을 따라서 통치를 한다. 이러한 과정에서 자연스럽게 이전 시대와는 다른, 새로운 시대정신을 발양(發揚)하고 국가와 사회를 개혁해 나간다. 이런 맥락에서 혈통적 정통성을 드러내는 종묘와는 다르게 정신적 정통성을 확보하고자 했던 것이다.

이 논리를 확장하면 두 번째 요소와 자연스럽게 연결된다. 위대한 혈통과 정신적 스승의 가르침을 따라 자신의 정통성을 확보하는 것을 토대로 국왕은 우주의 원리를 정확하게 파악하고 담지하여 신민을 통치하는 존재다. 통치는 다양하게 이루어지지만, 가장 중요한 도구는 문자 행위이다. 군대를 이용한 무력통치가 국왕의 권력을 행사하는 현실적 근거인 것은 분명하지만, 그것에 의존하는 국왕은 정통성을 의심받아왔다. 우주의 이법이 명령하는 바 천명(天命)은 결코 무력으로 실현되는 것이 아니라는 주장은 고대부터 내려오는 오랜 전통이었다. 신민들을 억압하는 것이 국왕의 임무가 아니라 천명을 잘 받아서 백성들을 보호하고 양육하는 것이야말로 중요한 임무라는 것이 경전에서 권유하는 원칙이었다. 국왕은 하늘의 명을 전하는 일종의 매개자인 셈이었다.

그렇다면 하늘에게 위임 받은 권위를 국왕은 어떤 방식으로 행사했을까. 바로 문자 행위였다. 그들은 사회의 소수만이 소유했던 문자를 통해서, 비-일상적인 형식과 표현으로 자신의 권위를 행사하고 생성했다. 그러한 행위를 우리는 공적 글쓰기라고 할 수 있다. 국왕과 신민들의 관계에 따라, 혹은 상황에 따라 다양한 형식과 표현이 필요했고, 거기에 걸맞은 글을 만들어 냄으로써 국왕은 자신의 생각을 신민들에게 전달할 뿐 아니라 자신의 권위를 유지하고 행사했다.

공적 글쓰기에서 보이는 상투성 혹은 형식성은 국왕이 소유하고 있는 일종의 문학적 자산이다. 일견 도식적으로 보이는 이러한 글-쓰기들은 지나친 장식성 때문에 독해되기가 어렵거나 뻔한 내용이 담기기 쉽다. 그런 점이 분명 있기는 하지만, 일상에서는 쉽게 만나기 어려운 글이면서 동시에 일상에서 사용하면 안 되는 글들이라는 성격 때문에 글쓰기의 '규범'이라는 하나의 계열을 이루면서 통용되었다. 예비 관료들은 그 규범을 무수히 연습하여 국왕을 대신하는 자리가 있을 때 자유자재로 쓸 수 있는 자질과 능력을 갖추려고 노력했다. 과거제도는 바로 그런 능력을 갖춘 인재를 선발하는 효과적인 거름망이었다. 비-일상적인 글쓰기의 도식성이야말로 글-쓰기에 권위를 부여하는 매우 효과적인 방식이었던 것이다.

3. 변계량 문학에서 공적 글쓰기와 '봉사(封事)'의 의미

1) 변계량 문장의 다양성과 제도로서의 글쓰기

'문형(文衡)'이라는 명칭을 부여할 수 있는 조건을 고려할 때 변계량은 최초의 문형이라 할 수 있다.[8] 조선이 건국된 후 그가 처음으로 출사(出仕)한 것은 1397년(태조 6)의 일이다.[9] 태조의 부름을 받고도 나가지 않다가 1395년 부친상을 당했고, 삼년상을 마친 뒤인 1397년에 비로소 나아간 것이다. 변계량이 처음 받은 관직은 봉직랑(奉直郞) 교서감승지제교(校書監丞知製敎)였다. '지제교'라는 벼슬로 새 왕조에서의 관직 이력을 시작한 것은 상징적이다. 임금의 명을 담은 교서를 담당하는 지제교는 변계량의 글쓰기가 당시 어떤 측면에서 평가를 받고 있었는지를 보여준다.

조선에서 왕의 위임을 받아 문자 활동을 하는 관직이 지제교(知製敎)이며, 글쓰기에 있어서 선비들의 사표가 되는 관직이 문형이다. 물론 원칙적으로 말하자면 관직 자체가 왕의 권위를 위임 받는 정도와 권력 행사의 범위를 나타내는 현실적 지표이다. 그 과정에서 관리들은 자신에게 부여된 위임 정도에 따라 왕의 권위를 담은 공식 문서를 만들고, 권위가 담긴 글은 다시 왕의 권위를 강화하는 방식으로 작동하게 된다. 그중에서도 특히 지제교는 왕의 명령을 담은 글을 작성하는 자리이므로 그가 쓰는 글이 곧 왕의 말이 되는 경험을 자주 할 수밖에 없다.

어찌 보면 변계량 글쓰기의 첫 번째 임무는 국왕을 대리해서 공식적인 언어를 만들어내는 것이었다. 관료로서의 공적 생활 외에도 당연히 사적 생활이 있었을 것이고 글쓰기는 상시적으로 이루어졌겠지만, 사적 글쓰기는 주로 한시 분야에서 이루어졌고 산문 문장의 경우에는 사정이 달랐다. 『춘정집』에 들어있는 문체[10]에 따라 그 종류를 보면

---

8) 박천규, 「문형고(文衡攷)」, 『사학지』 6-1, 단국사학회, 1972 참조.

9) 변계량의 생애에 대해서는 『춘정속집』 제2권에 수록된 연보에 의한다.

10) 이 글에서 '문체(文體)'는 'style of writing'의 의미가 아니라 전통적인 글에서의 하위 갈래를 지칭하는 것으로 사용하였다.

사적 형식의 글은 기(記), 서(序)에만 일부 작품이 있을 뿐 나머지 대부분의 글들은 공적인 맥락에서 작성된 것들이다. 심지어 기(記)에서도 「건원릉비음기(健元陵碑陰記)」라든지 「희우정기(喜雨亭記)」는 공적으로 지어졌거나 왕의 명에 의해 지어졌으므로 공적인 맥락을 고려해야 한다. 그렇게 보면 변계량의 문장 중에서 사적인 맥락의 작품은 적은 수량이라 하겠다.

흥미로운 점은 변계량의 공적인 글이 매우 다양하다는 점이다. 특히 조령체(詔令體) 산문이 돋보인다. 고대 제왕들이 자신의 생각이나 명령을 전달하기 위해 작성되었던 조령체 산문은 한나라 시대에 이르러 다양한 형식의 글로 분화되었다.[11] 형식과 내용의 분화와 함께 작문의 방식 역시 정교하게 다듬어지면서 일부를 제외하고는 궁궐 밖에서 사용되지 않았으므로 특수한 글자의 사용과 장식적인 표현 등으로 까다롭게 전승되었다. 변계량이 이러한 글에 능했다는 것은 그의 문집을 통해서 추정할 수 있다. 그의 문집에는 상서문(上書文)으로 봉사(封事)가 여러 편 수록되어 있고, 대책(對策), 책제(策題), 교서(敎書), 표전(表箋), 청사(靑詞), 책문(冊文), 제문(祭文), 비지(碑誌), 명(銘), 소(疏), 계(啓), 장(狀), 전지(傳旨), 축문(祝文), 뇌문(酹文), 지(誌), 찬(贊) 등에 이르기까지 그의 공적 글쓰기가 닿지 않는 곳이 없다 할 정도로 넓은 범위를 자랑한다.[12] 그의 스승이자 문형으로서의 면모를 먼저 보여준 권근(權近)의 문집에서 나타나는 문체의 숫자보다 많다. 고려 이래 조선 전기까지 변계량만큼 다양한 공식적 글쓰기를 보여준 사람은 흔치 않다

11) 진필상 지음, 심경호 역, 『한문문체론』, 이회, 1995, 311~314면 참조.

12) 이들 문체가 모두 공적 글쓰기에 속한다는 것은 아니다. '비지'나 '명', '축문' 등과 같이 공적 글쓰기와 사적 글쓰기 모두의 맥락에서 지어질 수 있는 문체가 있지만, 변계량의 문집에 수록된 작품들은 대부분 공적 글쓰기 맥락에서 지어졌다는 의미이다.

는 것이다.

변계량은 공적 글쓰기에 대한 상당한 자부심을 가지고 있었다. 서거정의 기록에서 보이는 기록은 그의 글쓰기가 어디에 집중되어 있었는지 짐작하게 한다.

> 문숙공(文肅公) 변계량(卞季良)은 성품이 고집스러웠다. 선덕(宣德) 연간에 흰 꿩을 하례하는 표(表)에 '유자백치(惟玆白雉)'라는 어구가 있었는데, 문숙공이 말하기를, "'자(玆)'는 중행(中行)으로 써야 한다."고 하였다. 여러 사람들은, "성상(聖上)에 관련된 것이 아닌데 왜 중행으로 써야 한다고 말하는가?" 하였지만 문숙공은 그것을 고집하였다. 여러 사람들은 마땅히 임금에게 여쭈어야 한다고 했다. 세종(世宗)께서는 여러 사람들의 의견이 옳다고 하셨는데, 이에 문숙공이 다시 아뢰었다. "농사짓는 일은 마땅히 남자 종에게 물어야 하고, 길쌈하는 일은 마땅히 여자 종에게 물어야 합니다. 전하께서 나라를 다스릴 때에 매와 개를 데리고 사냥하는 일이라면 문효종(文孝宗)의 무리에게 묻는 것이 마땅합니다만, 사명(詞命)에 이르러서는 마땅히 노신(老臣)에게 위임하셔야 합니다. 다른 사람의 의견을 가볍게 따라서는 안 됩니다."라고 하였다. 세종께서 부득이 그의 의견을 좇았다.[13]

중국에 보내는 외교문서를 작성하면서 글자 하나의 위치를 어떻게 할 것인가를 두고 논란이 벌어졌을 때 변계량은 자신의 의견을 결코 굽히지 않았다. 심지어 임금이 하는 말에도 자신의 주장을 견지했다. 모든 분야에는 그 나름의 전문가가 있듯이, 외교문서와 같은 공문서를

---

13) 卞文肅公季良性固執. 宣德年間賀白雉表詞中, 有'惟玆白雉'之語. 文肅曰: "'玆'字宜中行." 諸公曰: "不屬上, 何謂中行?" 文肅固執之. 諸公曰: "宜取旨." 世宗是諸公之議, 文肅復啓曰: "耕當問奴, 織當問婢. 殿下爲國, 若鷹犬宜問文孝宗輩, 至於詞命, 當依任老臣, 不可輕許他議." 世宗不得已從之. (徐居正, 『筆苑雜記』 卷1)

작성하는 것에도 전문가가 있기 때문이라는 것이다. 그 이면에는 변계량 자신의 공적 글쓰기에 대한 자부심이 한껏 들어있다. 그만큼 그의 글쓰기는 공적인 분야에 특화되어 있었다.

공적 글쓰기는 어떤 환경과 맥락에 처해 있는가에 따라 서로 다른 문체를 사용한다. 소(疏)를 써야 할 경우가 있고 책문(册文)을 써야 할 경우가 있다. 교서(敎書)를 써야 하는 경우가 있는가 하면 전지(傳旨)를 써야 하는 경우도 있다. 각각의 문체는 형식과 구성, 표현과 사용하는 글자 및 단어 등에 있어서 차이를 가질 뿐만 아니라 어조라든지 내용에 있어서도 차이를 보인다. 또한 작은 실수도 용납하지 않는데, 그것을 때로 글쓴이에 대한 강력한 처벌로 연결되는 경우가 있기 때문이다. 그만큼 공적 글쓰기는 긴장 가득한 가운데 이루어지므로 자연스럽게 이러한 글에 특화된 전문가를 필요로 한다.

과거제도에서 시험하고자 하는 것도 공적 글쓰기의 능력과 관련이 있다. 일차적으로는 과거 응시자의 공부 수준을 시험하고 국가가 필요로 하는 내용을 잘 알고 있는지를 평가 기준으로 삼지만, 거기에 더해 공적 글쓰기 능력을 갖추었는지 살피려는 목적도 들어있다. 이 때문에 예비 관료인 조선의 사대부들은 과거 시험을 준비할 때 늘 공적 글쓰기의 형식과 내용에 숙달되기 위해 부단히 노력했다.

공적 글쓰기에 있어서 변계량의 공적은 문장에만 머무르지 않는다. 조선 초기 허조와 함께 예학 연구에 진력하면서 조선의 현실에 맞는 제도적 장치를 만들었던 변계량은 특히 과거제도와 관련하여 큰 업적을 남기기도 했다. 조선의 과체시는 변계량에 의해 확립된 정식(程式)이라는 사실은 널리 알려져 있다.[14] 물론 이후에 여러 차례 변화가 있

14) 이병한, 『한국 한문학의 탐구』, 국학자료원, 2003, 346면 참조.

었던 것은 사실이지만 조선 후기의 기록에서도 과체시의 확립을 변계량이라고 언급되어 있는 것을 보면 과체시의 토대를 제공했던 것은 분명해 보인다.

이처럼 조선 초기 문단에서 변계량의 가장 큰 역할은 공적 글쓰기의 전범을 확립하는 것이었고, 그중의 일부는 제도 내부로 편입함으로써 글쓰기가 새로운 국가를 만드는 중요한 축 중의 하나라는 점을 보여준 점이었다. 새로운 시대의 정립은 제도의 확립과 직결되는 것인 바, 변계량이 진력했던 글쓰기의 제도화는 조선만의 문화적 지평을 열기 위한 큰 발걸음이었다.

2) 봉사(封事)를 통한 국가 이념의 내면화

조선의 건국은 유교적 사유의 적극적 발현에서 시작되었다. 고려말 전제(田制) 개혁은 백성들의 고통을 해결하려는 노력이었지만 그 이면에는 유교적 사유를 통한 시대 인식이 놓여있었다. 모든 혁명은 사유의 변혁에서 시작되고 사유의 변혁은 글쓰기를 통해서 실현되기 마련이다. 따라서 새로운 국가를 세우면 거기에 걸맞은 새로운 글쓰기가 필요하다. 형식도 달라지면 더할 나위가 없겠지만 한문을 보편문어(普遍文語)로 사용하고 있는 중세 사회에서 형식을 달리하는 것은 어려운 일이었다. 설령 차이를 낸다 하더라도 유의미한 차이를 확보하는 것은 어려웠을 것이고, 다만 앞서 언급한 것처럼 이전 사회보다 형식과 표현면에서 더욱 정교하게 다듬는 일은 필요했다.

제도적인 밑그림을 그리고 이전 사회에 대한 사상적 비판을 동반하면서 새로운 조선의 이념을 제시한 사람이 정도전이었다면, 그의 업적을 계승하는 한편 유교 경전을 섬세하면서도 꼼꼼하게 읽고 새롭게 조선의 지식인으로 사대부를 양성하기 위한 학문적 토대를 세운 사람은 권근이었다.[15] 두 사람과 활동 시기가 겹치면서도 제자이자 후배였던 변계량은 그 방대한 조선 설계에 자신의 힘을 보탤 수 있는 분야가 무엇인지를 파악했던 것으로 보인다.

조선이 건국되고 난 뒤 명나라와의 외교에서 문제가 생긴 것은 1396년(태조 5)의 일이다. 명나라는 조선에 사신을 파견해서, 새해를 맞아 조선의 국왕이 명나라 황제에게 보낸 「정조표전(正朝表箋)」의 표현을 문제 삼았다. 명나라는 그 표문에 '경박희모(輕薄戲侮)'한 곳이 있다면서 조선 사신을 억류하고 이 표전을 작성한 사람을 명나라로 보내라는 요구를 했다. 게다가 3월에는 조선이 명나라에 보낸 예부자문(禮部咨文)을 통해 조선 국왕의 고명(誥命)과 인신(印信)을 요청하는 「주청문(奏請文)」을 보냈는데, 그 글 안에 무례한 표현이 있었다면서 이 문서를 가지고 갔던 조선의 사신을 억류하면서 문제를 제기했다. 물론 이것은 정도전을 명나라로 압송하려는 의도가 있었고 이런 요구에 대해 조선이 응하지는 않았지만, 외교관계를 풀어야 하는 문제가 대두했다. 바로 이때 명나라에 파견된 사람이 권근이었고, 황제의 요구에 응해 지은 응제시(應製詩) 덕분에 문제가 잘 해결되었던 사실은 잘 알려져 있다.[16]

이러한 사실은 조선과 정도전에 대해 트집을 잡기 위한 명나라의 무리한 요구였다는 점을 감안한다 하더라도, 유교적 세계관을 중심에 둔 중세 동아시아의 질서에 자리 잡기 위해 노력했던 조선의 입장에서는 외교문서 작성에 한층 신중하게 대응해야 하는 현실적인 문제였다.

---

15) 이 점에 대해서는 다음을 참조할 것. 김풍기, 「건국이 만들어 낸 역사의 두 갈래 길」, 『고전문학사의 라이벌』, 한겨레출판, 2006.

16) 이러한 사정에 대해서는 다음을 참고할 것. 정재철, 「응제시에 나타난 권근의 세계관」, 『한문학논집』 8, 단국한문학회, 1990.11, 71~73면 참조.

외교문서는 공적 글쓰기의 정점에 있는 가장 빛나는 성취지만 동시에 글자 하나를 잘못 써서 가혹한 처벌을 받기도 하는 긴장으로 가득한 행위였다. 여기서 정도전과 권근의 문제를 언급하는 것은 그만큼 조선 초기 문단에서 공적 글쓰기는 조선이 실제로 당면한 현실이었음을 보이기 위한 것이다.

변계량의 문인인 정척(鄭陟, 1390~1475)이 지은 그의 「행장(行狀)」에는 변계량을 다음과 같이 기술하고 있다. "공은 어려서부터 남달리 총명하였고 비우기를 좋아하여 게을리 하지 않았다. 성리(性理)의 학문을 연마하는 것으로 애를 썼으며, 날마다 포은, 목은, 도은, 양촌 등 여러 현인들의 문하에 출입하면서 사우(師友)의 연원의 올바름을 얻었으니, 견문이 더욱 넓어졌고 조예가 더욱 깊어졌다. 문형(文衡)을 잡은 20여 년 동안 사대교린의 문장은 모두 그의 손에서 나왔는데, 조정에서는 매번 외교문서의 정교하면서도 절실함을 칭송하곤 하였다."[17] 이러한 서술은 변계량이 조선 초기 외교문서를 비롯한 공적 글쓰기의 정점에서 당면한 문제를 해결하였음을 보여준다.

형식적인 측면과 수사적 측면에서 신중하게 대응해야 하는 공적 글쓰기가 중요한 이유는 그것을 통해서 조선의 문화적 역량을 보여주는 가장 대표적인 외교 행위였기 때문이다. 이 행위를 통해서 명나라와 조선은 각각 자신의 권위를 드러냈다. 즉 공적 글쓰기는 단순히 의견을 전달하기 위한 것이 아니라 자신의 문화적 역량과 국가적 권위를 드러

---

17) 公自幼聰明絕人, 好學不倦, 以研窮性理爲務. 日遊圃隱牧隱陶隱陽村諸賢之門, 得師友淵源之正, 所聞益廣, 所造益深. 典文衡二十餘年, 事大交隣辭命, 皆出其手, 朝廷每稱賞表辭之精切. (鄭陟, 「行狀」, 『春亭集』「附錄」) 변계량의 문집에서 원문을 인용하는 경우, 한국번역원의 번역본을 활용하되, 필자의 생각과 다른 곳은 부분적으로 수정하였다. 그러나 그 책임은 필자에게 있다.

내는 것이었다. 그런 점에서 조선은 공적 글쓰기의 전범을 어떻게 확립할 것인가 하는 문제를 고민했다. 바로 이 지점에 변계량의 글쓰기가 위치한다고 생각한다.

그렇지만 글쓰기가 형식과 수사로만 이루어지는 것은 아니다. 거기에 걸맞은 내용이 있어야 비로소 온전한 글쓰기로 완성된다. 특히 조선 건국의 주체세력 입장에서는 이전의 국가를 무너뜨리고 새로운 국가를 세웠기 때문에 유교의 핵심적 윤리 요소인 '충(忠)'의 측면에서 늘 고심해야만 했다. 즉 임금을 폐위하고 자신들이 나라를 세운 것은 불충(不忠)으로 비난받을 여지가 상존하고 있었고, 누가 물어보지 않더라도 그것을 극복할 수 있는 논리를 만들어야만 했다. 이러한 문제를 포함하여 이전 국가 혹은 사회가 가지고 있지 못했던 새로운 정책과 국가 이념을 보여줄 필요가 있었다. 그렇게 함으로써 조선 건국의 주체세력은 구왕조를 무너뜨리고 새 왕조를 새운 자신들의 행위가 유교 경전이 제시하는 혁명의 조건에 맞는다는 것을 증명해야만 했다. 또한 그 혁명이 단순한 권력욕에서 비롯된 것이 아니라 우주의 원리를 이어받은 정통의 권위를 지닌다는 점을 분명하게 밝혀야만 했다.

앞서 언급한 것처럼, 정도전이나 권근과는 달리 변계량의 문집에는 새 왕조의 이념이나 가치에 대해 본격적으로 논의한 글이 발견되지 않는다. 다만 다양한 형식의 공식 문자들이 많이 수록되어 있을 뿐이다. 그러나 형식적인 문제만으로는 새로운 왕조의 공적 글쓰기가 완성되는 것은 아니다. 어떤 글은 그저 형식과 수사(修辭)만을 잘 만들면 되기도 하지만, 어떤 글은 충실한 내용이 들어가야 하는 것도 있다. 그런 점을 고려할 때 변계량의 글에서 우리가 주목해야 할 것은 그의 봉사(封事)이다. '봉사'라는 글의 특성상 임금만이 볼 수 있는 것이므로 변계량의 솔직한 심정이 잘 들어있다는 점 때문에 주목해야 한다는 의미다.

『춘정집』에는 모두 8편의 봉사가 수록되어 있다. 이 글들은 1409년(태종 9)부터 1421년(세종 3)에 이르는 기간 동안 작성되었는데, 변계량은 하늘의 뜻을 이어 받은 존재로서의 국왕과 국왕이 갖추어야 할 점 등을 진술하고 있다. 일련의 봉사를 통해서 변계량이 건국 초기라는 시대 인식을 분명히 하고 있으며[18], 하늘의 명을 받아 사직이 의탁된 존재이며 백성들의 우러름을 받는 자리[19]라는 전제를 가지고 있음을 알 수 있다. 건국 사업이 여전히 진행 중이며 이러한 과정을 거쳐서 조선의 미래가 튼튼해진다는 점을 알고 있었다는 것이다. 그러므로 그의 봉사에서 담은 내용은 단순히 형식적 수사의 차원에서 언급된 것이 아니라 변계량이 생각하는 새 왕조의 이념을 담은 것이라고 볼 수 있다.

그중에서도 1415년(태종 15) 6월에 올린 봉사는 중요한 발언들이 다수 들어 있어서 섬세하게 살필 필요가 있다. 이 글은 가뭄이 심해서 백성들의 피해가 심한 현실을 탓하면서 태종이 신하들의 의견을 구하는 과정에서 작성된 것인데, 변계량은 태종을 위해서 몇 가지로 나누어 건의사항을 진술하였다. 선비의 공부는 세상에 펼치기 위한 것이라는 점, 시대에 따라 치세(治世)와 난세(亂世)가 있다는 점을 전제로 하면서 언로(言路)를 여는 것의 중요성을 서술하였다. 이에 대해 "첫째, 몸 조섭을 신중히 할 것[愼調攝], 둘째, 천명(天命)의 터를 닦을 것[基天命], 셋째, 자문을 널리 받을 것[廣咨訪], 넷째, 사대(事大)를 신중히 할 것[愼

18) 我朝自開國以來, 經綸草昧, 日不暇給, 殿下卽位, 崇設學校. 養育人才. (卞季良, 「永樂十三年封事」, 『春亭集』 卷7)

19) 臣竊謂人主一身, 上天之所眷命, 祖社之所付托, 億兆臣民之所仰戴. (卞季良, 「永樂十三年六月日封事」, 『春亭集』 卷6)

事大], 다섯째, 백성의 생활을 두텁게 할 것[厚民生], 여섯째, 신하들을 잘 통솔할 것" 등 여섯 가지를 제시하였다.[20] 표면적으로는 태종을 위한 것이지만 국왕의 존재가 곧 국가였던 시기에는 당연히 조선의 미래를 위한 간언이라 해도 과언이 아니다. 여섯 조목 중에서 첫 번째인 '몸 조섭을 신중히 할 것'이라는 항목을 제외하면 새로운 왕조가 '천명의 터를 닦'기 위해 필요한 덕목을 서술한 것이라 하겠다.

변계량이 먼저 든 덕목은 신하들에게 널리 자문을 받아야 한다는 점이다. 국왕은 완전한 덕과 지식을 갖춘 존재이기 때문에 다른 사람들의 자문이 필요하지 않지만, 그는 그 완전함 때문에 국왕은 쉽게 방심한다고 했다. 자신이 모든 것을 알고 있다는 오만함은 국정(國政) 수행에 방만함을 부르고, 이것은 다시 국가에 위기를 불러오는 계기가 된다는 것이다.

그 다음으로 사대(事大) 문제를 들었다. 명나라와의 관계에서 외교문서 때문에 심각한 사태가 발생하는 것을 경험했던 변계량이었기 때문에 사대 문제는 왕이 신중하게 대처하는 것이 얼마나 중요한지를 알고 있었다. 그러한 문제를 포함하여 명나라와의 사이에 거짓 소문이라도 퍼지게 되면 전쟁이 발발할 수도 있다는 현실적인 어려움을 사대로 풀 수 있다고 생각한 것이다. 나아가 사대를 논리에 맞게 함으로써 조선은 명나라를 중심으로 하는 중세 질서에 편입될 수 있고, 그것은 다시 조선의 번영을 위한 평화를 가져오는 조건으로 기능한다는 것이다. "군신(群臣)이 화목하여 중국과 변방이 하나가 되었고 상하가 교감하여 천지가 태평해졌으니" 이런 환경을 만드는 것은 바로 사대의 결과이며, 그 결과는 바로 "천명(天命)을 순종하고 인기(人紀)를 수립하고 민지(民

20) 같은 글.

志)를 안정"시키는 것으로 귀착된다고 했다.[21]

다음으로 내세운 덕목은 백성들의 생활을 두텁게 하는 것이었다. 변계량이 앞서 언급한 여러 덕목, 즉 국왕의 건강을 잘 챙기는 것, 천명의 터를 닦을 것, 여러 신하들에게 자문을 널리 받을 것, 명나라와의 외교 관계의 안정을 위해 사대를 잘 할 것 등은 결국 조선 백성들의 생활을 윤택하게 하는 것으로 귀결된다. 유교가 가진 애민주의적(愛民主義的) 태도를 가장 잘 보여주는 이 덕목은 태종이 가뭄이라는 자연재해 때문에 신하들의 자문을 널리 받고 있다는 것과 연결되고, 그것은 변계량이 지금 이 봉서를 쓰는 행위로 이어진다. 이 덕목을 위해 다시 군신을 잘 통솔해야 한다는 것으로 봉서가 마무리되지만, 이 봉서에서 주목할 점은 국왕의 행위의 중심에 백성들의 생활이 자리하고 있다는 것이다.

애민주의적 태도가 유교의 가장 근간이기 때문에 일견 식상해 보이는 '후민생(厚民生)'이라는 덕목으로 나타나지만, 조선 건국 당시에는 이러한 국가적 비전이 매우 중요했다. 이 덕목이야말로 고려사회의 국정 비전과 차별성을 보이는 곳이다. 조선이 숭유(崇儒)를 내세워 이전 왕조를 없앤 것에 대한 명분이 발생하는 지점이기 때문이다. 백성들의 삶이 도탄에 빠진 현실을 해결해 주지 못하는 고려를 무너뜨리고 새로운 왕조를 세운 명분에는 백성들의 윤택한 삶이 전제되어 있다는 의미다.

한편 조선의 영속성을 위해 후속세대를 양성하는 것 역시 변계량의

---

21) 君臣和而夷夏混矣, 上下交而天地泰矣, 實爲千載不可逢之嘉會也. 嗚呼! 殿下事大之誠, 至矣盡矣. 伏惟殿下執此之心, 堅如金石, 信如四時, 無怠終始, 以順天命, 以立人紀, 以定民志. (같은 글)

큰 관심사였다. 그가 '문형'으로서의 조건을 갖추게 된 것도 예문관(藝文館) 대제학(大提學)을 지내면서 성균관을 관장하는 성균관(成均館) 대사성(大司成)을 겸직했기 때문이다. 그에 걸맞게 젊은 사대부들의 교육에 대한 관심 역시 그의 봉사에 잘 드러나 있다.[22] 이 봉사에서 변계량은 국가의 학교 제도를 확립하고 관련 관원들을 잘 임명하는 것이 중요하다고 주장하였다. 이러한 생각은 과거제도에 대한 제도적 관심과 연결되면서[23] 공적 차원에서 조선 교육의 미래를 설계하는 데에 도움을 주었다.

앞서 언급한 형식과 수사적 차원의 글쓰기는 이러한 내용과 어우러지면서 조선 초기 공적 글쓰기의 모범적인 모습을 보여주었다고 하겠다.

3) 새로운 문명으로서의 성리학과 조선의 전통

새로운 왕조는 새로운 이념을 제시하면서 자신들이 생각하는 이상적인 국가를 만들어 나간다. 조선은 불교 중심의 고려 사회를 비판하면서 유교 담론으로 새로운 사회를 제시하고자 했다. 문제는 사회를 구성하는 일이 간단한 몇 가지 원리로 이루어지는 것은 아니라는 사실이었다.

신라와 고려를 거치는 동안 정치적으로 유교 원리가 일부 작동된 적은 있었지만 사회 구성원들은 대체로 불국토(佛國土)라고 하는 이상국가 혹은 이상향을 만들어야 한다는 공감대를 가지고 있었다. 때로는

---

22) 이러한 내용은 「永樂十三年封事」(『春亭集』 卷7)에 기술되어 있다.

23) 이러한 내용은 「科擧試製述上書」(『春亭集』 卷7)에 기술되어 있다. 또한 조선 초기 과거제도 내에서 강경(講經)과 제술(製述)에 대한 변계량의 생각에 대해서는 다음 글을 참고할 것. 김건곤, 「세종대의 문풍진흥책」, 『세종시대의 문화』, 태학사, 2001, 186~194면.

한 지역에 수많은 불상을 건설하거나 사찰을 창건함으로써 그러한 마음을 표현했고, 때로는 불교의 계율에 따라 정치 윤리를 구성해 보기도 했다. 그렇지만 인간의 욕망을 넘어서려는 불교의 원칙과는 달리 인간은 욕망의 늪에 빠졌다. 불교는 사회의 거대한 권력자로 군림하면서 정치뿐만 아니라 경제, 문화 등을 완전히 장악하면서 욕망을 확장해 나갔다. 고려 말기로 가면서 불교는 모든 면에서 부패의 온상으로 지목받았으며, 새로운 왕조의 건립을 앞당기는 중요한 요소로 작용했다.

이러한 사회를 개혁하기 위해 유교를 기반으로 하는 사회를 구성하겠노라는 큰 소망을 가진 조선 건국 주체세력은 불교를 비판하기도 하면서 유교 경전에 대한 깊은 탐구를 통해서 조선의 이념적 지향을 제시했다. 그 이념적 지향은 구체적인 법과 제도로 자리를 잡아야 비로소 사회를 돌아가게 하는 원리로서의 의미를 구현할 수 있다. 그렇다면 어떻게 제도를 만들 것인가 하는 질문을 던져야 한다. 조선 초기의 사대부들, 특히 건국 주체세력이 가장 관심을 가지는 질문은 바로 그것이었다. 정도전과 권근에 의해 만들어진 지형도에 따라 이전에는 없었거나 성글었던 법과 제도들이 만들어지거나 촘촘하게 보완되었다. 그러나 이 일은 어느 한두 사람의 능력으로 되는 일도 아니었고 몇 년의 시간 내에 완성되는 것도 아니었다.

새로운 사회를 구성하기 위한 법과 제도는 어떻게 마련할 것인가. 일찍이 공자가 설파한 것처럼, 문헌(文獻)만 있으면 고대의 이상사회를 그대로 재현할 수 있다는 입장이 바로 유교였다. 이에 근거하여 조선 건국의 주체세력은 유교가 제시하는 고대 문헌을 따라서 이상적인 제도를 연구하였다. 세종의 집현전(集賢殿) 설립은 중국의 고제(古制)를 연구하기 위한 것이었음은 널리 알려져 있거니와, 조선 초기 지식인들 사이에서 고제에 대한 관심은 단순한 호기심의 차원이 아니었다. 왕도 정치(王道政治)에 근본한 애민주의적 이념을 담은 법과 제도의 확립은 새로운 사회에 대한 의지를 명확히 드러내는 것이었으며, 유교적 이상 사회를 건설하기 위한 중요한 길이었다.

그러나 중국의 옛 제도가 조선으로 들어오기 위해서는 매개고리가 필요했다. 조선은 과거로부터 전승되어 온 우리 고유의 문명과 그 전통을 인식하고 있었지만 새로운 왕조는 그와 별도로 유교라는 새로운 문명의 표준을 제시한다는 일종의 명분이 필요했다. 과거의 문명과 중국으로부터 들어온 새로운 유교 문명 사이의 접점이 필요했는데, 바로 이 지점에서 당시의 관료 지식인들은 기자(箕子)라는 인물을 주목하게 된다.

조선 초기 관료들 사이에서 단군의 존재는 다른 어느 시기보다 조명을 받았다. 조선이 건국하던 때부터 단군은 한반도 지역의 역사를 연 조상으로 인식되었고, 권근 역시 명나라 황제의 명으로 지은 응제시에서 조선이 단군의 종통을 이었다는 점을 분명히 서술하고 있다.[24] 단군과 기자를 역사적으로 잇는 방식의 서술은 16세기로 가면 기자 중심의 서술로 바뀌거니와, 조선 초기에는 기자만을 중시하는 서술보다는 단군을 함께 언급하는 서술이 많다는 것의 의미를 살펴야 한다.

변계량은 고려의 전통을 상당 부분 계승하려는 입장을 가지고 있었다. 앞서 언급한 것처럼 불교의 의례를 일부 습용하는 것에 찬성하였고, 기자와 함께 단군에 대한 존숭도 제도 안으로 끌어들이고자 했다. 변계량의 문인인 정척(鄭陟)은 단군을 국가의 제향 안으로 끌어들이자는 주장을 해서 국왕의 허가를 얻기도 했다. 그 결과 1425년(세종 7) 정척(鄭陟)의 건의로 동명성왕을 모시던 숭령전(崇靈殿)에 단군을 주향

24) 박춘섭, 『조선과 명나라 문사들의 기자 담론의 전개』, 박문사, 2018, 42면 참조.

으로 승격하였으며, 다시 1429년(세종 11) 기자사당 옆에 단군사당을 따로 건립하여 이곳을 숭령전이라 하여 여기에 동명왕을 합사(合祀)하였으며 위패도 조선단군으로 바꾸어 '후(侯)' 자(字)를 삭제하였다.[25)]

이러한 현상은 어떤 의미를 가지는 것일까? 기존의 연구에서는 단군을 중시하는 조선 초기의 분위기를 민심과 국론을 통일시키려는 의도로 해석했다.[26)] 그것은 이규보(李奎報, 1168~1241)가 몽골과의 전란 시기에 「동명왕편(東明王篇)」을 쓰고 이승휴(李承休, 1224~1300)가 『제왕운기(帝王韻紀)』를 썼던 의도와 같은 맥락으로 해석하는 것이다. 새로운 왕조가 들어서면서 고려를 지지하는 신민들의 마음을 돌릴 필요가 있었음은 물론이다. 단군이라고 하는 공동의 조상을 내세우면서, 조선 역시 그러한 전통을 존중하고 있다는 사실을 보여주었다. 민심을 확보하려는 일종의 이념적 전술로 해석할 수 있다.

그렇지만 변계량에게 있어서 단군과 기자의 문제는 조선의 정통성을 확보하는 두 가지 요소를 내세우기 위한 중요한 논제였다. 그는 1416년(태종 16)에 올린 봉사에서 이렇게 말했다.

> 우리 동방은 단군(檀君)을 시조로 삼는데, 하늘에서 내려오신 분이지 천자가 분봉(分封)한 분이 아닙니다. 단군이 내려오신 것은 요(堯) 임금 무진년으로, 지금 3천여 년이 되었습니다. 하늘에 제사를 지내는 예가 어느 시대에 비롯되었는지는 모르겠으나, 그 또한 천여 년 이상이나 개정하지 않았고, 우리 태조 강헌 대왕(太祖康獻大王)께서도 그것을 이어받아서 더욱 부지런히 하였습니다. 그러므로 신이 우리 동방에는 하늘에 제사를 지내는 이유가 있어 폐지할 수 없다고 한 것입니다. 어떤 사람

25) 신두환, 『조선전기 민족예악과 관각문학』, 국학자료원, 2004, 73~74면.

26) 위의 책, 72면.

> 이 말하기를, "단군은 해외(海外)에 나라를 세워서 질박하고 문명이 부족하여 중국과 왕래하지 않아 군신(君臣)의 예를 나눈 적이 없었다. 주(周)나라 무왕(武王) 때에 이르러 은태사(殷太師=기자)를 신하로 여기지 않고 그를 조선에 봉하였으니 그 뜻을 볼 수 있다. 그러므로 하늘에 제사를 지내는 예를 행할 수는 있지만, 그 뒤로는 중국과 왕래하여 군신의 구별이 분명하게 윤서(倫序)를 가지게 되어서 그 선을 넘을 수 없는 것이다." 이에 신이 이렇게 대답하였습니다. "천자는 천지에 제사를 지내고 제후는 산천에 제사를 지내는 것은 예(禮)의 대체(大體)이다. 그러나 제후로서 하늘에 제사를 지내는 일도 있었다. 노(魯)나라에서 하늘에 제사를 지낸 것은 주공(周公)에게 큰 공이 있기 때문에 성왕(成王)이 허용한 것이며, 기(杞)나라와 송(宋)나라에서 하늘에 제사를 지낸 것은 그의 선대 조상의 기운이 하늘과 통하였기 때문이었다. 기나라는 작은 나라 중에서도 작은 나라였으나 선대의 조상 때문에 하늘에 제사를 지냈고, 노나라는 제후였으나 천자가 허용하여 하늘에 제사를 지냈으니, 이는 예절의 곡절(曲折) 상 그런 것이다."라고 하였습니다.[27]

이 봉사는 한재(旱災) 때문에 기우제를 지내야 하는데, 하늘에 제사를 지내는 것이 예에 맞는가 여부를 논의한 글이다. 변계량은 조선이 하늘에 제사를 지내는 것이 마땅하다고 하면서 그 이유를 위의 인용문과 같이 말했다. 그는 동방의 시조를 단군으로 상정한 뒤에, (1) 단군은

---

27) 吾東方, 檀君始祖也. 蓋自天而降焉, 非天子分封之也. 檀君之降, 在帝堯之戊辰歲, 迄今三千餘禩矣. 祀天之禮, 不知始於何代, 然亦千有餘年, 未之或改也, 我太祖康獻大王, 亦因之而益致勤焉. 臣以爲吾東方有祀天之理而不可廢也. 或日: "檀君國於海外, 朴畧少文, 不與中國通焉, 未嘗爲君臣之禮矣. 至周武王, 不臣殷太師, 而封之朝鮮, 意可見矣. 此祀天之禮, 得以行之也. 厥後通於中國, 君臣之分, 燦然有倫, 不可得而踰也." 臣日: "天子祭天地, 諸侯祭山川, 此則禮之大體然也. 然以諸侯而祭天者, 亦有之矣. 魯之郊天, 成王以周公有大勳勞而賜之也; 杞宋之郊天, 以其先世祖宗之氣, 嘗與天通也. 杞之爲杞, 微乎微者, 以先世而祭天矣, 魯雖侯國, 以天子許之而祭天矣, 此則禮之曲折然也." (卞季良, 「永樂十四年丙申六月初一日封事」, 『春亭集』 卷7)

요임금과 같은 시대에 하늘에서 내려왔을 뿐 아니라 오랜 옛날부터 제사를 지내온 전통이 있다는 점, (2) 태조 이성계도 그 전통을 이어서 부지런히 제사를 지냈다는 점, (3) 중국와의 관계로 볼 때 조선이 제후국의 처지이기는 하지만 예의 활용이라는 측면으로 볼 때 중국의 다른 제후들과는 전혀 다르다는 점을 들었다. 변계량은 이 봉사에서 명나라와 조선이 비록 천자와 제후국의 관계를 형성하고 있지만 신하는 아니라는 점을 들어서 조선의 독자성을 주장하고 있다. 말하자면 제후로 자처하는 것은 도리 상 그러한 것이고, 실제로는 조선 나름의 예를 시행할 필요가 있다는 것이다.

여기서 우리는 단군을 동방의 시조라고 전제한 뜻을 살펴야 한다. 한 국가가 자신의 위엄과 권위를 내세우기 위해 정통성과 명분을 확보하기 위한 노력을 경주하는 것은 당연한 일이다. 앞서 언급한 것처럼, 필자가 생각하기에 조선은 정통성을 두 가지에서 찾았던 것으로 보인다. 하나는 혈통이라는 점이고, 다른 하나는 새로운 문명의 계승자라는 점이었다. 혈통의 정통은 종묘의 건설을 통해서 국왕의 조상을 모시는 것이고, 새로운 문명의 계승자라는 것은 유교를 국시로 삼아 고려와의 이념적 차별성을 확보하는 것이다. 동시에 이것은 중국과 구별되는 독자의 역사와 정치영역의 창시자인 단군과 인륜질서와 보편적 가치의 선도자인 기자[28]를 정치 제도 안으로 끌어들여서 과거와 미래를 연결하려는 의도이기도 했다. 이것은 앞서 이미 언급한 바 있듯이, 조상 숭배를 중시하는 단군과 천명의 원리를 담은 고대 경전의 권위를 존중하는 것으로서의 기자 존숭을 의미하는 것이기도 하다.[29]

---

28) 김홍규, 『근대의 특권화를 넘어서』, 창비, 2013, 93면.

29) 기자를 유교 문명의 매개자로 보는 시선은 변계량의 다른 작품에서도 보인다. 다음의

이러한 변계량의 입장은 고려까지 전해오던 전통적인 것을 부정하지는 않지만, 새로운 국가를 건설하기 위해 유교 문명을 끌어오기 위한 하나의 매개로서 기자의 위치를 만들려는 것이었다. 이러한 토대 위에서 조선-국왕은 하늘로부터 부여 받은 천명에 대한 명분을 확보하는 것이며 누구도 부정하지 못할 권위를 만들어낸다. 바로 이 지점에서 변계량의 공적 글쓰기가 개입하면서, 조선 왕조의 권위를 담은 글들이 생성된다. 동시에 권위를 담은 글들이 반포 및 유통되면서 역으로 그 글들이 조선과 국왕의 권위를 강화하는, 일종의 순환구조를 가지게 된다.

4. 결론

변계량의 시문 창작 능력은 조선 초기의 문인들 중에서도 손에 꼽을 만하다. 그의 시 창작 능력에 대해서는 일부 선행 연구가 있지만, 문장에 대한 연구는 부족한 형편이다. 그의 문집을 살펴보면 대부분의 글들이 공식적인 차원에서 지어진 작품이기 때문에 문학(사)적 논의를 펼치기가 쉽지 않다. 이들 대부분이 형식적이고 수사적인 것에 치우쳐있기 때문이다.

작품에서 그 예를 볼 수 있다. "찬란하여라 구주(九疇)는 하늘의 등급이니, 펼치면 천지를 채우고 거두면 은밀하다네. 아! 기자께서 빠짐없이 전하셨으니, 황제의 가르침 찬란히 밝혀졌지. 조선에 부임하여 비로소 문물을 여셨으니, 지금까지 여덟 조목이 별과 달처럼 빛난다오." 煥乎九疇天所秩, 放之六合卷藏密. 嗚呼箕子傳罔缺, 帝訓章章自昭晣. 來莅朝鮮始開物, 至今八條炳星月. (卞季良, 「送雨亭相國巡問西都」, 『春亭集』 卷3) 또한 도이힐러가 자신의 저서에서 언급한 바와 같이, 단군과 기자가 한국의 역사와 중국의 고대-제도를 연결한다고 하는 생각 역시 같은 맥락에서 나온 것이다.(마르티나 도이힐러 지음, 이훈상 옮김, 『한국의 유교화 과정』, 너머북스, 2013, 152~153 참조)

그러나 공식적인 글쓰기가 가지는 관용성이 언제나 문학적으로 불필요한 것 혹은 논의의 가치가 없는 것은 아니다. 특히 변계량이 당면했던 조선 초기의 상황에서 공적 글쓰기는 새롭게 개국한 조선 왕조와 국왕의 권위를 만들어 내고 수식함으로써 건국의 명분과 수성(守成)의 기초를 닦는 역할을 수행했다고 여겨진다. 그의 문집에 보이는 다양한 문체의 글들은 조선이 공적 차원에서 필요로 했던 것들인데, 변계량은 그 글들의 모범을 제시하여 이후의 공적인 글들을 쓰는 모델의 역할을 수행했던 것이다. 특히 한시의 제도적 정식화(程式化)를 통해 문학의 제도화를 이끌었던 사례에서 볼 수 있듯이, 그는 글쓰기의 제도적 확립에 깊은 관심을 가지고 있었다. 이러한 사업을 통해 글쓰기와 관료로서의 임무를 적절하게 조화시켰다.

이 같은 맥락에서 볼 때 변계량의 공적 글쓰기는 여러 방면을 글쓰기를 공적 차원으로 끌어들였고, 이 점은 조선 초기 문학사에서 주목 받아야 한다고 판단된다. 『주역』이나 『맹자』, 『중용』과 같은 유교 경전을 토대로 한 글쓰기, 불교 분야와 관련된 글쓰기, 책문, 교서, 상소, 봉사, 표전, 책문, 비문 등 제도의 운용 과정에서 소용되는 글쓰기, 단군과 기자를 중심으로 하는 역사적 정통과 관련된 글쓰기 등 그의 많은 글들이 사적 차원보다는 공적 차원에서 창작되었다. 글쓰기의 제도화가 동반되지 않으면 글쓰기를 통한 새로운 시대를 여는 일은 이루어지지 않는다는 점을 감안할 때 변계량의 작업이야말로 조선과 국왕이 자신의 국가적 미래를 다지기 위한 가장 중요한 사업이었을 것이다.

이 글은 *Journal of Korean Culture*, vol.53(한국어문학국제학술포럼, 2021)에 수록한 논문을 일부 수정한 것이다.

변계량 시의 변모와 그 문학사적 의미

유호진

1. 문제제기

대략 익재(益齋) 이제현(李齊賢)의 시문을 기점으로 하여 시작되는 여말 선초 문학은 그 전후 시기 문학과 비교해 볼 때 보다 열정적이고 신선한 기풍을 지니고 있었다. 심각한 내우외환의 시기에 세계의 변혁과 새로운 자기정의(自己定義)라는 화두에 몰두하였던 당대 지식인들은 자신들의 시문을 통해 열렬한 경세의식(經世意識)과 인격적 지향을 표출하였던 것이다. 이색·정몽주·정도전·김구용·이숭인·권근 등의 시는 이러한 측면에 있어 당대 문학의 대표적인 성과로 거론할 만하다. 그런데 조선 건국 후 문학 담당층이 귀족화 되면서 진취적인 성향을 지녔던 여말선초 문학은 점차 변질되기 시작한다. 물론 이 시기 이후에도 집현전 학사—예컨대 성삼문·박팽년 등은 자신들의 작품에 여전히 성리학의 인생 이상을 드러내었다. 그러나 정신사적·문학사적 관점에서 살펴보면 이러한 경향은 산발적으로 나타났을 뿐 본류로서 지속되지는 못했다는 것을 알 수 있다. 이 논문에서 춘정(春亭) 변계량의 문학에 주목하는 이유는 그것이 바로 여말선초 문학의 하한선에 놓여 있으면서 한편으로 조선 전기 문학의 태동이라는 문학사적 변환을 예고하는 것이기 때문이다.

춘정(春亭) 문학의 성격을 이해하기 위해서는 우선 단조롭지 않은 그의 삶이나 주변 환경을 살펴보아야 한다. 그는 19세라는 연소한 나이로 관계에 진출하였다가, 23세 때 조선이 개국 되자 신병을 이유로 벼슬에서 물러났다. 29세 때 비로소 조선 왕조에 출사한 그는 10여 년 뒤 현달하여 20여 년간 문형의 직책을 맡았다. 그의 부형과 스승의 정치적 성향이 달랐던 것도 그의 출사와 관련하여 유의할 만하다. 아버지 변옥란(卞玉蘭)과 형 변중량(卞仲良)은 조선 왕조에 출사했던 인물인 반면 그의 스승인 정몽주는 주지하다시피 고려 왕조를 위해 순절한 인물이다. 게다가 형 변중량은 1차 왕자의 난 때 정도전의 일파로 지목되어 참살 당한 바 있다. 이처럼 복잡다단한 인생 역정과 주변 환경 속에서 춘정의 정신자세와 작품세계는 변화하였다. 기존 연구 가운데 그의 문학을 찬양과 수식으로 일관한 아유 문학으로 규정한 논의, 출처 문제로 인한 정신적 갈등을 조명한 연구, 그리고 애민의식을 추출해낸 논의 등은 이 변화해 가는 의식세계의 어느 한 국면을 강조한 것으로 보인다.[1)]

춘정의 의식 변화는 그의 시에 깊이 각인되어 있다. 물론 『춘정집(春亭集)』에 수록된 모든 시 작품들이 시기 순으로 정연하게 배열되어 있는 것은 아니다. 그러나 창작시기를 고구해 보면 조선 왕조에 출사하기 전에 창작한 작품들은 주로 문집 1·2권에, 그리고 출사한 이후 창작한

1) 조동일, 『한국문학통사 2』, 지식산업사, 1986, 257~258면 ; 이경수, 「卞季良 詩의 立身과 出處」, 『韓國漢詩作家硏究』 2, 한국한시학회, 1996, 443~455면 ; 조용호, 「春亭 卞季良 漢詩의 硏究」, 고려대학교 교육대학원 석사논문, 1996, 29~34면.

작품들은 대부분 3·4권에 수록되어 있음을 알 수 있다. 그런데 1·2권의 작품들과 3·4권의 작품들은 마치 두 사람의 손에서 나온 것처럼 현격한 차이를 드러낸다. 출사 이전의 작품들이 참신한 의경과 단련된 시어들을 통해 시인의 정신적 긴장을 선명하게 드러내고 있다면, 출사 이후의 작품들은 진술을 위주로 한 상투적인 시들이 주류를 이루어 그의 정신적 이완을 암시하고 있다. 중요한 것은 춘정 시의 이러한 변화가 조선 전기의 문학사적 전환을 살피는 데 긴요한 시사점을 던져준다는 점이다. 그러므로 본고에서는 춘정이 조선 왕조에 출사한 시점인 29세를 기준으로 하여 창작시기에 따라 시작품을 전기 시와 후기 시로 나눈 뒤, 각 시기 작품의 특징적인 국면과 그에 내포된 정신적 의미를 검토하고자 한다.

2. 한수(寒瘦)의 정조와 맑고 견고한 정신에 대한 지향

춘정이 10대 후반 또는 20대에 창작한 전기 시들은 여말선초 시인들의 정신적 기풍을 잇고 있으면서도 개성적인 면모를 지니고 있다. 그 독특한 면모로는 우선 한수(寒瘦)의 정조가 자주 나타난다는 점을 들 수 있다. 시인은 차가운 것과 메마른 것의 이미지를 통해 우울한 내면을 표출한다.

「夜雨獨坐」

日暮繁雲接地陰	해지자 어지러운 구름이 땅에 어둡게 깔리더니
蕭蕭風雨滿空林	우수수 비바람 소리 텅 빈 숲에 가득하다
夜深院靜人初睡	밤 깊어 뜰 고요하고 사람들은 막 잠들었는데
一點寒燈照客心[2]	한 점 차가운 등불 빛이 나그네 마음을 비추네

이 시에서 우선 눈에 띄는 것은 어둡고 싸늘한 것의 이미지가 반복적으로 출현한다는 점이다. 저물녘 땅에 그늘을 드리운 무거운 구름이 출현하더니 이를 이어 쓸쓸히 내리는 비바람이 등장하고 다시 어두운 밤이 나타난다. 이러한 이미지들이 의미하는 바는 후반부에 드러난 시인의 외로운 모습을 통해 유추할 수 있다. 이는 밤늦도록 고뇌하고 있는 시인의 내면풍경에 다름 아니다. 결구에 묘사된 '일점한등(一點寒燈)'과 '객심(客心)'의 조응은 이러한 의미를 보다 선명하게 전한다. 시인의 눈에 들어오는 한 점 차가운 등불 빛은 그의 고적감을 드러내는 의상이라 할 수 있다.

차가운 것들의 이미지에 내포된 이러한 의미는 메마른 것의 이미지가 나타난 다음 시에서 좀 더 구체적으로 제시된다.

「舘中睡起」

秋樹扶踈院宇淸	가을 나무 빽빽하고 건물 안은 맑은데
蕭蕭黃葉下空庭	낙엽은 빈 뜨락에 우수수 떨어지네
日斜睡起無人到	해질녘 잠에서 깨어보니 찾아오는 이 없어
枝上寒蟬獨坐聽[3]	홀로 앉아 나무 위 가을 매미 소리만 듣는다네

시인은 기구에 맑고 고요한 관사의 풍경을 묘사하지만 승구에 텅 빈 뜨락에 우수수 떨어지는 낙엽을 묘사함으로써 이 공간의 메마름과 싸늘함을 강조한다. 인적이 없는 해 질 녘 경관을 묘사한 전구나 찬 공기 속에서 차츰 생기를 잃어 가는 가을매미가 등장한 결구도 이러한 정조가 반복적으로 나타난 시구라 할 수 있다. 메마르고 싸늘한 것들의

2) 卞季良, 『春亭集』(『韓國文集叢刊』 8, 민족문화추진회, 1990), 권1, 18면.
3) 권1, 23면.

이미지를 통해 형성된 이 시의 정조는 적막함이며, 이는 바로 시인의 고독한 내면을 암시한다. 특히 적막한 공간 속 가을 매미 소리에 귀 기울이는 시인의 형상은 이러한 정서를 명료하게 드러낸다.

유의해야 할 점은 시인이 이 적막감과 외로움을 느끼게 된 계기이다. 문집 내 작품 배열 순서에 의거해 추정해보면, 이 작품은 그가 고려 왕조에 출사했던 젊은 시절에 창작한 시임을 짐작할 수 있다. 벼슬길에 막 들어선 청년 관료가 '해 질 녘이 되도록 잠만 자고 아무도 찾아오지 않는' 상황은 한직에 정체되어 있는 시인의 처지를 암시한다. 이 시에 나타난 적막감은 초년의 불우한 벼슬살이에서 시인이 느끼는 소외감이었던 것이다.[4)]

차갑고 메마른 것들의 이미지는 시인의 고적하고 우울한 마음을 반영한다. 그가 이러한 정서를 지니게 된 것은 그 자신의 개인적 처지 때문만이 아니었다. 시인의 경우, 정계에서의 소외감은 당대의 사회구조, 사회풍조로 인한 고뇌와 깊이 결부되어 있었다. 그의 정치적 이상과 사회현실의 심각한 괴리는 그의 우수와 고적감을 심화시킨 요인이라 할 수 있다.

---

4) 春亭이 젊은 날 차갑고 메마른 것들의 意象을 선호했던 이유는 앞에서 살펴보았듯이 한미한 직책을 전전해야 했던 불우한 처지에서 연유한 것이다. 그런데 이러한 意象을 즐겨 사용한 데에는 또 다른 구체적인 이유가 있었다. 춘정의 문집과 연보를 통해 보건대 그는 20대 전반부터 일생 동안 당뇨 등의 질병과 싸워야만 했던 것으로 보인다.(「送雨亭相國巡問西都」, "欲將萬卷恣搜抉, 徒費精神買消渴."; 「得此字」, "微臣本孤蹤, 久病向二紀.") 그가 출사한 이래 여러 번 辭職을 청했던 것은 그의 병약함으로 인해서였다.(「年譜」, 『續集』) 관료사회에 막 진입했던 20代 초반에 창작한 작품들에 果川 村舍에서 병을 요양하는 시인의 모습이 자주 드러나는 것이나 약초라는 소재가 즐겨 사용된 것에서도 그의 건강상태를 짐작할 수 있다.(「病起」, 「將赴京都, 長湍途中寄呈鼎谷」, 「次陽谷韻」, 「春日寄柏庭」) 결국 전반기 춘정 시에 자주 나타난 차갑고 메마른 것의 이미지는 환로에서의 失意와 병마에서 연유한 신산한 처지와 결부되어 있다.

「有感」

國事年來急	요 몇 년 사이 국사가 위급한데
吾儒道漸迂	유자는 도가 점점 우활해져가네
開書還自廢	책을 폈다가 스스로 다시 놓고
擧酒却長吁	술을 들었다가 끝내 길게 탄식하네
殺氣吹東土	살기가 이 땅에 휘몰아치더니
浮言動萬夫	뜬소문이 수많은 사람을 동요시키는구나
未能忘大義	대의를 잊지 못하여
袍笏日區區[5]	관복을 입은 채 날마다 구구하게 지낸다네

고려 조정에 출사했던 청년 시절에 창작한 이 시는 시인의 현실인식을 명료하게 드러낸다. 그는 ‘유자의 도가 현실에서 점점 멀어진다’는 수련의 진술을 통해 유가의 정치 이상이 폐기되어 가는 쇠란의 시대를 암시하고 ‘경전을 버려두고 술을 들어 길게 탄식한다’는 함련의 진술로 쇠란의 시대에 처한 자신의 절망감을 전한다. 그는 이러한 현실을 살기가 온 땅을 뒤덮고 유언비어가 떠돌아 인간 사이의 신뢰가 사라져 버린 암울한 시대로 증언한다. 여기에서 주목해야 할 점은 이러한 현실에 처한 시인이 자기인식이다. 그는 자신을 정치적 소신과 이상을 실현하지 못하는 무능한 관료로 묘사하고 있다. 암담한 시대현실이 정치적 이념의 실현을 어렵게 하여 그의 소외감을 고조시키고 있는 것이다.

시인의 비극적인 시대인식은 “온 천지에 시랑과 호랑이가 울부짖고 있으니, 그만이로다 요순시절은 만나기 어려우리. 위태로운 시절에 이 그림을 마주 보고 휘파람 불고 또 노래하니, 슬픈 바람은 나를 위해

5) 권2, 30면.

늙은 나무에서 울어대네"로 표현되거나 "부지런히 공부했던 어린 시절 장한 포부 품었더니, 이제 천도는 아득하여 끝내 돌이키기 어려워라"로 진술되거나 "하늘의 뜻 이제 헤아리기 어려우니, 추위를 막고자 흐릿하게 취할밖에"로 암시된다.[6] 이러한 시들을 통해 시인이 이색·정몽주 등과 마찬가지로 성리학의 경세이상을 품고 있었고 혼란한 시대를 맞이하여 고뇌하고 있었다는 것을 가늠할 수 있다. 그는 자신의 경세의지와 시대 현실의 심각한 괴리로 인해 깊이 고뇌하고 있었던 것이다. 이러한 비극적인 시대인식이야말로 그의 시가 한수(寒瘦)의 정조를 띠게 한 핵심적인 인소라고 생각된다.

춘정 시에는 차가운 것과 메마른 것의 이미지가 빈번히 나타나고, 이는 시인의 고통스러운 자기인식 및 비극적인 시대인식과 관련되어 있다. 그러나 춘정 시가 시대적 현실이나 개인적 처지로 인해 위축되어 버린 자아상만을 드러내고 있는 것은 아니다. 전기 시에 차가운 것과 메마른 것의 이미지와 더불어 맑은 것과 단단한 것의 이미지가 공존하는 것은 이를 시사한다.

춘정 시에 나타난 차갑거나 메마른 것들의 이미지가 시인 자신의 불우한 삶이나 비극적인 시대 현실에서 야기된 우수를 시사한다면 맑거나 단단한 것들의 이미지는 이러한 처지나 시대현실 속에서 그가 지키려 했던 맑고 견고한 정신을 의미한다. 우리는 달과 별의 이미지가 나타난 다음 시에서 이러한 의미를 읽을 수 있다.

6) 「崇陵寺壁畵山水歌」, 권4, 60면, "乾坤卽今吼豺虎, 已矣堯舜難遭遇. 時危對此嘯復歌, 悲風爲我嘶老樹." ; 「次崔典書詩韻」 제2수, 4권, 66면, "螢雪當時抱壯懷, 茫茫天道竟難回." ; 「十月初四日, 有雪且雷, 獨酌有感」, 권1, 25면, "天意卽今難料得, 防寒只合醉懜懜."

「月夜」

焚香一室足淸幽　향 사른 방안은 무척 맑고 그윽한데
衾簟凉生暑氣收　대자리에 서늘한 기운 일어 더위가 가시었네
直到夜深難作夢　밤이 깊도록 잠들기 어려우니
月華星彩動新秋[7)]　초가을에 달빛 별빛 찬란하여라

「倚杖」

寂歷深山內　적막한 깊은 산 속엔
蕭然只此家　쓸쓸한 내 집뿐
孤吟幽鳥共　외로이 읊조리니 이름 모를 새가 울고
獨立野僧過　홀로 섰노라니 스님이 찾아오네
一逕樵初返　오솔길로 나무꾼은 막 돌아오고
長空日欲斜　긴 하늘엔 해가 기울어
杖藜仍盡夕　저녁이 다 가도록 명아주 지팡이 짚고 섰노라니
凉月映森柯[8)]　서늘한 달이 무성한 나뭇가지 사이로 비치네

첫 번째 작품에 의하면 시인은 깊은 밤에 잠들지 못하고 창공에 반짝이는 별빛과 달빛을 주시하고 있다. 그의 시선을 끄는 별과 달의 의미를 이해하기 위해서는 먼저 기구와 승구에 묘사된 공간적 배경을 살펴보아야 한다. '맑고 그윽한[淸幽]' 방의 분위기는 흔히 그러하듯이 시인의 청정한 마음을 암시한다. 이러한 마음은 대자리의 서늘한 기운이 묘사된 승구에 의해 다시 드러난다. 따라서 연이어 출현한 달과 별의 이미지는 방의 이미지와 호응하면서 맑게 깨어 있는 시인의 내면을 암시하고 있는 것으로 보인다. 그런데 그의 내면을 암시하는 별과 달은

7) 권1, 19면.
8) 권1, 21면.

초가을 밤의 서늘한 기운에 씻겨 맑게 빛나고 있다. 더구나 시인은 달과 별을 '월화(月華)'·'성채(星彩)'로 묘사하고 서술어로 '동(動)'을 택함으로써 캄캄한 밤에 빛나는 찬란한 빛을 부각시키고 있다. 어두운 창공에서 찬란하게 빛나는 별빛·달빛은 암울한 시대를 살아가는 시인의 순결하고 강인한 정신을 뜻하는 것으로 이해할 수 있다.

두 번째 작품에서는 달과 별의 이러한 의미가 보다 확연하게 드러난다. '깊은 산 속 외딴집'으로 자신의 집을 묘사한 수련에서는 시인의 고독한 내면이 엿보인다. 함련에 시인과 함께 나타난 '유조(幽鳥)'와 '야승(野僧)'도 시인의 외로움을 강조할 뿐이다. 고독한 마음을 암시하기는 경련의 풍경도 마찬가지이다. 나무꾼이 돌아오는 외길과 해가 지고 있는 긴 하늘이라는 호젓한 형상들은 시인의 깊은 적막감을 드러낸다. 그러나 이 시가 표출하는 정서가 여기에 국한되어 있는 것은 아니다. 의미가 전환되고 있는 미련에서 우리는 시인이 저녁 내내 짚고 서 있는 '명아주 지팡이'에 주목할 필요가 있다. 단단함을 내포한 이 의상은 어두운 세상 속에서 맑고 차게 빛나는 '양월(凉月)'의 의상과 조응한다. 결국 이 의상들이 의미하는 것은 고독하고 적막한 삶을 극복하려는 맑고 견고한 정신이라고 할 수 있다. 특히 '서늘한 달빛'은 그 고도로 인해 이상적인 정신경지를 현시하는 상징물로 보인다. 이 의상이 등장하는 마지막 구에서 시인의 우울함이 말끔히 사라지고 그의 희열이 유로되어 있는 것은 이 때문이다.

맑고 견고한 정신이 의미하는 바는 달과 별의 의상이 나타난 다음 작품들에서 좀 더 구체적으로 이해할 수 있다. 시인은 「차자강야좌운(次子剛夜坐韻)」에 "가녀린 달은 수풀로 들어가 빛을 내고, 외로운 등불은 밤새도록 밝아라"[9]라고 진술했고 「야좌(夜坐)」에서 "만사를 근심하여 잠 못 이루는데, 창안의 예쁜 달은 나를 향해 둥그렇게 떠있네"[10]라고 했으며 「감흥(感興)」에서는 “세찬 바람과 이슬 써늘한데 별과 달은 찬란하게 빛나네”[11]라 하였다. 이 작품들에서 감지되는 것은 어두운 현실과 타협하지 않으려는 시인의 태도이다. 그는 달과 별의 이미지를 통해 혼탁한 정치현실과 타협하지 않는 견정한 정신을 자주 노래했던 것이다.

3. 공명의식에 대한 성찰과 무욕의 삶에 대한 희구

시인의 경우, 맑고 견정한 정신에 대한 지향은 외부세계의 강압이나 유혹과의 대결에서보다는 자신의 욕망과의 싸움에서 파생했던 듯하다. 먼저 그가 차갑고 메마른 것들의 의상(意象)을 통해 주로 표현하고자 했던 것 가운데 하나가 불우한 처지로 인한 번민이라는 사실에 유의할 필요가 있다. 또 그가 벗인 권우(權遇)에게 부친 시에 “하늘이 장부를 낸 것은 천하를 위한 것인데, 숨어 있는 은자들은 끝내 무엇을 하려 하는가. 맑은 시대엔 모름지기 요직에 올라야 하리니, 훗날 함께 손잡고 조정에 오르세나”[12]라고 했다는 점이나 여러 작품을 통해 아무런 성취 없이 세월만 보내고 있는 자신의 상황에 대해 초조감을 피력했다는 점에서 입신양명에 대한 욕망을 읽을 수 있다. 쇠락한 관료 집안 출신인 그는 아버지와 형이 정계에 의욕적으로 참여하고 있었기에 자

9) 권1, 22면, “纖月入林影, 孤燈終夜明.”

10) 권1, 24면, “萬事關心眠不得, 窓中好月向人圓.”

11) 권1, 16면, “肅肅風露凉, 輝輝星月明.”

12) 「贈權中慮遇」, 권1, 16면, “天生丈夫爲天下, 考槃荷蕢終何爲. 時淸要須立要津, 他日共當携手升玉墀.”

연스럽게 정치적 야망을 갖게 되었을 것이다. 그러나 정치적 격동기를 살았던 시인은 정치적 야망과 지식인으로서의 양심 사이에서 정신적 갈등을 겪었던 것으로 보인다. 그의 시에 자신의 공명의식에 대한 성찰이 자주 나타나는 이유가 여기에 있다.[13] 그 대표적인 작품인 「내송사(內訟辭)」를 살펴보자.

「內訟辭」
(前略)

觀衆人之爲仕兮　뭇 사람들 벼슬살이 살펴보니
計利害於咫尺　가까운 사이에도 이해를 따지고
能變情以徇勢兮　마음을 바꾸어 권세를 좇다가
竟得志而赫赫　마침내 뜻을 이루어 혁혁하게 되더군
一有人之如矢兮　화살처럼 바른 이 있으면
爭紛然其互嚇　어지럽게 다투며 발끈 화를 내지
視余心之不然兮　내 마음 그렇지 않은 걸 알겠노니
將何處乎今之時　이 세상을 어떻게 살아야 한단 말인가
欲無方而爲圓兮　모나지 않고 둥글게 살려다
顧初心而自悲　처음 마음 돌아보고 스스로 슬퍼하네
將直道以事人兮　장차 곧은 도리로 임금을 섬기려 하나
又焉往而可施　어디에 가서 시행할 수 있을까
惟孟氏之垂訓兮　맹자가 가르침을 내리셨으니
幼學所以壯行　어려서 배움은 장성해서 실천하기 위한 것이라

13) 「夜坐」, 권1, 19면, "獨坐渾無寐, 茅茨淸夜中. 風枝驚宿鳥, 露草濕鳴蛩, 待月愁天黑, 攤書愛燭紅. 眼前人事少, 始覺息塵蹤."; 「陽谷中慮會于禁內, 中慮有詩, 次韻」, 권1, 23면, "公館最淸閒, 團欒足可歡. 吟詩相促膝, 把酒好開顔. 落葉隨風易, 疎松蔽日難. 蕭然機事息, 不似近塵寰."; 「次陽谷韻」, 권2, 36면, "飄泊此爲客, 世人都未逢. 香殘禮古佛, 日暮聞鳴鍾. 秋色早着柳, 雨聲多在松. 肅然獨吟嘯, 却喜息塵踪."

	하였네
正其義不謀利兮	도의를 바로 세우고 이익을 도모하지 않는다 하니
固嘉言之孔彰[14]	진실로 옳은 말 환히 드러나 있네
(後略)	

시인은 이 작품에서 혼탁한 정치 현실 속에서도 바른 도리를 실천하려는 인생태도를 천명했지만, 시의 이면에서 공명의식과 지식인으로서의 양심 사이에서 갈등하는 그의 모습을 읽을 수 있다. 옳다고 생각하는 바른 도리를 지키며 살 것인가, 아니면 원만한 처세술로 세상과 타협하여 자신의 꿈을 이룰 것인가라는 절실한 고민이 배어 있는 것이다. 작품 제목인 「내송사」도 이러한 정신적 갈등을 시사하는 것에 다름 아니다.

더욱이 위화도회군, 조선 개국 등으로 관료들의 정치적 갈등이 격화되자 시인이 출사해야 할 명분은 점점 희미해져 갔고 그의 고뇌는 더욱 깊어졌다. 「감흥 칠수(感興七首)」[15] 등에서 그가 출처문제를 심각하게 다루었던 것은 이러한 심리적 갈등을 시사한다. 그가 맞서야 했던 대상은 절망적인 외부세계라기보다는 자기실현의 문제와 얽혀 있는 그 자신의 욕망이었다. 그의 시에 견고한 이미지가 자주 출현했던 이유가 여기에 있다. 시인은 자신의 공명의식과 치열하게 싸우고 있었고, 그러한 가운데 성리학을 연찬한 지식인으로서 양심을 굳게 지키고자 했던 것이다. 세속적 욕망으로부터 벗어나고자 하는 소망을 드러낸 일련의 작품들은 이러한 정신자세를 표출한다.

---

14) 권1, 15면.

15) 권1, 16~17면.

「登山題惠上人院」

山徑迢迢半入雲	아스라한 산길 구름에 반쯤 묻혔으니
玆遊足可避塵喧	이 산행으로 속세를 벗어날 만하네
百年身世客迷路	나는 평생 나그네로 길 헤매었는데
萬壑烟霞僧閉門	스님은 일만 골짜기 연하 속에서 문을 닫누나
晴澗束薪隨野老	맑은 시냇가에선 촌로를 따라 땔나무를 묶고
秋林摘實共寒猿	가을 숲에선 원숭이와 함께 열매를 따겠지
我來欲問楞伽字	내가 와서 능가경을 물으니
合眼低頭無一言[16]	눈을 감고 머리를 숙인 채 아무런 말이 없네

이 시에 나타난 시인의 심적 동향을 이해하기 위해서는 그가 애정을 가지고 참신하게 묘사한 대상들의 특성을 포착해야 한다. 먼저 그는 '산사로 통하는 길이 구름에 파묻혀 있다'고 진술하여 산사(山寺)가 세속과 격절되어 있는 공간임을 강조한다. 이어 '시냇가에서 시골 늙은이와 어울려 땔감을 묶고 가을 숲에서 원숭이와 함께 열매를 따는' 스님의 생활을 묘사하여 속세인들과 어울리지 않는 존재를 그려낸다. 더 주목해야 할 점은 이 스님에 대한 묘사가 무욕의 삶을 표상한다는 점이다. 스님은 촌로·원숭이와 함께 땔감을 줍거나 열매를 찾아 생활함으로써 최소한의 욕구만을 채우며 산다. 이러한 묘사는 시인이 무욕의 삶을 적극적으로 긍정하고 있다는 사실을 암시한다. 그러므로 다음 연에 '우주의 일체 사물이 다 허상이며 마음이 세계의 근본'이라는 능가경의 주지를 묻는 시인이 등장하게 되는 것이다.

이러한 문맥을 살펴보면 자신을 '평생 길을 잃고 헤맨 나그네'로 규정한 진술과 '연하(烟霞)가 자욱한 골짜기에서 문을 닫는[閉門]' 스님의

16) 권1, 18면.

형상을 이해할 수 있다. 전자가 내면의 욕망과 양심 사이에서 번민했던 시인의 삶을 암시한 것이라면 후자는 세속적 욕망을 끊어버린 이상적인 인생태도를 현시한다. 결구에서 스님은 삶의 진정한 도리를 묻는 시인에게 눈감고 머리 숙인 채 아무 말도 하지 않는 것으로 대답한다. 스님의 눈감음과 말없음은 세속적인 시비득실과 절연한 스님의 정신경지를 암시하는 동시에 그러한 경지가 속세의 언설로 설파할 수 없는 것임을 상징적으로 드러내고 있다. 세속적인 욕망을 접고 자연에 순응하여 살아가는 스님의 인생태도가 미련에 묘사된 그의 모습에 고스란히 함축되어 있는 것이다.

춘정의 전기 시에서 세속적 욕망의 초월, 즉 공명의식으로부터의 해방이란 주제는 하나의 큰 흐름을 형성하고 있는 것으로 보인다. 많은 작품들의 주제가 이와 직간접으로 연결되어 있다. 조선 개국 후 한양 남산에 올라가 창작한 시 가운데 '눈에 가득 들어오는 분분한 명리인(名利人) 때문에 상심한다'고 한 부분[17]이나 친구에게 보낸 시 가운데 '욕심을 좇다가 천진(天眞)이라는 지극한 보물을 잃게 되었다'고 진술한 부분[18]은 이러한 주제를 보다 직접적으로 표출한 예이다. 결국 시인은 공명의식을 포함한 세속적 욕망과 치열하게 싸우며 이로부터 해방된 맑은 정신을 추구했던 것이다.

이러한 시인이 야취(野趣)가 넘치는 소박한 삶에서 인생의 의미를 발견했던 것은 자연스러운 일이다.

---

17) 「登南山」, 권2, 37면, "輪蹄九陌漲紅塵, 滿目紛紛名利人. 浮世百年渾似夢, 一回登眺一傷神."

18) 「贈陽谷」, 권2, 33면, "金銀珠玉本非珍, 賤貨須當學古人. 自愧未能求至寶, 徒然縱欲喪天眞."

「定房寺」

臥病經時日月多	앓아 누운 뒤 훌쩍 지나가 버린 세월
迷方着處卽吾家	길 헤매다 닿은 곳이 바로 내 집이라네
一庭細雨無人到	온 뜨락에 실비 내리고 찾아오는 이 없는데
閒看胡僧手種花[19]	스님이 꽃 심는 것 물끄러미 바라보네

「晴園」

雨香風軟弄微和	향기로운 비 부드러운 바람 봄기운이 넘실대니
散步林中野思多	숲 속 산책할 때 한가로운 마음이 일어나네
滿地綠苔埋屐齒	땅에 가득한 푸른 이끼 속으로 나막신은 푹푹 빠지는데
時看蝴蝶入幽花[20]	나비가 숨은 꽃에 들어가는 것을 때때로 본다네

첫 작품의 전반부에는 병상에서 소모했던 시절을 반추하는 시인의 모습이 등장한다. '산사가 나의 집'이라는 진술에서 간취할 수 있듯이 그는 이러한 고통과 방황 뒤에 정신적 평정을 얻고 있다. 그의 정신적 안정은 삶 속에서 어떤 의미를 발견했기 때문인데, 그 의미는 작품의 후반부를 통해 드러난다.

우리는 '실비가 내리는 뜨락에서 꽃을 심는 스님을 물끄러미 바라보는' 시인의 형상을 통해 그의 내면이 희열의 정서로 은은하게 물들어가고 있다는 점을 감지할 수 있다. 그것은 실비 내리는 한적한 뜨락과 꽃과 무욕의 스님이 어우러져 빚어내는 아름다움, 즉 부드러움과 소박함 그리고 고요함이 어우러진 삶의 정취에서 연유한 것이다. 시인은 욕망의 추구와는 거리가 먼 조촐하고 소박한 생활에서 삶의 의미를

19) 권2, 36면.
20) 권1, 20면.

발견하고 있는 것이다.

두 번째 작품은 이러한 삶의 방식이 지닌 의미를 좀 더 구체적으로 전한다. 향기로운 비, 부드러운 바람, 넘실거리는 봄기운을 묘사한 기구에는 자연의 조화로운 질서에 대한 신뢰감이 내포되어 있다. 시인은 봄을 맞아 변화한 물상 속에서 대자연의 질서를 예민하게 감지하고 있는 것이다. 특히 '푸른 이끼 속으로 나막신이 푹푹 빠지는데 나비가 유화(幽花)에 들어가는 것을 바라본다'는 후반부의 서술은 꽃으로 들어가는 나비와 부드러운 이끼 속으로 빠져 들어가는 나막신의 형상이 묘하게 겹쳐지면서 자연의 질서에 따라 살아가려는 시인의 마음을 암시한다. 이러한 시각에서 살펴보면 이 작품은 자연의 질서에 대한 체득과 자연과의 조화라는 삶의 이상을 표현한 시로 읽을 수 있다.

야취(野趣)가 풍기는 소박한 삶의 정경은 춘정 시에서 흔히 나타나는 의경 가운데 하나이다. 「우음(偶吟)」·「춘사(春事)」·「독좌정유선달(獨坐呈柳先達)」·「오음(午吟)」[21] 등도 조촐하고 소박한 삶 속에서 자신과 세계에 대한 신뢰를 회복해 가고 있는 시인의 심적 동태를 드러낸다. '뜰에 자라는 봄풀에서 천도의 유행을 감지한다'고 진술한 시들[22]은 이러한 해석을 뒷받침하는 근거이다. 암울한 시대를 살아가고 있던 시인은 이 소박한 삶에서 인생의 의미를 발견하였던 것이다.

결국 젊은 날의 시인은 순결하고 견고한 정신과 무욕의 삶에 대한 지향을 통하여 내면에서 일어나는 공명의식을 제어해감으로써 자신을

---

21) 「偶吟」, 권1, 23면, "佳木千章午影斜, 境偏渾似野人家. 興來緩步緣芳草, 一院風香樹樹花."; 「春事」, 권1, 23면, "冉冉花期近, 纖纖草徑深. 風光歸弱柳, 野燒入空林. 幽夢僧來解, 新詩鳥伴吟. 境偏無外事, 酒伴動相尋."; 「獨坐, 呈柳先達」, 권1, 19면, "雨後青青苔色新, 空庭惟有燕來頻. 科頭箕踞茅簷畔, 時復題詩寄故人."; 「午吟」, 권2, 34면, "綠樹陰濃近午天, 白雲當戶正如綿. 鳥啼花落茅齋靜, 剩得蒲團盡日眠."

22) 「杜門」, 권1, 19면; 「早春」, 권1, 22면; 「春雨」, 권1, 22면.

지켜나가고 있었다고 할 수 있다. 이는 목은·포은·도은 등 여말 성리학자들의 삶의 자세와 기식(氣息)이 서로 통하는 인생태도이다.

4. 출처의식의 전환과 정신적 이완

앞 장에서는 어두운 현실 속에서도 순결한 양심을 지켜가려 했던 시인의 인생태도에 대해 살펴보았다. 그런데 시간이 흘러감에 따라 그의 내면에는 삶의 자세에 대한 번민이 다시 일어나게 된다. 안개를 묘사한 다음 작품은 이를 은미하게 드러낸다.

「霧」

宿霧連三日　삼일 동안 짙은 안개 자욱하더니
重陰蔽大明　겹겹의 음기가 해와 달을 가렸네
鳥歸迷古木　돌아가는 새는 옛 둥지를 못 찾고
人立失前程　사람들은 갈 길을 잃고 우두커니 서있네
霑濕還如雨　비처럼 젖어 드는 안개
熏微未放晴　뿌옇게 흐려 개일 기미 없구나
病夫偏自愛　병든 나는 유독 자신을 사랑하여
醇酹獨頻傾[23]　홀로 술잔만 자주 기울이네

이 시는 조선 왕조에 출사하기 얼마 전에 창작된 작품으로 추정된다.[24] 안개가 짙게 깔린 세상에 대한 묘사가 시의 대부분을 차지하고

23) 권2, 37면.

24) 이 작품 앞에 배열된 「題華菴淵月軒詩卷」(권2, 36면)에 '자신이 벼슬길에 들어선 지 10년이 되었다(嗟余溺宦海, 十年猶駿奔)'고 진술한 것과 이 작품 및 주변 작품들의 내용

마지막 연에서 고뇌에 찬 시인의 형상이 나타나는 구도로 볼 때, 안개가 가득한 세계는 당대 현실에 대한 은유로 이해할 수 있다. 이에 따르면 그가 바라보는 세상은 삶의 올바른 가치나 지표가 상실된 혼미한 세계이다. 함련이 시사하듯이 당대인들은 과거의 삶의 방식으로 돌아갈 수도 없고 새로운 삶의 지표를 발견한 것도 아니다. 더욱 문제가 되는 것은 세계의 혼미가 시간이 흘러갈수록 가중되고 사라질 기미가 보이지 않는다는 점이다. 눈여겨보아야 할 점은 시인의 순결한 정신을 상징했던 달·별의 의상이 그 밝은 빛을 상실한 희미한 형상으로 제시된다는 사실이다. 이와 더불어 안개 속에서 술 마시는 시인의 고독한 형상을 음미해 보면 그의 번민과 불안감을 읽을 수 있다. '자애(自愛)'가 암시하듯이 시인은 자신의 신념을 가까스로 지켜가고 있지만 세상 사람들이 겪는 삶의 혼란과 멀리 떨어져 있는 것은 아니다.

위의 시는 시간이 흐른 뒤 은거를 통해 정신적 안돈을 찾을 수 없었던 시인의 내면을 드러내고 있다. 그는 순결한 정신과 무욕의 삶이라는 인생이상을 자아실현의 방향으로 확고하게 밀고 나갈 수 없었던 듯하다. 삶의 의미를 끊임없이 반추하는 시인의 내면에는 불안과 공허감이 차츰 고조되어 갔고 이에 따라 그의 의식에는 새로운 변화가 일어나게 된다.

「幽棲」

幽棲自寂寞	깊숙한 집 본래 적막하여
竟日無招携	하루 내내 찾아오는 이 없는데
黃鳥忽飛來	문득 날아 온 꾀꼬리

을 참작하여 추정할 수 있다.

綠楊深處啼　　푸른 버드나무 깊은 곳에서 울어대네
淸音互相答　　맑은 소리로 서로 화답하니
獨坐意還迷　　홀로 앉은 내 마음 더욱 어지러워라
且復出門望　　다시 문에 나가 바라보니
街頭車馬嘶[25]　　길거리엔 거마의 울음소리

시인은 이 시를 통해서도 소외감과 고독을 노래한다. 그런데 여기에 나타난 고독감은 비극적 현실인식에서 비롯된 고적감과는 달리 그의 정신적 방황과 연계되어 있다. '꾀꼬리 울음소리를 듣고 정신이 산란해져 문 밖으로 나가 서성인다(出門)'는 진술은 이를 암시한다. 여기에서 '속세의 명리에 대한 욕망을 차단하여 굳게 자신을 지키고자 했던(閉門)' 신념이 출사하고자 하는 욕망으로 인해 흔들리기 시작했다는 것을 감지할 수 있다. 특히 시인이 문 밖으로 나가 주시하는 대상이 길거리의 거마임은 이러한 심정을 단적으로 시사한다. 따라서 이 시에 묘사된 '적막한 집'과 '들뜬 마음'은 출사의 욕망을 충족시키지 못한 데서 오는 허전함과 불안감을 암시한다. 이제 지식인으로서의 양심이 공명의식을 제어함으로써 이루어졌던 정신의 균형은 흔들리고 있다.

시인의 심적 동요는 위 시에 묘사한 꾀꼬리들의 화답을 통해 짐작할 수 있듯이 함께 은거했던 절친한 벗 이양곡(李陽谷)이 조선 왕조의 부름을 받아 출사한 상황[26]에 영향을 받았을 것으로 보인다. 그는 시를 통하여 양곡(陽谷)의 부재로 인한 깊은 슬픔과 정신적 번민을 노래한 바 있다.[27] 또한 이 시기에 맞았던 부친 변옥란의 죽음도 심적 동요에 큰

25) 권2, 38면.

26) 「寄陽谷」 제2수, 권2, 37면, "王命陽谷, 以紀以綱. 秉國之平, 不顯其光."

27) 「寄陽谷」 제3수, 같은 곳, "漢山蒼蒼, 我心孔悲. 之子之遠, 俾我如飢. 登山無車, 涉水無

영향을 미쳤을 것으로 여겨진다. 아버지 변옥란은 연소한 나이로 부친상을 마치자마자 모친의 만류도 뿌리치고 정계에 입문하여 재상의 반열에까지 오른 인물이었다.[28] 그리고 그는 춘정의 감개 어린 회고에서 드러나듯이 젊은 아들의 건강을 근심하다가 병까지 얻은 자애로운 아버지였다.[29] 이러한 아버지의 죽음은 그로 하여금 삶과 죽음의 문제와 자기실현의 문제를 깊이 사색하게 한 계기였을 것이다. 시인이 자신의 아버지처럼 부상(父喪)을 마치고 정계에 나갔다는 사실은 이와 관련하여 음미할 만하다. 게다가 도학의 경세이상을 실현할 가능성은 그다지 높지 않았지만 환로에서의 자기실현을 완전히 포기하기에 시인은 너무 젊었다.

시인은 이러한 내적 방황과 동요를 거쳐 삶의 방향을 다시 모색하게 된다. 그는 「수양행(首陽行)」을 통해 백이 숙제의 삶을 찬양하기도 했지만[30] 한편으로 「신야행(莘野行)」을 창작하여 이윤(伊尹)의 인생태도에 대한 지지를 표명했다.

「莘野行」

有莘之野有一老	신야의 한 늙은이
身荷耒耟於焉藏	쟁기 지고 숨어 살았네
幡然動心三聘餘	세 번 임금이 부르자 문득 마음 움직였으니
欲令四海如虞唐	천하를 요순시대처럼 만들고자 함이었지
五就桀兮非吾君	다섯 번 걸(桀)에게 나아간 뒤 자신 임금이 아니

舟. 姑酌兕觥, 以瀉我憂."

28) 「太祖實錄」, 권3, 『續集』 附錄, 205면.

29) 「永樂十九年月日封事」, 권7, 100면, "二十一歲而病作, 連年不愈, 志尙狂簡, 失於調攝, 遂爲帶疾之人, 俱以臣病, 憂勞成疾."

30) 권4, 62면, "翻然歸來首陽峽, 寧餓不食周粟粒. 高歌採薇竟無悔, 淸風萬古吹六合."

	라 여겼으니
虐焰閃鑠燒乾坤	학정의 불꽃이 활활 일어 천지를 태우고 있었다네
哀哀烝民沸煎熬	슬프고 슬프다 뭇 백성들이여 삶고 볶아대니 아우성치누나
奚啻炎火玉石焚	이 불꽃에 어찌 옥과 돌이 함께 탈 뿐이겠는가
愍惻若己推納溝	자기가 구덩이에 밀어 넣은 듯 불쌍히 여기고는
相湯謀訖天之誅	탕을 도와 하늘의 벌을 내리려 했네
能傾東海手注之	동해 바다 기울여 천지에 부으니
引領萬口爭懽呼	고대하던 백성들 다투어 환호했네
終輔幼冲致仁義	끝내 어린 임금 도와 인의를 이루었으니
平生自任以天地	평생 천하로써 자신의 임무를 삼았구려
雲行杳邈百世下	구름처럼 흘러가 버린 백세 뒤
豈無儒者志其志[31]	어찌 그 뜻을 받들 선비가 없겠나

이 시를 통해, 출처 문제로 고민하고 있는 시인에게 이윤의 삶의 방식이 삶의 새로운 지표로 다가왔음을 짐작할 수 있다. 무엇보다도 신야(莘野)에 은거했다가 탕왕(湯王)에게 등용되어 하(夏)를 무너뜨리고 은(殷)을 세웠던 이윤의 행적이 시인의 정치적 이력을 떠올리게 한다는 점에 유의할 필요가 있다. 아울러 '백세(百世) 뒤에 어찌 이윤(伊尹)의 뜻을 받들 선비가 없겠나'라는 끝 부분의 진술이 이윤의 인생태도에 대한 시인의 지향을 명시적으로 보여준다. 그는 「만흥(漫興)」에도 "저 아득한 이윤과 여상(呂尙)의 무리여, 천년 뒤까지 남아 있는 향기에 공손히 예를 올리네"[32]라고 서술하여 동일한 의식을 표출한 바 있다.

출사를 긍정하게 된 계기를 이해하기 위해서는 시인이 이윤의 삶에

31) 권4, 62면.

32) 권4, 61면, "渺然伊呂輩, 千載揖餘芬."

부여한 의미에 주목해야 한다. 그는 이 시에서 이윤을 학정으로 고통받고 있는 백성들을 구제한 인물로 묘사하고 있다. 다시 말해 그는 동시대인들을 구제해야 한다는 지식인으로서의 책임의식을 강조하고 있는 것이다. 혼탁한 시대현실에 타협하지 않는 절의정신을 중시했던 그가 백성들에 대한 책임감에 보다 큰 의미를 두는 쪽으로 사고를 전환하게 되었던 것이다. 물론 이러한 자세가, 백이 숙제나 길재를 긍정하는 데서 드러나듯이 이전까지의 삶의 방식에 대한 전면부정은 아니다. 양심을 지킨다는 이전의 신념을 저버리지 않으면서 출사에 새로운 의미를 부여했던 것이다.

그리하여 조선왕조에 출사한 직후 창작한 시에는 젊은 날의 시보다 경세의식이 더욱 빈번하게 드러나게 된다. 가령 벗 용헌(容軒) 이원(李原)에게 답하는 시에 '신선한 차 맛에 자신이 신선이 된 것 같다'고 진술한 뒤 "어찌하면 이 차를 집집마다 나누어주어 온 천하의 더러움을 씻어 낼까"[33]라 하였고, 「봉차우정선생시운(奉次雨亭先生詩韻)」에서도 "만일 백성들에게 주린 얼굴빛만 없다면, 장부가 소략한 밥상을 어찌 꺼리겠는가"라고 하여 경세의지를 표출하였다.[34] 그러나 그는 시간이 흘러감에 따라 자신의 경세이상이 정치 현실 속에서 실현될 수 없다는 사실을 차츰 감지하였다.

奔走力難任	분주히 달려도 내 힘으론 감당하기 어려워
謾爲獱獺嗤[35]	부질없이 수달 같은 무리에게 비웃음만 당했네

33) 「西京使相容軒李公惠石銚, 以詩答之」 제4수, 권4, 67면, "香茶活火煮山泉, 一椀才傾骨欲仙. 安得家家分此味, 坐令天下洗葷羶."

34) 제2수, 권2, 39면, "要使羣黎無菜色, 丈夫常食肯嫌蔬."

35) 「詠懷奉呈浩亭大人」, 권4, 66면.

有誰知反朴	누가 질박한 세계로 돌이킬 줄 알까
流俗漸應澆[36]	세상은 점차 흐려지기만 하네

絃絕自慚無鳳觜	거문고 줄 끊어져도 이어 붙일 봉의 부리 없어 부끄러우니
盤空誰復美羊腔[37]	빈 소반에 누가 또 양고기를 채워줄까

敢思掀宇宙	감히 우주를 뒤집을 일 생각하랴
只合事耕桑[38]	단지 농사일이 적합할 뿐

위에 인용한 시구들을 검토해 보면 시인의 경세이상이 정치 현실 속에서 실현될 수 없었다는 점을 알 수 있다. 그는 자신이 성리학의 경세이상을 더 이상 감당할 수 없다는 것을 깨닫고 체념한다. 이러한 정황 속에서 무력감을 토로한 일련의 작품들이 출현하게 된다. 다음 작품을 예로 들어보기로 하자.

「次韓高城」

多病自知筋力衰	병 많은 몸 근력이 쇠해짐을 느끼노니
聰明眞箇減前時	총명도 진실로 예전보다 흐려졌네
無心奮手飜滄海	손으로 창해를 뒤집을 마음이 없으니
兒戲唯應綴小詩[39]	애들 장난처럼 하찮은 시나 지어야지

'창해를 뒤집어엎을 마음이 없고 하찮은 시나 지어야겠다'는 자조적

36) 「題尹上將向詩卷」 제4수, 권3, 55면.
37) 「次廣州牧使安魯生詩韻」, 권3, 51면.
38) 「題上洛伯詩卷」, 권3, 48면.
39) 제2수, 권3, 47면.

인 목소리를 통해 확인할 수 있듯이 이 시는 경세이상의 좌절에서 비롯된 회한의 심정을 표출한 것이다. 병든 몸과 흐려진 총기에 대한 진술, 그리고 시에 흐르는 침울한 어조 등은 소시(小詩)를 짓는 태도와 호응하면서 무력하고 왜소한 시인 형상을 드러낸다. 이 왜소한 자아상은 창해를 뒤집을 수 있는 과거의 자아상과 또렷한 대조를 이루고 있다. 삶의 이상이 퇴색됨에 따라 자아형상도 변화했던 것이다. 「속산(屬散)」·「송우정상국순문서도(送雨亭相國巡問西都)」·「우음(偶吟)」[40] 등에서도 천장부(賤丈夫)·충(虫)·아배(兒輩)·수마(瘦馬) 등으로 자신을 묘사하여 왜소화된 자신의 형상을 보여준다.

이러한 과정을 거쳐 시인의 시는 여말 선배 시인들의 시 또는 그 자신의 전기 시와는 판연히 다른 모습을 지니게 된다. 여말 시인들의 시에 충만한 열정과 자신감, 즉 세계를 변혁시키고자 하는 열정과 이러한 변혁을 주도할 수 있는 자기역량에 대한 자신감은 춘정 시에서 이제 소진되어 버린 것이다. 도학의 인격수양을 주제로 한 시들이 정신적 긴장감을 드러내지 못하고 진술의 형태로 바뀌어 간 것은 시의 이러한 경향을 드러내는 또 다른 징표이다.

「次閔佐郎義生詩韻」

宿鳥猶知擇所棲	새조차도 깃들 곳을 가릴 줄 아는데
人於斯道却沈迷	사람이 도리어 사도에 어둡구나
經書也自無時習	경서조차도 공부하지 않으니
聖敬何能慕日躋[41]	성경(聖敬)의 덕이 날로 높아졌던 성인(聖人)을

40) 「屬散」, 권3, 48면, "病身何用走泥途, 眞箇人間賤丈夫." ; 「送雨亭相國巡問西都」, 권3, 44면, "操筆何期倒溟渤, 詩成有似虫喞喞." ; 「偶吟」, 권4, 62면, "自信眞兒輩, 那堪號丈夫." ; 「次閔佐郎義生詩韻」 제2수, 권4, 64면, "祗是天閑收瘦馬, 敢將玄圃擬朝躋."

사모할 수 있을까

이 시에서 시인은 도학의 인격수양에 대한 향념을 놓치지 않고 있긴 하지만 그에 대한 적극적인 지향을 표명하지는 않는다. 그런데 이 시가 안고 있는 문제점은 이러한 의식 자체라기보다는 그것을 시적인 긴장 없이 산문적으로 표출한다는 점이다. 그의 전기 시에 나타났던 단련된 시어는 더 이상 나타나지 않고 의미의 함축도 찾아볼 수 없다. 전기 시에 나타난 독특한 예술성은 사라지고 산문적인 진술로 시가 구성되어 있는 것이다. 여기에서 드러나는 것은 정신적 긴장을 놓친 시인의 내면이며 도학적 수양을 지속할 자신이 없는 나약한 정신이다. 이 시가 반성을 통한 새로운 모색으로 읽히지 않는 것은 이 때문이다.

경세 이상의 포기, 인격 지향의 퇴축과 더불어 나타난 후기 시의 특징으로는 궁정문학적 성격을 들 수 있다. 당대의 혼란을 직설적으로 드러내거나 한수(寒瘦)의 정조를 통하여 부정적인 시대인식을 표출했던 전기 시와는 달리 후기 시에서는 당대 현실에 대한 비판을 찾기 힘들다. 오히려 이 시기의 시들은 왕정에 대한 찬양과 다른 관료들에 대한 칭송이 주된 내용을 이룬다. 시인은 태종의 사적을 찬미한 120句의 장시 「득차자(得此字)」를 창작하기도 하였고[42] 상락백(上洛伯) 김사형(金士衡)의 일생을 칭송하기 위해 100구의 장시 「제상락백시권(題上洛伯詩卷)」을 짓기도 하였다.[43] 대상 인물에 대한 수사로 가득한 이러한 시들은 목은·포은의 시는 물론이고 삼봉이나 양촌의 시에서도 예를 찾기 어렵다. 춘정 후기 시의 많은 부분을 차지하는 이러한 찬미와 송

41) 권4, 64면.

42) 권3, 52면.

43) 권3, 48면.

축의 시들은 여말 문인들의 한시 경향과 또렷이 구별되는 조선전기 시의 한 특징을 드러낸다. 왕정의 분식과 귀족층의 사교를 위해 창작되는 궁정문학이 출현한 것이다.

다음 작품들은 춘정의 후기 시에 나타난 이러한 경향을 또렷하게 보여주는 예이다.

「同年會于王輪設宴，余有故不赴，以詩寄」

今夕神仙醉紫霞	오늘 저녁 신선은 자하주에 취하는데
錦筵銀燭映青娥	비단 방석 은 촛불이 소녀를 비추네
夜深踏月婆娑舞	깊은 밤 달빛 밟고 너울너울 춤추노니
滿帽花枝影半斜[44]	모자에 가득한 꽃가지 그림자 반쯤 기울었네

「設分離宴于神孝寺」

淸歌裊裊間絲桐	간드러진 노래 소리 거문고 소리와 섞이는데
聯壁團欒愛燭紅	쌍쌍이 어울려 붉은 촛불 사랑하네
誰遣青蛾呵凍筆	누가 소녀로 하여금 언 붓을 불게 했나
醉中狂語愧難工[45]	취중의 거친 말투 못 다듬어 부끄럽네

관료들의 질탕한 연회를 묘사한 이 작품들을 읽어보면 전기 시의 정조와는 사뭇 다른 후기 시의 분위기를 발견할 수 있다. 특히 주목해야 할 점은 첫 번째 시에서 관료들의 풍류가 부귀한 자들의 호사스러움으로 묘사되고 두 번째 시에서는 색정적인 기미까지 띠고 있다는 사실이다. 이러한 향락적인 풍류에 시인의 의식이 거부감 없이 동화되고 있다는 것은 그의 인생태도가 변화하였음을 시사하는 것에 다름 아니

44) 권3, 48면.
45) 권3, 48면.

다. 진지하게 추구하던 이상과 멀어진 채 안정된 지배체제 안에 안주하고 있는 삶의 태도가 은연중에 드러나고 있는 것이다. 바로 이러한 태도로 인하여 후기 시에는 전기 시에서 느껴지던 정신적 긴장이 사라지고 궁정문학적 성격이 드러나게 된다.

춘정의 후기 시들은 전기 시에 보이는 발랄한 시어·참신한 의경이 사라지고 시적 긴장이 이완되면서 산문적인 진술이 주를 이룬다. 상투적이고 진부한 시어들이 자주 등장하고 내용면에서 심각한 고민이나 진지한 사유가 사라지게 된 것이다. 이와 맞물려 시상이 응축된 단형시를 선호하던 전기의 창작경향이 쇠퇴함에 따라 많은 장편시가 출현하고 회고적 진술이 자주 나타난다. 그 자신도 「제서적정랑시권(題徐績正郎詩卷)」에서 "어릴 적 흉회는 구주(九州)를 좁게 여겼더니, 십 년 동안 병들어 누웠다가 또 가을을 보냈네. 이제 시에 힘이 전혀 없으니, 감히 붓끝에서 구슬이 떨어진다 말하랴"라고 고백하기도 하였다.[46]

후기 시에 이러한 경향이 나타난 것은 시인이 조선의 정계에 출사한 이후 분망한 관료생활로 인해 시에 침잠할 여유가 없었기 때문이기도 하지만, 근본적으로는 성리학의 이념과 가치를 지향하는 데서 형성된 정신적 긴장이 이완되어 갔기 때문이다. 그리고 이는 당대의 현실과 긴밀하게 관련되어 있다. 여말의 시대는 혼란스럽긴 했지만 충선왕·충목왕·공민왕 등의 개혁정치가 이어져 신흥사대부들은 세계와 자신을 변화시키고자 하는 의욕이 충만하였다. 그러나 시인이 현달하여 활동한 시기는 전제왕권이 점차 견고하게 자리 잡아갔던 태종(太宗)대였다. 정치적 안정과 신료들의 순응이 요구되는 이 시기에 시인을 포함한

46) 제2수, 권3, 45면, "小少胸懷隘九州, 十年憔悴臥經秋. 至今詩語渾無力, 敢道珠璣落筆頭."

당대 사대부들은 더 이상 세계 변혁이라는 경세이상을 제시하기 어려웠다. 시인이 청빈한 생활로 태종에게 알려졌다는 기록에서 간취할 수 있듯이[47] 그는 지식인으로서의 양심을 어렵게 지켜가고는 있었지만, 그의 시문 창작은 왕정을 찬양하고 관료들을 칭송하는 시문과 대외관계를 위해 중시되었던 외교문서를 짓는 데 치중하는 방향으로 나아갈 수밖에 없었다. 이러한 궁정문학적 성격이 그의 뒤를 이은 조선전기 관료문인들의 문학적 특성임은 주지의 사실이다.

5. 맺음말

창작 시기에 따라 춘정의 시를 분류하면, 시인이 조선왕조에 출사한 시점인 29세를 중심으로 전기 시와 후기 시로 양분할 수 있다. 전기 시들은 참신한 의상과 단련된 시어를 통해 암울한 시대와 타협하지 않는 양심과 무욕의 삶에 대한 지향을 드러낸다. 여기에서 성리학에 기반을 둔 그의 정신세계를 살펴볼 수 있다. 아울러 주목해야 할 점은 이 시기 시에 나타난 정신적 지향이 그의 내면갈등에서 비롯되었다는 점이다. 맑은 정신 즉 양심에 대한 지향은 외부세계의 유혹이나 강압과의 대결보다는 주로 자기 욕망과의 싸움에서 파생하였다. 그가 치열하게 맞서야 했던 대상은 자기실현의 문제와 얽혀 있는 자신의 공명의식이었다. 그는 자신의 인생이상으로써 이러한 공명의식을 제어해 가고 있었다.

47) 「年譜」, 권2, 『續集』, 184면, "七月, 賜綿布麻布各二匹. 上曰, 卞判書, 寒士, 且多勤勞, 故特賜之."

그러나 같이 은거했던 절친한 벗의 출사, 아버지의 죽음 등을 계기로 시인의 출처의식, 인생태도는 변화하기 시작한다. 그는 절의를 지키는 것보다는 백성에 대한 책임감을 강조하면서 혼란한 세계에 적극적으로 대응하는 쪽으로 자기실현의 방향을 재정립한다. 그러나 전제왕권이 확립되어 가던 태종 시대의 정치적 분위기 속에서 그의 경세포부는 실현될 수 없었다. 그에 따라 후기 시에는 시적 긴장을 상실한 산문적인 진술과 상투적인 수사가 빈번히 나타난다. 내용에 있어서도 세계에 대한 예리한 인식과 자신의 삶에 대한 심각한 성찰이 드러나지 않는다. 이러한 문학적 양상은 시인의 의식에서 도학에 기반을 둔 정신적 긴장이 차츰 이완되어 갔다는 사실과 관련되어 있다. 결국 춘정의 시는 여말의 지식인이 시대의 변화에 따라 정신적으로 이완되어 가는 과정을 보여준다고 할 수 있다.

춘정 시의 문학사적 의미는 조선건국 후 창작된 정도전·권근의 시와 비교해 볼 때 비로소 선명해진다. 춘정보다 30년 정도 연장인 정도전의 경우, 「심기리편(心氣理篇)」·「불씨잡변(佛氏雜辨)」 등을 저술하고 과거에 있어 사장(詞章)보다는 경학(經學)의 비중을 높이는 정책을 수립하여 도학을 열정적으로 선양하였다. 이러한 정신세계에 기반을 둔 그의 만년 시들은 매화를 통해 견정(堅貞)하고 순수한 은자(隱者)의 인격에 대한 지향을 드러내기도 하고[48] 대의를 실천하여 영원한 세월 속에 이름을 남기려는 소망을 전하기도 한다.[49] 정치적 활동에 있어 삼봉보다 온건한 노선을 택했던 양촌 역시 시문을 통해 지식인으로서의 사명

48) 鄭道傳, 「詠物」, 『三峯集』(『韓國文集叢刊』 5, 민족문화추진회, 1990), 권2, 311면, "嬋姸玉質近人傍, 一片丹霞染素裳. 今日始知眞隱逸, 自將貞白鬪氷霜."

49) 「江之水詞」, 같은 책, 같은 곳, "惟君子所重者義兮, 名萬古與千秋. 擧一杯以相屬兮, 庶有企兮前修."

감과 도학의 세계관에 의해 빚어진 흥취를 지속적으로 노래하였다. 우레 치는 밤에 촉발된 우세(憂世)의 정을 시화한 작품이나,[50] 아름답고 신선한 살구꽃을 통해 천지의 이법(理法)을 직관한다는 내용의 시는[51] 그러한 경향을 보여주는 명료한 예이다. 이들은 선초의 대표적인 관인으로서 왕정을 찬양하는 시문을 창작하기도 했지만, 도학자로서의 정신적 긴장을 잃지 않고 있었고 이것을 시로 표출하곤 하였던 것이다. 이 점이 바로 이들의 시가 이를 계승한 춘정 시와 다른 점이며, 이러한 차이가 문학사의 관점에서 춘정의 시가 주목되어야 하는 이유이다. 도학과 문학이 만나 성취된 신흥사대부들의 신선하고 열정적인 문학세계가 춘정 당대에 와서 퇴조하기 시작한 것이다.

이 글은 『한국시가연구』 14집(한국시가학회, 2003)에
수록한 논문을 일부 수정한 것이다.

50) 權近, 「雨亭趙安石惠雉, 仍有詩, 次其韻以謝」, 『陽村集』(『韓國文集叢刊』 7, 민족문화추진회, 1990), 권10, 114면, "聞雷昨夜夢初驚, 坐久寒雞不肯鳴. 名位謾高身已老, 憂來不禁感懷情."

51) 「杏花」, 같은 책, 권10, 116면, "一林殘雪未全銷, 曉雨晴來上樹梢. 嫩日釀成和氣暖, 微酡顏色更驕饒."

제4부

변계량과 생애사실

『춘정집(春亭集)』 해제 | **천혜봉**

춘정 변계량의 가계와 학맥 | **정석태**

춘정 변계량의 삶의 자세와 학문의 목표 | **김남이**

춘정 변계량의 연구 현황과 과제 | **정출헌**

『춘정집(春亭集)』 해제

천혜봉

1. 머리에서

고려 시대는 불교를 나라의 종교로 삼고 신봉하면서 유교와 충돌 없이 서로 발전해 온 것이 그 특징이다. 불교가 내세 추구의 정신 생활을 주안으로 한 것이라면, 유교는 현실 생활에서 집과 나라를 다스리는 것을 주안으로 한 것으로서, 이 양자는 당시 인간 생활에서 속과 겉의 과제를 이룬 불가분의 것이었다. 그러므로 불자(佛子) 가운데 유학을 겸통한 이들이 있는가 하면 유자(儒者)와 문인 가운데 불교를 신봉하는 이들이 있었으며, 또한 한 가문에서 불문(佛門)을 거친 학문승이 나오는가 하면 등용문을 거친 문신 학자가 나오기도 하였다.

그러나 한편으로는 불교를 나라의 종교로 신봉한 나머지 발 닿는 곳마다 절과 탑이 세워지고 승려들은 풍부한 사원 경제에 힘입어 사치하고 권세를 부리며 사대부들을 억누르는 비행을 저지르기도 하였다.

한편, 유교계에서는 성리학(性理學)을 중국에서 도입하여 유학의 면모를 일신하면서 학자 배출에 힘썼다. 그 결과 유능한 학자들이 속출하였는데, 이들은 불교계의 타락과 부패 그리고 월권 행위를 개탄하며 이를 타파하고자 하여 배불론(排佛論)을 주장하였다. 이 배불론자들은 크게 두 파로 나뉘어진다. 하나는 불자들의 비행과 부패 그리고 월권 행위를 철저하게 공격하고 배척하는 것은 당연하지만, 불교 교리 그 자체는 지선(至善)하고 지성(至聖)하므로 호법되어야 한다는 것이다. 이에 속하는 유학자로 최해(崔瀣), 이제현(李齊賢), 이곡(李穀), 이색(李穡)과 그 문하에서 학통을 이어받은 권근(權近)과 변계량(卞季良) 등을 들 수 있다. 다른 하나는 불교 그 자체가 이교(異敎) 또는 해국(害國)의 종교이므로 철두철미하게 배척해야 한다는 것이다. 이에 속하는 유학자로는 이인복(李仁復), 백문보(白文寶), 정몽주(鄭夢周), 정도전(鄭道傳), 윤소종(尹紹宗) 등을 들 수 있다.

이들 유학자들은 중원에서 명나라가 일어나 원나라를 북쪽으로 몰아내기 시작하자 정치적 색채를 띠고 친원파와 친명파로 갈라졌으며, 여말에는 수구적인 불사이군파(不事二君派)와 혁신적인 이성계 추대파로 대립하는 상황으로 나뉘어졌다.

그중 신흥 세력인 이성계파에 동조하는 유학자들은 숭유척불을 강력히 표방하여 정주학(程朱學)의 진흥에 주력하였다. 그 대표적인 인물로 정도전을 들 수 있다. 그는 처음에 목은(牧隱)을 스승으로 섬기고 포은(圃隱), 도은(陶隱)과 교유하였는데, 이성계의 세력이 우세하게 되자 그의 막하인 조준(趙浚)과 친교를 맺고자 삼은(三隱)을 비방하여 서로 원수지간이 되었다. 그는 조선 왕조의 건국이 굳혀지자 더욱 도학(道學)을 천명하고 이단을 배척하는 데 기치를 올리며 벽불(闢佛)의 글을 썼다.

권근은 이색의 고제(高弟)인데, 신왕조로 접어들어 이성계의 부름을 받자 이를 계기로 정도전과의 친교에 힘쓰는 한편, 숭유책의 구현을 위해 온갖 정력을 쏟았다. 그는 정도전의 『불씨잡변(佛氏雜辨)』에 주석을 가하고, 설서(說序)에서는 불씨설에 대해 세상을 현혹시키는 허망된 것이라 혹평하는 한편, 여말에 이미 지은 『입학도설(入學圖說)』에 이어 『오경천견록(五經淺見錄)』을 저술하여 신왕조에서 문한(文翰)과 편사(編史)를 주관하는 막중한 지위를 확고하게 구축하였다. 이렇듯 그는 신왕조의 숭유우문책(崇儒優文策) 구현에 크게 기여한 문신이지만, 그의 문집을 보면 역시 사승(師承)의 영향을 짙게 받은 학문적 경향이 그대로 나타나고 있다.

권근의 문하인 변계량도 신왕조를 맞이하여 관직의 제수를 권유받고 처음에는 주저한 바 있었지만, 대세가 이미 굳혀진 때이므로 벼슬길로 나갈 수밖에 없었다. 권근의 문하에는 태종과 세종의 양조에서 왕업을 익찬(翼贊)하고 숭유우문책을 구현하는 데 기여한 명신들이 여럿 있지만, 그중 특히 변계량은 학문이 해박하고 문장력이 뛰어나 오랫동안 문형(文衡)의 자리에서 사대교린(事大交隣)을 비롯한 나라의 문한을 주관하면서 국정에 크게 기여하였다. 그러나 그도 사승의 영향을 받고 수학하였기 때문에 이단(異端)의 학문까지도 정통하였다. 그런 까닭에 문형의 자리에 있으면서 국왕의 하명과 왕실의 요청으로 부처를 섬기고 도교의 여러 신에게 제사 지내는 일을 헌의(獻議)하고 주관하였던 것이다. 그의 문집을 볼 때 이런 이단의 글, 그중에서도 특히 불교에 관계된 글이 많이 수록되고 있어 주목된다. 이것이 다른 유신들의 문집과 크게 다른 본서의 특징인데, 그 글이 현재 널리 유통되고 있는 중간본(重刊本)에서 거의 모두 삭거되었으니, 참으로 안타까운 일이다.

그러므로 여기서는 초간의 잔질본(殘帙本)을 찾아 중간본에서 삭거한 본문을 최대한으로 깁고 또한 일문(逸文)과 결문(缺文)을 보충하여 저자가 본시 저술한 문집 내용을 복원하여 해제의 자료로 삼고자 한다.

2. 저자의 생애와 학문

저자의 휘는 계량(季良), 자는 거경(巨卿), 호는 춘정(春亭)이며, 본관은 밀양(密陽)이다. 증조부는 주(珠), 조부는 원(元), 아버지는 검교판중추원사 겸 혜민국사(檢校判中樞院事兼惠民局事)를 지낸 옥란(玉蘭)이며, 어머니는 승봉랑(承奉郎) 제위보 부사(濟危寶副使)를 지낸 조석(曺碩)의 딸 창녕 조씨(昌寧曺氏)이다. 이남(二男) 가운데 형은 중량(仲良)이고, 아우가 바로 계량이다.

변계량은 공민왕 18년(1369) 3월에 태어났다. 어려서부터 총명하고 네 살 때 옛 시의 대구(對句)를 외우고, 여섯 살에 글을 지었다. 열네 살 때인 우왕 8년(1382)에 진사시, 이듬해 생원시에 각각 급제하였으며, 열일곱 살 때인 우왕 11년(1385)에 문과에 등제하였다. 관직은 우왕 13년(1387) 전교시 주부(典校寺注簿)를 시작으로 전교시랑(典校寺郎), 비순위정용랑장 겸 진덕박사(備巡衛精勇郎將兼進德博士)를 지냈다. 조선 왕조로 바뀐 태조 1년(1392) 겨울에 창신교위(彰信校尉) 천우위우령중랑장 겸 전의감승 의학교수관(千牛衛右領仲郎將兼典醫監丞醫學教授官)의 제수를 권유받고 처음에는 주저하다 그 보직에 취임하였다. 태조 5년(1396) 여름 봉직랑(奉直郎) 교서감승 겸 지제교(校書監丞兼知製敎)로 옮긴 이후, 조봉대부(朝奉大夫) 시사헌시사(試司憲侍史), 봉렬대부(奉列大夫) 성균관악정 겸 지제교(成均館樂正兼知製敎) 등을 거쳐 사재감 소감(司宰監少監)에 이르렀다. 태종 5년(1405)에 예문관 응교를 겸하고, 태종 6년(1406) 겨울 중훈대부(中訓大夫) 시예문관직제학(試藝文館直提學)으로 승진하였다.

변계량에게 사환의 길이 활짝 열린 것은 태종 7년(1407) 4월 문신들을 대상으로 친시(親試)한 문과 중시(文科重試)에서 을과(乙科) 제1인자로 뽑히는 영광을 차지한 이후이다. 이 중시는 당나라에서 실시한 박학굉사과(博學宏辭科)와 같은 것으로 학문을 깊이 알고 시문에 능한 관리를 뽑아 국정의 중요직에 등용하기 위한 것인데, 여기서 그가 바로 두각을 나타낸 것이다. 그는 통정대부(通政大夫) 예조 우참의에 특별히 제수되었으며, 수문전직제학 지제교(修文殿直提學知製敎)를 겸하였다. 그 해 겨울에 좌참의로 옮기고, 태종 8년(1408) 10월에 세자시강원 좌보덕(世子侍講院左輔德)을 겸하였다. 11월에 권근(權近) 등과 함께 「대간직임사목(臺諫職任事目)」을 지어 올리고, 이어 잠시 맡은 지문서응봉사사(知文書應奉司事)의 직임에서 태조의 「건원릉비음기(健元陵碑陰記)」를 지어 올렸다. 태종 9년(1409)에 가선대부(嘉善大夫) 예문관제학 동지춘추관사 겸 판내섬시사에 제수되고, 그 해 가을에 동지경연사를 겸하였다. 그리고 이해에 「포은정선생시집서(圃隱鄭先生詩集序)」를 지었다. 태종 10년(1410) 1월에 하륜(河崙), 유관(柳觀), 정이오(鄭以吾) 등과 함께 『태조실록(太祖實錄)』 편수에 참여하고, 7월에 왕명으로 「묘엄존자비명(妙嚴尊者碑銘)」을 지어 올렸다. 8월에는 새로 설치한 의례상정소(儀禮詳定所)의 제조(提調)를 겸하고, 왕명으로 문묘(文廟)의 비문을 지어 입비(立碑)하였다. 태종 12년(1412) 3월에 세자시강원 우부빈객(世子侍講院右副賓客)이 되었고 곧 이어 검교판한성부사(檢校判漢城府事)가 되어 9월에 「광화문루종명(光化門樓鍾銘)」을 지었다. 태종 14년(1414) 2월 동지춘추감사로서 감춘추관사 남재(南在)와 함께 회시(會試)를 주관하여 새로 생원 조서강(趙瑞康) 등 33인을 뽑았고, 8월에는 지춘추관사로서 영춘추관사 하륜 등과 함께 『고려사(高麗史)』의 개수를 명받았다. 태종 15년(1415) 정월에 다시 예문관 제학이 되었다. 6월로 접어들어 가뭄이 심해지자 태종이 대제학 정이오와 함께 우기(雨期)를 점치게 하였고, 그에 따라 의정부 찬성 유정현(柳廷顯)이 북교(北郊)에서 기우제를 지냈는데,

비가 와서 옷을 적시고 돌아오자 임금이 기뻐하며 안마(鞍馬) 1필을 내려주었다. 그리고 정부와 육조에서는 금주(禁酒)하고 있던 왕에게 약주를 권해 올렸다. 그 달에 왕이 변계량에게 하륜과 더불어 동전법(銅錢法)을 의논하게 하였다. 10월에 경승부윤(敬承府尹) 이현(李玄)이 졸함에 그 직임을 변계량에게 맡게 하였다. 태종 16년(1416) 4월에는 수문전 제학을 겸하고, 좌부빈객이 되었다. 6월에는 계속되는 한발을 면하기 위해 하늘에 빌 것을 상서하니 왕이 제천문(祭天文)을 짓게 하였는데, 그 글이 왕의 뜻에 잘 맞아 안마 1필을 하사받았다. 그에 따라 좌의정 유정현에게 우사(雩祀)와 원단(圓壇)에 또 제사를 지내게 하니, 이번에는 큰 비가 내려 모두 기뻐했다. 같은 달에 동지춘추관사로서 영춘추관사 하륜, 지춘추관사 한상경(韓尙敬)과 함께 『고려사(高麗史)』를 삼분하여 개수에 착수하였다. 8월 예문관 제학으로서 통훈대부(通訓大夫) 이하가 모두 응시한 문과 친시를 관장하였다. 태종 17년(1417) 2월 역시 예문관 제학으로서 생원시(生員試)를 관장하여 권채(權採) 등 100인을 뽑았다. 이 달에 왕세자 제(禔)가 종묘에 고한 서문(誓文)과 상서(上書)는 모두 그가 제술한 것이었다. 3월에는 영의정 남재, 예조 판서 맹사성(孟思誠)과 함께 문과 시험을 관장하였다. 4월에는 예문관 판서 맹사성과 함께 문과 복시에 독권관(讀券官)으로 참여하여 한혜(韓惠) 등 33인을 뽑았다. 그 뒤 그는 바로 예문관대제학 겸 성균관대사성에 제수되었다. 5월에 다시 예조 판서로 옮기자 종묘(宗廟), 사직(社稷), 우사(雩祀), 원단(圓壇)에 기우(祈雨)할 것을 주청하여 실시하였다. 6월에는 예조 판서로서 성균관과 교서관의 권지(權知)를 군현(郡縣)에 나누어 보내 생도들을 훈회(訓誨)하게 할 것을 주청하여 그대로 실시되었다. 7월에는 왕이 면포(綿布) 2필과 마포(麻布) 2필을 내려주며 "근신(近臣)이 사신(使臣)을 영접할 때 정(精)하고 가는 옷을 입어야 하는데, 특히 변 판서는 가난한 선비로서 그것이 어렵고 또 일이 많은 때에 수고하므로 마땅히 특별 대우를 하여야 한다." 하였다. 9월에는 그의 상언으로 비로소 태조와 신의왕후(神懿王后)의 기신(忌晨)에 불사(佛祠)에서 재(齋)를 베풀고 문소전(文昭殿)에서 제사 지내는 일이 정해졌다. 이것은 일찍이 그가 상정소(詳定所)의 제조로 있을 때 건의하였으나 반대가 있어서 시행되지 못했던 것인데, 이번엔 직접 주청하여 이루어지게 된 것이다.

태종 18년(1418) 정월 진헌 물목(進獻物目)을 승문원으로 보낼 때 잘못 옮겨 적은 일로 사헌부의 탄핵을 받자 변계량은 사직을 청하였다. 그러나 태종은 "청렴하고 한빈한 그가 녹을 받지 못하면 어찌되는가." 하며, 그를 다시 예문관 대제학으로 임명하고 세자시강원 우빈객을 겸하게 하였다. 그 해 4월에 「성녕대군변한소경공신도비명(誠寧大君卞韓昭頃公神道碑銘)」을 지었다. 6월에는 다시 예조판서 겸 지경연춘추관사로 제수되었는데, 그 직위에서 태종의 전위 교서(傳位敎書)를 지어 올렸다. 10월에 참찬의정부사(參贊議政府事)로 옮겼는데, 다른 겸직은 종전과 같았다. 이어 제조의금부사(提調義禁府事)가 되었다. 이때 치옥(治獄)을 잘하여 십여 년 간 그 직을 겸하였다. 11월에 상왕의 신궁(新宮)인 수강궁(壽康宮)이 이루어지자 변계량에게 악장(樂章)을 짓게 하여 봉숭(封崇)하는 날에 부르게 하였다.

세종 1년(1419) 1월 상왕은 그에게 사신을 영접하는 연회에 쓰일 「하황은곡(賀皇恩曲)」을 지어 올리게 하였다. 그리고 이 무렵 왜구들의 침략과 약탈이 심하였는데, 그 응징을 주청한 이는 오직 변계량뿐이었다. 임금이 그의 정벌책을 가납하고, 그에게 「유대마도주교(諭對馬島主敎)」를 짓게 하였다. 2월에 「기자비명병서(箕子碑銘竝序)」를 짓고, 9월에 유관(柳觀)과 함께 정도전이 지은 『고려사』의 개수를 명받았으며, 11월에는 「하성명가(賀聖明歌)」 3장을 지어 올렸다.

세종 2년(1420) 정월에 「후릉지(厚陵誌)」를 지어 올렸다. 3월에 집현전(集賢殿)이 새로 설치되자 대제학을 겸하여 그 업무를 관장하였다. 7월에 원경왕후(元敬王后)가 승하하자 빈전도감 제조(殯殿都監提調)가 되고, 법석(法席)과 능재(陵齋)에 대한 헌의(獻議)에 이어 「헌릉지(獻陵誌)」를 지어 올렸다. 세종 3년(1421) 1월에 유관(柳觀)과 함께 『고려사』를 수교(讎校)하였다. 5월에는 옛 진법(陣法)을 참고하여 오진법(五陣法)을 지어 훈련관으로 하여금 그것에 의하여 교습케 하였다. 9월에는 「낙천정(樂天亭)에서 존호(尊號)를 더하여 올릴 때 쓰일 전문(箋文)」을 지었다. 세종 4년(1422) 5월 태상왕의 치병(治病)을 위해 참찬 변계량, 전 대사헌 김자헌(金自憲), 봉상시 소윤 정종본(鄭宗本) 등에게 성요법(星曜法)으로 길흉을 점치게 하였으나, 그 보람도 없이 태상왕은 승하하였다. 빈전도감 제조가 되어 국상을 처리하고 「헌릉신도비명병서(獻陵神道碑銘竝序)」를 지어 올렸다. 10월에 경자자(庚子字)의 「주자발(鑄字跋)」을 지었다. 세종 5년(1423) 10월 악(嶽), 해(海), 독(瀆), 산천(山川) 등의 여러 신을 위한 각처의 제문(祭文)과 축문(祝文)을 비롯하여 통용되는 모든 제축문을 도맡아 수정하여 의궤(儀軌)에 올렸다. 12월에 지춘추관사로서 윤회(尹淮) 등과 함께 정종과 태종의 양조 실록을 편수하여 후세에 전할 것을 주청하여 윤허받았다. 세종 6년(1424)에 『수교고려사(讎校高麗史)』를 올리고, 지지(地誌)와 주군(州郡)의 연혁을 저술하여 바쳤으며, 새로 가사(歌詞)를 지어 관습도감(慣習都監)으로 하여금 악부(樂部)에 실어 향연 때 사용하게 하였다. 세종 7년(1425)에도 「화산별곡(華山別曲)」을 지어 악부에 올리게 하였다. 이해 7월에 또 원단(圓壇)의 기우제문을 지었다.

세종 8년(1426) 6월에 숭정대부(崇政大夫) 판우군도총제부사 겸 세자이사(判右軍都摠制府事兼世子貳師)가 되었다. 그 후 그는 다른 원로 대신들과 함께 국정을 논의하는 데 상참하였으며, 언제나 다른 이들이 미처 생각지 못한 기발한 의견을 제시하여 국정의 익찬을 주도하였다. 세종 10년(1428)에 왕명으로 「기자묘비명병서(箕子廟碑銘竝序)」를 지어 올렸다. 세종 11년(1429)에는 금은의 생산이 안 되는 우리나라에서 매해 중국에 조공하기가 어렵다 하여 왕명으로 표문(表文)을 지었는데, 이때 지은 글이 워낙 명문이라서 세공을 영원히 면제받게 하는 데 기여하였다.

세종 12년(1430)에 『태종실록』의 편수를 마쳤으나 진상하지 못하고 4월 23일 62세의 나이로 졸하였다. 임강현(臨江縣) 구화리(仇和里)의 선영에 장사 지냈으며, 시호를 '문숙(文肅)'으로 내렸다.

그는 조강지처를 버리고 장가를 다시 들었으며, 사별 또는 이혼으로 네 번이나 처를 맞이하여 유사들의 탄핵을 받기도 했다. 그러나 끝내 아들이 없고 비첩의 아들인 영수(英壽)만 있게 되어 조정에서 그에게 부사정(副司正)을 제수하고 제사를 받들게 하였다.

앞에서 언급하였듯이, 변계량은 새로 도입된 성리학의 이념을 바탕으로 부패 타락한 불교계를 바로잡을 것을 주장하면서도 불교 교리 그 자체는 지선, 지성하다고 여기는 학파 출신이다. 이런 학풍 아래에서 영향을 받고 수학한 그였지만 숭유척불을 국시로 삼는 새 왕조를 인정하고 벼슬길로 나갔던 것이다. 당시 신왕조는 건국 과정에서 유능한 관리의 등용이 절실하여 문신들을 대상으로 문과 중시를 실시하였는데, 여기서 을과 제 1인자로 뽑히면서 그의 관로가 활짝 열렸던 것이다. 그는 태종과 세종 양조에 걸쳐 오랫동안 문형의 자리에 있으면서 해박한 학식과 뛰어난 문장 실력으로 사대교린의 문한은 물론, 국왕이 하명하고 왕실이 요청하는 문한을 훌륭하게 처리하여 조정 문신들로부터 많은 칭찬을 받았다. 학문을 바탕으로 한 그의 업적은 그것뿐만이 아니다. 여러 차례의 사마시와 문과시 그리고 친시에서 우수한 문사를 공평하게 뽑아 새로운 문치의 터전을 이룩해 놓았으며, 춘추관 지사가 되어 『고려사』의 개수와 수교를 비롯하여 태조, 정종, 태종의 실록을 편수하는 등 조선 초기의 편사(編史)를 주도하였다. 또한 세종조 문호의 산실인 집현전을 주청하여 신설하고 대제학이 되어 총민한 연소의 문신을 뽑아 경서(經書)를 익혀 국정에 자문케 하는 등 문치에 크게 기여하였다. 그리고 그는 동궁의 이사(貳師)가 되어 시강에 종사하는 등 문신의 사표(師表)로서 우러름을 받기에 이르렀던 것이다.

변계량은 이렇듯 경사(經史)와 시문(詩文)에 정통하고 학식이 고금에 사무치며 문장이 뛰어났을 뿐만 아니라, 불교와 도교에 이르기까지 해박하여 그 재주가 이채로웠다. 그런 까닭에 나라에 재난이 염려될 때나 왕실에 큰 일과 어려운 일이 있을 때는 국시에 어긋나는 일임을 알면서도 으레 이단의 힘으로 극복하려는 행사의 헌의와 주관을 그에게 하명하였다. 그리하여 당시 유신들 중에는 정궤(正軌)를 벗어난 그의 학문을 비판하기도 하고 이단에 미혹한 행동을 조롱하기도 하였다.

그러나 오늘날 학문하는 시각에서는 그러한 편벽과 배타주의는 초월되어야 할 것이다. 고려 이래 전승되어 온 저간의 전통 학문과 사상에 대한 통섭과 체계화가 이러한 유·불·도의 글이 전래됨으로 인해 비로소 가능함을 고려할 때, 다른 문사들이 감히 추종할 수 없는 변계량의 해박한 학문에 새삼 감탄할 뿐이다. 이러한 그의 학문 경향은 물론 사승(師承)에 의해 뿌리내려진 것이지만, 또한 그에 못지않게 천부적인 총명과 영특한 재질을 타고났기에 그런 경지에 이를 수 있었다고 여겨진다.

3. 본서의 간인 판본(刊印版本)과 내용

본서는 저자의 문인 정척(鄭陟, 1390~1475)이 승문원 판사로 있을 때 처음으로 유고를 수습하여 엮은 것이 그 초고본(草稿本)이다. 그리고 저자의 다른 문인 권맹손(權孟孫, 1390~1456)은 경상도 관찰사로 부임하자 이를 간행하고자 정서하여 세종에게 아뢰었다. 세종은 저자가 태종과 세종 양조에서 문형을 오래 지낸 문신으로 학문이 해박하고 문사가 전아 고묘(典雅高妙)하여 그 글이 멀리 중국 조정에까지 회자된 바 있었으므로, 그 문집을 후학들의 모범 문한으로 삼기 위해 즉시 집현전에 보내어 교정을 명하였다. 그 일은 직제학 유의손(柳義孫)과 저작랑 김서진(金瑞陳)이 맡아보았다. 그리고 이를 선서자(善書者)가 정서하여 밀양도호부(密陽都護府)에서 세종 24년(1442) 11월에 개판한 것이 바로 초간의 목판본이다. 그 초간의 경위는 본서 초간본에 붙인 권제(權踶)와 안지(安止)의 봉교찬(奉教撰) 서, 발문에 소상하게 실려 있다. 그 간역(刊役)은 관찰사의 지휘 아래 도사(都事) 권지(權枝)가 돕고, 밀양도호부사 겸 권농병마단련부사 안질(安質)이 주관하였다. 그리고 그 아래서 밀양도호부 유학 교수관 공종주(孔宗周)가 그 간역을 돕고, 성균관 유학 박학문(朴學問)과 박정지(朴楨之)가 교정을 맡아보았으며, 이영춘(李英春) 등 45인의 각수가 판각을 분담하였다. 초간의 판식(版式)은 사주쌍변(크기 : 21.6×14.8㎝)에 항자수(行字數)가 11항 21자이고 판심에 흑구(黑口)와 내향흑어미(內向黑魚尾)가 각각 위아래에 새겨져 있어 세종조의 간인 특징을 보여준다. 글자가 그 당시 유행한 진체(晋體)로 해정하게 필서되고, 새김이 정교하여 지방 관판본으로는 그 품위가 비교적 돋보인다.

이 초간의 목판본은 완질이 전래되고 있지 않은 듯한데, 여러 곳을 탐방 조사하여 겨우 그 잔질본을 찾아내었다. 현재까지 찾아낸 잔질본은 제1권 낙장본(21장 이하 결장)이 성암문고(誠庵文庫)에, 제4~8권과 제11~13권 2책이 동국대학교 중앙도서관에, 제5~7권 1책이 한국정신문화연구원 도서관에, 제10~13권 1책이 고려대학교 만송문고(晩松文庫)에, 제11~13권 1책이 산기문고(山氣文庫)와 아단문고(雅丹文庫)에 각각 소장되어 있고, 또한 시중에 통행되고 있는 제9~13권 2책을 실사하였다. 이들 잔질본을 취합하면 제1권 21장부터 제2, 3권까지를 제외한 전권질이 발굴된 셈이다. 나머지의 일실본도 어디선가 발굴되길 기대한다.

중간(重刊)의 목판본은 저자를 배향한 거창(居昌)의 병암서원(屛巖書院)에서 김시찬(金是瓚)이 흥해 군학(興海郡學) 소장의 초간본을 바탕으로 그 내용을 대폭 삭거, 축권(縮卷)하고 또 부분적으로 깁고 손질하여 순조 25년(1825) 여름에 다시 간행한 것이다. 그 중간의 경위는 책의 앞뒤에 붙인 심상규(沈象奎)와 김시찬의 서(序)와 지문(識文) 및 간기(刊記)에 의해 밝혀지고 있다. 그 중간의 판식은 사주쌍변(크기 : 20×15.3㎝)에 항자수가 11항 20자이고 판심에 간략하게 내향이엽화문어미(內向二葉花文魚尾)가 새겨져 있어 초간본과의 차이가 곧 식별된다.

이 중간본에서 우선 주목되는 것은 본문에 많은 삭거(削去)가 있는 점이다. 지나친 숭유척이주의(崇儒斥異主義)로 인해 불교 관계의 글은 거의 전부 삭거되고, 도교 관계의 글은 일부가 삭제되었다. 또 신분우위주의에 집착한 나머지 별로 이름이 알려지지 않은 이들의 제문(祭文)이 적지 않게 산삭되었다. 이것이 중간본의 큰 결함으로 지적된다. 중간본에는 그 밖에도 초간본의 누락 또는 결장으로 인한 일문(逸文)과 결문(缺文)이 생겼다. 또 많은 본문의 삭거로 인해 축권이 생겨 초간본의 제11~13권이 중간본에서 제11, 12권으로 줄어들었고, 본문의 위치를 임의로 다른 권차(卷次)로 옮긴 것이 있으며, 본시 정척(鄭陟)이 엮은 「춘정선생변공행장(春亭先生卞公行狀)」에 부분적인 고침과 손질이 가해지기도 하였다. 그리고 초간본에 없는 것이 중간본에서 추각(追刻)된 것은 대사(對査)한 결과 불과 2건으로 나타나고 있다.

속집의 석판본(石版本)은 17세손 변두성(卞斗星)이 실록 등의 전적에서 저자의 누락된 시문을 수집하고 아울러 저자의 연보(年譜)와 실기(實紀) 자료를 태조, 태종, 세종의 세 실록에서 초출, 부록 4권으로 엮어 1937년 대구(大邱)에서 찍어낸 것이다. 이 속집에서도 연보와 실기 자료에서 불교 관계의 기사를 의도적으로 피하였기 때문에 저자의 생애와 경력 일부가 배제되었음이 그 흠으로 지적된다.

마지막의 영인판본은 한국고전번역원이 위에서 언급한 중간본 12권과 속집본 4권을 합치고 본문에 표점을 찍어 축쇄 영인하여 1990년 『한국문집총간(韓國文集叢刊)』 제8집에 수록 발행한 것이다. 이 영인판본에서는 초학자들의 문장 해석과 이해를 돕기 위하여 표점을 찍은 것이 그 특징이다.

문집의 구성 내용은 원집(原集)에는 제1~4권에 사(辭) 2수를 비롯하여 오언고시, 칠언고시, 오언절구, 칠언절구, 오언율시, 칠언율시, 오언배율, 칠언배율을 수록하고, 그 끝에 가곡(歌曲)과 악장(樂章)을 붙이고 있다. 제5~13권에는 여러 종류의 글을 문체별로 수록하고 있다. 이를 좀더 구체적으로 살펴보면, 제5권에는 기(記)·서(序)·잡저(雜著)·설(說)을, 제6, 7권에는 봉사(封事)·상서(上書)를, 제8권에는 전시대책(殿試對策)·책문제(策問題)·전시책문제(殿試策問題)·교서(敎書), 제9권에는 표전(表箋)을, 제10권에는 청사(靑詞)를 각각 수록하고 있다. 그리고 그 다음부터는 본문의 대량 삭거로 권차에 차이가 나타난다. 초간본은 제11, 12권, 중간본은 제11권에 책문(冊文)·제문(祭文)·축문(祝文)을 수록하고, 이어 초간본은 제13권, 중간본은 제12권에 비지(碑誌)·명(銘)·발(跋)·부록(附錄)을 각각 수록하고 있다.

속집은 원집에서 빠진 시문과 전기 자료(傳記資料)를 실록 등의 여러 전적에서 조사하여 수록한 것이다. 제1권에 악장(樂章)·시(詩)·소(疏)·계(啓)·장(狀)·전지(傳旨)·교서(敎書)·책문(册文)·전(傳)·서(書)·축문(祝文)·뇌문(酹文)·지(誌)·명(銘)·찬(贊)을 수록하고, 제2~4권에 부록으로 연보(年譜)·사제문(賜祭文)·병암서원의 봉안문(奉安文)·상향문(常享文)·상량문(上樑文)·증수문(增修文), 부곡제단(釜谷祭壇)의 비음기(碑陰記)·상향문(常享文)과 태조·태종·세종·인조 실록에서 실기 자료(實紀資料)를 초록하고 그 끝에 유묵(遺墨)을 붙이고 있다.

본서의 내용은 위에서도 언급하였듯이, 다른 문집과 달리 초간본과 중간본의 차이가 커서 본문의 대사(對査)가 필요한데, 초간본 제1~3권은 그 대사가 이루어지지 못했다. 그중 제1권 낙장본은 장서 목록에 실려 있으나 책을 찾아 낼 수 없다 하여 이루어지지 못했고, 그 밖의 것은 전해지지 않고 있기 때문이다. 여하튼 이들 권차에 수록된 본문의 차이를 정확하게 파악할 수 없음이 못내 안타깝다. 다만 성종(成宗) 때에 편찬된 『동문선(東文選)』과 비교해 보면 저자의 시 13수를 선록(選錄)하였는데, 그 가운데 「제승사(題僧舍)」 1수가 잔본에 빠져 있음을 알 수 있을 뿐이다. 여기서도 다소의 삭제가 있음을 짐작케 한다. 그러나 시는 문에 비해 그 삭제가 별로 많지 않을 것으로 여겨지는데, 그에 대한 정확한 것은 후일로 미루어 둘 수밖에 없다.

제4권부터 제13권까지의 시문을 대사하여 초, 중간의 권차별로 제목을 들어 본문의 수록 여부와 중간본에 수록되지 않은 경우 그것의 삭거, 일문, 결문 그리고 중간본에서의 본문 이동과 추각(追刻)을 비고에 약기하여 표로 나타내면 다음과 같다.

권차		제목	수록여부		비고
초간	중간		초간	중간	
4		題照師(詩)卷	유	무	중간본 삭거
4		覺林寺	무	유	중간본 추각
4		甫州使李惠以寢席見惠且傳所自著詩藁一秩以詩答之 二首	유	무	중간본 삭거
4		密陽城主禹君拜掃祖墳謝詩 二首	유	무	중간본 삭거
4	4	西京使相容軒李公惠石銚以詩答之 六首	유(6수)	유(4수)	중간본 2수 결문
4		題李參議之直幽居詩卷 四首	유	무	중간본 일문
4	4	送天使兵部主事端木智孝思還京師	유	유(결문)	중간본 첫2줄 결문
5		金書法華經序	유	무	중간본 삭거
5	12	鑄字跋→大學衍義鑄字跋	유	유	제목 변동
5	12	四書五經性理大全跋	유	유	중간본 권12로 이동
5		彌勒會圖跋	유	무	중간본 삭거
5	12	新鑄鐘銘並序 → 光化門鐘銘並序	유	유	제목변동
5		竹月軒銘	유	무	중간본 삭거
5		題玉溪詩卷	유	무	중간본 삭거
5		毗盧畫像	유	무	중간본 삭거
5		釋迦畫像	유	무	중간본 삭거
8	8	教卒誠寧大君某書	유	유(결문)	중간본 끝4줄 결문
8	8	教忠淸道觀察使書	유	유(결문)	중간본 11줄 결문
8		教完川君淑書	유	무	중간본 일문
8		教故世子芳碩書	유	무	중간본 일문
8		教知議政府事朴錫命書	유(결문)	무	중간본 일문
9		謝恩表 睿謨切至…	유	무	중간본 삭거
9		謝恩表 聖謨不顯…	유	무	중간본 삭거
10	(10)	三淸靑詞	유	무	중간본 삭거
10		北斗靑詞	유	무	중간본 삭거
10		摩利山塹城醮禮三獻靑詞	유	무	중간본 삭거
10		誕日祝上疏	유	무	중간본 삭거
10		疏文	유	무	중간본 삭거
10		開慶寺觀音殿行法華法席疏	유	무	중간본 삭거

10		卒誠寧大君法華法席疏	유	무	중간본 삭거
10		誕日祝壽疏	유	무	중간본 삭거
10		興天寺祈雨疏	유	무	중간본 삭거
10		誠寧大君法華法席疏	유	무	중간본 삭거
10		誕日疏	유	무	중간본 삭거
10		又	유	무	중간본 삭거
10		又	유	무	중간본 삭거
10		誕日祝上齋疏 君父至恩…	유	무	중간본 삭거
10		洛山寺行消災法席疏	유	무	중간본 삭거
10		誕日祝上齋疏 偉諸佛心	유	무	중간본 삭거
10		貞陵行太上王救病藥師精勤疏	유	무	중간본 삭거
10		誕日祝壽齋疏	유	무	중간본 삭거
10		原州覺林寺重創慶讚法華法席疏	유	무	중간본 삭거
10		同前	유	무	중간본 삭거
10		演慶寺法華法席疏	유	무	중간본 삭거
10		王大妃薦誠寧大君百齋疏	유	무	중간본 삭거
11		太上王忌晨齋般若法席祭文	유	무	중간본 삭거
11		太上王眞言法席祭文	유	무	중간본 삭거
11		太上殯殿法華三昧懺法席祭文	유	무	중간본 삭거
11		開上祭祝文	유	무	중간본 삭거
11		演慶寺法華法席祭文	유	무	중간본 삭거
12	(11)	平壤府院君妻氏祭文	유	무	중간본 삭거
12		金承霔母氏開土祭文	유	무	중간본 삭거
12		李稑大祥祭父文	유	무	중간본 삭거
12		鄭摠制鎭祭松堂文	유	무	중간본 삭거
12		朴少尹皐禫祭文	유	무	중간본 삭거
12		權持平踐等祭祖文	유	무	중간본 삭거
12		李正郎安直祭先墳文	유	무	중간본 삭거
12		無題 祭先考文	유	무	중간본 삭거
12		金漢誠謙祭先考文	유	무	중간본 삭거
12		清平君祭先考文	유	무	중간본 삭거
12		徐承旨選祭弟宗淩文	유	무	중간본 삭거
12		金益精祭母氏文	유	무	중간본 삭거

12		無題 又	유	무	중간본 삭거
12		朴知申事錫命焚黃祭文	유	무	중간본 삭거
12		城隍祭文	유	무	중간본 삭거
12		無題 又	유	무	중간본 삭거
12		權善願文	유	무	중간본 삭거
12		楊州海村德海院造成緣化文	유	무	중간본 삭거
12		甘露寺重創願文	유	무	중간본 삭거
12		覺林寺正門安置大藏經緣化文	유	무	중간본 삭거
12		開慶寺立寶文	유	무	중간본 삭거
13	(12)	妙嚴尊者塔銘	유	무	중간본 삭거
	12	小簡儀銘	유	무	중간본 추각

위의 표에 나타난 총 73건의 시문 제목을 살펴보면, 초간본을 중간할 때 의도적으로 삭거하였거나 누락시켜 일문이 생긴 것이 무려 64건에 이른다. 초간본의 본문 일부를 잃어 결문이 생긴 것이 4건이고, 초간본의 본문 위치를 중간할 때 임의로 다른 권차로 옮긴 것이 3건으로 나타난다. 그리고 현존의 초간본과 대조해 보면 중간본에서 추각(追刻)한 것은 겨우 2건으로 나타난다.

여기서 초간본의 본문을 중간할 때 의도적으로 삭거한 것이 특히 주목의 대상이 되며, 위 표의 시문 제목으로 볼 수 있듯이 불교, 도교 및 제문 관계의 글들이 이에 해당한다. 그중에서도 거의 대부분 삭거해 버린 것이 불교 관계의 글이다.

주지하는 바와 같이, 조선 왕조 건국 초기의 불교 관계 글은 주로 권근(權近)이 왕명을 받들어 썼던 것이다. 그의 타계 전후 무렵부터 왕명을 받들어 쓴 이는 바로 그의 문하인 변계량이다. 이들 글은 숭유배불 정책을 국시로 하는 조선 왕조가 어째서 국초부터 국왕과 왕실이 숭불 행사를 공공연하게 행하여 왔는지 그 배경과 사정을 연구하는

데 매우 긴요하다는 점에서 중시되고 있다.

왕권 쟁탈을 위해 골육상쟁까지 벌여 태조로부터 미움을 받고 마침내 제거 대상이 되었던 태종이 부왕을 위해서라면 본시 좋아하지 않는 불교이지만 효성을 다하기 위해 온갖 불사를 행하였던 배경의 연구에 있어서는 이러한 불사 기록을 외면할 수 없을 것이다. 변계량에게 명하여 쓴 글 가운데 중요한 것을 살펴보면 다음과 같다.

태종이 태조의 병환이 위독하자 부처를 섬기는 것이 예가 아님을 알면서도 부왕이 좋아하는 불사로 치병하고자 덕수궁 곁에 장막을 치고 승도 100명을 소집하여 약사정근(藥師精勤)을 행하며 기도하였다. 이때 소문(疏文)을 참의직에 있던 변계량에게 명하여 짓게 했다. 그것이 「정릉행태상왕구병약사정근소(貞陵行太上王救病藥師精勤疏)」이며, 그의 초기 작성의 불소(佛疏)인 듯하다. 그럼에도 부왕은 태종 8년(1408) 5월에 승하하였다. 승하한 뒤에 이루어진 소렴(小斂)과 대렴(大斂)의 제문은 물론이요 「태상빈전법화삼매참법석제문(太上殯殿法華三昧懺法席祭文)」, 「태상왕진언법석제문(太上王眞言法席祭文)」, 「태상왕기신재반야법석제문(太上王忌晨齋般若法席祭文)」, 「연경사법화법석제문(演[衍]慶寺法華法席祭文)」 등이 모두 변계량에 의해 작성되었다. 특히 태종은 부왕의 건원릉(健元陵) 옆에 개경사(開慶寺)를 창건하는가 하면 모후인 신의왕후(神懿王后) 한씨의 제릉(齊陵)에 연경사(衍慶寺)를 짓고 법회는 물론 재를 올렸으며, 또한 대장경을 찍어 봉안하고 명복을 빌었다. 이때 변계량이 작성한 글로는 「개경사입보문(開慶寺立寶文)」, 「개경사관음전행법화법석소(開慶寺觀音殿行法華法席疏)」, 「연경사법화법석소(演[衍]慶寺法華法席疏)」 등이 있다. 그리고 태조가 본시 창건한 흥천사(興天寺), 흥덕사(興德寺), 흥복사(興福寺) 가운데 흥천사와 흥복사에서는 각종 법회가 이루어졌다.

태종은 원주의 각림사(覺林寺)에서도 불법(佛法)을 강설하는 법연(法筵)을 베풀었다. 이 절은 태종이 잠저 때 글을 읽으며 놀던 곳이었으므로 태조 16년(1416) 4월에 친히 권문(權文)에 수결하여 중창(重創)하게 했다. 그 중창을 위해 철근, 재목, 곡식을 지원하여 이듬해 3월에 낙성할 때는 임금이 친히 행행(行幸)하였고, 왕명으로 화원(畫員) 이원해(李原海) 등 15인을 보내기도 하였다. 이때 변계량은 「원주각림사중창경찬법화법석소(原州覺林寺重創慶讚法華法席疏)」를 두 차례 짓고 정문에 대장경을 봉안할 때 「각림사정문안치대장경연화문(覺林寺正門安置大藏經緣化文)」을 지었다. 태종은 그 밖에도 예조에 명하여 부왕이 번뇌에 빠져 있을 때 마음의 지주가 되어 위안해 준 고 무학(無學) 자초왕사(自超王師)에게 존경을 표시하기 위해 시호를 내리고 그의 비명을 예문관 제학 변계량에게 짓게 하였다. 그것이 「묘엄존자탑명(妙嚴尊者塔銘)」이다.

왕실의 숭불 행사와 그에 관한 글도 으레 변계량의 몫이었다. 성녕대군(誠寧大君)의 창진(瘡疹)을 치유하기 위해 대자암(大慈菴)까지 짓고 불공을 올리는 행사를 지속했으나 보람도 없이 대군은 태종 18년(1418) 2월 4일에 어린 나이로 세상을 떠났다. 중전은 슬픔을 참지 못하여 대군에게 소경공(昭頃公)의 시호를 내리고 남긴 의복과 보물을 내다가 석가와 비로자나의 화상을 그려 무덤 옆의 대자암에 걸고 그의 영혼이 도솔천에 올라가 큰 광명에 의지할 수 있도록 기원하였다. 이때 변계량에게 「석가화상찬(釋迦畫像贊)」과 「비로화상찬(毗盧畫像贊)」을 짓게 하고, 또한 대군의 명복을 빌기 위한 「왕대비천성녕대군백재소(王大妃薦誠寧大君百齋疏)」와 「성녕대군법화법석소(誠寧大君法華法席疏)」를 두 번이나 짓게 하였다. 변계량은 그 밖에도 「양주 해촌(海村)의 덕해원(德海院) 조성연화문」과 「감로사(甘露寺)의 중창원문」 그리고 「진주 오대사(五臺寺)의 중수연화문」을 짓는 등 일반의 불사 관계 글까지 그의 손을 거쳤던 것이다.

이 불사 관계의 글들은 조선 왕조 초기, 숭유 정책을 국시로 지성껏 실천하면서도 한편으로 숭불 행사를 도탑게 실행해 온 당시의 유불관(儒佛觀)에 대한 표리 관계를 연구함에 있어서 긴요한 자료들인데, 그것이 오직 한 건만을 제외하고 모두 삭거되었다.

이단의 글이 삭거된 것은 그 밖에도 도교의 여러 신위(神位)에게 행한 각종 초례(醮禮)의 청사(靑詞)를 비롯한 기우(祈雨), 소재(消災), 성황(城隍)의 제문(祭文) 일부를 들 수 있다. 초례의 종류는 천계(天界)를 대상으로 한 성수(星宿)를 비롯하여 소재(消災), 기우(祈雨), 기양(祈禳) 등을 위한 것이 있다. 이것이 이단의 행사였지만, 고려 이래 행해져 왔고 실제 문제로 한재(旱災)와 천재지변의 재앙을 미리 방지하기 위해 소격전(昭格殿), 우사(雩祀), 원단(圓壇) 등의 내외 제단에서 간단없이 초제를 지내 왔다. 이들 초제문을 거의 변계량이 작성하였는데, 그중 중간본에서 삭제된 것으로는 「삼청청사(三淸靑詞)」, 「북두청사(北斗靑詞)」, 「마리산참성초례삼헌청사(摩利山塹城醮禮三獻靑詞)」, 「성황제문(城隍祭文)」 등이 있다. 그리고 기우나 소재 등을 위한 글로서 소격전, 우사, 원단, 산천제신에게 행한 초제의 경우는 삭제되지 않고, 다만 사찰에서 이루어진 것 이를테면 「흥천사기우소(興天寺祈雨疏)」, 「낙산사행소재법석소(洛山寺行消災法席疏)」 등만이 삭제되었다.

중간본에서 삭거된 글 중에는 이름이 별로 알려져 있지 않은 이들의 제문(祭文)도 있다. 제문을 살펴볼 때 비록 이름이 비교적 알려진 이라 하더라도, 그들의 선조(先祖), 선고(先考), 선비(先妣), 처씨(妻氏), 제씨(弟氏) 등으로 그 이름이 세상에 별로 알려져 있지 않다면 가차없이 삭거해 버렸는데, 그 수는 무려 14건에 이른다. 이들의 전기 자료는 초간본이 일실되었다면 영영 인몰(湮沒)되어 버릴 것이 뻔하다. 아무리 신분우위주의 사회라 하더라도, 그토록 의도적으로 삭제한 것은 명분에 지나치게 사로잡힌 시대사적 병폐임을 지적하지 않을 수 없다.

4. 맺음에서

변계량은 태종과 세종의 양조에 걸쳐 오랫동안 문형의 자리에서 나라의 문한을 주관한 문신 대학자이다. 그는 경사(經史)에 정통하고 학식이 고금에 사무치며 시문(詩文)이 탁월하여 사대교린의 사명(詞命)은 물론 나라의 문한과 왕실의 문서를 거의 도맡아 주관하였다. 그의 손을 거친 문사(文辭)는 워낙 전아하고 정화로워, 우리 조정의 문신들은 물론 멀리 중국의 문신에게까지 회자되었다. 그리하여 일찍이 세종대왕은 후학들에게 숭유 국정(崇儒國政)의 해범(楷範)으로 삼기 위해 그의 유고를 집현전에 보내서 수교하게 한 다음, 경상 감사에게 내려보내어 간행, 보급시켰던 것이다. 이렇듯 여기에 수록된 시문은 그 시관(詩觀)과 시풍(詩風)이며 문사(文辭)의 기교가 모두 주옥 같은 정수작들이므로 조선 초기의 시문학 연구에 있어서 값진 자료로 이용될 수 있을 것이다. 그리고 그가 문형의 자리에서 국왕의 명으로 제찬한 많은 국정에 관한 문한과 왕실의 요청으로 제술한 문한은 그 어느 것을 막론하고 1차적 자료의 성격을 띤 것이기 때문에 조선 초기의 역사 연구에 있어서 가장 신빙성 있는 자료로 이용될 수 있을 것이다.

『춘정집』은 다른 문집과 달리 불교와 도교 관계의 글이 다양하게 수록된 것이 그 특징이다. 그리고 왕명으로 제찬한 비탑명(碑塔銘)과 사사로이 작성한 제문 등의 전기 자료도 적지 않게 수록되어 있다. 그런데 그중 이단의 글에 있어서 불교는 거의 모두 삭거되고, 도교는 그 일부가 삭제되었으며, 전기 자료는 이름이 별로 알려져 있지 않은 제문이 적지 않게 산삭되었다. 이것이 비록 당시 사회가 요구하는 도도한 척이사상(斥異思想)의 조류요, 명분주의의 거센 세파(世波)로 인해 어쩔 수 없는 일이었다고 할지라도, 이렇듯 임의로 저자의 노작을 대폭 삭거하여 그의 학문과 사상 체계를 왜곡시키고 생애의 경력까지 그 실체를 은폐하였음은 도저히 묵과할 수 없는 일이라 하겠다. '곡학기세(曲學欺世)'의 혹평을 후세에서 길이 면할 수 없을 것이다.

이번 국역본에서는 중간본이 의도적으로 삭거한 시문은 물론, 그 밖에도 누락시킨 일문(逸文)과 결문(缺文) 그리고 임의로 손질한 글에 이르기까지 그 원문을 모두 축쇄 영인(縮刷影印)하여 각 권말에 수록하였다. 이들 복원한 원문을 통해 저자의 학문과 사상 체계는 물론, 그가 한평생 걸어온 모든 발자취를 빠뜨림 없이 사실 그대로 객관적으로 연구할 수 있게 되길 바란다. 그리고 특히 의도적으로 거의 모두 삭거한 불교 관계의 자료는 숭유배불 정책을 국시로 삼은 조선 왕조가 어찌하여 국초부터 국왕과 왕실이 숭불 행사를 공공연하게 행하였는지 그 배경과 사정을 연구하는 이들에게 또한 긴요한 자료로 이용되길 기대한다.

이러한 점에서 이번에 출간하는 『춘정집』 국역서는 그 어느 다른 문집의 국역서보다 각별한 의의를 지닌다 하겠다.

이 글은 국역 『춘정집』(한국고전번역원 고전번역서, 1998.12)에 수록한 「『춘정집』 해제」를 일부 한자 표기만 수정, 전재한 것이다.

춘정 변계량의 가계와 학맥

정석태

1. 서론

춘정(春亭) 변계량(卞季良, 1369~1430)은 경상도 밀양 출신, 곧 경상도 밀양 출생으로 알려져 있다. 그의 연보에는 1369년(공민왕 18) 3월에 경상도 밀양부(密陽府) 서쪽 구령리(龜齡里, 龜齡洞), 곧 경상남도 밀양시 초동면 성만리 소구령마을의 집에서 태어났다고 되어있는데다, 후손들이 조선시대 임진왜란 이전부터 이 지역에 거주하였기 때문에 그가 경상도 밀양 출생이라는 것은 의심할 것 없는 사실로 받아들여지고 있다. 게다가 후손들은 1937년에 그의 출생지로 알려진 소구령마을에서 가까운 경상남도 밀양시 초동면 신호리에 그와 그 부친 변옥란(卞玉蘭, 1322~1395), 그리고 그 중형 춘당(春堂) 변중량(卞仲良, 1345~1398)의 출생지임을 알려주는 밀양변씨삼현유허비(密陽卞氏三賢遺墟碑)를 세워놓았다.

그러나 변계량의 일생행적과 후대와 달리 선향(先鄕)·본향(本鄕)·외향(外鄕)·처향(妻鄕)을 모두 고향으로 생각하던 여말선초 인물들의 의식 등을 고려해볼 때, 그의 출생지를 과연 경상도 밀양으로 볼 수 있는

지 의문을 가지지 않을 수 없다. 그의 사후에 처음으로 직접 보고 들은 것들을 토대로 그의 행적을 사실에 가깝게 기록했을 문인 정암(整菴) 정척(鄭陟, 1390~1475)이 찬한 그의 행장에서, 출생지를 알 수 있으면 기록하는 당시 행장 기록의 일반적인 관행과 달리 선대가 밀양 구령촌(龜齡村, 龜齡洞)에 세거했다는 말을 하고는, 이어서 출생지를 따로 밝히지 않은 채 1369년(공민왕 18) 3월에 태어났다고만 하고 있어서 그에 대한 의문을 더욱 깊게 한다.

이와 함께 변계량의 사문(師門)과 학맥(學脈)에 대해서도 현재 충분히 해명되지 못한 점이 있는 것으로 보인다. 그의 사문과 학맥을 먼저 '관학파(官學派)'라고 규정해놓고, 이렇게 이미 규정해놓은 틀에 맞추어 특정자료 일부를 가지고 그 계보를 부분적으로 재확인해온 감이 없지 않다. 이것은 그의 시대가 조선 전기 이후 사학(私學)의 발달과 더불어 주자학의 전개가 본격화되면서 도학 또는 도통의식과 관련하여 학문연원과 학문내용이 특별히 중시된 시대가 아닌 아직도 여전히 관학(官學) 성균관의 발전과 더불어 이것과 전대의 좌주문생(座主門生) 제도가 일정하게 결합된 여말선초, 다시 말하면 관학 성균관을 중심으로 전대의 좌주문생 제도가 일정하게 결합된 형태로 주자학의 보급과 전수가 이루어지던 시대, 그 구체적인 학문내용을 말하기 어려울 정도로 초기적인 주자학의 보급과 전수가 이루어지던 시대라는 점에 깊이 주의하지 않은데 한 원인이 있는 것으로 파악된다.

여말선초에는 관학 성균관을 중심으로 주자학의 보급과 전수가 이루어지면서, 당시 교육의 현장이던 관학 성균관에서 학관(學官)과 유생(儒生)으로 먼저 만나 서로 사제관계가 맺어진 다음, 이 학관과 유생이 다시 과거시험에서 학관은 고시관인 지공거(知貢擧)·동지공거(同知貢擧)나 독권관(讀券官)·대독관(對讀官) 등의 직책을 맡아 선발을 주관하고, 유생은 그 학관이 주관한 과거시험에 고시생으로 응시해서 합격·급제를 통해 선발되어 그들 사이의 사제관계가 좌주문생으로 인간적·정치적 관계가 강화되면서 더욱 발전되고 또 더욱 심화되는 상황이었다. 따라서 변계량의 사문과 학맥에 대해 실제에 근접한 정보를 얻기 위해서는 그의 과거시험 합격·급제 때의 고시관들을 모두 밝히는 것만이 아니라, 그 고시관들과 과거시험 응시 이전에 이미 성균관에서 학관과 유생으로 만나 사제관계가 맺어졌는지의 여부, 과거시험 합격·급제 이후에 좌주문생으로 인간적·정치적 관계가 강화되면서 그 사제관계가 더욱 발전되고 또 더욱 심화되었는지에 대해 면밀하게 검토할 필요가 있는 것이다.

이 글에서는 먼저 변계량의 출생지에 대한 의문과 관련하여, 변계량의 가계와 그의 출생지, 그리고 변계량가문과 밀양과의 관계에 대해 알아볼 것이다. 이를 통해 변계량의 출생지가 개경이었을 것임을 밝히고는, 이어서 그의 후손들이 언제 근기지역에서 경상도 밀양부로 내려왔다가 후일 경상도 대구부 속현으로 변경된 풍각현(豐角縣)[1]으로 이주하였는지 살펴볼 것이다. 다음으로 변계량의 과거시험 합격·급제 때의 고시관을 모두 조사한 뒤에, 그들과 과거시험 합격·급제 이전에 성균관에서 학관과 유생으로 만나 사제관계가 맺어졌는지 여부와 합격·급제 이후 좌주문생으로 인간적·정치적 관계가 강화되면서 그 사제관계가 더욱 발전되고 또 더욱 심화되었는지의 여부를 추적해서 변계량의 사문과 학맥에 대해 살펴볼 것이다. 나아가 조선 초기 최초의 문형(文衡), 예문관대제학 겸 성균관대사성인 문형이자 집현전 최초의

1) 풍각현은 1600년대 후반에 경상도 밀양부에서 경상도 대구부로 이속되었다가, 1906년(광무 10)에는 경상북도 청도군 풍각면으로 바뀌었다.

수장인 대제학으로 조선 건국초기 오래도록 인재의 교육과 선발을 주관했던 변계량의 문인그룹에 대해서도 한 번 알아볼 것이다.[2)]

2. 춘정 변계량의 가계와 밀양

1) 춘정 변계량과 밀양

변계량은 그 본관지가 밀양(密陽)인데다 밀양향안(密陽鄕案)에 '국조이래향선생(國朝以來鄕先生)'으로 그의 중형 변중량 다음으로 이름을 올리고 있기 때문에,[3)] 그가 밀양에서 출생했다는 것을 당연한 사실로 받아들이기 쉽다. 더구나 그의 연보에서 공민왕 18년 기유년(1369) 3월에 밀양 구령리[구령동]의 집에서 태어났다고 명기하고 있어서[4)] 따로 의심을 가지기가 어렵다. 그러나 여말선초 인물들은 자신이 태어나고 자란

2) 변계량 관련 자료는 문집 『春亭集』과 『春亭續集』에 대략 망라되어 있다. 『춘정집』은 1442년(세종 24) 경상도 밀양에서 목판본 13권으로 初刊하였다. 후일 간행본이 희귀해지자 후손들이 경상도 흥해에서 초간본을 구해다가 1825년(순조 25) 경상도 거창 屛巖書院에서 重刊하였다. 중간 과정에 불교·도교 관련 글들을 제외하고 약간의 산삭을 가해 12권 5책 목판본으로 간행하였다. 1937년 변계량의 17세손[24세] 卞斗星(1890~1958)이 문집에 수록되지 않은 詩文과 관련자료 등을 추가하고, 그때 처음 편성한 연보와 실록에서 抄出한 관련기록 등을 모아 『춘정속집』 4권 2책을 석판으로 간행하였다. 1998년 『(국역)춘정집』[한국고전번역원]을 간행할 때, 중간 과정에 초간본에서 제외했던 불교·도교 관련 글들을 原集 권12 뒤와 續集 권4 뒤에 追補해서 번역하고 원문을 달아두었다. 여기서는 원집, 곧 『춘정집』 권12 다음에 추보된 것과 속집, 곧 『춘정속집』 권4 다음에 추보된 것을 서로 구별하기 위해 각각 『春亭集追補』와 『春亭續集追補』로 칭하기로 한다.

3) 李雲成, 『密陽鄕校誌』 附錄 『密陽鄕校誌關聯史料(影印篇)』, 「密陽鄕案(鄕社堂本) 國朝以來鄕先生」 참조.

4) 卞斗星, 『春亭續集』, 卷2 附錄, 「年譜 己酉」. "三月日, 先生生于慶尙道密陽府西龜齡里第."

본향 외에도 선대의 고향인 선향, 모친의 고향인 외향, 아내의 고향인 처향 등을 모두 고향으로 생각하였던 것을 염두에 두고 그의 행적을 추적해보면 흥미로운 사실이 발견된다. 그에게서 밀양은 본향·선향·외향·처향 중 과연 어떤 고향이었는지, 밀양은 과연 그가 태어나고 자란 고향이었는지에 대해 의문을 가져볼 수 있다.

密陽城主禹君拜掃祖墳謝詩二首 밀양 성주 우군이 내 할아버지 산소에 참배했다기에 시로써 사례하다 2수[5]

鄕山回首杳南州 돌아봄에 고향산천 남녘에 아득하니
一奠松楸嘆末由 산소에 치전 한 번 드릴 길 없어 한탄했지
應是使君知此恨 틀림없이 사또가 이 한을 알고서
故從先壟薦珍羞 일부러 선영에다 제수를 올렸겠지

組綬輝煌五馬臨 찬란한 인끈 차고 오마로 찾아가니
一丘光彩動雲林 한 언덕의 광채가 운림 흔들었으리라
守山澤水深千尺 수산의 못 물이 천 자나 깊다 한들
那及春亭感謝心 감사하는 춘정의 마음에는 못 미치리

이 시는 『춘정집(春亭集)』 권1-4 시권(詩卷)이 아닌 『춘정집추보(春亭集追補)』에 수록된 작품이다. 당시의 밀양성주(密陽城主), 곧 지밀양군사(知密陽郡事)로 재직하고 있던 우균(禹均)이 밀양 구령동에 있었던 변계량 자신의 조부 산소에 참배한 것에 감사하는 내용이다. 밀양은 자신의 조부 산소가 있는 곳[선향]이기 때문에 지밀양군사 우균을 특별히 '성주(城主)'라고 칭한 것이다.

---

5) 卞季良, 『春亭集追補』.

이 시 저작연대는 작품 자체에 밝혀져 있지는 않지만, 『태조실록』과 『태종실록』 등의 기록을 가지고 우균의 관직이력을 추적해보면 추정하는 것이 가능하다.

우균의 생졸년은 미상이다. 『태조실록』과 『태종실록』 등의 기록을 통해 확인되는 그의 관직이력을 들어보면, 1396년(태조 4) 문과급제, 1399년(태조 7) 지영천군사(知永州郡事) 재직, 1407년(태종 7) 예빈시윤(禮賓寺尹) 재직[3월 8일], 1409년(태종 9) 지밀양군사 파직[윤4월 20일], 1414년(태종 14) 김해부사 재직, 1417년(태종 17) 병조참의 재직과 경상도도관찰사 제수, 1418년(세종즉위년) 인수부윤(仁壽府尹), 1419년(세종 1) 의주목사 제수 등이다. 우균은 1407년(태종 7) 3월 8일에 예빈시윤으로 재직하고 있고, 1409년(태종 9) 윤4월 20일에 지밀양군사에서 파직되었다면, 이 시는 대략 1408년(태종 8)경에 지은 것으로 추정해볼 수 있다.

변계량의 연보[6]를 가지고 이 시를 지었을 1408년(태종 8) 전후 변계량의 관직이력을 들어보면, 1407년(태종 7) 39세에는 4월에 친시문과(親試文科)에 장원을 하여 예조우참의 겸 수문전직제학 지제교에 제수되었으며, 1408년(태종 8) 40세에는 10월에 예조좌참의 겸 세자시강원보덕으로 전직하였으며, 1409년(태종 9)에는 윤4월에 가선대부 예문관제학 동지춘추관사로 승진하고 8월에 동지경연사를 겸임하였다.

이처럼 변계량은 이 시를 지었을 것으로 추정되는 1408년(태종 8) 40세를 전후한 시기에 중앙조정의 중요 문한직(文翰職)에 재직하면서 한양에 있었음을 알 수 있다. 연보와 실록 및 문집 등을 살펴보면, 변계

6) 변계량 연보는 1937년 『춘정속집』을 간행할 때, 실록과 행장 및 다른 文籍 등을 자료로 새로 엮어서 그 권2에 수록해둔 것이다. 이하 변계량의 일생사적으로 별도의 언급이 없이 든 것은 모두 연보를 기준으로 하였다.

량은 이때만이 아니라 일생동안 외직을 지낸 적도 없고, 또 사명(使命)을 받고 중국이나 일본 등 외국에 간 적도 없다. 따라서 그의 행동반경은 개성과 한양을 중심으로 한 경기도와 황해도 일원에 머물러 있다. 그 점을 염두에 두고 이 시를 읽어보면, "변계량은 과연 밀양에서 태어났는가?"라는 의문을 갖게 된다.

2) 춘정 변계량의 가계와 출생지

앞서 언급한 대로 연보에서는 변계량이 공민왕 18년 기유년(1369) 3월에 밀양 구령리[구령동]의 집에서 태어났다고 하였다. 그러나 그의 행장에서는 출생지를 알 수 있으면 기록하는 당시의 일반적인 관행과는 달리, 선대가 밀양 구령촌[구령동]에 세거했다는 말을 하고는, 이어서 출생지를 따로 밝히지 않은 채 홍무 2년 기유년(1369, 공민왕 18) 3월에 태어났다고 하였다.[7] 현재 변계량의 출생지를 추정해볼 수 있는 자료로는 『태조실록』에 기록된 그 부친 변옥란의 다음 졸기(卒記)가 거의 전부이다. 이것은 또 변계량의 가계를 추적해볼 수 있는 거의 유일한 있는 자료이므로 전문을 생략하지 않고 그대로 들어보기로 하겠다.

> 검교판중추원사(檢校判中樞院事) 변옥란(卞玉蘭)이 졸하였다. / 옥란의 본관은 밀양(密陽), 증찬성사(贈贊成事) 변원(卞元)의 아들이고, 감찰어사(監察御史) 변현인(卞玄仁)의 후손이다. / 관례(冠禮)하기 전에 부친상을 당하였는데, 상을 마치자 모친에게 고하기를 "서울[개성]에 가서 벼슬을 하여 선조를 계승하겠습니다."라고 하니, 모친이 아직 나이가 어리다는 이유로 만류하였으나 굳이 청하여 떠났다. 고려조에서 벼슬하

7) 鄭陟, 『春亭集附錄』, 「行狀」. "世居密陽之南龜齡村……洪武二年己酉三月, 公生."

여 지정(至正) 병술년(1346, 충목왕 2)에 액정내시백(掖庭內侍伯)에 제수되고, 오랜 관직생활로 벼슬이 올라 예빈시승(禮賓寺丞)에 이르렀다. 경자년(1360, 공민왕 9)에 진주판관(晉州判官)이 되었다. 정미년(1367년, 공민왕 16) 가을에 전법정랑(典法正郎)으로 외직으로 나가 전라도안렴사(全羅道按廉使)가 되었다. 무신년(1368, 공민왕 17)에 화령소윤(和寧少尹)이 되었다. 임자년(1372년, 공민왕 21)에 수원부사(水原府使)가 되었다. 을묘년(1375년, 우왕 1)에 선공감판사(繕工監判事)에 제수되었다. 병진년(1376년, 우왕 2)에 내시부판사(內侍府判事)로 자리를 옮겼다. 양광도안렴사(楊廣道按廉使) 신원좌(辛元佐)는 수원(水原) 사람인데, 옥란에 대한 포장(褒狀)을 올리자 전농판사(典農判事)를 제수하고 통헌대부(通憲大夫)로 품계를 올렸으며, 얼마 뒤 봉익대부(奉翊大夫)에 가자(加資)되어 청주목사(淸州牧使)로 나갔다. 경신년(1380년, 우왕 6)에 또 충주목사(忠州牧使)가 되었는데, 이해에 모친상을 당하고 상을 마친 뒤에는 10년 동안 벼슬을 하지 않은 채 한가롭게 지냈다. 경오년(1390년, 공양왕 2)에 호조판서(戶曹判書)가 되었다가 곧이어 병조(兵曹)와 이조(吏曹)의 판서로 자리를 옮겼다. 임신년(1392년, 태조 1)에 태조가 즉위하자 원종공신(原從功臣)의 호를 주었다. 계유년(1393, 태조 2)에 검교판중추원사에 제수하니 이것은 노인을 우대하는 뜻이었다. 이때에 이르러 집에서 병으로 졸하니 나이 74세였다. 부음이 이르자 임금[태조]이 몹시 슬퍼하며 말하기를 "이 노인을 내가 실직인 중추원사(中樞院事)로 쓰려고 했더니 이제는 어쩔 수가 없다."라고 하였다. / 변옥란은 타고난 자질이 곧고 명석한데다 마음가짐이 인자하여 향당에서는 효성과 우애를 칭송하였으며, 내외의 관직을 역임하면서 모두 업적을 이루었다. 항상 자제들에게 훈계하기를 "임금을 섬기는 데는 마땅히 지성으로 해야 하고 관직을 맡아서는 마땅히 부지런해야 하며, 삼가 권세를 붙좇거나 재물을 모으려는 마음을 갖지 말라."라고 하였다. 임금에게 충성하고 나랏일을 걱정하는 뜻은 늙도록 변함이 없었다. / 아들 둘을 두었으니 중량(仲良)과 계량(季良)으로 모두 급제하였는데, 중량은 벼슬이 우부승

지(右副承旨)에 이르렀고 계량은 지금 예문관제학(藝文館提學)이다.[8)]

변계량의 출생지에 대해 알아보기 전에 변계량의 가계부터 먼저 살펴보기로 하겠다. 변옥란의 이 졸기에서 변계량의 가계, 그리고 변옥란의 가계를 추적해볼 수 있는 부분은 변옥란이 관례 전, 대략 20세 이전에 부친상을 당하여 상을 치른 뒤 고향을 떠났다고 한 전후의 기록이다. 그중 주목해볼 것은 변옥란이 그 모친에게 "서울[개성]에 가서 벼슬을 하여 선조를 계승하겠습니다."라고 했다는 말이다. 이것은 앞의 "감찰어사 변현인의 후손이다."라고 한 것을 이어서 젊은 시절 변옥란의 뜻을 보여주기 위해 기록한 것이다. 부친 변원의 '증찬성사'는 변옥란의 벼슬로 사후 증직된 것이기 때문에 변옥란의 이 말은 실직 감찰어사를 지낸 변현인을 이어서 서울[개성]에 올라가서 벼슬을 하겠다는 뜻을 밝힌 것이라고 하겠다. 그러나 밀양변씨족보(密陽卞氏族譜)[9)]를 조사해보면 변옥란의 선대에 변현인이라는 사람이 나오지 않는다. 그리고 초계변씨족보(草溪卞氏族譜)를 조사해보아도 변현인이라는 사람이 나오지 않는다. 또 현재 이 변옥란 졸기 외에는 변현인에 대해 기록한 다른 문헌도 없다.

밀양변씨족보에는, 변옥란의 선대는 생졸년에 대한 별도의 기록 없이 "변고적(卞高迪, 1世, 密陽始居, 密陽分貫, 配位無傳) → 변익성(卞益成, 2世, 墓所配位無傳) → 변화경(卞和景, 3世, 進士, 配位失傳) → 변주(卞珠, 4世, 初諱藏位, 知善州神虎衛保勝散員, 贈匡靖大夫門下評理上護軍, 配位草溪鄭氏) → 변원(卞原, 5世, 改諱卞元, 贈推誠翊衛功臣門下贊成事上護軍, 配位無

8) 『太祖實錄』, 卷7, 太祖4年(1394) 1月 23日[戊午].

9) 본 논문에서 활용한 밀양변씨족보는 1987년 초계밀양변씨대종회에서 발간한 『草溪密陽卞氏大同譜』와 2008년 밀양변씨대종회보소에서 발간한 『密陽卞氏族譜』 2종이다.

傳)"의 단계(單系)로 내려오고, 변옥란 위로 형 변옥진(卞玉珍)이 있는 것으로 되어 있지만 확인되지 않는 문하시중(門下侍中)이라는 벼슬을 지냈다는 것 외에 다른 기록이 없다. 따라서 이 변옥란 졸기에서, 사관(史官)이 변옥란은 "감찰어사 변현인의 후손이다."라고 기록한 것과 그 뒤에 변옥란이 그 모친에게 "서울[개성]에 가서 벼슬을 하여 선조를 계승하겠습니다."라고 했다고 기록한 것은, 자신이 개국원종공신에다 아들 변중량이 태조 이성계의 백형 이원계(李元桂, 1330~1388)의 사위로서 왕실과 사돈 간이었던 변옥란을 두고 세간에서 하는 말을 사관이 그대로 옮기는 과정에 잘못 알고 기록한 것으로 보아야 할 것이다.

변옥란 졸기의 이 기록은, 변옥란이 고려 후기 무신집권기 능문능리(能文能吏)의 향리계층(鄕吏階層)에서 사대부(士大夫)로 발신한 신흥사대부의 전형임을 밝혀주는 좋은 증거가 된다. 그렇게 보면, 밀양변씨족보에서 초계변씨(草溪卞氏)에서 밀양에 거주하게 되면서 밀양변씨(密陽卞氏)로 분관(分貫)한 1세 변고적 이하 5세까지가 별다른 기록이 없이 단계로만 이어온 사유를 대략 짐작해볼 수 있게 된다. 밀양변씨는 1세 변고적 이하 5세 변원까지 밀양의 향리계층으로 있다가, 변옥란이 큰 뜻을 세워 서울[개성]에 올라가 입신출세하면서 그 존재를 세상에 알리게 된 것이라고 해야 할 것이다. 그러므로 관례 전인 초년에 고향 밀양을 떠날 때, 변옥란이 그 모친에게 했다는 "서울[개성]에 가서 벼슬을 하여 선조를 계승하겠습니다."라는 말은 "서울[개성]에 가서 벼슬을 하여 선조가 가졌던 뜻을 계승하겠습니다."라고 고쳐볼 수 있는 것이다. 당시에는 변옥란처럼 능문능리의 향리계층에서 신흥사대부로 발신한 경우가 흔하였으니, 조선을 건국한 태조 이성계 집안이 가장 대표적이다.

다음으로 알아볼 것은 변계량의 출생지이다. 밀양변씨족보로는 변옥란은 변옹(卞雍), 변맹량(卞孟良), 변중량(卞仲良), 변계량(卞季良)의 4

형제와 밀양 구령동의 광주김씨(廣州金氏) 김훤(金晅)에게 시집간 딸 하나를 둔 것으로 기록되어 있다. 변옹은 초계변씨 10세로 계대(繼代)하고 있으므로 제외한다고 하였고, 변맹량은 그 자손이 평안도 안주(安州)에 거주해서 알 수 없다고 하였다. 이 졸기에서도 변옥란의 아들로 변중량과 변계량만 들고 있으므로 두 사람에 대해서만 살펴보기로 하겠다.

이 졸기 기록을 볼 때, 관례 전인 초년에 개성으로 떠난 변옥란의 출세는 눈부시다. 1346년(충목왕 2) 액정내시백, 이후 예빈시승, 1360년(공민왕 9) 진주판관, 1367년(공민왕 16) 전법정랑과 전라도안렴사, 1368년(공민왕 17) 화령소윤, 1372년(공민왕 21) 수원부사, 1375년(우왕 1) 선공감판사, 1376년(우왕 2) 내시부판사, 이후 통헌대부 전농판사와 봉익대부 청주목사, 1380년(우왕 6) 충주목사, 이후 고려 말 혼란기에는 모친상을 당하여 10년 동안 벼슬 없이 한거하다가, 1390년(공양왕 2) 호조판서, 이후 병조판서와 이조판서, 1392년(태조 1) 개국원종공신, 1393년(태조 2) 검교판중추원사 등을 지냈다. 한편 졸기에서는 변옥란이 관례 전에 밀양을 떠났다고 하였으므로 변옥란이 관례, 곧 결혼을 한 것은 밀양을 떠나 개성에 있을 때임을 미루어 짐작해볼 수 있다.

변옥란은 전취 창녕성씨(昌寧成氏)와 후취 창녕조씨(昌寧曺氏) 두 부인을 두었으며, 전취 창녕성씨에게서는 변중량을 두고 후취 창녕조씨에게서는 변계량을 두었다.[10] 변중량은 1345년(충목왕 1)에 출생하고, 변계량은 1369년(공민왕 18)에 출생하였다. 변중량이 출생하기 한해 전

10) 변계량이 변옥란의 후취 창녕조씨 소생인 것은 그가 지은 「祭先妣贈貞淑夫人曺氏文」(『春亭集』, 卷11)으로 분명하게 밝혀지고, 이 글에 의거해서 연보와 행장에도 그렇게 기록해놓고 있다.

인 1346년(충목왕 2)에 변옥란이 지낸 액정내시백은 고려시대 액정국(掖庭局)에 속한 정7품 벼슬이고, 예빈시승은 예빈시(禮賓寺)에 속한 종6품의 벼슬이다. 변옥란은 1346년(충목왕 2) 이전에 이미 벼슬을 하고 있었던 것이다. 따라서 변옥란이 개성에서 벼슬을 하거나 지방에서 벼슬을 하거나, 외직에 임명된 사람이 특별한 경우가 아니면 가족을 지방으로 데리고 가지 않은 점을 고려한다면, 변중량은 개성에서 출생하였을 가능성이 크다. 그리고 변계량이 출생하기 한해 전인 1368년(공민왕 17)에 변옥란은 화령소윤으로 외직을 지내고 있고, 1372년(공민왕 21)에 수원부사로 외직을 지내고 있는 것으로 보아, 1368년(공민왕 17) 이후로 계속 외직을 지냈을 것으로 추정된다. 그렇다면 변계량도 역시 밀양이 아닌 개성에서 출생했을 가능성이 크다.

이와 함께 앞서 언급한 대로, 변계량은 일생동안 외직을 지낸 적도 없고 또 사명을 받고 중국이나 일본 등 외국에 간 적도 없으므로 그 행동반경은 개성과 한양을 중심으로 한 경기도와 황해도 일원에 머물러 있었다는 점, 개성과 한양에 가까운 경기도 장단부 임강현 구화리에 변옥란을 안장한 선영을 마련하고 그 형 변중량과 자신도 그곳에 안장된 점, 그리고 변계량이 초년에 일시 물러나 지내던 경기도 과천과 변중량의 후손이 뒷날 세거한 경기도 부천, 곧 경기도 부천시 오정구 고강동에 재지기반을 마련해두고 있는 점 등을 고려한다면, 변계량에게 밀양은 태어나서 자란 고향이 아니었을 가능성이 크다.

3) 춘정 변계량의 가문과 밀양

변계량의 후손은 언제 밀양으로 내려온 것인가?[11] 이 문제에 대해서는 밀양변씨족보, 밀양향안과 구령동안[12] 등을 통하여 추적해볼 수 있다.

밀양변씨족보로는, 변계량의 손자 9세 변달(卞達, 1430~?) 대까지 한양 주변의 어느 곳, 선영이 있었던 경기도 장단부 임강현 구화리 등 한양 주변의 어느 곳에 살다가, 증손자 10세 변걸(卞傑, 1470~?), 변호(卞瑚), 변좌(卞佐) 대에 선대의 고향 밀양으로 내려온 것으로 추정된다. 특히 10세 변걸의 생년 1470년(성종 1)을 기준으로 한다면, 이들 삼형제는 대략 1500년 전후에 한양 주변의 어느 지역에서 혼인 등을 통해 밀양 구령동으로 내려왔을 것으로 추정된다. 그리고 그 이후 이들 삼형제의 자손들은 밀양 구령동을 중심으로 거주하다가, 10세 변걸의 자손은 창원과 함안과 진주 등으로 이주하고, 10세 변호의 자손은 당시 밀양 풍각 금곡으로 이주하고, 10세 변좌의 자손은 당시 밀양 풍각 동곡으로 이주하였는데, 1600년대 후반 밀양부 풍각이 대구부로 이속되어 풍각의 금곡과 동곡으로 이주한 10세 변호의 자손과 10세 변좌의 자손은 모두 대구부의 소속이 되면서 밀양향안과 구령동안 등 밀양의 기록에서는 사라진 것으로 추정된다.

그렇게 추정하는 근거로는, 10세 변걸의 산소 위치는 알 수 없지만 향리에서 저명했다고 기록하고 있는 점, 변걸 후손들이 밀양은 아니지만 창원과 함안과 진주 등지로 퍼져나간 것이 그 산소 위치로 확인되는

---

11) 변중량 후손 중 한쪽은 경기도 富川, 곧 경기도 부천시 오정구 고강동에 그대로 세거하고, 다른 한쪽은 변중량의 손자 卞乙明 때인 1400년대 초반에 경상도 陜川 冶爐로 내려왔다가, 5세손 卞璧(1483~1528) 때인 1500년 전후에 경상도 居昌 加祚로 거주지를 옮겨 대대로 居昌鄕案에 이름을 올리며 재지사족으로 기반을 확고히 하였다. 후일 변중량·변계량을 모신 屏巖書院 설립과 『춘정집』 중간은 이곳 변중량 후손들이 주동이 되었다.

12) 밀양향안과 구령동안은 밀양향교지간행위원회에서 2004년 발간한 『密陽鄕校誌』 부록으로 영인되어 있고, 한국학중앙연구원 '한국학자료센터(http://kostma.aks.ac.kr)'에서 원문을 모두 입력해두어 손쉽게 검색해볼 수 있다.

점, 10세 변호의 아들 11세 변광윤(卞光胤, 1505~1576)과 그 증손자 14세 변담(卞曇)이 밀양향안과 구령동안에 이름을 올리고 있는 점,[13] 11세 변광윤과 그 두 아들 12세 변유(卞愈)와 12세 변서(卞恕, 1549~1619)가 구령동안에 이름을 올리고 있는 점, 변유의 아들 13세 변홍정(卞弘玎)과 변서의 아들 13세 변홍진(卞弘珍, 1570~1614)이 구령동안에 이름을 올리고 있는 점, 11세 변광윤 자손의 산소가 당시 밀양 풍각 금곡(金谷)에 집중되어 있는 점, 그리고 10세 변좌와 그 아들 11세 변장현(卞璋顯) 후손의 산소가 당시 밀양 풍각 동곡(桐谷)에 집중되어 있는 점, 그리고 12세 변보(卞寶)에 대해 "구령동에서 처음 풍각 동곡으로 이주하다."라고 명기하고 있는 점 등을 들어볼 수 있다.

3. 춘정 변계량의 사문과 학맥, 그리고 그의 문인그룹

1) 춘정 변계량의 학문연원

고려 후기 신흥사대부들은 원나라를 통해 당시 시대를 개혁하거나 새로운 왕조의 건국을 준비할 선진의 학술과 문화를 체험할 수 있었다. 원나라 때 관학으로 자리 잡았던 주자학의 수입과 보급이 그중 대표적인 것이었음은 잘 알려진 사실이다. 원나라의 고려지배는 무력에 의한 강제적인 지배였지만, 그것은 도리어 양국 간에 인적 왕래와 물적 교류를 활성화하여 고려와 고려 지식인의 수준을 향상시키는 계기를 열어주었던 것이다. 강제적이거나 자발적으로 많은 고려 지식인들이 원나라로 건너가서 그곳에 머물게 되었고, 또 그곳의 국학에 유학하거나

13) 밀양변씨는, 변중량과 변계량 형제와 이 두 사람의 네 사람이 밀양향안에 그 이름을 올리고 있다.

그곳의 과거시험에 급제해서 벼슬을 하게 되었다. 이들 중 일부는 그곳에 그대로 머물기도 하였지만, 다수는 다시 고려로 귀국하여 고려 조정에서 높은 벼슬을 하며 그들이 얻은 새로운 지식과 학문을 바탕으로 고려의 변화를 주도하게 되었다. 고려의 변화를 주도하는 새로운 집단을 형성하게 되었다.

고려의 변화를 주도하던 이 새로운 집단 중 변계량은 학문적으로 원나라의 주자학을 수입해서 고려에 보급한 인물들의 계보, "회헌(晦軒) 안향(安珦, 1243~1306) → 이재(彝齋) 백이정(白頤正, 1247~1323) → 익재(益齋) 이제현(李齊賢, 1287~1367) → 목은(牧隱) 이색(李穡, 1328~1396)"으로 이어지는 학문적 계보를 잇고 있는 것으로 이야기되고 있다. 변계량의 학문연원을 파악하기 위해서는 그의 학문연원을 밝혀주는 이 도식화된 계보가 실제에 입각한 것인지 한 번 검증해볼 필요가 있다.

이들 가운데 변계량이 자신의 학문연원으로 말하고 있는 인물은 이제현과 이색 두 사람이다. 그 사실은 변계량이, 1407년(태종 7) 4월 친시문과에 장원급제한 뒤 예조우참의 겸 수문전직제학 지제교에 초배(超拜)되어 한창 건국초기 태종대의 중앙의 요직에 높이 올라있던 그해 8월경에, 이색이 1369년(공민왕 18) 동지공거로 과거시험을 주관할 때 장원으로 선발하고 그 이후 이색과 사제지간으로 정치적인 부침을 함께 했던 저정(樗亭) 유백유(柳伯濡, 1341~?)에게 가르침을 청하면서 바친 다음 시로 확인이 된다.

次樗亭先生詩韻二首 저정 선생의 시에 차운하다 2수[14)]

愁聞末俗競誇雄　　말속에서 뽐내는 걸 시름겹게 듣고 있다

---

14) 卞季良, 『春亭集』, 卷4.

欽揖先生有古風	고풍 갖춘 선생에게 공손히 절한다오
濂洛道心包宇宙	염락의 도심이라 우주를 싸안았고
漢唐文彩薄星虹	한당의 문장이라 별 무지개 찬란하네
漁村讌坐名曾著	어촌에서 한거할 땐 명망 이미 드러났고
諫院重遊位漸通	간원에 거듭 출사함에 지위 점차 오르시리
屈指老成無出右	노성한 분 꼽아 봐도 위에 갈 분 없나니
達尊應繼益齋翁	달존 응당 익재 선생 뒤를 이어 가시리라

德業於公孰並雄	덕업으로 공과 누가 자웅을 겨루리오
冥頑如我合趨風	나처럼 우매한 것 뒤따라야 마땅하네
宏中浩汗千尋海	넓고 깊은 흉중은 천 길의 바다이고
發外光華萬丈虹	밖으로 발한 광채 만 길의 무지개라
知道自能明出處	천도를 아셨기에 출처 절로 분명했고
樂天誰復慮窮通	운명을 즐기시니 궁통 다시 염려하랴
擬從絳帳煩提耳	강석에서 가르침을 청하려 하는 것은
曾是先生學牧翁	예전에 선생이 목은 선생께 배워서라

이 시는 제1수 제5-6구에서 “어촌에서 한거할 땐 명망 이미 드러났고, 간원에 거듭 출사함에 지위 점차 오르시리.”라고 한 것으로, 유백유가 조선이 건국한 뒤 오래도록 재야에 있다가 좌사간대부(左司諫大夫)에 제수된 1407년(태종 7) 8월 3일에서 그리 멀지 않은 어느 때, 곧 1407년(태종 7) 8월경에 지은 것임을 알 수 있다.[15)]

앞서 언급한 대로, 이해 4월에 변계량은 양촌(陽村) 권근(權近, 1352~1409)이 고시관이던 친시문과에 장원급제한 뒤 예조우참의 겸 수문전직제학 지제교에 초배되어 권근과의 사제관계가 더욱 공고해지고, 또

15) 柳伯濡가 1407년(태종 7) 8월 3일에 다시 左司諫大夫에 제수된 사실은 『太宗實錄』, 卷14, 太宗7年(1407) 8月 3日[甲申] 참조.

그러한 관계 속에서 건국초기 태종대의 조선의 문화와 교육 전반에서 주도적인 역할을 해내가는 시점이었다. 이러한 시점에 제1수 제7-8구에서 "노성한 분 꼽아 봐도 위에 갈 분 없나니, 달존 응당 익재 선생 뒤를 이어 가시리라."라고 하여 유백유와 이제현의 학문적 계승관계를 드러내고, 제2수 제7-8구에서 "강석에서 가르침을 청하려 하는 것은, 예전에 선생이 목은 선생께 배워서라."라고 하여 유백유와 이색의 학문적 계승관계를 드러낸 다음, 그 편말(篇末) 원주(原註)에서 "소생이 목은 선생께서 지은 「저정기(樗亭記)」(『목은문고(牧隱文藁)』, 권5)를 읽어봄에, 선생은 익재 선생을 할아버지처럼 생각한다고 말씀했다 하셨으니, 선생께서는 목은 선생을 또 어찌 아버지처럼 생각하시지 않았겠습니까. 그러나 지금 이 모두를 볼 수 없습니다. 유가의 학맥은 부모자식의 골육관계보다 더한 것이기 때문에, 각 편 끝에다 제1수에서는 익재 선생을 드러내고 제2수에서는 목은 선생을 드러내었으니, 깊이 느끼는 바가 있어서입니다."[16]라고 말하고 있는 점이 특히 주목된다.

변계량이 이처럼 유백유를 이제현에서 이색으로 이어지는 학문적 계보의 적전으로 높인 것은 유백유가 1369년(공민왕 18) 5월 이색이 동지공거[지공거 초은(樵隱) 이인복(李仁復, 1308~ 1374)]로 주관한 과거시험에서 장원급제한 것을 염두에 두고 하는 말이다. 유백유가 장원급제한 이 과거시험은 이색이 대사성으로 성균관을 중건하고 그 학칙을 개정한 다음 주자학적 소양을 갖춘 여러 관료들을 성균관 겸직 학관으로 발탁해서 관학 성균관을 통한 학문전수의 기반을 닦아놓은 뒤, 다시 말하면 관학 성균관이 교육기관으로 제자리를 잡은 뒤 그곳을 통해 실제 학문을 익힌 인물들을 선발한 첫 과거시험이었고, 그 과거시험에

---

16) 卞季良, 『春亭集』, 卷4, 「次樗亭先生詩韻(二首)」 篇末原註.

권근은 제3등 탐화랑으로 급제하였다. 따라서 변계량이 이 시에서 유백유를 이제현에서 이색으로 이어지는 학문적 계보의 적전으로 높인 것은, 유백유의 위상을 높인 것임과 동시에 유백유를 매개로 이 시를 지을 당시 스승 권근과 함께 조선 태종대의 문화와 교육 전반에서 주도적인 역할을 하던 자신의 학문연원을 "이제현→이색→권근→변계량"의 계보로 정당화하고 또 천명해놓은 것이라고 할 수 있다.

이제현과 이색은 모두 원나라에 오래 체류하면서 당대 원나라의 학술과 문화를 깊이 체험하고, 고려로 귀국한 뒤에는 관학인 국자감의 높은 직책과 과거시험의 고시관인 지공거·동지공거 등의 주요 직책을 맡아서 인재의 교육과 선발을 주관하였다.

이제현은 1314년(충숙왕 1) 당시 원나라에 있던 충선왕의 부름을 받고 연경 만권당으로 가서 1320년(충숙왕 6) 귀국할 때까지 6년간 원나라에 머물렀다. 그는 그동안 탕병룡(湯炳龍, 1241~1323)·조맹부(趙孟頫, 1254~1322)·우집(虞集, 1272~1348) 등 원나라의 문인학자들과 교유하는 한편, 사천성과 절강성 등 중국 내륙의 오지를 여행하여 학문과 식견을 넓혔다. 고려로 귀국하던 1320년(충숙왕 6)에는 원나라에서 일시 귀국하여 성균관좨주·동지공거·지공거 등을 맡아 인재 교육과 선발을 주관하였고, 고려로 아주 돌아온 뒤에는 부친상을 치른 다음 곧이어 재상을 맡아 국정을 쇄신하는데 힘을 쏟았다. 공민왕의 개혁정치가 시작된 이후 1353년(공민왕 2)에는 다시 지공거를 맡아 이색 등 35인의 급제자를 배출하였다.

이색은 이제현의 문인으로, 고려만이 아니라 원나라 국자감에도 유학하고, 또 고려만이 아니라 원나라 과거시험에도 급제하여 고려와 원나라를 왕래하며 벼슬을 하였다. 이러한 일은 이색만이 아니라 이색 전후 고려 지식인들에게서 흔히 발견된다.[17] 원나라 국자감 유학과 과거급제, 그곳에서의 관료생활 등을 통해 원나라의 학술과 문화를 직접 체험한 고려 지식인들이 대폭 증가한 것이다. 이색은 그중 대표적인 인물이거니와, 그는 1348년(충목왕 4) 원나라 국자감 생원으로 주자학을 공부하였고, 1353년(공민왕 2) 이제현이 지공거로 주관한 고려의 과거시험에 급제한 뒤 1354년(공민왕 3) 원나라 제과(制科)에 급제하여 그곳의 벼슬을 받고 재직하다가, 귀국하여 고려 조정에서 본격적인 관료생활을 시작하였다. 1367년(공민왕 16)에는 판개성부사(判開城府事)로 성균관대사성을 겸임하여 성균관을 중건하고 학칙을 개정한 다음 주자학적 소양을 갖춘 포은(圃隱) 정몽주(鄭夢周, 1337~1392), 척약재(惕若齋) 김구용(金九容, 1338~1384), 도은(陶隱) 이숭인(李崇仁, 1347~1392) 등을 겸직 학관으로 발탁하여 관학 성균관을 통한 학문전수의 기반을 닦아놓았다. 이와 함께 1365년(공민왕 14) 동지공거, 1368년(공민왕 17) 친시독권관, 1369년(공민왕 18) 동지공거, 1371년(공민왕 20) 지공거, 1386년(우왕 12) 지공거로 과거시험을 다섯 차례나 주관하면서 그와 좌주문생 관계를 맺은 인재를 다수 배출하였다. 말하자면 이색을 통해, 관학 성균관을 중심으로 전대의 좌주문생 제도가 일정하게 결합된 형태로 사승관계가 맺어지면서 주자학의 보급과 전수가 활발하게 이루어지게 된 것이다.

2) 춘정 변계량의 사문과 학맥

변계량은 이색이 터잡아놓은 관학 성균관을 중심으로 전대의 좌주

---

17) 원나라가 망하고 명나라가 건국된 뒤에도 고려 조정에서는 과거시험에 급제한 유생들 중 성적이 우수하고 25세 이상인 사람을 따로 뽑아 명나라 會試에 응시하도록 하였다. 權近, 『陽村集』, 卷首, 「陽村年譜 庚戌, 癸丑」 참조.

문생 제도가 일정하게 결합된 형태로 사승관계가 맺어지면서 주자학의 보급과 전수가 활발하게 이루어지던 시대에 주로 성균관을 통해서 학문을 익혔다. 그리고 성균관 학관 출신들이 주관한 과거시험에 합격하고 또 급제하여 벼슬길에 나아갔다. 다음의 자료는 그중 변계량이 성균관을 중심으로 학문을 익히던 정황의 일단을 엿볼 수 있게 해준다.

題夏亭柳政丞(寬)詩卷 하정 유 정승(관)의 시권에 쓰다[18]

昔余年十三　　예전에 내 나이 열세 살일 때
挾冊遊學宮　　책을 끼고 학궁에서 공부하였지
志欲討墳典　　경전을 탐구하자 마음먹고는
成始期成終　　시종 변함없기를 기약하였지
始謁夏亭公　　비로소 하정공을 배알하고는
磬折趨下風　　허리 굽혀 그 뒤를 따라다녔지
諸史實貫穿　　여러 사서 참으로 꿰고 계시니
講席誰爭功　　강석에서 누가 공과 다툴 것인가
諄諄誘後進　　차근차근 후진을 인도하시어
俾化時雨中　　단비 맞듯 교화에 젖게 하셨지

변계량은 13세 때 성균관에서 공부할 때, 당시 성균관 학관이던 하정공, 곧 하정(夏亭) 유관(柳寬, 1346~1433)에게서 사서(史書)를 익혔다

18) 卞季良, 『春亭集』, 卷1. 이 「題夏亭柳政丞(寬)詩卷」 시는 그 제목에서 柳寬을 정승이라고 칭한 것과 본문에서 “八旬尙强健”이라고 한 것과 “特和亨齋詩”라고 한 것을 볼 때, 유관이 의정부우의정에 제수된 1424년(세종 6) 6월 20일 이후에서 1431년(세종 13) 8월 7일 亨齋 李稷(1362~1431)이 卒하기 전까지 사이의 어느 때 지은 것으로 추정된다. 유관이 1424년(세종 6) 6월 20일 의정부우의정에 제수된 사실과 이직이 1431년(세종 13) 8월 7일 졸한 사실은 각각 『世宗實錄』, 卷24, 世宗6年 6月 20日[癸亥] 및 『世宗實錄』, 卷53, 世宗13年 8月 7日[己亥] 참조.

고 하고 있다. 이때 유관과의 성균관 학관과 성균관 유생으로의 만남은 더 이상 본격적인 사제관계로, 그때 이후 유관과 변계량은 과거시험의 고시관과 합격·급제자인 좌주문생 사이로 굳게 맺어지는 등 본격적인 사제관계로 발전하지는 못하였다. 그러나 이 자료에서의 언급을 통해, 변계량이 성균관을 중심으로 학문을 익혔던 사실은 충분히 확인되는 셈이다. 이 사실에다 그의 과거시험 합격·급제 사실을 더하여 변계량의 사문[스승]을 추적해보기로 하겠다.

변계량의 행장과 연보를 살펴보면, 그는 1382년(우왕 8) 진사시[고시관 도은(陶隱) 이숭인(李崇仁, 1347~1392)]에 합격하고 1383년(우왕 9) 생원시[고시관 훤정(萱庭) 염정수(廉廷秀, ?~1388)와 그 조카 염치용(廉致庸)]에 합격하고 1385년(우왕 11) 문과[지공거 국파(菊坡) 염국보(廉國寶, ?~1388)와 동지공거 포은(圃隱) 정몽주(鄭夢周, 1337~1392)]에 급제한 다음,[19] 1387년(우왕 13) 징사랑(徵仕郎) 전교서주부(典校署主簿)에 보임되고 곧이어 전교서시랑(典校署侍郎)으로 전임되었다. 고려말기에 이미 소과·대과에 모두 합격하고 또 급제하여 벼슬길에 나아간 것이다. 그리고 조선이 건국된 뒤인 1407년(태종 7) 4월에는 시예문관직제학(試藝文館直提學)이라는 현직으로 친시문과[독권관 호정(浩亭) 하륜(河崙, 1347~1416)과 양촌(陽村) 권근(權近, 1352~1409), 대독관 고불(古佛) 맹사성(孟思誠, 1360~1438)과 방촌(厖村) 황희(黃喜, 1363~1452)]에 응시해 을과 제1인으로 장원급제하여 예조우참의 겸 수문전직제학 지제교에 초배되었다.[20] 그런 다음 본격적으로 건국초기 조선의 문화와 교육을 관장하는 중요 문한직에

---

19) 鄭陟, 『春亭集附錄』, 「行狀」 ; 卞斗星, 『春亭續集』, 卷2 附錄, 「年譜 壬戌, 癸亥, 乙丑」 ; 卞季良, 『春亭集』, 卷5, 「送廉參議序」; 『高麗史』, 卷73-74 志, 「選擧1-2」 참조.

20) 鄭陟, 『春亭集附錄』, 「行狀」 ; 卞斗星, 『春亭續集』, 卷2 附錄, 「年譜 丁亥」 ; 『太宗實錄』, 卷7, 太宗7年 4月 18日[壬寅] 및 22日[丙午] 참조.

종사하게 되었다.

1383년(우왕 9) 생원시 고시관이던 염정수와 1385년(우왕 11) 문과 고시관이던 그 백형 염국보는 1388년(우왕 14) 1월 최영(崔瑩, 1316~1388)과 이성계(李成桂, 1335~1408) 등이 권신 염흥방(廉興邦, ?~1388)을 제거할 때 그 아우와 백형으로 함께 제거되었다. 특히 1385년(우왕 11) 문과 고시관이던 지공거 염국보는 이제현과는 좌주문생 관계인 안보(安輔, 1302~1357)의 문생으로, 이제현에 의해 본격적으로 전파되기 시작한 원나라 주자학의 수입과 보급, 그를 통한 인재양성에 일정한 공헌을 했을 것으로 추정된다. 그러나 당시 정치적으로 서로 대립하고 있었던 최영·이성계 등에 의해 그 아우 권신 염흥방이 제거될 때 함께 제거되어 역사의 전면에서 사라지면서 현재 그 이상의 것들을 추적해보기는 어려운 상황이다.[21] 따라서 염국보·염정수·염치용을 일단 제외하고 보면, 변계량의 사문[스승]으로 들 수 있는 사람은 1382년(우왕 8) 진사시 고시관이던 이숭인, 1385년(우왕 11) 문과 고시관이던 동지공거 정몽주, 1407년(태종 7) 친시문과 고시관이던 독권관 하륜·권근과 대독관 맹사성·황희의 여섯 사람으로 우선 좁혀지고, 여기서 성균관을 중심으로 실제 수학한 사실을 고려하기 어려운 하륜·맹사성·황희 세 사람을 제외하고 보면, 변계량의 사문은 이숭인·정몽주·권근의 세 사람으로 최종 좁혀진다.

---

21) 조선에 참여해서 벼슬을 하는 변계량의 입장에서 보자면, 정권을 농단한 권신의 백형과 아우로 崔瑩·李成桂에 의해 처단된 廉國寶·廉廷秀 등을 좌주문생 사이라고 하여 자신의 恩門으로 내세울 형편은 아니었을 것이다. 다만 변계량은, 1411년(태종 11) 공조참의로 명나라로 사신을 떠나는 염국보의 아들 염치용, 1383년(우왕 8) 자신의 생원시 고시관이었던 염치용에게 준 한 글을 통해서 염국보 집안이 몰락한 뒤에도 염치용과의 인간적인 관계를 계속해서 유지했던 사실을 확인해볼 수 있다. 卞季良, 『春亭集』 卷5, 「送廉參議序」 참조.

가) 행장(行狀)[22]

"공은 어려서부터 남달리 총명한데다 배우기를 좋아하고 게을리 하지 않았는데, 성리학을 꾸준하게 탐구하며 날마다 포은·목은·도은·양촌 제현의 문하에서 학문을 익혀 사우연원(師友淵源)의 올바름을 얻게 되니, 들은 것은 더욱 넓어졌고 도달한 것은 더욱 깊어졌다."

나) 구서(舊序)[23]

"변춘정 선생은 타고난 자질이 명민하고 학문이 정박하였다. 약관 전에 포은과 도은, 내 선친 양촌 문충공(文忠公)을 스승으로 섬겨 제공들에게 크게 칭찬을 받으니 명성이 날로 퍼졌다."

가)는 1442년(세종 24) 이전에 문인 정척이 찬한 변계량의 행장 중의 일부이고, 나)는 권근의 아들 지재(止齋) 권제(權踶, 1387~1445)가 쓴 1442년(세종 24)에 간행된 초간본『춘정집』서문 중의 일부이다. 두 자료 모두 변계량의 사문[스승]을 들고 있는데, 가)에서는 정몽주·이색·이숭인·권근의 네 사람을 들고 있고, 나)에서는 정몽주·이숭인·권근의 세 사람을 들고 있다는 차이가 있다. 그러나 나)에서는 변계량이 성균관 등에서 직접 가르침을 받은 스승이자 그의 과거시험 고시관으로 그와 좌주문생 관계에 있었음이 분명하게 밝혀지는 세 사람, 동지공거로 1385년(우왕 11) 문과 고시관이던 정몽주, 1382년(우왕 8) 진사시 고시관이던 이숭인, 1407년(태종 7) 친시문과 독권관이던 권근만을 들었고, 가)에서는 이 세 사람 외에 앞서 언급했던 변계량이 자신의 학문 연원으로 밝힌 이색을 더 들어놓은 것이므로, 가)와 나)는 모두 변계량이 "이제현→이색→정몽주·이숭인·권근"으로 계승된 학맥, 관학의

22) 鄭陟,『春亭集附錄』,「行狀」.
23) 權踶,『春亭集』, 卷首,「舊序」.

학맥을 잇고 있다고 파악하고 있는 점에서는 서로 차이가 없다고 할 수 있다.[24] 후일 주자학세상에서 학문적 정통성, 다시 말하면 도통을 중심으로 학문연원, 곧 학맥을 파악하는 시각을 굳이 적용하지 않는다면, "이제현→이색→정몽주·이숭인·권근→변계량"으로 여말선초 관학의 학맥이 계승되었다고 정리해볼 수 있을 것이다.[25]

이와 함께 가)와 나)에서 한 가지 더 집고 넘어가야 할 것은 가)에서 "공은 어려서부터……성리학을 꾸준하게 탐구하며 날마다 포은·목은·도은·양촌 등 제현의 문하에서 학문을 익혀 사우연원의 올바름을 얻게 되었다."라고 한 것과 나)에서 "약관 전에 포은과 도은, 내 선친 양촌 문충공을 스승으로 섬겨 제공들에게 크게 칭찬을 받았다."라고 한 것이다. 앞서 언급한 바, 이색은 변계량이 성균관에서 학업을 익히기 시작한 1381년(우왕 7) 13세에는 이미 삼중대광(三重大匡) 영예문춘추관사(領藝文春秋館事) 한산군(韓山君)의 국가원로[26]로서 성균관을 통한 실제 교육이 어려웠을 것이기 때문에 변계량 자신도 자신의 학문연원으로

---

24) 가)와 나) 모두에서 정몽주를 제일 앞에 든 것은 정몽주가 변계량의 문과 고시관이었던 것 때문만이 아니다. 정몽주는 비록 조선건국에 반대하여 태종 李芳遠(1367~1422)에 의해 피살되었지만, 세종 때인 1432년(세종 14)에 와서 萬古忠臣의 표상으로 『三綱行實』에 실릴 정도로 높이 추숭된 것과 관련이 있을 것이다.

25) 권근은 1369년(공민왕 18) 4월 樵隱 李仁復(1308~1374)과 이색이 주관한 문과에 급제하였으므로 이색과 좌주문생 관계이지만, 정몽주·이숭인은 이색과 좌주문생 관계가 아니다. 그리고 정몽주, 이숭인, 권근 사이에도 서로 좌주문생 관계가 성립하지 않는다. 그러나 정몽주·이숭인은 이색이 1367년(공민왕 16) 성균관대사성으로 성균관을 중건하고 그 학칙을 개정한 다음 관학 성균관을 통한 학문전수의 기반을 닦을 때, 주자학적 소양을 갖춘 학관으로 발탁되어 관학 성균관을 통한 인재교육을 실제 주도한 두 사람이었다는 사실을 감안하고, 또 정몽주·이숭인·권근이 모두 변계량과 좌주문생 관계를 넘어 실제 학문적인 수수가 인정되는 사제관계라는 사실과 권근이 정몽주·이숭인 등에 뒤이어 관학 성균관을 통한 인재교육과 학문전수에 적극 참여한 사실을 감안해서 이렇게 정리해본 것이다.

26) 李光靖, 『牧隱年譜』, 卷1, 「辛酉」 참조.

만 언급하고 있으므로 일단 제외하고, 정몽주·이숭인·권근과는 좌주 문생 관계 외에 실제 스승과 제자로서 학문적인 수수가 이루어졌는지, 그것도 가)에서 '어려서부터'라고 한 것과 나)에서 '약관 전'이라고 한 것에 맞게 변계량이 성균관에서 학업을 익히기 시작한 1381년(우왕 7) 13세 이후 성균관을 중심으로 스승과 제자로서 만나 실제 학문을 수수한 사실이 있었는지 확인해볼 필요가 있다.

먼저 이숭인의 경우, 1382년(우왕 8) 변계량 14세 때 진사시 고시관이었다. 조선이 건국되기 조금 전인 1392년(태조 1) 4월 경상도 유배지에서 정몽주의 당(黨)으로 피살되었다. 그 이후 1406년(태종 6) 변계량과 진사시 동방이던 태종이 자신의 은문(恩門)인 이숭인을 이조판서에 추증하고 '문충(文忠)'이라는 시호를 내리고 또 문집을 발간하게 하는 등 사후 추숭작업을 할 때, 변계량은 권근과 함께 이 일을 주관하면서 당시의 분위기로는 용인되기 어려울 정도로 과도하게 이숭인을 추숭하여 태종과 세종의 비판과 질책을 받기도 하였다.[27] 이를 통해 볼 때,

---

27) 1406년(태종 6) 태종의 명으로 간행한 이숭인의 『陶隱集』은 변계량이 유고를 수습해 편차하고 권근이 그 서문을 썼다. 그리고 권근과 변계량이 이숭인을 과도하게 추숭하는 것에 대해 태종과 세종이 비판과 질책을 가한 사실은, 세종이 "이숭인의 재주를 권근과 변계량은 모두 지나치게 칭송한다. 처음 『고려사』를 편찬할 때, 권근이 이숭인을 구해 주려고 했던 기록을 삭제하였지만, 권근과 변계량이 『고려사』를 개수할 때 도로 써넣었다. 그러나 그 일은 실정보다 지나쳤고, 이 역사서는 또 아직 완성되지 않은 책이니, 만약 개수한다면 마땅히 삭제해야 할 것이다. 권근은 「도은집서」를 지으면서 이숭인을 칭송하고 또 벼슬을 추증한 뜻을 적었지만, 이것은 실제 있지도 않은 일이었다. 그래서 변계량이 권근에게 묻기를 '어찌하여 추증하지 않은 일을 적었습니까?'라고 하자, 권근이 대답하기를 '지금 추증한 것으로 적어놓으면 뒤에 반드시 추증해줄 것이다.'라고 하니, 이것은 너무 잘못된 말이다. 변계량도 또한 이숭인을 높여 말하기를 '儒賢이다.' 라고 하자, 태종께서 보시고는 '지나치게 칭송한 것이다.'라고 하니, 변계량이 대답하기를 '유현의 賢자를 인재의 材자로 고치겠습니다.'라고 하였다."라고 한 것으로 확인이 된다. 『世宗實錄』, 卷50, 世宗12年 11月 23日[庚申] 참조.

변계량은 1382년(우왕 8) 14세 때 진사시에 합격한 이후 그 고시관이었던 이숭인과 과거시험의 좌주문생 관계가 맺어진 이후, 변계량이 성균관에서 학업을 익히기 시작한, 성균관에 입학한 1381년(우왕 7) 13세 때에는 이숭인이 모친상을 당하여 상중에 있었기 때문에 서로 만날 수 없었을 것이므로,[28] 1382년(우왕 8) 14세 때 진사시에 합격한 이후 그 고시관이던 이숭인과 좌주문생으로 인간적·정치적 관계가 강화되면서 실제 스승과 제자로서 오랫동안 학문적인 수수가 이루어졌을 것임은 미루어 짐작해볼 수 있다. 따라서 변계량은 1382년(우왕 8) 14세 때 진사시에 합격한 이후부터 조선건국 직전인 1392년(태조 1) 24세 4월 무렵 이숭인이 피살되기 전까지, 이숭인이 일시 중국으로 사신을 가거나 유배를 가는 등의 일정 기간을 제외하고는, 이숭인과 스승과 제자로서 개경의 성균관을 중심으로 서로 만나 학문적인 수수가 행해지는 지속적인 사제관계를 유지했을 것으로 보인다.

다음 정몽주의 경우, 1385년(우왕 11) 변계량 17세 때 문과 고시관인 동지공거였다. 조선이 건국되기 조금 전인 1392년(태조 1) 4월 4일 개경 선죽교에서 이숭인보다 앞서 피살되었다. 변계량의 연보를 살펴보면, 변계량은 1392년(태조 1) 24세 7월 조선이 건국되고 태조가 등극한 뒤 창신교위(彰信校尉) 천우위중랑장(千牛衛中郞將) 겸 전의감승(典醫監丞)에 제수되었지만 병을 칭탁하고 출사하지 않았고, 그 이후 1393년(태조 2) 25세와 1394년(태조 3) 26세 두 해에도 조선에서 어떤 벼슬도 받지 않은 채 두문불출하였음이, 정확히는 조선건국 직후 정몽주와 그 진퇴를 함께 하였음이 드러난다.[29] 이 사실에다 1409년(태종 9) 8월 그해

---

28) 李圭衡, 『陶隱年譜』, 「辛酉」 참조.

29) 이 사실은 변계량의 연보 壬申年條에 "七月, 太祖始登寶位, 授彰信校尉千牛衛中郞將兼

2월 세상을 떠난 권근을 뒤이어 권근의 교정을 거친 『포은시고(圃隱詩藁)』의 서문을 쓰면서 정몽주의 학덕을 높이 기리고는, 서문을 부탁하는 정몽주 자제 형제의 입을 빌려 "그대는 일찍이 내 선친에게 배웠고 문생이기도 하다."라고 분명하게 밝힌 사실[30]을 더하여 본다면, 변계량은 1385년(우왕 11) 17세 때 문과에 급제하여 그때 고시관이던 정몽주와 좌주문생 관계가 맺어지기 이전부터 실제 스승과 제자로서 오랫동안 학문적인 수수가 이루어졌을 것임은 미루어 짐작해보기 어렵지 않다. 나아가 1385년(우왕 11) 17세 때 문과에 급제하여 정몽주와 좌주문생으로 인간적·정치적 관계가 강화되면서 조선건국 이후 일정 기간 동안 정몽주와 그 진퇴를 함께 하게 되었던 것이다. 따라서 변계량은 성균관에서 학업을 익히기 시작한, 곧 성균관에 입학한 1381년(우왕 7) 13세 이후부터 조선건국 직전인 1392년(태조 1) 4월 정몽주가 피살되기 전까지, 정몽주가 중국으로 사신을 가는 등의 일정 기간을 제외하고는 개경의 성균관을 중심으로 서로 만나 학문적인 수수가 행해지는 지속적인 사제관계를 유지했을 것으로 추정된다.

그 다음 권근의 경우, 1407년(태종 7) 변계량 39세 때의 친시문과 고시관인 대독관이었다. 이때 변계량은 시예문관직제학이라는 현직으로 친시문과에 응시해서 을과 제1인으로 장원급제를 하여 예조우참의 겸 수문전직제학 지제교에 초배되며 권근과의 사제관계가 더욱 공고해지고, 또 그러한 관계 속에서 건국초기 태종대 조선의 문화와 교육 전반

典醫監丞, 先生稱疾不出."라고 하고는, 그에 뒤이은 癸酉年條와 甲戌年條에는 아무 기록이 없는 것으로 확인이 된다. 변계량은 스승 정몽주의 죽음과 관련하여 새로 건국된 조선에 얼마간 출사하지 않았던 것이다. 卞斗星, 『春亭續集』, 卷2 附錄, 「年譜 壬申, 癸酉, 甲戌」 참조.

30) 卞季良, 『春亭集』, 卷5, 「圃隱先生詩藁序」 참조.

을 주도하게 되었다. 위의 나) 권근의 아들 권제의 초간본 『춘정집』 서문에서 "약관 전에 포은과 도은, 내 선친 양촌 문충공을 스승으로 섬겨 제공들에게 크게 칭찬을 받았다."라고 한 것으로도 이미 드러나지만, 1409년(태종 9) 권근 사후 권근의 제자들을 대표해서 변계량이 지어 올린 스승 권근에 대한 제문에서 약관 전, 곧 20세 전에 이미 권근의 문하에 나아가 가르침을 받고, 또 그의 도움 속에서 조선의 문화와 교육 전반을 주도하는 문한의 고관직에 오르게 되었음을 다음과 같이 분명하게 밝히고 있다.

嗟嗟生等	아, 저희들은
小少摳衣	젊어서 선생의 문하에 나아가
叨承善誘	외람되이 훌륭한 가르침을 받았지만
顧未有知	돌아봄에 아는 것이 없거늘
尙襲青紫	오히려 고관에 오르고
獲厠詞林	사림에 들 수 있게 되었으니
先生之賜	선생이 내려주신 은혜는
山高水深	산처럼 높고 물처럼 깊습니다[31]

당시는 따로 개인의 서재나 정사를 열어 교육을 행하던 때, 곧 사학이 발달한 시대가 아니고 관학 성균관을 중심으로 교육이 행해지던 때였다. 그리고 권근은 그의 연보 등을 살펴볼 때, 따로 개인의 서재나 정사를 열어 교육을 행했다는 기록이 없으므로 개경의 성균관을 중심으로, 다시 말하면 성균관의 학관과 유생으로 만나 사제관계가 맺어지고 또 깊어졌을 것이다. 따라서 "젊어서 선생의 문하에 나아갔다."라고

---

31) 卞季良, 『春亭集』 卷5, 「祭陽村先生文忠公文」.

한 것은, 권근이 성균관 학관으로 재직할 때 변계량이 성균관 유생으로 사제관계를 맺게 되었음을 밝힌 것이라고 할 수 있다. 이를 입증해보기 위해 변계량이 개경의 성균관에 입학한 1381년(우왕 7) 13세부터 1385년(우왕 11) 17세까지 권근의 사환이력을 그의 연보[32]를 가지고 들어보기로 하겠다.

가) 1381년(우왕 7)

"2월, 중정대부(中正大夫) 전교령(典校令) 지제교(知製敎) 겸 춘추관편수관(春秋館編修官)."

나) 1382년(우왕 8)

"2월, 중정대부 전객령(典客令) 지제교 겸 춘추관편수관. 11월, 중정대부 좌사의대부(左司議大夫) 우문관직제학(右文館直提學) 지제교 겸 춘추관편수관."

다) 1384년(우왕 10)

"7월, 봉익대부(奉順大夫) 판전교시사(判典校寺事) 진현관직제학(進賢館直提學). 9월, 정순대부(正順大夫) 판위위시사(判尉衛寺事) 지제교."

라) 1385년(우왕 11)

"성균시(成均試)를 주관하여 윤봉(尹逢) 등 61인 선발. 12월, 봉익대부(奉翊大夫) 성균관대사성(成均館大司成) 진현관제학(進賢館提學) 지제교."

1381년(우왕 7)부터 1385년(우왕 11)까지 권근의 실직과 겸직인 전교령, 지제교 겸 춘추관편수관, 전객령, 좌사의대부, 우문관직제학, 판전

32) 權近, 『陽村集』, 卷首, 「陽村年譜」.

교시사, 진현관직제학, 판위위시사, 성균관대사성, 진현관제학 등은 모두 문한직이므로, 실직 성균관대사성을 제외하고도 대부분 성균관의 학관을 겸임하여 성균관의 유생을 교육하였을 것이다. 더구나 1385년(우왕 11)에 성균시를 주관하고 성균관대사성에 제수된 데다, 변계량이 성균관에 입학하기 한 해 전인 1380년(우왕 6) 3월에 성균관좨주가 되어 유생교육을 담당하는 한편 성균시(成均試)와 고예시(考藝試)를 주관하였던 사실[33]이 있으므로 이것까지 더하여 본다면, 변계량이 1381년(우왕 7) 13세 때 성균관에 입학한 뒤로 1385년(우왕 11) 17세 때 문과에 급제하여 출사하기 전까지 좨주와 대사성 등을 포함한 성균관의 학관으로 성균관을 실제 맡아서 그 유생들을 교육하던 주역이었을 가능성이 높다. 따라서 앞서 든 권근에 대한 제문에서 변계량이 "젊어서 선생의 문하에 나아갔다."라고 한 것은, "내가 젊어서 성균관 유생일 때 성균관 학관으로 재직하시던 선생의 문하에 나아가서 가르침을 받았다."라고 바꾸어 놓아도 크게 어긋나지 않을 것이다. 그렇다면 권근과 변계량 두 사람은, 먼저 성균관의 학관과 유생으로 만나 사제관계가 맺어지고 스승과 제자로서 둘 사이의 인간적인 관계가 심화된 뒤에, 1407년(태종 7) 변계량 39세 때 친시문과 고시관과 급제자의 좌주문생 사이로 사제관계가 더욱 공고해지면서 건국초기 태종대 조선의 문화와 교육 전반을 주도하게 된 것이라고 할 수 있을 것이다.[34]

---

33) 權近, 『陽村集』, 卷首, 「陽村年譜 庚申」 참조.

34) 변계량은 권근의 아우 梅軒 權遇(1363~1419)와는 1385년(우왕 11) 정몽주가 동지공거로 주관한 문과의 同榜이자 정몽주 문하에서 함께 수학한 同門으로서 젊어서부터 절친한 벗이었다. 그는 변계량과 비슷한 시기, 그 형 권근이 성균관 학관으로 그 교육을 주관할 때, 변계량과 함께 권근의 문하에서 수학하였다. 따라서 정몽주만이 아니라 권근의 문하에서도 함께 수학한 동문으로 권근과 변계량의 사제관계를 돈독하게 하는데 큰 역할을 했을 것으로 보인다. 그리고 조선이 건국한 뒤, 스승 정몽주의 죽음과 부친

3) 춘정 변계량의 문인그룹과 후일의 행방

앞에서 이숭인, 정몽주, 권근 세 사람만 변계량의 사문[스승]으로 든 것은 그들이 모두 변계량의 고시관이었던 것만이 아니라, 그들 모두 관학 성균관에서 학관으로 유생인 변계량과 사제관계가 맺어져 실제 학문적인 수수가 이루어진 사실, 주자학 보급과 전수의 초기단계였기 때문에 그 구체적인 강학내용을 상세하게 들어서 말하기는 어렵더라도, 변계량이 그들에게 실제 수학한 사실이 있었음을, 그러한 사실이 입증될 수 있음을 전제하고 한 말이다. 따라서 이러한 사실이 입증되기 어려운, 정확히는 입증될 수 없는 변계량의 1407년(태종 7) 친시문과 독권관 하륜 및 그 대독관 맹사성과 황희는 변계량과 좌주문생 관계로 은문일 수는 있어도 변계량의 사문이라고 바로 단정하여 말하기는 어려운 것이다. 이중 특히 하륜의 경우, 변계량이 예문관대제학일 때 당시 국가의 문사(文詞, 文翰)를 관장하는 지위에 있어서 변계량이 그 문하에 왕래하며 가르침을 받았다고 하지만, 성균관에서 실제 수학한 사실이 없으므로 변계량의 사문으로 바로 들어 말하기는 어려운 것이다.[35]

변옥란의 죽음, 그리고 중형 변중량의 죽음이 이어지면서 태조 때에 벼슬길에서 거의 소외되었던 변계량을 태종 즉위 직후 벼슬길로 이끌어내는데 큰 역할을 했을 것으로 추정된다. 권우와의 관계에 대해서는 卞季良, 『春亭集』, 卷1의 「贈權中慮(遇)」, 「除夜呈梅軒」, 「早春呈中慮」, 「次中慮病中詩韻」, 「在驪江憶中慮」, 「寄中慮」, 「陽谷中慮會于禁內中慮有詩次韻」, 「寄中慮」, 卷2의 「寄陽谷兼呈中慮」, 「夜坐呈中慮陽谷二友」, 「中慮月夜携酒訪角之上人僕與焉翌日寄角之上人」, 「乙酉三月以試員同權中慮入留後司經十餘日始花之未開者且落矣感時詠懷呈中慮兼東西館諸友(三首)」, 卷3의 「次梅軒韻」 등을 통해 확인이 된다. 그리고 변계량이 조선건국 이후 태조 때 벼슬길에서 거의 소외되었던 사실은 卞斗星, 『春亭續集』, 卷2 附錄, 「年譜 壬申-庚辰」 참조.

35) 변계량이 하륜 사후에 올린 제문 「祭晉山府院君河浩亭先生文」(『春亭集』, 卷5)에서 "嗚呼我輩, 瞻仰門墻. 擧蒙汲引, 身立名揚. 恩同山岳, 報乏毫芒."라고 한 것은, 성균관에서 학관과 유생으로 서로 만나 배웠거나 다른 경로로 배우는 등 그에게 실제 수학한

> 임금[세종]이 전지하기를 "옛날 진산부원군(晉山府院君) 하륜과 길창군(吉昌君) 권근이 문사(文詞)를 맡았을 때, 예문관대제학 변계량이 그 문하에 왕래하면서 익혔고, 지금은 집현전부제학 신장(申檣, 1382~1433)이 또한 변계량의 문하에 왕래하면서 익히고 있다."라고 하였다. 처음에 임금이 변계량에게 묻기를 "경의 뒤를 이어서 문한(文翰)을 맡을 수 있는 사람은 누구인가?"라고 하니, 변계량이 신장이라고 대답하였다.[36]

이것은 『세종실록』에 보이는 자료이다. 하륜은 권근과 함께 당시 국가의 문사를 관장하는 지위에 있어서 변계량이 예문관대제학으로 그 문하를 왕래하며 국가의 문사에 대해 가르침을 받았다고 하였다. 그러나 성균관에서 실제 수학한 사실이 드러나는 권근만 변계량의 사문[스승]이 되고, 그렇지 않은 하륜은 변계량의 은문일 수는 있어도 사문이 될 수 없는 것이다. 이와 동일하게 변계량이 집현전대제학으로 국가의 문사를 관장할 때, 그 문하에 왕래하며 국가의 문사에 대해 가르침을 받았던 집현전부제학 신장도 성균관 등에서 변계량에게 실제 수학한 사실이 밝혀지지 않는 한, 변계량의 문인이라고 바로 단정하여 말할 수는 없는 것이다. 변계량의 연보에서 이 자료를 가지고 바로 "〈1423년(세종 5)〉 6월, 집현전부제학 신장이 왕명을 받고 와서 수학하였다.[集賢殿副提學申檣承命來受學]"[37]라고 말할 수는, 마치 변계량과 신장과의 사이에 1423년(세종 5) 6월 이때 새롭게 사제지간의 인연이 맺어

사실이 밝혀지지 않기 때문에, 하륜을 座主門生 사이의 恩門으로 전제하고 그 門生을 대표해서 자신들의 은문 하륜에게서 받은 큰 은혜를 언급한 말이 되는 것이다. 변계량이 성균관, 곧 개경의 성균관에 입학한 1381년(우왕 7)부터 1385년(우왕 11)까지 하륜의 관직이력에 대해서는 辛容南, 「浩亭集解題」, 『韓國文集叢刊解題集』 1 참조.

36) 『世宗實錄』, 卷20, 世宗5年(1423) 6月 23日[壬申].

37) 卞斗星, 『春亭續集』, 卷2 附錄, 「年譜 癸卯」.

진 것처럼 바로 말할 수는 없는 것이다.

이 점을 염두에 두고 변계량의 문인에 대해 살펴보자면, 현재 변계량은 그 문인록(門人錄)이 따로 존재하지 않는다. 그의 시대는 아직 개인의 문인록이 작성될 수 있는 여건이 조성되지 않았던 것이다. 대신 그는 평생 국가의 문화와 교육을 주관하는 직책을 주로 맡아서 소과와 대과 등 과거시험의 고시관을 역임하며 많은 인재를 배출한 것이 여러 자료를 통해 확인이 된다. 비록 그의 시대가 좌주문생제도의 퇴조로 과거시험의 고시관이 은문 정도의 의미 외에 더 이상의 의미를 갖기 어려운 시대였지만, 그래도 과거시험의 좌주문생으로 서로의 관계가 맺어지는 전후로 그 좌주문생 사이에 사제관계로 발전한 경우가 적지 않았을 것이기 때문에, 변계량이 과거시험의 고시관을 통해 배출한 인물들을 파악하는 것이 그의 문인그룹의 규모와 행방을 추적해볼 수 있는 한 유효한 방법이 될 것이다.

변계량은 생원시 고시관을 1405년(태종 5), 1408년(태종 8), 1414년(태종 14), 1417년(태종 17), 1419년(세종 1), 1420년(세종 2)에 각 한 번씩 여섯 번 역임하였으며, 친시문과 고시관을 1416년(태종 16)에 한 번 역임하였으며, 문과 고시관을 1417년(태종 17)과 1420년(세종 2)에 각 한 번씩 두 번 역임하였다.[38] 태종대와 세종 초기에 생원과 문과 등 과거시험을

38) 卞季良, 『春亭集』, 卷2, 「乙酉三月以試員同權中慮入留後司經十餘日始花之未開者且落矣感時詠懷呈中慮兼東西館諸友(三首)」 / 卞斗星, 『春亭續集』, 卷2 附錄, 「年譜 乙酉, 戊子, 甲午, 丙申, 丁酉, 己亥, 庚子」 / 金宗直, 『彝尊錄』 上, 「先公師友第3 甲午生員同年, 己亥文科同年」 / 『太宗實錄』, 卷9, 太宗5年(1405) 3月 5日[庚子] / 『太宗實錄』, 卷15, 太宗8年(1408) 1月 29日[戊寅] / 『太宗實錄』, 卷27, 太宗14年(1414) 2月 10日[甲寅] / 『太宗實錄』, 卷32, 太宗16年(1416) 8月 15日[甲戌] / 『太宗實錄』, 卷33, 太宗17年(1417) 2月 12日[己巳] 및 3月 16日[壬寅] 및 4月 8日[甲子] / 『世宗實錄』, 卷3, 世宗1年(1419) 2月 3日[戊寅] 및 4月 4日[戊寅] / 『世宗實錄』, 卷7, 世宗2年(1420) 閏1月 13日[壬午] 및 3月 18日[丙戌] 참조.

거친 많은 인물들이 변계량에 의해 합격 또는 급제를 하여 관직으로 진출했음을 알 수 있다. 더욱이 1420년(세종 2) 집현전이 설치된 이후에는 최초의 대제학[겸임대제학]이 되어 그곳에 재직할 관원 10인의 선발까지 관장하게 되었으니,[39] 당시 조선의 인재 교육과 선발이 거의 그의 손에 좌우되었다고 할 수 있을 정도이다. 따라서 그의 문인그룹의 규모에 대한 대체적인 윤곽을 그려보기 위해서는, 먼저 그가 생원과 문과 등의 과거시험 고시관이었을 때의 합격자 또는 급제자를 살펴볼 필요가 있다.

현재 그 방목(榜目)이 전하는 것은, 1414년(태종 14) 2월 10일 생원시 갑오식년사마(甲午式年司馬) 합격자 100인의 방목, 1416년(태종 16) 8월 15일 친시문과 병신친시문과(丙申親試文科) 급제자 9인의 방목, 1417년(태종 17) 4월 8일 문과복시 정유식년문과(丁酉式年文科) 급제자 33인의 방목, 1419년(세종 1) 4월 4일 증광문과 기해증광문과(己亥增廣文科) 급제자[동진사(同進士)] 33인의 방목, 1420년(세종 2) 3월 18일 식년문과 경자식년문과(庚子式年文科) 급제자[동진사] 33인의 방목 등이다.[40]

중복을 고려하지 않고 그 수를 합해 본다면 모두 208인이다. 태종 이후 세종 때까지 건국초기 조선을 주도해간 인물들이 대략 망라되어 있다. 이 208인에다, 변계량은 1420년(세종 2) 집현전이 설치되고 최초의 집현전대제학으로 재직하던 기간 동안 그곳에 제수될 관원 10인의 선발까지 주관하였기 때문에 1420년(세종 2) 집현전 설치 이후 변계량이 집현전대제학으로 재직하던 기간 동안 집현전관료로 제수되었던

39) 卞斗星, 『春亭續集』, 卷2 附錄, 「年譜 庚子」 참조.

40) 金宗直, 『彝尊錄』 上, 「先公師友第3 甲午生員同年, 己亥文科同年」 및 『國朝文科榜目』, 「丙申親試文科, 丁酉式年文科, 己亥增廣文科(同進士), 庚子式年文科(同進士)」 참조.

인물들을 포함시켜 변계량의 문인이었을 가능성이 높은 집단으로 먼저 상정한 다음, 그 한 사람 한 사람의 행적과 변계량의 행적을 대조해서 실제 학문적인 수수관계가 이루어진 사제관계였는지를 면밀하게 검토해보아야 할 것이다. 변계량과 이들 사이가 좌주문생 사이가 아닌 실제 스승과 제자 사이였음을 밝혀나가야 할 것이다. 이와 함께 현재 방목이 전하지 않는 1405년(태종 5) 3월 5일 생원시 합격자 100인, 1408년 1월 29일 생원시 합격자, 1417년(태종 17) 생원시 합격자 100인, 1491년(세종 1) 생원시 합격자, 1420년(세종 2) 생원시 합격자 등에 대해서도 조사해보아야 할 것이다. 이렇게 하여 변계량의 문인그룹의 규모와 행방에 대해 추적해볼 수 있을 것이다.

이것은 별도의 자료수집과 그에 대한 고증작업이 요구되는 문제일 뿐만 아니라, 건국초기 왕조개창과 관련한 변계량의 역사적 위상을 아울러 살펴서 논의해야 할 문제이다. 따라서 변계량의 가계와 학맥을 다소 제한적인 범위에서 다루는 이 글의 범위를 넘어서는 것이기 때문에 후일의 과제로 남겨두기로 한다.

4. 결론

위에서는 먼저 변계량의 가계, 변계량의 출생지와 밀양, 변계량가문과 밀양과의 관계에 대해 알아본 다음, 이어서 변계량의 학문연원, 변계량의 사문과 학맥, 변계량 문인그룹의 규모와 행방에 대해 살펴보았다. 이상 논의한 내용을 차례대로 간략하게 요약하는 것으로 결론을 대신하고자 한다.

첫째, 변계량의 가계는 실록에 수록된 부친 변옥란의 졸기를 중심으로 검토해볼 때, 밀양에 거주하게 되면서 초계변씨에서 밀양변씨로 분관하여 1세 변고적에서 5세 변원까지는 밀양의 향리계층이었다가, 부친 6세 변옥란이 고려후기 밀양에서 개경으로 올라가 벼슬을 하여 조선개국에 적극 참여해 원종공신에 봉해지고 검교중추원사에 이른 신흥사대부가 되었다. 변옥란의 뒤를 이어 중형 변중량은 왕실의 사위로 조선건국에 적극 참여해 원종공신에 봉해지고 우부승지에 이르렀으며, 변계량 자신은 예문관대제학 겸 성균관대사성으로 조선 최초의 문형을 지내 문한과 벼슬이 당대 최고인 경화사대부 중 하나로 성장하였다.

둘째, 변계량의 출생지는 부친 변옥란의 졸기에 기록된 변옥란의 관직이력을 가지고 검토해볼 때, 밀양이 아닌 개경으로 추정된다. 그리고 그의 중형 변중량의 출생지도 밀양이 아닌 개경에서 추정된다. 특히 변계량은 일생동안 지방관직과 사신의 직책을 지낸 적이 없어 그 행동반경이 개성과 한양을 중심으로 한 경기도와 황해도 일원에 머물러 있었던 점, 개성과 한양 가까운 경기도 장단부 임강현 구화리에 부친 변옥란과 중형 변중량 및 자신이 안장된 선영을 마련한 점, 경기도 과천과 부천에 재지기반을 마련해둔 점 등을 고려한다면, 변계량에게서 밀양은 자신의 출생지로서 태어나고 자란 고향은 아닌 것으로 보인다.

셋째, 변계량의 후손이 밀양으로 내려온 때는 밀양향안과 구령동안에 입록된 변계량 후손 및 밀양변씨족보에 기록된 변계량 후손의 산소 위치 등을 근거로 추적해볼 때, 10세 변걸·변호·변좌 삼형제가 대략 1500년 전후에 혼인 등을 통해 한양 주변의 어느 지역에서 선향인 밀양 구령동으로 내려왔을 것으로 보인다. 그 이후 이들 삼형제 자손들은 밀양 구령동을 중심으로 거주하다가, 변걸의 자손은 창원과 함안과 진주 등으로 이주하고, 10세 변호의 자손들은 당시 밀양 풍각 금곡으로 이주하고, 변좌의 자손들은 당시 밀양 풍각 동곡으로 이주하였는데, 1600년대 후반 밀양부 풍각이 대구부로 이속되어 풍각의 금곡과 동곡으로 이주한 10세 변호의 자손과 10세 변좌의 자손은 모두 대구부 소속이 되면서 밀양향안이나 구령동안 등 밀양의 기록에서 사라진 것으로 추정된다.

넷째, 변계량의 학문연원은 고려 후기 변화를 주도하던 새로운 집단 중에서 원나라의 주자학을 수입하여 고려에 보급하고 전수한 인물들의 계보, "안향→백이정→이제현→이색"의 계보를 잇는 것으로 이야기되고 있다. 이 계보를 검증해본 결과, 그 가운데 변계량은 이제현과 이색을 자신의 학문연원으로 분명하게 밝히고 있고, 이제현은 다시 안향 및 백이정과의 사승관계가 인정되므로, 그 학문연원을 "안향→백이정→이제현→이색"으로 이어지는 계보로 파악하는데 별다른 문제가 없음을 알 수 있었다.

다섯째, 변계량의 사문[스승]은 정몽주·이숭인·권근 세 사람으로 파악된다. 변계량은 이색이 터잡아놓은 관학 성균관을 중심으로 전대의 좌주문생 제도가 일정하게 결합된 형태로 사승관계가 맺어지면서 주자학의 보급과 전수가 이루어지던 시대에 주로 성균관을 통해 학문을 익혔다. 그리고 성균관 학관들이 주관한 과거시험에 합격하고 또 급제하여 벼슬길에 나갔다. 이 점을 고려하여, 먼저 그의 과거시험 합격·급제 사실과 해당 고시관을 모두 밝혀 그 한 사람 한 사람에게 변계량이 실제 수학한 일이 있는지 검증해보았다. 그 결과 그의 과거시험 고시관인 이숭인, 염정수, 염치용, 염국보, 정몽주, 하륜, 권근, 맹사성, 황희의 아홉 사람 중에서 변계량이 성균관 등에서 실제 수학한 사실이 입증되거나 인정되는 이숭인·정몽주·권근 세 사람만을 변계량의 사문[스승]으로 확정하고, 나머지 여섯 사람은 변계량의 사문이 아닌 은문임을 밝혔다. 이와 함께 변계량의 사문으로 확정된 이숭인·정몽주·권근 세 사람을 여말선초 관학의 학문적 계보에 붙여서, 그 학맥을 "이제현→이색→정몽주·이숭인·권근→변계량"의 계보를 잇는 것으로 정리해보았다.

여섯째, 변계량 문인그룹의 규모와 행방에 대해서는, 그 대체적인 윤곽을 파악할 수 있도록 그의 과거시험 고시관 역임이력과 그가 주관한 과거시험 합격·급제자 방목 중에서 현재 전하는 다섯 종을 들어보았다. 이 다섯 종에 수록된 인물들은, 중복을 고려하지 않고 계산하면 모두 208인이고, 태종 이후 세종 때까지 건국초기 조선을 주도해간 인물들이 대략 망라되어 있다. 여기에 변계량이 집현전대제학으로 재직하던 기간 동안 그의 추천으로 집현전 관료에 제수되었던 인물들을 포함시켜 그의 문인이었을 가능성이 높은 집단을 먼저 상정한 다음, 일정한 고증 작업을 거쳐 변계량의 문인그룹의 규모와 행방을 추적해 볼 수 있을 것이다. 다만 이 집단에 드는 인물들 중에서 변계량과 좌주문생 사이의 문생이 아닌 실제 학문적인 전수가 이루어진 스승과 제자 사이의 문인임을 가려내는 일은 개개 인물의 행적과 변계량의 행적을 낱낱이 살펴서 확정해야 할 문제이므로 후일의 과제로 남겨두었다.

이 글은 『퇴계학논집』 제29호(영남퇴계학연구원, 2021)에 수록한 논문을 일부 수정한 것이다.

춘정 변계량의 삶의 자세와 학문의 목표

김남이

1. 서론

춘정(春亭) 변계량(卞季良, 1369; 공민왕 18~1430; 세종 12)[1]은 조선 전기 '화국대수필(華國大手筆)'이라고 일컬어지는 관료 문인이다. 학자, 관료, 문장가, 사표로서 춘정에게 '최초'라고 붙는 수식어가 많다는 점은 그의 위상을 다시 돌아보게 한다. 그는 권근(權近, 1352~1409)과 함께 조선 최초로 문형(文衡)이라 불렸고 조선 최초의 문신 중시에서 1등을 하면서 관계(官階)를 뛰어 넘어 높게 발탁되는 최초의 사례가 되었다. 백일장과 윤대, 사가독서를 도입하자고 왕에게 제안했고, 집현전을 명실상부하게 활성화했다. 과시(科詩)를 처음으로 지었고[2], 문과 초장 제

1) 이하 인용하는 춘정의 작품은 원문과 번역문 모두 송수경(1998) 및 김홍영·조동영 번역(2001) 『春亭集』(한국고전번역원; 고전DB)을 참조하였다. 발표자가 약간 수정을 가한 부분도 있다.

2) 丁若鏞, 『牧民心書』 禮典 課藝. 「近世以來, 文體卑下, 句法澆悖, 篇法短促, 不可以不正也.」 "卞春亭初作科詩, 原倣襄陽歌聲律, 千金駿馬喚少妾, 笑坐雕鞍歌落梅, 遙看漢水鴨

술의 원칙을 제도화하고자 했다. 또한 춘정의 문장은 국가의 외교와 국내 정치, 의례의 차원에서 공적으로 요구되었던 다양한 사유의 폭들을 문자에 담아냈다. 그리고 그 결과물은 국가 대문자의 전범이자 모델이 되었다.[3] 춘정의 활동들을 통해 전범을 가진 '제도화된 글쓰기'[4]가 정착되고, 문치(文治)의 조선을 향한 비전을 조선의 현실에서 가시화할 수 있었다. 조선 전기 관료문인으로서 춘정의 위상은 우선적으로 여기에서 우뚝하게 찾을 수 있다.

춘정의 한시에 대한 연구는 1990년대에 들어 본격 시작되었는데, 입신과 출처에서의 갈등, 교화시·애민의식에 주목한 성과[5]가 제출되었고, 조선 왕조에 출사한 29세를 기준으로, 그 이전에는 '참신한 의경과 단련된 시어를 구사하며' '세계의 변혁과 인격적 정립을 희구했던 여말 신흥사대부의 의식'을 보여주다가, 29세 이후로 '시적 긴장을 상실하고 산문적 진술과 상투성이 두드러지게 되었다'는 조밀한 대조도 이루어졌다.[6] 이후 조선 전기 관각문학으로서 권근·정도전과 함께 춘정의 관각풍 한시를 적극적으로 평가하는 연구가 제출되기도 했다.[7]

頭綠, 恰似葡萄初醱醅."

3) 김풍기, 「권위를 생성하는 글쓰기와 변계량의 문장의 문학사적 의의」, 『Journal of Korean Culture』 53, 한국어문학국제학포럼, 2021, 269~300면 참조.

4) 김풍기, 위의 논문, 270면.

5) 이경수, 「변계량 시의 "입신"과 "출처"」, 『한국한시작가연구』 2, 한국한시학회, 1996, 421~456면 ; 조용호, 「춘정 변계량 한시의 연구」, 고려대학교 석사학위논문, 1996; 조영린, 「春亭 卞季良의 敎化詩 一考察」, 『동아인문학』 37, 동아인문학회, 2016, 35~95면.

6) 유호진, 「변계량 시의 변모와 그 문학사적 의미」, 『한국시가연구』 14, 한국시가학회, 2004, 29~61면.

7) 관각문학의 의의를 적극적으로 해석할 것을 촉구한 김성언의 연구가 대표적이다. 김성언, 「춘정(春亭) 변계량(卞季良)의 관각풍(館閣風) 한시(漢詩)에 대하여」, 『석당논총』 38, 동아대학교 석당학술원, 2007, 247~267면.

창업과 수성의 시기, 당대의 시대정신을 담은 문학을 창작하는 것이 조선 전기 관각문학의 시대적 임무이자 특징이었고 보면, 춘정의 작품은 그와 같은 관각문학의 역량을 매우 높은 수준에서 구사한 것이라는 평가가 그것이다.[8)]

많은 '최초'의 시도를 이끈 조선 전기 관료 문인으로서 춘정의 위상과 공과를 정확하게 제시하려면 여러 평가자들의 입장을 비롯하여 평가의 맥락을 파악하고 재분석 하는 일 또한 필요하다. 몇 개의 야사와 잡록 기록을 중심으로 조선시대 내내 재생산되었던 춘정에 대한 편향된 평가의 실체를 점검하고 그의 상(像)을 온전히 재구할 단계에 이르렀다고 판단된다. 대단히 논쟁적인 문제를 규명하는 것은 비록 아니지만, 필자가 춘정의 한시에 관심을 재삼 갖고 논의하려는 것도 이런 이유에서이다. 그러기 위해서는 생애의 중요한 국면과 그때 쓰인 작품들을 연계하여 춘정의 내적 행로와 가치관, 정서를 이해할 필요가 있다. 이에 이 글에서는 두 가지 내용을 중심으로 춘정의 전체적 상을 재구하는 데 일조해 보고자 한다. 첫째, 『춘정집』의 서발문자를 자료로 춘정의 학술과 문학에 대한 여러 평가의 내용과 구도를 간략히 살핀다. 둘째, 연대를 확인할 수 있는 한시를 중심으로, 춘정의 내면 세계를 추적한다. 이로써 춘정의 삶의 자세와 학문의 목표를 규명한다. 고려에서 조선으로, 고려인에서 조선인으로 살아간 삶의 마디와 변화의 국면들을 한시를 통해 어떻게 녹여내고 형상화하는지, 그 성취를 분석하는 것은 이 시기 한시가 도달한 수준을 가늠하는 작업이 된다. 또 중세 문인에게 한시는 완전하게 사적인, 자기 개인의 무대에서 그치지 않는다. 따라서 이는 비슷한 시대, 비슷한 삶의 경로를 거쳐갔던 여말 선초 관료

8) 김성언, 위의 논문, 262면.

문인들의 지향과 행로를 보여주는 시대적 의의를 갖는 것이기도 하다.

분석 대상은 1825년 중간본 원집과 1937년 속집을 함께 간행한 『춘정집』에 실린 한시이다.[9] 원집 권1에 사(辭) 2편을 포함하여 120제, 권2에 127제, 권3에 81제, 권4에 84제가 실려 있고, 속집에 2제가 실려 총 414제가 전한다. 연대를 확인할 수 있는 작품을 근거로 『춘정집』 권별 창작 시기의 상하한선을 잡아 보면 다음과 같다. 대략 1385년(우왕 11) 문과에 급제한 17세부터 1426년(세종 8) 58세까지이다. 그중 권2에는 춘정 20~30대 중반의 작품이 집중적으로 실려 있고, 권4에는 이른바 조선전기 관각문자의 전형을 보여주는 작품들이 집중적으로 실려 있다. 다소 차이가 있으나 대략적으로 보면 권1~2는 고려 때부터의 작품들, 권3~4는 조선 들어선 이래의 작품들을 앞에 두었다. 다만 모든 작품을 특정 시기에 귀속시키는 것은 보류할 수밖에 없다. 이 글에서는 가능한, 작품의 내용과 앞뒤에 배치된 작품의 성격과 정보를 최대한 활용하여 시의 맥락을 이해하고 춘정 내면의 가치와 지향을 추적해 보고자 한다.

2. 춘정의 학문과 문학에 대한 평가

1) 학용(學庸)에 대한 강조와 학문의 온축

『춘정집』에는 1824년 규장각제학 심상규(沈象奎, 1766~1838)가 쓴

9) 『춘정집』은 1430년(세종 12) 4월 춘정이 졸한 뒤, 문인 정척(鄭陟)이 시문을 모아서 편차하였는데, 『춘정집』 속집 권2 부록 「연보」 '12년 경술(1430) 선생 62세'조에 '문집이 완성된 연월은 알 수 없다'고 되어 있다. 시문을 편찬한 뒤로 간행까지 10년 이상의 시간이 경과했다.

「중간 서문(重刊序)」, 성균관대사성 권제(權踶, 1387~1445)·예문학제각 안지(安止, 1384~1464)가 1442년경 쓴 것으로 추정되는 「구서(舊序)」·「구발(舊跋)」, 그리고 1822년에 김시찬(金是瓚, 1754~1831)이 쓴 「중간지(重刊識)」가 있다. 이 글들이 춘정을 평가하는 방식은 비슷하다. 춘정의 학문적 위상을 먼저 들어 그의 사상적·학문적 성취를 높게 언급한다. 다음, 춘정의 시문은 그처럼 온축된 학문의 발로라는 취지를 세운다. 그리고 국가의 문장을 담당한 화국대수필로서 활약은 그와 같은 학문이 온축된 결과라고 평가하는 것이다. 관료문인의 시문을 평가하는 가장 일반적인 패턴이다. 다만, 학문의 연찬과 온축된 것의 발로로서 시문이라는 구도를 춘정에게 적용하고 있다는 점은 곱씹어 볼만하다. 춘정에 대하여 학문의 연찬과 온축된 내면의 '깊이', 그 심오한 발로로서 시문의 '무게'를 지목하는 시각은 거의 없기 때문이다.

아래 [1]은 1442년 무렵 『춘정집』 초간본에 붙은 안지의 서문이고 [2]는 1822년 중간본에 붙은 김시찬의 중간 지이다.

> [1] 춘정 변 선생은 본래 성품이 총명하고 행실이 범상치 않았다. 이미 이를 갈 나이에 지은 시 가운데 놀라운 구절이 있었으므로 사람들이 모두 경이롭게 여기었고, 장성하자 성현(聖賢)의 학문을 탐구하고 『중용』과 『대학』의 뜻을 연구하였으며 널리 여러 서적을 열람하여 상당한 소득이 있었다. 그래서 시문으로 발로된 것들이 쇳소리 같은 음률이 나고 깨끗한 옥처럼 화려하였는데, 이는 바로 근원이 깊은 물이 멀리 흐르고 뿌리가 튼튼한 나무는 가지와 잎이 무성한 것이나 마찬가지이다. 어찌 장구를 꾸미고 수를 놓기만 하였겠는가. 더구나 근래 대국에 보내는 표문이나 전문은 모두 그의 손에서 나왔는데 더욱더 정밀하고 긴절하여 중국의 문인들도 보고 감탄하였으니, 나라를 빛낸 문장이요 후인의 모범이 될 만하다.[10]

> [2] 대체로 선생은 하늘에서 타고난 바가 범인과 다른데다가 문장도 일찍 성취되어 약관 이전에 마치 입가의 수염을 뽑듯이 쉽게 과거에 급제하였다. 또 포은, 도은 및 양촌등 여러 선배들에게 수업하여 은미하고 심오한 성리설을 전수받았는데 가슴에 쌓인 것이 발로되어 시행될 때 모두 시의(時宜)에 적중하였다.[11)]

[1]의 주지는 춘정이 『대학』과 『중용』을 널리 공부하여 상당한 수준에 이르렀고, 문학은 그 온축된 학문의 발로라는 것이다. 학용(學庸)을 강조한 것은 춘정이 양촌 권근의 학문적 계승자임을 표명한 의의가 있다. [2]의 글은 포은-도은-양촌의 계보 선상에 춘정을 두고, '심오한 성리지설의 수수'를 명시함으로써 유학자 춘정의 위상을 명확하게 했다. 포은은, 춘정이 1358년 고려 문과에서 급제할 때 시관이기도 했다. 그러나 이를 넘어선다. 춘정이 1409년(태종 9)에 쓴 「포은선생시고서」를 보면 포은에 대한 춘정의 생각을 알 수 있다. 특히 춘정은 자신에게 서문을 부탁하러 온 포은의 아들 정종성(鄭宗誠)의 말을 빌려, 자신이 '포은에게 글을 배웠고, 그의 문하에서 급제한' 관계임을 명시하는 한편, 포은 문집의 편차를 양촌에 이어 자신이 주관하게 된 사정을 썼다.[12)] 이로써 포은-양촌에서 춘정으로 이어지는 사승의 관계가 더 분

---

10) 安止, 「舊跋」, 『春亭集』. "春亭卞先生性本聰悟, 擧止不凡, 髫稚之年, 已有警句, 人皆驚異之. 及長, 樂探聖賢之奧, 研窮庸學之旨, 博覽群書, 頗有所得, 故其發而爲詩文者, 金聲其律, 玉潔其華, 正猶源深而流長, 根固而條達. 豈徒絺章繪句, 含英摛藻而已哉. 況邇來事大表箋, 皆出其手, 尤爲精切, 中朝文人, 亦見而歎之, 可謂華國之文章, 宜爲後人之楷範."

11) 金是瓚, 「重刊識」, 『春亭集』. "蓋先生天得旣異衆, 文章又夙就, 未冠, 取科第如摘頷髭. 又從圃, 陶泊陽村諸先輩, 得聞性理微奧, 其蘊而施而發之者, 咸靡不中肯."

12) 卞季良, 「圃隱先生詩藁序」, 『圃隱集』, 한국고전번역원, 1990. "先生之子伯仲氏携是書以來徵予序, 且曰楊村權文忠公嘗手校是詩, 其未盡校者囑諸子, 又欲爲序而未就, 子嘗學於吾先君, 而又爲門生, 則知先君者無子矣, 序惟子是託焉."

명하게 적시된 것이다.

그렇다면『대학』『중용』을 강조했던 춘정의 유학–학문의 성격은 어떠했으며, 실제로 어떤 계보 속에서 나온 것인가? [1]안지의 서문에 주목하여 기본적인 방향성과 그 내력을 확인하고자 한다. 안지는 위 인용한 [1]에서 춘정의 학술과 문학에 관하여 네 가지를 말했다. 첫째, 춘정이 시적 재능을 타고 났다. 둘째, 성현의 학문, 곧 유학을 탐구하였고 그중에서도『중용』과『대학』에 대해서는 상당한 소득을 얻었다. 셋째, 시문은 온축된 학문의 발현으로 장식적 문학과는 다르다. 넷째, 사대문자는 더욱 정밀하고 긴절하여 당대에 나라를 빛낸 문장[華國文章]이자 후대에 모범으로 삼을 만하다. 여기서 핵심은 춘정의 문학적 성취는 온축된 학문의 발현이라는 것이다.

안지가『대학』과『중용』을 춘정의 학문을 대표하는 것으로 제시한 근거는 무엇인가? 그 답은 춘정에게서 있다. 춘정이 세자와 젊은 문사에게『대학』과『중용』을 가르쳐야 한다고 일찍부터 주장했기 때문이다. 그리고 이는 자타 춘정의 스승으로 거론한 양촌 권근의 학문 지향과 깊이 관련되어 있었던 것이다. 아래에서 이에 대해 살핀다.

춘정은 서연관–세자빈객으로 있던 1416년(태종 16), 세자에게『중용』을 진강해야 한다고 태종에게 권했다. 태종은 춘정의 생각을 받아들이고, '세자가 이학(理學)에 능통하도록'『중용』을 공부시키라 했다.[13] 이에 따라 세자를 가르치기 위해 서연관들 또한『중용』을 공부했어야 했다. 앞서 [1]에서 안지가 말한 바, 춘정 또한 서연관으로서 '여러 서적들을 박람하여『중용』에 대한 '일정한 소득을 얻고' 세자 교육에서 활용

13)『태종실록』 32권, 태종 16년 10월 27일 을유(2). "李良等以上敎告于世子後, 書筵官與臺諫入, 進講中庸. 李良曰: '上嘗命通理學, 請與書筵官講論問難.'"

하였을 것이다. 또 세종대에는 춘정의 건의에 따라 재능 있는 문사들에게 사가독서가 시행되었는데, 이때에도 춘정은 선발된 문사들에게 『대학』과 『중용』을 읽히도록 했다. 사정을 보자. 1428년(세종 10) 세종은 사가독서하는 권채에게 무엇을 읽고 있는지 물었는데, '춘정의 지시대로' 『대학』과 『중용』을 3년째 읽고 있다고 답했다.[14] 태종과 세종은 특정한 텍스트에 집중해서 공부하는 것을 완전히 찬성하지는 않았다. 그러나 춘정의 선택을 지지했다.

여기에서 우리는 양촌 권근이 그처럼 어려운 "학용(學庸) 공부의 문제를 해소하기 위해 『입학도설(入學圖說)』을 찬술했다"는 점을 환기할 필요가 있다.[15] 최소한 『춘정집』 서문을 작성했던 당시의 안지는 그 점을 인지하고 있었고 이를 토대로 양촌에서 춘정으로 이어지는 학문적 계보를 설정했던 것이다. 이처럼 『대학』과 『중용』을 중심으로 한 이학(理學) 공부는 양촌이 먼저 주도하고, 춘정이 그 뒤를 이었던 것이다. 1401년(태종 1) 양촌이 조정에서 본격적으로 활동하기 시작했고, 그의 학문적 방향성은 왕과 조정의 관료, 문사, 유생들에게 영향을 끼쳤다.

사례를 보면, 1403년(태종 3) 9월, 태종은 경연에서 '이학(理學)의 근원으로서 『대학』과 『중용』'은 우선 독서할 대상이라고 했다.[16] 어떤 이

---

14) 『세종실록』 39권, 세종 10년 3월 28일 경술(1). "輪對, 經筵. 上曰: '卞季良嘗白太宗, 請擇年少可學一二儒, 除仕官就靜處讀書, 可能精通而大用, 太宗然之而未果, 又請於予, 予許之, 讀書者爲誰?' 左代言金赭曰: '辛石堅南秀文也.' 上謂權採曰: '爾亦曾詣讀書之列, 所讀何書?' 採曰: '讀中大學.' 上曰: '讀於靜處, 有何殊効?' 採曰: '更無他効, 但心不亂耳.' 赭亦曰: '在家則不得不應事接賓, 莫如山寺之閴寂.' 上從之."

15) 權近, 「入學圖說序」, 『入學圖說』, 미국 버틀리대학도서관본. "洪武庚午秋, 謫在金馬郡, 有一二初學輩, 來讀庸學二書者, 語之諄復, 尚不能通曉, 乃本周子之圖, 參章句之說, 作圖以示."

16) 『태종실록』 3년 9월 22일 정유(1). "覽中庸. 上天性聰明, 好學不倦, 讀書嚴立課程. 講十八史略畢, 問金科曰: '予讀史, 歷代治亂興亡, 略知之矣. 重覽四書六經, 固予心也, 然先

유에서인지, 당장 실행되지는 않았는데, 그러다가 1406년(태종 6) 5월 약 2년 반이 지난 시점에서 태종이 『중용』을 완독했다는 기사가 확인된다.[17] 물론 태종과 세종은 서연과 경연, 그리고 문사들의 공부가 특정 텍스트에 집중하는 것에 대해서는 우려를 표했다. 그러면서도 위에서 보았듯 이학의 근원으로서 『대학』과 『중용』을 강조하고, 경연에서 『중용』을 완독하고 강론하는 현장을 만들어냈다. 이런 태도와 조정의 흐름은 관료, 문신, 학자와 유생에게 큰 영향을 주었을 것이다. 춘정의 학적 지향과 특성은 양촌의 학문적 자장과, 태종과 세종의 지원 체계 속에서 보다 굳건하게 만들어져 갔던 것이다.

2) 청담(淸淡)과 비루(卑累), 엇갈린 평가와 그 맥락

『춘정집』 서문의 또다른 작성자 권제는 춘정 문학의 특장을 시로 지목하고, 그 청담함은 고인의 경지에 비교해도 부족함이 없는 수준이라고 했다.[18] 그런데 이런 평가는, 한 세대가 지난 세조-성종대에 이르면 바로 영향력을 잃었다. 다음 세대인 서거정 등은 목은과 양촌에 대한 평가도 박했지만, 목은과 양촌을 계승한 춘정의 문장은 더 나약하고 낮은 수준이라 평했기 때문이다.[19] 조선 중기 이후로 가면서 보다 세련된 문학이론을 학습한 문인들에 의해 이들의 문학이 '천박하다' '천근

要識其理之全體. 何書爲理學之淵源乎?' 科對曰: '帝王之學, 何敢輕議! 況領經筵兼經筵大小臣僚具在, 宜令擇之.' 上曰: '精一執中, 帝王之學也. 溫古自庸學始.'"

17) 『태종실록』 6년 5월 2일 신묘(4). "御經筵, 召代言金科孟思誠李垠, 謂之曰: 論語孟子, 予曾粗讀, 若中庸則未嘗讀也.' 仍讀之終篇, 從容商論."

18) 權踶, 「舊序」, 『春亭集』. "尤長於詩, 淸而不苦, 淡而不淺, 可謂升諸公之室堂, 而無讓於古人之作者矣."

19) 成俔, 『慵齋叢話』 권1. "世稱牧隱能集大成詩文俱優, 然多有鄙疏之態, 准乎元人之律且不及, 其可擬於唐宋之域乎. 陽村春亭雖秉文柄, 不能及牧隱, 而春亭尤卑弱."

하다'는 비평이 반복되었다.[20] 이 절에서는 이렇듯 청담과 비루함으로 상징되는 엇갈린 평가들을 고찰하면서 춘정에 대한 평가, 나아가 그를 포함한 조선 전기 관료 문학에 대한 평가의 맥락을 재검해 보고자 한다. 춘정을 비롯한 조선 전기의 많은 관료 문인들이, 후대의 세련된 문학가들에게 고평 받을 만한 기교와 수사를 한시에서 구사하지 않았음은 분명하다. 그러나 이런 조선 후기의 시각과 평가가 공정하고 절대적인 것은 아니기 때문이다. 먼저 권제의 서문을 살핀다.

> 옛날에 시를 수집하는 관원을 두어 백성의 풍속을 살펴보았는데, 대체로 시는 마음에서 발로된 것으로 말 중에 가장 정교한 것이어서 사람을 깊이 감동시키기 때문이다. 왕화(王化)의 고하와 세도(世道)의 승강도 여기에서 드러나니, 시의 용도가 어찌 적다고 할 수 있겠는가. 춘정 변 선생은 타고난 자질이 명민하고 학문이 정박(精博)하여 약관 이전에 포은, 도은과 나의 선친인 양촌 문충공을 스승으로 섬겼는데 제공들에게 매우 칭찬을 받았으므로 화려한 명성이 날로 퍼져 갔다. 이로 말미암아 여유롭게 임금의 곁에서 항상 글 짓는 일을 맡았으므로 일시의 외교문서가 대부분 그의 손에서 나왔는데 그 문장이 전아하고 고상하였다. 특히 시를 잘 지어 깨끗하면서도 지나치지 않고 담박하면서도 천근하지 않았으니, 제공들의 경지에 올라갔고 고인의 작품과 비교해도 손색이 없다고 할 만하다.[21]

---

20) 이긍익이 『연려실기술』에서 춘정의 문학이 '천근하고 비약하다'고 평가했고, 이유원은 『임하필기』에서 동일한 내용을 반복했다. 李肯翊, 『燃藜室記述』 別集 14권. 文藝典故, '文章'. "世稱李穡能集大成, 詩文俱優, 然多有卑疎之態, 準乎元人之律, 且不及. 其可擬於唐宋之域乎. 權近卞季良, 雖秉文柄, 不能及李穡, 而季良尤卑弱."

21) 權踶, 「舊序」, 『春亭集』. "春亭卞先生天資明敏, 學問精博, 年未弱冠, 師事圃隱陶隱及我先人陽村文忠公, 大爲諸公稱賞, 華聞日播. 由是優遊侍從, 恒任文翰, 一時辭命 多出其手, 而文辭典雅高妙, 尤長於詩, 淸而不苦, 淡而不淺, 可謂升諸公之室堂, 而無讓於古人之作者矣."

권제는 교화의 성취와 세도를 증명하는 시의 효용과 가치를 먼저 말했다. 이어 춘정의 학문적 계보와 '화국 대수필'로서의 위상을 말하고 그 문장의 특징을 '전아하고 고상함'이라 하였다. 그리고 핵심으로 접근하여, 권제는 춘정 문학의 특장이 시에 있다고 했다. 이는 학문의 온축에서 비롯된 청담함이다. 시가 깨끗하고 맑되, 너무 가파르거나 메마르지 않으며 너무 맛이 없거나 상투적이지 않다는 말이다. 적실한 말들을 가지고 공감할 수 있는 뜻과 장면을 표현하니 쉽게 공감이 되고 친근하다는 것이다. 그러면서도 새로움과 의외성을 가지고 있어 곱씹을 만한 응축된 맛이 있다는 평이다.

이런 서발문자의 평가와 다르게, 야사·잡록류의 기록에서 춘정은 인격과 학술, 문학 모두에서 매우 부정적으로 그려졌다. '심각한 인색한'의 모습으로 전하며[22] 귀신과 하늘에 아첨하며 참람한 행위를 한 인물로 역사에 기록되었다.[23] 도덕과 학문, 행실을 갖추지 못한, 비(非)-유교적 인간으로 그려진 것이다. 조선 전기 문형의 정통 계승자임을 자부한 서거정도 춘정의 시를 우습게 본 김구경이 결국 '출세하지 못했다'는 비평을 곁들인 일화, 춘정이 표문을 지으면서 유독 혼자만 고집을 부렸다는 일화를 『동인시화』와 『필원잡기』에 실었다. 그러면서 서거정은 권근 이래 조선 전기 문형의 계보에서 변계량 이하 윤회-권제-정인지-신숙주-최항을 삭제했다.[24]

---

22) 『용재총화』에서 성현은, 춘정이 물건과 음식을 자기 집에 쌓아두고 썩혀 버릴지라도 다른 사람과 나누지 않았음을 기록해 놓았다. 成俔, 『慵齋叢話』 권3. "春亭性吝嗇, 雖微物不借於人. 每割冬瓜, 隨割而署之, 對客飮酒, 酌其盞數, 謹封壺壜而藏之. 客見顔色而去者頗多. 常在興德寺, 撰國朝寶鑑, 世宗重其文章, 仙廚賜饌絡繹, 宰樞僚友爭送酒食. 一一貯諸房內, 日久生蟲蛆, 臭達墻屋, 腐則棄于邱壑, 蒼頭傔從, 未霑一瀝."

23) 『태종실록』 31권, 태종 16년 6월 1일 신유(2). "季良惑佛諂神, 拜天禮星, 無所不爲, 至於力主東國祀天之說, 非不知犯分失禮, 徒欲以强詞, 奪正理耳."

성현과 서거정은 왜 그랬을까? 이는 춘정의 시대와 성현·서거정의 시대가 달라진 데서 기인한다. 춘정은 태종대 중반부터 세종 치세 초반까지, 성현·서거정은 세조 치세부터 성종대 이후까지 활동했다. 조선 건국 후 100여 년에 이르는 동안 문장과 학술에 대한 시대적 요구가 달라졌다. 이는 당대를 창업기에서 수성기로 역사적 시간이 바뀌었다고 판단하면서 시대의 의제를 달리한 데서 기인한다. 춘정처럼 고려인으로서 조선을 살았던 구세대와 다른, 새로운 비평자들이 등장했다. 서거정과 성현 같은 관료 문인들이다. 그리고 또 바로 그들을 비판하며 새로운 비평자들, 즉 신진 사류가 등장했다. 이는 학술, 문학에서 '세대 간 논쟁'을 야기했다. 더 크게 문명 차원에서는 '무불(巫佛) 유교(儒教)로의 문명전환으로 인한 길항'[25]이 있었다.

더하여, 조선 500년의 역사를, 16세기 이후 본격화한 사림과 17세기 이후 조선을 지배한 주자성리학이라는 기준을 가지고 단선적으로 평가하면서 조선 전기의 학술과 문학의 성취를 폄훼하는 시각 또한 상존했다. 최근의 연구는 그와 같은 시각의 편향성에 유의하여 조선 전기의 역사적 상황과 시대적 요구에 주목하려는 흐름을 보인다. 여말 선초, 역사 격변기를 살아갔던 관료 문인으로서 춘정에 대한 연구 또한 이런 견지에서 종합적이고 입체적으로 이루어져야 한다. 그런 점에서 『춘정집』의 서발문자들은, 일반적인 칭송의 구조처럼 보이지만, 춘정의 성취에 대해 새롭게 비평해야 할 부분이 있음을 보여준다.

『춘정집』에 실린 한시들을 일별해 보면, 청담(淸淡)한 의경이 두드러

24) 이에 대해서는 정출헌(a), 「四佳 徐居正의 東國文明 비전과 文章華國의 실천」, 『古典文學硏究』 59, 2021, 한국고전문학회 참조.

25) 정출헌(b), 「조선초기 유교문명으로의 전환과 그 이면의 풍경」, 『2021 우리한문학회 하계발표자료집』, 우리한문학회, 2021.8.20, 102면.

지는 중단형의 시편과 산문성을 강하게 드러내는 주지적(主知的) 장편들로 대변된다. 이런 차이를 고려-조선, 청년-노년, 신진 문사-고위 관료로 나누고 청담을 주로 젊은 시절의 경향으로 보기도 한다. 또 조선 건국을 중요한 기점으로 변화를 설명하기도 한다. 물론 춘정은 고려에서 생장한 신진 문사로서 조선에 출사하여 활동했다. 그런 만큼 조선 건국과 출사를 기점으로 구별되는 문학적 징후가 없을 수 없다. 그러나 대략적으로 창작 시기를 추정하여 작품을 배분한다 해도, 창작 연대가 분명치 않은 작품들을 구획하여 특정 시기에 귀속시키는 것은 작품의 실상에 위배될 위험이 크다. 특히 연대가 확인되고 내용으로 보아 고려 혹은 출사 초기의 작품이 분명한데 장편의 산문성을 보이면서 수사와 전고를 사용한 작품도 있다. 함축보다는 직설로, 정감보다는 의지의 표명에 집중하고 있다. 따라서 젊은 시절의 시만이 주로 참신한 의경과 응축미를 주로 갖는다고 말하기도 어렵다. 시를 쓴 목적이 달라서이지 젊음과 노년에 따른 변화라고 일괄 재단할 수 없는 것이다.

한편, 관각문자들은 지금까지 연구에서 산문성이 강하고, 긴장감과 응축미가 없으며 정신적 이완이 드러난다는 평가받았다. 그러나 이런 작품들에도 난삽한 전고와 화려한 기교는 거의 없다. 예외적이라고 할 것이 왕과 관련된 작품, 그리고 관료나 사우 등 상대방을 칭송하기 위해 쓴 작품들이다. 그러고 나면 대단히 난삽한 전고를 구사한 작품은 거의 없다. 결국, 관각문자이든 다른 시들이든 문학에 대한 수련, 그리고 학문을 통한 자기 마음의 단속이 있어야 온축에서 비롯된 청담의 경지를 구사할 수 있다. 관료 문인으로서의 생활에서 비롯된 관각문자는 양식의 특성 상 마땅히 그렇게 써야 제 역할을 하는 것이기도 하다.

춘정의 문장 또한 조선 전기 그 당대에 '전범'으로 평가받아 보존할 만한 의의가 있는 것으로 인정되었다. 사대문자의 필요성, 외교를 통한 국격의 유지에 매우 긴요했던 것이다. 세종대 『춘정집』의 편찬은 그런 의도와 의의를 가진 것이었다.[26] 하지만 성종대 성현과 서거정의 세대에 이르러서는 '여말 선초의 문인들의 문장은 원나라보다도 못하니, 당송의 경지에는 비길 수 없는 것' 정도로 낮게 평가되었다.[27] 이런 평가들은 조선 후기를 거쳐 현대의 연구자들에게도 그대로 인용되었다. 또 조선시대 문학을 조선 후기의 양상을 주요 기준으로 삼아 판단하는 일종의 관행 같은 것들도 있었기에 춘정의 시대는 물론이고, 성현과 서거정의 성종대 문학의 양상까지도 충분히 규명되지 못했다. 조선 전기 학술과 문학의 종합적 구도는 이제부터 축조되어 가는 것이라고 할 수 있다.

3. 삶의 자세와 학문의 목표

1) 대의(大義)와 애민(愛民)의 실천: 왕조 말 역사의 갈림에서

춘정이 고려의 신진 문사로, 그리고 조선의 관료로 살아가는 동안, 함께 했던 벗으로 매헌(梅軒) 권우(權遇, 1363~1419)와 용헌(容軒) 이원(李原, 1368~1429)이 있다. 춘정은 매헌과 용헌과 함께 1385년(우왕 1) 같은 해에 정몽주가 지공거를 맡은 문과에서 급제했다. 춘정은 인생에 대한 포부와 생각을 매헌과 용헌에게 더러 밝혔는데 이런 시들은 메시지가 강하고 함축보다는 직설로, 정감보다는 의지의 표명에 집중하고 있다. 매헌에게 준 시[28]에서는 근신(勤愼)한 군주가 위에서 어진 신하를 구하

26) 정출헌(b), 앞의 논문, 107면.

27) 成俔, 『慵齋叢話』 권1. "世稱牧隱能集大成詩文俱優, 然多有鄙疏之態, 准乎元人之律且不及, 其可擬於唐宋之域乎. 陽村春亭雖秉文柄, 不能及牧隱, 而春亭尤卑弱."

고 있으니 요진(要津)에 올라 세상을 위해 큰일을 하는 장부로서의 소임을 다하자'고 했다. 용헌에게 준 시[29]는 2월 봄빛 화사한 정경을 바탕으로 썼다. 봄날의 질탕한 흥취를 말할 듯하지만, 더욱 노력하여 고원(高遠)한 경지에 도달하며, 명철한 군주를 돕는 간성과 같은 신하가 되어야 한다는 직서로 시를 맺었다.

춘정의 고려 말 역사에 대한 인식을 구체적으로 살핀다. 공양왕이 즉위하자 고려의 중흥의 기대를 한껏 표한 작품은 시제[30]에 기사년(1389)에 11월 15일로 일자를 밝히고, 편말주로 "이날 임금이 즉위했기 때문이다"라고 써놓았다.[31] 이날, 춘정은 자신을 찾아온 윤씨 형제들과의 정경을 '단란함'이라는 시어로 표현했다. 즐거운 정서의 이유도 직서되어 있으니 '동국이 중흥의 때를 만났기' 때문이다. 춘정은 여기에 그치지 않고 공양왕이 즉위한 다음 조정의 하례를 받는 모습, 또 며칠 뒤 동지에 있었던 망궐례의 장면을 시로 남겼다. 아래에 시를 인용한다.

天命人歸在嗣王　　천명과 인심이 주상에게 돌아가니
勃興垂拱正當陽　　분연히 일어나 남쪽 보고 앉으셨네

---

28) 「贈權中慮{遇}」, 『春亭集』 卷1. "(…)幸今國步政清夷, 聖上翼翼猶慮危. 宵衣旰食不自逸, 思得碩輔圖邦基. 天生丈夫爲天下, 考槃荷蕢終何爲. 時清要須立要津, 他日共當携手升玉墀."

29) 「次陽谷韻」, 『春亭集』 卷1. "(…)春光二月政浩蕩, 幽花野草爭敷榮. 冉冉良辰逝不留, 芳罇有酒須同傾. 更須努力致高遠, 左右明主爲干城."

30) 「己巳十一月十五日夜 茂松尹公兄弟來宿」, 『春亭集』 卷2. "呼兒展席復張燈, 坐待先生命是承. 入夜團欒多少語, 喜逢東國見中興.{是日 上卽位故云}"

31) 『고려사』에 공양왕의 즉위가 1389년(기사년) 11월로 기록되어 있으니 시간과 사실이 확인된다. 『高麗史』 「世家」 권45 '공양왕' 원년(1389) 11월 15일 ; 11월 16일 1389년 11월 26일.

絳侯撥亂開新業　　강후가 난리 평정하여 새 업을 열어 놓으니
漢室從玆獲再昌　　한나라가 그때부터 다시금 번창했지
文武分行庭左右　　문무관은 뜨락의 좌우에 도열하고
冕旒臨下殿中央　　면류관 차림으로 중앙에 임하셨네
永安宗社伊誰力　　종사가 안정된 건 누구의 힘이겠나
應使斯民竟不忘[32]　　백성들이 영원히 잊지를 못하리라

시는 공양왕이 즉위한 다음날 아침 조정의 하례를 받는 모습을 읊고, 이어 한나라 강후 주발(周勃)의 일을 거론했다. 수련에서 말한 '천명과 인심의 귀부'는, 『고려사』의 즉위 주문에도 나와 있듯 '왕씨의 정맥을 이은 정창군의 즉위'라는 명분에서 나온다. 다음, 강후는 공양왕을 추대하는 데 핵심적 역할을 했던 이성계를 비유한다.[33] 춘정은 강후가 '신업(新業)을 열었고' 이로 하여 한나라 번창하였음을 지적했다. '종사를 안정시킨 것'은 고려의 존속을 의미하고 그 은택은 '백성들'의 차원에서 의미가 부여되었다. 강후의 선택이 '백성을 위한 일'이었다는 명분이 선명해진 것이다.

「수양행(首陽行)」과 「신야행(莘野行)」이라는 두 작품은 고려의 왕과 왕조에 대한 절의, 애민의 대의를 실천하는 경륜의 의지라는 춘정 내면의 지향을 각각 대변이라도 한 듯 흥미롭다. 백이숙제의 절의를 기린 「수양행」은 은의 멸망을 막고자 했던 이제의 결연한 행위를 서사적으로 그렸다. 굶어 죽으면서도 후회하지 않았던 그들의 절개를 높이 들고, '온 세상에 영원히 전해질 청풍'[34]이라며 깊이 추모했다. 같은 맥락

32) 「上卽位明朝 受朝賀」, 『春亭集』 卷2.

33) 「周勃傳」, 『漢書』 卷40.

34) 「首陽行」, 『春亭集』 권4. "瞻彼首陽山之幽, 我思古人何悠悠.棄國不啻若弊屣, 睥睨四海歸于周. 周家王業惟日彊, 赫怒欲救斯民瘡. 三千一心貔虎士, 勢甚建瓴誰得當. 奮髯

에서 되돌릴 수 없는 고려의 시간을 힘써 부지하려던 최영의 죽음을 애도했다.[35] 최영이 1388년에 세상을 떠났으니 그즈음 썼을 것이다. 간결한 시에서 나라를 바루기 위해 늙도록 고생했으며, 그런 그의 충심은 누구도 알 수 있는 명명백백한 것이라 했다. 그 장한 마음은 '천추에 태산과 함께 영원히 사라지지 않을 것'이라 했다. 백이숙제의 충절을 '만고 천지간에 영원히 불 청풍'이라 했던 것처럼 불후의 기념비를 세운 것이다.

「신야행」은 「수양행」 바로 다음에 나온다. 은나라 탕 임금의 재상인 이윤(伊尹)의 선택을 노래했으니, 역사의 갈림길에서 백이숙제와 선택을 달리 했던 인물이다.

有莘之野有一老	신야에 어느 한 늙은이가 있었는데
身荷耒耜於焉藏	농사를 지으면서 은거하고 있었지
幡然動心三聘餘	세 차례 초빙하자 마음을 바꿔 먹고
欲令四海如虞唐	사해를 당우처럼 만들려고 하였었지
五就桀兮非吾君	다섯 번 걸왕 만나고 자기 임금 아니라 하니
虐焰閃鑠燒乾坤	학정의 불꽃이 천지를 불살랐지.
哀哀烝民沸煎熬	불쌍한 백성들이 못살겠다 아우성들
奚啻炎火玉石焚	불에 타는 옥석도 비유가 안 되었네
愍惻若己推納溝	자신이 수렁으로 밀어넣듯 민망하여
相湯謀訖天之誅	탕왕을 도와서 하늘 대신 처벌했지
能傾東海手注之	동해를 끌어다가 물 뿌려 구제하니

一語杜殷衰, 確乎大經難可違. 黃鉞白旄色沮喪, 天爲之高地爲卑. 翻然歸來首陽峽, 寧餓不食周粟粒. 高歌採薇竟無悔, 淸風萬古吹六合."

35) 「哭崔侍中{瑩}」, 『春亭集』 卷2. "奮威匡國鬢星星, 學語街童盡識名. 一片壯心應不死, 千秋永與太山橫."

引領萬口爭懽呼	백성들이 쳐다보고 앞다투어 환호했지
終輔幼沖致仁義	결국에는 어린 임금 보좌하여 성군 되니
平生自任以天地	평생 동안 천지를 책임지고 살았다네
雲行杳邈百世下	구름처럼 흘러가 까마득한 후세에도
豈無儒者志其志[36]	그런 뜻을 가진 선비 어찌하여 없겠는가

이윤이 맞닥뜨린 역사적 갈림길, 하나라에서 은나라로의 역사적 전환 또한 신하로서 군주를 쫓아내는 일을 동반한 것이었다. 그러나 여기에서 춘정은 '학정의 불꽃에 시달리는 백성들을' 거론함으로써 폭정을 한 왕에 대한 절의가 아니라 백성에 대한 '책무'를 각성했다. 특히 시는 '이 아득한 후세에도 그와 같은 뜻을 가진 사람이 있을 것'이라는 말로 맺었다. 이윤과 같은 인물이 현실에서도 존재하기를 바라는 마음인데, 자신의 투영이다. 대상 인물에 대한 공감도, 자신에 대한 투사의 농도로 보면, 춘정은 백이와 숙제에 대해서는 기념비를 세웠지만, 이윤은 천년 뒤의 자기 현실로 끌어왔고, 자기가 그렇게 되기를 바랐다. 비슷한 의지를 표현한 작품으로 숭릉사라는 사찰에서 두문불출 할 때 쓴 시[37]가 있다. 시적 긴장감이나 응축미는 그리 없지만 춘정이 관료로서 지향하는 삶의 자세는 그처럼 변함없이 지속됨을 보여준다. 번복이 심한 세상사를 근심스레 말하고 있어 이런 속세를 떠나고 싶다는 뜻으로 시상이 귀결되어야 할 듯하다. 그러나 춘정은 반대로 이윤과 여상[伊呂輩]의 여향을 떠올렸다. 「신야행」처럼 이윤과 여상을 천년 세월을 넘어 자기의 현실로 끌어온 것이다.

---

36) 「莘野行」, 『春亭集』 卷4.

37) 「漫興」 『春亭集』 卷4. "爲客崇陵寺, 沈綿不出門. 片心包宇宙, 佳興在風雲. 世故多翻覆, 塵機正糾紛. 渺然伊呂輩, 千載挹餘芬."

물론, 그런다 해도 내면의 지향과 현실 사이의 갈등은 깊었을 것이다. 이는 특정 시기, 특정 국면의 갈등이었다기보다 투철한 경세의 의지를 가진 관료로서 살아가는 생애 전체 동안 불가피했던 내면의 전투였다. 「유감(有感)」[38]은 춘정이 느낀 시대의 살벌함이 그대로 표현되어 있다. '살기 불어오는 땅, 떠도는 유언비어가 온 사람을 요동하는' 위태로운 시대라 했기 때문이다. 자신이 견지한 유도(儒道)가 다급한 나라의 현실에 아무런 힘을 발휘하지 못하는 공소한 것이 되고 있으니' 무력감과 두려움을 느낀다. 그럼에도 자신은 기어이 관복 입고 조정에 나아간다고 했다. 신하로서 지켜야 할 '대의(大義)를 결코 잊을 수 없기 때문'이다. 고려 왕조의 끝자락부터 조선의 건국에 이르기까지, 기존 국가의 체계는 붕괴되고, 신흥 세력의 역량과 가능성은 충분히 검증되지 못한 시기였다. 그런 상황에서 춘정은 내면의 갈등을 위의 시들처럼 표현하면서도 신하의 대의와 백성에 대한 책임감을 강하게 부여잡고 있었다. 현실과 동떨어진 채 오활해지는 유도에 대한 깊은 우려를 말하면서도, 유가의 대의를 집요하게 붙잡았고, 이것이 새로운 국가-현실로 어렵사리 나아갈 명분이 되었다.

2) 반본(返本)과 경세(經世)의 의지: 내면과 현실의 길항 속에서

학문에 대한 춘정의 집중과 엄격함은 강한 메시지를 담은 직서와 장편의 시로 표출되었다. 젊은 시절에 쓴 것으로 보이는 「거문고를 배우는 벗을 나무라며[責友人學琴]」[39]는 오로지 자강하며 학업에 전념할

---

38) 「有感」, 『春亭集』 卷2. "國事年來急, 吾儒道漸迂. 開書還自廢, 擧酒却長吁. 殺氣吹東土, 浮言動萬夫. 未能忘大義, 袍笏日區區."

39) 「責友人學琴」, 『春亭集』 卷1. "西日入昧谷, 俄已昇扶桑. 衡紀倏然催, 歲月一何忙. 人生天地間, 素業當自彊. 況匪金與石, 何不惜流光. 琴瑟非所急, 足令心猖狂. 緊我若不暇,

것이요, 거문고는 마음을 방종하게 하니 '나를 검속하여 한시도 놀지 말고 마음을 붙잡아 경각도 방심하지 말라'고 직설로 말했다. 마음을 일관되게 견지하는 일[秉心]의 중요성을 말하고 있어, 춘정이 마음의 조존(操存)을 수신의 핵심에 두고 있음을 알 수 있다.

공교롭게도 『춘정집』의 첫 작품은 「내송사(內訟辭)」이다. 자신의 뜻을 명명백백하게 밝히지 못한 것이 있어 스스로 재판을 벌인 것이라고 했다. 문과에 급제하여 하급관료로 출발한 후, 한창의 나이에 쓴 작품으로 보인다. 시는 인(仁)에 입지(立志)하던 초년으로부터 1385년 문과에 급제하여, 하급 관료부터 시작한 관료 생활의 내력을 장황하게 썼다. 내용이 길어 단락별로 시를 각주에 인용하고 설명한다. 각주에 인용한 [가][40]는 대도(大道)를 시행하여 태평한 시대를 구가하려는 원대한 포부를 갖고 전일한 뜻으로 학업을 했음을 썼다. [나][41]는 그 결과 과거에 급제하여 출사했는데, 미관말직이나마 직분을 다하기 위해 노력했다고 했다. [다][42] 단락은 춘정의 내송이 시작된 지점이다. 사람들이 가치보다 이해를 따지고, 변심하여 권세를 따르는데 그렇게 나쁜 짓을 해도 잘 살고, 자신처럼 곧은 사람은 도리어 조롱을 당한다는 자각이다. 따라서 모나지 않게 둥글둥글 살아보려 해도 자신은 그럴 수

秉心常靡遑. 爲奕志鴻鵠, 古人言有章. 將子聆我言, 細細相斟量."

40) 「內訟辭」, 『春亭集』 卷1. "[가]維天機之不息兮, 白日倏以西馳. 念四時之易序兮, 慨余學之汚卑. 始余之尙志兮, 邀聖賢爲之依歸. 匪安宅其不居兮, 匪大道則焉追. 達而行於天下兮, 復躋世於雍熙. 謂古人爲可幾及兮, 志專專其自勉."

41) 「內訟辭」, 『春亭集』 卷1. "[나]歲乙丑而中科兮, 始名載於仕版. 君之門深且嚴兮, 不可徑而求進也. 遂從試於下寮兮, 吾豈爲之悶也. 未堪職之是惧兮, 思夙夜以自盡"

42) 「內訟辭」, 『春亭集』 卷1. "[다]觀衆人之爲仕兮, 計利害於咫尺. 能變情以循勢兮, 竟得志而赫赫. 一有人之如矢兮, 爭紛然其互嚇. 視余心之不然兮, 將何處乎今之時. 欲無方而爲圓兮, 顧初心而自悲. 將直道以事人兮, 又焉往而可施"

없다고 했다. [라][43]는 곧은 도로 사람을 섬기려는 자신은 도대체 어디로 가야만 맹자(孟子)가 말한 바 '유학장행(幼學壯行)'할 수 있는가, 고민의 발로이다. 갈등이 치열해 보이지만, 선현의 가르침이 자기를 속이지 않을 것이니 의를 따르고 이익을 도모하지 않으리라는 방향을 다시 확인했다. [마][44]에서는 학문에서 귀한 것은 '실행함'이라 했고 [바][45]에서는 학문이 풍부해야 벼슬을 할 수 있다고 했다. 출사는 배운 것을 실행하여 군주에게 충을 다하고 백성을 이롭게 하기 위해서이고, 학문의 온축은 그래서 중요하고 필요하다고 했다.

유학장행(幼學壯行), 어찌 보면 가장 단순한 이 논리가 춘정, 그리고 그 스승인 양촌에게 공통적으로 확인되는 삶의 지향이다. 학문은 그런 삶의 지향을 실현하기 위해 깊고 풍부하게 온축되어야 했다. 학문의 지표는 유학의 정신, 공맹의 삶 자체였다. 아래 춘정이 양촌에게 부친 시는 유학의 도도한 맥을 이어 학문을 성취하고 실천하는 일에 대하여 말하고 있다.[46]

[1]

洙泗千年有考亭	수사의 천 년 뒤에 고정이 태어나
末流沈濁獨揚淸	혼탁한 말류를 홀로 맑게 하였네

---

43) 「內訟辭」, 『春亭集』 卷1. "[라]惟孟氏之垂訓兮, 幼學所以壯行. 正其義不謀利兮, 固嘉言之孔彰. 仰先訓之不我欺兮, 羌佩服以不忘. 苟竊位而冒祿兮, 雖遄死其誰傷."

44) 「內訟辭」, 『春亭集』 卷1. "[마]所貴學之道兮, 能自行其所知. 彼讒巧之怪誣兮, 徒嘵嘵其自危. 忠君與澤民兮, 惟職分之當爲."

45) 「內訟辭」, 『春亭集』 卷1. "[바]學必優而登仕兮, 須惜日以孜孜. 懲此志之不白兮, 斯自訟以成章. 慨余學之未優兮, 獨三歎而內遑. 尙年富而力彊兮, 庶來者之可望."

46) 양촌에게 쓴 이 세 작품에 이어 「奉次鷄城君詩韻 二首」가 나오는데, 부친 변옥란이 세상을 떠난지 10년쯤 되었다는 말이 나온다. 이로 보아 작품이 창작된 연대를 1405년(태종 5) 무렵으로 비정할 수 있다.

續絃鳳觜無人識	끊어진 줄 잇는 봉취를 아는 사람 없는데
寤寐常懷景仰情	자나깨나 존경하는 마음을 가지었네

[2]

講論經籍邁汾亭	경전을 강론함에 분정보다 뛰어나니
天縱元精粹且淸	하늘이 낸 정신은 순수하고 깨끗하네
不辟一言新註脚	한 말도 안 빼고 새로운 주석 내었으니
先生眞箇見周情[47]	선생은 진실로 주공의 마음이시로다

[1]에서 춘정은 공자에서 주자로 이어지는 유학의 계보를 적시했다. 끊어진 활줄을 잇는 아교와도 같은 존재로서 주자의 위상과 무게를 인지하고 알아주는 사람은 없다고 했다. 그런 시대에 양촌이 공자와 주자를 깊이 경모했다는 말로 양촌의 사상적 좌표를 드러냈다. [2]에서는 양촌의 학문 경지를 말했다. 기-승에서는 수나라 때의 학자 왕통(王通)보다 뛰어나다 했고, 순수하고 깨끗한 천품의 정신을 칭송했다. 전-결에서는 양촌의 학문을 '새로운 주해'로 적시하고 양촌의 학문 정신을 주공의 마음과 공자의 뜻[周情孔思]을 깨달았다는 말로 압축했다. '새로운 주해'는 『입학도설』과 오경에 대한 『천견록』 등의 저작을 가리킨다.

주공과 마음과 공자의 뜻이 상징하는 바, 유학의 정신을 현실에서 구현하자면 다른 방법이 없다. 경전으로 복귀[反經]하는 것이다. 총 6수로 이루어진 「밤에 앉아 느낀 바가 있어서 짓다. 6수[夜坐有感 六首]」 연작시 중 [6]수를 인용한다.

47) 「奉次陽村先生詩韻 三首」, 『春亭集』 권2.

[6]

朱紫與苗莠	붉은색과 자주색 곡식 싹과 가라지풀
惡似而實非	비슷하나 실제로는 가짜인 것을 미워하네
佛老出于世	부처와 노자가 세상에 나타나서
駸駸亂民彝	인륜을 점차 혼란시켰었지
談玄稍近理	현묘한 담론이 제법 이치와 근사해지니
衆心昧所歸	민심은 귀의할 지표를 잃었다네
誰能火其書	그들의 서적을 그 누가 불태우나
大道無他歧	대도는 다른 갈림길이 없나니
反經而已矣	다시금 경(經)으로 복귀하면 그만이라
斯言其庶幾[48]	이 말씀 그야말로 틀리지 않았구나

핵심은 사이비로 인하여 진짜와 가짜가 혼동되는 현실을 타개하기 위해 경(經)으로 복귀한다는 것이다. 마치, 『맹자』「진심장」에 대한 경의(經義)처럼 보인다. 춘정은 사이비로서 불노(佛老)를 지목하여 이 사상이 '근리난진(近理亂眞)'으로 인륜을 혼란에 빠뜨렸고, 민심이 귀의할 바른 지표를 상실하게 했음을 비판했다. 이런 때 춘정은 맹자가 '군자는 떳떳한 도를 회복할 뿐이니, 떳떳한 도가 바르게 되면 백성들이 선을 행하려는 마음을 일으키고 그러면 사특함이 없어질 것이다'[49]고 한 뜻을 귀결처로 삼아 '반경(返經)'의 풋대를 세웠다.

춘정의 마음에서 갈등과 괴로움을 일으키는 가장 깊은 원인은 바깥의 현실이다. 이런 외부 세계의 문제들은 그 자신만의 힘으로 전부 해소하기 어려운 것이다. 춘정은 「취했을 때 노래[醉時謌]」를 통해 당대에 경륜을 펼치지 못한 공자와 맹자의 삶을 안타깝게 쓰면서 취해서 짓는

48) 「夜坐有感 六首」, 『春亭集』 卷1.

49) 『孟子』 盡心章句 下. "君子反經而已矣, 經正則庶民興, 庶民興 斯無邪慝矣."

미친 노래로 고양된 정서를 표현했다.

羲農邈矣文武衰	희농이 멀어지고 문무 정책 쇠해지니
天下汲汲誰能持	위태로운 천하를 그 누가 부지하나
宣父韞玉不見售	선부는 옥 가지고 팔지를 못하였고
鄒叟遊說終無施	맹자는 유세해도 시행하지 못하였지
搖中開口揚妙音	흔들면 입 열리어 묘한 소리 나는데
空有遺響留至今	부질없이 그 여운이 지금까지 남아 있네
我作狂歌叫孔孟	미친 노래 지어서 공맹을 부르니
吾儒萬古同此心[50]	우리 유가 만고에 이 마음 똑같다네

춘정은 공자가 쇠퇴한 시대에 태어나 주나라를 회복하고자 천하를 주유하며 설득했으나, '세상이 막아 그럴 만한 지위를 얻지 못했음'을 지적했다. 공자와 맹자가 비록 자기의 시대에 경륜을 성공적으로 펼치지 못했지만 그들이 목탁이 되어 전한 유향이 아직까지 남아 있다는 서술에서 춘정의 실낱같은 희망이 감지된다. 천년을 넘어 흘러온 시간 속에서 희미한 형태로나마 동일하게 견지되는 '이 마음[此心]'. 이것이 현실과 내면의 갈등, 역사적 격랑 속에서 자기의 할 바를 견지하게 하는 힘이다.

춘정의 현실 감각은 온축된 학문의 실행으로서 경세 의식을 부단하게 보인다. 그는 여말선초, 국가 존망의 위기 상황 속에서 신하로서의 대의를 지키고 백성에 대한 책무를 다한다는 유자로서의 명분의식을 아주 실질적이고 구체적인 언어로 표현했다. 이를 위해 오로지 자강하

---

50) 「醉時謌 二首」, 『春亭集』 卷2.

며 학업에 전념할 것이요, '나를 검속하여 한시도 놀지 말고 마음을 붙잡아 경각도 방심하지 말라'[51]고 했다. 학문은 그런 삶의 목표를 실현하기 위해 깊고 풍부하게 온축해야 하는 필수적인 조건이었다. 공자와 맹자의 삶과 사상은 춘정에게 그런 지표를 상징하는 것이었다. 이처럼 춘정에게 대의와 애민의 실천을 위한 근원의 에너지는 유학의 근본정신으로 계속 복귀하는 것이었다. 이처럼 엄격한 마음가짐[秉心]의 학문으로 자기를 수양하고, 경세의 의지를 실현하리라는 문학적 단련이 춘정 한시의 또다른 측면이다.

4. 맺는말

여말 선초라는 역사적 전환기를 거쳐 조선의 관료 문인으로 살아갔던 춘정 변계량의 학술, 문학적 위상은 종합적이고 입체적으로 파악될 필요가 있다. 이를 위해 이 논문에서는 첫째, 『춘정집』의 서문과 지문을 분석하여 춘정의 학문과 문학을 어떻게 평가했는지 살폈다. 춘정의 학문적 계보는 정몽주-이숭인-권근으로 표명되었는데 특히 『대학』『중용』을 부각한 점에 주목하였다. 이는 권근의 학문적 자장 속에서 나온 것이니, 권근은 『대학』『중용』 공부의 어려움을 해결하기 위해 『입학도설』을 지었다. 이로써 양촌에서 춘정으로 계승된 유학의 실체를 확인할 수 있었다. 둘째, 춘정의 한시 중 연대를 추적할 수 있는 작품들을 중심으로 그의 내면 행로와 가치관을 분석하였다. 춘정은 고려 말 역사적 변화의 기로에서 대의와 애민이라는 유교적 명분을 자신의 행로를 결

51) 「責友人學琴」, 『春亭集』 권1.

정하는 가치로 삼았다. 이는 유학자로서 실천적 면모를 보여주는 것이다. 또한 춘정은 내면의 지향과 현실의 차이로 인한 갈등을 철저한 학적 자세를 견지하고, 반본의 의식과 경세의 강한 의지로 해소해 갔다. 이로써 우리는 여말 선초 역사의 갈림길에서, 자기 내면과 현실의 갈등 속에서 유학적 가치를 근간으로 현실과 분투했던 한 지식인의 내면 행로를 다소나마 이해할 수 있다. 논의를 확대하면, 춘정의 문인으로서 『춘정집』을 편찬했던 정척(鄭陟), 춘정이 후계자로 지목했던 신장(申檣)과 권채(權採) 등, 춘정의 학맥을 계승한 관료 문인들의 행방과 성취에 대한 이해와 평가 또한 여기에서 출발할 수 있으리라 기대한다.

이 글은 『동방학』 45집(한서대학교 동양고전연구소, 2021.8)에
수록한 논문을 일부 수정한 것이다.

춘정 변계량의 연구 현황과 과제

정출헌

1. 머리말

춘정 변계량(1369~1430)은 14세 되던 고려 우왕 8년 진사시에 입격하고, 3년 뒤 대과에 급제했다. 불과 17세의 약관이었다. 그처럼 화려하게 역사의 무대에 등장한 이후, 신생국가 조선의 예악전장(禮樂典章)을 도맡아 수행하던 그는 세종 12년 62세로 생을 마감했다. 그날 사관은 "거의 20년 동안 문형(文衡)을 맡아 사대교린의 사명(詞命)이 대부분 그의 손에서 나왔다. 과거를 관장하여 선비를 뽑는 데 있어 언제나 지극히 공정하여, 멋대로 부정을 자행하던 전조(前朝)의 관습을 모두 고쳤다. 일을 의논하고 의문을 해결하는 데 있어 종종 보통사람의 생각을 뛰어넘었다."[1]라고 평가했다. 그의 자연적 삶은 그렇지만 끝났지만, 사후에도 결정하기 어려운 국가의 중대 현안이 있을 때마다 그는 종종 소환하여 판단하는 주요 잣대로 활용되곤 했다. 정조(正祖)는 "변계량과 서거정 등 몇몇 사람만이 비로소 사단(詞壇)의 영수로서 제왕

1) 『조선왕조실록』 세종 12년 4월 23일.

의 계책을 도왔다고 할 수 있고 그 나머지는 모두 구차하다."[2]고 단언할 정도였으니, 이른바 국가의 시귀(蓍龜)로서 계속 살아 존재했던 것이다.[3]

그러했던 변계량은 근대학문이 시작된 20세기에 들어 장지연(張志淵)과 조윤제(趙潤濟)에 의해 전혀 다른 방식으로 호명되기 시작했다. 조선유학사(朝鮮儒學史)와 조선시가사(朝鮮詩歌史)를 개관하는 자리에 서였다. 하지만 지난날 소환되던 모습과는 사뭇 달랐다. 장지연은 여말선초 이학(理學)의 적통과 구별되는 고려유학의 계보, 곧 안향→백이정·우탁→이제현→이색→권근·변계량의 맥락에서 그를 불러냈다.[4] 이른바 정몽주→길재→김숙자→김종직→김굉필·정여창→조광조→이언적→이황으로 이어지는 도통(道統)과 구별되는 비적통의 계보에 배치한 것이다. 한편 조윤제는 국민시가인 시조(時調)의 발달과정을 추적하는 과정에서 「화산별곡」의 작자 변계량에 주목했다. 하지만 「화산별곡」과 같은 경기체가는 시가 형태상의 자연적인 발전이 아닐뿐더러 묘악(廟樂)에 쓰겠다는 특수한 목적의식 하에 이루어진 만큼, 일반 대중과는 관계가 없어 국민 문학으로 볼 수 없다고 단언했다.[5]

---

2) 『조선왕조실록』 정조 23년 9월 16일.

3) 『조선왕조실록』를 기준으로 문종 때 2회, 세조 때 1회, 성종 때 6회, 연산군 때 3회, 중종 때 3회, 선조 때 2회, 광해군 때 1회, 인조 때 2회, 효종 때 2회, 정조 때 2회, 순조 때 1회 등 총 25회 거론되고 있다. 그 가운데 성종 10년 5월 15일 경연에서 "건국 초기에 삼봉 정도전이 『心氣理論』 3편을 저술하였고, 권근이 『入學圖說』을 지었는데, 이로부터 이후로는 변계량 한 사람뿐이었습니다."라고 하여, 변계량 이후로 전승이 끊어진 상황을 거론하며 『대학연의』 및 성리학 관련 서적을 간행·보급해야 함을 역설하는 대목 등이다. 그 외에 거론되는 맥락을 보면 제천의식 거행 논의, 문형으로 누렸던 절대적 지위, 「遊山詩」의 높은 품격, 重試에서의 장원, 표전문의 제작 상황, 錢法의 혁파, 文風의 흥기, 성균관 비문 제작, 豳風과 無逸篇에 대한 세종과의 대화, 『효행록』의 편찬, 詞壇의 영수로서 제왕의 보좌, 厚陵誌 편찬 등이다.

4) 장지연, 『고려유교연원』, 회동서관, 1922, 6면.

조선성리학의 정점으로 꼽히는 이황과 국문시가의 전형으로 간주되는 시조와는 거리가 먼 인물 또는 먼 작품으로 간주되고 말았으니, 뜻밖의 기준에 의해 부당한 평가를 받았다고 할 수 있다. 하지만 성리학의 발전을 조선사상사의 성숙과 등치시키곤 했던 도학적인 잣대는 물론이거니와 국문문학의 발전을 근대문학으로의 성장과 동일시하던 근대문학적 평가 방식도 지금 우리로서는 동의하기 힘들다. 이처럼 도학적 관점과 근대적 관점, 둘 모두에게 부당한 취급을 받으며 변계량은 20세기 근대학문과 만나게 되었다.

이런 잘못된 출발로 인해 우리의 문학·역사·철학, 곧 한국학을 우리 손으로 직접 연구하기 시작한 해방 이후의 학술계에서도 변계량과 그의 작품은 비상한 관심을 받기 어려웠던 것으로 보인다. 설사 주목을 받는다고 해도 초기에 각인된 왜곡의 국면을 극복하기란 쉽지 않았다. 명확한 근거도 제시하지 않은 채 선진유학(先秦儒學)과 한당유학(漢唐儒學)의 혼재[6]라거나 한당유학의 경향과 송학(宋學)의 경향이 혼합[7]으로 규정되기 일쑤였다. 뿐만 아니라 그의 문학적 성취도 과도기적 문학 형식[8]이라거나 궁정(宮庭) 아유문학(阿諛文學)의 전범[9]으로 간단히 언급하고 넘어가는 경우가 적지 않았다.

상황이 이러하다보니 연구자의 깊은 관심을 끌어내기 어려웠고, 그 결과 의미 있는 연구 성과도 크게 기대하기 힘들었다. 그럼에도 불구하고 최근 들어 각 부문에서 의미 있는 연구가 제출되고 있는 것은 고무

5) 조윤제, 『국문학개론』, 동국문화사, 1962, 75면.
6) 이을호, 「조선조 전기의 유가철학」, 『한국철학연구』, 동명사, 1978.
7) 현상윤, 『조선유학사』, 현암사, 1982, 32면.
8) 김동욱, 『국문학개설』, 보성문화사, 1974.
9) 조동일, 『한국문학통사 2』, 지식산업사, 1982.

적인 현상이 아닐 수 없다. 그런 성과는 도학적 또는 근대적 평가 기준을 전가의 보도처럼 사용해서는 안 된다는 근본적인 반성, 다시 말해 하나의 인간이 몸담고 있던 역사지평 위에서 그의 행적과 그의 성취를 읽고 평가해야 한다는 반성으로부터 가능했다. 너무나 당연한 말이지만, 춘정 변계량은 원명교체라는 동아시아 역사격변기를 맞이하여, "고려에서 조선" 또는 "불교에서 유교"라는 문명전환기의 한 복판에서 활동했던 인물이라는 사실을 잠시도 잊어서는 안 된다. 그렇다면 그 시대의 눈으로 그 인물의 삶을 조망하고 평가해야 마땅했다. 그것이야말로 한 인간을 적실하게 이해하는 출발 지점이다.

2. 『춘정집』의 규모

『춘정집』은 원집(原集) 12권 4책, 속집(續集) 4권 2책으로 구성되어 있다. 원집에는 사(辭) 2편, 시(詩) 410제, 그리고 서(序)·문답(問答)·설(說) 13편, 봉사(封事)·상서(上書) 8편, 대책(對策)·교서(敎書) 등 14편, 사표(謝表)·전(箋) 등 37편, 청사(靑詞) 8편, 책문(册文)과 제(祭)·축문(祝文) 등 11편, 비지(碑誌)와 명(銘)·발문(跋文) 등 11편, 그리고 속집에 악장(樂章) 6편, 시 2제, 소(疏)·계(啓)·장(狀)·전지(傳旨)·교서(敎書)·책문(册文)·전(箋)·뇌문(誄文)·지(誌)·명(銘)·찬(贊)이 각 1편씩과 축문(祝文) 2편, 서(書) 3편 등 16편이 실려 있다. 그 외에 행장(行狀), 연보(年譜)와 사제문(賜祭文)·병암서원봉안문(屛巖書院奉安文)·금곡제단상향문(釜谷祭壇常享文) 등 변계량과 관련된 기록 및 생애자료 등이 수습되어 있다.[10] 이해의 편의를 위해 원집만 표로 정리하면 다음과 같다.

권수	문체	주요작품
권1~권4	詩	
권5	記, 序, 雜著, 說	「健元陵碑陰記」, 「樂天亭記」, 「圃隱先生詩藁序」, 「陣說問答」
권6~권7	封事	「永樂七年八月日封事」, 「永樂十三年六月日封事」
권8	策文, 敎書	「殿試對策」, 「冊世子敎」, 「諭對馬州宣旨」
권9	表箋	「謝恩表」, 「謝放還人表」, 「請上太上王尊號箋」, 「請免金銀表」
권10	靑詞	「北斗醮禮靑詞」, 「昭格殿 行祈雨兼流星祈禳 太一醮禮 靑詞」
권11	冊文, 祭文, 重修文 등	「大行太上王諡冊文」, 「祈雨雩社圓壇祭文」, 「祭亡耦吳氏文」
권12	碑銘, 神道碑銘, 陵誌 등	「箕子廟碑銘」, 「有明朝鮮國學新廟碑銘」

굳이 표까지 만들어 문집의 규모를 번다하게 제시한 까닭은 『춘정집』에는 한문학의 거의 모든 문체가 망라되어 있다는 사실을 보여주기 위해서이다. 20년 동안 문형으로 있으면서 밖으로는 명나라 황제에게 보내는 표문(表文)으로부터 안으로는 임금의 교서(敎書)에 이르기까지, 위로는 궁중에 소용되는 책문(策文)으로부터 아래로는 개인적 정감을 읊고 있는 한시(漢詩)에 이르기까지, 사상적으로는 유교-불교-도교와 관련된 시문에 이르기까지 그의 창작 범위는 전 방위적이었다 해도 과언이 아니다.[11] 그런 사실은 변계량의 문학적 역량이 공적

---

10) 오세옥, 「춘정집 해제」, 『한국문집총간』 8, 민족문화추진회, 1991.

11) 심지어 변계량이 지었다는 다음과 같은 시조도 전한다. "내히 죠타 하고 놈 슬흔 일 ᄒᆞ지 말며, 놈이 한다 하고 義 아니면 좃지 말니, 우리는 天性을 직희여 삼긴대로 ᄒᆞ리라."[珍本 『靑丘永言』] 그 외에 시조집에 따라 변계량 외에 작자가 엇갈리는 작품이 2수 더 있다. "巖畔 雪中孤竹 반갑고도 반가왜라, 問노라 져 孤竹아 孤竹君의 네 엇던인다, 首陽山 萬古淸風에 夷齊를본듯 ᄒᆞ여라."[洪氏本 『靑丘永言』]와 "治天下 五十年에 不知왜라 天下事를, 億兆蒼生이 戴己를 願ᄒᆞᄂᆞ냐, 康衢에 聞童謠ᄒᆞ니 太平인가 ᄒᆞ노라."[六堂本 『靑丘永言』] 전자는 徐甄, 후자는 成守琛으로 저자라고도 한다. 정확한 진위 여부는 밝히기 어렵다.

으로든 사적으로든 얼마나 깊고 넓었는가를 보여주는 동시에 하나의 작은 단서를 가지고 그의 전모를 손쉽게 재단해서는 안 된다는 사실을 일깨워준다.

더욱이 이와 같은 『춘정집』이 편찬된 배경과 과정은 예사롭지 않았다. 세종의 명을 받은 집현전 학자들이 직접 편찬하고 교정을 거친 뒤, 경상감사와 밀양부사가 협력하여 간행한 국가적 차원의 문집이었다. 밀양부개간(密陽府開刊)으로 적힌 간기(刊記)에 밝혀져 있듯, 제자 정척(鄭陟)이 시문을 수습·정리하고, 집현전 직제학 유의손(柳義孫)과 저작랑 김서진(金瑞陳)이 교정을 보고, 역시 제자이자 경상감사였던 권맹손(權孟孫)이 간행을 책임졌다. 그리고 실제 간역(刊役)은 도사 권지(權枝), 밀양부사 안질(安質), 밀양교수관 공종주(孔宗周), 성균관 유학 박학문(朴學問)과 박정지(朴楨之)가 담당했고, 판각에는 각수 이영춘(李英春) 등 45인이 동원되었다. 세종 24년(1442)의 일이다. 자신이 가르치고 모시던 임금의 분부에 의해 자신의 고향 밀양에서 간행되었으니, 그보다 더 큰 영예는 없었을 것이다.

하지만 대부분의 문집이 그러하듯, 『춘정집』도 임진왜란을 거치고 오랜 시간이 지남에 따라 전승조차 온전하게 이어지지 못했다. 권질(卷帙)이 흩어지고, 그마저도 거의 찾아보기 어렵게 되고만 것이다.[12] 그런 사실을 안타깝게 여기던 거창 병암서원(屛巖書院)[13]의 유생들은 온갖 노력 끝에 영해(寧海)의 향교에 보관되어 있던 한 질을 어렵게 찾아

12) 변계량이 錢法의 혁파를 상소하였다는 기록을 보고 문집을 구해 확인하려 했지만, 겨우 질이 맞지 않은 문집 두 권을 구해 읽었다는 기록이 보인다. 선조 때의 일이다. 그때 이미 『춘정집』은 희귀본이 되어 있었던 것이다. 『조선왕조실록』 선조 36년 5월 23일.

13) 숙종 33년(1707) 변중량·변계량 형제를 추모하기 위해 세운 서원이다. 고종 6년(1869) 대원군의 서원철폐령으로 훼철되어 복원되지 못한 채 있다.

내어, 이를 저본으로 삼아 순조 25년(1825) 중간할 수 있었다.[14] 중간본은 초간본과 같은 12권 5책의 규모이다.

하지만 초간본과 중간본 간에는 적지 않은 차이가 있어 주의를 요한다. 후학들이 중간하는 과정에서 적지 않은 작품을 산삭(刪削)해버렸기 때문이다. 삭제된 작품 64건, 본문의 일부가 결락된 작품 4건, 위치가 이동된 작품 3건에 달한다.[15] 그것들을 살펴보면 불교 관련된 작품 거의 모두, 도교 관련된 작품 일부, 그리고 이름이 그다지 알려지지 않은 인물의 제문 14건이라고 한다. 현재 초간본 가운데 권1부터 권3까지의 행방을 찾지 못해 비교가 불가능하지만, 삭제된 작품이 보다 많이 있었음은 간접 확인할 수 있다. 예컨대 『동문선』에는 변계량의 시가 13수 실려 있는데, 그 가운데 「제승사(題僧舍)」는 현전 중간본에 빠져있다.[16]

변계량의 졸기(卒記)의 마지막 부분에는 그가 독실한 불교 신자였음을 밝혀 놓고 있다. "문을 관장하는 대신으로서 삶을 탐하고 죽음을 두려워하여 귀신을 섬기고 부처를 받들며, 심지어 하늘에 제사하는 일까지 서슴지 않았다."[17]고 한다. 그리하여 식자의 기롱을 받았다는 것인데, 그러하다면 그가 살아생전 불교라든가 도교 관련 시문을 많이

14) 중간본의 편찬은 金是瓚이 맡았고, 沈象奎가 重刊 서문을 썼다. 중간하게 된 과정은 金是瓚이 적은 重刊識(1822년)을 통해 알 수 있다. 1937년에는 17대손 卞斗星이 석인본 4권 2책을 續集으로 간행하였다. 현재 중간본과 속집을 묶어 민족문화추진회(현, 한국고전번역원)에서 『한국문집총간』 8집으로 영인하여 간행하였다.

15) 물론 삭거만이 아니라 새롭게 2편의 작품이 수습되기도 했다.

16) 이러한 문헌고증의 결과는 천혜봉, 「춘정집 해제」, 『국역 춘정집』(민족문화추진회, 1998)에 자세하게 밝혀 놓았다. 천혜봉 교수는 산실된 것으로 알려진 초간본을 수소문한 결과 1권(낙질본)은 성암문고에서, 4-8권과 11-13권 2책은 동국대 도서관에서, 5-7권 1책은 한국정신문화연구원에서, 10-13권 1책은 고려대학교 만송문고에서, 11-13권 1책은 山氣文庫와 雅丹文庫에서 찾아냈다. 그리고 유통되고 있는 필사본을 어렵게 구해 나머지를 채워, 제1권 21장부터 2-3권을 제외한 전질을 복원하게 되었다.

17) 『세종실록』 세종 12년 4월 23일.

지었을 것은 충분히 납득할 만하다. 문집을 편찬한 그의 제자들도 그런 사실을 애써 감추지 않았다. 그의 시대는 그런 문장을 짓는 것이 크게 낯선 현상이 아니었던 것이다. 중화문명을 받아들여 유교문명 국가를 만드는 데 온힘을 기울였던 세종도 독실한 불교신자였다. 사정이 그러하다면 변계량이라는 한 시대의 인물을 온전하게 이해하기 위해서는 후대의 도학적 시각으로 그의 시문을 산삭하지 말아야 하는 것처럼, 지금 연구자도 그와 같이 경직되거나 편향된 태도로 접근해서는 안 된다. 변계량이라는 한 개인은 물론 여말선초는 사상적으로도 드넓게 열려져 있던 시대였다. 아니, 주자학이라는 협애한 잣대로 재단해서는 안 되는 시대였다.

3. 분야별 연구현황과 과제

1) 악장 부문: 「화산별곡」을 통해 보는 새로운 독법 가능성

변계량이 창제한 악장은 현재 『춘정집』에 15편, 그리고 『조선왕조실록』에 9편 등 모두 21편이 전하고 있다.[18] 권제(權踶)는 「춘정집 서문」에서 그걸 가리켜 "선생은 일찍이 새 곡조를 지어 양궁(兩宮)의 효성을 노래하고 한 시대의 치적을 형용하였는데, 이를 악보(樂譜)에 올려 후세에 남겼으니 어찌 음풍농월하는 시인묵객이 따라갈 수 있는 것이겠는가. 선생의 문장 사업도 매우 위대하다 하겠다."라고 극찬한 바 있다. 국민문학과는 거리가 멀다거나 아유문학에 불과하다고 과소평가하던 근대문학 연구자 조윤제의 태도와는 사뭇 달랐다. 실제로 변계량

---

18) 이 가운데 「紫殿曲」 3편은 『춘정집』과 『조선왕조실록』에 중복되어 실려 있다.

이 창작한 악장의 규모는 현전하는 작가 가운데 단연 으뜸이다. 실록과 문집에 실려 전하는 작품의 총목록은 다음과 같다.

세종 즉위 11월	초연헌수지가(初筵獻壽之歌)
세종 즉위 11월	천권동수지곡(天眷東陲之曲)
세종 원년 정월	하황은곡(賀皇恩曲)
세종 원년 12월	하성명가(賀聖明歌)
세종 2년 3월	자전지곡(紫殿之曲) 중 헌수지사(獻壽之詞), 경계지사(警戒之詞), 군신지의(君臣之義)
세종 6년 12월	하천복록사(荷天福祿詞)(제목을 임의로 붙임)
세종 7년 4월	화산별곡(華山別曲)
미상(춘정집)	풍운뢰우지시(風雲雷雨之神)
미상(춘정집)	국내산천지신(國內山川之神)
미상(춘정집)	성황지신(城隍之神)
미상(춘정집)	영신(迎神)
미상(춘정집)	송신(送神)
미상(춘정집)	황후입도(皇后入道)
미상(춘정집)	영신구성(迎神九成)
미상(춘정집)	왕후관세(王后盥洗)
미상(춘정집)	왕후승단(王后升壇)
미상(춘정집)	왕후입소차(王后入小次)
미상(춘정집)	초헌관세(初獻盥洗)
미상(춘정집)	초헌승단(初獻升壇)

위의 작품 가운데 「화산별곡」은 창작시기도 분명하고, 고려시대의 「한림별곡」처럼 경기체가의 형식을 완벽하게 갖추고 있어 집중적인 관

심을 받았다. 그간의 연구 현황을 적시하면 다음과 같다.

- 김창규, 「화산별곡 평석고」, 『국어교육논지』 9, 대구교육대학, 1982
- 조규익, 「변계량 악장의 문학사적 의미: 형태적 특질을 중심으로」, 『국어국문학』 101, 국어국문학회, 1989.
- 김진세, 「「화산별곡」고」, 백영 정병욱선생 10주기추모논문집 간행위원회 편, 『한국고전시가작품론』, 집문당, 1992,
- 조규익, 「보국이상(文章輔國)의 이상과 치자계급(治者階級)의 이념적 동질성 추구: 변계량의 악장」, 『조선조 악장의 문예미학』, 민속원, 2005.
- 손태룡, 「변계량의 악가(樂歌) 창제 고찰」, 『한국음악사학보』 40, 한국음악사학회, 2008.
- 신태영, 「조선 초기 창작 정재(呈才)의 악무와 예악사상: 「근천정(覲天庭)」「수명명(受明命)」「하황은(賀皇恩)」「하성명(賀聖明)」을 중심으로」, 『동방한문학』 55, 동방한문학회, 2013.
- 김승우, 『경기체가 「화산별곡」의 제작 배경과 구성」, Journal of Korean Culture. vol. 32, 한국어문학국제학술포럼, 2016.2.

악장과 같은 새로운 장르의 창출에 있어서 개조(開祖)의 자리는 물론 정도전(鄭道傳)과 하륜(河崙)이 차지해야 한다. 하지만 그들의 아이디어는 변계량에 의해 선행 장르의 변이로 나아가기도 하고 완전 새로운 장르로 전이되기도 했다. 특히 뒷시대의 대표적인 시가인 시조로 발전할 잠재적 가능성을 담지하고 있기에, 그것으로 변계량이 창작한 악장의 문학사적 의미를 재평가하기도 했다.[19] 물론 이런 연구 방식은 시조

19) 조규익, 「변계량 악장의 문학사적 의미: 형태적 특질을 중심으로」, 『국어국문학』 101, 1989.

를 우리 시가사의 정점에 두고, 악장을 그곳으로 나아가는 과도기적 형태로 이해하는 관점에 서 있다는 한계로부터 자유로울 수 없다.

그런 까닭에 정도전의 「몽금척(夢金尺)」과 「수보록(受寶籙)」, 하륜의 「근천정(覲天庭)」과 「수명명(受明命)」, 그리고 변계량의 「하황은곡」과 「하성명가」로 이어지는 악장 자체의 시대적 맥락에 보다 주목할 필요가 있다. 건국 직후의 격변하던 정치적 상황이 차츰 안정을 찾아가면서 왕실의 권위를 높이고 외교의 의례를 갖춰가던 시대적 지평 위에서 읽고 조망해야 그 악장의 의미를 또렷하게 밝혀낼 수 있기 때문이다. 실제로 태종 2년부터 고려 때의 연향악(宴享樂)과 조회악(朝會樂)이 아니라 새로 제정한 악곡을 궁중에서 연주하기 시작했고, 나아가 단순하게 노래로만 부르지 않고 점차 관현악곡(管絃樂曲) 및 정재(呈才)로 확대되어 공연되었다고 한다.[20] 정척이 말한바 새 곡조를 지어 악보에 올렸다는 말이 바로 그것이다. 그렇게 조망해야 박연(朴堧)의 주도 아래 추진해간 세종대의 아악정비(雅樂整備) 과정에서 변계량이 수행했던 역할의 실체를 온전하게 드러낼 수 있다.[21]

그런 점에서 「화산별곡」을 시가사의 전개과정을 추적하는 수단으로서가 아니라 그 자체의 창작 목적과 미적 성취를 구명하고 있는 김승우의 작업은 악장 연구의 새로운 가능성을 보여 준다할 만하다. 변계량은 세종 7년 「화산별곡」을 지어 찬진하자 세종은 이를 악부에 올려 연향에 쓰라고 명한다.[22] 작품의 내용은 세종의 덕을 가영(歌詠)하고 있는

20) 손태룡, 「변계량의 樂歌 창제 고찰」, 『한국음악사학보』 40, 한국음악사학회, 2008.

21) 그런 점에서 악장을 단순한 문학적 텍스트로서가 아니라 정재와 악무와 같은 연희와 연계지어 살피고 있는 다음 작업은 보다 본격적으로 진행될 필요가 있다. 신태영, 「조선 초기 창작 呈才의 악무와 예악사상: 「覲天庭」「受明命」「賀皇恩」「賀聖明」을 중심으로」, 『동방한문학』 55, 동방한문학회, 2013.

데, 변계량은 왜 하필 그때 지어 바쳤던 것일까? 그로부터 넉 달에 부왕 태종의 상복을 벗게 되는 것을 보면,[23] 바로 실질적인 치세에 즈음하여 세종의 치적을 기리는 악장을 지어 바쳤던 것으로 보인다는 것이다. 중요한 지적이다. 뿐만 아니라 모두 8장으로 이루어져 있는데, 그 각각 선왕(先王)과 사왕(嗣王), 문치(文治)와 무비(武備), 집무(執務)와 풍류(風流), 신료(臣僚)와 백성(百姓)으로 짝을 맞추고 있다는 시학적 성취도 흥미롭다.[24]

이런 독법을 통해 악장이 단순한 아유(阿諛)만을 위해서가 아니라 국가적 의례를 위해 반드시 필요한 작품이었고, 그 과정에서 군주가 갖추어야 할 덕목이 무엇인가를 환기시키는 역할까지 담당하고 있었다는 사실을 알 수 있게 되었다. 위에 열거한 변계량의 악장 21편도 모두 구체적인 목적과 그 목적에 부합하는 역할을 수행했었음에 분명하다.[25] 그리고 그걸 밝히는 작업을 통해 조선 초기의 예악제도가 언제 어떻게, 어떤 방식으로 정돈되어 가고 있었는지를 밝혀낼 수 있다. 예컨대 「화산별곡」의 경우, 세종의 치세와 함께 경복궁의 재건도 함께 주목할 필요가 있다. 세종은 부왕 태종이 방치해 두었던 경복궁을 대대적으로 수축하여 정궁으로 본격 사용하고자 했다. 태종대의 울울한 정치적 그림자를 걷어내고 태조대의 밝은 창업을 다시금 되살려 계승하겠다는 의지의 상징이다. 그런 맥락에서 볼 때, 「화산별곡」은 단순하게

---

22) 『조선왕조실록』 세종 7년 4월 2일.

23) 세종은 그해 윤7월 8일에 이르러 상복을 벗게 된다.

24) 김승우, 『경기체가 「華山別曲」의 제작 배경과 구성」, Journal of Korean Culture. vol. 32, 2016.1.

25) 그와 같은 탐구의 가능성을 보여준 성과로는 다음의 논문이 있다. 조규익, 「文章輔國의 이상과 治者階級의 이념적 동질성 추구: 변계량의 악장」, 『조선조 악장의 문예미학』(민속원, 2005)

세종이 구현하고 있는 수성의 덕업을 기리는 것을 넘어서서 제2의 창업을 선포하는 축가였을 가능성도 있다.[26)]

2) 한시 부문: 관각문학에 접근하는 시각의 필요성

현재 변계량이 지은 한시는 420제 정도가 문집에 실려 있다. 대략 창작 시기별로 편차되어 있지만, 출입이 다소 심한 편이다. 그럼에도 대략적인 흐름은 파악할 수 있는데, 변계량에 대한 초기 한시 연구는 대체로 시기별 변모 양상에 주목했다. 특히 조선 건국 즈음에 출처를 둘러싼 고민, 또는 출사를 전후로 시세계가 어떻게 변화하는가는 흥미로운 과제로 부각되었다. 현재는 변계량의 많은 작품 가운데 특징적 국면에 관심을 집중하는 방향으로 연구가 전개되고 있다. 불교적 면모가 어떻게 드러나는가, 여성을 그리는 시각이 어떠한가, 그리고 유자로서의 시교(詩教)는 어떻게 구현되고 있는가에 대한 논의가 그것이다. 이를 시기별로 정리하면 다음과 같다.

26) 세종 1년 8월 8일 경복궁 외전을 수리하자는 필요성에 공감하고, 세종 5년 4월 18일 높은 데 올라가 경복궁을 굽어보며 하늘이 만든 도읍이라 찬탄하고, 세종 8년 10월 26일 경복궁의 각 문과 다리의 이름을 정하고 있다. 『국조보감』 권6에도 세종 8년 勤政殿을 중수했다는 기록이 보인다. 『춘정집』 권4에 수록된 「근정전 2수」도 이와 관련되어 창작된 작품일 것이다. 이런 경복궁의 중수와 관련된 이런 조처와 태종의 삼년상 이후 본격적으로 펼쳐지는 세종의 치세는 밀접한 관련을 맺고 있으리라 판단된다. 그렇다면 「화산별곡」이 노래하는 바는 선왕의 창업을 이어받은 守成의 면모를 넘어 제2의 創業을 선포하는 것으로 읽을 수 있다. 실제로 세종의 시대는 그런 성세를 구가했다. 뿐만 아니라 「화산별곡」에서 그려내고 있는 세종의 덕업은 변계량 자신이 제안하여 거둔 성취라는 자부인 동시에 앞으로도 꾸준하게 지켜가야 할 절실한 지침이기도 했다. 실제로 창업과 수성, 문무의 겸비, 근면과 여유, 군신과 군민과 같은 균형감각은 자신이 일관되게 지키고자 했던 經世觀이기도 했다. 그 점, 뒤에서 상술하고자 한다.

- 김명순, 「춘정 변계량의 사상과 문학세계」, 『향산변정환박사화갑기념 한국학논총』, 1992.
- 이경수, 「변계량 시의 '입신'과 '출처'」, 『한국한시작가연구』 2, 한국한시학회, 1996.
- 조용호, 「춘정 변계량 한시(漢詩)의 연구」, 고려대학교 교육대학원 석사학위논문, 1996.
- 김경수, 「변계량과 선초의 문학의식」, 『어문연구』 28, 한국어문교육연구회, 2000.
- 유호진, 「변계량 시의 변모와 그 문학사적 의미」, 『한국시가연구』 14, 한국시가학회, 2003.
- 이은영, 「삶과 글을 통해 본 변계량의 여성 인식」, 『동아인문학』 4, 동아인문학회, 2003.
- 변수남, 「변계량 문학 연구」, 조선대 교육대학원 석사학위논문, 2006.
- 김성언, 「춘정 변계량의 관각풍 한시에 대하여」, 『석당논총』 38, 동아대 석당학술원, 2007.
- 조수진, 「춘정 한시의 일 연구」, 부산대 대학원 석사학위논문, 2008.
- 박수진, 「변계량 시문학 연구」, 성신여대대학원 석사학위논문, 2008.
- 김분청, 「변계량의 만시(輓詩)에 나타난 여성의 시적 형상화」, 『민족문화논총』 60, 영남대 민족문화연구소, 2015.
- 조영린, 「춘정 변계량의 교화시 일고찰」, 『동아인문학』 37, 동아인문학회, 2016.
- 김윤섭, 「조선전기 관료문인들의 불교적 내면의식에 관한 연구: 권근·변계량·김수온·서거정·성현의 시문을 중심으로」, 『선문화연구』 20, 한국불교선리연구원, 2016.

변계량 한시 연구의 출발은 조선 건국 이후, 출사를 앞두고 보였던 고민의 양상을 살피는 것으로 시작되었다. 절의를 중시했던 유자에게 으레 던져질 만한 질문이다. 더욱이 17세라는 이른 나이에 지공거 정몽주 아래에서 급제했고, 이후 정치적 행보는 정몽주를 비롯한 신흥사대부와 노선을 같이 했기에 그런 질문은 많은 관심을 끌기에 충분했다. 실제로 자신과 달리 건국 세력에 의해 피살되거나 은거의 길을 선택한 동지(同志)에 대한 신뢰는 자신의 출사 이후에도 변함이 없었다. 태종과 세종의 의혹에도 아랑곳 하지 않고, 상황이 될 때마다 정몽주·이숭인·길재의 능력과 처세를 극구 칭찬했던 것이다.[27] 심지어 최영의 죽음을 애도하는 시도 문집에 보란 듯이 실어둘 정도였다.

그런 변계량이었기에 새 왕조에 나아가는 데 있어 갈등이 없을 수 없었다. 실제로 「야좌유감(夜坐有感)」, 「궁추즉사(窮秋卽事)」, 「장부경도장단도중 기정정곡(將赴京都長湍途中 寄呈鼎谷)」, 「감흥(感興)」과 같은 작품에는 그런 착잡한 심경이 짙게 드러나 있다.[28] 유호진의 경우, 그런 질문에서 한 걸음 더 나아가 출사를 전후한 시적 변화를 살피는 데까지 나아갔다. 그 결과 출사 전의 한시는 한수(寒瘦)의 정조와 맑고 견고한 정신세계로의 지향을 보였지만, 출사 후에는 정신적 긴장의 이완이 발견된다는 결론을 도출해낼 수 있었다. 자신의 이상이 당대 현실

---

27) 정몽주-길재로부터 비롯되는 道統도 이른바 非嫡統으로 분류되는 권근과 변계량에 의해 힘입은 결과라는 사실을 간과해서는 안 된다. 변계량은 정도전을 위해 「圃隱先生詩藁序」를 쓰고, 이숭인을 위해 『陶隱集』을 편차하고, 길재를 위해 「處士 吉再의 詩卷에 쓰다. 5수[題吉處士再詩卷 五首]」를 썼다. 그의 작업을 통해 그들은 역사의 패자임에도 불구하고 우리나라 道學의 적통으로 자리 잡게 된 것이다. 하지만 송시열과 같은 경우, "『포은집』 서문은, 河(하륜)가 지은 것은 과연 없애야 합니다. 그러나 卞公(변계량) 역시 前朝 사람으로서 지조를 잃은 자이니, 또한 어찌 그의 글을 앞에 내놓을 수 있겠습니까."라고 경직된 태도를 보이기까지 했다. 절의를 지상의 가치로 앞세웠던 시대의 살풍경이다. 『송자대전』 권35, 「答鄭晏叔」(1659).

28) 이경수, 「변계량 시의 '입신'과 '출처'」, 『한국한시작가연구』 2, 한국한시학회, 1996.

에서 실현될 수 없다는 무력감을 토로하고 있는 작품이라든가 자기 자신을 천장부(賤丈夫)·충(虫)·아배(兒輩)·수마(瘦馬)에 비유하고 있는 자조적 작품을 통해 내린 진단이다. 뿐만 아니라 태종 이방원을 찬양하는 120구의 「득차자(得此字)」라든가 김사형(金士衡)을 찬양하는 100구의 「제상락백시권(題上洛伯詩卷)」과 같은 궁정문학 작품에서는 진지하던 예전의 모습과는 멀어진, 이른바 지배체제에 안주하는 삶의 태도를 읽어내기까지 했다.[29]

물론 그의 분석처럼 출처를 두고 고민하던 실존적 번민, 젊음이 늙음으로 진행되는 과정에서의 쇠락, 고려인과 조선인의 경계에서 느껴야 했던 정신적 낙차를 충분히 인정할 수 있다. 하지만 역사적 격변기를 살아가야 했던 인물들을 다룰 때에는 그 거리를 따져 평가하는 것만큼이나 그처럼 상반된 감정이 어떤 방식으로 공존하고 있는가에 대한 내적 논리에 주목하지 않으면 안 된다. 그것은 자기모순 또는 이율배반적 모습으로 발현될 수도 있을 터, 그 사이에 존재하는 팽팽한 긴장관계와 자기갈등은 그런 격변기를 살아간 인물군상의 독특한 파토스로서 특히 주목하여 다룰 필요가 충분하다.

그렇지 않고 출사 이후의 작품을 '긴장의 이완' 또는 '체제에의 안주' 등 부정적인 시선으로만 평가하고 마는 것은 뭔가 미진하다. 그런 점에서 관료문인으로 있으면서 창작한 한시에 대한 분석이 서정적이며 창의적인 문학만을 가치 있는 것으로 평가하는 것은 근대적 문학관에 뿌리를 두고 있다는 비판은 경청할 만하다.[30] 사실, 변계량의 문학세계

---

29) 유호진, 「변계량 시의 변모와 그 문학사적 의미」, 『한국시가연구』 14, 한국시가학회, 2003.

30) 김성언, 「春亭 卞季良의 館閣風 漢詩에 대하여」, 『석당논총』 38, 동아대 석당학술원, 2007.

에 온전하게 접근하기 위해서는 그동안 등한시하거나 폄하해왔던, 이른바 관각문학을 새로운 시각에서 접근하여 평가하지 않으면 안 된다. 그럼에도 불구하고 새 왕조에서 절대적으로 요구되는 상징조작에 기여해야 하는 관각문학의 기본적 성격을 외면한 채, 관료문인의 역할을 절대 권력에 아부하는 것과 등치시키는 결론으로 연구자의 소임을 대신하는 경우가 적지 않았다.

하지만 그들이 자신의 계급적 위치와 역할을 충분히 자각하고, 자기 시대의 시대정신을 문학적으로 어떻게 실천하고 있는가도 중시할 필요가 있다. 익숙한 전고의 사용, 다양한 수사의 개발, 안정되고 탄탄한 구성, 그리고 형식과 내용의 자연스러운 조화 등을 통해 시대정신을 제고하는 것도 관료문인의 주요 역할이다. 그러하다면 정국과 문단을 이끌어갔던 변계량이 지은 관각풍의 한시 연구는 사림파적 시각이나 시류에 민감한 문풍(文風)의 변화,[31] 또는 근대문학에서 강조되는 개인적 내면정감 또는 기층의 민중정서와는 구별되는 시각으로 접근하지 않으면 그 핵심미학을 간취하기 어렵다.

하지만 그런 방법론은 아직 본격적으로 시도되지 못하고 있다. 시대를 만나지 못하여 산림에 은거하며 시를 읊조려 그것이 산골짜기를 환하게 만드는 유형의 시는 충분히 주목 받고 연구되고 있지만, 성대한

31) 변계량에 대한 평가는 극과 극으로 나뉠 정도로 극명하다. 權踶는 초간본 「춘정집 서문」에서 "시는 청아하되 苦澁하지 않고, 담담하되 淺薄하지 않아 옛날의 빼어난 시인과 같으며, 임금의 慈孝와 시대의 治績을 가락에 얹어 전하니 음풍농월을 일삼는 시인묵객은 미칠 수 없다."고 극찬했다. 하지만 뒤 세대인 성현은 『용재총화』에서 "양촌과 춘정이 문병을 잡았으나 이색에게 미치지 못하고, 변계량을 특히 卑弱하다."거나 허균은 『惺叟詩話』에서 정사룡이 "이달이 가져온 시집 중에서 춘정집은 땅에 버릴 정도로 가볍게 여겼다"는 일화를 전하고 있다. 문풍은 시대에 따라 변하기 마련인 바, 그런 맥락 위에서 정확하게 짚어주는 것은 앞으로의 과제이다.

시대를 만나 임금과 신하가 서로 이어가며 노래하여 오성(五星)처럼 밝은 시문은 그에 합당한 주목과 이해를 얻고 있지 못한 것이다.[32] 서거정도 밝히고 있듯 그들 두 부류는 영원히 사라지지 않을 만큼의 문학적 성취를 거두고 있는바 관각문인의 작품에 대한 균형 잡힌 관심과 새로운 연구 방법론의 개발이 절실하다.

조선 전기 관각문학에 대해 새로운 접근 방법의 개발과 함께 변계량 시세계의 특징적 국면을 깊이 있게 밝혀주는 연구도 필요하다. 최근 이루어진 불교시, 여성 만시(輓詩), 그리고 교화시에서 그 가능성을 보게 된다. 변계량의 한시 420여 수 가운데 불교 관련 작품이 80여 수에 달한다는 점에 착목하여 억불숭유의 시대에 불교적 자취가 그 내면의식 속에 어떻게 용해되어 있는지를 탐구하기도 했다.[33] 또한 변계량의 만시 36수 가운데 절반에 달하는 17수가 여성을 대상으로 삼은 것도 흥미롭다. 비슷한 시기, 다른 문인과 비교할 때 무척 많은 비중을 차지하기 때문이다.[34] 실제로 변계량은 가족 여성과 관련된 문제로 곤욕을 치른 적이 여러 차례인 만큼, 여성에 대한 인식을 살피는 작업은 당대의 상황을 이해하는 데 있어서도 흥미로운 작업이다.[35] 그리고 한시

---

32) 서거정, 『사가문집』 권5, 「泰齋集序」, "天地精英之氣鍾於人, 而爲文章, 文章者, 人言之精華也. 是故有遭遇盛時, 賡載歌詠者, 則其文之昭著, 如五緯之麗天, 而燁乎其光. 不遇而嘯咏山林, 托於空言者, 則其文之炳燿, 如珠璧捐委山谷, 明朗而終不掩其煒矣. 其所以駭一時之觀聽, 而垂名聲於不朽, 一也."

33) 김윤섭, 「조선전기 관료문인들의 불교적 내면의식에 관한 연구: 권근·변계량·김수온·서거정·성현의 詩文을 중심으로」, 『禪文化硏究』 20, 한국불교선리연구원, 2016.

34) 이색은 56제 중 15제, 이숭인은 19제 중 2제, 정도전은 9제 중 2제, 권근은 31제 중 6제, 서거정은 40제 중 6제에 불과하다. 이들에 비해 변계량이 여성의 만시를 유독 많이 남기고 있는 것은 분명 흥미로운 현상이다. 이와 관련된 논의는 김분청, 「변계량의 輓詩에 나타난 여성의 시적 형상화」, 『민족문화논총』 60, 영남대 민족문화연구소, 2015 참조.

35) 변계량과 관련된 가정사는 유별난 바 있다. 권씨, 오씨, 이씨, 박씨 등 부인을 넷이나

가운데 교화적인 내용을 살펴보는 작업도 진부하긴 하지만, 당대 변계량의 지위를 고려한다면 피해가기 어려운 과제일 수 있다.[36)]

3) 정치사상 부문: 유교적 이상과 현실적 상황의 조화

변계량은 정몽주, 이숭인, 권근으로부터 사제의 관계를 맺으며 성장한 신흥사대부의 일원이다. 그런 고려 말 엘리트 지식층은 성리학적 이념을 정치적·사상적 무기로 삼아 권문세족 세력과 경합을 벌이고, 결국 유교문명을 내건 신왕조를 건설하게 되었다는 평가를 받고 있다. 문제는 과연 성리학적 이념을 어느 정도 체화하고 있었는가를 구명하는 것일 텐데, 그를 밝혀내기 위한 자료가 『춘정집』에는 충분하게 실려 있지 않다. 물론 의리도덕보다 기학파적(氣學派的) 성격이 강하다는 견해,[37)] 실사구시적·이용후생적 학풍을 지니면서 전례와 사장에도 능했다는 견해,[38)] 사장학(詞章學)을 포함하는 유서학(類書學)의 특징을 보인다는 견해,[39)] 정주학(程朱學)에 기반하여 교화를 강조하는 교화유교(敎化儒敎)의 특징을 보인다는 견해[40)] 등이 제출되어 있기는 하다.

하지만 이런 주장은 변계량 자신이 토로한 사상적 논설을 통해 얻어졌다기보다 그에게서 발견되는 다양한 경세 관련 실천적 행위를 통해 유추한 잠재적 가설이다. 더욱이 한국 유교의 흐름을 개관하는 수준에

두었고, 누이가 참형을 당하고 누이의 딸은 자살하기도 했다. 이은영, 「삶과 글을 통해 본 卞季良의 女性 認識」, 『동아인문학』 4, 동아인문학회, 2003.

36) 조영린, 「春亭 卞季良의 敎化詩 一考察」, 『동아인문학』 37, 동아인문학회, 2016.

37) 유승국, 『한국의 유교』, 세종대왕기념사업회, 1976.

38) 이병도, 『한국유학사』, 아세아문화사, 1987.

39) 이태진, 『조선유교사회사론』, 지식산업사, 1989.

40) 성락훈, 「한국유교사상사」, 『한국문화사대계』 6, 고려대학교 민족문화연구소 출판부, 1970.

서 언급된 것이기에 신뢰성에 의심의 여지가 많다. 자료의 부족에서 기인한 불가피한 측면이 있지만, 그런 한계는 변계량만이 아니라 그 시대의 관료문인들에게 공통적으로 보이는 현상이다. 때문에 변계량의 사상은 경세사상 또는 정치사상과 결부되어 논의될 수밖에 없었는데, 그 성과를 적시하면 다음과 같다.

- 김홍경, 「변계량의 철학사상 연구: 자연인식과 인간관을 중심으로」, 민족문화 14, 한국고전번역원, 1991.
- 김홍경, 「변계량의 경세사상 연구」, 『유교사상문화연구』 4·5, 한국유교학회, 1992.
- 오연정, 「조선 초기 변계량의 불교인식」(동국대 대학원 석사학위논문, 1999)
- 이한수, 「조선 초기 변계량의 시대인식과 권도론」, 『역사와사회』 27, 국제문화학회, 2001.
- 김정신, 「조선전기 훈구세력의 인성론과 형정(刑政) 중시의 정치운영」, 『한국사상사학』 33, 한국사상사학회, 2009.
- 박병련, 「춘정 변계량의 정치사상과 정치적 활동」, 『한국동양정치사상사연구』 8, 한국동양정치사상학회, 2009.

일찍부터 변계량의 철학사상과 경세사상에 주목했던 연구자는 단연 김홍경이다. 그는 변계량의 철학사상이 한대(漢代)의 인식과 주자학적 인식, 심지어 심학적(心學的) 인식이 하나의 사상체계 속에 혼재해 있다는 의미에서 잡유성(雜糅性)이라는 결론을 내렸다. 경세사상 또한 주자학적 인식과 비주자학적 인식이 잡유(雜糅)하고 있다고 보았다. 그런 까닭에 유교 지치주의(至治主義)를 꿈꾼 조광조(趙光祖)처럼 통치자의 도덕적 자각, 도덕을 통한 권력의 규제, 애민정치의 실현과 같은 주자학적 경세사상에 기반하고 있으면서도, 원칙보다 현실을 비중 있게 고려하는 모습을 보인다는 것이다. 실용적 경향과 패도론(霸道論)의 수용, 심지어 제천의식의 실행까지 주장하는 것을 주자학적 경세사상으로부터 이탈하는 사례로 간주하고 있다.[41)]

이와 같은 김홍경의 논의는 비록 번다하고 난삽한 점이 있지만, 대체로 학계에서 통설로 수용되고 있다. 그리하여 변계량의 경세사상을 권도론에 초점을 맞춰 보다 정치하게 풀어내는 논의로 이어지기도 한다. 사실 조선 건국 이후 신흥사대부의 도통이 “이색-정몽주-길재”로 이어졌다고 믿는 것과 달리 실제 역사의 무대에서는 “정도전-하륜-권근-변계량”으로 이어졌다. 조선 전기 성리학은 이기론(理氣論)을 바탕으로 한 이론적 천착보다 부국강병을 위한 실용적 경세사상이 보다 강력하게 작동했기 때문이다. 농학, 천문학, 의학, 출판학, 인쇄기술, 병서 및 무기 등 과학기술의 발전은 그 결과이다.

실제로 변계량의 궁극적인 관심사는 어떻게 하면 선왕의 도리에 부합하면서도 세속의 시의(時宜)에 적합한, 그리하여 쉽게 바뀌지 않는 시대의 전범을 만들 수 있을까에 있었다.[42)] 그리고 그런 고민의 결과, 현실 상황에 대한 상식적·보편적 차원에서 문제를 풀어가는 경우가 많았다. 유교문명 국가의 인재를 양성하는 과거시험에서 강경(講經)은

---

41) 김홍경, 「卞季良의 哲學思想 硏究: 自然認識과 人間觀을 중심으로」, 『민족문화』 14, 한국고전번역원, 1991; 김홍경, 「卞季良의 經世思想 硏究」, 『유교사상문화연구』 4·5, 한국유교학회, 1992.

42) 변계량은 司馬光과 王安石과 같은 적대적 인물도 함께 아우를 수 있다는 입장을 보였다. 『조선왕조실록』 세종 즉위년 11월 7일 “경연에 나아가서 宋朝名臣의 事跡을 물었다. 그러자 변계량이 대답하기를, “溫仁하고 謹厚함은 司馬溫公이 제일이고, 王安石은 先儒가 小人이라고 하였습니다. 그러나 그의 文章·政事와 마음 씀을 보건대, 다른 사람이 미칠 수 없으니 전적으로 小人이라고 지목할 수 없는 듯합니다.” 하였다. 임금이 말하기를, “왕안석은 소인의 재주 있는 사람이다.” 하였다.

강조되어야 마땅하다. 그럼에도 변계량은 제술(製述)도 병행하여 공부해야 한다고 주장했다. 그런 논쟁적인 문제도 일상의 상식에서 출발하는 경우가 많았다. "대개 사람들이 학문을 할 때 어려서는 기송(記誦)과 훈고(訓詁)를 익히고, 커서는 제술을 배우고, 늙어서는 저서(著書)하는 것이 범례입니다."[43]라며 임금을 설득하기 시작했던 것이다.

변계량의 경세사상 가운데 가장 논쟁적인, 그리고 최근 연구자에게 가장 부정적인 인상을 주는 사안으로는 군주 중심의 정치론이 있다. 태조는 창업의 시대였고, 태종은 창업과 수성을 겸한 시대였다고 할 수 있다. 그리고 세종은 수성의 시대라는 시대인식이 확고했던 군주였다. 변계량은 그런 수성을 성공적으로 완수하기 위해서는 강력한 군주 중심의 정치제도가 적합하다는 믿음도 확고했다. 그것이 유교적 이상과 당대의 현실을 함께 고려하여 내린, 곧 시의(時宜)에 가장 부합하는 정치체제라는 것이다.[44]

사실 전제왕권의 강화는 주나라의 제도를 조선에서 구현해보고자 했던 정도전의 가장 야심찬 정치구조, 이른바 재상중심정치를 전복시켜버리는 중차대한 정치적 사안이었다. 하지만 변계량이 내세운 논리는 간단명료했다. "권력이란 천하 사람들이 두려워하는 바이고, 이익이란 천하 사람들이 구하는 바라고 생각합니다. 그러므로 권력과 이익의 칼자루는 하루라도 아랫사람에게 넘겨서는 안 됩니다."[45]라는 것처

---

43) 『조선왕조실록』 세종 10년 4월 23일.

44) 이한수, 「조선 초기 변계량의 시대인식과 權道論」, 『역사와사회』 27, 국제문화학회, 2001; 김정신, 「朝鮮前期 勳舊勢力의 人性論과 刑政 중시의 政治運營」, 『한국사상사학』 33, 한국사상사학회, 2009; 박병련, 「春亭 卞季良의 정치사상과 정치적 활동」, 『한국동양정치사상사연구』 8, 한국동양정치사상학회, 2009.

45) 『춘정집』 권6, 「永樂十三年六月日封事」.

럼. 변계량에게 있어 권력과 이익은 잠시도 임금의 손에서 벗어나서는 안 되는 절대적인 힘이라고 믿었다. 물론 그런 확신이 정도전을 역도(逆徒)로 몰아 참살했던 태종에게 맹목적으로 아부를 표한 것이라고 치부해서는 안 된다. 오히려 정도전이 꿈꾸었던 유교적 이상주의의 실현을 위해, 건국 초기의 불안정한 정치상황을 점차 안정시켜가면서 절실하게 필요해진 정치체제라고 이해해야 온당하다.[46] 더욱이 신하의 무력으로 고려 왕실이 몰락하는 현장을 직접 목도했던 바, 무제한의 신권은 경계·제어하지 않으면 안 되는 것이기도 했다. 변계량의 그런 태도는 위에서 소개했던 봉서(封書) 가운데 '자문을 널리 받을 것[廣咨訪]'이란 조항에서도 확인된다. 절대왕권의 긍정적 작동과 그 과정에서 신하의 자문으로 정도전이 꿈꾸었던 재상중심정치를 대체하고자 했던 것이다. 이런 정치사상은 마침내 임금의 자문에 대비하기 위해, 세종 2년 집현전을 설치하게 하고 나아가 초대 대제학을 맡음으로써 마침내 실현되기에 이르렀다.[47]

4) 예악전장 부문: 중화문명과 길항하는 동국문명의 모색

변계량은 태종 17년 예문관대제학 겸 성균관대사성에 올라 문형을 맡고, 이듬해인 태종 18년에는 예조판서까지 겸했다. 국가의 모든 예악전장(禮樂典章)을 주관하게 된 것이다. 거기에 더해 세종 2년 설립된

46) 최연식, 「여말선초의 권력 구상: 왕권론, 신권론, 군신공치론을 중심으로」, 『한국정치학회보』 32, 한국정치학회, 1998, 43~44면.

47) 집현전은 修文殿·寶文閣과 함께 고려시대부터 있어왔다. 하지만 세종은 집현전만 남겨두고 유명무실하던 두 기관을 폐지했다. 대신 집현전에 재주와 행실이 있는 젊은 문신을 선발하여 경전과 역사를 강론하면서 자신의 자문에 대비하고자 했다. 『세종실록』 세종 2년 3월 16일 기사 참조.

집현전의 초대 대제학도 맡았다. 그 이후 세종 8년에는 폐지되어 있던 호패법을 부활한다. "한 나라의 주인이 되면 당연히 한 나라의 호구를 알아야 한다."고 주장했던 것이다. 그리고 세종 8년 사가독서 제도를 처음 실시하게 하고, 세종 10년에는 풍속 교화의 방안으로 『효행록』을 편찬하게 하여 『삼강행실도』로 확대되는 계기를 제공했다는 등 그의 성취는 이루 헤아릴 수 없을 정도로 많다. 때문에 이와 관련된 논의는 비교적 풍성한 편이다. 그간의 성과를 적시하면 다음과 같다.

- 신태영, 「춘정 변계량의 상소문으로 본 조선초기의 제천(祭天) 의식」, 『인문과학』 36, 성균관대학교 인문학연구원, 2005.
- 정경주, 「춘정 변계량의 전례(典禮) 예설(禮說)에 대하여」, 『한국인물사연구』 8, 신지서원, 2007.
- 이종묵, 「변계량의 인재 양성 정책」, 『진단학보』 105, 진단학회, 2008.
- 최종석, 「조선 초기 제천례(祭天禮)와 그 개설 논란에 대한 재검토: 태종·세종대를 중심으로」, 『조선시대사학보』 67, 2013.

변계량이 제안한 정책 가운데 가장 특기할 만한 업적은 과거제도의 완비를 꼽을 수 있다. 그만큼 조선사회에 끼친 영향이 컸기 때문이다. 뒷날 정약용은 우리나라 과거제도는 쌍기(雙冀)의 건의로 시작되어, 변계량에 의해 완성되었다고 단언할 정도였다.[48] 주지하다시피 조선시대 과거제도의 기본 구조는 태조의 즉위교서에서 가장 중요하게 천명되었을 정도로 정도전의 최대 관심사였다. 그럼에도 그 공적을 변계량은 지난 시대로 되돌려버리고 말았다. 정도전이 초장(初場)에 강경(講

48) 정약용, 「다산시문집」 권17, 「이인영(李仁榮)에게 주는 말」.

經)을 도입하며 폐지해버린 감시(監試), 곧 진사시가 변계량의 줄기찬 주장에 의해 마침내 복원되었던 것이다.

조선을 유교문명 국가로 만들어보고자 꿈꾼 정도전에게 고려시대의 감시는 음풍농월을 조장할 뿐인 제도로 비춰졌다. 그리하여 유교경전을 체화하는 강경(講經)으로 시험 과목을 대체했다. 하지만 정도전이 정치적으로 패퇴하자마자 권근은 강경의 문제점을 지적하며 제술(製述)의 복원을 주장하고 나섰다.[49] 그리하여 진사시가 잠시 치러지기도 했다. 하지만 태조가 제정한 강경을 지지하는 반대 의견도 만만치 않았다. 그리하여 진사시는 다시 중단되고 말았는데, 권근의 제자 변계량은 세종의 즉위 초부터 제술의 복원을 다시 강력하게 요청하기 시작했던 것이다.[50] 그리하여 기회 있을 때마다 강경 대신 제술로 시험하기를 주장했다. "과장(科場)에 대해서라면 문충공 권근은 바로 늙은 주파(酒婆)와 같습니다. 술 만드는 방법을 찬술하고자 할 때는 반드시 노파의 말을 좇으면서, 과거를 논할 때는 권근의 논의를 좇지 않는다면 옳겠습니까?"[51]라는 비유를 들고난 뒤, 제술 시험의 당위성을 아홉 가지로 조목조목 역설하고 있는 세종 10년 4월 23일은 그 절정이었다. 그리하여 황희·맹사성 등 16인은 강경과 제술을 번갈아 치르자는 절충적 의견을, 권진·안순 등 51인은 제술만 사용하자는 의견을, 이명덕 등 5인은 강경은 상시로 점검하고 시험에서는 제술을 치르자는 이중적 방안을, 그리고 윤회·권채·이선제 등 15인은 그대로 강경을 치르자는 의견을 제출했다. 세종은 일단 다수의 의견을 좇아 제술로 시행하라

49) 『조선왕조실록』 태종 7년 3월 24일.
50) 『조선왕조실록』 세종 원년 12월 13일.
51) 『조선왕조실록』 세종 10년 4월 23일.

명했지만,[52] 이후에도 강한 반발에 부딪쳐 변계량 사후 8년이 지난 세종 20년에 이르러서야 어렵게 실시될 수 있었다. 그런 우여곡절을 거쳐 도입된 진사시는 그 이후 인재배출의 주요 관문으로 자리 잡게 되었던 것이다.[53]

이렇게 과거제도의 개선에 많은 공력을 들인 변계량은 문과 다섯 번과 사마시 세 번을 관장하고, 친시에서도 두 번 독권관을 맡았다. 그리고 그때마다 공정하게 선발한 것으로 정평이 났는데,[54] 실제로 부정행위를 근절하기 위해 세종 5년 3월 13일에 시행한 문과 초장에서는 백일장(白日場) 제도를 처음 도입하기도 했다.

하지만 변계량이 제안한 제도 가운데 가장 많은 논란을 불러일으킨 사안은 제천의식이다.[55] 그리하여 정경주는 환구단의 제천의례를 포함하여 원묘(原廟)와 종묘(宗廟)에서의 소목위차(昭穆位次) 문제, 양처(兩妻)의 부묘(祔廟) 문제, 그리고 사서인(士庶人)의 봉사(奉祀) 대수(代數) 문제와 같은 전례에 지대한 관심을 가졌던 변계량의 역할에 주목했다. 그 결과 변계량은 항상 선왕(先王)의 도리에 맞고 시속(時俗)의 편의

---

52) 세종대 강경-제술 논쟁의 상세한 과정에 대해서는 김남이, 「세종대 과거제도에 관한 논쟁과 유교문화국가의 이상」, 『민족문학사연구』 33, 민족문학사학회, 2007 참조.

53) 물론 세종 20년에 처음 진사시가 치러진 이후에도 반대가 만만치 않아 세종 25년 문과에서 講經이 다시 채택되고 진사시도 일시적으로 혁파되었기도 했다. 이 무렵 변계량이 과거제도를 포함하여 인재양성의 부문에 기여한 역할에 대해서는 이종묵, 「卞季良의 인재 양성 정책」, 『진단학보』 105, 진단학회, 2008이 자세하다. 참고로 정약용은 「여름에 술을 대하다[夏日對酒]」에서 "지금 와서 식자들 말로는, 옛날 변계량을 탓한다네. 원래 격조가 낮은 시로, 너무 엄청난 해독을 끼치고 있다고.[于今識者論, 追咎卞季良, 詩格本卑陋, 流害浩茫洋]」라며 진사시 부활에 기여한 변계량의 역할을 증언하고 있다.

54) 정척, 「변계량 행장」.

55) 변계량이 제천의식의 거행을 주장한 논리적 근거와 그 실시에 대해서는 신태영, 「춘정 변계량의 상소문으로 본 조선초기의 제천의식」, 『인문과학』 36(성균관대학교 인문학연구원, 2005)에서 자세하게 고찰한 바 있다.

에 적합하여 영원히 지속될 수 있는 전범을 수립하려던 그의 면모를 적취해냈다. 앞에서도 확인한 바 있던 선왕의 법도와 시속의 편의, 곧 이상과 현실의 조화를 중시하던 균형 잡힌 감각 바로 그것이었다.[56]

하지만 제천의식이 담고 있는 문제의식은 단지 그것을 거행할 수 있는가 없는가에 한정되지 않는다. 주지하다시피 제후국에서 하늘에 제사를 지내는 제천의식은 애당초 가능하지 않았다. 노나라 계씨(季氏)가 태산(泰山)에서 여제(旅祭)를 지내려 하자 공자가 "태산이 임방(林放)만 못하다더냐[曾謂泰山不如林放乎.]"(『논어, 八佾』)라고 꾸짖은 이래, 제후가 하늘에 제사지낼 수 없다는 사실은 상식에 가까웠다. 20년 넘게 문형을 담당한 변계량이 그런 기본 예법을 모를 리 없다. 그럼에도 자기 주장을 굽히지 않았던 데는 가뭄이라는 절박함에 대한 변통이라는 이유를 넘어 나름의 확고한 근거가 있었다. "우리나라는 멀리 바다 바깥에 있어 중국의 제후와 같지 않습니다. 그러므로 고황제(高皇帝, 명 태조)가 조서를 보내 이르기를, '천조지설(天造地設)하였으니 스스로 성교(聲敎)하라[天造地設, 自爲聲敎]'고 하였고, 지난 조정의 왕씨도 이런 예를 행해 왔습니다."[57]라는 것이다.

변계량의 말은 빈말이 아니었다. 조선 건국 직후 밀직사 조림(趙琳)이 명나라에서 받아온 예부(禮部)의 자문(咨文) 가운데 홍무제는 "고려[조선]은 산이 경계를 이루고 바다가 가로막아 하늘이 동이(東夷)를 만들었으므로, 우리 중국이 통치할 곳이 아니다.[高麗限山隔海, 天造東夷, 非我中國所治.]"[58]라고 말한 바 있다. 하지만 실록을 편찬한 사관이든

56) 정경주, 「春亭 卞季良의 典禮 禮說에 대하여」, 『한국인물사연구』 8, 신지서원, 2007.
57) 『태종실록』 태종 17년 12월 4일.
58) 『태조실록』 태조 1년 11월 27일.

그 실록을 인용하고 있는 변계량이든 모두 홍무제의 발언을 교묘하게 뒤바꾸고 있었다는 사실을 간과해서는 안 된다. 홍무제는 이렇게 말했었다, "고려는 산과 바다가 가로막힌 벽처(僻處)의 동이(東夷)로서 우리 중국이 통치할 바가 아니다[高麗限山隔海, 僻處東夷, 非我中國所治]"[59]라고. '벽처동이(僻處東夷)'를 '천조동이(天造東夷)'로 바꾼 것이다. 사소해 보이지만, 고쳐 쓴 두 글자의 의미는 결코 적지 않다.[60]

바로 '천조(天造)' 그 자리에 "우리 동방은 단군(檀君)이 시조인데, 대개 하늘에서 내려왔고 천자가 분봉(分封)한 나라가 아닙니다. … 그러니 하늘에 제사하는 예를 폐지할 수 없다고 생각합니다."[61]라는 논리가 들어설 수 있었기 때문이다. 동방의 시조인 단군은 하늘에서 내려온 신성한 존재이고, 그런 까닭에 조선은 중국 황제가 봉해주는 제후국과 구별된다는 논리이다. 천 년 넘게 거행해온 단군에 대한 제사의 전통을 끊어서는 안 된다는 것인데, 변계량은 거기에서 멈추지 않았다. 주나라 무왕이 기자를 조선에 봉해주었다는 사마천의 『사기』 기록도 독특한 맥락으로 읽어내고 있다.

돌이켜 보면 정도전은 국호로 정한 조선에서 그 기원인 단군의 존재를 소거하는 한편 사마천 『사기』의 기자동래(箕子東來) 기사 가운데에

---

59) 『明太祖高皇帝實錄』 권221, 홍무 25년 9월 "我中國綱常所在, 列聖相傳, 守而不失, 高麗限山隔海, 僻處東夷, 非我中國所治. … 從其自爲聲教." 홍무제의 이런 입장은 그 이후로도 바뀌지 않았다. "今朝鮮僻在東隅, 遠隔山海, 朕嘗勅其禮從本俗, 使自爲聲教."[『明太祖高皇帝實錄』 권244, 홍무 29년 춘정월 기해]에서도 '僻在東隅'라고 표현하고 있다.

60) 홍무제의 발언을 고친 사실은 문중양, 「15세기의 '風土不同論'과 조선의 고유성」, 『한국사연구』 162, 한국사연구회, 2013이 밝혀냈다. 문제는 누가 고쳤는가인데, 『태조실록』을 편찬한 책임자가 변계량이었으니, 그 고친 장본인이 바로 그 자신이었을 가능성이 높다.

61) 『태종실록』 태종 16년 6월 1일. 『춘정집』 권7에 「永樂十四年丙申六月初一日封事」라는 제목으로 전문이 실려 있다.

서도 기자가 홍범(洪範)을 가지고 와서 중화의 정치를 펼친 사실에 주목했었다. 하지만 변계량은 달랐다. “武王乃封箕子於朝鮮而不臣也”라는 구절에서 ‘신하로 삼지 않았다[不臣]’는 사실에 주목한다. 주나라 무왕은 성인(聖人, 단군)이 천명을 받은 바 있는 독자적인 강역에 기자를 봉한 뒤, 신하로 여기지 않았다는 것이다.[62] 그리하여 “주나라 무왕이 은나라의 태사(太師, 기자)를 신하로 삼지 아니하고 조선에 봉하였으니, 그 뜻을 알 수 있다. 이로써 하늘에 제사하는 예를 행할 수 있었다.”[63]는 논리도 또한 가능할 수 있었다.

명나라를 중심으로 한 화이질서가 시대정신으로 위세를 떨치고 있던 건국 초기에 국가의 전례(典禮)를 책임지고 있던 변계량이 제천의식을 주장한 것은 시대착오적이라는 비판을 받을 여지가 있었다. 그럼에도 불구하고 고려로부터 이어받은 단군의 천강설(天降說), 그리고 조선에서 새롭게 발견한 기자의 동래설(東來說)을 결합시키고 있는 그의 독특한 의식은 중화의 보편과 조선의 특수를 결합한 문명의식으로 주목해야할 가치가 충분하다. 바로 세종대에 절정을 구가하게 되는, 이른바 동국문명(東國文明)의 발아가 바로 여기에서 비롯되었기 때문이다.[64]

62) 『皇華集』을 보면, 15세기 명나라와 조선의 문사가 기자동래설을 소재로 주고받은 시는 총 96수에 달한다. 그 가운데 가장 많이 주목한 대목은 箕封(23수)이고, 다음으로 洪範(18수)·仁賢(14수)·佯狂(17수)·不臣(11수)의 순이다. 변계량은 가장 적은 ‘不臣’에 초점을 맞추었던 것이다. 박춘섭, 『조선과 명나라 문사들의 기자 담론 전개』, 박문사, 2018. 55면 참조.

63) 『태종실록』 태종 16년 6월 1일.

64) 정출헌, 「원명교체기, 화이질서의 강화와 동국문명의 형성」, 『민족문학사연구』 69, 민족문학사학회, 2019.

4. 맺음말

우리는 지금까지 변계량 연구의 현황을 살펴보고, 그 과정에서 앞으로 풀어가야 할 과제를 간략하게 짚어 보았다. 변계량은 구왕조인 고려에서 자기 정체성을 정립했고, 신왕조인 조선에서 자기 정체성을 새롭게 갱신해야 했던 일종의 '경계인'이라 할 수 있다. 그 전환의 접점에서 그는 숱한 의혹과 오해를 견뎌내지 않으면 안 되었다. 그럴 때마다 치열한 갈등적 국면을 유연한 균형감각으로 일관되게 융해·조화시키고자 노력했다. 주변 사람이 고집이 무척 센 사람이었다고 기억했던 것이나 졸기(卒記)에서 문제 해결에 있어 보통 사람의 상상을 뛰어넘었다는 평가는 그의 특장을 적확하게 지적한 것이었다. 그렇기 때문에 원명교체-여말선초라는 동아시아의 역사-문명 전환기에서 탁월한 성취를 거둔 그를 새로운 시각으로 재조명하지 않으면 안 된다.

『춘정집』이 담고 있는 폭넓은 규모를 염두에 두고 그에게 다가가야 한다는 점, 그리고 문집의 산삭과정이 반증하고 있듯 그의 본래 모습을 재구할 필요가 있다는 점을 연구 과제로 우선 제기했다. 그리고 그의 성취에 관심을 기울여온 네 부문, 곧 악장·한시·경세사상·예악전장의 주요 성과를 살펴보았다. 그 결과 악장이 창작되던 당대의 역사적 맥락에 유념해야 한다는 점, 관료문인의 관각풍 시문을 분석하는 연구 방법론을 개발해야 한다는 점, 유교적 이상과 현실적 상황의 균형을 도모했던 시대정신을 주목해야 한다는 점, 그리고 중화문명의 공세 속에서 동국문명의 가능성을 모색해간 문명의식을 발전시켜가야 한다는 점을 향후의 과제로 제시할 수 있었다.

기실, 비정상적인 방법으로 왕위에 오른 태종은 하륜·권근을 비롯한 변계량과 같은 젊은 시절 동료의 협력에 힘입어 국정 운영을 안정적으로 펼쳐갈 수 있었다. 특히 급진적으로 추진되던 건국 초기의 개혁적 정책들도 속도를 조절하거나 현실에 맞게 조율하는 데 있어 그들의 다소 보수적인 노력이 빛을 발했다. 고려의 전통을 일정정도 끌어안으면서 개혁의 방향을 조심스럽게 조정·견인해갔던 것이다. 그 가운데 하나가 홍무제와 건문제가 조서(詔書)를 통해 밝힌 바 있던 성교자유(聲教自由)를 조선의 상황에 맞춰 실천하려는 논리의 개발이다. 그리하여 기자(箕子)에 경도되어 있던 조선의 정체성에 단군(檀君)의 존재를 결합할 수 있게 되었고, 그 결과 기자가 전래한 중화문명과 단군으로부터 이어져온 자주의식이 결합된 독특한 형태의 동인의식과 동국문명이 형성하게 되었다.[65]

그리고 선진적인 중화문명을 발 빠르게 받아들이되, 그것을 우리의 현실과 풍토에 맞춰 수정·적용하고자 했던 세종은 변계량이 관장하고 있던 집현전의 학사집단과 함께 그 작업을 성공적으로 수행했다. 그 결과 세종은 22개 분야에 걸쳐 총 360여 종에 달할 정도로 엄청난 서적을 편찬해냈다. 원나라의 농서 『농상집요(農桑輯要)』를 우리의 풍토에 맞게 편찬한 『농사직설(農事直說)』(세종 11), 『의방유취(醫方類聚)』를 우리의 현실에 맞게 편찬한 『향약집성방(藥集成方)』(세종 15), 중국의 『고금열녀전(古今列女傳)』·『오륜서(五倫書)』·『효순사실(孝順事實)』에 조선의 사례를 추가하여 만든 『삼강행실도(三綱行實圖)』(세종 16), 당나라의 『선명력(宣明曆)』과 원나라의 『수시력(授時曆)』을 두루 참작하여 만든 『칠정산내편(七政算內篇)』(세종 24) 등이 그것들이다. 그렇다면 중화문

65) 이와 관련된 선구적 논의로는 임형택, 「고려 말 문인지식층의 동인의식과 문명의식: 목은 문학의 논리와 성격에 관한 서설」, 『실사구시의 한국학』(창작과비평사, 2000); 「신숙주의 시대와 문학: 사대부적 문명의식의 현실화와 관련해 논함」, 『어문연구』 제30권 제4호(한국어문교육연구회, 2002)가 있다.

명과 동국문명을 아우르려했던 변계량의 균형 잡힌 문명의식이 세종대의 성세(盛世)를 구가하게 되는 초석을 놓았다고 평가해도 결코 과하지 않다. 이것이 춘정 변계량을 조선 초기의 문명 전개 과정에서 다시금 주목해야 하는 까닭이다.

참고문헌

조선 전기 통유(通儒)의 모델 춘정 변계량 _ 박병련

『삼국사기(三國史記)』, 『태종실록(太宗實錄)』, 『세종실록(世宗實錄)』.

『춘정집(春亭集)』, 『점필재집(佔畢齋集)』, 『삼봉집(三峰集)』, 『송은집(松隱集)』, 『우당집(憂堂集)』.

박병련, 『한국정치·행정의 역사와 유교-유교관료제의 형성과 유자관료-』, 태학사, 2017.

춘정 변계량의 의례문장(儀禮文章)과 유교문명의 이면 _ 정출헌

변계량, 『춘정집』

서거정, 성백효 역주, 『四佳名著選: 동인시화, 필원잡기, 골계전』, 이회, 2000.

성현, 김남이·전지원 외 옮김, 『용재총화』 권8, 휴머니스트, 2015.

김남이, 「입법과 창제의 시대, 문장의 책무와 한계: 집현전 학사들이 官撰書에 부친 文字들을 중심으로」, 『진단학보』 135, 진단학회, 2020.

김윤섭, 「조선전기 관료문인들의 불교적 내면의식에 관한 연구: 권근·변계량·김수온·서거정·성현의 詩文을 중심으로」, 『禪文化研究』 20, 한국불교선리연구원, 2016.

김풍기, 「권위를 생성하는 글쓰기와 변계량의 문장의 문학사적 의의: 조선의 전통과 중화주의의 길항」, Journal of korean Culture vol.53, 한국어문학구제학술포럼, 2021.

박병련, 「春亭 卞季良의 정치사상과 정치적 활동」, 『한국동양정치사상사연구』 8, 한국동양정치사상학회, 2009.
신태영, 「春亭 卞季良의 上疏文으로 본 조선초기의 祭天 의식」, 『인문과학』 36, 성균관대학교 인문학연구원, 2005.
오연정, 「春亭 卞季良의 불교인식」, 『역사와교육』 15, 역사와교육학회, 2012.
이은영, 「조선 表箋의 典範을 찾아서: 『세종실록』과 『동문선』의 역할을 중심으로」, 『동양한문학연구』 51, 동양한문학회, 2018.
이종묵, 「卞季良의 인재 양성 정책」, 『진단학보』 105, 진단학회, 2008.
이현진, 「조선 왕실의 忌晨祭 설행과 변천」, 『조선시대사학보』 46, 조선시대사학회, 2008.
정경주, 「春亭 卞季良의 전례 禮說에 대하여」, 『한국인물사연구』 8, 신지서원, 2010.
정출헌, 「원명교체기, 화이질서의 강화와 동국문명의 형성」, 『민족문학사연구』 69, 민족문학사학회, 2019.
천혜봉, 「춘정집 해제」, 『국역 춘정집』, 민족문화추진회, 1998.
한형주, 「15세기 祀典體制의 성립과 그 추이: 『국조오례의』 편찬과정을 중심으로」, 『역사교육』 89, 역사교육학회, 2004.
허준, 「朝鮮時代 儒敎化와 國家正體性」, 『역사문화연구』 72, 역사문화연구소, 2019.
허태용, 「성리학으로 조선시대를 설명하는 연구 경향의 비판적 고찰」, 『역사비평』 2019.5, 역사비평사, 2019.
한국고전번역원 한국고전종합DB https://db.itkc.or.kr

변계량의 인재 양성 정책 _ 이종묵

『국역조선왕조실록』, 한국고전번역원 국역본.
『국조보감』, 한국고전번역원 국역본.
權近, 『陽村集』, 한국고전번역원 국역본.

金安老, 『龍泉談寂記』, 한국고전번역원 국역본.
李睟光, 『芝峰類說』, 한국고전번역원 D/B.
卞季良, 『春亭集』, 한국고전번역원 국역본.
徐居正, 『筆苑雜記』, 한국고전번역원 국역본.
柳壽垣, 『迂書』, 한국고전번역원 국역본.
鄭道傳, 『三峯集』, 한국고전번역원 국역본.
趙浚, 『松堂集』, 한국고전번역원 국역본.
김홍경, 「卞季良의 經世思想 硏究」, 『유교사상연구』 4·5, 1992.
신태영, 「春亭 卞季良의 上疏文으로 본 조선초기의 祭天 의식」, 『인문과학』 36, 성균관대학교 인문과학연구소, 2005.
이종묵, 「賜暇讀書制와 讀書堂에서의 문학활동」, 『한국한시연구』 8, 2000.
______, 「조선 전기 문예정책과 관각문인의 문학사상」, 『한국유학사상대계 4-문학사상편』, 한국국학진흥원, 2006.
이한수, 「정치와 역사 : 조선초기 변계량의 시대인식과 권도론」, 『역사와 사회』 3, 2001.

춘정 변계량의 전례 예설에 대하여 _ 정경주

李範稷, 『韓國中世禮思想硏究』, 일조각 1991.
池斗煥, 『朝鮮前期 儀禮 연구』, 서울대출판부, 1994.
韓亨周, 『朝鮮初期國家祭禮硏究』, 一潮閣, 2002.
金泰永, 「朝鮮初期祀典의 成立에 대하여」, 『歷史學報』 58, 1973.
이한구, 「조선 초기 변계량의 시대 인식과 권도론」, 국제문화학회 『역사와 사회』 2001.
신태영, 「春亭 卞季良의 上疏文으로 본 조선 초기의 祭天 意識」, 성균관대학교 인문과학연구소 인문과학 2005.

춘정 변계량의 사상적 특성 _ 천인석

『論語集註』, 『大學章句』, 『孟子集註』, 『中庸章句』
『周易大全』, 『書經大全』, 『詩經大全』, 『禮記大全』
『說文解字注』, 『通書』, 『性理大全』, 『朱子語類』
『朱子大全』, 『太祖實錄』, 『太宗實錄』, 『世宗實錄』
『東國李相國集』, 『陽村集』, 『春亭集』, 『春亭續集』
『국역 춘정 변계량선생문집』 1-3, 민족문화추진회편, 2006.
금장태, 『朝鮮前期의 儒學思想』, 사울대학교 출판부, 2003.
김홍경, 「卞季良의 哲學思想硏究」, 『민족문화』 14, 민족문화추진회, 1991.
류승국, 『한국유학사』, 성균관대학교 유교문화연구소, 2009.
천인석, 『한국사상의 이해』, 대구한의대학교 출판부, 2014.
玄相允, 『朝鮮儒學史』, 民衆書館, 1960.

춘정 변계량의 표전(表箋) 제작과 대외관계 _ 이은영

『조선왕조실록』
변계량, 『춘정집』
서거정, 『필원잡기』
이은영, 「조선시대 표전연구(1)-보국과 화국의 역할을 중심으로」, 『한국한문학연구』 48, 한국한문학회, 2011.
______, 「조선시대 표전연구(2)-수사적 전략을 중심으로」, 『한국고전연구』 26, 한국고전연구학회, 2012.
______, 「조선 표전의 전범을 찾아서-『세종실록』과 『동문선』의 역할을 중심으로」, 『동양한문학』 51, 동양한문학회, 2018.
심경호, 『한문 산문의 미학』, 고려대학교 출판부, 1998.

춘정 변계량의 상소문으로 본 조선 초기의 제천(祭天) 의식 _ 신태영

『朝鮮王朝實錄』, 『太祖康獻大王實錄』, 국사편찬위원회, http://sillok.history.go.kr/search/inspectionList.do
『朝鮮王朝實錄』, 『太宗恭定大王實錄』, 국사편찬위원회, http://sillok.history.go.kr/search/inspectionList.do
『朝鮮王朝實錄』, 『世宗莊憲大王實錄』, 국사편찬위원회, http://sillok.history.go.kr/search/inspectionList.do
『朝鮮王朝實錄』, 『世祖惠莊大王實錄』, 국사편찬위원회, http://sillok.history.go.kr/search/inspectionList.do
『朝鮮王朝實錄』, 『成宗康靖大王實錄』, 국사편찬위원회, http://sillok.history.go.kr/search/inspectionList.do
『(국역)增補文獻備考·禮考』, 세종대왕기념사업회, 1~5책, 1980.
荀子 著, 王先謙 撰, 『荀子集解』 下, (중국)中華書局, 1997.
司馬遷, 『史記』, (중국)中華書局, 1996.
金海榮, 『朝鮮初期 祭祀典禮 硏究』, 집문당, 2003.
李敏弘, 『韓國 民族樂舞와 禮樂思想』, 집문당, 1997.
李鍾建, 「卞季良論」, 『朝鮮時代漢詩作家論』, 이회출판사, 1996.

변계량 악장의 존재와 시대적 의미 _ 조규익

『국역 삼봉집 Ⅰ』, 민족문화문고간행회, 1985.
국사편찬위원회 『조선왕조실록』[sillok.history.go.kr]
權踶, 「春亭先生文集 舊序」, 『李朝名賢集 2』, 성균관대학교 대동문화연구원, 1986.
『陶山全書 三』, 한국정신문화연구원, 1980.
『東國通鑑』, 경인문화사, 1994.

동아대고전연구실, 『역주 고려사』, 태학사, 1987.
「毛詩大序」, 『漢文大系 十二[毛詩·尙書]』, 富山房, 1973.
『原本影印 韓國古典叢書(復元版) Ⅱ: 樂學軌範』, 대제각 영인, 1973.
『增補文獻備考 中』, 동국문화사 영인, 1957.
『標點影印 韓國文集叢刊 8: 春亭集 외』, 사단법인 민족문화추진회, 1990.
『해동잡록 3』, 『국역 대동야승Ⅴ』, 민족문화문고간행회, 1985.
김대행, 『한국시가구조연구』, 삼영사, 1976.
김동욱, 『國文學槪說』, 보성문화사, 1974.
유약우, 이장우 역, 『中國詩學』, 동화출판공사, 1984.
장사훈, 『國樂論攷』, 서울대출판부, 1966.
전규태, 『論註 時調』, 정음사, 1984.
조규익, 「독락팔곡의 문학사적 의미」, 『논문집』 12, 경남대학교, 1985.
조규익, 『선초악장문학연구』, 숭실대학교 출판부, 1990.
조규익, 「鮮初 新都詩歌의 문학적 성격」, 한국고전문학회 편 『문학작품에 나타난 서울의 형상』, 한샘출판사, 1994.
조규익, 『가곡창사의 국문학적 본질』, 집문당, 1994.
조규익, 『高麗俗樂歌詞·景幾體歌·鮮初樂章』, 한샘, 1994.
조윤제, 「時調名稱の文獻的 硏究」, 최철·설성경 엮음, 『시가의 연구』, 정음사, 1985.
차주환, 『고려사악지』, 을유문화사, 1974.
차주환, 『唐樂硏究』, 범학사, 1979.
황순구 편, 『청구영언』, 한국시조학회, 1987.

춘정 변계량이 악장 문학에 담은 세종대 태평성세의 비전 _ 김승우

『세종실록』; 『태종실록』; 『성종실록』. → 「조선시대 사료: 조선왕조실록」, 국사편찬위원회 한국사데이터베이스, 2020. 11. 30. 「http://sillok.hi

story.go.kr/main/main.do」.
『춘정집』; 『춘정속집』. → 『한국문집총간』 8, 민족문화추진회, 1988.
『용비어천가』. → 京城帝國大學 法文學部 편, 『龍飛御天歌』 상·하, 京城帝國大學 法文學部, 1938.
김명준, 『악장가사 연구』, 다운샘, 2004.
김사엽, 『이조시대의 가요연구』, 재판, 학원사, 1962.
김승우, 「세종대의 경기체가 시형에 대한 연구」, 『조선시대 시가의 현상과 변모』, 보고사, 2017.
김창규, 「華山別曲評釋考」, 『국어교육논지』 9, 대구교육대학, 1982.
______, 『한국한림시연구』, 역락, 2001.
김진세, 「「화산별곡」고」, 백영 정병욱선생 10주기추모논문집 간행위원회 편, 『한국고전시가작품론』, 집문당, 1992.
박경주, 『경기체가연구』, 태학사, 1997.
손태룡, 「변계량의 樂歌 창제 고찰」, 『한국음악사학보』 40, 한국음악사학회, 2008.
임기중 외, 『경기체가연구』, 태학사, 1997.
조규익, 「문장보국의 이상과 치자계급의 이념적 동질성 추구: 변계량의 악장」, 『조선조 악장의 문예미학』, 민속원, 2005.
조윤제, 『조선시가사강』, 동광당서점, 1937.

권위를 생성하는 글쓰기와 변계량 문장의 문학사적 의의 _ 김풍기

변계량, 『春亭集』, 『한국문집총간 8』, 한국고전번역원 영인본.
변계량, 『신편 국역 춘천 변계량 문집 1~3권』, 한국학술정보, 2006.
서거정, 『筆苑雜記』, 『徐四佳全集』, 영인본: 문연각, 1988.
김건곤, 「세종대의 문풍진흥책」, 『세종시대의 문화』, 태학사, 2001.
김풍기, 「건국이 만들어 낸 역사의 두 갈래 길」, 『고전문학사의 라이벌』, 한겨

레출판, 2006.
김풍기, 「언어의 위계화와 새로운 언어 권력의 탄생」, 『용봉인문논총』 46, 전남대학교 인문학연구소, 2015.
김흥규, 『근대의 특권화를 넘어서』, 창비, 2013.
도현철, 「조선왕조 성립에 대한 평가」, 『한국 전근대사의 주요 쟁점』, 역사비평사, 2002.
마르티나 도이힐러 지음, 이훈상 옮김, 『한국의 유교화 과정』, 너머북스, 2013.
박천규, 「문형고(文衡攷)」, 『사학지』 6-1, 단국사학회, 1972.
박춘섭, 『조선과 명나라 문사들의 기자 담론의 전개』, 박문사, 2018.
신두환, 『조선전기 민족예악과 관각문학』, 국학자료원, 2004.
이병한, 『한국 한문학의 탐구』, 국학자료원, 2003.
정재철, 「응제시에 나타난 권근의 세계관」, 『한문학논집』 8, 단국한문학회, 1990.11.
조동일, 『한국문학통사 2』, 지식산업사; 제4판, 2005.
지두환, 『조선 전기 의례 연구』, 서울대학교출판부, 1994.
진필상 지음, 심경호 옮김, 『한문문체론』, 이회, 1995.

변계량 시의 변모와 그 문학사적 의미 _ 유호진

卞季良, 『春亭集』(『韓國文集叢刊』 8), 민족문화추진회, 1990.
김종진, 『鄭道傳 文學의 研究』, 박사학위논문, 고려대학교, 1990.
송수경·김홍영·조동영 역, 『국역 춘정집』, 민족문화추진회, 2001.
심경호, 「조선전기 사대부의 한문문학과 국문문학」, 『한국사상사대계』 4, 한국정신문화연구원, 1991.
이경수, 「卞季良 詩의 立身과 出處」, 『韓國漢詩作家研究』 2, 한국한시학회, 1996.

조동일, 『한국문학통사 2』, 지식산업사, 1986.
조용호, 「春亭 卞季良 漢詩의 硏究」, 고려대학교 교육대학원 석사학위논문, 1996.

『춘정집(春亭集)』 해제 _ 천혜봉

李齊賢, 『益齋亂藁』, 民族文化推進會 韓國文集叢刊 第2輯, 1990.
李穀, 『稼亭集』, 民族文化推進會 韓國文集叢刊 第3輯, 1990.
李穡, 『牧隱集』, 民族文化推進會 韓國文集叢刊 第3~5輯, 1990.
鄭道傳, 『三峯集』, 民族文化推進會 韓國文集叢刊 第5輯, 1990.
權近, 『陽村集』, 民族文化推進會 韓國文集叢刊 第7輯, 1990.
卞季良, 『春亭集』, 民族文化推進會 韓國文集叢刊 第8輯, 1990.
卞季良, 『春亭集』 初版本 第4~13卷, 附春亭先生卞公行狀.
『東文選』 第5~129卷, 卞季良詩文.
『太祖實錄』 影印縮刷版.
『定宗實錄』 影印縮刷版.
『太宗實錄』 影印縮刷版.
『世宗實錄』 影印縮刷版.
『韓國歷代人物傳集成』 第2集 卞季良, 民昌文化社, 1990.
玄相允, 『朝鮮儒學史』, 民衆書館, 1960.
李丙燾, 『韓國儒學史』, 民族文化推進會, 1987.

춘정 변계량의 가계와 학맥 _ 정석태

李　穡, 『牧隱藁』 3, 『韓國文集叢刊』 5, 한국고전번역원, 1989, 영인본.
權　近, 『陽村集』, 『韓國文集叢刊』 7, 한국고전번역원, 1989, 영인본.

卞季良, 『春亭集』, 『韓國文集叢刊』 8, 한국고전번역원, 1989, 영인본.
변계량, 『(국역)춘정집』 1-2, 한국고전번역원, 1998·2001.
金宗直, 『佔畢齋集』, 『韓國文集叢刊』 12, 한국고전번역원, 1989, 영인본.
李光靖, 『牧隱年譜』, 국립중앙도서관 소장본.
李圭衡, 『陶隱年譜』, 국립중앙도서관 소장본.
한국고전번역원, 『韓國文集叢刊解題集』 1, 경인문화사, 2003.
한국고전번역원, '한국고전종합DB(http://db.itkc.or.kr)'
李雲成, 『密陽鄕校誌』, 密陽鄕校誌刊行委員會, 2004.
草溪密陽卞氏大宗會, 『草溪密陽卞氏大同譜』 1-7, 1987.
卞昌淳, 『密陽卞氏族譜』 1-6, 密陽卞氏大宗會譜所, 2008.
『高麗史』, 국사편찬위원회, '한국사데이터베이스(http://db.history.go.kr)'
『太祖實錄』·『世宗實錄』, 국사편찬위원회, '조선왕조실록(http://sillok.history.go.kr)'
『文科榜目』·『司馬榜目』, 한국학중앙연구원, 한국학종합정보서비스, '한국역대인물종합정보시스템(http://people.aks.ac.kr)'

춘정 변계량의 삶의 자세와 학문의 목표 _ 김남이

卞季良, 『春亭集』, 영인표점한국문집총간, 한국고전번역원, 1990.
김성언, 「춘정(春亭) 변계량(卞季良)의 관각풍(館閣風) 한시(漢詩)에 대하여」, 『석당논총』 38-0, 동아대학교 석당학술원, 2007.
김풍기, 「권위를 생성하는 글쓰기와 변계량의 문장의 문학사적 의의-조선의 전통과 중화주의의 길항-」, 『Journal of Korean Culture』 53, 한국어문학국제학포함, 2021.
유호진, 「변계량 시의 변모와 그 문학사적 의미」, 『한국시가연구』 14, 한국시가학회, 2004.
이경수, 「변계량 시의 "입신"과 "출처"」, 『한국한시작가연구』 2, 한국한시학회, 1996.
이은영, 「조선 表箋의 典範을 찾아서」, 『동양한문학연구』 51, 동양한문학회, 2018.
이종묵, 「卞季良의 인재 양성 정책」, 『진단학보』 105, 진단학회, 2008.
정출헌, 「四佳 徐居正의 東國文明 비전과 文章華國의 실천」, 『古典文學研究』 59, 한국고전문학회, 2021.
정출헌, 「조선초기 유교문명으로의 전환과 그 이면의 풍경」, 『2021우리한문학회 하계발표자료집』, 우리한문학회, 2021.
조영린, 「春亭 卞季良의 敎化詩 一考察」, 『동아인문학』 37, 동아인문학회, 2016.

집필진 소개

원고 수록순

박병련 한국학중앙연구원 명예교수

정경주 경성대학교 한문학과 명예교수

정출헌 부산대학교 한문학과 교수

이종묵 서울대학교 국어국문학과 교수

천인석 전 대구한의대학교 동양철학과 교수

이은영 이화여자대학교 한국문화연구원 연구교수

신태영 성균관대학교 한문학과 초빙교수

조규익 숭실대학교 국어국문학과 교수

김승우 이화여자대학교 국어국문학과 부교수

김풍기 강원대학교 사범대학 국어교육과 교수

유호진 고려대학교 민족문화연구원 연구교수

천혜봉 전 성균관대학교 문헌정보학과 교수

정석태 한국고전번역원 영남권거점번역센터 책임연구원

김남이 부산대학교 한문학과 교수

춘정 변계량의 시대정신과 학문세계

2022년 3월 4일 초판 1쇄 펴냄
2022년 10월 14일 초판 2쇄 펴냄

편집인 대구한의대학교 향산교양교육연구소
발행인 김흥국
발행처 도서출판 보고사

등록 1990년 12월 13일 제6-0429호
주소 경기도 파주시 회동길 337-15 보고사
전화 031-955-9797(대표), 02-922-5120~1(편집), 02-922-2246(영업)
팩스 02-922-6990
메일 kanapub3@naver.com / bogosabooks@naver.com
http://www.bogosabooks.co.kr

ISBN 979-11-6587-269-4 93810

정가 35,000원